중학생 독후감 세계문학 151

# 중학생이 보는
# 아메리카

**프란츠 카프카** 지음 | **곽복록** 옮김

**성낙수**(한국교원대 교수)·**오은주**(서울여고 교사)·**김선화**(홍천여고 교사) 엮음

좋은 책 좋은 독자를 만드는 —
㈜신원문화사

책 머리에 • • • • • • • • • • • • • • • • • • • • • • • • • • •

　더 이상 언급할 필요도 없지만 요즘은 독서의 중요성이 더욱 강조
되는 시대입니다. 첨단과학으로 이루어진 대중매체 덕분에 눈으로
읽는 것보다는 말초신경을 자극하는 동영상 쪽으로 관심이 모아지는
데 대한 우려 때문일 것입니다. 꿈과 희망을 가지고 자라나는 학생들
에게는 올바른 사고력과 분별력을 키워 주어야 합니다. 그런 점에서
다른 사람들의 생각과 철학, 인생관과 세계관이 들어 있는 명작들을
많이 읽는 것이야말로 바람직한 학습 효과를 거둘 수 있는 지름길이
라 생각합니다.

　명작은 오랜 세월에 걸쳐 많은 사람들이 읽고 크게 감동을 받은 인
정된 작품들로서, 청소년들의 삶에 지침이 되어 주고 인생관에 변화
를 주게 될 것입니다.

　이번에 중학생들에게 꼭 읽히고 싶은 명작들을 선정하여, 작품을
바르게 감상하고 독후감을 쓰는 데 도움을 주고자 이 시리즈를 기획
하게 되었습니다. 작품들은 동서고금에 걸쳐 객관적으로 인정받은,
훌륭한 대상만을 선정하였습니다. 그리고 책의 구성을 다음과 같이
하여, 읽고 쓰는 데 도움이 되도록 하였습니다.

하나, 삶에 대한 지혜와 용기를 주고 중학생이라면 꼭 읽어야 할 명작만을 골랐습니다.

둘, 명작을 읽고 난 후의 솔직한 느낌을 논리적 · 체계적으로 쓸 수 있도록 중학생들의 독후감 작성에 따르는 부담을 덜어 주도록 구성하였습니다.

셋, 작품 알고 들어가기, 내용 훑어보기, 작품 분석하기, 등장인물 알기를 통해 작품을 분석하는 힘을 기를 수 있도록 하였습니다.

넷, 작가 들여다보기, 시대와 연관 짓기, 작품 토론하기 등을 통해 작가의 일생을 알고 시대의 흐름을 파악하여 상상력과 창의력을 키워 주도록 하였습니다.

다섯, 독후감 예시하기와 독후감 제대로 쓰기에서는 책을 읽는 방법과 독후감 모범답안 실례를 제시함으로써 문장력을 길러 주는 한편 독후감 쓰기의 충실한 길라잡이가 되도록 했습니다.

아무쪼록 이 책들이 중학생들의 학습 능력 향상에 큰 도움이 되길 빌어 마지 않습니다.

엮은이 성 낙 수

# 차 례

작품 알고 들어가기 • • • • • • • • • • •

프란츠 카프카는 현대의 세계문학에 지대한 영향을 미치고 있는 동시에, 젊은 세대가 전형으로 삼기에 가장 어려운 작가입니다. 현재 까지도 카프카의 문학세계에 관해서는 해석이나 견해가 너무나 다양해서 어느 하나로 명명할 수 없는 문제작가라고도 할 수 있습니다. 그의 작품은 난해하고, 수수께끼와 같아서 독자로 하여금 마치 꿈속 세계를 방황하는 것처럼 기묘한 기분을 느끼게 하거나, 삶의 두려움과 같은 무한한 심층을 들여다보고 아찔함을 느끼게 하기도 합니다.

그러나 카프카는 인간 운명의 부조리, 인간 존재의 불안을 통찰하고 현대 인간의 실존적 체험을 극한에 이르기까지 표현해서, 사르트르와 카뮈에 의해 실존주의 문학의 선구자로 높이 평가받았습니다.

《아메리카》는 카프카가 1911년부터 1914년 말까지 쓴 작품으로 사후에 절친한 친구인 막스 브로트에 의해 출간되었습니다. 카프카는 이 소설을 '실종자'로 불렀으나, 막스 브로트가 '아메리카'라고 이름을 붙여 출판함으로써 그 후 '아메리카'로 불리게 된 것입니다. 확실히 '아메리카'라는 제목보다는 작가인 카프카가 불렀다는 '실종자'라는 제목이 디디고 살 땅도 없이 여러 사람에게 농락당하며 전락에 전락을 거듭하다가 마침내 지상에서 사라져가는 '죄 없는 죄'를 짊어진 고독한 주인공의 운명을 잘 나타내는 듯합니다.

미국에서 새로운 삶을 개척하려는 카를의 행동의 원동력은 '독립과 자유에 대한 강렬한 애착'입니다. 그러나 공동체에 적극적으로 참여하려는 카를의 온갖 노력은 항상 주변인들에 의해 무참히 무너지기를 거듭합니다. 이 거듭되는 실패는 카를의 도덕적 양심과 순수함에서 비롯된 것이기도 합니다. 이 비정의 세계에서 순진한 카를은 설 땅을 찾지 못합니다.

세계에서 밀려나 발을 붙일 땅조차 없는 카를이 마침내 가게 될 곳은 어디일까요? 카를의 발자취를 따를 준비가 되셨나요?

아메리카

# 화부

　열여섯 살인 카를 로스만은 하녀의 유혹에 빠져 그녀에게 아이를 갖게 했고, 가난한 그의 부모는 그를 미국으로 쫓아 버렸다. 카를이 탄 배가 속도를 줄이면서 서서히 뉴욕 항에 진입하기 시작하자 멀리서부터 그의 시선을 끌어왔던 자유의 여신상을 바라보았다. 여신상은 갑자기 구름을 벗어나 강렬한 햇빛 속에 휩싸인 것처럼 보였다. 횃불을 든 팔은 마치 방금 치켜든 것처럼 생동감 있게 하늘을 찌르며 솟아 있었고, 여신상 둘레에는 자유의 산들바람이 훈훈하게 불고 있다.

　"꽤 높은걸." 하고 중얼거리며 그는 그 자리에 서서 넋을 잃고 있었다. 그의 옆을 지나가는 짐꾼들이 늘어나면서 그는 차차 뱃전의 난간 끝으로 밀려나고 있었다.

항해 중에 알게 된 젊은 남자가 옆을 지나면서 말을 걸었다.

"이런, 아직 내릴 생각이 없습니까?"

"아니요, 준비는 다 되었습니다." 하고 카를은 그에게 미소를 띠면서 대답하고, 곧 명랑하고 건강한 성격의 소년답게 힘차게 일어서서 어깨에 트렁크를 멨다. 짧은 지팡이를 멋으로 흔들며 이미 다른 사람들 속에 섞여 멀어져 가는 그 젊은 남자의 머리 건너편으로 눈을 돌린 순간 그는 당황했다. 우산을 선실에 두고 온 것이다. 다급해진 그는 별로 달가워하지 않는 그 젊은 남자에게 잠시 트렁크 곁에서 기다려 달라고 당부하고 되돌아올 때 길을 잃지 않으려고 둘레를 빙 둘러보고는 선실을 향해 달리기 시작했다. 밑으로 내려와 보니 지름길이 되는 통로 입구가 닫혀 있었다. 아마 승객들의 하선 때문에 그런 듯싶었다.

그는 무수히 많은 방들과, 복잡하게 구부러진 복도와, 끝없이 이어지는 계단을 지나 책상만이 덩그렇게 놓여 있는 빈 방을 가로질러 선실로 내려가는 길을 애써 찾아가야 했다. 계단은 한없이 아래로 이어져 있었다. 그러나 그는 이 통로를 한두 번 지나간 적이 있지만, 그때마다 많은 사람들과 함께 다녔기 때문에 길을 잃은 것이다. 그의 머리 위에선 수많은 사람들의 발소리만 끊임없이 들려왔고, 먼 곳에서 이미 정지한 기관의 마지막 회전 소리는 한숨처럼 들려왔다. 어찌할 줄을 모르고 헤매던 그는 발 가는 대로 방황한 끝에 문득 발견한 닫혀 있는 작은 문을 힘껏 두드리기 시작했다.

"열려 있어요." 하고 안쪽에서 대답하는 소리가 들렸다. 카를은 겨우 안도하며 문을 열었다.

"아니, 왜 미친 사람처럼 마구 두들기는 거요?" 하고 거대한 몸집의 사내가 돌아보지도 않은 채 말했다. 천장 어딘가에 채광창이 있는지 흐릿한 빛이 컴컴한 선실을 비추고 있었다. 침대와 옷장과 의자, 그리고 몸집이 큰 사내가 비좁은 듯 차지하고 있는 선실은 마치 헛간 속 같았다.

"전 길을 잃었어요." 하고 카를이 말했다.

"항해 중엔 이렇게 큰 배라고 생각하지 않았거든요. 그런데 무섭게 큰 배로군요."

"그래요, 당신 말이 맞아요." 하고 사내는 좀 으스대며 말했다. 사내는 작은 트렁크를 두 손으로 열었다가 닫기를 되풀이하면서 열쇠가 고리에 걸리는 소리를 확인하려는지 같은 행동을 거듭하기에 여념이 없었다.

"어서 들어와요." 하고 사내는 말을 이었다. "언제까지고 거기에 서 있을 겁니까?"

"하지만 방해가 되지 않을까요?" 하고 카를이 물었다.

"설마 방해까지야 되겠소?"

"당신은 독일 사람인가요?"

카를은, 미국에 새로 이주한 사람들의 신변에 닥치는 위험, 특히 아일랜드인들이 비정하게 대하는 처사에 대해 많은 이야기를 들어 알고 있었기 때문에 확인해 두려고 했던 것이다.

"맞아요, 맞아요." 하고 사내는 말했다. 그래도 카를은 마음을 놓을 수 없어 주저하고 있었다.

그때 사내가 벌떡 일어나 문의 손잡이를 잡아 날쌔게 문을 닫았기 때문에 카를은 문에 밀려 사내 곁으로 끌려오고 말았다.

"통로를 지나는 사람들이 방안을 기웃거리는 게 싫어서 그러는 거요." 하고 말한 사내는 또다시 트렁크를 만지작거리기 시작했다.

"이 통로를 지나는 사람들 모두가 이 방안을 엿본다는 생각을 해 봐요. 누구도 참을 수가 없을 거요."

"아니, 통로엔 아무도 보이지 않던데요."

카를은 사내의 억센 힘에 침대 다리께로 밀어붙여져 어정쩡해진 자세로 선 채 말했다.

"그래요, 지금은 그렇지만." 하고 사내가 말했다. '그럼 지금이 문제가 아닌 게로군. 그나저나 이 사내와는 이야기하기 어렵겠는걸.' 하고 카를은 생각했다. "침대에라도 누워요. 그 편이 훨씬 편할 테니." 하고 사내가 말했다. 카를은 처음엔 침대에 막 무모하게 뛰어들려고 시도했다가 안 되자 천천히 기어들어 가면서, 무모했던 자신이 생각나 혼자 큰소리를 내며 웃었다. 그러나 침대에 눕는 순간 그는 자신도 모르게 소리쳤다.

"아차, 트렁크를 까마득히 잊고 있었네!"

"어디에 두었는데요?"

"위 갑판에요. 아는 사람이 지키고 있긴 해요. 그런데 그의 이름이 뭐더라?"

그는 어머니가 여행용으로 윗옷 안쪽에 손수 꿰매 달아 주신 속주

아
메
리
카

13

머니에서 명함 한 장을 꺼냈다.

"부터 바움, 프란츠 부터 바움이군."

"그 트렁크를 잃어버리면 몹시 난처한 것 아닙니까?"

"물론이에요."

"그럼, 왜 그런 귀중한 트렁크를 남에게 맡겼어요?"

"우산을 아래에 두고 와서 그것을 찾으려고 뛰어 내려왔거든요. 다시 그 무거운 트렁크를 들고 내려올 수는 없잖아요. 그런데 이렇게 길을 잃어버렸으니……."

"당신은 혼자요? 동행은 없습니까?"

"예, 저 혼자예요."

이 사내라도 우선 믿어야겠다는 생각과 당장 이 사내보다 나은 사람을 찾아내기는 어려울 것이라는 생각이 카를의 머리를 스치고 지나갔다.

"그렇다면, 우산은 물론이고 트렁크마저 잃은 셈이로군요."

이렇게 말하면서 그 사내는 카를에게 일어난 일이 흥미로운지 의자에 앉았다.

"하지만 아직까지 트렁크는 잃어버리지 않았다고 믿고 있어요."

"믿는 자에게는 복이 있나니."라고 말한 사내는 검고 짧은, 숱이 많은 머리를 벅벅 긁었다.

"배가 닿는 항구가 달라지면 그에 따라 배 위의 풍속도 달라지는 법이에요. 함부르크였다면 아마 당신 친구 부터 바움인가 하는 사람은 당신 트렁크를 착실히 지켜 주었을 거요. 그러나 이곳에선 십중팔

14

구 둘 다 자취를 감췄을 것임이 틀림없어요."

"어쨌든 지금 곧 갑판에 나가 봐야겠어요."

카를은 어떻게 하면 방에서 나갈 수 있을까, 하고 사방을 둘러보았다.

"여기 가만히 있는 게 좋아요."

사내는 한 손으로 카를의 가슴팍을 거칠게 밀면서 침대로 다시 밀어붙였다.

"그건 왜요?" 하고 카를이 화가 잔뜩 나서 물었다.

"쓸데없는 짓이니까." 하고 사내는 대답했다.

"나도 곧 나갈 겁니다. 그러니 나와 함께 가도록 합시다. 트렁크가 없어졌어도 어찌할 도리는 없어요. 그런데 그 친구가 그냥 놓고 갔다 하더라도 배가 텅 빌 때까지 기다리고 있으면 힘들이지 않고 찾아낼 수 있어요. 우산도 마찬가지요."

"배의 내부 사정을 잘 아세요?" 하고 카를은 믿을 수 없다는 표정으로 물었다. 승객이 모두 내린 배에서 자기 소지품을 찾는 것은 쉬운 일이라는, 아주 평범하고 단순하고 쉽게 납득할 수 있는 이 말마저도 의심이 들었다.

"난 기관실 화부요." 하고 사내는 말했다.

"화부라고요?" 하고 카를은 예상 밖의 일이었다는 듯이 기뻐서 소리를 높이고는 팔꿈치를 괸 채 사내의 얼굴을 새삼스럽게 살펴보았다.

"내가 슬로바키아인과 함께 쓰던 선실 바로 앞에 통풍창이 있었는데, 그 창 너머로 기관실 내부가 보였어요."

"맞아요, 바로 거기에서 일했지." 하고 화부가 말했다.

"나는 전부터 기술에 흥미가 있었어요." 하고 카를은 어떤 생각에 잠기면서 말했다.

"난 미국으로 건너오지 않아도 되었다면 아마 지금쯤은 기술자가 되었을 겁니다."

"도대체 당신은 왜 미국으로 건너오게 되었습니까?"

"어처구니없는 일 때문이었어요." 카를은 눈앞에 떠오르는 과거지사를 그렇게 말하면서 손을 털었다. 그러고는 그 이유를 말할 수 없는 것에 대하여 사과라도 하듯 미소를 띠면서 상대방의 얼굴을 바라보았다.

"물론 말 못할 사연이 있겠지요." 하고 화부가 말했다. 그러나 화부가 그 사연을 들려 달라고 하는 건지, 아니면 말하지 말라고 만류하는 건지 그로선 그 진의를 알 수가 없었다.

"나는 화부가 되어도 좋을 것 같아요." 하고 카를이 말했다. "부모님은 내가 무슨 짓을 하든 어떤 사람이 되든 조금도 걱정하지 않거든요."

"그렇소? 내 자리가 빌 거요."

화부는 상황을 충분히 의식했는지 두 손을 바지 주머니에 깊숙이 찌르고, 주름투성이인 벽돌색 인조 가죽 바지를 입은 두 다리를 침대 위에 쭉 뻗었다. 그래서 카를은 벽 쪽으로 더욱 밀려나게 되었다.

"이 배를 떠나는 겁니까?"

"물론이요. 나는 오늘 이 배에서 떠나는 거요."

"그건 왜죠? 혹 이 배가 마음에 들지 않아요?"

"여러 가지 사정이 있지만 마음에 든다 안 든다는 것만으로 일을 결정할 순 없는 거요. 그러나 당신 말대로 이 배가 마음에 들지 않는 것만은 분명해요. 설마 당신이 화부가 되었으면 하는 것은 본심에서 가 아니겠죠? 마음먹기에 따라선 이보다 더 얻기 쉬운 일자리도 없소. 나는 당신이 그런 생각을 갖지 않도록 분명히 충고하고 싶군요. 유럽에 있을 때 학문에 마음을 두고 있었다면 왜 여기서 공부하려는 생각을 갖지 않는 거요? 미국의 대학은 유럽의 대학과 비교할 수 없을 만큼 훌륭한데."

"그렇겠죠." 하고 카를이 말했다. "하지만 공부를 하려면 학비가 있어야 하지 않아요? 나는 그만한 돈이 없어요. 언젠가 낮엔 상점의 점원으로 일하고 밤엔 공부해서 학위를 따고 마침내 시장이 된 사람의 전기를 읽은 적이 있어요. 그러나 그렇게까지 되기 위해선 굉장한 끈기가 필요하지 않았을까요? 내겐 그것이 부족하다고 생각되어요. 더욱이 나는 학교 성적이 좋지 않아요. 학교를 그만두는 게 그리 마음 아플건 없어요. 그리고 미국의 학교가 더 엄격할 수도 있고, 나는 영어라면 백지에 가까울 정도로 서툴러요. 그런 데다 이 나라 사람들은 외국인에 대해서 심한 편견을 갖고 있다고 알고 있거든요."

"벌써 그런 점까지 알고 있어요? 그렇다면 당신은 내 동지요. 이 배는 함부르크—아메리카 선박회사 소속이요. 그런데도 이 배의 승무원이 왜 모두 독일인이 아닌지 모르겠거든. 왜 일등 기관사가 루마니아인인지 그걸 모르겠단 말입니다. 그자의 이름은 슈발인데 도대체 믿을 수가 없어요. 더욱이 그 무능한 녀석이 독일 배에서 우리 독일인들을 혹사하고 있어요. 이런 말을 한다고……." 이때 사내는 숨이 차는지 손으로 부채질을 했다. "내가 불평을 위한 불평을 한다곤 생각하지 말아 주시오. 나는 당신이 아무런 힘도 없고, 가난한 젊은이란 것쯤은 잘 알고 있어요. 어쨌든 이건 너무 심하단 말입니다."

화부는 주먹으로 몇 번이고 책상을 쳤다. 그는 주먹으로 책상을 내리치면서도 주먹에서 눈을 떼지 않았다.

"사실 난 오늘날까지 많은 배에서 일해 왔어요." 그는 스무 개도 넘는 배들의 이름을 단숨에 주워섬겼다. 카를의 머리는 완전히 혼란을 일으켰다.

"그리고 특출한 노력으로 칭찬도 많이 받았고 선장들의 눈에 든 모범 노동자였어요. 한 화물 운송용 범선에선 수년 동안 일한 적도 있었어요."

여기까지 말한 화부는 그때가 그의 인생의 절정기라도 되듯 벌떡 일어섰다. "그런데 이 거지 같은 배에선 그렇지가 않아. 모든 일이 자로 잰 것처럼 융통성이 없단 말이에요. 여기선 창의(創意)도 그 무엇도 용납되질 않아요. 나 같은 사람은 완전히 무용지물이고 언제나 슈발의 방해물 취급을 해요. 말하자면 나는 태만한 사람으로 낙인이 찍혀서 마땅히 쫓아내야 하지만 자비심에서 급료를 주고 있다는 겁니다. 이런 이야기를 이해할 수 있습니까? 나는 도무지 이해가 안 가요."

"그런 처사를 감수해서는 안 됩니다." 하고 카를이 흥분된 어조로 말했다. 그는 자신이 현재 미지의 대륙, 그것도 연안에 정박하고 있는 위험한 배에 타고 있다는 사실도 거의 잊고 있었다. 그만큼 화부의 침대는 푹신하고 기분이 좋았던 것이다.

"선장을 만나 보셨나요? 선장을 만나 당신의 권리를 요구하신 적이 있나요?"

"이젠 그만! 어서 나가 줘요, 썩 나가란 말입니다. 당신이 여기에 머무는 것을 바라지 않소. 당신은 내 이야기를 잘 듣지도 않고 충고만 하려 드는군요. 내가 선장에게 무슨 용무로 찾아간단 말이오!"

화부는 피로해졌는지 다시 자리에 앉아 두 손으로 얼굴을 감쌌다.

카를은 더 이상 충고할 것도 그 무엇도 없다고 생각했다. 결국은, 바보 같은 소리로밖엔 들리지 않는 충고 따위는 집어치우고 차라리 트렁크를 찾으러 가는 편이 좋을 것이라고 생각했다. 아버지가 그 트렁크를 물려주면서 농담 삼아 '네가 언제까지 이것을 간직할 수 있을까?' 하고 말했었는데, 지금 그 귀중한 트렁크가 자취를 감췄는지도 모르지 않는가. 그래도 좀 위안이 되는 것은 설사 아버지가 트렁크를 확인하고 싶어도 트렁크가 행방불명된 사실을 확인할 수 없다는 것이었다. 선박회사에 문의한다 해도 트렁크가 뉴욕에 도착했다는 사실밖엔 알려 주지 못하리라.

그건 그렇고, 카를이 무척 섭섭한 것은, 이를테면 오래전부터 와이셔츠를 갈아입을 필요가 있었지만 트렁크에 든 물건들을 전혀 쓰지 않았다는 것이었다. 공연한 절약을 해 왔던 것이다. 새로운 인생의 출발과 함께 깨끗한 복장으로 첫발을 내디고 싶었지만 때 묻은 와이셔츠를 입을 수 밖에 없었던 것이다. 그렇지만 않다면 트렁크를 잃었다 해서 이토록 울화가 치밀지는 않았을 것이다. 지금 입고 있는 양복은 트렁크 속에 들어 있는 양복보다는 새것이었다. 트렁크 속의 양복은 출발 직전에 어머니가 임시방편으로 허겁지겁 만들어 주신 것으로 보잘것이 없었다.

그는 문득 어머니가 특별히 작별의 뜻으로 종이에 싸서 주신 베로나산(産) 살라미 소시지에 거의 손도 대지 않은 채 그대로 남겨 놓은 것까지 생각해 냈다. 항해 중엔 식욕이 없어 삼등 선실에서 주는 수프만으로도 충분했기에 그는 소시지의 한쪽 끝을 조금 먹었을 뿐이었다. 그것이 지금 수중에 있다면 이 화부에게 줄 수 있었을 텐데, 생각할수록 분했다. 이런 사람들의 마음을 사로잡으려면 우선 무엇이든지 쥐어 주기만 하면 충분하기 때문이다. 카를은 이런 것을 아버지에게서 들어 잘 알고 있었다.

아버지는 사업상 상대해야 하는 사람들에게 시가를 나누어 줌으로써 하찮은 심부름꾼의 마음까지도 모두 사로잡았다. 지금 카를이 선물로 줄 수 있는 물건이 있다면 그것은 수중에 있는 약간의 돈뿐이었다. 그러나 만약 트렁크가 없어졌을 경우를 생각해서 돈에는 손대고 싶지 않았다. 이런 생각을 하고 보니 그의 생각은 다시 트렁크로 돌아갔다. 바로 방금 전에 그렇게 허망하게 잃어버리다니 어처구니가 없었다.

그는 배를 탔던 닷새 동안의 밤을 회상해 보았다. 그동안 자기 침대에서 왼편으로 두 번째 침대를 사용하던 몸집이 작은 슬로바키아인이 내 트렁크를 노리는 게 아닐까, 하고 줄곧 의심의 눈으로 지켜보았다. 분명히 그 슬로바키아인은 카를이 피곤에 지쳐 잠깐이라도 조는 듯하면 낮 동안 늘 손에 들고 만지작거리기도 하고 봉술 연습도 하던 긴 장대로 카를의 트렁크를 자기 쪽으로 끌어가려고 했었다. 그는 낮이면 늘 선량한 사람 같은 표정을 짓고 있었다. 그러나 밤만 되면 가끔 침대에서 내려와 머리를 쳐들곤 처량하게 자기의 트렁크를 바라보곤 했었다.

아메리카

선내 규칙으로는 분명히 엄하게 금지되어 있는데도 불구하고, 선실의 구석구석에선 마음이 불안한 이민자들이 짤막한 토막 초에 불을 켜고 이민 사무국이 발행한 이해하기 어려운 취지문을 판독하려 애쓰고 있었다. 그런데 카를은 이런 불빛이 있을 동안에는 잠시 눈을 붙일 수 있었다. 하지만 불빛이 멀어서 둘레가 어둡거나 불빛이 아주 없을 때는 졸린 눈을 부릅뜨고 있어야만 했다. 그런 긴장 때문에 카를의 신경은 예민해져 지칠 대로 지쳐 버리고 말았다. 그러나 이렇게 된 이상 그랬던 행동은 모두 부질없는 수고에 불과했다. 부터 바움 녀석, 어디서고 만나기만 하면 용서치 않을 테다.

그 순간 이제까지 조용하기만 하던 실내에 멀찍이서 낮고 짧으면서 빠른 무슨 소리가 들려왔다. 아이들의 발소리 같기도 했다. 그 소리는 점점 커지면서 가까이 다가왔다. 그것은 어른들의 발소리였다. 비좁은 통로라서 그들은 한 줄로 서서 걷고 있었다. 무기가 서로 부딪치는 금속음 같은 소리가 들렸다. 침대에 누워서 몸을 쭉 펴고 트렁크와 슬로바키아에 대한 생각에서 해방되어 막 잠이 들 뻔했던 카를은 깜짝 놀라 일어나면서, 어떻게든 화부의 주의를 끌어 보려고 그의 몸을 약간 밀었다. 행렬의 선두가 이 선실 입구에 다 온 것 같았기 때문이다.

"아, 저건 이 배의 악대들이에요. 갑판에서 연주를 끝내고 악기를 넣으러 가네요. 이제 됐어요. 언제든지 가도 돼요. 어서 갑시다."

화부는 한 손으로 카를의 손을 잡고, 다른 손으로 침대 머리맡에서 성모상 액자를 내려 가슴속에 쑤셔 넣었다. 그리고 작은 트렁크를 들고 카를과 함께 서둘러 선실에서 나왔다.

"이제부터 사무실에 가서 높으신 양반들에게 내 의견을 털어놓을 거요. 승객들이 모두 내렸으니 남의 체면을 생각할 것도 없거든요."

화부는 여러 가지 말로 이런 이야기를 되풀이했다.

그는 사무실을 향해 가다가 통로를 가로질러 도망치는 쥐를 발견하고는 한 발을 들어올려 밟아 죽이려 했으나, 이미 쥐구멍 입구에 다 간 쥐를 쥐구멍 속으로 차 넣은 결과가 되고 말았다. 화부의 동작은 대체로 느렸다. 다리는 길었으나 그 다리의 동작은 몹시 둔했다.

두 사람이 조리실을 지날 때 거기에서는 몇몇 여자들이 더러운 앞치마를 두르고, 음식물을 일부러 묻혀 앞치마를 더럽히면서 커다란 통 속에 있는 식기들을 씻고 있었다. 화부는 리네라고 하는 여자를 불러 한 팔을 돌려 그녀의 허리를 껴안고, 그의 팔에 몸을 붙이며 교태를 부리는 여자와 한참을 걸어갔다.

"이제부터 이별의 정표로 돈을 주고 싶은데, 같이 가겠나?" 하고 화부가 물었다.

"내가 꼭 따라가야 할 건 뭐예요. 웬만하면 이리 갖다 주세요." 여자는 이렇게 말하고 화부의 팔 밖으로 몸을 빼더니 가 버렸다.

"도대체 어디서 저런 예쁜 애송이를 낚았죠?" 하고 그 여자는 물었으나, 대답을 들을 생각은 하지도 않고 가 버렸다. 일손을 멈추고 이 수작을 구경하던 여인들이 깔깔대며 요란스럽게 웃어댔다.

둘은 곧장 앞으로 걸어갔다. 도금을 한 작은 여신상이 양쪽 기둥으로 된 주변보다는 사치스러워 보이는 문이 보였다. 카를은 여기엔 한 번도 와 본 적이 없는 것을 깨달았다. 항해 중엔 1, 2등 승객 전용의 선실로 사용되었으나 이제 선내의 대청소를 위해 모든 칸막이를 치운 것이 분명했다. 사실 도중에 인부로 보이는 사람 서너 명을 만났는데 그들은 어깨에 빗자루를 메고 화부에게 인사를 했었다. 카를은 어리둥절하여 대청소 작업을 지켜보았다. 3등 선실에선 좀처럼 구경할 수 없는 광경이었다. 통로를 따라 전선(電線)이 있었고, 작은 벨이 줄곧 울리고 있었다.

화부가 조심스럽게 노크를 했다.

"들어오시오." 하는 소리가 들리자 그는 카를에게 함께 들어가자는 손짓을 했다. 카를은 방안에 따라 들어가긴 했으나 문턱에서 발을 멈추었다. 방에서는 세 개의 창문 너머로 파도치는 바다가 보였고, 경쾌하게 넘실거리는 파도를 보니 이 닷새 동안 줄곧 바다 위에서 지내온 것이 거짓말인 것처럼 가슴이 설다. 큰 배들이 서로 열십자로 엇갈리면서 부딪쳐 오는 큰 파도에 흔들거리고 있었다. 눈을 가늘게 뜨고 바라보니 그 배들은 자체의 중량 때문에 흔들리는 것처럼 보였다.

돛대 위에는 가늘고 긴 깃발이 달려 있었다. 그 깃발은 배가 항진(航進)하고 있기 때문에 팽팽히 펼쳐졌으나 때때로 펄럭였다. 아마 군함에서 쏘았을 것으로 짐작되는 예포 소리가 서너 번 울렸다. 별로 멀지 않은 곳에 군함이 그 함포의 포신을 햇빛에 번쩍이면서 지나가고 있었다. 작은 배와 보트들은 카를이 서 있는 자리에선 꽤 멀리 떨어져 보이는 곳에서 떼를 지어 큰 배 사이를 누비며 하구(河口)로 들어가는 것이 보였다. 이 모든 광경의 뒷면에는 거대한 뉴욕이 서 있고, 줄지어선 마천루의 몇 십만 개인지 헤아릴 수 없는 창문들이 눈동자처럼 반짝이며 카를을 내려다보고 있었다. 이 방에 들어와서야 비로소 자신이 어디에 있는지를 깨달았다.

둥근 테이블에는 세 명의 남자들이 앉아 있었다. 하나는 감색 선원 제복을 입은 항해사였고, 다른 둘은 항만청의 직원인 듯 검은색 미국식 제복을 입고 있었다. 테이블 위엔 갖가지 서류가 수북이 쌓여 있었다. 항해사가 먼저 펜을 쥐고 그 서류들을 훑어보고서 두 사람에게 건네주었다. 둘은 읽기도 하고 혹은 무언가를 쓰기도 했으며, 한 사람은 쉴 새 없이 이를 딱딱 마주치는 소리를 내면서 기억해야 할 사항을 동료에게 말하지 않을 때는 서류를 그대로 서류 가방 속에 밀어 넣었다.

창가의 책상에는, 입구를 등지고 앉은 몸집이 작은 남자가 눈앞의 높이에 있는 책장에 죽 꽂혀 있는 커다란 장부를 이것저것 빼 보고 있었다. 그 남자 옆엔 금고가 열려 있었는데 얼른 보기에도 속이 텅 비어 있었다.

두 번째 창문 근처엔 아무것도 놓여 있지 않아 바깥 경치를 내다보기에는 안성맞춤이었다. 세 번째 창가에서는 두 남자가 서로 바짝 다가서서 낮은 소리로 이야기를 주고받고 있었다. 그 중 선원 제복을 입은 한 남자는 창틀에 기대어 단검을 만지작거리고 있었다. 그리고 그 상대편 남자는 창을 바라보고 서 있었으나 이따금 몸을 움직였기 때문에 그때마다 가리어졌던 가슴의 빛나는 훈장이 일부 보이기도 했다. 이 남자는 사복을 입고 가느다란 대나무 지팡이를 짚고 있었는데 두 손을 허리에 대고 있었기 때문에 그 지팡이 역시 단검처럼 뒤로 내밀어져 있었다.

카를에게는 이 모든 것을 천천히 관찰할 여유가 없었다. 곧바로 직원으로 보이는 두 사람이 다가와 화부를 향해 당신 같은 사람은 올 곳이 못된다는 듯한 눈으로 바라보며 무슨 용무가 있느냐고 물었다. 화부는 상대방과 똑같은 낮은 소리로 사무장과 이야기하고 싶다고 대답했다. 직원은 자신의 직책상 일단 손짓으로 그 청을 거절했으나 그래도 발끝으로 조심스레 걸어가면서 둥근 책상을 멀리 돌아 큰 장부를 들고 있는 남자에게로 다가갔다. 그 남자는 직원이 전하는 말을 듣고는 몹시 놀랐다는 듯 한동안 굳어 있더니―그것은 누구의 눈에도 분명히 보였을 정도였다―겨우 자기에게 면담을 요청하는 화부 쪽으로 몸을 돌렸다. 그리고는 자신의 의도를 확실히 해 두기 위해 화부에게도 직원을 향해서도 단호히 거절하는 뜻의 손짓을 했다. 직원은 다시 화부에게로 돌아와 마치 비밀 이야기라도 하는 듯한 어조로 말했다.

"어서 이 방에서 나가 주게나."

화부는 이 말을 듣자 카를을 바라보았다. 카를이야말로 자신의 곤경을 무언중에 호소할 수 있는 가장 믿을 수 있는 사람이기나 한 것처럼. 그러자 카를은 갑자기 뛰쳐나가 항해사의 의자를 살짝 스칠 만큼 비껴가면서 방의 복판을 무턱대고 가로질러 갔다. 직원은 몸을 앞으로 굽히면서 마치 독벌레를 쫓듯이 뒤에서 끌어안으려고 팔을 뻗어 그 뒤를 쫓았으나 카를이 먼저 사무장의 책상에 도달했다. 카를은 직원이 자기를 끌어낼 경우를 생각해서 책상의 한 모서리를 꽉 움켜쥐었다.

그와 동시에 실내가 활기를 띠기 시작한 것은 두말할 것도 없었다. 책상을 향해 앉아 있던 항해사는 깜짝 놀라 벌떡 일어났다. 항만청의 관리는 조용히 그러나 주의 깊게 이 사태를 지켜보고 있었다. 창가에 서 있던 두 사람이 나란히 다가왔다. 직원은 그 높으신 분이 관심을 보인 이상 자기가 나설 자리가 아님을 깨달았는지 뒤로 물러섰다. 문턱에 서 있던 화부는 잔뜩 긴장하여 자기가 나서야 할 때를 기다리고 있었다. 드디어 사무장이 안락의자에 앉은 채 오른쪽으로 빙그르르 돌았다.

카를은 조금도 망설이지 않고 자기를 지켜보고 서 있는 사람들 앞에 호주머니를 뒤져 여권을 꺼내 보이며 사무장 책상 위에 놓고 그것으로 자기 소개를 대신했다.

사무장은 그것을 별 볼일 없는 듯 두 손가락으로 튀겨 옆으로 밀어 놓았다. 그래서 카를은 공식적인 절차가 원만히 끝난 것으로 생각하고 그 여권을 다시 호주머니 속에 넣었다. 그리고는 "실례합니다만." 하고 말문을 열었다.

"제 생각으론 이 화부 양반이 부당한 취급을 받고 있는 것 같습니다. 이 양반께 적의를 품고 있는 것은 이 배의 기관장인 슈발인가 하는 사람입니다. 이분은 오늘날까지 여러 배에서 근무했습니다. 그 배의 이름들을 낱낱이 밝힐 수도 있습니다. 어쨌든 성의껏 근무해 왔습니다. 근면하고 자신의 일에 긍지를 가지고 있습니다. 그런 그가 상선인 범선만큼도 업무량이 과중하지 않은 이 배에서 왜 쓸모가 없다고 하는지 그 이유를 모르겠습니다. 그래서 이 분의 승진을 방해하고 있는 것은 중상이라고밖엔 생각할 수가 없습니다. 마땅히 이분에게 주어져야 할 표창을 받지 못할 까닭도 없습니다. 저는 이 사실에 대하여 일반적인 견해만을 말씀드렸습니다. 세세한 불만에 대해서는 이분이 직접 여러분께 말씀드릴 것입니다."

카를은 이런 내용의 호소를 방 안의 여러 사람들을 향하여 거침없이 쏟아 놓았다. 그들은 분명히 카를의 호소에 귀를 기울였다. 카를은 사무장이 공정한 사람이라고 기대하는 것보다는 그들 중 적어도 한 사람쯤은 정의의 인사가 있지 않을까 하는 기대에서였다. 그리고 카를은 눈치 빠르게 화부와 서로 알게 된 것이 바로 얼마 전이었다는 사실을 감추었다. 어쨌든 카를은 지금 서 있는 자리에서 대나무 지팡이를 든 신사와 정면으로 바라보게 되었는데 그 신사의 얼굴이 붉게

아메리카

27

상기된 것을 보는 순간 당황하지 않았더라면 더 멋지게 말했을지도 몰랐다.

"그의 말은 모두 진실이오."

화부는 방 안의 사람들이 그에게 시선을 돌릴 틈도 주지 않고 묻지도 않은 말을 했다.

아마 선장임에 틀림없는, 훈장을 가슴에 단 사람이 화부의 하소연을 듣고자 하지 않았더라면 이렇게 화부가 성급하게 나섰던 것은 돌이킬 수 없는 실책으로 끝났을 것이다. 선장은 그때 한 손을 들고 화부에게 말을 했다.

"이리 가까이 오게."

그의 음성은 단호하고 힘찼으며 마치 상대를 압도하듯 결정적이었다. 이제 만사는 화부의 태도에 달려 있었다. 카를은 그 주장의 정당성을 조금도 의심치 않고 있었기 때문이다.

이런 기회를 빌려 화부의 다채로운 경력이 밝혀지게 된 것은 다행한 일이었다. 화부는 당당하고 침착하게 자신의 소형 트렁크에서 익숙한 솜씨로 한 묶음의 서류와 한 권의 수첩을 꺼내었고, 자신의 행동이 당연하다는 듯이 사무장을 전적으로 무시한 채 직접 선장에게로 다가가 창틀 위에 그 증거물을 펴 보였다. 사무장은 그쪽으로 자리를 옮길 수밖에 없었다.

"이 자는 유명한 불평분자입니다." 하고 사무장이 설명을 시작했다. "기관실 근무자인데도 기관실에 있는 시간보다 경리실에 와 있는 시간이 더 많았습니다. 이 자 때문에 그 온화한 슈발 씨가 자포자기에 빠졌습니다." 하더니 "이봐요." 하고 이번엔 화부를 향해 말했다. "당신의 뻔뻔스런 행동은 솔직하게 말해서 지나치군요. 이제까지 당신이 경리실에서 쫓겨난 적이 몇 번입니까? 당신의 행동은 누가 보아도 터무니없는 요구라고 생각할 수밖에 없으니 그런 대가를 받아도 마땅한 거요. 그런데 이번엔 경리실이 아닌 금고에까지 뛰어들다니. 슈발 씨는 당신의 직속상관이고, 그의 부하된 도리로 마땅히 당신이 고집을 꺾어야 한다고 몇 번이나 타일렀습니까. 그런데도 당신은 지금 이 자리에, 그것도 선장님이 계시는 곳까지 와서 이 무례한 짓을 하고도 부끄러워하지 않고, 어처구니없게도 무슨 고발의 대변인처럼 처음 보는 젊은이까지 끌어들여 앞장 세웠으니 그 뻔뻔스런 행동엔 놀라지 않을 수 없군요."

카를은 자신이 나서서 항변하고 싶은 충동을 애써 억제했다. 그때 선장이 화부의 편을 들어주듯 말했다.

"어쨌든 이 사람의 이야기를 듣기로 하지. 슈발은 자네가 날이 갈수록 방자하다고 했고, 그도 때가 되면 독립을 하겠지. 그것 때문에 자네의 역성을 드는 것은 결코 아니네."

끝 부분의 말은 화부에게 한 말이었다. 선장의 입장으로서 화부를 옹호할 수는 없겠지만 어쨌든 일은 순조롭게 풀려나가는 것 같았다. 화부는 자기변호를 시작했다. 그는 처음엔 슈발의 이름 끝에 '씨' 자를 붙여 말할 정도로 자제하고 있었다. 카를은 사무장이 앉았던 옆자리에 앉아 마음속으로 쾌재를 부르면서 만족스런 표정을 지으며 책상 위에 놓인 천칭 저울을 몇 번씩 눌러 보곤 했다.

"슈발 씨는 불공평합니다. 그는 외국인을 우대합니다. 슈발 씨는 나를 기관실에 내쫓아 변소 청소를 시켰습니다. 그 일은 화부가 할 일이 아닙니다."

이처럼 화부의 불만이 슈발의 능력을 의심치 않을 수 없다는 곳까지 이르렀다(그의 능력은 실제로 뛰어난 것이 아니라 겉으로 과장되어 보였던 것이다). 뜻밖에도 그의 말을 듣던 사람들의 표정에 화부의 말이 과장된 것이 아닌지 의심하는 표정이 감도는 것 같았다. 바로 이때 카를은 선장이 마치 자기 동료라도 되는 듯 다정스런 표정을 지으며 그를 바라보았다. 화부의 투박한 말투에 선장의 기분이 달라져 화부에게 불리한 영향이 미치지 않을까 하는 걱정이 앞섰기 때문이다. 어쨌든 화부의 장광설엔 무엇 하나 핵심이 없었으며 도무지 요령부득이었다. 선장만은 화부의 넋두리를 끝까지 들어 주리라는 생각을 하면서 그의 얼굴을 똑바로 바라보고 있었으나 다른 사람들은 곤욕을 치르고 있었다. 사태가 이렇게 되고 보니 화부의 넋두리는 그 장소의 분위기를 지배할 수 없게 되고 말았다. 이젠 앞이 캄캄해지고 걱정스러웠다.

이윽고, 대나무 지팡이를 든 사복의 남자가 지팡이를 위아래로 움직여서 아주 가볍긴 하지만 무늬 합판을 깐 마룻바닥을 치기 시작했다. 다른 사람들도 이따금 화부를 힐끗 바라볼 뿐이었다. 항만청의 관리는 일이 바쁜지 다시 서류를 들고 얼마간 건성으로 읽기 시작했다. 항해사 역시 다시 책상에 다가앉았다. 사무장은 이젠 완전히 승산이 있다고 생각했는지 야유가 듬뿍 담긴 한숨을 길게 내쉬고 있었다. 단 직원 한 사람만은 그 방안의 산만한 분위기에 물들지 않은 듯 보였다. 그는 높으신 양반들 앞에 서 있는 가엾은 사내의 고통에 다소 동정하고 있는지 뭔가를 전하려는 듯한 심각한 표정으로 카를에게 고개를 끄덕여 보였다.

그러는 사이에도 창 너머로는 항구의 생활이 쉬지 않고 전개되고 있었다. 둥근 통을 산더미처럼 실은 화물선이 지나갔는데, 통이 굴러 떨어지지 않게 특수한 방법으로 쌓여 있었다. 그 배가 스쳐 지나는 동안 방안은 순간 캄캄해졌다. 작은 모터보트들은 핸들을 움켜잡고 꼿꼿이 서 있는 사람의 두 팔이 움직이는 대로 요란스럽게 엔진 소리를 내며 스쳐갔다. 시간이 있었으면 저 광경을 자세히 관찰할 수 있었을 텐데, 카를은 생각했다.

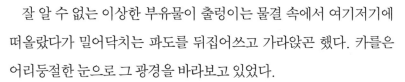

잘 알 수 없는 이상한 부유물이 출렁이는 물결 속에서 여기저기에 떠올랐다가 밀어닥치는 파도를 뒤집어쓰고 가라앉곤 했다. 카를은 어리둥절한 눈으로 그 광경을 바라보고 있었다.

원양선에서 승객을 가득 싣고 내린 서너 척의 보트는 선원들이 힘껏 노를 저어 앞으로 나아가고 있었다. 승객들은 빽빽이 실린 채 조용히, 기대에 차서 앉아 있었다. 그래도 몇몇 승객은 바뀌는 주위의 경치에 쉴 새 없이 고개를 돌리며 바라보고 있었다. 끊임없이 급변하는 주변상황은 불안정하고 기댈곳없는 인간들에게 감흥과 긴박감을 동시에 주고 있었다.

어느 누구의 표정을 보아도 모두들 속히, 그리고 명확하게 심정을 말하도록 화부에게 재촉하고 있는 가운데 화부는 무얼 하고 있었는가? 물론 그는 줄곧 쉬지 않고 떠들어댔으며 땀까지 흘리고 있었다. 그리고 조금 전부터는 손까지 떨기 시작하더니 이젠 창틀에 펼쳐 놓은 서류를 떨어지지 않게 누르고 있기조차 어렵게 되었다. 그의 뇌리엔 슈발에 대한 쌓이고 쌓였던 원한과 증오심이 두서없이 떠올랐다. 그는 그 중의 어느 것이든 하나만 들어 고발하여도 그 슈발을 매장하기에 충분하리라 생각했으나 그가 지금 선장 앞에서 피력할 수 있었던 것은 겨우 그 원한과 증오심이 뒤죽박죽이 된 한심한 넋두리에 지나지 않았다.

대나무 지팡이를 든 남자는 이미 조금 전부터 천장을 바라보며 딴전을 피우고 있었으며, 항만청의 관리들은 항해사를 자기들이 앉은 책상으로 불러들여 다시는 그를 놓아 주지 않겠다는 기색을 보였다. 사무장은 분명히 선장의 태연함에 눌려 말을 삼가고 있을 뿐이었다. 직원은 차렷 자세를 한 채 화부에게 내려질 명령만을 고대하고 있었다.

이렇게 된 이상 카를은 더 참을 수가 없었다. 그는 침착하게 사람들이 모여 있는 곳으로 천천히 걸어갔다. 그는 그 짧은 거리를 걸으면서 이 사건을 최대한 효과적이고 솜씨 있게 처리하는 방안이 무엇일까, 하고 재빨리 생각했다. 지금이 고비이고 중요하다. 잠시 후 우리 둘은 의기양양하게 이 사무실을 나갈 수 있을 거다. 선장은 호인 같다. 더욱이 이런 경우엔 공정한 상사(上司)로서의 권위를 보여야 할 특별한 이유가 있을 것 같았다. 하지만 선장은 필경 누구나가 쉽게 연주할 수 있는 악기는 아닐 것이다. 그런데 화부는 선장을 그렇게 다루고 있지 않은가! 물론 치미는 울화 때문이긴 하지만 말이다. 카를은 화부에게 말했다.

"더 간단명료하게 말씀드려야 해요. 그런 말투로는 아무리 옳은 말을 한다 해도 선장님은 그 가치를 인정하지 않으실 거예요. 선장님이 기관사나 급사들의 이름을 심지어 세례명까지도 모두 외우고 계셔서 당신이 그 이름만 대면 알아들으실 줄로 생각하세요? 어쨌든 조리 있게 말하세요. 하고 싶은 말 중에 가장 요긴한 것부터 말하세요. 그런 다음 차례로 다른 불만을 이야기하면 될 거예요. 경우에 따라선 다른 불만은 이야기하지 않아도 될 거예요. 내가 이런 말을 하는 것은 당신이 내게 들려준 이야기는 극히 명쾌하고 조리가 있었어요."

미국에선 트렁크를 훔치는 사람도 있는데 이 정도의 거짓말쯤은 괜찮겠지, 하고 카를은 마음속으로 변명했다.

어쨌든 자신의 이런 조언이 효과가 있다면 그것으로 족하다. 그런데 이미 때가 늦은 게 아닐까? 카를은 사태의 흐름을 지켜보며 반응을 기다렸다. 화부는 귀에 익은 음성이 들리자 말을 끊었으나 그의 두 눈은 상처받은 사나이의 명예와 고통스런 추억, 그리고 감당키 어려운 당면한 고난으로 눈물이 괴어 카를의 모습마저도 분간키 어려웠다. 이제 어떻게 할 것인지 새삼스레 지금 침묵을 지키고 있는 화부를 앞에 두고 카를 역시 말 없이 생각해 보았다. 새삼스레 그의 말솜씨가 달라질 수는 없을 것이다. 화부로서는 하고 싶은 이야기를 모두 털어놓았다고 생각하겠지만 조금도 그들을 납득시키지 못한 것 같아 안타깝기도 하겠지. 한편 아직 중요한 이야기는 하지 않았다고 생각할 테지. 그렇다고 이제부터 자초지종을 이야기하겠으니 경청해 달라고 할 수도 없는 처지라 생각하겠지. 더욱이 중요한 시점에 그의 유일한 동지인 카를이 한 충고가 의도와는 반대로 그에게 모두 실패로 끝났다고 가르쳐 준 상황이 되고 만이다.

'창밖의 경치만 바라볼 것이 아니라 좀 더 일찍 충고를 했어야 했는데.' 하고 카를은 생각하며 화부 앞에 고개를 숙인 채 만사는 실패로 끝났다는 표시로 두 손으로 바지의 솔기를 소리가 나도록 두드렸다.

그러나 화부는 이것을 오해했다. 그는 카를이 속으로 자기를 비난하는 것으로 받아들였던 모양이다. 카를을 설득해 그 비난의 의도를 해소시키려는 선의(善意)에서 이번엔 카를을 상대로 언쟁을 시작했다. 화부의 행동은 바야흐로 절정에 달한 것이다.

그런데 이때 둥근 책상에 둘러앉아 있던 사람들도 자기들의 업무를 방해하는 무익한 소동에 화를 내고 있었으며, 사무장은 선장의 인내에 대해 의아심마저 품고 당장 울화통을 터뜨리고 싶은 심정이었다. 그리고 직원 역시 이젠 자신의 상사들의 편에 서서 분노에 이글거리는 눈으로 화부를 머리부터 발끝까지 훑어보고 있었다. 그리고 선장이 이따금 호의가 가득한 눈으로 바라보던 그 대나무 지팡이를 든 남자마저도 이제는 화부에 대한 관심이 완전히 사라졌거나, 오히려 혐오감마저 보이면서 조그마한 수첩을 꺼내 수첩과 카를을 번갈아 보며 분명히 다른 업무에 마음을 쏟고 있었다.

"예, 알아요." 하고 카를이 말했다. 그는 자신에게 돌려진 화부의 끝없는 넋두리를 받아 내기에 고심하면서도 그 긴 언쟁이 계속되는 동안 시종 화부에게 친밀감을 표시하는 미소를 짓는 여유를 보였다.

"당신 말이 옳아요. 그래요, 나는 절대 의심하지 않아요."

그는 화부가 자기에게 주먹을 휘두를까 싶어 화부가 마구 흔들어 대고 있는 두 손을 꽉 붙들어 매고 싶었다. 그리고 가능하면 화부를 선실 구석으로 밀고 가 다른 사람이 들어서는 안 될 위로의 말을 두서너 마디 슬쩍 들려주고 싶었다.

그러나 화부는 완전히 제정신을 잃고 있었다. 카를은 만약의 경우 화부가 절망한 나머지 만용을 부려 이곳에 있는 일곱 남자쯤은 실컷 두들겨 팰 수 있을 거라고 생각하면서 일종의 위안마저 느끼기 시작했다. 책상 위에는 헤아릴 수 없이 많은 버튼과 전선이 쉽게 알아볼 수 있도록 질서정연하게 배열되어 있었다. 그 버튼을 간단히 누르는 것으로써 반감에 싸인 사람들로 가득 찬 이 배 전체를 반항의 도가니로 만들 수도 있는 것이다.

이때 이제까지 아주 무관심해 보였던 대나무 지팡이를 든 남자가 카를에게로 다가와 그다지 높지 않은 소리지만 화부의 절규를 넉넉히 누를 만큼 분명하게 "도대체 당신은 누구지, 이름은?" 하고 물었다. 동시에 누군가가 이 남자가 말하기를 문 밖에서 기다리고나 있었던 것처럼 노크를 했다. 직원은 선장을 바라보았다. 선장은 고개를 끄덕여 보였다. 직원은 문 앞으로 다가가 문을 열었다. 몸집이나 키가 보통인 남자가 낡은 스타일의 예복 차림으로 서 있었다. 어느 모로 보나 기관부는 아닌 것 같아 보이는 그 남자가 실은 슈발이었다.

방안 모든 사람들의 눈이 일제히, 그리고 선장마저도 어떤 안도의 눈빛을 띠었기 때문에 카를은 선뜻 알아차렸다. 만약 그들의 눈빛을 보고 알지 못했더라도 화부의 험악한 기세를 보고 그 남자가 슈발이라는 것을 알아차려야 했다. 화부는 팔에 온 힘을 주고서는 주먹을 쥐었는데 이 주먹이야말로 자기 신체의 가장 중요한 부분이며 이 주먹에 자신의 생명을 걸 각오라도 되어 있다는 듯한 기세였다. 그 남자가 슈발이었으므로 몸을 으스스 떨지 않을 수 없었으리라. 그의 주먹엔 전신의 힘이 몰려 뭉쳤으며 그 힘이 화부를 부동자세로 세워 놓고 있었다.

슈발은 맵시 있는 예복 차림으로 아무 거리낌 없이 늠름하게 힘찬 발걸음으로 방 안에 들어섰다. 화부들의 임금 지급표와 취업 기록으로 보이는 장부 한 권을 옆에 끼고 있었다. 그는 거침없이 여러 사람에게 인사를 하곤 하나하나의 눈을 차례로 파고들 듯이 바라보았다. 조금 전까지만 해도 슈발에 대해 다소 언짢은 생각을 갖고 있던 선장도, 혹 겉으로 그런 표정을 지어 보였는지는 모르지만 화부로부터 피해를 받은 이후로는 슈발을 어느 한 군데 나무랄 곳 없는 부하로 생각하고 있는 것 같았다. 화부 같은 사람에겐 아무리 가혹한 처사를 가한다 해도 지나친 것이 아니라는 눈치였다. 만약 슈발에게 잘못이 있다면 그것은 그가 여태껏 부하인 화부의 콧대를 여지없이 꺾어 놓지 못했기 때문에 화부가 감히 선장 앞에 나타난 것일 것이다.

어쨌든 지금이야말로 이들 높은 양반들 앞에서 화부와 슈발을 정면으로 부딪치게 하면 어떤 상급 재판정에 와서 대결을 행한 것보다 더한 효과를 거둘 수 있을 것이다. 설령 슈발이 시치미를 떼는 한이 있다손 치더라도 그걸 결코 최후까지 버티고 나갈 순 없으리라. 이 남자의 눈동자에 일순간이나마 본래의 사악한 성질이 비치기만 한다면 그것만으로도 이 사람의 사악함을 이들 앞에 역력히 보여 줄 수 있으리라. 이렇게 생각한 카를은 이 일을 그렇게 끌고 가기로 작정했다.

그는 그동안 틈을 보아 개개인의 안목과 약점, 그리고 기분을 낱낱이 꿰뚫어 보고 있었다. 이런 점으로 볼 때 지금까지 여기서 보낸 시간이 결코 낭비만은 아니란 생각이 들었다. 단지 화부가 더 분투해 주어야 할 텐데, 유감스럽게도 화부는 완전히 전투 불능 상태에 빠진 것 같았다. 그러나 그에게 슈발을 내맡긴다면 그 가증스런 자의 두개골을 주먹으로 깨뜨려 버릴 것이라고 생각했다.

그런데 이게 웬일일까? 그는 비록 한두 걸음조차도 슈발에게로 다가가지 못했던 것이다. 결국 슈발은 이 방에 자발적으로 오거나 선장의 호출을 받아 나타날 것이었다. 이토록 단순한 사실을 어찌 예상하지 못했을까? 문이 있다고 해서 무턱대고 들어서기 전에 왜 여기까지 오는 도중 화부와 전략을 의논하지 않았을까! 사실 두 사람은 아무 준비도 없이 무모한 실수를 저지른 것이다. 이 상태에서 반대 심문으로 들어갔을 때, 물론 사태가 자기들에게 유리하게 진행되는 경우엔 그럴 필요는 없는 것이나, 만약 그럴 경우 과연 화부가 입을 열어 '예'라든가 '아니오'라는 대답을 할 수 있을까? 화부를 바라보니 화부는 두 다리를 좌우로 벌린 채 무릎을 덜덜 떨면서 머리를 쳐들고 있었다. 몸속으로 공기를 빨아들이는 허파가 이미 없어진 사람처럼 떡 벌어진 입으로 숨을 들이마시고 있었다.

반면에 카를은 고향에 있을 때는 한 번도 맛보지 못했던 새로운 힘이 솟았고 머리도 맑아졌다. 그는 이국에서 높은 양반들을 상대로 정의를 위해 싸우고 있는 자신, 아직 게을리 하지 않는 자신을 부모님께 보여 드리고 싶었다. 부모님은 아들에 대한 이제까지의 생각을 바꾸어 주실까? 당신 아들을 둘 사이에 앉혀 놓고 칭찬해 주실까? 부모님을 이토록 생각하는 아들의 눈을 단 한 번이라도 진심을 다해 보아 주실까? 자신 없는 질문이었다. 그리고 이 같은 질문을 던지기엔 너무나 부적당한 순간이었다.

"화부가 제게 부당한 누명을 뒤집어씌우려 하고 있다는 것을 알고 왔습니다. 주방의 여직원들이 화부가 여기로 들어갔다고 알려 주었습니다. 선장님, 그리고 이 자리에 계시는 여러분, 저는 어떤 고발일지라도 제 기록을 근거로, 그리고 만약의 경우엔 지금 문 밖에 세워 둔 편견 없는 공정한 증인들의 진술을 근거로 낱낱이 반박할 각오입니다."

슈발은 이렇게 말했다. 그의 말은 사나이다운 명쾌한 변론이었다. 이 변론을 들은 사람들의 얼굴에는 분명히 그들이 장시간 듣지 못했던 인간의 소리를 다시 들었다고 생각하고 있는 표정이 여실히 드러났다. 물론 그들은 그 훌륭한 변론에 몇 군데의 허점이 있다는 것까지는 깨닫지 못하는 모양이었다. 왜 슈발의 뇌리에 떠오른 최초의 구체적인 말이 부당한 누명이어야 했을까? 그렇다면 그로서는 그 특유

한 민족적 편견에 사로잡히기 전에 우선 누명을 쓰고 있다는 점부터 고발하고 달려들어야만 했을까? 주방 여인네들이 사무실로 오는 화부를 보았다고 해서 왜 슈발은 그 일을 심각하게 생각한 것일까? 그가 이 일에 신경이 날카로워졌다는 사실, 바로 그 점이야말로 죄의식의 발로가 아닐까? 더욱이 그는 재빨리 손을 써서 증인을 동원했으며, 그 증인들을 편견 없는 공정한 사람들이라고 부르고 있지 않은가! 이건 속임수라고밖엔 달리 생각할 수 없다. 그런데도 불구하고 저 무리들은 슈발의 속임수를 허용하고 더구나 정당한 행동이라고 시인까지 하고 있지 않은가!

주방 여직원의 보고와 그의 출현 사이엔 분명히 상당한 시간이 흘렀다. 그가 의식적으로 그런 시간을 둔 것이라면 그의 의도는 무엇일까? 화부가 여러 사람의 신경을 피곤하게 만든다. 그러면 슈발이 가장 두려워하는 그들의 명석한 판단력이 약화되겠지. 그렇다, 그의 의도는 바로 여기에 있었던 것이다. 이것밖엔 다른 목적이 있을 수 없다. 틀림없이 그는 문 밖에서 오랫동안 엿들었으며 기회를 놓치지 않기 위해 노크를 했던 것이 아닐까?

모든 것은 명백했다. 더욱이 이 같은 사실을 증명하는 자료는 모두 슈발 자신이 무의식중에 제공해 준 것이다. 그러나 저 신사들에겐 다른 형태로, 그리고 알기 쉽게 증거를 보여서 일깨워 주어야 한다. 그렇다면 카를, 서둘러라! 한시가 급하다. 적어도 증인들이 나타나 모든 것을 털어놓기 전까지의 시간을 최대한 활용해야 한다.

그런데 바로 그때 선장이 슈발에게 이제 그만 하라는 손짓을 해 보였다. 그것을 본 슈발은 자기의 일이 잠시 연기된 것으로 생각했는지 옆으로 비켜서서 슈발과 한패가 된 직원을 상대로 소곤거리기 시작했다. 그러는 동안 때로는 화부와 카를을 힐끗 바라보기도 하고 자신에 찬 손짓을 하기도 했다. 슈발의 거동은 마치 다음에 있을 답변 연습을 하고 있는 것 같았다.

방안이 조용해지자 선장은 대나무 지팡이를 든 남자에게 말했다.

"야곱 씨, 저 소년에게 뭔가를 물으려 하셨죠?"

"예, 그렇습니다." 하고 신사는 가볍게 머리를 숙여 상대의 배려에 감사를 표하면서 말했다.

"자네의 이름은?"

엉뚱하게 자기 이름을 묻는 이 사람의 개입으로, 이 같은 돌발적 사건은 조속히 해결해 버려야 유리하다고 생각한 카를은 늘 하던 대로 여권을 제시하여 자기 소개를 대신하지 않고, 주머니 속을 뒤져 여권을 찾는 대신 직접 대답했다.

"전 카를 로스만입니다."

"설마?" 하고 야곱이라 불린 신사가 말하고, 처음엔 거의 믿지 못하겠다는 듯이 웃음을 지으면서 뒷걸음질을 쳤다. 선장, 사무장, 항해사, 심지어 직원마저도 카를의 이름을 듣자 분명히 크게 놀란 표정이었다. 다만 항만청 관리와 슈발만이 무관심한 태도를 보이고 있었다.

"설마?" 하고 야곱은 되풀이하면서 다소 굳은 걸음걸이로 카를에게 다가섰다. "그럼 나는 네 외삼촌 야곱이고 너는 내 조카로구나. 내가 그것을 전혀 모르고 있었구나."

그는 선장을 돌아다보며 이렇게 말하고는 카를을 끌어안고 이마에 입을 맞추었다. 카를은 묵묵히 그가 하는 대로 몸을 맡기고 있었다.

이윽고 상대가 카를을 놓아 주자 카를은 매우 정중하지만 냉정한 어조로 물었다.

"존함을 알고 싶습니다." 그리고 이 새로운 사건이 화부에게 어떤 결과를 가져오게 될지 예측해 보았다. 우선은 슈발이 이 사건으로 인해 덕을 볼 것 같지는 않았다.

아
메
리
카

카를의 이런 질문으로 야콥이라고 불리는 인물의 권위가 손상되었다고 생각한 선장이 말했다.

"여보게 젊은이, 먼저 자네가 가진 행운을 깨달아야 하네."

야콥은 창가에 서 있었는데 자신의 흥분된 얼굴을 타인에게 보이고 싶지 않은 것임에 분명했다. 그는 손수건으로 얼굴을 가볍게 눌러 땀을 닦고 있었다.

"자네의 외삼촌이라고 밝히신 분은 바로 에드워드 야콥 상원의원이시네. 지금부터 자네 앞에는, 혹 자네가 이제까지 기대하고 있던 것과는 전혀 다른 화려한 인생 항로가 기다리고 있네. 이 사실을 자네는 지금 이 자리에서 이해하려고 노력하게. 그리고 침착하지 않으면 안 되네."

"사실 제겐 미국에 야콥이라는 외삼촌이 계십니다. 그건 틀림없습니다." 하고 카를은 선장에게 말했다. "하지만 제가 잘못 들은 것이 아니라면 야콥은 상원의원의 성(姓)이라는 사실입니다."

"그 말대로야." 하고 선장은 크게 기대하고 있는 것처럼 말했다.

"그러나 제 외삼촌이신 야곱은 제 어머니의 형제이신데 세례명이 야곱입니다. 물론 어머니의 성은 벨델마이어입니다."

"여러분." 하고 창가에서 마음을 가라앉히고 되돌아온 상원의원은 카를의 설명을 듣자 소리를 높였다. 항만청의 관리를 제외한 모두가 웃음을 터뜨렸는데, 정말 웃음을 참지 못해 터뜨린 사람이 있는 반면에 몇몇은 남을 따라 그냥 웃고 있었다.

'내 말이 그렇게 웃음거리가 되는 것이었을까? 조금도 그럴 리가 없는데 웬일이지?' 하고 카를은 생각했다.

"여러분." 하고 상원의원은 되풀이했다.

"여러분께서는 나의, 그리고 여러분의 뜻과는 엉뚱하게 한 가정의 사소한 상봉 장면을 목격하게 되었소. 그래서 본인은 오직 선장님만이……." 이 말과 동시에 둘은 서로 마주보고 고개를 끄덕였다. "선장님만이 완전히 알고 계시는 사정을 여러분께 설명해 드려야 한다고 생각하고 있소."

'그럼 한마디도 흘리지 말고 잘 들어야지.' 하고 카를은 스스로 다짐했다. 그리고 문득 옆을 보니 화부가 생기를 되찾아 가고 있는 것이 보였다. 카를은 기뻤다.

"나는 오랫동안 미국에 체재하면서, 진정한 미국 시민으로선 체재가 어울리지 않는 말이지만, 오랜 세월 동안 유럽에 사는 친척들과 연락이 완전히 단절된 상태로 살아왔소. 이유는 여러 가지가 있으나 첫째로 오늘의 이 상황에서는 밝히기 어려우며, 만약 밝힌다면 내 신상에 적지 않게 복잡한 일이 생길 것을 각오해야 하오. 나는 그 이유를 어쩔 수 없이 귀여운 조카에게 밝혀야만 될 순간이 올까봐 두려워하고 있어요. 그렇게 되면 그의 부모님에 관계되는 이야기도 털어놓지 않을 수 없기 때문이오."

'저분은 내 외삼촌이다! 의심할 여지가 없어!' 하고 카를은 마음속으로 생각하면서 귀를 기울였다. '아마 이름까지 바꾸었나 보다.' 라고 카를은 생각했다.

"이 귀엽고 사랑스런 조카는 부모에게서 사건의 특색을 실감 나게 표현하자면 깨끗이 쫓겨나고 말았던 거요. 마치 고양이가 미워지면 화풀이로 그 고양이를 문 밖으로 내쫓는 것과 마찬가지로 말이오. 이 조카가 도대체 어떤 잘못을 저질렀기에 그런 벌을 받지 않으면 안 되었는지에 대해서 내가 조금도 꾸미지 않겠소. 그러나 요컨대 조카의 실수란 그저 실수라고 말하는 것만으로도 충분히 사죄가 될 만한 대수롭지 않은 것이었소."

'꽤 멋진 말을 하시는데.' 하고 카를은 생각했다. 하지만 숨김없이 털어놓으면 곤란한데…….. 어쨌든 외삼촌이 아실 까닭이 없을 텐데, 도대체 어디서 들으셨을까?

"내 조카는 결국……." 하고 외삼촌은 이야기를 계속했다. 그는 이야기하는 도중 몇 번이고 몸을 앞으로 굽혀 대나무 지팡이에 몸을 의지하곤 했다. 외삼촌은 분명 이런 대화를 나눌 때 으레하는 행동처럼, 이러한 화제에서 오는 불필요한 무거운 분위기를 엉뚱한 몸짓으로 덜고 있었다.

"내 조카는 서른 대여섯 살의 요한나 브루머란 하녀에게 유혹 당했소. 난 이 유혹이란 어휘로 조카의 마음을 아프게 하고 싶은 생각은 털끝만큼도 없으나 아무리 해도 이보다 더 적절한 어휘를 달리 찾을 길이 없군요."

이미 외삼촌에게 가까이 다가선 카를은 이때 사람들의 표정으로 이 말에서 느낀 사람들의 감정을 읽기 위해 뒤돌아 보았다. 웃는 사람은 없었다. 모두 참을성 있게 그리고 굳은 표정으로 경청하고 있었다. 처음엔 어쩔 수 없는 상황이라 그를 조소했으나 이젠 적어도 상원의원의 조카를 조소하는 자는 없었다. 아니, 좀 더 정확히 말하자면 그가 뒤돌아 보았을 때 화부만은 카를을 향해 미소를 보내고 있었다는 게 맞다. 그러나 그의 이런 웃음은 첫째, 인생의 새로운 출발에 길조(吉兆)로서 기뻐해야 할 일이었으며 둘째, 그런 무례는 용서해도 좋은 것이었다. 이제는 공공연하게 밝혀졌지만 아직 화부의 선실에 있을 때만 해도 이 비밀만은 밝히고 싶지 않았기 때문이다.

"그런데 그 브루머가……." 외삼촌은 말을 이었다. "내 조카의 아기를 가진 것이오, 튼튼한 사내아이를 말이오. 세례명을 야곱이라고 지었소. 이건 분명히 나를 염두에 두고 그랬던 것이오. 이 조카가 실없이 내 이야기를 한 것이 하녀에겐 큰 감명을 주었던 것 같소. 다행이라고나 할까요. 이 조카의 부모는 양육비 지불과 그 밖에도 자신들에게 밀어닥칠 추문을 피하기 위해—나는 그 방면에 관한 법률이라든가 이 애 부모의 형편 같은 것은 조금도 모른다는 것을 이 자리에서 강조해 두겠지만 일전에 그의 부모가 보낸 가난을 호소하는 편지 두

통을 받았으며, 답장 없이 편지만은 보관하고 있지요. 그 편지가 지금까지의 유일무이한 소식의 전부입니다만—내 조카를 미국으로 쫓아 보낸 것이오. 보시는 바와 같이 무책임하기 짝이 없는 초라한 차림으로 말이오.—그 하녀는 내게 편지를 보냈는데 그 편지는 여러 나날을 이리저리 전전하다가 마침내 그저께 내 손에 들어왔어요. 그 편지에는 사건의 자초지종뿐만 아니라 조카의 인상까지, 그리고 빈틈없게도 이 배의 이름까지 적혀 있었소. 그렇지 않았다면 이 젊은이는 미국에 살아 있다는 표적도 남기지 못한 채 의지할 곳 없이 뉴욕의 어느 뒷골목을 헤매다 죽고 말았을 거요."

이렇게 말하면서 그는 호주머니에서 매우 큰 글자가 빈틈없이 빽빽이 들어찬 편지 두 장을 꺼내어 흔들어 보였다. "여러분, 내가 단순히 여러분을 즐겁게 해 드리기 위해 이런 이야기를 하는 것이라면 그 편지의 두서너 대목을. 이 자리에서 낭독했을 것이오, 이 편지는 좋게 생각해서 좀 단순하고, 얕은꾀를 부린 데다 아기의 아버지에 대한 깊은 애정을 쏟아 썼기 때문에 여러분께 감명을 줄 수도 있겠으나, 나는 내 사정을 설명하기 위해서 불필요한 것까지 끌어들여 여러분을 즐겁게 해 드리고 싶지 않소. 또한 이 편지를 받았다는 사실에 대해서마저 언짢게 느끼고 있을 조카의 감정을 건드리고 싶지도 않기 때문에 생략하겠소. 혹 조카가 읽어 보기를 원한다면 그와 만나게 될 조용한 거실에서 이것을 읽고 처세의 교훈으로 삼도록 하겠소."

카를은 그 하녀에게 아무런 감정도 품고 있지 않았다. 점점 멀어지고 희미해지는 기억 속에 부엌의 낮은 찬장 옆 의자에 앉아 찬장에 팔꿈치를 세워 턱을 괴고 있는 그녀 모습이 떠오를 뿐이었다. 카를이 가끔 아버지의 물컵을 가지러 가거나 어머니의 심부름으로 부엌에 들어가기만 하면 그녀는 그의 얼굴을 뚫어지게 바라보았다.

그녀는 때때로 찬장 옆에 앉아서 묘하게 몸을 비꼰 자세로 편지를 쓰곤 했는데 어떤 때는 카를에게 편지 문구를 가르쳐 달라고 할 때도 있었다. 가끔 한 손으로 눈을 가리고 있었는데 그녀가 그런 자세로 있는 것은 편지 서두의 말조차 생각나지 않아 고심하는 때였다. 때로는 부엌 옆에 있는 좁은 하녀의 방에 무릎을 꿇고 앉아 나무 십자가를 우러러보며 기도를 하기도 했다. 이럴 때 카를은 그 방 앞을 지나가면서 조금 열린 문틈으로 그녀의 그런 모습을 호기심으로 엿보았다. 어떤 때는 그녀가 사람이 달라진 것처럼 부엌에서 뛰어다니다가 우연히 카를과 마주치면 마녀처럼 웃으면서 달아나기도 했다. 또한 어느 때는 카를이 부엌으로 들어가면 부엌문을 걸어 잠그고 열어 주지 않아 카를이 나가게 해 달라고 애원할 때까지 문의 손잡이를 붙들고 있었으며, 카를이 요구하지도 않은 것을 갖다가 쥐어 주는 일도 있었다. 그런데 어느 날 밤 그녀가 "카를!" 하고 존댓말을 쓰지 않고 마구 불러서 그가 놀라 어리둥절하게 서 있는데, 얼굴을 찌푸리고 거친 숨을 내쉬면서 그녀 방으로 끌고 갔던 것이다.

그녀는 문을 걸어 닫고 와락 달려들어 그의 목을 숨이 막히도록 힘주어 끌어안고는 자기 옷을 벗겨 달라고 조르면서 잽싸게 그를 벌거벗겨 침대 속으로 끌어들였다. 그녀는 그를 어느 누구에게도 양보하지 않고 세상이 끝나는 날까지 귀여워해 주고 어루만져 주고 싶다는 듯이 "카를, 오오, 내 사랑하는 카를." 하고 소리치며 얼굴을 쳐들고 자기가 차지한 것이 무엇인가를 확인이나 하려는 듯 그의 얼굴을 뚫어지게 바라보았다.

카를은 눈을 감고 그녀가 그를 위해 몇 겹으로 깔아 놓은 따스한 침구 속에서 불안감에 떨고 있었다. 이윽고 그녀는 옆에 누워 그의 비밀을 이야기해 달라고 졸랐다. 그러나 그는 그녀에게 들려줄 만한 비밀이 하나도 없었다. 그러자 그녀는 장난인지 진심인지 구별할 수 없는 노여움을 보이면서 그의 몸을 잡아 흔들었다. 그리고 그의 심장에 귀를 대고 고동 소리를 듣더니 카를에게도 자기 가슴에 귀를 대고 들어 보라고 강요하면서 잡아끌었다. 그러나 카를이 자기 요구대로 응하려 하지 않자 그녀는 벌거벗은 배를 카를한테 밀어붙이면서 카를의 사타구니 속으로 손을 넣어 더듬기 시작했다. 카를은 너무 깜짝 놀란 데다 징그러워서 머리를 흔들면서 이불 밖으로 가슴까지 빼고 뒹굴었다. 그러나 그녀는 그의 몸에 자기 배를 몇 번 갖다 댔다. 이때 그는 그녀의 몸이 자신의 몸의 일부가 된 것처럼 느껴졌다.

왠지 자신이 한없이 비참하고 공허하게 느껴진 것은 아마 그런 상황 때문이었으리라. 그는 그녀가 울면서 또 만나 달라는 애원을 몇 번씩 들은 후에야 겨우 자기 침대로 돌아올 수가 있었던 것이다. 이것이 전부였다. 그런데 외삼촌은 그 일이 낭만적인 사건인 양 크게 확대시킬 수가 있을까? 때문에 그 하녀는 외삼촌에게 자초지종을 알렸으며 카를의 도착을 통보했음에 틀림없었다. 그녀의 뜻대로 만사가 잘 진행된 셈이다. 그는 언제든 그녀에게 이 일을 갚고야 말리라.

"그럼 이야기는 이만." 하고 상원의원은 말했다. "이제 내가 네 외삼촌이 틀림없는지 솔직하게 말해 보려무나."

"제 외삼촌이 틀림없습니다." 하고 카를이 외삼촌의 손에 입을 맞추고 외삼촌의 키스를 이마에 받았다.

"만나 뵈어 기쁩니다. 하지만 제 부모님께서 외삼촌을 나쁘게 말한다고 생각하시는 것은 오해입니다. 그것에 대해선 이만해 두겠습니다만 외삼촌의 말씀 가운데는 두서너 가지 착오가 있다는 것을 지적하고 싶습니다. 하지만 솔직히 말해서 이 나라에서 그쪽 사정을 잘못 파악하신 것은 무리가 아니라고 생각합니다. 또한 중요치 않은 사건에 관해 좀 틀리게 판단하셨다 해도 별로 손해되는 일은 없기 때문입니다."

"훌륭한 의견이야!" 하고 상원의원은 분명히 흥미를 느끼고 있을 선장 앞으로 카를을 이끌고 갔다.

"어떻소, 훌륭한 조카가 아닙니까!"

"상원의원님." 하고 선장은 군대식 훈련 과정을 거친 사람만이 할 수 있는 경례를 붙이며 대답했다. "의원님의 조카님과 알게 된 것을 영광으로 생각합니다. 그리고 이 같은 상봉의 장소를 제공할 수 있게 된 것은 우리 배의 각별한 영광이기도 합니다. 삼등 선실에서 여행하신 것은 몹시 힘들었으리라 생각합니다만, 양해하시기 바랍니다. 이제 삼등 선실의 승객들도 편한 여행을 할 수 있도록 최선을 다하겠습니다. 예를 들면 미국 선박회사의 배들과 비교해서도 손색없게 말입니다. 하지만 아직은 삼등 선실의 여행을 즐거운 것으로 만드는 데는 부족한 점이 많습니다."

"별로 힘들지 않았습니다."라고 카를이 말했다.

"별로 힘들지는 않았던 것 같군요." 하고 소리 높이 웃으면서 상원 의원이 되풀이했다.

"다만 제 트렁크를 잃어버렸는지 그게 걱정입니다."

이렇게 말하면서 카를은 이제까지의 사건들과 아직 해결되지 않은 일을 돌이켜 생각하면서 주위를 둘러보았다. 모두들 존경하고 경탄 하는 시선으로 묵묵히 그를 바라보면서 제자리를 지키고 서 있었다. 다만 항만청의 관리만은 자기 만족에 도취한 엄숙한 표정으로 몹시 어색한 시각에 왔음을 유감스럽게 생각하는 눈치였다. 그들에겐 바 로 눈앞에 놓인 회중시계 바늘의 움직임이 이 선실 내에서 일어난, 그 리고 앞으로 일어날지도 모르는 일보다 더 중요한 것 같았다.

선장 다음으로 서둘러 관심을 표명한 것은 묘하게도 화부였다.

"진심으로 축하합니다." 하고 말한 화부는 카를과 악수했다. 그는 이 말과 행동 속에 뭔가 감사의 정을 표시하려고 했다. 화부는 또 상 원의원에 대해서도 똑같은 인사를 하려 했으나 이 같은 거동은 화부 로선 지나친 것처럼 상원의원이 뒤로 물러섰기 때문에 단념하지 않 을 수 없었다.

이렇게 되고 보니 다른 사람들도 뭔가 하지 않으면 안 된다는 것을 깨닫자 순식간에 카를과 상원위원을 둘러싸곤 서로 밀치고 미는 소 동을 피웠다.

이같이 해서 카를은 슈발의 축하 인사까지 받았으며, 자신도 그에게 감사하다는 말을 하기에 이르렀다. 이윽고 다시 잠잠해지자 마지막으로 항만청의 관리가 다가와서 두서너 마디의 영어로 축하 인사를 해 주었다. 그것은 웬지 카를에겐 우스꽝스럽게 느껴졌다.

상원의원은 이 기쁨을 마음껏 즐기기 위해 이들과 어울려 사소한 일까지도 떠올리고 싶은 충동을 누르지 못하고 있는 것처럼 보였다. 물론 주위 사람들도 그의 심정을 충분히 이해해 주었을 뿐만 아니라 흥미마저 느끼며 받아 주었다. 상원의원은 만약의 필요할 경우에 대비해서 그 하녀가 편지에 써 보낸 카를의 두드러진 특징을 자신의 수첩에 기록해 두었다는 것까지 주위의 사람들에게 말했다. 그리고 화부가 지루하기 짝이 없는 이야기를 지껄이는 동안 무료함을 덜 생각에서 자기 수첩을 꺼내, 물론 탐정만큼 정확하지 못하지만 장난삼아 카를의 용모를 대조해 보고 있었다. "이렇게 해서 나는 조카를 발견한 것이오." 하고 거듭 축하의 말이라도 듣고 싶은 듯한 어조로 말끝을 맺었다.

"그런데 외삼촌, 화부 문제는 어떻게 되겠습니까?" 하고 카를은 외삼촌의 이야기 끝 부분을 거의 건성으로 귓가에 흘려들으면서 물었다. 그는 자신이 이전과는 다른 새로운 입장이 되었으므로 뭐든 생각한 것을 솔직히 말해도 좋을 거라고 믿고 있었다.

"화부는 응분의 처벌과 그리고……." 하고 상원의원이 말했다.

"나머지는 선장님의 재량에 달려 있는 거다. 화부의 변명은 모두 귀가 아프도록 들었으며 그만하면 충분하다고 생각한다. 내 의견에 여기 계신 여러분은 모두 찬성할 것으로 믿는다."

"제가 말씀드리는 것은 그런 문제가 아닙니다. 여기서 쟁점이 되어 있는 것은 공정이란 문제입니다." 하고 카를이 말했다. 마침 선장과 외삼촌의 중간에 서 있던 그는 그 위치의 영향 탓인지 재결권이 마치 자기 손에 달린 것처럼 느껴졌다.

한편 화부는 자기 신상 문제에 대해선 무엇 하나 호전되기를 기대하지 않는 것 같아 보였다. 허리춤에 두 손을 찌르고 있었는데, 좀 전의 흥분된 몸짓으로 말미암아 허리띠 밖으로 줄무늬 셔츠 자락이 삐져나와 있었다. 그러나 그는 이런 것엔 개의치 않았다. 자기의 고민과 불만을 속속들이 털어놓은 이상 몸에 걸친 누더기 구경도 하고 나를 내쫓든 말든 뜻대로 하라는 태도였다. 화부는 혼자서 멋대로 이런저런 상상을 했다. 적어도 직원과 슈발은 이 자리에선 가장 신분이 낮은 사람인만큼 자기를 쫓아 버리는 친절쯤은 보여줄 만도 했다. 그렇게 되면 저 사무장의 말마따나 슈발도 안심하고 일할 수 있을 것이며 더 이상 절망하지 않아도 될 게 아닌가! 그리고 앞으로는 선장 마음대로 루마니아인만 고용하면 될 것이고 배 안에선 어디에서나 루마니아어를 들을 수 있을 것이다. 이렇게 되면 만사가 순조롭겠지, 화부가 관리실까지 뛰어들어 불만을 떠들어대는 일도 없겠지.

그러나 그들은 나의 마지막 넋두리만은 꽤 즐거운 추억으로 간직할지 모른다. 왜냐하면 저 상원의원이 분명히 말했듯이 그의 조카를 찾아내는 간접적인 계기가 됐으니 말이다. 어쨌든 저 상원의원 조카는 나를 위해 많은 수고를 아끼지 않았거든. 하지만 모두 수포로 돌아가 버렸다. 그래서 그는 자기 신분이 밝혀지자 자신의 수고에 대해

맨 먼저 분에 넘치는 감사를 표시하지 않았던가.

'이 이상 더 그에게서 무엇을 바라는 것은 말도 안 된다. 요컨대 저 젊은이는 상원의원의 조카일 뿐 선장은 아니거든. 내게 불리한 말을 하는 것은 결국 선장의 일이란 말이야.' 이런 생각을 하며 화부는 될 수 있으면 카를을 바라보지 않으려 했으나 유감스럽게도 적에 포위된 듯한 이 방안에 마음 놓고 눈을 둘 수 있는 곳이라곤 카를밖엔 없었다.

"사태를 곡해하면 안 돼." 상원의원이 카를에게 말했다. "물론 쟁점은 공정이란 점에 있으나 동시에 규율에 대해서도 잊어서는 안 된다. 양쪽 모두 특히 후자는 이런 경우 전적으로 선장님의 재량에 속하는 문제거든."

"옳으신 말씀입니다." 하고 화부는 중얼거렸다. 누가 이런 중얼거림을 했는지 알아차린 사람들은 어이가 없어 웃었다.

"뉴욕에 입항한 직후여서 선장님께선 많은 업무가 밀렸을 텐데 우리가 너무 많은 시간을 빼앗았다. 그리고 쓸데없는 일에까지 개입해서 두 기관사의 싸움을 확대시키지 않기 위해서도 바로 지금이 우리가 떠나야 할 시간이라고 생각한다. 너의 처지는 잘 알겠다. 그러니한시라도 빨리 서둘러서 너를 데리고 배에서 떠나야 하겠다."

"그럼 곧 보트를 내리도록 하겠습니다." 하고 선장이 말했다. 그러나 외삼촌의 말에 한마디도 이의를 달지 않는 데 대해 카를은 적잖이 놀랐다. 외삼촌의 말은 의심할 것도 없이 겸양의 말이었으며 스스로를 낮추어 한 표현이었기 때문이다. 사무장은 황급히 사무용 책상으로 돌아와 수부장에게 전화를 걸어 선장의 명령을 전했다.

'이제 한시도 지체할 수 없다.' 카를은 생각했다. '어쨌든 모든 사람들의 기분을 맞추려 했다간 아무 일도 못하고 만다. 그렇다고 외삼촌과는 오늘 이 자리에서 처음 만났을 뿐인데 이 외삼촌을 버릴 수도 없다. 선장은 정중하게 대해 주지만 그것뿐이거든. 아마 규율 문제에 이르면 지금의 정중함 같은 건 서슴치 않고 벗어던지겠지. 외삼촌은 분명히 선장이 하고 싶던 말을 했을 뿐이야. 슈발과는 말도 하지 않으리라. 그자와 악수한 것이 후회돼. 그 밖의 사람들은 불면 날아갈 빈껍데기 같은 존재거든.'

그는 이런 생각을 하면서 천천히 발을 옮겨 화부에게로 다가가 허리춤에 찌른 화부의 두 손을 빼내어 잡고 만지작거렸다.

"왜 아무 말도 않는 거요?" 하고 그가 물었다. "어째서 당하고 있기만 하는 거요?"

화부는 대답할 적당한 말이 생각나지 않는 듯 이마에 주름을 잡았을 뿐 대꾸하지 않았다. 그는 다만 카를과 자기 손에 시선을 주었을 뿐이었다.

"당신은 이 배의 승무원이 여태껏 당해 본 일이 없는 부당한 대우를 받고 있는 거요. 나는 그것을 잘 알아요."

카를은 상대방 손가락 사이에 자기의 손가락을 끼었다 뺐다 했다. 화부는 자신이 모든 사람들로부터 동정을 받고 있다는 푸근한 심정에 사로잡힌 듯이 눈을 빛내며 주위를 둘러보았다.

"당신이 자신을 보호하려면 '예'와 '아니오'를 분명히 밝히지 않으면 안 돼요. 내가 말하는 대로 하겠다고 약속해 주세요. 나는 이젠 당신을 더 도와드릴 수 없을지도 몰라요. 나는 그것을 염려하고 있는 거예요."

이렇게 말한 카를은 화부의 손에 입을 맞추며 눈물을 글썽였다. 그러고는 상처투성이의 생기 없는 손을 마치 내놓지 않으면 안 될 보배처럼 볼에 대고 비비고 있었다. 그러나 그때 이미 상원의원이 그의 곁으로 다가와 그를 살며시 끌고 갔다.

"너는 저 화부에게 홀린 것 같구나." 하고 카를의 머리 너머로 선장에게 의미 있는 시선을 보냈다.

"넌 항해 중에 아마 줄곧 외로움을 느끼고 있었을 거다. 그러다가 저 화부를 만났고, 그래서 넌 화부를 고맙게 생각했겠지. 그건 가상한 일이다. 하지만 이젠 나를 생각해서라도 제발 그런 감상은 버려 주었으면 한다. 그리고 현재의 네 처지도 생각해 보길 바란다."

문 밖에서는 영문 모를 소동이 일어났다. 떠들썩한 소리가 들려왔다. 누군가가 문에 거칠게 떠밀렸는지 몸이 부딪치는 소리도 들렸다. 선원 하나가 어수선한 차림새로 허둥지둥 들어왔다. 그는 앞치마를 두르고 있었다.

"밖에 사람들이 몰려왔어요." 하고 말한 그는 아직도 옥신각신하는 무리 속에 끼어 있는 듯이 팔꿈치를 쳐들고 위협하는 시늉을 하다가 겨우 정신을 차리고 선장에게 경례를 하려는 순간 자기 몸에 두른 앞치마를 발견하곤 쥐어뜯듯 풀어서 마룻바닥에 동댕이치며 소리쳤다.

"이놈들은 어쩌자고 이런 기분 나쁜 장난을 하는지. 내게 앞치마를 둘러놓다니!" 하며 외치고는, 비로소 발을 붙이고 경례를 했다. 누군 가가 웃으려고 하였으나 선장은 엄숙한 어조로 말했다.

"기분이 좋은 게로군. 도대체 밖에 누가 있단 말인가?"

"제 그들입니다." 하고 슈발이 한 발 걸어 나와 말했다. "그들의 무례한 행동에 대해 제가 대신해서 용서를 빕니다. 선원들은 항해가 끝나면 제정신을 잃을 만큼 소동을 피우기가 일쑤입니다."

"즉시 증인들을 불러들이시오." 하고 선장이 명령했다. 그리고 상원의원 쪽으로 몸을 돌려 정중하면서도 빠른 어조로 말했다. "진심으로 죄송하게 생각합니다만 상원의원님, 이 선원이 보트로 안내해 드리겠으니 조카님과 함께 선원을 따라가 주십시오. 개인적으로 상원의원님과 알게 된 것을 무한한 영광으로 생각합니다. 다음 기회에 다시 미국의 선박 사정에 대한 고견을 들었으면 합니다. 그때도 오늘과 같은 경사스런 일로 이야기가 중단된다면 또한 즐거울 것입니다."

"이 조카를 얻은 것으로 만족합니다." 하고 외삼촌은 웃으면서 말했다.

"당신의 호의에 진심으로 감사드립니다. 그럼 작별을 해야겠군요. 그리고 우리가……." 외삼촌은 다정스럽게 카를을 껴안았다. "언제든 유럽 여행을 하게 될 때 장기간 당신의 배에서 함께 지낼 수 있었으면 합니다."

"그럴 수만 있다면 정말 기쁘겠습니다." 하고 선장이 대답했다. 두 사람은 악수를 교환했다. 카를은 아무 말도 못하고 선장에게 손을 내밀 수밖에 없었다. 바로 그때 슈발이 데리고 온 열대여섯 명 가량의 증인들이 좀 당황하여 몹시 소란을 피우면서 들어섰기 때문에 선장은 그들을 상대해야만 했다.

안내역을 맡은 선원은 상원의원의 앞장을 서는 것에 양해를 구한 후 두 사람을 위해 군중을 헤쳐 길을 내주었다. 그래서 두 사람은 인사를 하는 무리들 사이를 힘들이지 않고 빠져나갈 수 있었다. 이들 순박한 사람들은 화부와 슈발의 싸움을 단순한 농담으로 알고 있는 듯, 선장 앞에 나와서도 웃음을 거두지 않고 있었다. 카를은 앞서 주방에서 만났던 리네가 그들 속에 끼어 있는 것을 보았다. 리네는 마룻바닥에 동댕이쳐진 앞치마를 주워 허리에 차면서 카를을 보고 명랑하게 윙크를 보냈다. 앞치마는 그녀 것이었던 것이다.

외삼촌과 카를은 선원을 따라 사무실에서 나와 좁은 통로로 돌아 들어갔다. 두어 발짝 걸으니 작은 문이 나왔다. 그 문을 열고 짧은 트랩을 밟아 아래로 내려가니 그곳엔 그들을 위해 준비된 보트가 기다리고 있었다. 안내하던 선원이 단숨에 훌쩍 뛰어 보트에 올라타자 보트에 타고 있던 선원들이 일제히 일어나 경례를 했다. 상원의원이 조심해서 트랩을 내려야 한다고 주의를 주었을 때는 아직 카를이 트랩을 밟기 전이었는데, 카를이 갑자기 울음을 터트렸다.

상원의원은 오른손을 카를의 턱 밑에 대고 자기 품에 꼭 끌어안더니 왼손으로 머리를 쓰다듬어 주었다. 이런 자세로 두 사람은 천천히 트랩을 내려와 몸을 딱 붙인 채 보트에 올라탔다. 상원의원은 카를을 위해 자기 건너편에 좋은 자리를 내주었다. 상원의원이 눈짓을 하자

56

보트는 본선에서 떨어졌으며 선원들은 일제히 힘을 다해 노를 젓기 시작했다. 본선에서 몇 미터 떨어졌을 때 카를은 자기들이 지금 본선의 관리실이 있는 측면 쪽에 있음을 알게 되었다.

세 개의 창문은 슈발의 증인들 얼굴로 가득 메워져 있었으며, 그들은 정다운 얼굴로 이쪽을 바라보거나 손을 흔들고 있었다. 외삼촌은 답례를 보냈다. 선원 하나가 능숙하게 노를 저어 나가면서 손도 멈추지 않고 배를 향해 교묘히 손으로 키스를 보내고 있었다. 화부의 모습은 어디론가 사라졌는지 보이지 않았다. 카를은 무릎이 맞닿을 만큼 가까운 거리에서 외삼촌을 찬찬히 관찰했다. 이분이 과연 그 화부가 맡았던 역할을 대신해 줄 수 있을까, 하는 의문이 카를의 마음속에서 고개를 쳐들었다. 외삼촌은 카를의 시선을 피한 채 보트 주위의 출렁이는 바닷물을 바라보고 있었다.

# 외삼촌

  외삼촌 댁에서 카를은 곧 새로운 환경에 익숙해질 수 있었다. 외삼촌은 어떤 사소한 일이라도 카를의 뜻을 사랑스럽게 받아들여 주었다. 때문에 카를은 흔히 외국에서의 최초의 생활이 대부분 그렇듯이 쓰라린 경험으로 현실을 극복하는 일이 없이 나날을 보냈다.

  카를의 방은 건물의 6층에 있었다. 밑의 다섯 층은 외삼촌의 사업체가 들어차 있었고, 그 밑에 또 지하 3층이 있었다. 아침에 카를이 작은 침실에서 거실로 들어설 때마다 두 개의 창문과 발코니의 출입구를 통해 스며드는 햇살은 언제나 그를 경탄하게 했다. 가난한 이민자로서 나이 어린 자신이 이 낯선 땅에 홀로 상륙했더라면 지금쯤 어느 곳에서 살고 있었을 것인가? 어쩌면 외삼촌의 해박한 이민법에 비추어 볼 때 카를은 미국에 입국 허가조차 받지 못했을 뿐만 아니라 이제는 고향으로 돌아갈 수 없다는 사실에도 아랑곳없이 본국으로 송환되는 일도 능히 있었을 것이다. 분명히 이 나라에선 동정 같은 것이 통하지 않았다. 이 점에 대해선 카를이 미국에 관해 읽었던 것들이 모두 정확했다. 이곳에선 행복한 사람들만이, 주위의 냉담한 사람들 속에 싸여 자신들의 행복을 마음껏 누리는 것 같았다.

거실 앞에는 좁고 긴 발코니가 거실의 폭에 맞추어 뻗어 있었다. 카를의 고향에서라면 아마 가장 높은 전망대였을지도 모르지만, 지금 여기서 바라볼 수 있는 것은 일정한 양식으로 지어진 두 집 처마 사이를 곧게 마치 도망치듯 쭉 뻗은 길뿐이었다. 그 길은 짙은 안개 속에 대사원의 모습이 어렴풋이 솟아 있는 곳까지 아득하게 계속되었다. 그리고 그 길에서는 밤낮을 가리지 않고, 심지어 한밤중의 꿈속에서까지 항상 혼잡한 교통의 소음이 일고 있었다. 그 광경을 위에서 내려다보면 일그러진 사람들의 그림자와 갖가지 차량의 지붕이 끊임없이 새롭게 얽혔다가는 곧 흩어지곤 했다. 더욱이 그 길에서 소음과 먼지와 악취가 뒤섞인 새로운 혼합물이 올라오고 있었다. 이런 것들 사이에서 빈틈없이 자리 잡고 있는 것은 강한 햇빛이었다. 수많은 대상에 의해서 쉴 새 없이 흩어지고 사라졌다간 또 부지런히 다가오기도 하는 그 빛은 언뜻 보면, 마치 길 위에 모든 것을 덮은 거대한 유리가 깔려 있어 그것이 순간마다 산산이 부서지는 것처럼 보였다.

매사에 조심성이 많은 외삼촌은 카를에 대해서 당분간은 어떤 사소한 일에건 성급하게 뛰어들어서는 안 된다고 타일렀다. 매사를 음미하고 숙고해야 하지만, 그렇다고 지나치게 사로잡혀서도 안 된다

아메리카

고 말했다.

유럽인이 처음 미국으로 건너온 최초의 며칠은 신생아와 같다. 물론 저 세상에서 다시 이 세상으로 건너오는 것보다도 빨리 이곳 생활에 익숙해질 수는 있지만, 카를이 쓸데없는 걱정을 하거나 고생을 하지 않기 위해서는, 최초의 판단이란 언제나 정확치 못한 경우가 많고, 그 정확하지 못한 판단 때문에 이 땅에서 살아가는 데 도움이 될 앞으로의 모든 판단이 그르치지 않을까 염려된다는 것을 강조했다. 외삼촌 자신은 이와 같은 새로운 이주자들을 많이 보아 왔다.

그들은 예를 들어 온종일 발코니에 서서 길 잃은 양처럼 길을 멍하니 내려다보는 것은 마음의 혼란을 야기하는 근원인 것이다. 활동력이 넘치는 뉴욕의 거리를 홀린 듯 하루 종일 바라보는 행동은, 무조건이라고는 할 수 없으나 이 땅에 머물러 살려는 자에겐 파멸의 근원일 뿐이다. 이런 경우 다소 과장된 표현이긴 하지만 이런 말을 공공연하게 써도 될 것이다.

이 같은 외삼촌의 교훈엔 거짓이 없었다. 외삼촌은 하루 한 번 그러나 언제나 다른 시각에 카를을 방문했다. 어느 날 발코니에 서 있는 카를과 마주쳤을 때 실제로 그는 불쾌한 듯 미간을 찌푸렸다. 카를은 외삼촌의 그러한 표정을 바로 알아차리곤 발코니에 서서 거리를 내려다보는 즐거움을 될 수 있으면 단념하기로 결심했다. 그리고 카를이 맛본 즐거움은 그것만이 아니었다.

그의 거실에는 멋진 미국식 책상이 있었다. 그의 아버지가 수년간 몹시 갖고 싶어 하여 여러 차례 경매장에 나가 어떻게든 헐값으로 손에 넣으려고 했으나 그의 보잘것없는 재력으로는 어쩔 수 없던 물건이었다. 그러나 카를의 방에 놓인 이 책상은 유럽의 경매장을 전전하는 그런 허울만 좋은 미국식 책상과는 비교도 할 수 없었다. 예를 들면, 책상 위의 책장은 크기가 다른 무수한 서류를 제각기 적당한 장소에 보관하는 데 대통령일지라도 불편을 느끼지 않을 만했다. 더욱이 책장의 옆쪽에 조절 장치가 있어서 핸들을 돌리기만 하면 필요에 따라 책장의 위치를 자유롭게 바꿀 수도 있고, 새로운 형태로 책장을 꾸밀 수도 있었다. 얇은 옆벽이 서서히 내려오면서 새로 꾸며지는 책장의 바닥이 되거나 새로 솟아오르는 책장의 윗면이 되기도 했다. 핸들을 돌리는 것만으로도 책장의 겉모양이 바뀌었다.

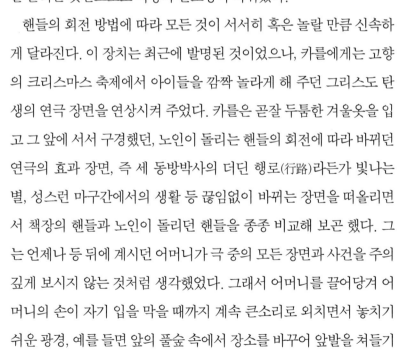

아메리카

핸들의 회전 방법에 따라 모든 것이 서서히 혹은 놀랄 만큼 신속하게 달라진다. 이 장치는 최근에 발명된 것이었으나, 카를에게는 고향의 크리스마스 축제에서 아이들을 깜짝 놀라게 해 주던 그리스도 탄생의 연극 장면을 연상시켜 주었다. 카를은 곧잘 두툼한 겨울옷을 입고 그 앞에 서서 구경했던, 노인이 돌리는 핸들의 회전에 따라 바뀌던 연극의 효과 장면, 즉 세 동방박사의 더딘 행로(行路)라든가 빛나는 별, 성스런 마구간에서의 생활 등 끊임없이 바뀌는 장면을 떠올리면서 책장의 핸들과 노인이 돌리던 핸들을 종종 비교해 보곤 했다. 그는 언제나 등 뒤에 계시던 어머니가 극 중의 모든 장면과 사건을 주의 깊게 보시지 않는 것처럼 생각했었다. 그래서 어머니를 끌어당겨 어머니의 손이 자기 입을 막을 때까지 계속 큰소리로 외치면서 놓치기 쉬운 광경, 예를 들면 앞의 풀숲 속에서 장소를 바꾸어 앞발을 쳐들기도 하고 달려 나가려고도 하는 새끼 토끼를 어머니에게 가리켜 보이기도 했다. 어머니는 그의 입을 막고선 또다시 조금 전의 상태로 되돌아가는 것 같았다. 이 방에 놓인 책상은 물론 이런 하찮은 추억이나 불러일으키기 위해 만들어진 것은 아니었다. 다만 발명의 역사에서 카를의 추억에 남아 있는 연극 장치와 막연한 연관성이 있는 듯싶었다. 외삼촌은 카를의 생각과는 달리 이 책상의 구조와 장치에 호감을 갖고 있지 않았다. 카를을 위해 문자 그대로 공부하는 데 적당한 책상을 사 줄 생각이었다. 지금의 책상들에는 이런 조절 장치가 달려 있었는데 이 새로운 조절 장치는 많은 비용을 들이지 않고도 낡은 책상에 장치할 수 있다는 점이 장점이기도 했다.

어쨌든 외삼촌은 카를에게 조절 장치를 사용치 말도록 거듭 당부했다. 그 당부가 유지되도록 외삼촌은 기계 구조가 매우 정밀하기 때문에 고장이 났을 때 수리비가 엄청 든다는 말을 덧붙이곤 했다. 외삼촌의 이런 말이 구실에 지나지 않는다는 것은 곧 알아챌 수 있었다. 그러나 웬일인지 외삼촌은 그것을 내색하지 않았다.

처음 뉴욕에 도착했을 당시 외삼촌과 카를은 서로 마주 앉아 대화를 갖는 기회가 많았다. 카를은 자기가 고향에 있었을 때 잘 치진 못했으나 피아노 치기를 좋아했다고 말했다. 물론, 어머니에게서 배운 초보적 지식 수준으로 칠 수 있는 것이다. 물론 카를은 자신의 이러한 이야기가 피아노를 사 달라는 요구라는 것을 분명히 의식하고 말했다. 그때까지 외삼촌의 사정을 살펴본 결과 외삼촌은 절약하지 않아도 될 만큼 윤택하다는 것을 알 수 있었기 때문이다. 그의 요구는 당장 이루어지지 않았으나 일주일쯤 후에 외삼촌은 마음이 내키지 않는다는 표정으로 피아노가 지금 밖에 도착했으니 네가 운반 감독을 하라고 했다. 그것은 힘든 일은 아니었으나, 그렇다고 운반하는 일 자체보다 편하다고는 할 수 없었다. 그도 그럴 것이 이 건물에는 가구 운반용 특수 엘리베이터가 있었는데 운송 차량도 들어갈 수 있을 정도로 커서 차에 실린 그 피아노는 바로 카를의 방까지 운반할 수 있었기 때문이었다.

아메리카

카를 자신도 그 피아노가 실린 엘리베이터에 함께 탈 수 있었으나 때마침 바로 그 옆의 승객용 엘리베이터가 비어 있어 그것을 이용했다. 그리고 엘리베이터의 속도를 알맞게 조정하여 자기 위치를 옆의 엘리베이터와 같은 높이로 유지하면서 유리창 너머로 이제 자기 소유물이 된 그 아름다운 악기에서 눈을 떼지 않았던 것이다.

방안에 내려놓고 나자 바로 살짝 건반을 쳐서 소리를 내 보았다. 카를은 너무나 기뻐서 건반에 댔던 손을 떼고 훌쩍 뒤로 물러나 서너 걸음 떨어진 곳에서 손을 허리에 대고 황홀하게 피아노를 바라보았을 정도였다.

방의 구조 자체도 음향 효과 면에서 훌륭했다. 이 사실은 철근 콘크리트로 된 집에서 살아야만 되는 처음의 불쾌감을 가시게 만들어 주었다. 하기야 이 건물의 외관은 철근 건물 특유의 딱딱하고 찬 인상을 주지만 안에 들어서면 전혀 그런 것을 느끼지 못했다. 뿐만 아니라 이 건물의 구조에서는 나무랄 것 없는 아늑함을 해치는 결점을 지적해 내기란 불가능했다. 처음에는 카를 자신이 피아노 치는 것에 큰 기대를 걸고 있었다. 적어도 잠들기 전엔 피아노를 치는 것으로써 미국에서의 생활에 직접 영향을 줄 것이라는 가능성을 공상하면서 자신의 이런 과장된 생각을 별로 수치스럽게 생각지 않았다.

그러나 그가 소음이 가득한 허공을 향해 창문을 활짝 열고 고향의 병사들이 밤이 되어 병영의 창가에 몸을 기대고 어두워진 연병장을 내려다보며 소리 맞춰 부르는 옛 병사의 노래를 연주할 때 그의 피아노는 참으로 기묘한 소리를 냈다. 그리고 연주가 끝나고 길을 내려다보아도 그곳은 여전히 주위에 작용하는 모든 힘을 밝혀내지 않고는 멈추게 할 수 없는 거대한 순환의 일부분에 지나지 않았다.

외삼촌은 그의 이런 연주를 관대히 보아 주었다. 카를이 외삼촌의 권고에도 불구하고 좀처럼 연습에 힘쓰지 않아도 그에 대해 한마디 싫은 소리를 하지 않았다. 오히려 미국의 행진곡 악보와 함께 국가의 악보까지도 사다 주었다. 이런 외삼촌의 행동은 그가 단순히 음악 애호가란 것만으로는 설명할 수가 없었다. 어느 날 외삼촌이 진지한 표정으로 카를에게 바이올린이나 프렌치 호른 공부를 해 볼 생각이 없느냐고 물었기 때문이다.

영어 공부는 카를이 당면하고 있는 가장 중요한 과제임은 두말할 것도 없었다. 아침 일곱 시 정각에 상과대학의 어떤 젊은 교수가 카를의 방에 들어서면 카를은 책상에 앉아서 책이나 노트를 읽고 있거나 암송연습을 하면서 방안을 왔다 갔다 하고 있었다. 그는 영어 공부를 서둘러 한다 해도 지나치지 않을뿐더러 영어 학습의 급속한 진전이 바로 외삼촌을 가장 기쁘게 해 드릴 수 있는 사실이란 점도 잘 알고 있었다. 처음에는 외삼촌과 대화할 때도 인사말만은 영어로 했으나 날이 갈수록 차차 대화의 대부분이 영어로 바뀌어 갔으며, 그리하여 더욱 친숙한 이야기도 나눌 수 있게 되었다.

어느 날 밤 카를이 처음으로 미국의 시를 영어로 낭독해 들려 드린 적이 있었다. 그 시는 어떤 화재 장면을 묘사한 것이었는데, 외삼촌은 만족한 나머지 흥분하기까지 했다. 그때 두 사람은 카를의 방 창문가에 서 있었다. 외삼촌은 노을이 완전히 사라진 서쪽 하늘을 바라보며 시에 공감한 듯 음률에 맞춰 천천히 손바닥을 치고 있었다. 카를은 그 옆에 다소곳이 서서 눈을 고정시키고는 머릿속으로 그 어려운 시구를 낭독하고 있었다.

카를의 실력이 향상됨에 따라 외삼촌은 카를을 친지들에게 소개하고 싶은 생각이 간절해지는 것 같았다. 외삼촌은 만약의 경우를 대비해서 이런 회합에서는 카를 가까운 곳에 언제나 영어 교사가 함께 있도록 했다. 어느 날 오전에 카를이 소개받은 첫 손님은 키가 훤칠하고 몸짓이 유연한 젊은 남자였다. 외삼촌은 평소에 없던 수다까지 떨면서 그를 카를의 방으로 안내해 왔다. 그 남자는 분명히 부모의 입장에서 보자면 대재벌의 버릇없는 자식들 중 하나였다. 이 젊은 남자의 생활은 보통 사람이라면 통탄해 마지않는 한심한 생활의 날로 일관되었음에 틀림없었다. 그 자신도 이 사실을 막연하게나마 의식하고 있어 전력을 다해 세인의 비난에 반항이라도 하려는 듯이 입과 눈 언저리에 행복한 듯한 미소를 끊임없이 띠고 있었다. 그 미소는 그 자신과 그와 마주 선 사람들에게, 그리고 세상의 모든 사람들에게 보

아 메 리 카

이려고 던지는 것 같았다.

카를은 마크란 이름의 그 남자와 매일 아침 다섯 시 반에 승마학교든 교외든 상관없이 함께 말을 타기로 약속을 했다. 외삼촌은 무조건 찬성했다. 카를은 말을 타 본 적이 없으니 말 타기에 좀 익숙해진 후부터가 좋겠다고 처음엔 승낙을 주저했으나, 마크가 승마는 단순한 오락이며 신체를 단련하기 위한 스포츠이지 기술은 문제가 안 된다고 열렬하게 설득해서 카를은 승낙하지 않을 수가 없었다.

그는 이제 아침 네 시 반엔 잠자리에서 일어나야 했다. 이것이 카를에겐 몹시 괴로웠다. 이곳에 온 이래 종일 주위에 신경을 써야 했기 때문인지 수면 부족으로 몹시 고통을 겪고 있는 중이었으므로 더욱 그랬다. 그러나 욕실에 가면 이런 고통은 사라졌다. 욕실의 위쪽에는 가로 세로 할 것 없이 온통 샤워 장치가 달려 있었다. 고향에선 동급생 중 아무리 부잣집 아이라 해도 이런 욕실을 자기 전용으로 소유하고 있는 아이는 없었다.

카를은 욕조에 몸을 뻗고 누웠다. 이 욕조 안에선 팔을 좌우로 활짝 벌릴 수도 있었다. 그리고 미지근한 물, 뜨거운 물, 그리고 마지막으로 얼음처럼 찬 물을 차례차례, 원하는 대로 또는 폭포수처럼 쏟아지게 할 수 있었다. 아직도 덜 깬 잠을 여기서 즐기려는 듯 카를은 욕실 안에 누워 있었다. 그는 지그시 감은 눈꺼풀 위로 똑똑 떨어지는 마지막 물방울을 받는 것을 몹시 좋아했다. 손잡이를 틀면 물방울은 다시 둑이 무너진 듯 얼굴에 흘러내렸다.

외삼촌의 자동차는 높고 네모난 천장으로 된 것이었는데, 그를 승마학교에 태워다 주면 영어 교사는 언제나 먼저 와서 그를 기다리고 있었다. 마크는 하루도 빠짐없이 약속 시간보다 늦게 나왔고, 이 때문에 카를도 마음 놓고 늑장을 부릴 수 있었다. 본격적인 승마는 마크가 도착한 후에야 시작했기 때문이다. 마크가 승마학교 교정에 도착하면 말들은 선잠에서 깨어나 앞발을 들고 일어서기도 하고 날카로운 채찍 소리가 주위에서 울리고 여기저기에 서 있던 사람, 구경꾼, 마부, 승마학교의 학생 등 모두가 서둘러 원형 회랑에 모습을 드러냈다. 카를은 마크가 도착하기까지 남는 시간 동안 아주 초보적인 승마 연습을 하곤 했다. 아무리 키가 큰 말의 등에도 팔을 들어 올리지 않고서도 거의 손이 닿을 만큼 키가 큰 사람이 카를에게 언제나 십오 분가량을 가르쳐 주었다.

그러나 이 연습으로 얻은 성과는 그다지 크지 않았다. 다만 연습을 하는 동안 영어 교사를 향해 줄곧 숨넘어가는 듯한 비명을 질렀기 때문에 영어로 많은 비명 소리를 배울 수는 있었다.

영어 교사는 잠이 부족했는지 언제나 문설주에 기대 서 있었다. 그러다가 마크가 나타나면 승마에 대한 이제까지의 불만은 순식간에 날아가 버렸다. 키 큰 사내는 물러가고, 이윽고 아직도 어둠이 걷히지 않은 연습장은 질주하는 말발굽 소리로 가득 찼다. 눈에 띄는 것이라곤 카를에게 호령하며 휘두르는 마크의 오른팔 정도였다. 반 시간의 꿈같이 즐거운 시간이 끝나면 마크는 바로 말을 세우고 카를에게 허둥지둥 작별을 고했다. 카를이 승마를 잘했을 때는 카를의 뺨을 슬쩍 건드리고는 가버렸으므로, 출입구까지 함께 가 본 적도 없었다.

영어 교사와 자동차를 타고 대개의 경우 길을 멀리 돌아 영어 공부를 하며 달렸다. 외삼촌 집과 승마 학교를 직통으로 잇는 큰 도로는 몹시 혼잡해서 그 길을 통과하려면 오히려 많은 시간을 낭비하게 되기 때문이었다. 그러나 얼마 안 가서 영어 교사와 동반하는 것은 중지하기로 했다. 피로에 지친 사람을 승마 학교까지 끌고 가는 것을 미안하게 생각한 카를이 마크와는 영어로 의사소통에 무리가 없으므로 영어 교사를 이 고역에서 해방시켜 줄 것을 외삼촌에게 간청했던 것이었다. 외삼촌은 잠시 뭔가 생각해 보더니 그의 청을 선선히 받아주었다.

카를의 간청에도 불구하고 좀처럼 응해 주지 않던 외삼촌이 극히 일부분이긴 하지만 카를에게 자신의 사업을 보여 준 것은 꽤 많은 시일이 지나서였다. 외삼촌의 사업은 일종의 중개업을 겸한 운송업이었다.

이런 종류의 사업은 카를의 기억으로는 유럽에서 찾아볼 수 없었던 것 같다. 그런데 이 사업은 중간거래를 본업으로 하는 것으로 상품을 생산자로부터 소비자에게, 또한 소매업자에게 중개하는 것이 아니라 기업 연합의 독점을 위해 온갖 상품의 원료를 각 공장에 중개하는 것이었다. 때문에 대규모의 구입, 보관, 운송, 판매 업무를 도맡고 있었으며, 고객들과는 항상 전화와 전보로 연락하면서 정확하고 끊임없이 연락을 해야 하는 사업이었다.

외삼촌의 전신실 규모는 언젠가 고향에서 구경한 적이 있는 전신국보다도 훨씬 컸다. 전화가 있는 넓은 방에 들어서 보니 전신실로 통하는 사방의 문이 계속 여닫히고 요란한 전화 벨소리가 귀를 울리는 통에 정신이 나갈 것 같았다. 외삼촌은 이 문들 중에서 가장 가까운 곳의 문 하나를 열었다. 거기엔 눈부신 전등 밑에 문이 열리고 닫히는 소리에는 아랑곳없이, 철제로 된 밴드를 머리에 하고 밴드 양끝에 달린 수화기를 귀에 댄 채 일에 열중하고 있는 종업원들의 모습이 보였다. 오른팔은 유달리 무거운 듯 작은 책상 위에 올려놓고 연필을 쥔 손가락은 인간의 손이라곤 믿기 어려울 만큼 빠르고 고른 속도로 경련이 일어난 것처럼 움직이고 있었다.

아메리카

종업원이 수화기에 대고 하는 말은 몹시 간단했고, 때로는 상대에게 묻고 싶은 것처럼 보일 때도 있었지만 상대방은 질문할 틈도 주지 않는지 자신이 들은 내용을 기록하고 있었다.

외삼촌이 카를의 귀에 대고 속삭인 말을 하자면 종업원은 잘못 들은 부분이나 이의가 있는 부분이 있어도 상대방에게 물을 수가 없다는 것으로, 한 종업원이 수신한 것과 동일한 내용을 다른 두 종업원이 동시에 수신하기 때문이라고 했다. 그래서 나중에 서로 비교해서 착오를 최소한으로 줄인다는 것이었다.

외삼촌과 카를이 문 밖으로 나왔을 때 이들과 엇갈려 조수 하나가 발소리를 죽이고 들어가 그동안의 수신 기록을 들고 나왔다. 넓은 방을 가로질러 바삐 오가는 사람들의 발길은 끊일 줄 몰랐다. 어느 누구도 아는 체하는 사람은 없었다. 이곳에서는 인사가 금지되어 있었다. 사람들은 제각기 앞사람에게 바싹 붙어 될수록 빨리 앞으로 나가려 하면서도 손에 든 서류의 전문과 숫자를 쉴 새 없이 읽고 있었다.

그 서류는 바람에 펄럭이기도 했다.

"정말 굉장한 성공을 거두셨군요." 하고 카를은 이 거창한 사업장을 돌아보면서 외삼촌에게 말했다. 각 분야를 슬쩍 보고 지나간다 해도 기업 전체를 대충 살펴보는 데는 며칠이 걸릴 것 같았다.

"나는 이 사업을 30년 전에 혼자 힘으로 설립했다. 그때 나는 작은 가게를 운영했었는데 그 당시엔 하루 다섯 상자의 짐을 풀면 굉장한 것이었단다. 나는 그런 날엔 자랑스럽게 집으로 돌아오곤 했지. 지금은 항구에서 세 번째로 큰 창고를 갖고 있고, 그 작은 가게는 내 화물 운반팀들 중 65조의 식당으로 쓰이고 있지."

"정말 믿어지지 않는 일이군요." 하고 카를이 말했다

"이 나라에서는 모든 발전이 매우 빠르게 이루어지거든." 하고 외삼촌은 카를의 이야기를 도중에 끊고 말했다.

어느 날 카를이 여느 때처럼 혼자서 식사를 하려 생각하고 있는데 식사 직전에 외삼촌이 와서는 카를에게 검정 예복으로 갈아입고 함께 가자고 재촉했다. 거래 손님 두 사람과 함께 식사하기로 약속이 돼 있다는 것이었다. 카를이 옆방에서 옷을 갈아입고 있는 동안 외삼촌은 테이블에 자리 잡고 앉아 막 끝낸 영어 숙제를 읽더니 테이블을 치면서 소리쳤다.

"정말 훌륭해!"

이 찬사를 들으니 카를은 옷 갈아입기가 분명히 수월했다. 사실 이 무렵 카를은 자신의 영어에 꽤 자신을 가지고 있는 터였다.

카를이 이 집에 처음 도착했던 날 밤부터 인상에 남았던 외삼촌의 식당에 들어서니 몸집이 크고 살이 찐 신사들이 인사를 하려고 일어섰다. 식사 중에 대화를 나누면서 그들 중 한 사람은 그린 씨, 그리고 다른 사람이 폴룬더 씨란 것을 알 수 있었다. 외삼촌은 어떤 친지든 소개만 할 뿐 그 사람에 대해서는 아주 사소한 것도 이야기해 준 적이 없었다. 카를 자신이 관찰하여서 필요한 사항과 흥미로운 점을 발견해 내도록 했던 것이다.

식사 도중 외삼촌과 그들이 나눈 대화의 내용은 단순한 거래상의 이야기뿐이었기 때문에 카를에게는 상업 용어를 공부한다는 차원에서는 유익한 수업이 되었다. 그리고 그들은 카를을 배불리 먹이기만 하면 되는 철부지 어린애 취급을 했기 때문에 다소곳이 앉아서 식사를 하지 않을 수 없었다. 식사가 끝나자 그린 씨는 카를에게 가볍게 목례를 한 후 정확한 영어로 말하려고 애쓰면서 인사치레로 미국의 첫인상을 물었다. 카를은 물을 끼얹은 듯한 주위의 정적 속에서 가끔 외삼촌을 곁눈질로 훔쳐보며 꽤 상세한 대답을 했고, 감사의 표시로서 뉴욕식 사투리로 말을 하여 그들의 환심을 사려고 했다.

어떤 대목에서 세 사람은 배를 거머쥐고 웃어댔다. 카를은 자기가 중대한 잘못을 저지른 게 아닌가 하고 걱정했으나 사실은 그런 게 아니었다. 폴룬더 씨의 설명에 따르면 꽤 훌륭했다는 것이었다. 그들 중 폴룬더 씨가 카를에게 가장 호감을 갖는 것 같았다. 외삼촌과 그린 씨가 다시 거래에 대한 이야기를 하고 있는 동안 폴룬더 씨는 카를의 의자를 자신의 의자 가까이로 옮기도록 권하고는 먼저 이름, 출생지, 여행에 관한 이야기 등을 캐물었다. 이 질문에 대한 답을 마치자 카를의 긴장을 풀게 해 주려고 생각했는지 웃기도 하고 기침을 하기도 하면서 빠른 말로 자기의 이야기와 자기 딸에 관한 이야기를 들려주었다.

그는 뉴욕 교외의 작은 저택에서 외동딸과 살고 있는데 은행가라는 그의 직업이 그를 종일 뉴욕에 묶어 놓기 때문에 교외의 저택에선 밤 시간에만 지낸다고 했다. 그는 카를에게 자기의 교외 저택을 방문해 달라고 간곡한 초대를 했다. 카를같이 미국에 첫발을 내디딘 이민자는 가끔 뉴욕을 떠나 휴식을 취할 필요가 있다는 것이 폴룬더 씨의 지론이었다.

카를은 바로 그 자리에서 그 초대에 응해도 좋은지 외삼촌에게 허락을 구했는데 외삼촌은 겉으로는 역시 기뻐하며 허락해 주었으나 카를과 폴룬더 씨의 기대와는 달리 방문 날짜를 정해 주기는커녕 그 날짜를 언제로 잡으면 좋을지 생각조차 하지 않았다.

다음날 외삼촌은 카를에게 한 사무실로 건너오라고 했다. 외삼촌은 이 건물 안에만도 열 개 이상의 다른 사무실을 갖고 있었다.

카를이 가 보니 외삼촌과 폴룬더 씨가 몹시 언짢은 표정으로 안락의자에 깊숙이 묻혀 앉아 있었다.

"폴룬더 씨가……."

하고 외삼촌이 입을 열었다. 외삼촌의 얼굴은 방안에 스며든 저물녘의 어둠 때문에 잘 보이지 않았다.

"폴룬더 씨가 어제의 약속을 지키기 위해 너를 교외의 저택으로 데려가려고 오셨단다."

"그 약속이 오늘이라곤 생각하지 못했어요. 제가 알고 있었더라면 준비를 했을 텐데요." 하고 카를이 대답했다.

"준비가 안 되었다면 방문을 연기해도 괜찮아." 하고 외삼촌이 말했다.

"준비라니." 하고 폴룬더 씨가 소리쳤다.

"젊은이는 언제든지 준비가 돼 있는 겁니다."

"아닙니다. 저는 이 애를 생각해서 하는 말입니다." 하고 외삼촌은 방문객을 향해 말했다.

아메리카

"이 애는 지금부터 자기 방으로 건너가 준비를 해야 하고, 그렇게 되면 당신이 기다려야 하기 때문에 그러는 겁니다."

"그만한 시간은 충분히 있습니다." 하고 폴룬더 씨는 대답했다.

"여기서 지체될 것을 미리 생각하고 시간을 당겨 일을 마치고 왔습니다."

"이것 봐라. 너의 방문으로 폴룬더 씨께 이런 번거로움을 드리게 됐지 뭐냐!" 외삼촌은 말했다.

"죄송합니다. 바로 준비하고 돌아오겠습니다." 이렇게 말한 카를은 자기 방으로 달려가려 했다.

"그렇게 서둘지 않아도 됩니다. 나는 조금도 염려하지 말아요. 난 자네의 방문을 진심으로 기뻐하고 있으니." 하고 폴룬더 씨가 말했다.

"카를, 넌 내일 승마 연습을 못하게 될 텐데 사전에 통고가 돼 있니?"

"아니요, 못했습니다." 하고 카를이 대답했다. 즐겁게만 여겼던 이 방문이 웬일인지 차차 무거운 부담으로 생각되기 시작했다.

"그래도 넌 꼭 오늘 방문을 해야만 하겠니?" 하고 외삼촌이 다그쳐 물었다. 폴룬더 씨가 친절하게도 도와주었다.

"도중에 승마학교에 차를 세워 그 일을 해결하면 어떨까요?"

"좋은 생각이군요. 그렇지만 내일 아침에 마크는 너를 기다리지 않을까?" 외삼촌이 말했다.

"그는 저를 기다리지 않을 겁니다. 그러나 틀림없이 승마학교에 가긴 갈 겁니다."

"결국 네가 하려는 말은 뭐지?" 하고 외삼촌은 카를의 답변이 충분하지 못하다는 듯 되물었다.

그러자 이번에도 또 폴룬더 씨가 결정적인 말로 도와주었다.

"그러나 클라라(폴룬더 씨의 딸) 역시 카를의 방문을 애타게 기다리고 있습니다. 오늘 밤에는 틀림없이 방문할 거라고 말입니다. 저는 클라라 쪽이 마크보다는 낫다고 생각합니다만."

"물론이지요." 하고 외삼촌이 말했다.

"그럼 서둘러서 네 방에 가 준비하고 나오너라."

외삼촌은 무의식적으로 의자의 팔걸이를 툭툭 치고 있었다. 카를이 이미 문까지 갔을 때 외삼촌은 카를을 불러 세우고는 "그렇지만, 내일 아침 영어 학습 시간에 늦지 않게 돌아올 수 있겠니?" 하고 물었다.

"뭐라고요?" 하고 폴룬더 씨는 어이가 없다는 듯이 그 뚱뚱한 몸집을 안락의자가 허용하는 한 최대로 상반신을 비틀어 돌리면서 말했다.

"아무튼 내일 하루만이라도 묵도록 해 주면 안 되겠습니까? 모레 아침엔 제가 틀림없이 댁까지 모시고 오겠습니다."

"그건 곤란합니다. 나로선 이 애의 공부가 그런 일로 방해되는 것을 원치 않습니다. 저 애가 자립하여 일정한 직업을 가지고 규칙적인 생활을 하게 되었을 때는 언제든 기꺼이 그리고 좀 더 오랜 기간이라 할지라도 영광스런 댁의 초대에 응하도록 허락하겠습니다."

'모순투성이의 이야기로군.' 하고 카를은 생각했다.

폴룬더 씨는 기분이 상했다.

"하룻밤이라면 별로 방문의 의미가 없을 텐데요?"

"나도 그렇게 생각하고 있었습니다." 하고 외삼촌이 말했다.

"그러나 좋습니다. 우선은 상황에 맞게 해야죠." 폴룬더 씨는 다시 기분을 바꿔 "그럼 기다리겠네." 하고 카를에게 웃으며 말했다.

카를은 외삼촌이 더 이상 아무 말이 없었으므로 서둘러 방을 빠져 나갔다.

그가 나들이 채비를 갖추고 돌아와 보니 사무실엔 폴룬더 씨 홀로 기다리고 있을 뿐 외삼촌은 보이지 않았다. 폴룬더 씨는 드디어 그가 자기와 동행하게 되었다는 사실을 확인이라도 하려는 듯이 행복스런 표정으로 카를의 두 손을 꽉 쥐었다. 서둘렀기 때문에 얼굴이 상기된 카를 역시 폴룬더 씨의 두 손을 꽉 마주 잡았다. 그는 나들이를 하게 된 것이 몹시 기뻤다.

"제가 댁을 방문하는 것을 외삼촌께선 언짢게 생각하지 않으시던

가요?"

"천만에, 내가 보기엔 분명히 자네의 나들이를 못마땅하게 생각하시진 않았네. 다만 자네의 공부가 염려되어서 그러신 것뿐이네."

"그럼 외삼촌께서 선생님께 그런 말씀을 하셨단 말인가요?"

"암, 물론……." 하고 폴룬더 씨는 애매하게 얼버무리는 것으로써 거짓이 아님을 증명하려 했다.

"선생님은 저의 외삼촌과 가까운 사이시죠? 그런 선생님 댁 방문을 허락하는 데 외삼촌은 왜 그토록 주저하셨을까요? 저로선 알 수 없군요."

폴룬더 씨는 이렇다 할 분명한 이유는 말하지 않았으나 자신도 이 질문에 대한 답변을 할 수는 없었다. 두 사람은 폴룬더 씨의 자동차로 저녁놀이 아름답고 훈훈한 석양 길을 누비면서 입으로는 다른 이야기를 하고 있었으나, 머릿속에선 이 생각이 계속 맴돌았다.

두 사람은 서로 몸을 가까이 하고 앉아 있었다. 폴룬더 씨는 이야기를 하면서도 줄곧 카를의 한 손을 정답게 쥐고 있었다. 카를은 오랫동안 차를 타고 가는 것에 싫증이 났는지 클라라에 대하여 이것저것 질문을 했다. 마치 클라라 이야기를 듣고 있노라면 지루한 길이 단축이라도 될 성 싶었다. 카를은 여태껏 한 번도 뉴욕의 밤거리를 자동차로 달려본 적이 없었다. 정신을 차릴 수 없게 방향이 바뀌는 보도(步道)와 차도를 마치 회오리바람이 지나가듯 소음이 달리고 있었다. 그 소음은 인간이 일으키는 것이 아니라 뭔가 미지 그 자체처럼 느껴졌다. 이 와중에 카를은 폴룬더 씨의 이야기를 잘 들으려 하면서도 폴룬더 씨의 조끼와 비스듬히 늘어진 금빛 시곗줄에 신경이 쓰일 뿐이었다. 한 발이라도 앞서 가려는 분주한 표정의 사람들이 제각기 나는 듯한 발걸음으로 걸어가거나 차를 타고 허겁지겁 극장을 향해 몰려들고 있었다. 그 길을 뒤로 하고 시가의 중간 지역을 벗어나 간신히 교외에 들어섰다. 그곳에서 두 사람이 탄 자동차는 기마 경찰들에 의해 몇 차례인가 옆길로 돌아서 가도록 제지를 받았다. 파업 중인 금속업 노동자들의 시위대가 큰 길을 점거하고 있어 정말 필요한 차량만 교차로를 통과할 수 있었다.

공허하게 메아리가 울리는 어두운 골목을 벗어나 마치 광장처럼 넓은 길을 가로지르니 좌우로 끝없이 펼쳐진 저 먼 곳에 이르기까지 군중들이 총총걸음으로 걸어가고 있는 보도가 눈앞에 나타났다. 군중의 노랫소리는 단 한 사람의 노래처럼 잘 맞고 있었다. 차량통행이 금지된 차도의 여기저기에는 말에 탄 채 움직이지 않는 경찰, 깃발을 든 사람들, 그리고 슬로건을 써 넣은 피켓과 플래카드를 펼쳐든 사람들, 동료와 전령들에게 둘러싸인 시위 지도자들의 모습이 보였다.

미처 빠져나가지 못한 전차 한 대가 텅 빈 채 멈춰 있고, 운전사와 차장은 불도 켜지 않은 채 전차의 승강구에 우두커니 앉아 있었다. 호기심 많은 군중들은 데모대에서 멀찍이 떨어진 곳에 몇 개의 작은 무리를 지어 사태의 진상을 알지도 못하면서 그 자리를 뜨지 않고 있었다.

한편 카를은 어깨 위에 놓인 폴룬더 씨의 팔에 기대어 들뜬 기분으로 꿈꾸듯 앉아 있었다. 이제 곧 담장으로 둘러싸여 있고 큰 개가 있으며 불빛이 낮과 같이 밝은 저택의 귀한 손님이 되겠지, 하는 확신이 그를 무척 유쾌하게 만들었다. 졸음이 왔기 때문에 폴룬더 씨의 이야기 내용을 정확히 알아듣기는커녕 제대로 들리지조차 않았으나, 그래도 카를은 이따금 몸을 제대로 세우고 눈을 비비면서 자신이 졸고 있는 것을 폴룬더 씨가 알아차렸는지 순간순간 확인하곤 했다. 그런 것을 그에게 눈치 채게 하고 싶지 않았기 때문이다.

# 뉴욕 교외의 별장

"이제 다 왔어요." 하고 폴룬더 씨가 말했을 때 카를은 정신이 멍한 상태로 앉아 있었다. 자동차는 어떤 저택 앞에 서 있었다. 그 저택은 겉으로 보아도 뉴욕 교외에 대재벌들이 사는 저택답게 단 한 가족의 주택치고는 너무나 넓고 컸다. 아래층에만 불이 켜져 있었기 때문에 몇 층이나 되는지 어림도 할 수 없었다. 집 앞에는 밤나무 숲이 있어 우거진 나뭇잎들이 산들바람에 흔들리고 있었다. 격자 창문은 이미 활짝 열려 있었고, 숲 사이로 난 짧은 길이 건물 정면의 계단까지 뻗어 있었다. 차에서 내릴 때 카를은 무척 피곤했으므로 새삼스럽게 먼 거리를 달려온 것처럼 느껴졌다. 밤나무가 양쪽으로 늘어선 어두운 길을 지나갈 때 옆에서 소녀의 목소리가 들려왔다.

"드디어 야곱 씨가 와 주셨군요."

"전 로스만이라고 합니다." 하고 카를은 소녀가 내민 손을 잡고 말했다. 카를은 소녀의 얼굴 윤곽만 어렴풋이 볼 수 있었다.

"이분은 야곱 씨의 조카인 카를 로스만 씨란다." 폴룬더 씨가 소개하면서 말했다.

"그런 것은 어떻든 이분을 맞는 저의 기쁨에 아무런 영향을 주지 못해요." 하고 그녀는 신분이나 이름 같은 것엔 관심이 없다는 듯 말했다.

카를은 폴룬더 씨와 소녀 사이에서 집을 향해 걸으면서 되물었다.

"당신이 클라라 양이신가요?"

"예, 그래요." 하고 그녀는 대답했다. 이때 그녀가 그를 향해 얼굴을 돌렸는데, 집으로 흘러나오는 희미한 불빛이 얼굴에 어려 있었다. "전 이런 어둠 속에서 제 소개를 하리라곤 생각지 않았거든요."

'그렇다면 이 소녀는 격자 창문 근처에서 우리를 기다렸단 말일까?' 걷는 동안 차차 머리가 맑아진 카를은 생각했다.

"그건 그렇고요. 오늘 밤엔 손님이 또 한 분 계세요." 하고 클라라가 말했다.

"그럴 리가!" 하고 폴룬더 씨는 못마땅하게 소리쳤다.

"그린 씨예요." 하고 클라라가 또 말했다.

"그분은 언제 오셨나요?" 하고 카를은 뭔가 심상치 않은 예감에 사로잡힌 듯 물었다.

"조금 전에요. 혹시 오실 때 두 분이 타신 차 앞에서 그분의 차 소리가 들리지 않던가요?"

카를은 폴룬더 씨가 이 일을 어떻게 받아들이고 있는지 살폈다. 폴룬더 씨는 바지 주머니에 손을 찔러 넣은 채 조금 세게 땅을 밟고 있을 뿐이었다.

"뉴욕 근교에 살아 봤자 아무 쓸모가 없군. 방해꾼들을 피할 수 없으니. 우린 집을 더 먼 곳으로 옮겨야 할까 보구나. 설령 집까지 오는 데 한밤중까지 차를 몰고와야 한다 해도 말이야."

세 사람은 계단 근처에서 발을 멈췄다.

"하지만 그린 씨는 꽤 오랜만에 오신 걸요." 하고 클라라가 말했다. 그녀는 아버지의 의견에 동조하면서도 분명히 주제넘게도 아버지를 달래려 하고 있었다.

"하필이면 왜 오늘 밤에 왔을까?" 하고 폴룬더 씨가 말했다. 그의 입술은 살이 많이 쪄 두툼했기 때문에 움직임이 크게 눈에 띄었다. 그 사이로 노여움에 가득 찬 말이 튀어나오고 있었다.

"정말 그렇군요." 하고 클라라가 말했다.

"아마 곧 돌아가실 겁니다." 하고 카를이 말했다.

그는 어제까지만 해도 전혀 몰랐던 이들과 어울려 동조하고 있는 자신을 발견하고는 놀라지 않을 수 없었다.

"그것이 그렇지 않아요. 아빠한테 급한 용무가 있답니다. 의논하는 데 시간이 오래 걸릴 거예요. 그분이 농담으로 제게, 예의범절을 지키는 여주인이 되려면 새벽까지 곁에서 듣고 있어야 될 거라고 말했답니다."

"그런 말을 하던? 그렇다면 밤새도록 머물겠군." 하고 폴룬더 씨는 최악의 사태에 이르렀다는 듯이 소리쳤다. 그러나 어떤 새로운 생각이 떠올랐는지 한층 부드럽게 말했다.

"솔직히 말해서 나는 자네를 다시 자동차로 외삼촌 댁으로 보내고 싶어졌네. 오늘 밤엔 처음부터 방해꾼이 끼어들었기 때문이네. 외삼촌께서 언제 또다시 우리 집에 보내 주실지……. 하지만 오늘 밤 자네를 지금 바로 돌려보내면 외삼촌이라 할지라도 다음 기회에는 자네를 우리집에 보내는 것을 거절하지 못할 것이네."

그는 그의 계획대로 하기 위해 이미 카를의 손목을 잡고 있었다. 그러나 카를은 움직이지 않았다. 클라라도 카를이 집에 머물 수 있도록 부탁했다. 적어도 자기와 카를은 그린 씨 때문에 방해받는 일은 없을 것이라고 말했다. 이윽고 폴룬더 씨 자신도 자신의 결심이 그리 굳은 것이 아님을 깨달았다. 더욱이 이때 이것이 결정적 계기가 되었을 것이다. 갑자기 그린 씨가 계단 맨 위에서 뜰을 향해 외치는 소리가 들린 것이다.

"도대체 모두 어디 계십니까?"

"그럼 어서 따라오시오." 하고 폴룬더 씨는 계단 옆을 돌아 오르기 시작했다. 그 뒤를 카를과 클라라가 따랐다. 두 사람은 어둠 속에서 서로 얼굴을 쳐다보았다.

'입술이 빨갛군.' 하고 카를은 속으로 중얼거렸는데 폴룬더 씨의 입술이 떠오르자 그 흉한 입술이 딸에게는 아주 예쁘게 변했다고 생각했다.

"만찬 후에……. 괜찮으시다면 둘이서 제 방으로 가요. 아빠는 그린 씨를 상대해야 될 것이고, 우리들은 그린 씨의 방해를 받지 않아도 될 거예요. 그때 죄송하지만 제게 피아노 연주를 들려주세요. 연주 솜씨가 뛰어나다고 아빠가 말씀하셨답니다. 저는 유감스럽게도 음악에는 전혀 재능이 없는 것 같아요. 그래서 피아노를 만지지도 않거든요. 예전에는 음악을 몹시 좋아했는데 말이에요." 하고 그녀가 말했다.

카를은 클라라의 제의에 어떤 이의도 없이 동의했다. 실은 폴룬더 씨와 어울리고 싶었으나 그들이 계단을 올라가면서 서서히 드러나기 시작한 그린 씨의 거대한 몸집을 보고는 그 남자로부터 폴룬더 씨를 빼내어 어울려 보리라는 생각은 카를의 뇌리에서 사라지고 말았다.

그린 씨는 지체된 시간을 보충이라도 하려는 듯이 몹시 서두르면서 일행을 맞이했다. 그는 폴룬더 씨를 팔로 껴안다시피 맞이하고선 카를과 클라라를 앞세워 뒤에서 밀듯 식당으로 몰고 갔다. 식당엔 싱싱한 잎 사이로 고개를 내밀고 있는 아름다운 꽃이 테이블에 놓여 있어 유달리 화려하게 보였으며, 그래서 방해꾼인 그린 씨의 존재가 더욱 거북스러웠다. 모두가 자리에 앉기를 기다리며, 테이블 옆에 서 있던 카를은 커다란 유리 창문이 뜰을 향해 활짝 열려 있어 밖에서부터 강한 향기가 흘러들어와 마치 정원 안의 정자에 있는 듯 즐거워하고 있었다.

그때 그린 씨는 갑자기 코를 킁킁거리면서 그 유리 창문을 닫으려 했다. 맨 아래 빗장에 손을 대었나 하는 순간 벌써 몸을 뻗쳐 맨 위에 빗장을 걸어 버렸다. 그의 동작에 깜짝 놀라 달려온 하인은 아무 할 일이 없었다. 테이블에 앉은 그린 씨가 맨 처음으로 한 이야기는 카를의 외삼촌이 어떻게 이 방문을 허락했는지 놀랐다는 말이었다. 스푼 가득 수프를 떠서 입으로 가져가며 그린 씨 오른쪽의 클라라와 왼쪽의 폴룬더 씨에게 자기가 놀라지 않을 수 없는 이유와 외삼촌이 카를을 어떤 방법으로 감독하고 있는가, 그리고 외삼촌의 카를에 대한 애정이 얼마나 큰 것인가를 설명했다.

'이 사람은 이 자리에 쓸데없이 개입해서 방해를 할 뿐만 아니라 이젠 나와 외삼촌 사이에까지 개입하고 있군.' 하고 생각하니 카를은 황금 빛깔의 수프를 한 모금도 넘길 수 없었다. 그러나 자신의 불쾌한 기분을 여러 사람이 눈치 채게 하고 싶지 않았으므로 묵묵히 수프를 입으로 흘려 넣기 시작했다. 식사는 마치 고통스런 형벌처럼 서서히 진행되었다. 다만 그린 씨와 클라라만이 유쾌해 했으며 때때로 재미있는 이야기로 서로의 웃음을 자아내려 하고 있었다. 폴룬더 씨는 그린 씨가 사업상의 이야기를 끄집어내었을 때 두서너 차례 이야기 상대를 했을 뿐이었다. 그러면서도 그는 곧 이야기에서 애써 빠져나왔고, 그러면 그린 씨는 또 갑자기 사업 이야기를 꺼내 그를 당황하게 만들었다.

어쨌든 그린 씨가 역설하는 것은—마침 뭔가 중대한 일이 임박한 것 같은 느낌에 사로잡힌 카를이 신경을 곤두세운 채 듣고 있다가 자기 앞에 조금 전부터 스테이크가 나오고 있으며 지금 저녁 식사 중이란 클라라의 주의를 받았다—자기는 이 같은 불의의 방문을 하려고 생각하지 않았었다는 것이었다. 의논하지 않으면 안 될 긴급한 용건이 있지만, 중요 사항은 오늘 시내에서 의논을 마쳤고 별로 중요하지 않은 문제는 내일이나 아니면 더 날짜를 미루어 의논하려고 했었다고 했다. 그리고 사무가 끝나는 시간 훨씬 전에 폴룬더 씨의 사무실을 방문했으나 만날 수 없어서 부득이 집에는 오늘 밤 못 들어간다는 연락을 취하고 이리로 차를 몰고 왔다는 것이 이야기의 요지였다.

"그렇다면 제가 사과를 해야겠군요." 하고 카를이 다른 사람이 끼어들 틈을 주지 않고 큰소리로 말했다.

"폴룬더 씨가 오늘 집무 시간을 앞당긴 것은 저 때문이었습니다. 정말 죄송합니다."

폴룬더 씨는 냅킨으로 거의 얼굴 전체를 가렸다. 클라라는 카를에게 미소를 보냈으나 그것은 결코 동정을 표시하는 미소가 아니었다. 어떻게든 그의 심정을 움직여 보려고 보낸 미소였다.

"아냐, 자네가 사과할 필요는 없네." 하고 비둘기 통구이에 깊숙이 나이프를 찔러 고기를 자르던 그린 씨가 말했다.

"사과라니 당치도 않아. 덕분에 이렇게 기분 좋은 모임에 끼어 오늘 밤 즐겁게 보낼 수 있고, 집에서 혼자 외롭게 저녁을 먹지 않게 된 것을 오히려 고맙게 생각하고 있네. 집에서는 늙은 가정부가 내 식사 시중을 들어주는데 너무 늙어서 그런지 문에서 내 테이블까지 걷는 것마저 힘이 들 지경이야. 그 거리를 힘겹게 걸어오는 그녀 모습을 안락의자에 깊숙이 앉아 한동안 바라봐야 할 정도거든. 나는 최근에 하인에게 요리를 식당 문까지 운반하도록 지시했네. 하지만 그녀의 말을 빌리면 역시 문에서 테이블까지 가져오는 것은 그녀의 책임이

아메리카

라더군."

"오오, 그야말로 충실한 하녀군요."

클라라가 소리쳤다.

"이 세상에는 그밖에도 성실한 사람이 있지." 하고 말한 그린 씨는 고기 한 점을 잘라 입으로 가져갔다. 그러자 그의 혀가, 이것은 카를이 우연히 발견한 것이지만 날름 튀어나와 고깃덩어리를 감아 삼켰다. 카를은 갑자기 속이 메스꺼워져 일어섰다. 그러자 거의 동시에 폴룬더 씨와 클라라가 그의 손을 잡았다.

"좀 더 기다려 주세요." 하고 클라라가 낮은 소리로 말했다. 그리고 카를이 다시 자리에 앉자 속삭였다. "조금만 더 앉았다가 같이 나가요. 조금만 참아요."

그린 씨는 자기 때문에 카를이 기분 나빠하더라도 폴룬더 씨와 클라라가 카를을 타이르는 것이 당연하다는 듯이 그 사이에도 태연히 식사를 하고 있었다.

식사 시간이 지루할 만큼 길게 계속된 것은 차려진 모든 요리를 하나씩 꼼꼼히 다 먹는 그린 씨의 식도락 때문이었다. 새로운 요리가 나올 때마다 싫증내기는커녕 기꺼이 받아먹는 것이었다. 얼른 보기에 그는 자신의 늙은 가정부의 손에서 해방되어 이 자리에서 그 기분을 회복하려는 것처럼 보였다. 때때로 그는 클라라의 살림 솜씨를 칭찬했다. 그것은 분명히 의례적인 말이었으나 카를은 마치 그녀에 대한 도전으로 느껴져 그린 씨의 입을 막고 싶은 충동을 느꼈다. 그린 씨는 그녀와의 이야기만으로 만족치 않고 접시에서 눈도 떼지 않은 채 카를의 형편없는 식욕에 동정하는 말을 했다.

폴룬더 씨는 주인으로 당연히 카를의 기분을 돌려 식사를 맛있게 들도록 해야 함에도 불구하고 그저 카를이 식욕을 잃은 것을 시인할 뿐이었다. 카를은 이날 밤 자제하기에 지쳤는지 평소의 선의에 반해 폴룬더 씨의 이런 처사가 박정하다고 생각했을 만큼 신경이 날카로워졌었다. 어느 때는 흉하게 보일 만큼 잽싸게 요리 접시를 비우는가 하면 지루할 만큼 포크와 나이프를 든 손을 힘없이 늘어뜨려 요리 시중을 드는 하인이 어찌할 바를 모르도록 무표정하게 꼼짝 않고 앉아 있었다. 카를의 그런 행동은 바로 그의 심정을 잘 드러내고 있었다.

"자네가 아무것도 먹지 않아 클라라 양의 기분이 상했다는 것을 내일 상원의원께 말해야겠네."라고 말하며 그린 씨는 이 말이 단지 농담인 것을 보여 주려고 포크와 나이프를 만지작거렸다.

"이 아가씨를 좀 보게, 몹시 기운이 없지 않은가?" 하고 그는 말을 계속 하면서 클라라의 턱 밑으로 손을 뻗쳤다. 그녀는 그가 하는 대로 내맡긴 채 눈을 감고 있었다.

"귀여운 아가씨." 하고 말한 그는 의자 등에 깊숙이 몸을 묻곤 얼굴을 붉게 물들이면서 배불리 먹은 자의 힘을 과시하듯 웃음을 터뜨렸다. 카를은 폴룬더 씨의 태도를 이해하려 노력했으나 허사였다. 그는 자기 요리 접시를 마치 접시에서 중대사가 일어나고 있는 양 뚫어지게 바라보고만 있었다. 그는 카를의 의자를 자기 곁으로 끌어당기지도 않았으며 이야기할 때는 모두에게 했다. 카를에게 특별히 들려줄 이야기는 하나도 없는 것 같았다. 그뿐만 아니라 그는 늙고, 낯가죽이 두꺼운 뉴욕의 독신자인 그린 씨가 일부러 클라라의 몸에 손을 대는 것을 묵인하고 있었다. 그린 씨가 자신의 손님인 카를을 모욕하고, 무엇 때문인지는 알 수 없었으나 어린애 취급을 하며 더욱 기세를 올려도 제지하려 하지 않았다.

식사가 끝나자 그린 씨는 좌중의 분위기를 깨닫고 맨 먼저 자리에서 일어났고 카를도 자리에서 일어났다. 카를은 혼자서 그들과 떨어져 폭이 좁은 하얀 살로 나뉘어 있는 큰 유리 창문 앞으로 다가갔다. 집은 모두 테라스로 통해 있었는데, 그 앞으로 다가가서야 비로소 안 것이지만 그 문은 창문이 아닌 정식 출입문이었다.

폴룬더 씨와 그의 딸이 처음에 그린 씨에게 혐오감을 표시했을 때 카를은 그것을 이상스럽게 생각했었으나, 이젠 그린 씨에 대한 그들의 혐오감은 깨끗이 사라져 버렸다. 지금 그 부녀는 그린 씨와 나란히 서서 뭔가 이야기를 주고받으며 서로 고개를 끄덕이고 있었다.

그린 씨는 폴룬더 씨가 건네준 시가를 물고 있었다. 그 시가는 고향 집에 있을 때 아버지가 한 번도 구경한 적도 없다고 하면서 곧잘 이야기하시던 굵기의 시가였으며, 그 시가에서 피어오르는 담배 연기는 넓은 방안 가득히 차서 그린 씨 자신이 결코 발을 들여놓을 수 없을 구석구석의 벽까지 그 연기로 영향을 주고 있었다. 카를은 그린 씨와 상당한 거리를 두고 떨어져 있었지만 그래도 연기가 콧속을 간질이는 것을 느꼈다. 카를이 자기가 서 있는 장소에서 그냥 한 번 그린 씨를 슬쩍 뒤돌아보았으나 그린 씨의 태도는 몹시 비열하게 보였다. 결국 외삼촌이 이 방문을 허락하는 데 꽤 많은 시간을 끈 까닭은 폴룬더 씨의 유약한 성격 때문이었을 것이라고 카를은 짐작했다. 이 방문으로 카를이 마음에 상처를 입을 것을 정확히 예견하진 못했다 치더라도 그럴 가능성이 있음을 꿰뚫어보았기 때문에 그랬으리라고 생각되기도 했다. 그리고 그 미국 처녀 역시 그의 마음에 들지 않았다. 그렇다고 그가 아름다운 여자일 것이라고 마음속에 그리고 있었던 것은 결코 아니었다. 그린 씨가 그녀를 상대하고나서부터 그녀의 얼굴에 깃들인 아름다운 표정과, 특히 장난기를 가득 담고 활발히 움직이는 눈동자의 반짝임을 보고 카를은 무척 놀랐다.

그녀의 스커트처럼 몸에 찰싹 달라붙는 스커트를 카를은 아직 본 적이 없었다. 부드러운 옷감의 연노랑색 스커트 허리 부분에 잡힌 잔주름은 탄력적인 몸매를 드러내 주고 있었다. 그러나 카를은 그녀에게 전혀 관심을 두지 않았다. 가능하면 그녀 방에 가기로 한 약속을 단념하고 지금 잡고 있는 손잡이를 돌려 문을 열고 자동차를 타든지, 운전사가 잠들어 있다면 혼자 걸어서 뉴욕으로 돌아가고 싶었다.

보름달이 아름답게 비추는 밝은 밤을 누가 즐기든 그건 자유가 아닌가. 교외라 해서 무서울 일도 없으리라. 그때 그는 언뜻 내일 아침─도보로는 도저히 날이 밝기 전에 집에 도착할 가망이 없었으므로─바로 외삼촌 앞에 나타나 그를 놀라게 하는 광경을 상상하자 이 홀에 들어온 이후 처음으로 기분이 유쾌해졌다.

그는 여태껏 외삼촌의 침실에 들어가 본 적이 없었고 침실이 어디에 있는지조차 모르고 있었으나 그건 찾아보면 될 것이라 생각했다. 그리고 노크를 하고 기다렸다가 으레 그러하듯이 "들어와." 하는 말이 들리면 침실 안으로 뛰어든다. 그리하여 지금까지 언제나 단정히 차려 입은 모습만 보이던 외삼촌이 침대에서 잠옷 차림으로 몸을 일으키고 놀란 눈으로 문을 바라보며 당황하도록 만든다는 계산이었다.

이 사실 자체로 봐선 대수롭지 않은 일이나 이것이 어떤 결과를 낳을 것인가에 대해서는 잘 생각해야 할 일이었다. 아마 자기는 난생 처음으로 외삼촌과 아침식사를 같이 하게 되리라. 외삼촌은 침대 위에서, 그리고 그는 안락의자에 앉아서. 두 사람 사이에 놓인 테이블에는 아침 식사가 차려져 있을 것이다. 그리고 이 같은 아침식사는 정례적인 것이 되리라. 그것이 계속된다면 지금까지처럼 기껏해야 낮 동안 한 번밖에 만나지 못하던 외삼촌을 하루에도 몇 번씩 만나 서로 흉허물 없이 이야기할 수 있게 될 것이다. 오늘 외삼촌에게 고집 센 모습을 보인 것도 지금까지 흉허물 없이 대화를 나눈 적이 없었다는 데 그 원인이 있을 것이다.

어쨌든 오늘 밤은 부득이 여기에 머물 수밖에 없다 하더라도—유감스럽게도 하는 수 없이 그래야 하는 형세가 되어 버렸는데, 카를이 창가에서 혼자만의 공상을 즐기도록 내버려두고 있긴 하지만 머물러야 하는 것이다—어쩌면 이 불행한 방문이 외삼촌과의 사이를 더욱 좋은 방향으로 전환시켜 주는 계기가 될 수도 있다. 그리고 외삼촌 역시 오늘 밤 침실에서 그 비슷한 생각을 하고 계실지 모르겠다.

기분이 좀 나아진 카를은 뒤돌아보았다. 클라라가 바로 등 뒤에 서 있다가 그에게 말했다.

"저희 집이 도무지 맘에 들지 않으시는 것 같군요. 여기선 마음 편히 있기 어려우실 것 같으니 이리 오세요. 제가 마지막으로 기회를 드리죠."

그녀는 방을 가로질러 출입문 쪽으로 그를 안내했다. 사이드테이블에는 폴룬더 씨와 그린 씨가 거품이 잘 이는 음료수를 가득 따라 놓은 큰 컵을 놓고 앉아 있었다. 카를은 잘 모르는 그 음료수를 한 모금 마셔 봤으면, 하고 생각했다.

그린 씨는 테이블에 팔꿈치를 세우고 얼굴은 될 수 있는 대로 폴룬더 씨에게로 바싹 내밀고 있었다. 폴룬더 씨를 잘 모르는 사람이 이 장면을 목격했다면 그들이 사업상의 문제를 의논하는 것이 아니라 범죄 모의를 하는 것이라고 생각했을 것이다.

폴룬더 씨가 문을 향해 걸어가는 카를의 뒷모습을 친근한 시선으로 바라보는 동안, 그린 씨는 이런 경우에 흔히 상대방의 시선을 쫓기가 일쑤인데도 한순간도 카를을 바라보지 않았다. 이 같은 그의 태도에는 카를은 카를대로, 그린 씨는 그린 씨대로 능력껏 행동해야 하는 것이고 필요한 사회적 상호 관계는 언젠가 두 사람 중 어느 한쪽의 승리, 아니면 패배에 따라 결정될 것이라는 그린 씨의 확신이 나타나 있는 것처럼 생각되었다.

'저 자가 그런 생각을 하고 있다면……. 저 자는 바보다. 솔직히 말해서 나는 그와 아무 관계도 아니다. 그러니 저 자는 나를 조용히 두어야만 되는 거다.' 라고 카를은 스스로 달랬다.

복도로 나오자마자 카를은 자신의 태도가 무례하지 않았나 하고 생각했다. 그린 씨를 노려보듯 바라보면서 클라라에게 이끌려 방에서 나왔기 때문이다. 그러나 이런 생각은 잠시뿐, 지금은 들뜬 기분으로 클라라와 나란히 걷고 있었다.

몇 개의 복도를 지나치는 도중에 거의 스무 걸음마다 호화로운 제복을 입은 하인들이 나뭇가지 모양의 촛대를 들고 서 있는 것을 보고 그는 처음엔 자기의 눈을 의심했다. 하인들은 굵은 촛대를 두 손으로 꽉 움켜쥐고 있었다.

"전기 배선을 새로 했는데 아직 식당까지만 들어오거든요." 하고 클라라가 설명했다. "이 집은 아주 최근에 샀어요. 그래서 개조할 수 있는 한 모두 개조했어요. 낡을 대로 낡아서 제멋대로였거든요."

"그래요? 그럼 미국에도 오래된 건물이 있는 거로군요?" 하고 카를이 물었다.

"물론이에요." 하고 클라라는 웃으면서 그를 끌고 빠른 걸음으로 걸어갔다.

"미국에 대해 색다른 생각을 가지고 계시군요."

"비웃지 말아요." 하고 카를은 화가 난 어조로 말했다. 따지고 보면 자신은 미국과 유럽을 다 잘 알고 있지만 그녀는 겨우 미국만 알고 있는 것이다.

복도를 지나가면서 클라라는 가볍게 한 팔을 뻗어 어느 방문을 살짝 밀어서 열었다. 그리고 걸음을 멈추지도 않고 말했다.

"여기가 당신 침실이에요."

카를은 물론 그 방을 바로 보고 싶었다. 그러나 클라라는 초조하면서도 날카로운 소리로 그건 그리 급하지 않으니 어서 따라오기나 하라고 명령조로 말했다. 두 사람은 서로를 끌면서 복도에서 한동안 실랑이를 했다.

카를은 자신이 하나에서 열까지 매사를 클라라의 생각에 따라 움직일 필요는 없다고 생각했다.

마침내 그녀를 뿌리치고 방으로 발을 들여놓았다. 창문 저쪽이 깜짝 놀랄 만큼 어두웠는데 나무들이 짙은 그림자를 비치면서 바람에 흔들리고 있었기 때문임을 알았다. 새들이 지저귀는 소리가 들렸다.

달빛이 아직 스며들지 않는 방안은 아무것도 분별할 수 없었다. 카를은 외삼촌이 선물로 주신 손전등을 가지고 오지 않았던 것을 유감스럽게 생각했다. 이 건물에서는 손전등이 필수품이었다. 손전등 두서너 개만 있으면 하인들을 침실로 보낼 수도 있을 텐데.

카를은 창틀에 걸터앉아 밖을 내다보며 귀를 기울였다. 선잠을 깬 새 한 마리가 노목의 잎 사이를 뚫고 나가려는지 푸드덕거렸다. 뉴욕 교외 열차의 기적 소리가 들판을 건너 어딘가에서 울려왔다. 그 외에는 사방이 고요했다.

그러나 이 정적은 오래 계속되지 않았다. 클라라가 발을 구르며 들어왔다. 그녀는 몹시 기분이 언짢은 듯 "이게 도대체 무슨 짓이에요!" 하고 소리치며 스커트를 두 손으로 철썩 쳤다. 카를은 그녀의 기분이 훨씬 가라앉은 다음에 대답하는 것이 좋겠다고 생각했다.

그러나 그녀는 성큼성큼 그에게 걸어오더니, "어때요, 저와 함께 가겠어요, 안 가겠어요?" 하고 소리치곤 흥분해서인지 그의 가슴을 손으로 밀었다. 만약 그가 그 아슬아슬한 순간 창틀에서 미끄러져 내려와 발끝이 마루에 닿아 있지 않았더라면 창문 너머로 떨어질 뻔했다.

"하마터면 창밖으로 떨어질 뻔했어요." 하고 카를은 비난하는 투로 말했다.

"떨어지지 않은 것이 분하군요. 당신은 무척 무례한 사람이군요. 또 한 번 밀어서 떨어뜨려 줄까요?"

그러면서 그녀는 너무나 갑작스런 일이라 어안이 벙벙해서 멍청히 서 있느라고 몸의 균형을 잡는 것조차 잊고 서 있는 그를 붙잡고는 운동으로 단련된 탄탄한 팔로 창까지 밀고 갔다. 창 가까이 밀려온 그는 정신을 차려 허리를 비틀어 몸을 빼내곤 그녀를 껴안았다.

"아파! 아이 아파!" 하고 그녀는 소리쳤다. 그러나 카를은 결코 놓아 주지 않으리라고 생각했다. 그는 그녀가 겨우 발을 옮길 정도의 자유만을 허용하고는 그녀가 움직이는 대로 따라 움직이면서 껴안은 팔을 풀지 않았다. 몸에 착 달라붙은 옷을 입은 그녀를 껴안기는 손쉬운 일이었다.

"어서 놓아요!" 그녀는 뜨겁게 상기된 얼굴을 그의 얼굴에 닿을 정도로 붙이면서 속삭였다. 두 사람의 얼굴이 너무나 가까이 닿아 있었기 때문에 그가 그녀의 얼굴을 보는 데 애를 먹었다. "놓아 주세요, 멋진 것을 드릴 테니."

'이 여인은 왜 이렇게 소리를 지를까?' 하고 카를은 생각했다. '이 정도 껴안았다고 해서 아플 리도 없고, 내가 팔에 힘을 주지도 않았는데…….' 그러면서도 그는 놓아 주지 않았다. 그러나 이 상태로 아무일 없이 잠잠히 서 있던 일순간이 지나자 갑자기 그는 또다시 그녀 체내에 팽팽히 뻗는 힘을 느꼈다. 순간 그녀는 그의 몸에서 몸을 빼내고 교묘히 카를의 팔을 끌어안듯이 하면서 그의 상체를 잡고 이국적인 무술에서나 볼 수 있는 발 자세를 하고는 깊고 규칙적으로 숨 쉬면서 그를 벽으로 몰고 갔다.

벽 근처에는 긴 의자가 있었다. 그녀는 그 위에 카를을 천장을 바라보게 벌렁 눕히곤 그에게서 얼굴을 멀찍이 떼어 놓으면서 말했다.

"이젠 움직일 수 있으면 움직여 봐요."

"암고양이 같군. 미친 고양이!" 하고 카를은 분노와 수치심으로 기분이 엉망이었기 때문에 이렇게 소리치는 것이 고작이었다.

"미쳤군, 미친 고양이야!"

"말조심해요." 하고 그녀가 말했다. 그리고는 한 손을 뻗어 그의 턱밑으로 밀어 넣어 세게 죄기 시작했기 때문에 카를은 곧 숨이 넘어갈 것 같았다. 그 사이에 그녀는 다른 손으로 그의 따귀를 때리고 있었다. 처음엔 시험하듯이 손바닥으로 가볍게 뺨을 만지는 정도였으나 차차 팔을 좌우로 크게 흔들어, 끝내는 팔을 뒤로 크게 젖히더니 당장 따귀를 후려칠 듯한 기세였다.

그녀는 이런 동작을 되풀이하면서 물었다.

"숙녀에 대한 당신의 무례한 행동의 벌로 따귀를 실컷 때려 집으로 돌려보낼 생각인데, 어때? 이건 결코 즐거운 추억은 되지 못하겠지만 그래도 당신이 앞으로 인생을 살아가는 데는 꽤 도움이 될 거야.

젊고, 거만하면 남자로서의 풍채도 손색이 없어 아깝긴 하지만 어쩔수 없어. 만약 당신이 유도를 배웠더라면 나를 때려눕힐 수 있었을 테지. 그래도 나는 역시 네가 쓰러진 이 기회에 따귀를 실컷 때려 주고 싶어 견딜 수가 없군. 비록 내 행동을 후회하는 일이 있더라도 말이야. 어쨌든 내가 네 따귀를 갈기는 일이 있다고 하더라도 그것은 내 뜻과는 다르다는 점을 이해해. 일단 갈기기 시작한 이상 한 번으로는 만족할 수 없어. 아마 네 두 볼이 통통 부어오를 때까지 좌우 번갈아 때리게 될 거야. 그렇게 되면 너도 남자이기에—나는 그렇게 믿고 싶어—여자한테 따귀를 맞고도 뻔뻔스럽게 고개를 쳐들고 살기를 바라지 않을 테니, 이 세상에서 스스로 자취를 감추고 말지도 모르지. 어쨌든 너는 왜 나한테 맞서려 했지? 내가 마음에 들지 않아서? 내 방으로 따라가 봤자 아무 소득도 없다는 거야? 아니지. 그렇게는 안 돼. 조심해. 하마터면 따귀를 갈길 뻔했어. 어쨌든 오늘은 이대로 풀어 줄 테니 다음부턴 좀 얌전하게 굴도록 해. 난 네 응석을 곧잘 받아 주는 외삼촌하고는 달라. 다시 한 번 충고하지만 명예라는 점에서 볼 때 설사 내가 따귀를 갈기지 않고 너를 놓아 주는 것이 실제로 따귀를 맞는 것과는 다르다는 점을 생각해야 해. 알겠어? 만약 내 충고를 외면하고 딴 생각을 한다면 지금 당장 진짜 따귀를 때리는 수밖엔 다른 도리가 없어. 이런 이야기를 마크에게 해 주면 그는 뭐라고 말할까?"

마크가 머리에 떠오르자 그녀는 카를의 목을 죄던 손을 풀었다. 갖가지 생각으로 몽롱한 상태에 있던 카를은 마크가 구원자처럼 고마웠다. 그는 한동안 클라라의 손이 자기 목을 계속 죄고 있는 것 같은 착각에 빠져 있었다. 그래서 그는 약간 몸을 뒤틀어 본 후 다시 죽은 듯이 누워 있었다.

그녀는 그에게 일어나라고 재촉했다. 그는 대답을 하지 않았으며 꼼짝도 하지 않았다. 그녀는 초에 불을 켰다. 방 안이 밝아졌다. 천장의 지그재그 무늬가 보였다. 그러나 카를은 클라라가 눕힌 그대로 긴 의자의 쿠션에 머리를 얹은 채 꼼짝 않고 누워 있었다. 그는 머리털 하나 까딱하지 않았다.

클라라는 방 안을 이리저리 걷고 있었다. 스커트가 다리에 스치는 소리가 나고 있었다. 지금은 아마 창가에 서 있는 것 같았다.

"어때, 이제 반항은 그만두겠지?" 하고 그녀가 묻는 소리가 들렸다.

카를은 폴룬더 씨가 오늘 밤 자기에게 제공한 이 방에선 도저히 휴식을 취할 수가 없을 것 같았다. 방 안을 서성거리던 그녀는 발을 멈추고 말을 걸어왔다. 카를은 그녀에게 이제 형언할 수 없는 혐오감을 느끼게 되었다. 어서 잠이나 자고 아침에 여기를 떠나는 것이 지금 그의 단 하나의 소망이었다. 침대에 눕고 싶지도 않다. 이대로 긴 의자에 누워 있기만 하면 되는 거다.

카를은 그녀가 이 방에서 나가 주기만을 기다렸다. 그녀가 나가는 순간 튀어 일어나 문에 빗장을 걸고 다시 긴 의자로 돌아와 눕기만 하면 되는 거다. 그는 사지를 쭉 뻗고 하품을 하고 싶은 생각이 간절했으나 클라라가 보는 앞에선 그러고 싶지 않아 참았다. 그래서 그는 벌렁 누워 천장을 물끄러미 바라보고 있었는데 그러자니 자신의 얼

굴이 더욱 굳어져서 감각이 마비되어 가는 것처럼 느껴졌다. 그의 둘
레를 맴돌고 있는 파리 한 마리가 얼른 눈에 띄었으나 그는 그것이 무
엇인지 분명하게 분간할 수조차 없었다.

클라라는 또다시 그에게로 다가와 그의 눈을 들여다보려는 듯이
몸을 굽혔다. 그가 만약 마음의 긴장을 풀고 있었더라면 그녀와 시선
이 마주칠 뻔했다.

"이젠 가겠어. 하지만 혹시 네가 내 방을 찾아오고 싶어질지도 모
르니 내 방을 가르쳐 주지. 내 방문은 복도 이쪽의 이 방문에서 네 번
째 문이야. 이 방에서 나가 세 개의 문을 지나면 그다음 문이 바로 내
방문이야. 난 응접실로 가지 않고 방에 있을 거야. 네 덕분에 몹시 피
곤해졌거든. 난 네가 찾아오길 기다리진 않겠지만 오고 싶으면 건너
와. 내게 피아노를 들려주겠다던 약속을 잊어선 안 돼. 내가 네 힘을
모두 소모시킨 것 같군. 꼼짝할 수 없다면 그대로 그 자리에 누워서
자. 아버지한테는 당분간 우리들의 싸움 이야기를 비밀로 해 둘게.
네가 걱정할까 싶어 다짐해 두는 거야." 말을 마친 그녀는 입으론 지
쳤다고 했으나 잽싸게 방에서 뛰쳐나갔다.

카를은 바로 자리에서 일어나 몸을 꼿꼿이 세우고 앉았다. 이제 누
워 있는 것은 더 이상 참을 수 없었다. 몸을 움직여 볼 셈으로 문으로
걸어가 얼굴을 내밀고 복도를 살펴보았다. 복도는 깜깜했다. 문을 닫
고 빗장을 걸고는 다시 촛불이 밝혀진 탁자 앞에 서자 그의 기분은 좋
아졌다. 그는 이 이상 이 집에 머무를 것이 아니라 폴룬더 씨를 찾아
아래로 내려가 클라라의 소행에 대해 낱낱이 이야기하고―그는 자신

의 패배를 고백하는 것을 수치로 생각하지 않았다―그 이유를 들어 자동차로든 걸어서든 집으로 돌아가겠다는 허락을 구할 결심이었다. 만약 폴룬더 씨가 갑자기 집으로 돌아가는 것에 반대를 한다면 최소한 하인을 시켜 근처 호텔까지 자기를 안내해 줄 것을 부탁하려고 했다. 친절한 주인에 대한 카를의 계획은 손님으로서 무례한 짓임에 틀림없었지만, 클라라와 같은 방법으로 손님을 대접하는 예는 더욱더 해괴한 일임은 말할 것도 없었다. 클라라는 둘 사이의 싸움을 당분간 폴룬더 씨에게 비밀로 해 주겠다고 약속한 것을 일종의 친절처럼 생각하고 있으니 어처구니없는 노릇이 아닐 수 없었다.

'그렇다, 가령 내가 그녀와 레슬링 시합을 했다고 가정하자. 그녀가 레슬러의 독자적인 노련하고 교활한 기술을 연습하기 위해 일생의 대부분을 바친 여성이라면 패배를 당했다고 해서 그것이 뭐 수치가 된단 말인가? 그녀는 틀림없이 마크의 지도를 받아 왔으리라. 마크에게만은 오늘의 자초지종을 낱낱이 이야기하겠지. 마크는 분명 눈이 높은 남자야. 사귄 지 오래되지 않아 그를 잘 알지는 못하지만 그만한 것쯤은 한눈에 알 수 있어. 그리고 만일 내가 마크의 지도를 받는다면 클라라보다 월등히 나은 실력을 갖출 수 있으리라. 물론 예고 없이 찾아오겠지만, 그땐 기회를 보아 우선 이곳 지리를 자세히 조사해 두어야겠다. 왜냐하면 이곳 형편을 잘 알고 있는 것이 클라라의 장점인 만큼 나도 잘 익혀 두었다가 클라라를 붙잡아 오늘 그녀에게 당한 바로 이 긴 의자에 때려눕혀 주리라.'

아무튼 현재로선 응접실로 통하는 길을 찾아내는 것이 급선무였다. 당황한 나머지 모자를 응접실의 어디엔가 엉뚱한 곳에 놓고 왔는지도 모른다. 그는 촛불을 들고 갈 셈이었으나 촛불을 들었다고 해서 모르는 길을 쉽게 찾을 수 있는 것도 아니었다. 그는 이 방과 응접실이 같은 층에 있는지조차 알지 못했다. 클라라는 여기까지 오는 데 줄곧 강제로 끌고 왔기 때문에 그는 뒤돌아볼 틈도 없었던 것이다. 그리고 그린 씨의 거동과 촛대를 든 하인들이 그의 머릿속에 차 있었던 것이다. 다시 말해서 그는 지금 여기까지 오는 도중 계단 하나를 올라왔는지, 둘을 올라왔는지, 아니면 하나도 오르지 않았는지조차 모르고 있는 것이다. 창밖의 경치로 미루어 봐 방은 꽤 높은 위치에 있었다. 그래서 그는 계단을 올라온 것으로 생각하려 했으나 돌이켜 생각해 보니 이 건물에 들어설 때 이미 계단을 밟았던 기억이 되살아났다. 그러므로 이 방의 위치가 한 층 높다고 이상할 것은 없었다. 다만 어느 방에서라도 불빛이 새어나오든가 인기척이라도 있었으면 좋겠다고 생각했다.

외삼촌이 선물로 주신 회중시계는 열한 시를 가리키고 있었다. 그는 촛불을 들고 복도로 나왔다. 문을 열어 둔 채 나왔는데, 어쩌면 응접실을 찾지 못하고 그저 헤매고 다니게만 되면 이 방을 다시 찾아야 될 것이고, 어쩔 수 없이 다급한 경우엔 이 방을 중심으로 클라라의 방을 찾아야만 할 것이기 때문이다. 그는 문이 저절로 닫히지 않도록 의자를 방문 앞에 세워 놓았다. 복도에 나오자 그는 상황이 매우 좋지 않음을 알아차렸다. 정면으로부터―그는 일부러 클라라의 방에서 떨어진 왼쪽 길을 잡았다―바람이 불어오는 것이었다. 약한 바람이긴 했지만 촛불이 꺼지기엔 충분했으므로 카를은 한 손으로 불꽃을 가려 보호하지 않으면 안 되었다. 그는 꺼지려는 촛불이 되살아나기를 기다리기 위해 한동안 발을 멈추고 서 있었다. 그런 다음 조심스럽게 발을 옮겨야 했으므로 길이 갑절이나 먼 것처럼 느껴졌다.

카를은 길게 계속되는 벽을 따라 지나가고 있었다. 벽 어디에도 문이 없었기 때문에 벽 뒤편에 무엇이 있는지 상상할 수도 없었다. 이윽고 벽이 끝나고 문이 차례차례 나타났다. 그 중 몇 개를 열어 보려고 하였으나 열리지 않았다. 모두 잠겨 있었다. 이 방들은 분명히 비어 있는 것 같았다. 이것은 정말 공간 낭비라고 느껴졌다. 카를은 언젠가 외삼촌이 구경시켜 주겠다고 약속한 뉴욕의 동부 지구를 생각했다. 그곳에선 좁은 방 하나에 두서너 세대가 함께 산다는 것이었다. 각 세대는 제각기 방의 네 구석을 거주하는 처소로 자리 잡아 살고 있으며, 그곳엔 부모를 중심으로 아이들이 우글대고 있다고 했다. 그런데 이곳의 방들은 누군가가 노크를 하면 공허한 메아리만 울리도록 만들어진 것 같았다. 카를에겐 폴룬더 씨가 마치 사기꾼 같은 친구들에겐 속아 살고, 딸한테는 경멸을 받는 비참한 인물처럼 느껴졌다. 폴룬더 씨에 대한 외삼촌의 평가가 옳았던 것이다. 자신이 여기를 방문하여 지금 이렇게 어두운 복도를 헤매게 된 것은 카를이 사람을 평가하는 데 아무 영향을 주지 않겠다는 외삼촌의 원칙 때문인 것이다.

카를은 내일 당장 오늘의 일을 외삼촌에게 털어놓으리라 생각했다. 외삼촌의 원칙에 따르자면 그 역시 조카의 비평을 기꺼이 귀 기

아
메
리
카

울여 들어 줄 것이므로. 그러나 카를이 외삼촌을 생각할 때 마음에 들지 않는 점은 외삼촌이 고집하는 바로 이 원칙일 것이라고 생각했다. 그러나 절대적으로 마음에 들지 않는 것은 아니었다.

이윽고 복도의 한쪽 벽이 끝나고 얼음처럼 찬 대리석 난간이 나타났다. 카를은 촛불을 옆에 놓고 조심스럽게 상반신을 내밀어 살펴보았다. 깜깜한 공허가 바람으로 변하여 산들산들 불어왔다.

여기가 이 집의 현관이라면―하늘거리는 촛불에 비친 둥근 천장의 일부가 떠올랐다―왜 조금 전에 집에 들어왔을 때 이 현관을 통하지 않았을까? 넓고 높고 깊숙한 이 공간은 무엇에 쓰이는 것일까? 이 자리에 이렇게 서 있으니 마치 교회의 높은 다락 위에 서 있는 것 같았다. 카를은 하마터면, 내일 낮엔 이 건물의 구석구석을 빠짐없이 안내받으면서 많은 것을 구경할 수 있을 텐데, 하고 아침까지 여기에 머물지 못하는 것을 후회할 뻔했다.

대리석 난간은 길지 않았다. 바로 카를은 또다시 양쪽이 모두 벽으로 막힌 복도로 들어섰다. 얼마 안 가서 복도가 갑자기 꺾이는 바람에 벽에 세게 부딪혔다. 줄곧 주의를 다해 손에 경련이 날 만큼 단단히 양초를 잡고 있었으므로 충돌하는 순간 다행히 양초를 놓치지 않았고 불도 꺼지지 않았다.

복도는 끝없이 계속되어 있었다. 밖을 보고 싶었으나 벽의 어느 구석에도 창문이 없었다. 위에서도 안쪽에서도 인기척을 느끼지 못했으므로 카를은 같은 복도를 빙빙 돌고 있는 게 아닐까, 하고 생각하기 시작했다. 그렇다면 열어 두고 나온 자기 방을 찾을 수 있으려니 하고 은근히 기대했으나 문은 물론 대리석 난간도 두 번 다시 나타나지 않았다. 이때까지 카를은 큰소리로 도움을 청하는 것을 삼가고 있었다. 남의 집에서 더욱이 늦은 밤 시간에 소동을 일으키고 싶지 않았기 때문이다. 그러던 그가 마침내 이렇게 깜깜한 집이면 소동을 피운다고 해서 크게 몹쓸 짓이 아니라고 생각했다. 그래서 복도의 양쪽을 향해 큰소리로 "아무도 없나요!" 하고 막 소리치려는 때였다. 그가 걸어온 방향에서 이쪽을 향해 다가오는 작은 불빛을 발견한 것이다.

아메리카

그 순간 그는 비로소 곧게 뻗어 있는 이 복도의 길이를 어림잡을 수 있었다. 이 건물은 흔히 별장이라고 불리는 집이 아니라 하나의 요새였다. 구원의 불빛을 발견한 카를은 너무 기뻤다. 그는 조심성을 잃어서는 안 된다는 것도 잊고 그 불빛을 향해 달려갔다. 그가 들고 있던 촛불은 발을 옮기자마자 꺼져 버렸다. 그는 이미 이런 것에 개의치 않았다. 이제 촛불은 필요 없었다. 바로 저쪽에서 램프를 든 늙은 하인이 오고 있지 않은가. 저 하인이 길을 안내해 주겠지.

"누구십니까?" 하고 하인은 램프를 들어 카를의 얼굴을 비쳤다. 그와 동시에 하인의 얼굴도 훤히 드러났다. 그 얼굴은 컸고, 턱에 난 명주실 같은 곱슬 수염이 가슴 언저리에서 끝나 있었다. 긴 턱에서 볼까지 빈틈없이 무성한 하얀 수염 때문인지 표정이 좀 딱딱해 보였다. '이런 멋진 수염을 기르도록 허락받은 하인이라면 틀림없이 충실한 하인일 거야.' 라고 생각한 카를은 그 수염을 바라보는 데 열중한 나머지 자신이 주시되고 있다는 것을 잊고 있었다. 그는 곧 자신은 폴룬더 씨의 초대를 받고 온 손님이며 식당을 찾는 중이었으나 길을 몰라 곤란을 겪고 있다고 말했다.

"그렇습니까?" 하인은 대답했다. "아직 전기 공사가 끝나지 않아서 그렇습니다."

"그 점은 나도 잘 알아요." 하고 카를이 대꾸했다.

"제 램프의 불로 갖고 계시는 초에 불을 켜시지 않겠습니까?" 하고 하인이 말했다.

"부탁하오." 카를은 이렇게 대답하곤 그의 말대로 했다.

"이 복도는 문틈으로 스며드는 바람이 세어서 촛불이 꺼지기 쉽습니다. 그래서 이런 램프를 들고 다닌답니다." 하고 하인이 말했다.

"과연 그렇군. 램프는 분명히 실용적이야." 하고 카를이 말했다.

"틀림없이 촛농이 많이 흘렀을 겁니다." 하고 말하면서 그는 촛불을 들어 카를의 옷을 비춰 보았다.

"난 거기까진 생각하지 못했어요." 하고 카를은 소리쳤다. 지금 입고 있는 옷은 외삼촌이 어떤 옷보다 잘 어울린다고 침이 마르게 칭찬하던 바로 그 검정 양복이었으므로 더욱 화가 치밀었다. 클라라와 실랑이를 벌인 때에도 이 옷 때문에 불편했다는 것이 그제야 생각났다.

하인은 상냥하게 "옷을 손질해 드리죠." 하고 말했다. 카를이 하인 앞에서 몸을 빙빙 돌리며 여기저기 촛농의 얼룩을 가리키면 그는 친절하게 차례차례 그것을 털어 주었다.

"그런데 어째서 이 복도만 이렇게 문틈으로 바람이 새어드는 거죠?" 하고 두 사람이 발을 옮기기 시작하자 카를이 물었다.

"이 저택엔 아직도 손을 보아야 할 곳이 많습니다."

하인의 말은 계속되었다.

"개축(改築)에 착수한 지 꽤 시일이 지났으나 공사가 지지부진하답니다. 설상가상으로 잘 아시겠지만 토건 노동자들의 파업이 계속되고 있지 않습니까. 이런 공사에 몹시 화를 내고 있죠. 현재 커다란 통풍구가 두 군데나 있는데도 벽을 수리할 사람이 없답니다. 그래서 그곳에서 들어오는 바람이 온 집안을 휩쓴답니다. 저는 이렇게 귓구멍을 솜으로 막지 않고선 견딜 수 없답니다."

"그럼 더 큰소리로 말을 해야 하나요?" 하고 카를이 물었다.

"아닙니다. 손님 음성은 맑아서 잘 들립니다." 하고 하인이 대답했다.

"다시 이 건물 이야기를 말씀드리자면, 특히 여기는 예배실이 가까워서 바람이 더 요란합니다. 예배실은 건물과는 별도로 세워야 할 것 같아요."

"그럼 복도 가운데 난간은 예배당으로 연결되어 있겠군요?"

"그렇습니다."

"나도 그때 바로 짐작은 했어요." 하고 카를이 말했다.

"그 예배실은 정말 훌륭한 걸작입니다." 하인이 말했다.

"마크 씨가 이 건물을 사들이지 않았더라면 그런 훌륭한 예배실은 평생 구경할 수 없었을 겁니다."

"마크 씨가?" 카를이 되물었다. "나는 이 집이 폴룬더 씨 소유로 알고 있었는데요?"

"물론 폴룬더 씨 소유죠." 하고 하인은 말을 이었다.

"그러나 이 건물을 사들이기로 결정한 것은 마크 씨죠. 마크 씨를 모르시겠죠?"

"아니요, 알고 있어요. 그럼 그분과 폴룬더 씨와의 관계는 어떻게 됩니까?" 하고 카를이 말했다.

"그분은 아가씨의 약혼자랍니다." 하고 하인이 대답했다.

"그래? 그건 처음 듣는 이야기군요." 하고 말한 카를은 저도 모르게 발을 멈췄다.

"그렇게 놀라실 만큼 의외였습니까?" 하고 하인은 물었다.

"아니요, 그저 그 사실을 잘 기억해두려고 했을 뿐입니다. 그런 관계를 모르고 있으면 자칫 실수를 범하기 쉽기 때문이죠." 하고 카를은 대답했다.

"손님에게 그런 이야기를 하지 않았다는 건 이상하군요." 하고 하인이 말했다.

"그렇군, 그건 분명히 이상해요." 하고 카를도 쑥스러운 표정으로 말했다.

"아마 모두 손님께서 그 관계를 알고 계시는 것으로 생각했기 때문이겠죠." 하고 하인은 거듭 말했다. "그리고 퍽 오래된 이야기여서 그랬겠죠. 이제 다 왔습니다." 하고 말한 하인은 문 하나를 밀었다. 문 뒤에는 계단이 나 있었는데 그 계단은 카를이 막 도착했을 때와 다름없이 지금도 휘황찬란하게 밝은 식당의 뒷문으로 바로 이어져 있었다.

이래저래 두 시간은 넉넉히 지났으리라. 그 두 시간 전과 조금도 다름없이 폴룬더 씨와 그린 씨가 이야기하는 소리가 들리는 식당으로 카를이 막 들어가려 할 때 하인이 말했다.

"원하신다면 소인이 여기에서 기다리고 있다가 손님방으로 안내해드리겠습니다. 처음 오신 손님께서 혼자 다니시다간 자칫하면 고생하시기 십상이죠."

아메리카

"좋아요. 하지만 난 내 방으로 돌아가지 않을 생각이니 염려 말아요." 하고 카를은 말했으나 왠지 자기도 모르게 서글퍼지는 심정이었다.

"그렇게 하시는 것도 나쁘진 않겠죠." 하고 하인은 조소하는 듯한 묘한 표정을 지으며 카를의 팔을 가볍게 토닥거렸다. 그는 카를이 밤새 식당에서 그들과 담소하면서 술을 마시겠다는 뜻으로 해석한 것 같았다. 카를은 새삼스레 그 이유를 말하고 싶진 않았으나 이 집의 다른 하인들보다 호감이 가는 이 하인이라면 만약의 경우 자기에게 뉴욕으로 가는 길을 가르쳐 줄지도 모르겠다고 생각하며 말했다.

"여기서 기다려 줄 생각이라니 고맙군요. 이건 오직 당신의 호의니 기꺼이 받아들이겠어요. 식당에서 바로 나와 어떻게 할 것인지 말씀드리지요. 분명 당신의 도움이 나에겐 꼭 필요하리라고 생각해요."

"잘 알겠습니다." 하고 말한 하인은 등불을 의자 위에 놓고 그곳에 있던 낮은 주춧돌을 골라 앉았다. 주춧돌이 여기에 흩어져 있는 것은 개축 공사 때문일 것이었다.

"그럼 저는 여기서 기다리겠습니다. 촛불은 여기에 두고 가시는 게 어떨까요?"

카를이 불 켜진 초를 들고 식당으로 들어가려는 것을 보고 하인은 이렇게 말했다.

"아 참, 깜박 잊었군." 하고 말하며 카를이 초를 건네자 그는 고개를 가볍게 끄덕여 보였다. 카를은 하인의 이런 행동이 의식적인 것이었는지 아니면 한 손으로 탐스러운 수염을 쓸어내리느라 그런 것인지 분간할 수 없었다.

카를은 문을 열었다. 카를이 일부러 그렇게 한 것도 아닌데 요란하게 삐걱거렸다. 문은 판유리 한 장으로 되어 있을 뿐이어서 손잡이를 잡고 급히 열면 그 유리가 거의 뒤틀릴 것 같았다. 카를은 깜짝 놀라 손잡이를 놓았다. 아주 조심스럽게 조용히 들어가려고 했었던 터라 더욱 놀라지 않을 수 없었다. 그는 뒤돌아보지 않았지만 잽싸게 일어난 하인이 자기 등 뒤에서 조심스럽게, 소리 하나 내지 않으며 살며시 문을 닫아 준 것을 알 수 있었다.

"죄송하지만 잠시 뵙고 싶어 왔습니다." 하고 카를은 놀란 눈을 크게 부릅뜬 두 사람을 향해 말했다. 동시에 그는 어딘가에 모자가 있을 것으로 생각하고 재빨리 식당 안을 휘둘러보았다. 그러나 모자는 보이지 않았다. 식당 안은 말끔히 정돈되어 있었다. 아마 모자는 다른 물건들과 함께 부엌으로 옮겨진 것 같았다.

"클라라는 어디에 두고 왔나?" 하고 폴룬더 씨가 말했다. 그는 이렇게 방해자가 끼어든 것을 그다지 싫어하진 않는 것 같았다. 그가 곧 안락의자에 고쳐 앉더니 카를 쪽으로 의자를 돌렸기 때문이다. 그린 씨는 무관심한 체하려고 엄청나게 큰 가방을 꺼내들곤 이리저리 뒤지며 마치 어떤 서류를 찾는 시늉을 하고 있었다. 그는 한 손으로 뒤지면서 다른 한 손에는 꺼낸 서류를 들어 읽고 있었다.

"실은 부탁이 있습니다. 오해 마시고 들어 주십시오." 하고 말한 카를은 빠른 걸음으로 폴룬더 씨 앞으로 다가가 그에게 더 가까이 서기 위해 한 손을 의자의 팔걸이에 얹었다.

"도대체 무슨 부탁인가?" 하고 말한 폴룬더 씨는 둥글고 인자한 눈으로 카를을 똑바로 바라보았다.

"무엇인지는 모르지만 물론 들어 주고말고." 하고 그는 카를의 허리에 팔을 돌려 다정하게 끌어당겨서 자기 두 무릎 사이에 서게 했다. 카를은 다른 경우라면 이런 어린애 취급을 받는 것을 달갑게 생각하지 않았을 것이나, 지금은 기꺼이 상대가 하는 대로 내맡기고 있었다. 그러나 자기 생각을 말하기는 그만큼 더 난처해졌다.

"어때요, 여기가 마음에 들었는지?" 폴룬더 씨가 물었다. "도심에서 빠져나와 교외로 오면 해방감을 맛볼 수 있다고 하는데 자네도 그렇게 생각하나? 나는 밤마다 그것을 새삼스레 통감하거든."

'이분 이야기를 들으니…….' 하고 카를은 생각했다. '이 큰 건물이라든가 끝없는 복도, 그리고 그 예배실, 수많은 빈 방, 집 안 구석구석에 도사리고 있는 어둠 같은 걸 전혀 모르는 말투로군.'

"그런데 할 이야기란 뭐지?"

폴룬더 씨는 이렇게 말하곤 묵묵히 서 있는 카를을 자못 친숙한 사이처럼 다정하게 흔들었다.

"제 부탁은……."

하고 카를이 말을 꺼내기 시작했다. 자칫하면 폴룬더 씨를 모욕하는 것으로 받아들여질 수도 있는 부탁을 그린 씨 앞에서 말하고 싶진 않았으나, 아무리 소리를 죽여 말한다 해도 그린 씨가 모조리 듣는 것을 피할 수가 없었다.

"제 부탁은 오늘 밤 안으로 저를 집으로 돌려보내 달라는 겁니다."

힘든 말을 해 버리자 다른 말은 쉽게 줄줄 뒤를 이어 튀어나왔다. 그는 조금도 거짓말을 섞지 않고 전혀 예기치 않았던 말도 했다.

"저는 집으로 돌아가고 싶어요. 폴룬더 씨가 계시는 곳에 저도 같이 있고 싶지만 다른 기회에 다시 오겠습니다. 다만 오늘만은 여기서 머물 수가 없어요. 아시는 바와 같이 외삼촌은 저의 방문을 쾌히 승낙하시진 않았어요. 외삼촌에게는 다른 모든 일을 처리하실 때처럼 분명히 이 일에 대해서도 외삼촌 나름의 이유가 있을 것으로 생각해요. 그런데도 저는 분별없이 외삼촌의 생각을 거슬러 억지 승낙을 얻어 낸 거예요. 외삼촌의 저에 대한 애정을 철없이 악용했던 겁니다. 외삼촌께서 방문에 대하여 어떤 감정을 나타내셨느냐 하는 문제는 이제 더 이상 여기에서 논하고 싶지 않아요. 폴룬더 씨! 다만 제가 알고 있는 한 가장 절친한 친구인 당신의 마음을 상하게 하고 싶지 않다는 것만은 분명해요. 제 외삼촌의 친구 중에서 당신 같은 분은 없어요. 이것은 저의 고집에 대한 변명입니다만 충분치는 못해요. 당신은 저와 외삼촌의 사이를 정확하게 알고 계시진 못하실 거예요. 그래서 제가 가장 분명한 점만을 들어 말씀드리려 하는 거예요. 제가 확실한 영어 실력을 갖추고 실제적인 사업상의 거래 방법에 능통해질 때까지는 외삼촌의 호의에만 의지해야 합니다. 물론 저는 혈육으로서 그 호의에 대해 감사하고 있어요. 그러나 폴룬더 씨, 제가 당장 자립한다 해도 제 생활비 정도는 버젓이—그렇게 되길 간절히 바라고 있긴 합니다만—벌어들일 수 있으리라곤 생각하지 마세요. 유감입니다만 그렇게 되기엔 제가 받은 교육이 너무나 비실용적인 것이었어요. 저는 유럽의 고등학교 과정 중 겨우 4학년 과정을 중간 정도의 성적으로 수료했을 뿐이에요. 그 정도로는 돈벌이하기엔 아무 도움이 안

됩니다. 유럽의 고등학교 교과 과정은 다른 나라에 비해 뒤떨어져 있거든요. 제가 배운 것을 여기서 말씀드리면 아마 웃으실 겁니다. 학업을 더 계속해서 고등학교 과정을 졸업하고 대학까지 가서 공부를 한다면 다소 균형이 잡힐지 모르지요. 이후에라도 무엇이든 체계적인 교육을 받는다면 그것을 바탕으로 어떤 종류의 일을 시작할 수도 있을 것이고, 또 그것이 돈벌이 하는 일에 대한 자신감도 생기겠지요. 저는 이런 체계적인 학문을 유감스럽게도 중도에서 포기하지 않을 수 없었어요. 이따금 저는 제 자신이 아무것도 모르는 무식꾼이라고 생각을 할 때가 있어요. 그리고 결국 제 지식을 다 발휘한다 해도 미국 시민으로선 아직도 크게 부족다고 생각해요. 제 고국에서는 최근에야 여기저기에서 고등학교 교과 과정의 개편을 서두르고 있는 것 같아요. 이젠 그곳에서도 입학하면 각국의 외국어는 물론 원하는 사람은 대학에 입학할 수 있어요. 제가 초등학교를 졸업할 무렵엔 그런 것이 없었어요. 아버지는 제게 영어를 가르치려 하셨지만 그 무렵엔 저도 제게 어떤 불행이 닥쳐올 것인지, 영어를 사용해야만 될 것인

지 예상할 수도 없었고, 또 고등학교의 학과 공부에 쫓겨 그럴 틈이 없었어요. 이런 말씀을 드리는 것은 실은 제가 외삼촌을 얼마나 의지하고 있으며, 또 제가 외삼촌에게 어떠한 은혜를 지고 있는지를 설명하고 싶은 생각에서였어요. 막연하긴 하지만 제가 이런 사정 때문에 아무리 사소한 일이라 할지라도 외삼촌의 의지를 거역하는 행동은 할 수 없다는 것을 이해해 주시리라 생각해요. 그렇기 때문에 비록 중도이긴 해도 저는 외삼촌에 대한 잘못을 사과드리기 위해 당장 집으로 돌아가 보아야 하겠습니다."

카를이 이야기를 길게 늘어놓고 있는 동안 폴룬더 씨는 주의 깊게 듣고 있었다. 그리고 특히 외삼촌 이야기가 나오면 그는 거의 눈에 띄지 않을 만큼 살며시 카를을 자기 앞으로 끌어당겼을 뿐만 아니라 때때로 기대에 가득 찬 진지한 눈빛으로 그린 씨를 바라보기도 했다. 그러나 그린 씨는 변함없이 가방 속을 뒤지느라고 여념이 없었다.

카를은 이야기하고 있는 동안 외삼촌에 대한 자신의 입장을 명확하게 의식하게 될수록 더욱 안절부절못하며 어찌할 바를 몰라 했다. 그는 폴룬더 씨의 팔을 뿌리치고 빠져나가려고 했다. 이 자리에 있는 것이 가슴이 답답할 만큼 어색하기만 했다. 외삼촌의 집을 향해 가는 길이 눈앞에 떠올랐다. 저 유리문을 빠져나가 정면 계단을 내려가서 가로수가 나란히 서 있는 시골길을 지나 국도로 빠진다. 그리고 교외의 새 시가지를 차례차례 지나 그 번화한 거리에 이르면 그 거리는 바로 외삼촌의 집으로 통해 있는 것이다.

외삼촌의 집에 이르는 길은 왠지 긴밀한 상관관계를 맺고 있는 것처럼 느껴졌다. 더욱이 환하게 문을 열고 평탄하게 그를 위해 준비를 갖추고 길게 뻗어 큰소리로 자기를 부르고 있는 것 같았다. 폴룬더 씨의 호의도 그린 씨의 추악한 거동도 지금의 그에겐 문제가 되지 않았다. 카를이 담배 연기가 자욱한 이 방에서 자기 자신을 구하는 것은 여기를 떠나도 된다는 허락뿐이었다. 이미 그는 폴룬더 씨에겐 어색한 느낌을, 그린 씨에겐 적의를 품고 있었으나 무엇보다 그의 마음을 가득 채우고 있는 것은 주위에서 그를 향해 엄습해 오는 막연한 공포감이었다. 그의 눈은 그 공포감 때문에 흐려져 있었다.

아
메
리
카

카를은 한 걸음 뒤로 물러서 폴룬더 씨와 그린 씨의 등 뒤에 떨어져섰다.

"카를에게 하실 말이 없소?" 하고 폴룬더 씨는 그린 씨의 한 손을 잡으면서 동의를 구하는 듯한 어조로 물었다.

"글쎄요, 내가 무슨 이야기를 해야 좋을지."

그린 씨는 호주머니에서 편지 한 통을 꺼내 바로 앞의 탁자 위에 놓고 말했다.

"카를 군이 외삼촌 곁으로 돌아가려는 하는 것은 기특한 일이야. 어느 누구든 자네가 그렇게 하면 외삼촌께서 매우 기뻐하시리라 생각할 것이네. 하기야 자네가 지나친 고집을 부려 외삼촌의 기분을 몹시 상하게 만들었다면 그땐 별문제이긴 하네만, 어쨌든 그 점도 생각해 보지 않을 순 없겠지. 그렇다면 차라리 여기 있는 것이 나을지도 모르지. 그렇다고 어떻게 하라고 단정을 짓기도 매우 난처한 일이야. 우리는 자네 외삼촌과는 아주 가까운 사이네. 나와 자네 외삼촌과 또

폴룬더 씨와는 누가 좀 더 친하고 덜 친하다고 말하기 어려울 정도
네. 그러한 우리들마저도 자네 외삼촌의 심중을 깊이 알지는 못하고
있네. 더욱이 여기는 뉴욕에서 십여 킬로나 떨어진 곳이니 어찌 군의
외삼촌 심정을 알 수 있겠나. 그건 무리네."

"잠깐, 그린 씨."

이렇게 말한 카를은 감정을 억제하면서 그에게로 다가갔다.

"결국 그린 씨도 제가 당장 돌아가는 것이 최선책이라고 생각하시
는군요."

"아니, 반드시 그렇다는 것은 아니야." 하고 말한 그린 씨는 열심히
편지를 읽으면서 두 손가락 끝으로 편지 귀퉁이 여기저기를 매만지
고 있었다. 그런 행동을 함으로써 자신은 단지 폴룬더 씨의 질문에
대답했을 뿐이지, 카를과는 아무런 상관도 없다는 것을 암시하려는
것 같았다.

그 사이에 폴룬더 씨가 카를 곁으로 다가와 그를 부드럽게 그린 씨
로부터 떼어 큰 창문가로 끌고 갔다.

"여보게, 로스만 군."

그는 카를의 귀 가까이까지 몸을 굽혀 말했다. 그러고는 마음을 가
다듬으려는 듯 손수건을 꺼내 얼굴을 닦고 코언저리에서 손을 멈추
고 코를 풀었다. "나는 자네 생각에 반대하면서까지 자네를 여기에
붙잡아 두려고 하지는 않네. 이건 진정이네. 그런데 지금은 자동차를
사용할 수 없네. 실은 이 집을 산 지 얼마 되지 않아서 아직 차고를 갖
추지 못했기 때문에 자동차를 여기에서 멀리 떨어진 공용 차고에 보

냈단 말이네. 운전사 역시 여기에서 묵지 않고 그 차고 근처에서 자고 있다네. 솔직히 말해서 난 아직 그 차고의 위치를 모르네. 그리고 운전사는 이 시각엔 이 집에 있을 의무가 없는 거야. 그는 매일 아침 일정한 시각에 차를 이 집 현관에 대기만 하면 되거든. 어쩌면 이런 사실이 자네가 당장 집에 가겠다는 것에 아무런 장애가 될 수도 없겠지만 말이네. 자네가 굳이 고집한다면 내가 직접 전철역까지 자네를 데려가 주겠네. 그러나 전철역은 여기서 꽤 먼 곳에 있기 때문에 자네가 집에 도착하는 것이 내일 아침 정각 일곱 시에 나와 함께 내 차로 출발하여 가는 것보다 많이 빠르진 않을 걸세."

아메리카

"그렇다면 폴룬더 씨, 역시 전철을 타겠어요." 카를이 말했다. "저는 전철이 있다는 것을 잊고 있었어요. 전철을 이용하면 내일 아침 자동차로 가는 것보다는 빨리 도착한다고 말씀하셨죠?"

"하지만 별 차이는 없네."

"그래도, 역시 폴룬더 씨. 저는 당신의 친절을 잊지 않고 기회를 보아 기꺼이 여기를 다시 방문하겠어요. 물론 오늘의 제 행동을 너그럽게 보아 주시고 다시 초대를 해 주신다면 말입니다. 다음번에는 제가 오늘 이렇게 초조히 외삼촌을 뵙고자 하는 것이 얼마나 중요한 일이었던가에 대해 좀 더 상세히 설명해 드릴 수 있으리라고 생각해요." 카를은 말했다.

그리고 카를은 이미 승낙을 얻은 듯 말을 이었다.

"어쨌든 저를 배웅해 주실 필요는 없어요. 정말입니다. 밖에 늙은 하인이 기다리고 있거든요. 그가 저를 역까지 안내해 주기로 약속했습니다. 이제 모자를 찾기만 하면 돼요."

말을 마치자 모자를 찾을 수 있을 것인지 생각을 하며 서둘러 그 방을 빠져나오려는 때였다.

"이런 모자는 어떤가?" 그린 씨는 이렇게 말하고선 가방에서 차양 없는 모자를 꺼냈다. "어쩌면 자네 머리에 맞을지도 모르겠네."

카를은 잠시 발을 멈추고 당황하여 우두커니 서 있다가 입을 열었다.

"하지만 선생님 모자를 빼앗아 쓸 순 없어요. 저는 모자 없이도 갈수 있어요. 정말입니다. 아무것도 필요 없어요."

"이건 내 모자가 아니야, 사양 말고 받아 두게나."

"그렇다면 감사히 받겠어요." 하고 카를은 서슴거리지 않고 그 차양 없는 모자를 받았다. 머리에 써 보니 딱 맞았다. 그는 자신도 모르게 웃어 버렸다. 그리고 다시 모자를 벗어 들고 살펴보았으나 모자의 어느 곳을 보아도 트집 잡을 데가 없었다. 아주 새것이었다.

"정말 잘 맞는군요." 하고 카를이 말했다.

"맞는다니 잘 됐네." 하고 그린 씨는 말하면서 탁자를 쳤다.

카를이 하인을 부르려고 문에 다가갔을 때 그린 씨가 자리에서 일어나 훌륭한 식사와 충분한 휴식 뒤의 만족스런 기지개를 켜더니 자기 가슴을 두드리면서 충고인지 명령인지 모를 어조로 말했다.

"떠나기 전에 클라라 양에게 작별 인사를 해야 하네."

"그렇군." 하고 역시 서 있던 폴룬더 씨가 말을 받았다. 그러나 억양으로 봐 그 말은 진심에서 한 말이 아님을 알 수 있었다.

그는 할 일 없이 두 팔을 양복 바지의 솔기에 붙이고 있다가 몇 번이고 윗옷 단추를 풀었다 채웠다 했다. 그 윗옷은 당시의 유행을 따라 만든 것으로 너무 짧아서 옷자락이 겨우 허리에 닿을까 말까 했다. 폴룬더 씨처럼 뚱뚱한 사람에겐 어울리지 않았다.

게다가 이렇게 그린 씨와 나란히 서 있는 것을 보니 폴룬더 씨의 몸이 비정상적으로 뚱뚱하다는 인상을 짙게 했다. 등은 전체적으로 조금 굽었고 배가 불룩 나와 유들유들하게 느껴져 앉기에도 불편할 것 같았으며, 무거운 짐짝처럼 보였다. 안색은 창백하고 떫은 감을 씹은 듯한 표정이었다. 그런데 그린 씨는 이와는 대조적이었다.

폴룬더 씨에 비하여 살은 더 찐 것 같았으나 탄탄하고 균형 잡힌 몸집이었다. 두 다리를 군대식으로 딱 붙이고 꼿꼿하게 서서 몸을 흔들고 있었다. 그는 마치 운동선수, 아니 체육 교사처럼 보였다.

"우선……. 클라라 양한테 가서 작별 인사를 해야지. 그렇게 하면 틀림없이 자네를 위해서도 좋은 일이 있을 것이고, 또 나의 시간 배당에도 안성맞춤일 테니까. 사실은 자네가 여기를 떠나기 전에 중대한 이야기를 들려주고 싶기 때문이야. 그 이야기는 아마 집으로 돌아가려는 자네의 마음을 결정적으로 움직일지도 모르지. 다만 유감스러운 것은 윗사람의 명령 때문에 자정까지는 자네에게 말할 수 없다는 것일세. 이 사실을 내가 얼마나 부담스럽게 생각하고 있는지 자네는 짐작할 수 없겠지? 사실 이 일 때문에 나는 밤의 휴식을 방해받고 있네. 하지만 난 임무를 수행하지 않으면 안 되네. 지금이 열한 시 십오 분이니까 나는 폴룬더 씨와 사업상의 용무를 충분히 의논할 수 있네.

그동안 자네가 여기 있으면 우리에겐 방해만 될 뿐이니 클라라와 즐거운 시간을 보내 주었으면 좋겠네. 그러다가 열두 시 정각에 이리로 오게나. 그때 꼭 필요한 이야기를 들려주겠네."

폴룬더 씨는 카를을 말씨로나 태도로나 될수록 조심스럽게 대하는데 비하여 그린 씨는 아직까지 전혀 무관심한 듯한 태도를 취하더니 이제는 폴룬더 씨에 대해 카를이 예의와 감사를 보여 주라는 것이었다. 그러나 이 거칠고 품위 없는 요구를 카를은 거절해야 좋을지 한동안 생각해 보았다. 그리고 자정이 되어야만 밝힐 수 있다는 중대한 이야기란 도대체 무엇일까? 그것 때문에 집에 가는 것이 사십오 분씩이나 늦어진다고 생각하자 그것조차도 그의 마음을 사로잡지는 못했다. 다만 지금 카를의 관심사는 아직도 자기의 적으로 느껴지는 클라라한테 가야 할 것인가 하는 것뿐이었다. 이럴 줄 알았다면 외삼촌이 문진(文鎭) 대용으로 쓰라고 주신 끌이라도 지니고 있었으면 좋겠다고 생각했다.

클라라의 방은 정말 위험한 소굴인지도 모른다. 그러나 그녀는 폴룬더 씨의 딸이고, 방금 들은 이야기로는 마크의 약혼녀인 이상 지금이 자리에서 조금이라도 클라라를 비방하는 말을 꺼낼 수 없었다. 그녀가 자기에게 조금만 다른 태도를 취했더라면 자신도 그녀와의 관계를 생각해서 칭찬할 수도 있었을 것이라는 생각에 잠겨 있다가 문득 정신을 차린 뒤 그런 한가한 생각을 할 때가 아니라는 것을 알아차렸다.

그것은 그린 씨가 문을 열고 주춧돌에서 벌떡 일어나는 하인을 향해 하는 말을 들었기 때문이다.

"이 젊은 분을 클라라 아가씨 방으로 안내해 주게."

'저렇게 말한다고 복종할 것인가.' 하고 카를은 속으로 생각했다. 그러나 말이 떨어지기가 무섭게 하인은 특별히 가까운, 거의 달리다 시피 숨을 헐떡이면서 특별히 가까운 지름길을 택하여 카를을 클라라의 방으로 안내했다.

카를은 문이 열려 있는 자기 방 앞을 지나칠 때 잠시 마음을 진정시켜 보려고 들어가려 했다. 그러나 하인은 이것을 허락하지 않았다.

"안 됩니다. 클라라 아가씨 방으로 가셔야 합니다. 손님도 직접 들으셨지 않습니까?" 하고 하인이 말했다.

"다른 뜻은 아니에요. 잠깐 쉬어 가고 싶었을 뿐입니다." 하고 카를은 말했다.

그는 잠시 저 긴 의자에 누우면 기분 전환도 되고, 자정까지의 시간도 금방 지나갈 것이라고 생각했던 것이다.

"저의 임무 수행을 쓸데없는 일로 곤란하게 만들지 말아 주셨으면 합니다." 하고 하인이 말했다.

'이 사람은 내가 클라라 방으로 가야 하는 것을 마치 무슨 벌이라도 받는 것으로 착각하고 있군.' 하고 카를은 생각했다. 그래서 두서너 걸음 걷다가 고집스럽게 발을 멈추었다.

"젊은 양반." 하고 하인이 말했다. "여기까지 온 이상 빨리 서두릅시다. 손님께서 오늘 밤 안으로 떠나셔야 한다는 것은 저도 잘 압니다. 하지만 만사가 뜻대로 되지 않는 경우도 있답니다. 손님께서 잘

못 생각하고 계신다는 것을 조금 전에 말씀드리지 않았습니까?"

"어쨌든 나는 떠나고 싶단 말이네. 그리고 떠나야 하겠네." 카를이 말했다. "난 지금 클라라 아가씨에게 작별인사를 하러 가는 것뿐이야."

"그렇습니까?" 하고 하인이 대꾸했으나 그의 표정에서 카를의 말을 조금도 믿지 않고 있다는 것을 읽어 낼 수 있었다. "그렇다면 왜 작별 인사를 하는 것을 망설입니까? 어서 오세요."

"복도에 있는 사람은 누구예요?" 하는 클라라의 음성이 들려왔다.

바로 가까운 곳의 열린 문으로 붉은 갓이 달린 커다란 스탠드를 손에 들고서 상반신을 내밀고 있는 클라라의 모습이 보였다. 늙은 하인이 그녀 앞에 달려가 보고를 했다. 카를은 그 뒤를 따라 천천히 걸어갔다.

"늦었군요." 하고 클라라가 말했다.

카를은 그녀의 이 말에 대꾸도 하지 않고 우선 하인에게 말했다. 이젠 하인의 성격을 속속들이 알았으므로 낮고 엄한 명령조로 말했다. "이 문 밖에서 나를 기다려 주게."

"이제 자려던 중이에요." 하고 클라라는 스탠드를 탁자 위에 놓았다. 밑의 식당에서와 마찬가지로 하인은 여기에서도 조심스럽게 문을 밖에서 닫았다.

"벌써 열한 시 반이 지났거든요."

"열한 시 반이 지났다고요?" 하고 카를은 놀란 사람처럼 되물었다. "그렇다면 지금 바로 작별하지 않으면 안 되겠군요." 하고 카를이 말했다. "난 열두 시 정각엔 식당에 가 있어야 해요."

"그렇게 급한 일이 있나 보죠?" 하고 말한 클라라는 황홀한 듯 헐렁한 잠옷의 구김을 폈다. 그녀의 눈은 불타고 있었으며 줄곧 미소를 머금고 있었다. 카를은 그녀의 그런 모습에서 다시 싸움이 벌어질 위험은 없다는 것을 분명하게 알 수가 있었다.

"어제는 아빠가, 그리고 오늘은 당신이 직접 약속하셨듯이 잠깐만이라도 피아노를 들려주시지 않겠어요?"

"하지만 너무 늦었습니다." 하고 카를이 말했다. 그는 그녀만 좋다면 기꺼이 클라라의 마음에 들도록 행동하고 싶어졌다. 왜냐하면 그녀가 어찌된 영문인지 폴룬더 씨나 마크 이상으로 친절하고 상냥한 아주 딴 사람으로 변해 있었기 때문이다.

"많이 늦긴 늦었군요." 하고 그녀가 대답했는데, 음악을 즐길 생각은 이미 사라진 것 같았다.

"그리고 여기선 조금만 소리를 내도 온 집안에 울려 퍼져요. 당신이 피아노를 치면 아마 저 위층의 다락방에서 자고 있는 하인들까지도 잠을 깰 거예요."

"그러니까 치는 것은 그만두겠어요. 다시 방문하게 되길 기대하겠어요. 그때 제 방을 찾아 주세요. 저의 외삼촌께서 사 주신 아주 훌륭한 피아노가 있는데 그때 원하신다면 제가 칠 수 있는 곡을 모두 연주해 들려 드리겠습니다. 하지만 그런 곡들은 그리 많진 않습니다. 더욱이 제가 알고 있는 곡은 그 큰 피아노에 어울리지 않아요. 그 악기는 대가들이 연주해야만 비로소 그 진가를 발휘하는 악기지요. 어쨌

아메리카

든 당신의 방문을 미리 알려 주신다면 대가들의 연주도 들을 수 있도록 주선하겠어요. 외삼촌께선 머잖아 저를 위해 유명한 음악 선생님을 초빙해 주실 겁니다. 제가 얼마나 기쁘게 생각하는지 당신은 이해하실 수 있겠죠? 물론 연습 시간 중에 찾아오시면 선생의 연주를 들을 수 있도록 마련하겠어요. 솔직히 말해서 지금 피아노를 치기엔 너무 시간이 늦었다는 것이 저로서는 다행입니다. 너무 미숙하거든요. 제 미숙한 솜씨에 깜짝 놀라실 거예요. 그럼, 이만 실례하겠어요. 벌써 주무실 시간이 지났을 테니."

클라라가 아까 싸운 것은 모두 잊은 듯 부드러운 눈길로 자기를 바라보고 있었으므로 그도 웃으면서 그녀에게 자기 손을 내밀고 덧붙였다. "저의 고향에서는 '좋은 꿈을 꾸고 편히 자요.' 하고 말하는 것이 관습입니다."

"잠깐." 하고 그녀는 카를의 악수에는 응하지 않고 말했다. "그래도 역시 오늘 밤 쳐 주셨으면 좋겠어요." 그러고는 피아노 옆에 있는 작은 문을 열고 나가 모습을 감추었다.

'무슨 변덕이지? 그녀가 아무리 예쁘다고 해도 더 이상 지체할 순 없어.' 하고 카를은 생각했다. 바로 이때 복도의 문을 노크하는 소리가 들렸다.

하인은 문을 활짝 열지는 않고 약간 벌어진 문틈으로 속삭였다.

"죄송합니다. 방금 식당으로 돌아오라는 전갈이 있어서 더 기다릴 수 없겠는데요."

"가 봐요." 이젠 혼자서도 식당을 찾을 수 있는 자신이 생긴 카를이 말했다. "그러나 그 램프만은 문 밖에 두고 가도록 해요. 그리고 지금 몇 시요?"

"이제 곧 열한 시 사십오 분이 될 겁니다."

"시간이 몹시 더디 가는군." 하고 카를이 말했다. 하인이 문을 닫으려 했을 때 카를은 아직 팁을 주지 않았던 것을 생각해 내고 바지 주머니에서 1실링짜리 동전을 꺼냈다. 이젠 그도 미국식으로 동전을 바지 주머니에 넣어 찰랑거리고 다녔으며 지폐는 조끼 주머니에 넣고 다녔다. "여러 가지로 고마웠어요." 하고 말하면서 하인에게 주었다.

클라라가 단정히 고쳐 빗은 머리를 매만지면서 다시 방으로 돌아왔을 때에야 카를은 문득 하인을 보내는 것이 아니었는데, 하고 생각했다. '그렇지. 그가 없으면 지금부터 나를 전철역까지 안내해 줄 사람이 없지 않은가. 아니야, 설마 폴룬더 씨가 하인 하나를 불러 주겠지. 아무튼 그 하인은 식당으로 갔으니 그가 나를 도와주겠지.'

"부탁이에요. 어서 들려줘요. 전통 음악을 감상할 기회가 없어요. 그래서 이 좋은 기회를 놓치고 싶지 않은 거예요."

"그럼 시간이 늦긴 하지만." 하고 카를은 분별없이 말하고 피아노를 향해 앉았다.

"악보는 보지 않으세요?" 하고 클라라가 물었다.

"괜찮습니다. 전 아직 악보도 완전히 읽지 못합니다." 하고 대답한 카를은 연주를 시작했다. 그가 연주한 것은 짧막한 가곡이었으나 천천히 연주하지 않으면 제대로 알아듣지 못할, 특히 외국인에겐 어려운 곡이었다.

카를은 이런 사실을 잘 알고 있었으나 클라라 앞에서는 터무니없게도 행진곡조로 단숨에 연주해 버렸다. 연주가 끝나자 큰 소동에 휘말린 것 같았던 온 집안에 흩어졌던 정적이 다시 찾아왔다. 두 사람은 한동안 음악에 취했는지 움직일 줄 몰랐다.

"정말 훌륭해요." 하고 클라라가 말했다. 그녀의 이 찬사는 단순한 인사치레의 형식적인 것은 아니었다.

"지금 몇 십니까?"

"열한 시 사십오 분이에요."

"그럼 아직 여유가 있군요." 하고 카를은 말하고 잠시 생각했다. '이거 아니면 저거다. 열 곡을 연주할 수 있다고 해서 그걸 모두 칠 필요는 없어. 뭐든 한 곡을 멋지게 연주하면 되는 거다' 그는 자신이 좋아하는 병사의 노래를 매우 느릿느릿 연주하기 시작했다. 그러나 듣던 클라라가 지루했는지 가까운 곳에 놓여 있던 악보를 집으려고 손을 뻗쳤다. 그러나 카를은 그 악보를 손으로 누르고 내주지 않았다. 사실 그는 어떤 곡이든 연주하기 전에 우선 눈으로 필요한 건반을 봐 두지 않으면 안 되었다. 그렇게 해 두긴 하지만 그가 난처했던 것은 곡이 끝나도 그 끝을 넘겨 버려 다시 다른 끝을 찾아야 했으며, 더욱이 그 끝을 찾기가 무섭게 새로운 악상이 떠오르는 것을 억제하지 못하는 점이었다.

"도무지 안 되는군요." 하고 카를이 그 가곡을 겨우 마치자 눈물을 글썽이면서 클라라를 바라보고 말했다.

그때 옆방에서 박수 소리가 들렸다.

"당신 외에 누군가가 듣고 있군요." 하고 카를은 깜짝 놀라 벌떡 일어서서 소리쳤다.

"마크예요." 하고 클라라가 낮은 소리로 말했다. 그 순간 마크의 외치는 소리가 들렸다.

"카를 로스만, 카를 로스만!"

동시에 카를은 피아노 의자를 훌쩍 뛰어넘어 건넌방의 문을 열었다. 그러자 휘장이 길게 드리운 침대 속에 마크가 반쯤 몸을 옆으로 일으키고 누워 있는 것이 보였다. 홑이불이 흩어진 채 마크의 두 다리에 감겨 있었다.

푸른 비단으로 된 침대의 휘장은 묵직하게 보이는 나무를 모나게 다듬어 만든 간소한 침대에 아담한 정취를 자아내는 유일한 것이었다. 침대 옆 작은 탁자에 단 한 자루의 촛불이 방을 밝히고 있을 뿐이었으나 홑이불과 마크가 걸친 잠옷이 눈처럼 희었기 때문에 이것에 비친 불빛이 눈부시도록 밝게 반사되고 있었다. 휘장도 테두리 부분은 비단을 헐겁게 댄 까닭에 가볍게 물결치고 있었으며 그 언저리는 유난히 밝게 빛나 보였다.

그러나 마크의 바로 뒷부분은 침대가 오목하게 들어가 있어 깜깜한 어둠에 싸여 있었다.

"여보게, 잘 왔네."

이렇게 말한 마크는 카를에게 손을 내밀었다.

"정말 훌륭하네. 난 자네의 승마술밖엔 아는 것이 없었거든."

"아니, 전 서툴러요." 하고 카를은 말을 이었다.

"당신이 듣고 있는 것을 알았다면 절대로 피아노에 손을 대지 않았을 거예요. 그런데 당신의 약혼녀가……."

그는 여기에서 말을 끊었다. 마크와 클라라가 한 침대에서 자고 있었음이 분명했기 때문에 약혼녀가 아닌 신부라고 말해야 옳았을 것을, 하고 주저한 것이다.

"난 대강 짐작하고 있었네." 하고 마크가 말했다.

"자네 연주를 듣기 위해 클라라가 뉴욕으로부터 자네를 유혹하여 끌어낸 이유를 말일세. 그렇지 않았다면 나는 자네 연주를 들을 수가 없었을 것이네. 물론 자네 연주는 서툴렀네. 충분히 연습을 했을 그 몇 곡마저, 더구나 아주 단순한 편곡인데도 두서너 곳이나 틀리고 말았네. 그건 그렇고, 나는 지금 몹시 유쾌하네. 물론 어느 누구의 연주일지라도 경의를 표하는 것을 빠뜨리지 않는다는 내 원칙을 무시하고서 하는 이야기이네만. 어때, 여기 앉아서 우리와 좀 더 어울릴 수 없겠나? 클라라, 이분께 의자를 갖다 드려요."

"아니, 괜찮아요." 하고 카를은 무슨 말을 해야 좋을지 몰라 어물어물하면서 말을 이었다. "여기에 있고 싶지만 사정이 있어 실례하겠어요. 이제 겨우 알았지만 이 건물 안에 이렇게 아늑한 방이 있으리라곤 생각도 못했습니다."

"이런 식으로 나는 이 집 전체를 개축하고 있다네." 하고 마크가 대꾸했다.

그 순간 열두 시를 알리는 종소리가 요란스럽게 여운을 끌면서 울

126

렸다.

카를은 그 종소리의 진동을 마치 뺨으로 느끼는 듯했다. 이런 거대한 종소리가 울리는 이곳은 도대체 어떤 마을일까?

"이렇게 꾸물대고 있을 시간이 없군요." 하고 카를은 말하면서 마크와 클라라에게 손을 내밀어 보이기만 했을 뿐 악수도 하지 않고 복도로 달려 나왔다.

복도에 있어야 할 등불이 보이지 않았다. 그는 하인에게 성급하게 선심을 쓴 것을 후회했다.

그는 손으로 벽을 더듬어 얼마 전에 문을 열어 두었던 방까지 가려했다. 그가 미처 반도 가지 못했을 때 촛불을 높이 쳐든 그린 씨가 허우적거리는 것 같은 발걸음으로 허둥지둥 이쪽으로 다가오는 것을 볼 수 있었다. 그린은 촛불을 든 손에 한 장의 편지를 쥐고 있었다.

"로스만 군, 자넨 왜 약속 시간에 내려오지 않았나? 왜 나를 기다리게 하는 건가? 도대체 클라라 아가씨 방에서 무슨 일이 있었나?"

'귀찮을 정도로 캐묻는 위인이군.' 하고 카를은 생각했다.

'어쩌면 나를 벽으로 밀어붙일지도 몰라.' 하는 생각까지도 했다. 벽에 등을 대고 서 있는 바로 그의 앞에 그린 씨가 가로막듯 서 있었기 때문이다. 그의 키는 이 복도에선 우스울 정도로 기묘하게 작아보였다. 카를은 혹시 이 사람이 폴룬더 씨를 잡아먹었을지도 모른다고 생각해 보며 혼자 웃었다.

"자네는 약속을 지키지 않는 사람이군. 열두 시에 내려온다고 약속해 놓고는 약속을 어기고 클라라 아가씨 방을 엿보고 있으니 말이야.

그런데 나는 자정에 할 이야기가 있다고 약속했기 때문에 이 고생을 해야 하고 그것을 지키기 위해 편지를 가지고 여기까지 달려와야 했으니 말일세." 이렇게 말한 그는 들고 있던 편지를 카를에게 건네주었다. 편지 겉봉에는 '카를 로스만에게. 어디서든지 만난 장소에서 자정에 직접 전할 것'이라고 적혀 있었다.

"즉……." 하고 카를이 편지 봉투를 뜯는 동안 그린 씨가 말했다. "내가 자네 일 때문에 뉴욕에서 여기까지 차를 몰고 달려오지 않으면 안 되었다네. 이것만으로 나는 자네의 감사를 받을 만하다고 생각하네. 그런데 자네는 나로 하여금 자네 뒤를 쫓아 복도를 헤매게 만들다니, 이건 너무하잖아!"

"외삼촌의 편지다." 하고 카를은 편지를 훑어보자마자 말했다. "저도 기다리고 있던 중입니다." 하고 그는 그린 씨를 향해 말했다.

"자네가 기다리고 있었든 아니든 그건 내게 아무 상관없는 일이네. 어서 읽기나 하게나." 하고 말한 그린 씨는 촛불을 카를 앞으로 내미었다. 카를은 그 불빛으로 편지를 읽었다.

사랑하는 조카에게, 우리가 함께 지낸 기간이 짧기는 했지만 넌 모든 것을 잘 이해하리라 믿는다. 너도 알다시피 나는 나의 주장에 따라 사는 철두철미한 원칙주의자이다. 이것은 내 주변뿐만 아니라 나 자신에게도 몹시 불유쾌하고 슬픈 일임에 틀림없으나 오늘날의 내가 존재하는 것 또한 내 주장 덕분이며, 어느 누구도 나에게 나를 부정하도록 할 권리를 가진 사람은 없을 것이다. 거듭 강조하지만 어느 누구도 그렇게 할 수는 없단 말이다. 설사 나의 사랑하는 조카 너일지라도 말이다.

언젠가 나에 대한 공격을 인정하려고 한다는 것을 생각하고 공격의 선두에 선 사람이 설령 너일지라도 아마 그땐 지금 이 편지를 쓰고 있는 이 두 손으로 너를 붙들어 내동댕이치고 말 것이다.

하지만 지금 바로 그런 일이 생기리라고는 전혀 생각하지 않기 때문에 나는 오늘의 예기치 않았던 사건이 있었던 이상 너를 내 집에서 내보낼 수밖에 없다. 앞으로 나를 찾아오거나 편지를 보내 나와 연락하기를 원하는 일이 없도록 네게 엄히 당부한다. 너는 내 뜻을 어기고 오늘 밤 내 곁을 떠날 결심을 했으니까 네 뜻대로 일관하길 바란다. 그리고 평생 그 결심을 바꾸지 않도록 하는 게 좋을 거다. 그래야만 남자답다는 말을 들을 수 있을 테니까.

나는 이 일의 중계자로 나의 가장 친한 벗인 그린 씨를 택했다. 현재의 나로선 네게 해야 할 위로의 말도 떠오르지 않으나 이에 대해서는 그린 씨가 적절히 대변해 줄 것으로 믿는다. 그는 네가 독립해서 자립 생활을 하게 되면 틀림없이 조언과 충고로 너를 지지해 줄 인물이다. 지금 이 편지를 끝맺는 데 있어, 그리고 나는 우리가 결별하지 않으면 안 될 이 이별의 명분을 찾기 위해 다음의 사실을 전할 수밖에 없구나. 내가 내 마음을 달래려 타이르고 있는 것은 다름 아닌 너희 집에선 무엇 하나 좋은 소식도 온 것이 없다는 사실이다.

만약 그린 씨가 네 트렁크와 우산을 전해 주는 것을 잊었을 경우엔 그 사실을 말씀드리도록 하여라.

아메리카

네 앞날에 행운이 있기를 빌면서, 외삼촌 야곱으로부터.

"다 읽었나?" 하고 그린 씨가 물었다.

"예, 다 읽었어요." 하고 카를이 대답했다. "트렁크와 우산은 어디 있죠?"

"여기 있네." 하고 말한 그린 씨는 그때까지 왼손으로 잡고 등 뒤에 감추어 놓았던 낡은 트렁크를 카를 바로 옆의 복도 마루에 내려놓았다.

"그리고 우산은?" 하고 카를이 또 물었다.

"여기 있네." 하고 그린 씨는 양복바지 주머니에 걸었던 우산을 꺼내 놓았다. "이 물건들은 함부르크―아메리카 해운의 기관장 슈발이란 자가 전해 준 것이네. 배 위에서 찾은 것이라고 분명히 말했는데 기회가 있으면 사례하는 게 좋겠지."

"그럼 적어도 저의 원래 소지품만은 모두 되찾은 셈이군요." 하고 말한 카를은 우산을 받아 트렁크 위에 얹어 놓았다.

"앞으론 각별히 소지품 간수에 신경을 쓰도록 하라는 상원의원님의 분부가 있었네." 하고 말한 다음 그린 씨는 호기심을 이길 수 없었던지 이렇게 물었다.

"정말 이상하게 생긴 트렁크로군."

"이건 제 고향 젊은이들이 군대에 입대할 때 쓰는 겁니다." 하고 카를이 대답했다. "이건 원래 제 부친의 군용 트렁크였습니다. 어쨌든 실용적이지요." 하고 말한 그는 씁쓸하게 웃으며 이렇게 덧붙였다.

"잃어버리지 않는 한은 말입니다."

"자넨 이제야 눈을 뜬 걸세." 하고 그린 씨가 말했다.

"내가 알기론 미국에는 외삼촌만큼 의지가 되는 사람이 없을 테니고생이 많겠네. 자네에게 샌프란시스코행 삼등석 표를 한 장 주겠네. 이렇게 하는 것이 좋으리라고 생각하고 내가 멋대로 결정했네. 첫째는 자네에게 취업 가능성이 유리하기 때문이고, 둘째로는 이 지방에선 자네 외삼촌의 손이 미치지 않는 곳이 없기 때문에 두 사람이 결코만나서는 안 된다는 약속을 지키기 어려울 테니까 말일세. 샌프란시스코에서는 이런 구애를 받지 않고 마음껏 일할 수 있네. 다만 처음엔 욕심을 버리고 차분히 밑바닥을 닦아 기초를 튼튼히 쌓은 후에 차차 노력을 거듭해서 출세하도록 해야 하네."

아메리카

카를은 그린 씨의 이런 충고를 들으면서 조금도 섭섭하다는 생각이 들지 않았다. 하룻밤 동안 그린 씨의 가슴속에 숨겨져 있었던 이 나쁜 소식이 이렇게 카를에게 전달되자 조금 전과는 달리 그린 씨가 전혀 위험이 없는 인물로 보였으며, 다른 누구보다 흉금을 털어놓고 이야기를 나눌 수 있지 않을까, 하고 생각했을 정도였다. 자신의 죄나 잘못이 아니면서도 이처럼 은밀하고 고통스러운 일을 전하는 사자(使者)로 선택된 사람이라면 아무리 선량한 위인일지라도 그런 비밀을 가슴에 간직하고 있는 한 수상하게 보이는 것은 당연한 일이다.

"그럼……" 하고 카를은 처세에 능한 이 인물의 동의를 기대하면서 말했다.

"이 집을 곧 떠나기로 하겠습니다. 제가 외삼촌의 조카였기에 초대한 것이므로 타인이 된 이상 이곳은 제가 있을 곳이 못됩니다. 죄송하지만 출입구를 가르쳐 주십시오. 그리고 근처의 여관에 갈 수 있는 길까지 저를 안내해 주실 수 없겠습니까?"

"안내하지, 어서 서두르게. 꽤 귀찮게 구는군."

그린 씨가 말했다.

그린 씨가 성큼 발을 내딛는 것을 본 순간 카를은 주저했다. 어쩐지 수상했기 때문이다. 그는 그린 씨의 윗옷자락을 붙잡고 늦게나마 사태의 진상을 알아차린 듯이 말했다.

"한 가지 해명해 주실 일이 있습니다. 제게 전해 주신 외삼촌의 편지 겉봉에는 자정에 그 편지를 전하라고밖엔 씌어 있지 않았는데, 선생님은 내가 열한 시 십오 분에 여기를 떠나려 했을 때 어째서 이 편지를 미끼로 나를 붙잡아 둔 겁니까? 그것은 선생님의 월권이 아닙니까?"

그린 씨는 이 질문에 대답하기 전에 우선 팔을 흔들어 카를의 항의가 부당하다는 것을 과장해서 표현한 후 이렇게 말했다.

"그럼, 내가 자네를 찾아 이리저리 뛰어다녀야 하고, 심신이 피로해질 때까지 자네 뒤를 쫓아다녀야 한다고 겉봉에 씌어 있던가? 그리고 편지 내용에서 그런 것을 추론할 수 있다고 주장하는 건가? 만일 그때 자네를 붙잡아 두지 않았더라면 나는 이 편지를 한밤중에 더구나 길가에서 자네에게 전해야만 했을 걸세."

"그렇지 않아요!" 하고 카를은 단호하게 말했다.

"꼭 그렇다곤 말할 수 없습니다. 봉투에는 자정이라고 분명히 씌어 있습니다. 만약 선생님이 지쳐 있었다면 아마 내 뒤를 쫓을 수 없었을 겁니다. 그렇지 않으면 폴룬더 씨는 불가능하다고 했으나, 내가 자정 전에 외삼촌한테 가 있을 수도 있지 않습니까! 또 앞서 선생님의 자동차가 화제에 오르지 않았지만 제가 집에 가길 원했으니 선생님께서 그럴 생각만 있었다면 선생님 차로 저를 태워다 주는 것이 마땅한 도리가 아닐까요. 겉봉의 문맥으로 보아 분명히 자정이 저에게는 최후의 시한임을 말하고 있지 않습니까? 결국 제가 그 시한을 넘기게 된 책임은 전적으로 선생님께 있는 것입니다."

카를은 날카로운 눈으로 그린을 노려보았다. 그린 씨의 마음속에서 음흉한 가면이 벗겨진 부끄러움과 자신의 음모가 성공했다는 승리감이 뒤섞여 혼란을 일으키고 있음을 카를은 간파할 수 있었다.

이윽고 정신을 가다듬은 그린 씨가 카를의 공격을 막으려는 듯이 성난 어조로 말했다.

"그만, 입을 닥치지 못해!"

그러고는 트렁크와 우산을 다시 집어든 카를을 좁은 문에서 밖으로 밀어내 버렸다.

카를은 어처구니없이 밖에 서 있었다. 건물에 붙여 만든 난간이 없는 계단이 아래까지 이어져 있었다. 그는 그 계단을 내려가 오른쪽의 가로수 길을 들어서기만 하면 큰길로 빠질 수 있었다. 밝은 달밤이어서 길을 잃을 염려는 없었다. 저 아래 정원에서 쇠사슬에 풀려난 개들이 나무 사이를 돌며 뛰어다니고 있는지 짖는 소리가 소란스럽게 들렸다. 주위가 너무나 고요했기 때문에 개들이 훌쩍 풀숲 속으로 뛰어드는 기척까지도 똑똑히 들을 수가 있었다.

다행스럽게도 개들에게 시달림을 받지 않고 카를은 정원을 빠져나올 수 있었다.

그러나 뉴욕으로 가는 방향을 정확하게 알 길이 없었다. 처음 여기에 오는 도중에 좀 더 세심하게 주의를 기울였더라면 이럴 때 크게 도움이 되었을 것이라고 후회했다.

이윽고 그는 아무도 기다려 주는 사람이 없는, 그리고 그 중 한 사람만은 분명히 그가 찾아가는 것을 달갑게 생각하지 않을 뉴욕에 꼭 가야 할 이유는 없다고 자신에게 타일렀다. 그러고는 마음 내키는 대로 방향을 잡아 발길 닿는 곳을 향해 걷기 시작했다.

# 램시스로 가는 길

아
메
리
카

카를이 한참을 걸어가다가 도중에 찾아든 여관은, 원래 뉴욕 운수 교통회사 소유의 작은 종착역에 자리 잡고 있기 때문에 숙박객이 거의 없는 초라한 곳이었다. 카를은 여기에서 제일 싼 방을 요구했다. 이제부터는 돈을 절약하지 않을 수 없다고 생각했기 때문이다. 그의 요구를 받아들인 주인은 그가 마치 이 집 하인이기나 한 것처럼 눈을 깜박여 보이곤 계단을 올라가라고 턱짓을 했다. 이층에서는 단잠을 자다가 깨어나 골이 잔뜩 난 나이 많은 하녀가 흐트러진 머리로 그를 맞이했다.

그녀는 그의 말엔 귀를 기울이지도 않고 조용히 걸어오라고 잔소리를 계속하면서 그를 어느 방으로 안내하고는 여기에서도 역시 조용히 하라는 주의를 하고는 문을 닫고 가 버렸다.

처음에 카를은 창문에 커튼이 내려져 있어서 그런 건지 아니면 전혀 창문이 없는지조차 분간할 수 없었다. 그만큼 방안은 캄캄했다. 한참 만에 그가 채광창을 발견하고 천을 걷자 희미한 빛이 스며들었다. 방에는 두 개의 침대가 있었는데 둘 다 이미 사람이 있었다. 자세히 보니 두 남자가 곯아떨어져 있었다. 얼른 보아서는 아무런 미심쩍은 데가 없는 듯했으나 둘 다 옷을 입은 채 자고 있는 것이 좀 수상하게 느껴졌다. 그 중 한 사람은 가죽장화까지 신고 있었다.

카를이 채광창의 천을 걷는 순간 그 중 한 남자가 허공을 향해 팔과 다리를 허우적거렸다. 그 모습이 우스워서 카를은 불안함도 잊어버리고 혼자서 빙그레 웃었다.

방안에는 침구는 고사하고 긴 의자나 안락의자도 보이지 않았다. 그건 그렇다 치더라도 도저히 잠을 잘 수 있는 방이 아님을 카를은 이내 알아차렸다. 간신히 되찾은 트렁크와 가지고 있는 약간의 돈을 위험하게 방치할 수는 없었기 때문이다.

그렇다고 다시 나갈 생각은 없었다. 그 무뚝뚝한 하녀와 주인 곁을 지나 이 여인숙에서 빠져나갈 만한 용기가 그에겐 없었던 것이다. 요컨대 여기에 있는 편이 인기척 없는 큰길을 걷는 것보다 더 위험하지는 않을 것이라는 생각에서였는지도 모른다.

그런데, 물론 희미한 빛 속에서 살펴본 것이긴 하지만 아무리 둘러보아도 방안에 그들의 소지품이라고 생각되는 것은 하나도 없는 것이 이상했다. 아마 이들은 이 여인숙의 종업원일지도 모른다. 이들은 손님이 들 때마다 일어나 일을 해야 하기 때문에 저렇게 옷을 입고 자는 것이리라.

그렇다면 내가 이들과 한 방에서 잔다는 것이 그다지 명예롭지는 못한 일이나, 그만큼 위험이 적다고 할 수도 있겠지. 어쨌든 이런 의혹이 풀리지 않는 한 그는 잠을 잘 수가 없었다.

침대 밑에 초와 성냥이 있는 것을 본 그는 발소리를 죽여 몰래 다가가서 그것을 집어 들었다. 그러고는 주저하지 않고 불을 켰다. 주인이 이 방을 함께 사용하도록 지시한 이상 저 두 사람과 마찬가지로 그도 사용할 수 있었기 때문이었다.

더욱이 그들은 이미 한밤중이 된 지금까지 편히 자고 있으며, 침대를 차지하고 있는 것만으로도 카를과 비교할 수 없을 만큼 덕을 보고 있었던 것이다. 또한 그는 방에서 돌아다니고 손을 움직이는 데도 그들의 잠을 깨우지 않도록 신경을 써야 했으므로 불편하기 이를 데 없었다.

우선 그는 소지품을 점검하기 위해 트렁크를 살펴보기로 작정했다. 무엇이 들어 있었는지도 거의 생각나지 않았지만 값진 물건들은 이미 없어졌을 것이라고 생각했기 때문이다. 아마 슈발이 욕심을 내어 손을 댔다면 무사할 리가 없을 것이다. 물론 슈발은 외삼촌으로부터 후한 사례금을 받았을 테지만 두서너 가지 없어졌다 해도 처음부터 트렁크를 지켜 주던 부터 바움에게 책임을 지을 수도 있었다.

트렁크를 열어 본 순간 카를은 가슴이 철렁했다. 항해 도중 그는 트렁크 속을 정돈하고 또다시 바로잡는 데 얼마나 많은 시간을 허비했던가. 그런데 이제 보니 모든 것은 뒤죽박죽 마구 쑤셔 넣어져 있었

137

으며, 자물쇠를 풀자 트렁크 뚜껑이 저절로 튕겨 올랐다.

그러나 카를은 트렁크 속이 난잡해진 것은 자신이 항해 중에 입고 있던 양복을 넣은 적이 없는데 누군가가 트렁크 속에 마구 쑤셔 넣었기 때문이라는 것을 알고는 기뻐했다. 모든 것은 하나도 빠짐없이 제대로 들어 있었다. 윗도리 속 호주머니엔 여권뿐만 아니라 집에서 가져온 돈도 고스란히 들어 있었다.

그래서 현재 가지고 있는 돈과 합하면 당장은 궁색하지 않게 지낼 수 있을 만한 금액이 되었다. 미국에 도착할 때 입고 있던 속옷도 깨끗하게 세탁되어 다림질까지 되어서 안에 들어 있었다.

그는 재빨리 시계와 돈을 안전하게 만든 속주머니에 감췄다. 다만 한 가지 유감스런 것은 베로나산 소시지가 그대로 있긴 했지만 그 냄새가 모든 소지품에 배어 버린 점이었다.

이 냄새를 어떻게든 제거하지 않는 한 앞으로 여러 달 동안 그 냄새에 싸여 돌아다녀야만 할 것 같았다.

트렁크 밑바닥에 깊숙이 넣었던 두서너 가지 물건을 꺼내려 했을 때—포켓용 성경책, 편지지, 부모님의 사진 등이었다—둥근 모자가 벗겨져 트렁크 속으로 툭 떨어졌다. 카를은 그 모자를 집어 들었을 때 바로 자기 소지품임을 알아낼 수 있었다. 틀림없이 어머니가 여행용으로 선물해 주신 바로 그 모자였다. 그는 항해 도중에는 아끼느라고 그 모자를 쓰지 않았었다. 그는 미국에서는 보통 중절모보다는 차양이 없는 모자가 유행이란 말을 들었기 때문에 미국에 도착하기 전에 그 모자를 낡은 것으로 만들고 싶지 않았다.

그런데 그 모자를 그린 씨가 카를을 핑계로 즐기기 위해 교활하게 이용한 것이다. 어쩌면 외삼촌이 그린 씨에게 그렇게 하라고 지시했는지도 모를 일이었다. 카를은 치미는 화를 참을 수 없어 거칠게 트렁크의 뚜껑을 움켜잡고 확 닫아 버렸다.

이젠 어쩔 수 없이 잠자던 두 남자가 눈을 떴다. 한 남자가 크게 기지개를 켜며 하품을 하니까 다른 한 남자도 그를 따라 했다. 그런데 난처하게도 트렁크 속에 들었던 소지품들이 탁자 위에 어지럽게 흩어져 있었다. 만일 그들이 도둑이라면 탁자로 와서 자기 멋대로 가져갈 수 있었다. 이 같은 일이 일어나기 전에 선수를 칠 겸 그 밖의 사정도 명확히 밝혀 두기 위해 카를은 촛불을 들고 침대에 다가가 자신이 이 방에 들어오게 된 이유를 설명했다.

두 남자는 그의 이런 설명을 전혀 기대하지 않았던 것 같았다. 그리고 잠이 덜 깼는지 입을 제대로 열지도 못하면서, 별로 이상하다는 기색도 없이 카를의 얼굴을 멍하니 바라보기만 했다. 두 사람 모두 나이는 많지 않았으나 중노동에 시달렸거나 고생을 많이 겪었는지 얼굴엔 벌써 광대뼈가 불거져 수척했다. 지저분하게 자란 수염이 턱을 덮고 있었으며 오랫동안 깎지 않은 머리카락이 더부룩하게 나 있었다. 그들은 아직도 잠이 모자라는지 앙상한 손가락으로 움푹 들어간 눈을 비비고 있었다.

카를은 눈앞에 보이는 그들의 무기력한 상태를 이용하여 서둘러 말을 붙였다.

"내 이름은 카를 로스만이고 독일인이에요. 어떻든 우리가 한 방에 지내게 되었으니 두 분의 성함과 국적을 가르쳐 주세요. 그리고 한 가지 덧붙여 말하고 싶은 것은 어차피 나는 가장 늦게 왔을 뿐만 아니라 자고 싶은 생각이 전혀 없으므로 침대를 양보해 달라고 말하진 않겠어요. 그리고 내가 값진 옷을 입었다고 해서 언짢게 생각하진 마세요. 나는 무일푼이고 앞으로 어찌해야 좋을지 막연한 사람입니다."

두 사람 중에서 몸집이 작은 쪽은—이 자가 바로 가죽장화를 신었다—그런 것에 일체 흥미가 없으며 지금은 그런 한가한 이야기를 지껄일 틈이 없다는 듯이 손짓, 발짓, 온갖 표정으로 의사를 표시하고는 이내 침대에 쓰러져 코를 골기 시작했다. 또 다른 사람인 검은 피부의 남자 역시 다시 침대에 쓰러졌으나 그래도 그는 잠들기 전에 손을 힘없이 내밀고는 말했다.

"여기 자고 있는 사람은 로빈슨이라고 하고 아일랜드인이요. 난 들라마르샤라고 하는 프랑스 사람이고. 이제 잠 좀 자게 해 주시오. 부탁해요."

말을 마치자마자 그는 크게 숨을 한 번 들이쉬더니 휙 하고 입김으로 촛불을 불어 꺼 버렸다. 그리고는 벌렁 누워 버렸다.

'이것으로 당장의 위험은 피했다' 하고 카를은 중얼거리며 탁자로 돌아왔다. 그들의 자고 싶어 하는 행동이 거짓이 아니라면 이제 만사 걱정할 것은 없었다. 단 한 가지 마음에 걸리는 것은 그 중의 하나가 아일랜드인이란 점이었다. 언젠가 고향에서 미국에 거주하는 아일랜드인은 경계해야 할 대상이라고 어느 책에서 읽은 적이 있었으나 그 책의 제목은 기억이 나지 않았다.

외삼촌 집에 머무는 동안 아일랜드인이 그처럼 위험한가에 관한 문제를 근본적으로 밝힐 수 있는 절호의 기회가 많이 있었는데도, 그때는 그가 계속 보호받을 것이라고 믿었기 때문에 그 문제를 소홀히 지나쳤던 것이다. 그래서 그는 다시 촛불을 밝히고, 그 불빛에 비친 아일랜드인을 자세히 보아 두어야겠다고 생각했다.

그러나 아일랜드인이 프랑스인보다 인상이 좋은 것을 발견했다. 카를이 조금 떨어진 거리에서 발끝을 세우고 서서 확인한 것은 아일랜드인의 뺨엔 아직도 소년다운 구석이 남아 있었고, 잠자는 얼굴에는 친밀한 느낌을 주는 미소까지 머금고 있었다.

결코 잠자지 않겠다고 굳게 결심한 카를은 방안에 달랑 하나 놓여 있는 의자에 앉았다. 날이 밝으려면 아직도 시간이 많이 남아 있었으므로 트렁크 정리는 뒤로 미루고 성경을 들고 앉아 대충 넘기며 읽었다. 그런 다음엔 부모님 사진을 집어 들었다. 사진에는 아버지가 고개를 꼿꼿이 세우고 서 있었으며 어머니는 아버지 앞의 안락의자에 초연하게 앉아 있었다. 아버지는 한 손은 안락의자의 등받이 위에 얹고 다른 한 손은 주먹을 쥔 채 그 옆의 작은 장식용 탁자에 펼쳐 놓은 그림책 위에 얹고 있었다. 이 사진 말고 카를이 부모와 함께 찍은 또 한 장의 사진이 있었다. 그 사진은 아버지와 어머니가 카를을 바라보고, 카를은 사진사의 요구대로 정면을 보고 있는 것이었으나 그 사진은 가지고 오지 못했다.

카를은 사진을 좀 더 눈앞에 바싹 갖다 대고 자세히 들여다보며 여러 각도에서 아버지의 시선을 포착하려 했다. 그런데 여러 방향으로

141

촛불의 위치를 옮겨 가며 보려 해도 아버지의 눈의 위치도 달라 보였으며, 웬일인지 도무지 생기가 없어 보였다. 아버지의 코 밑에 위엄스럽게 뻗은 짙은 수염 역시 실제와는 조금도 닮지 않은 것 같았다. 잘 찍지 못한 것이다. 그에 비하면 어머니는 꽤 잘 찍혔다. 고통을 당하고 있어 애써 억지로 웃어 보이려는 사람처럼 입 언저리가 일그러져 있었다. 이 사진을 본 사람이라면 누구나 틀림없이 사진에서 눈을 떼고 난 후에도 이 인상이 선명하게, 아니 기묘할 만큼 강렬하게 남아 단순한 한 장의 사진에서 피사체가 숨기고 있는 감정을 이렇게 역력히 느낄 수 있다는 것을 의아하게 생각하지 않을 수 없을 것이라고 카를은 생각했다.

그는 한참 동안 사진에서 눈을 떼고 있었다. 이윽고 그가 다시 사진에 시선을 돌렸을 때 앞의 안락의자에서 입을 맞추고 싶을 만큼 바로 가까이까지 뻗은 어머니의 손이 묘하게도 그의 눈을 끌었다. 사실 아버지와 어머니 두 분이 모두, 그리고 마지막으로 함부르크에서 아버지가 엄하게 당부하신 것처럼 지금이 부모님께 편지를 쓸 좋은 시기가 아닐까, 하고 생각했다. 언제였던가, 그 무섭던 밤, 어머니가 창가에서 그에게 미국으로 떠나야 한다고 말했을 때 그는 평생 결코 편지 따위는 쓰지 않겠다고 굳게 결심했었다. 그러나 세상 물정을 모르는 철없는 소년의 그런 맹세가 이국땅의 낯선 환경에서 무슨 소용이 있겠는가.

비록 지금은 뉴욕 교외의 이름도 모르는 여관의 다락방에서 두 부랑자와 함께 있는 처지로 이렇다 할 주제도 못되지만, 그 당시에는 미국으로 건너가면 두 달 후엔 미군 장군이 될 거라고 맹세할 수도 있었다. 카를은 미소를 머금은 채 부모님이 지금도 아들의 소식을 기다리고 있을지를 알아보려는 듯이 사진 속의 모습을 뚫어지게 바라보고 있었다.

이렇게 사진을 바라보고 있으려니 그는 자신이 몹시 피로해서 이 상태로는 도저히 밤을 지새울 수 없다는 것을 깨달았다. 사진이 그의 손에서 미끄러지듯 떨어졌다. 그는 사진 위에 얼굴을 묻었다. 사진의 냉기가 볼에 전해져 상쾌했다. 그는 이 상쾌한 기분을 그대로 간직한 채 깊은 잠 속으로 빠져 들어갔다.

카를은 누군가 겨드랑이 밑을 간질이는 느낌에 선잠을 깼다. 그런 짓궂은 장난을 태연스레 한 것은 프랑스인이었다. 그러나 아일랜드인 역시 어느새 그의 앞에 서 있었다. 두 남자는 카를이 한밤중에 그들에게 가졌던 흥미 못지않은 관심을 가지고 이번엔 그들이 카를을 관찰했다.

카를은 그들이 일어나는 소리에 자신이 잠을 깨지 않았다는 사실을 별로 이상하게 생각하지 않았다. 그들이 악의를 품고 발소리를 죽여 가며 다가선 것은 아니리라. 자신은 곤한 잠에 빠져 있었고 저들은 옷을 입을 필요가 없었으며, 세수를 하는데도 거의 시간이 걸리지 않았기 때문이었을 것이다.

카를과 두 남자는 서로 정색을 하고 점잖게 인사를 했다. 카를은 두 사람이 자물쇠 기계공으로 뉴욕에서 오랫동안 일자리를 얻지 못해서 생활이 매우 어렵다는 것을 알게 되었다. 로빈슨은 이 사실을 입증해

143

보이기 위해 윗옷 앞자락을 들췄다.

과연 셔츠도 입지 않아 속살이 그대로 드러났다. 조금만 주의 깊게 보았더라면 윗옷 뒷깃 안쪽에 핀으로 매달아 놓은 제대로 자리가 잡히지 않은 볼품없는 칼라만 보고도 알 수 있었을 것이다.

두 남자는 걸어서 뉴욕에서 이틀이 걸리는 버터포드라는 작은 마을로 일자리를 찾아간다는 것이었다. 그들은 카를이 동행하는 것에 반대하지 않았다. 뿐만 아니라 카를의 트렁크를 교대로 들어 주고, 그리고 만약 그들이 일자리를 얻으면 카를에게 견습공 자리를 알선해 주겠다고 약속했다. 일자리만 얻게 되면 그만한 것쯤은 문제가 안 된다는 것이었다. 카를이 망설이며 동의하는 것을 주저하고 있는데, 우선 일자리를 얻는 데 지장만 주는 그 값진 양복은 벗어 버리는 것이 낫겠다고 다정한 충고까지 해 주었다. 마침 이 여관의 하녀가 헌옷 장사를 하고 있으므로 그 양복을 팔아버릴 수 있는 절호의 기회라는 것이었다. 카를이 양복을 벗지 않고 머뭇거리자 그들은 덤벼들어서 카를의 옷을 강제로 벗기더니 들고 나가 버렸다.

혼자 남겨진 카를은 아직 잠이 덜 깬 기분으로 낡은 여행복을 꺼내 천천히 입으면서 견습공 자리를 구하는 덴 방해가 될지 모르나 더 좋은 일자리를 구할 때는 도움이 될 텐데, 하는 생각에 너무 성급히 그 값진 옷을 팔아 버린 자신의 어리석음을 자책했다. 그가 두 남자를 부르려고 문을 연 순간 들어오는 그들과 마주쳤다. 두 남자가 옷을 팔아 받은 반 달러를 탁자에 내놓고 몹시 기뻐했다. 카를은 옷을 팔아서 이익을 보기는커녕 손해만 본 듯했다. 이제 말해 보았자 그들이 쉽게 마음을 돌릴 위인들이 아님을 깨닫고 단념할 수밖에 없었다.

어쨌든 카를은 옷에 대한 이야기는 입 밖에 내지도 못했다. 왜냐하면 어제의 그 하녀가 어젯밤과 마찬가지로 졸음이 가득한 얼굴로 들어와 손님을 새로 맞으려면 방을 정리해야 한다고 변명을 늘어놓으면서 세 사람을 복도로 내쫓아 버렸기 때문이다. 물론 하녀가 악의에서 그런 것이었다.

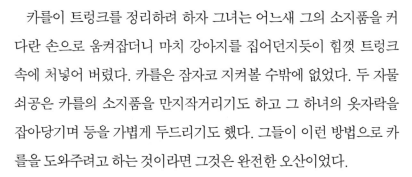

카를이 트렁크를 정리하려 하자 그녀는 어느새 그의 소지품을 커다란 손으로 움켜잡더니 마치 강아지를 집어던지듯이 힘껏 트렁크 속에 처넣어 버렸다. 카를은 잠자코 지켜볼 수밖에 없었다. 두 자물쇠공은 카를의 소지품을 만지작거리기도 하고 그 하녀의 옷자락을 잡아당기며 등을 가볍게 두드리기도 했다. 그들이 이런 방법으로 카를을 도와주려고 하는 것이라면 그것은 완전한 오산이었다.

하녀는 트렁크의 뚜껑을 닫더니 손잡이를 카를의 손에 쥐어 주고는 자물쇠공의 손을 뿌리치면서, 말을 듣지 않으면 아침 커피도 없다고 위협을 하며 세 사람을 밖으로 내몰았다. 하녀는 카를이 자물쇠공들과 동행이 아니라는 사실을 분명히 잊은 것 같았다. 그녀는 셋모두 같은 취급을 했다. 하기야 이미 자물쇠공들이 하녀에게 카를의 양복을 팔아넘기는 것으로써 모종의 관계가 있다고 보았기 때문이리라.

세 사람은 복도에서 한동안 서성거리지 않을 수 없었다. 카를의 팔을 끼고 있던 프랑스인은 계속 입을 놀려 주인을 욕하고, 만약 주인이 아니꼽게 나오는 경우엔 한 대 갈겨 주겠다고 수다를 떨었다. 미친 사람처럼 불끈 쥔 주먹을 비벼대는 모습이 마치 그렇게 하려는 준비 태세 같았다.

이윽고 앳된 소녀 하나가 와서 프랑스인에게 커피가 든 주전자를 건네고 가 버렸다. 유감스럽게도 컵이 없어 마실 수 없다는 이야기를 할 틈도 없었다. 하는 수 없이 한 사람이 마시는 동안 다른 사람은 그 앞에서 차례를 기다리는 식으로 돌려가며 마시는 수밖에 없었다. 카를은 마실 생각이 없었기 때문에 자기 차례가 돌아오자 주전자 꼭지를 입에 댄 채 서 있기만 했다.

여관을 떠나면서 아일랜드인은 주전자를 마룻바닥에 힘껏 동댕이쳤다. 세 사람은 아무와도 마주치지 않고 여관을 빠져나와 짙은 안개 속으로 걸어 나왔다. 그러고는 길을 따라 묵묵히 터벅터벅 걷기 시작했다. 카를은 트렁크를 들고 있었다. 두 남자는 카를이 부탁할 때는 교대로 들어 줄 작정인 것 같았다.

이따금 짙은 안개를 뚫고 자동차가 화살처럼 튀어나왔다. 차체가 거대한 차량들이었다. 세 사람은 일제히 고개를 돌려 달려오는 자동차를 바라보았으나 차체만 뚜렷이 보일 뿐 순간적으로 스쳐 지나갔기 때문에 차 안에 사람이 있는지조차 알아볼 수 없었다. 얼마쯤 지났을 때 뉴욕으로 식료품을 운반하는 차량들이 열을 지어 도로를 모두 점령하다시피 하면서 통과하기 시작했으므로 도로를 횡단할 수 없었다. 도로 폭이 갑자기 넓어져 광장을 이루고 있는 곳에 이르렀을 때였다. 광장 중앙에 탑처럼 세워진 단 위에서 경찰 한 사람이 분주히 움직이면서 사방을 내려다보며 물밀듯 광장으로 흘러들어오는 큰

길의 차량과 샛길에서 쏟아져 나오는 차량의 행렬을 경찰봉 하나로 보는 이의 마음도 후련하게 정리하고 있었다.

이런 광경은 곳곳에서 볼 수 있었다. 한 곳의 광장을 통과하면 침착하고 주의 깊은 운전사와 마부들이 자발적으로 질서를 지키면서 다음 광장까지 가고 있었다.

카를은 걸으면서 주위의 조용한 움직임을 보고 매우 놀랐다. 제멋대로 지르는 가축들의 비명 소리만 없다면 아마 큰길에선 말발굽 소리와 지면을 스치는 타이어 소리밖에 들을 수 없을 것 같았다. 차량의 속도는 일정하지 않았다.

몇몇 지나친 두서너 광장에서는 샛길에서 흘러 들어오는 차량이 많아 대대적인 정리를 해야 했고, 삽시간에 차량의 물결은 정지하거나 아주 서서히 움직일 수밖에 없었다. 그런가 하면 또 순식간에 모든 차량이 번갯불처럼 달리다가도 또 브레이크가 제어하는 것처럼 느린 속도로 가는 것이었다. 그러나 도로엔 먼지 하나 일지 않았다. 모든 것이 더없이 밝은 대기 속에서 움직이고 있었다. 보행자는 찾아볼 수 없었다. 카를의 고향에서처럼 머리에 물건을 이고 도시로 팔러 가는 여자 행상은 구경할 수 없었다. 이따금 지나가는 대형 화물차의 평평한 적재판 위에는 광주리를 짊어진 스물 남짓의 여인들이 서 있는 것을 볼 수 있었다. 아마 물건을 팔러 가는 여인들일 것이다. 그들은 차 위에서 목을 길게 늘이고 차량의 물건들을 보고 있었다. 어떻게 하면 좀 더 빨리 갈 수 있나, 하고 궁리하는 것처럼 보였다.

그와 비슷한 자동차들이 뒤를 이어 달려왔는데, 여인들이 아닌 두

147

세 명의 남자들이 바지 주머니에 손을 넣은 채 서성거리고 있었다. 자동차들 옆에는 여러 가지 문구가 쓰여 있었는데 그 가운데 '야곱 운수회사에서 일할 노동자 구함'이라는 문구를 읽은 카를은 저도 모르게 반가운 비명을 질렀다. 그 차는 몹시 느린 속도로 서서히 지나가고 있었다. 작은 몸집에 등이 굽은 팔팔한 사내가 발판에 서서 그들 세 사람에게 차에 오르라고 손짓을 했다. 카를은 어쩐지 그 차 안에서 외삼촌이 자기를 바라보고 있는 것 같은 생각이 들어 잽싸게 자물쇠공의 등 뒤로 몸을 숨겼다.

그리고 이 두 남자가 차에 타라는 권유를 거절한 것을 고맙게 생각했다. 그러면서도 한편 그들이 거절할 때 취한 건방진 태도에는 아무래도 좀 기분이 언짢았다. 만약 그들이 외삼촌 같은 인간에게 고용되어 일하기엔 아직 자신들이 아깝다고 생각하고 있는 것이라면 결코 용서할 수 없는 일이었다.

카를은 소극적이긴 했지만 즉시 그들에게 자신의 감정을 나타내 보였다.

그러자 들라마르샤가 카를에게 잘 알지 못하면 잠자코나 있으라고 핀잔을 주었다. 저런 방법으로 사람을 채용하는 것은 비열한 속임수에 불과하다는 것과 야곱 회사하면 미합중국에서도 악명 높은 회사라는 것이었다.

카를은 한 마디도 대꾸하지 않았으나 그 후로는 한층 아일랜드인을 신뢰하게 되었다. 그래서 얼마 후엔 아일랜드인에게 트렁크를 좀 들어 달라고 부탁하기까지 했다.

그는 카를이 여러 차례 간청한 끝에 겨우 트렁크를 들어 주었다. 그러나 그는 계속 트렁크가 무겁다고 투덜댔다. 한참 후에서야 카를은 그의 불만의 진의가 트렁크의 무게를 베로나산 소시지 무게만큼 가볍게 하자는 요구임을 알아차렸다. 아마 여인숙에 있을 때 냄새를 맡은 것 같았다. 카를이 할 수 없이 트렁크를 열고 소시지를 꺼내자 로빈슨은 날쌔게 빼앗아 단도 같은 칼을 꺼내 자르더니 거의 혼자서 먹어치웠다. 들라마르샤는 겨우 한 토막을 얻어 먹었을 뿐이었고, 카를은 마치 자신의 몫만큼 벌써 먹었다는 듯이 카를에겐 한 조각도 주지 않았다. 카를은 트렁크를 길가에 버리고 갈 수 없어 다시 집어 들었다. 내 몫을 주지 않느냐고 대들고 싶었으나 구걸인 듯하여 몹시 기분이 나빴다.

아메리카

이제 안개는 말끔히 걷혀 멀리 높은 산맥의 봉우리들이 햇빛에 반짝이고 있었다. 그 산맥은 봉우리와 봉우리가 길게 이어져서 눈에 보이지 않는 저 끝까지 굽이치고 있었다. 도로 옆에는 마구 파 엎은 밭들이 넓게 펼쳐져 있었으며, 연기에 그을린 큰 규모의 공장 건물들이 여기저기 보였다.

무질서하게 들어서 있는 주택의 수많은 창문들이 주변의 갖가지 풍경과 빛을 반사하면서 가볍게 흔들리고 있었다. 그리고 곳곳의 좁은 발코니에서는 각양각색의 옷을 입은 여인들과 아이들이 분주히 움직이고 있었으며, 줄에 널린 빨래와 담벼락에 걸쳐 놓은 이불들이 아침 바람에 펄럭이기도 하고 바람을 안은 돛처럼 부풀어 오르기도 해서 그들의 모습이 보였다 가려졌다 했다. 시선을 돌려 하늘을 바라보니 종달새가 높이 떠 있었고, 제비들은 차를 타고 달리는 사람들의 머리를 스칠 만큼 아주 낮게 날고 있었다.

이런 풍경은 카를로 하여금 고향을 생각나게 했다. 뉴욕을 떠나 내륙 깊숙이 들어가는 것이 현명한 일인지 어떤지 카를 자신도 분간할 수가 없었다. 뉴욕은 바닷가라서 항구에서 배만 타면 언제든지 고향으로 돌아갈 수 있었다. 이런 생각을 한 카를은 발을 멈추고 동행자들에게 자신은 역시 뉴욕에 남겠다고 말했다.

그러나 들라마르샤는 못 들은 척하고 그를 몰아 앞장세워 걷게 하려 했다. 카를은 강경한 태도로 걷기를 거부하고는 자신의 일은 자신이 결정할 권리가 있다고 주장했다. 그러자 아일랜드인이 끼어들어 버터포드가 뉴욕보다 훨씬 아름다운 곳이라고 말했다. 그리고 두 사람이 끈질기게 버터포드에 같이 가자고 간청했으므로 카를은 마지못하여 다시 걷기 시작했다. 그는 일이 이렇게 된 이상 차라리 고향에 돌아갈 가능성이 적은 다른 고장을 찾아가는 편이 더 잘하는 일일지도 모른다고 생각을 고쳐먹었다. 그래야만 쓸데없는 생각으로 괴롭지 않을 것이며, 그만큼 일에 열중할 수 있을 것이라고 스스로를 타이른 것이었다.

이젠 입장이 바뀌어 카를이 두 남자를 끌고 가는 것처럼 되었다. 두 남자는 카를의 행동에 감동되었는지 기꺼이 교대로 트렁크를 들어 주었다. 카를은 그들이 왜 이토록 기뻐하는지 이해할 수가 없었다. 세 사람은 고갯길로 올라섰다.

이따금 발을 멈추고 뒤돌아보면 뉴욕 시가와 항구가 점점 넓게 시야로 들어왔다. 뉴욕과 브루클린을 잇는 아름답고 매끈한 다리가 이스트 강 위에 걸쳐져 있었는데, 새눈을 뜨고 바라보면 그 다리가 가늘게 떨리는 것처럼 보였다. 다리 위엔 오가는 차량이 없는 것처럼 보였고, 다리 밑엔 잔잔한 수면이 길게 펼쳐져 있었다. 두 개의 큰 도시가 모두 텅 빈 것처럼 보였고 수많은 집들은 알맹이 없는 빈 상자들을 늘어놓은 것 같았다. 그 집들은 크기가 모두 같아 보였다. 그 거대한 도시의 눈에 띄지 않는 구석구석에서도 사람들은 숨 쉬고 분주히 활동하고 있을 테지만 지금 보이는 것은 시가를 덮고 있는 엷은 안개뿐이었다. 안개는 미동도 하지 않고 깔려 있었지만 입김을 불면 가볍게 날아갈 것만 같았다. 세계에서 가장 큰 이 항구에도 안식의 평온함이 깃들어 있었다.

아
메
리
카

예전에 가까이서 본 적이 있어서인지 멀리 수평선 근처를 오가는 배 한 척을 본 듯싶었다. 그러나 오래도록 그 배를 눈으로 쫓을 순 없었다. 시야에서 사라져 버렸던 것이다.

한편 들라마르샤와 로빈슨의 눈엔 분명히 카를보다는 많은 것이 보이는 것 같았다. 둘은 좌우로 무언가를 가리키거나 손을 들어 이마에 대고 햇빛을 가리고서 낯익은 광장, 공원들을 찾아내곤 그 이름들을 주워섬기고 있었다.

두 남자는 카를이 두 달이 넘도록 뉴욕에 살았으면서도 시가지의 하나의 거리밖에 모르고 있는 사실을 의아해 했다.

그들은 버터포드에서 한밑천 잡으면 카를을 데리고 뉴욕으로 돌아와 명소는 물론이거니와 정신을 잃을 만큼 즐길 수 있는 환락가도 안내해 주겠다고 약속했다. 그리고는 환락가에서의 추억담을 지껄이더니 로빈슨이 목청을 돋우어 노래를 부르기 시작하자 들라마르샤가 손뼉으로 장단을 맞추었다. 그가 부른 노래는 어느 가극의 주제곡으로 카를도 고향에 있을 때 즐겨 부르던 것이었으나, 그 멜로디에 영어 가사를 붙여 부르는 것을 들으니 고향에서 듣던 것보다 더 흥겨운 것 같았다.

간소하게나마 한바탕 노래판이 벌어지고 함께 흥겨워했다. 그러나 이들의 각별한 청중이어야 할 눈 아래의 저 거대한 도시는 모른 체하고 있었다.

이윽고 카를이 야콥 운송회사의 위치를 묻자 들라마르샤와 로빈슨이 바로 손을 뻗어 집게손가락으로 한 곳을 가리켰다. 두 사람이 가리킨 곳이 동일 지점이었는지 아니면 각기 수 마일이나 떨어진 두 지점이었는지는 알 수 없었다.

셋이서 다시 걷기 시작했을 때 카를은 우리가 한밑천 단단히 잡아 뉴욕으로 돌아올 수 있는 시기가 빠르면 언제쯤이나 되겠느냐고 물었다. 그러자 들라마르샤가 버터포드는 노동자가 부족하기 때문에 노임이 비싸므로, 아마 한 달이면 족할 것이라고 대답했다. 그런 다음 본의 아니게 각자의 임금에 차이가 있을 경우엔 동반자 입장에서 수입을 공동 구좌에 예금하여 관리하는 것이 좋을 것 같다고 제의했다.

카를 자신은 일자리를 얻게 된다 해도 겨우 견습공에 지나지 않을 것이고, 숙련공인 두 사람에 비해 수입이 적을 것은 뻔했지만 이 공동 구좌는 마음이 내키지 않았다. 그러자 로빈슨이 말을 이었다. 만약 버터포드에 신통한 일자리가 없으면, 어디든 시골 농장의 일꾼 자리라도 얻든지 그것도 여의치 않으면 캘리포니아까지 가서 금광에 일자리를 얻을 도리밖에 딴 방법이 없다고 덧붙였다. 그의 이야기로 미루어 판단하건대 후자 쪽이 가장 그의 마음에 드는 계획인 것 같았다.

그들의 여행길이 이처럼 무모하고 막연하다는 이야기를 듣고 있던 카를이 물었다.

"그렇게 금광에 가려 한다면 왜 자물쇠 만드는 일을 배웠어요?"

"어째서 자물쇠공이 됐느냐고요?" 로빈슨이 대답했다. "그건 내 어머니 탓이지. 자기 아들이 자물쇠공이 되면 굶어죽기야 하겠느냐고 생각하셨던 거요. 금광에 가면 경기가 좋아서 벌이가 될 거요."

"옛날엔 그랬지." 하고 들라마르샤가 말했다.

"아니야, 지금도 괜찮아." 하고 말한 로빈슨은 캘리포니아의 광산에서 손가락 하나 까딱하지 않고 편히 살고 있다는 부자 친지들의 이야기를 꺼냈다. 옛정을 생각해서라도 그들은 자기와 자기 친구인 두 사람을 도와줄 것이고 또 부자로 만들어 줄 것이라 했다.

"어쨌든 우리는 버터포드에서 일자리를 구하지 않으면 안 돼." 하고 들라마르샤가 말했다. 카를이 하고 싶었던 말을 대신한 셈이지만 어딘지 모르게 미덥지가 않았다.

그날 그들은 딱 한 번 식사를 했다. 그것도 음식점 안에서가 아니라 길가에 있는 철제 테이블에 앉아, 나이프와 포크를 사용하여 썰려고 했으나 고기가 너무나 질겨 손으로 찢을 수밖에 없는, 거의 생고기에 가까운 것을 먹었다. 둥글납작한 커다란 빵 덩어리마다 기다란 나이프가 꽂혀 있었다. 이 음식에 곁들여 검정색 액체 같은 것이 나왔다. 조금 마셔 보니 목이 타오르는 것 같았다. 들라마르샤와 로빈슨은 이 독한 액체를 즐겨 마셨다. 두 사내는 손에 잔을 쥐고 팔을 뻗어 서로 건배를 하고는 한참 동안 그렇게 잔을 들고 있었다.

바로 옆 테이블에는 석회가루투성이의 작업복을 입은 노동자들이 앉아 역시 같은 액체를 마시고 있었다. 자동차들의 행렬은 눈도 뜰 수 없게 모래먼지를 일으켜 테이블 위에 뿌리고는 질주했다. 그들은 굵은 활자가 눈에 띄는 신문을 서로 돌려 읽으면서 흥분된 어조로 건설 노동자들의 파업을 이야기하고 있었다. 그들은 가끔 마크란 이름을 입에 올렸다. 카를이 마크란 인물에 대해 물었다. 카를은 그가 바로 친구 마크의 아버지이며, 뉴욕 굴지의 건축업자임을 알았다. 이 파업으로 마크의 아버지는 수백 만 달러의 손실을 입었으며, 파산 지경에 이르게 될지도 모른다는 것이었다. 카를은 무식하고 악의에 차 있는 이들의 이야기를 믿지 않았다.

더욱이 식사 후의 음식 값을 어떻게 지불할 것인가에 온 신경이 쓰였으므로 카를은 마치 모래알을 씹는 듯한 기분으로 식사를 했다. 자기 몫을 각자 지불하는 것이 당연하지만, 두 남자는 오는 도중에 기회가 있을 때마다 어젯밤 숙박비로 수중에 있던 돈을 다 털어 버렸다고 말했었기 때문이다. 시계, 반지, 그 밖에 돈과 바꿀 수 있는 물건은 그들 몸 어디에도 보이지 않았다. 그래도 카를은 그들이 자신의 양복을 팔아서 어느 정도 착복했으리라 생각했으나 굳이 그것을 책망하고 싶진 않았다. 그렇다면 그야말로 그들에 대한 모욕이며 영원한 결별을 의미하는 것이었다.

그런데 놀랍게도 그들은 음식 값을 지불하는 데 대해 조금도 걱정하지 않는 것이었다. 뿐만 아니라 기분 좋은 듯이 테이블 사이를 느린 걸음으로 오락가락하고 있는 웨이트리스에게 농담을 지껄이기까지 했다.

양쪽으로 묶은 그녀의 머리카락은 풀려 흐트러져 이마와 뺨에까지 흘러내려와 있었다. 그녀는 몇 번이고 두 손을 뒷머리 밑으로 넣어서는 아래에서 위로 쓸어 넘기고 있었다. 두 남자는 이제 농담이 잘 먹혀 들어가 그녀가 상냥하고 다정한 목소리로 답을 하려니 생각하는 중이었으나 그녀는 다가와 테이블에 두 팔을 짚고 서서 "누가 지불하세요?" 하고 물었다. 그와 동시에 들라마르샤와 로빈슨은 손을 잽싸게 올려 카를을 가리켰다. 그야말로 어처구니없이 빠른 동작이었다. 그러나 이렇게 될 것을 이미 예측하고 있었으므로 카를은 놀라지도 않았다. 그리고 이런 돈 문제는 언젠가는 분명히 따지고 지나가야 하겠지만 앞으로 당분간 자신에게 도움을 주게 될 동지라 생각하니 그런 것쯤은 큰 문제가 아니라는 생각이었다. 난처한 것은 깊숙이 숨겨 놓았던 속주머니에서 돈을 꺼내야 한다는 일이었다.

본래의 속셈은 최후의 순간까지 돈을 꽉 움켜쥐고 그들과 다름없는 빈털터리로 행세하려 했던 것이다. 카를은 얼마 안 되는 이 돈, 특히 이런 돈을 갖고 있다고 내색함으로써 그들 앞에서 좀 우쭐할 수도 있었다. 그들은 어렸을 때부터 미국에서 살면서, 그리고 돈벌이를 할 수 있는 충분한 지식과 경험을 쌓았는데도 좀 더 나은 생활을 하지 못한다는 점을 부끄럽게 생각해야 할 것이다. 카를은 적어도 그런 생각을 하고 있었던 것이다. 그리고 그가 가진 돈에서 음식 값을 치른다 해서 자신의 생각이 바뀌는 것은 아니었다.

25센트쯤 줄었다고 사정이 크게 달라지는 것은 아니었다. 결국 25센트짜리 동전을 테이블 위에 내놓고 그것이 자기가 가진 유일한 재산이지만 버터포드까지의 여비로 기꺼이 제공하겠다는 것과 이런 액수라면 도보여행엔 충분할 것이라고 말하는 것으로 일을 끝맺으려 했다.

그런데 호주머니 속에 그만한 돈이 있는지 확실히 몰랐다. 잔돈이 있다고 해도 작게 접은 지폐와 함께 속호주머니 어딘가에 깊숙이 들어 있을 게 아닌가. 꺼내려는 물건을 호주머니 속에서 가장 잘 찾아내는 방법은 그 속의 것들을 모조리 꺼내 테이블 위에 늘어놓는 방법이다. 그러나 이 남자들 앞에서는 그렇게 하기가 싫었다. 속호주머니의 비밀을 밝히고 싶지 않았기 때문이다. 다행히도 두 남자는 카를보다는 웨이트리스에게 관심을 쏟고 있었다.

들라마르샤는 웨이트리스에게 계산서를 가져오라고 해서 자기와 로빈슨 쪽으로 유인했다. 그녀는 추근거리는 두 사람의 얼굴을 번갈아가며 손바닥으로 밀치며 그들의 수작을 피하고 있었다. 그러는 동안 카를은 잔뜩 긴장한 나머지 온몸이 화끈거리는 것을 느끼면서 한 손으로 주머니 속을 더듬어 동전 한 개씩을 꺼내어 테이블 밑으로 뻗은 다른 손바닥에 모으고 있었다. 미국의 화폐 사정에 밝지 못했으나 그래도 이만한 개수라면 충분하리라 생각되었을 때 그것을 테이블 위에 쏟아 놓았다.

짤랑하는 소리가 나자마자 그들은 농담을 멈추었다. 거의 1달러에 달하는 액수였다. 카를은 몹시 당황했고 두 남자는 깜짝 놀랐다. 버터포드까지 편하게 기차를 타고 갈 수 있는 충분한 돈을 가지고 있으면서 어째서 고생스런 도보여행을 택했는지, 또한 돈이 있다는 사실을 감추었는지 아무도 묻지 않았으나 카를은 몹시 난처했다.

음식 값을 치른 후 카를은 거스름돈을 천천히 주머니 속에 집어넣었다. 그때 들라마르샤가 웨이트리스의 팁이라고 하면서 동전 한 개를 카를의 손에서 뺏어 들었다. 그리고 그는 그녀 허리 뒤로 한 팔을 돌려 바싹 끌어당기고는 다른 한 손으로 그 돈을 그녀에게 쥐어주었다.

식당을 나와 다시 걷기 시작했으나 두 남자가 돈 이야기를 꺼내지 않았기에 카를은 마음이 놓였다. 그는 문득 두 남자에게 자기의 전 재산에 대한 이야기를 털어놓을까 하는 생각이 들었으나 적당한 기회가 없어 그만두고 말았다. 해가 질 녘에 그들은 시골 분위기가 물씬 풍기는 비옥한 땅이 펼쳐진 농촌에 이르렀다. 둘레를 둘러보니 아직 구획을 짓지 않은 밭들이 연한 녹색으로 온통 덮인 채 가파르지 않은 구릉 위로 한없이 뻗어 있었으며, 그 푸름 속엔 호화스런 산장들이 줄지어 늘어서 있고 그 사이로 좁은 길이 곧게 나 있었다.

한 시간 이상 도금한 정원의 격자 울타리 사이를 줄곧 걸었다. 그들은 물살이 세지 않은 개울을 몇 차례 건넜고, 골짜기에 걸려 있는 철교를 달리는 기차의 굉음을 몇 번인가 들었다.

저 멀리 절반이 잘린 것처럼 보이는 태양이 숲 너머로 잠기려 할 무렵, 그들은 언덕 그루터기에 있는 나무 그늘 밑 풀밭에 지친 몸을 내던지고 피로를 풀었다. 들라마르샤와 로빈슨은 길게 누워 사지를 쭉 뻗고 기지개를 켜고 있었다. 카를은 몸을 꼿꼿이 세우고 앉아서 2, 3미터 아래로 난 길을 내려다보고 있었다. 길에는 자동차가 낮과 다름없이 서로 스칠 듯이 질주하고 있었다. 마치 일정한 수의 자동차를 한 방향으로 보내고는, 맞은편에서 같은 수의 자동차를 기다리고 있는 것 같은 느낌이었다. 아침부터 이 시각까지 카를은 아직 한 대의 자동차도 서는 것을 보지 못했으며 한 사람의 승객도 자동차에서 내리는 것을 보지 못했다.

로빈슨은 모두 피곤하니 오늘 밤은 여기서 묵기로 하자고 했다. 그러면 내일 아침에 일찍 길을 떠날 수 있고, 이제부터 더 간다고 해도 곧 해가 질 것이므로 그 전에 이 장소보다 값싸고 편안한 여관을 찾아낼 가망이 없었기 때문이었다. 들라마르샤가 여기에 찬성했다. 그러나 카를은 싸구려 여관을 찾을 수 없다면 호텔에 묵어도 좋다고 하면서, 숙박비를 치를 만한 돈은 충분히 있다고 그들에게 밝혔다. 들라마르샤는 앞으로도 돈 들 일이 많을 터이니 돈을 아껴 써야 한다고 말했다. 그는 자기들이 카를의 돈을 자기네 것인 양 생각하고 있음을 숨기지 않았다.

로빈슨은 자기의 제안이 수락되자 곧이어 내일을 위해 잠자기 전에 뭐든 맛있는 것을 먹어 둬야 하지 않겠느냐고 말하고선 바로 가까운 도로변에 '옥시덴틀 호텔'이란 간판이 대낮처럼 불을 밝힌 호텔을 보아 두었으니 누구든 그곳에 가서 먹을 것을 사 와야 하지 않겠느냐는 두 번째 제안을 했다. 카를은 가장 나이가 적었을 뿐만 아니라 아무도 나서지 않았기 때문에 주저하지 않고 나서서 베이컨과 맥주 주문을 받고는 호텔을 향해 달려갔다.

카를이 첫발을 들여놓은 입구의 넓은 홀은 많은 사람들과 그들의 말소리와 소음으로 가득해 근처에 큰 도시가 있음이 분명했다. 세로로 기다랗게 뻗은 벽과 짤막한 가로 벽에 나란히 이어진 바에서는 많은 웨이터들이 가슴에 하얀 앞치마를 걸치고 쉴 새 없이 바삐 나르고 있었는데도 충분치 못한 듯, 성급한 손님들은 기다리다 지쳤는지 여기저기에서 테이블을 주먹으로 치거나 욕설을 퍼부었다. 카를에게는 아무도 신경 쓰지 않았다. 넓은 식당에서도 손이 딸리고 있었다. 세 사람이면 가득 차는 작은 테이블에 둘러앉은 손님들은 제각기 원하는 음식을 가져다 먹고 있었다. 테이블 위엔 올리브유, 식초 등을 담은 큰 병이 빠짐없이 놓여 있어서 들고 온 요리를 먹기 전에 각자 이것들을 뿌렸다.

카를은 우선 카운터로 가려고 생각했다. 저렇게 혼잡한 곳에 가서 이것저것을 주문하기란 꽤 힘들 것이라고 생각하면서도 그는 테이블 사이를 누비고 지나쳤다. 아무리 조심해서 지나간다 해도 손님들에게 방해가 되지 않을 도리는 없었다. 그러나 손님들은 마치 불감증 환자처럼 신경 쓰지 않았다. 한 손님에게 밀린 카를이 테이블에 부딪혀 하마터면 그 테이블이 뒤집힐 뻔했을 때도 마찬가지였다. 카를은 정중히 사과했으나 그것은 분명히 그들에겐 통하지 않는 것 같았다. 사실은 카를 자신도 그들이 하는 말뜻을 거의 이해할 수가 없었다.

겨우 카운터에 다다른 그는 좁긴 하지만 빈자리 하나를 발견하고 앉았으나 옆자리에 앉은 손님들이 팔꿈치를 괴고 앉아 있었기 때문에 앞이 하나도 보이지 않았다. 이곳에서는 팔꿈치를 괴고 주먹을 쥔 채 관자놀이에 대고 앉아 있는 것이 풍습인 것 같았다. 문득 라틴어 교사였던 크룸팔 박사가 그런 자세를 몹시 싫어해서 카를이 그런 자세로 앉아 있을 때면 발소리를 죽이고 다가와 숨기고 있던 자로 팔꿈치를 밀쳐서 책상 아래로 내려놓게 한 일이 생각났다.

카를은 카운터로 떠밀린 채 꼼짝도 못하고 짓눌려 있었다. 그의 바로 뒤 식탁에 둘러앉은 한 사람이 이야기를 하면서 몸을 뒤로 젖혔기 때문에 그가 쓰고 있던 커다란 모자가 카를의 등을 사정없이 밀었던 것이다. 이렇게 서 있다가는 비록 옆자리의 무례한 손님들이 자리에서 일어나 좀 여유가 생기더라도 도저히 웨이터들을 붙들어 주문할 수 없을 것 같았다. 카를은 카운터 건너로 웨이터의 앞치마 자락을 붙들 두서너 번의 기회가 있긴 했으나 그때마다 상대는 상을 찌푸리고 손을 뿌리치는 것이었다.

그는 웨이터를 붙들 수가 없었다. 어느 웨이터고 눈이 어지러울 만큼 바삐 지나치는 것이다. 카를로서는 손이 닿는 곳에 뭐든 먹을 것이 있기만 하다면 그것을 집어서 값을 묻고 돈을 지불하고 즐거운 마음으로 떠났을 것이다. 그러나 불행하게도 그의 눈앞에 놓여 있는 것은 검정 지느러미 끝이 금빛으로 빛나는 청어 비슷한 생선이 수북이 담긴 접시뿐이었다. 매우 비싸 보였고 먹는다고 해도 배가 부를 것 같지도 않았다. 그 밖에 카를의 손이 닿을 만한 곳에 럼주가 든 작은 병이 있었으나 그들에게 럼주를 갖다 주고 싶진 않았다. 그들은 기회가 있을 때마다 도수가 높은 독한 술을 마실 수 없을까, 하고 그것만 생각하는 것 같았기 때문이었다. 그것까지 돕고 싶지는 않았다.

아메리카

이렇게 된 이상 카를로서는 처음부터 다시 다른 자리를 찾는 수밖에 없었다. 꽤 많은 시간이 흘렀을 것이다. 눈을 다시 뜨고 자욱한 담배 연기를 뚫고 살펴보니 식당 저 끝에 걸린 벽시계 바늘을 볼 수 있었다. 아홉 시가 지났다. 카운터는 조금 전보다 훨씬 혼잡해졌다. 더욱이 식당은 밤이 깊어지면서 더 많은 사람들이 몰려들었다. 새로운 손님들이 큰소리로 떠들어대면서 쉴 새 없이 현관 쪽에서 밀어닥쳤다. 군데군데 손님들이 테이블 위를 제멋대로 치워 버리고는 앉아서 서로 건배하기 시작했다. 그곳이 이 식당의 최상석이었다. 식당 안을 한눈으로 바라볼 수 있었기 때문이다.

카를은 사람의 물결 속을 이리저리 헤치면서 우왕좌왕하고 있었으나 먹을 것을 손에 넣을 수 있을 것이라는 희망은 이미 버린 지 오래였다.

이곳의 이런 사정을 알지도 못하고 음식을 구하러 나온 자신을 책망하지 않을 수 없었다. 그들은 맨손으로 돌아가면 돈을 아끼려고 그대로 돌아온 것이라고 자신을 욕하며 인색한 사람이라고 생각할 것이다. 그것은 당연한 이치다. 문득 정신을 가다듬고 살펴보니 그 바로 옆 테이블에선 노란 감자를 곁들여 무럭무럭 김이 나는 따뜻한 고

기요리를 먹고 있지 않은가! 그들은 도대체 어디서 그런 요리를 손에 넣었을까? 그에겐 신기하기만 했다.

이때 카를은 바로 두서너 걸음 앞에서 이 호텔의 종업원으로 보이는 30대 여인이 손님 한 사람과 이야기하고 있는 것을 보았다. 그 여인은 이야기를 하면서 손에 든 머리핀으로 쉴 새 없이 잘 손질한 머리를 고치려고 매만지고 있었다. 카를은 순간적으로 그 여인을 붙들고 음식 주문을 해 보리라고 생각했다. 그녀는 이 식당 안에서 유일한 여자 종업원이었고, 모두가 떠들썩하게 떠들고 있는 가운데 오직 그녀만이 조용한 존재처럼 여겨졌으며, 종업원이므로 주문을 받는다는 것은 당연하다는 점 외에 현재로선 그가 접근할 수 있는 단 한 사람의 호텔 종업원이란 단순한 이유에서이기도 했다.

그러나 뜻밖에도 그의 생각과는 정반대의 일이 벌어졌다. 카를이 그녀에게 아직 말을 걸지도 않고 바라보고만 있을 때였다. 그녀는 말하는 도중 무의식적으로 힐끗 둘레를 둘러보았는데 바로 그 순간 카를을 바라보더니 하던 이야기를 도중에서 끊고는 자못 친절한 웃음까지 띠면서 문법에 있는 것처럼 명확한 영어로 무슨 용무가 있느냐고 그에게 물었던 것이다.

"예, 부탁이 있어요. 음식을 살 수가 없어 곤란한 처지입니다." 하고 카를이 말했다.

"그럼 젊은 양반, 나와 함께 가도록 해요." 하고 말한 그녀는 상대방 남자에게 인사를 했다. 그러자 상대는 모자를 벗어 인사를 했다. 이 행동은 매우 정중하게 보였다. 그녀는 카를의 손을 잡고 카운터로 다가가 거기에 매달리다시피 달라붙은 손님 하나를 밀어젖힌 다음 구석에 있는 여닫이문을 열고 들어가 건너편 통로를 가로질렀다. 가는 도중에는 정신없이 뛰어다니는 종업원들과 부딪히지 않도록 조심해야만 했다. 그녀가 수놓은 헝겊을 바른 이중문을 열었는데 그곳은 넓고 시원한 식품 저장실이 있었다.

'이런 곳이 있다는 것을 알고 있었어야 했는데.' 하고 카를은 생각했다.

아<br>메<br>리<br>카

"그래 무엇을 원하지요?" 하고 좋은 인상의 그녀가 물으면서 카를의 얼굴을 들여다보려는 듯이 상반신을 굽혔다. 그녀는 피둥피둥 살이 쪄서 살덩어리가 흔들리고 있었으나 반면에 얼굴은 화사하리만큼 부드러웠다.

저장실의 선반과 탁자 위에 빈틈없이 쌓여 있는 식료품들을 본 카를은 맛있고 좋은 요리를 골라 주문하고 싶은 유혹을 느꼈다. 이 호텔에선 유력한 사람처럼 보이는 그녀가 어쩌면 좀 싸게 해 줄 것 같은 생각이 들었기 때문에 더욱 그랬다. 그런데 적당한 요리가 생각나지 않았다. 결국 그가 주문한 것은 역시 베이컨과 빵 그리고 맥주뿐이었다.

"그것만 가지고 되겠어요?" 하고 그녀가 물었다.

"예, 이것만 있으면 충분합니다."

카를이 대답했다.

"3인분이면 족해요."

그녀는 두 사람은 어디 있느냐고 물었고, 카를은 그들에 대해서 간

163

단히 말해 주었다. 그는 그녀가 질문해 준 것이 기뻤다.

"그건 죄수들이나 먹는 음식물이에요." 하고 말한 그녀는 카를이 다른 것을 요구하길 기대하고 있는 것 같았다. 카를은 그녀가 돈을 받지 않고 선심을 쓸 것 같았기 때문에 더 이상 입을 열지 않았다.

"그것만이라면 금세 담을 수 있을 거예요." 하고 말한 그녀는 뚱뚱한 몸과는 어울리지 않게 빠른 동작으로 테이블에 달려가 길고도 예리한 톱니 모양의 칼로 살코기가 듬뿍 붙은 베이컨을 큼직하게 자르고는 이어 선반에서 커다란 빵 한 덩어리와 바닥에서 맥주 세 병을 집어내 모두 가벼운 바구니에 담아 카를에서 건네주었다. 그러는 동안 그녀는 저 식당에선 아무리 빨리 먹는다 해도 담배 연기와 사람들의 입김으로 음식의 신선한 맛을 잃기 마련이므로 카를을 저장실로 데리고 왔다고 했다. 그런데 그런 음식도 식당에 앉은 손님들은 만족스럽게 음미하며 먹고 있다고 말해 주었다. 카를은 이젠 아무 말도 할 수가 없었다. 이런 특별한 대우에 어떻게 보답해야 하는지 알 수 없었기 때문이다.

그는 자기를 기다리고 있을 동료들을 생각했다.

그 둘이 아무리 미국 사정에 밝다고 하더라도 이런 저장실을 구경한 적은 없었을 것이다. 그리고 그들 역시 카를처럼 상한 음식으로 만족해 왔으리라. 여기에선 식당 안의 소음이 전혀 들리지 않았다. 이 저장실을 저온으로 유지하기 위해 벽을 두껍게 쌓았을 것이다. 카를은 바구니를 손에 든 채 값을 치르는 것마저도 잊어버리고 한동안 멍하니 서 있었다. 그녀가 덤으로 식당의 테이블 위에 있던 것과 똑같은 술병 하나를 카를의 바구니에 넣으려 했을 때 깜짝 놀라 몸을 떨면서 인사를 했을 뿐이었다.

"목적지는 아직도 먼가요?" 하고 그녀가 물었다.

"버터포드까지 가야만 해요." 하고 카를은 대답했다.

"그곳까진 아직 멀어요." 하고 그녀가 말했다.

"하루만 더 견디면 되겠죠." 하고 카를은 대답했다.

"그럼 그것만 가지고 가면 되겠어요?" 하고 그녀는 거듭 물었다.

"예, 이것만 있으면 아주 족합니다." 하고 카를은 대답했다.

그녀는 조리대 위의 물건들을 정돈했다. 종업원 한 사람이 들어와 무엇을 찾는지 두리번거리다가 그녀가 파슬리를 곁들인 정어리를 듬뿍 담은 접시를 가리키자 그 접시를 왼손으로 들고는 식당으로 가지고 나갔다.

"그런데 왜 길가에서 자죠? 이곳에 방이 남아 있어요. 우리 호텔에서 묵도록 하세요." 하고 그녀가 말했다.

이 말은 어젯밤을 거의 뜬눈으로 새다시피 한 그의 귀를 솔깃하게 만들기에 충분했다.

"그렇지만 그게 더 곤란합니다. 짐을 두고 왔거든요."

그는 주저하다가 자존심을 꺾이고 싶지 않아 이렇게 대답했다.

"그런 건 문제가 될 수 없어요. 가서 가져오면 돼요." 그녀는 거듭 말했다.

"그렇지만 제 동료들이……." 하고 말한 카를은 그 두 남자가 장애물이 되고 있다고 느꼈다.

165

"그분들도 모시고 와요. 여기서 함께 묵어도 괜찮아요." 그녀가 말했다. "꼭 오세요. 호의를 거절하는 것은 예의가 아니에요."

"제 동료들은 정직하긴 하지만 깨끗하지 못해요."라고 카를이 말했다.

"저 식당에 우글거리는 지저분한 무리를 못 봤어요?" 하고 말한 그녀는 얼굴을 찌푸렸다. "이곳은 어떤 사람이 와도 상관없는 곳이에요. 그럼 침대 셋을 준비시키겠어요. 방은 좋지 않아요. 다락방이에요. 호텔은 대만원이거든요. 나도 다락방으로 방을 옮겼어요. 하지만 길가에서 자는 것보다는 나을 거예요." 하고 그녀가 말했다.

"안 됩니다. 동료들을 데리고 올 순 없어요." 하고 카를은 말했다. 그는 그들이 이 호텔의 복도에서 어떤 소동을 벌일지 상상해 보았다. 로빈슨은 이 호텔의 모든 것을 더럽힐 것이고 들라마르샤는 이 여인에게까지 치근덕거리면서 행패를 부릴 것임에 틀림없었다.

"당신 말을 알아들을 수 없군요. 어째서 안 된다는 거예요." 그녀는 거듭 말했다. "그럴 생각이 있다면 동료들을 떼어 놓고 당신 혼자만이라도 오도록 해요."

"그건 더욱 안 됩니다." 카를은 대답했다. "그들을 떼어 놓을 순 없습니다. 그들은 제 동료입니다. 전 그들과 함께 있지 않으면 안 됩니다."

"정말 당신은 말귀를 알아듣지 못하는 고집불통이군요." 그렇게 말을 한 그녀는 외면해 버렸다. "당신에게 호의를 가지고 다소나마 힘이 되어 주고 싶었는데 애써 거절하다니……."

카를은 상대방의 말을 충분히 알아들을 수는 있었으나 이런 경우 어떻게 해야 좋을지 몰라서 다만 "호의와 친절은 정말 고맙습니다." 하고 말할 수밖에 없었다. 이때 그는 아직 계산을 하지 않은 것이 생각나 값을 물었다.

"계산은 바구니를 돌려주실 때 해도 돼요." 하고 그 여자가 대답했다. 그리고 말을 이었다. "늦어도 내일 아침까진 돌려주셔야 해요."

"그럼." 하고 카를은 말했다. 그 여자는 밖으로 통하는 문을 열었다. 그가 다시 작별 인사를 하고 돌아서자 그녀는 또 말했다.

"당신이 한 행동은 지나쳤어요." 그리고 그가 몇 걸음 옮겼을 때 또 등에 대고 말했다. "잘 가요, 그럼 내일 또 봐요."

카를이 밖으로 나가자마자 또다시 떠들썩한 식당의 소음이 그의 귀를 때렸다. 더욱이 지금은 악대의 연주까지 합세하고 있었다. 카를은 식당 안을 거치지 않고 밖으로 나올 수 있었던 것을 다행이라고 생각했다. 호텔은 이미 6층까지 방마다 빠짐없이 불빛이 켜져 있었으며, 그 빛은 그 앞의 도로를 빈틈없이 밝히고 있어 어둠 속에서도 훤히 보였다. 아주 드물게 자동차가 낮보다 더 빠른 속도로 먼 곳에서 달려와 헤드라이트의 불빛으로 도로의 표면을 휩쓸었고 희미한 불빛으로 호텔의 밝은 지대와 교차하면서 캄캄한 어둠 속으로 사라져 버렸다.

동료들은 벌써 깊은 잠에 떨어져 있었다. 역시 돌아오는 것이 너무 늦었나 보다. 그가 바구니 속에 들어 있던 종이를 꺼내어 땅에 깔고 그 위에 식욕이 나도록 깨끗이 음식을 펼쳐 놓았을 때였다. 분명히 자물쇠를 채운 채 두고 간 트렁크가, 열쇠는 자신의 호주머니 속에 들어 있는데도 불구하고 어느새 활짝 열려 있는 것을 보고 깜짝 놀랐다. 내용물 대부분이 풀밭 여기저기에 어지럽게 흩어져 있었다.

"일어나!" 그는 외쳤다. "당신들이 자고 있는 틈에 도둑이 들은 거야?"

"없어진 물건이라도 있단 말이야?" 하고 들라마르샤가 물었다. 로빈슨은 아직 잠이 덜 깼는데도 손을 맥주 쪽으로 뻗고 있었다.

"아직은 잘 모르겠어. 트렁크가 열려 있잖아. 트렁크를 팽개친 채 곯아떨어지다니 너무 하잖아요." 하고 카를이 화가 나서 소리쳤다.

들라마르샤와 로빈슨은 껄껄 웃어대기 시작했다. 이윽고 들라마르샤가 말했다.

"자네가 너무 오래 자리를 비운 게 잘못이지. 호텔은 엎어지면 코 닿을 곳이 아닌가. 그런데 자네는 거길 갔다 오는 데 세 시간이나 걸리지 않았나. 우리는 배가 고파 견딜 수 없어 혹 자네 트렁크 속에 먹을 것이 들어 있지 않나 하고 생각했다네. 그래서 무진 애를 써서 자물쇠를 만지다가 겨우 열었거든. 알았으면 자네 손으로 치우도록 하게나."

"그랬군……." 카를은 중얼거리곤 순식간에 비어가는 바구니 속을 바라보며 로빈슨이 맥주를 들이켤 때 내는 독특한 소리를 듣고 있었다. 로빈슨의 목구멍 깊숙이 액체가 들어갈 때면 피유, 하고 피리소리 비슷한 소리와 더불어 입으로 되돌아 나왔다가 비로소 천천히 꿀꺽꿀꺽 넘어가는 것이었다.

"이제 다 먹은 거야?" 하고 카를은 그들이 먹다가 손을 멈추고 숨을 돌리자 이렇게 물었다.

"자넨 호텔 식당에서 먹지 않았나?" 하고 카를이 자기 몫을 요구하는 거라고 생각한 들라마르샤가 되물었다.

"더 먹을 거면 빨리 먹기나 해." 하며 카를은 트렁크 곁으로 다가 갔다.

"아무래도 화가 난 것 같군 그래." 하고 들라마르샤가 로빈슨에게 말했다.

"나는 화 같은 건 나지 않았어." 하고 카를은 말했다.

"그렇지만 내가 자리를 비운 사이에 내 트렁크를 비틀어 열고 물건을 멋대로 뒤지고 팽개치는 행위가 과연 옳은 것이라 생각해? 동료들 사이에선 좀 못마땅한 일이 있다고 치더라도 서로 이해하고 덮어두어야 한다는 것쯤은 나도 알고 있고 그럴 각오도 있었어. 그러나 이건 너무 지나쳤어. 나는 호텔에 묵겠어. 그리고 버터포드엔 가지 않겠어. 어서 먹어 치워. 그 바구니는 돌려주어야 하니까."

"여보게 로빈슨, 방금 말한 소리를 들었겠지?" 하고 들라마르샤가 말했다.

"진짜 멋진 말을 하지 않았는가? 과연 독일인이야. 자네가 처음에 내게 저 자를 조심하라고 충고해 주었는데도 마음이 좋은 나는 그렇지 못했거든. 함께 데리고 가자고 말한 것도 나란 말이야. 우리는 방해꾼밖에 되지 않는 저 자를 믿었고 온종일 끌고 다녔단 말이네. 적어도 반나절은 손해를 봤네. 그런데 이제 틀림없이 저 자는 호텔에서

169

누군가의 속임수에 빠져서는 우리와 손을 끊겠다고 하는군. 원래가 음흉하고 비열한 독일 녀석인지라 트렁크를 핑계 삼아 우리의 명예를 모욕하고 우리를 도둑으로 몰아세워서 떠난다는 거네. 우리는 장난삼아 트렁크를 만졌을 뿐인데 말일세."

흩어진 소지품을 주워 모으고 있던 카를은 뒤돌아보지도 않고 말했다.

"당신네 멋대로 지껄여 봐. 그럴수록 여기서 빠져나가기 쉽게 되는군. 나도 동료 간의 의리가 어떤 것인가는 잘 알아. 나도 유럽에 있을 때는 많은 동료들과 어울려 살았어요. 그렇지만 그들 중에서 동료를 대하는 내 태도가 나쁘다든가 비열하다고 비난하는 사람은 아무도 없었어. 지금은 그들과 소식이 끊겼지만 만약 내가 다시 유럽으로 돌아가게 되면 그들은 기꺼이 친구로서 맞아 줄 거야. 그건 그렇고, 당신 두 사람, 들라마르샤와 로빈슨, 당신들은 나를 도와 버터포드로 데리고 가서 견습공 자리를 얻어 주겠다고 약속했을 만큼 두터운 우정을 보여 주었으니 그 점에 대해서 정중히 고맙다는 인사를 해 두겠어. 그것을 미끼로 이제 내가 배신하는 것이 잘못이라고 비난하고 싶겠지만 그것과 이것은 전혀 딴 문제야. 당신들은 무일푼이지. 그렇다고 내가 당신들을 조금도 깔보지 않았는데도 오히려 비굴하게도 당신들은 내 보잘것없는 소지품을 탐내고, 약간의 돈을 가진 나를 시기하여 어떻게든 골탕을 먹여 기를 꺾으려고 하잖아. 나는 그런 당신들의 소행을 참을 수가 없어. 더구나 지금도 내 트렁크를 멋대로 열고 뒤지고서도 한마디 사과는커녕 오히려 나를 욕하고 내 동포마저 끌어들여 모욕했어. 당신들의 이런 행동은 내가 당신네들 곁에 머무를 가능성을 더욱 희박하게 만들 뿐이야. 그리고 로빈슨, 당신은 이런 몹쓸 짓을 할 능력도 없는 위인이야. 내 말이 모두 당신에게 해당되지도 않아. 당신은 완전히 들라마르샤에게 매달려 있어. 이러한 당신의 성격적 결함을 지적해 주고 싶었어."

"드디어 가면을 벗었군 그래." 하고 들라마르샤는 카를에게 다가와 그의 주의를 끌기라도 하려는 듯 가볍게 쿡 찌르면서 말했다.

"이제 탈을 벗었군. 난 자네가 뒤집어썼던 탈을 벗는 것을 분명히 보았네. 자네는 온종일 내 꽁무니에 붙어 다니며 옷자락에 매달려 내 거동을 그대로 흉내 내고 생쥐처럼 잠잠했었지. 그러다가 이제 저 호텔에 든든한 배경이라도 생겼는지 그런 역설을 토하고 계시거든. 자네는 꽤 약은 친구야. 우리가 자네의 그 말을 참고 들어 주어야 한단 말인가? 그리고 자네가 하루 동안 우리를 따라다니면서 배운 것들에 대한 수업료를 받아 내야 할지를 생각 중이네. 이봐, 로빈슨, 말을 듣자 하니 우리가 이 친구의 소지품을 탐내고 시기한다는군 그래. 웃기는군. 우리가 버터포드에서 하루만 일해도, 아니야, 버터포드까지 들먹거릴 것도 없어. 자네가 자랑삼아 뽐낸 것, 그리고 자네가 안주머니 속에 숨겨 두었을는지도 모르는 액수의 열 배 정도는 손쉽게 벌 수 있어. 그러니 주둥이는 항상 조심해서 놀리지 않으면 안 되는 것이지."

카를이 트렁크에서 몸을 떼고 일어섰을 때 잠이 덜 깼었던 로빈슨이 맥주로 기운을 얻었는지 이쪽으로 다가오는 것이 보였다.

아메리카

"우물쭈물하다간 어떤 몹쓸 꼴을 당할지 모르니 더 심한 꼴을 당하기 전에 여기를 떠나겠어. 아무래도 당신들은 주먹을 휘두를 것 같으니 말이야." 하고 카를이 말했다.

"참는 데도 한도가 있는 법이야!" 하고 로빈슨이 소리쳤다.

"당신은 잠자코 있는 게 좋아요, 로빈슨." 하고 카를은 들라르샤한테 눈을 떼지 않고 말했다. "속으론 내 말이 정당하다는 것을 알면서도 겉으론 들라마르샤 편에 서고 있다는 것을 나는 잘 알고 있으니까."

"네 놈이 로빈슨을 한패로 만들 생각이군!" 하고 들라마르샤가 말했다.

"천만에, 그럴 리가!" 카를이 말했다. "나는 당신네들 곁을 떠나게 된 것을 기뻐하고 있을 뿐이야. 당신네들 누구와도 어울리고 싶지 않아. 단지 떠나기 전에 하고 싶은 말은 당신은 내가 돈을 갖고 있으면서 밝히지 않았다고 비난했지만, 당신도 한 번 생각해 봐요. 내게 돈이 있다는 것이 사실이라고 가정해 봐. 사귄 지 겨우 두서너 시간밖에 되지 않은 상대에게는 나와 같은 행동을 하는 것이 당연한 거 아니야? 내 행동이 옳았다는 것을 당신 자신이 바로 지금 그 행동으로 증명하고 있잖아!"

"넌 잠자코 있어!" 하고 들라마르샤는 로빈슨이 몸을 움직이지도 않았는데 로빈슨에게 소리쳤다. 그리고 카를한테 물었다. "자네가 그렇게까지 정직을 주장하는 것이라면 우리가 흉허물 없이 모여 있는 이 자리에서 그 정직성을 그대로 발휘하여 보시지. 왜 호텔로 가려는 생각을 하게 된 건지 그걸 숨김없이 고백해 보시지?"

카를은 트렁크를 넘어 또 뒷걸음질 치지 않을 수 없었다. 들라마르샤가 바짝 다가섰기 때문이었다. 그러나 들라마르샤는 카를의 이런 동작에 개의치 않고 트렁크를 구석으로 밀어붙이고 한 발 앞으로 나와 풀숲 속에 떨어진 흰 셔츠의 레이스 장식을 발로 짓밟으면서 질문을 되풀이했다.

때마침 그 질문에 대답이라도 하듯이 큰길 쪽에서 강렬한 빛을 발하는 손전등을 든 남자가 세 사람이 몰려 있는 곳을 향해 올라왔다. 호텔의 웨이터였다. 그는 카를의 모습을 보자마자 말했다.

"전 벌써 삼십 분이나 당신을 찾아 헤맸어요. 길 양쪽의 비탈진 곳은 모조리 뒤졌습니다. 여지배인님께서 빌려 드린 바구니가 급히 필요하시다면서 당신께 이 말을 전하라고 하시더군요."

"이겁니다." 하고 카를은 흥분한 나머지 상기된 목소리로 말했다. 들라마르샤와 로빈슨은 누구든 자기보다 높은 위치의 상대 앞에서 늘 하는 버릇 그대로 제법 공손한 척을 하며 곁으로 다가왔다.

웨이터는 바구니를 받고 말을 이었다. "그리고 지배인님께서 당신이 잘 생각해 보셨는지 혹시 호텔에서 주무시기로 생각을 고치셨는지 어떤지를 알아 오라고 하셨습니다. 또 친구 분도 당신께서 모시고 오실 의향이시라면 기꺼이 응하겠다고 하셨습니다. 그리고 이미 준비도 해 두었습니다. 오늘 밤은 다행히 따뜻하지만, 이런 비탈진 곳에서 주무시는 것은 결코 안전하지 못합니다. 뱀도 자주 나옵니다."

"지배인님께서 제게 그토록 친절을 베풀어 주시니 응하도록 하겠습니다." 하고는 동료들은 뭐라고 말할 것인지 카를은 기다렸다. 그러나 로빈슨은 그 자리에 우뚝 선 채 입을 다물고 있었고 들라마르샤는 두 손을 바지 주머니 속에 깊숙이 찔러 넣은 채 별빛이 찬란한 하늘을 바라보고 있었다. 두 사람은 카를이 두말 않고 자기들을 데리고 가 줄 것이라고 분명히 믿는 것 같았다.

"그렇다면⋯⋯." 하고 웨이터가 입을 열었다. "호텔로 안내하겠습니다. 그리고 짐도 제가 들고 오라는 분부를 하셨습니다."

"잠깐만 기다려 주십시오." 하고 말한 카를은 아직도 둘레에 흩어져 있는 두서너 가지 물건을 주워 트렁크에 넣기 위해 몸을 굽혔다.

돌연 그가 몸을 일으켰다. 사진이 없다. 트렁크의 맨 위에 두었는데 그게 보이지 않는 것이었다. 다른 물건들은 모두 있는데 사진만 없어진 것이다.

"사진이 없어졌어." 하고 그는 들라마르샤에게 애원하다시피 말했다.

"무슨 사진인데?" 하고 그가 물었다.

"내 부모님 사진이야."

"우린 사진 같은 건 건드리지 않았어." 하고 들라마르샤가 시치미를 떼고 말했다.

"트렁크엔 사진이 들어 있지 않았어." 하고 로빈슨도 한몫 끼어들어 그 말을 보증했다.

"아니, 그럴 리가 없어." 하고 카를이 말했다. 그가 도움을 청하는 것 같은 시선에 끌린 웨이터가 다시 다가왔다.

174

"맨 위에 두었는데 그것이 없어졌단 말이야. 당신들이 장난삼아 내 트렁크를 뒤진 게 잘못이야."

"우리 잘못은 없어!" 하고 들라마르샤가 말했다. 그러고는 거듭 강조했다.

"트렁크엔 사진이 없었어!"

"그 사진은 이 트렁크에 든 그 어느 것보다 내겐 소중한 물건이야." 하고 카를은 풀밭을 이리저리 맴돌며 두리번거리고 있는 웨이터에게 말했다. "그 사진은 내겐 가장 소중한 물건일 뿐 아니라 똑같은 사진은 이제 다시는 구할 수도 없단 말이에요."

웨이터가 가망 없는 찾기를 중단했을 때도 그는 거듭 말했다.

"그건 내가 가지고 있는 유일한 부모님 사진이었단 말입니다."

그러자 웨이터는 큰소리로 "그럼, 남은 문제는 이분들의 호주머니를 뒤지는 것뿐이군요." 라고 속마음 그대로 말했다.

"그렇군요." 하고 카를은 주저 없이 대답했다. "나는 어떤 일이 있더라도 그 사진을 되찾아야 해. 그런데 호주머니를 뒤지기 전에 다시 한 번 말하겠어. 내게 그 사진을 자발적으로 돌려주는 사람에게는 이 트렁크 안에 든 물건들을 모두 주겠다고 약속하겠어. 틀림없이 주겠어. 나로선 이 이상의 제의는 할 수 없어."

웨이터는 로빈슨보다 들라마르샤 쪽이 다루기 어려울 것이라고 생각한 모양이었다. 로빈슨을 카를에게 맡기고 들라마르샤에게 달려들어 마구 뒤지기 시작했다. 웨이터는 카를에게 두 사람을 동시에 조사하지 않으면 안 된다고 말했다. 그렇지 않으면 나머지 녀석이 몰래 사진을 빼돌릴지도 모른다고 했다. 카를이 로빈슨의 호주머니 속에 손을 넣자 카를의 소지품인 넥타이핀이 나왔다. 그러나 카를은 그것을 찾으려 들지 않았다. 그리고 웨이터에게 소리쳤다. "들라마르샤의 호주머니 속에서 어떤 물건이 나온다 해도 모두 그에게 돌려줘요. 난 그 사진만 찾으면 돼요. 다른 건 원하지 않아요."

로빈슨의 가슴에 달린 호주머니를 뒤지던 카를의 손이 미끄러져 그의 뜨겁고 살찐 가슴에 닿았다. 순간 카를은 왠지 자신이 동료에게 크나큰 모욕을 주고 있는 것 같은 죄의식을 느꼈다. 그는 되도록 서둘렀다. 그러나 그들의 노력은 모두가 허사였다. 로빈슨에게서도 들라마르샤에게서도 끝내 사진은 나오지 않았다.

"없는데요." 하고 웨이터가 말했다.

"아마 사진을 갈기갈기 찢어 어딘가에 버린 것 같군요." 하고 카를이 씁쓸하게 말했다. "난 이런 작자들을 친구로 믿었던 거요. 그들은 처음부터 나에게 해를 입힐 생각만을 하고 있었는데도 말입니다. 하지만 로빈슨은 처음부터 그렇지는 않았을 겁니다. 로빈슨 혼자서는 그 사진이 내게 그토록 소중한 것이라고 생각하지 못했을 거예요. 결국 들라마르샤가 더욱 수상하다는 말입니다."

카를의 눈엔 손전등으로 땅 위에 조그마한 원을 비춰 보이고 있는 웨이터의 모습만이 보일 따름이었다. 그 밖의 모든 것, 들라마르샤도 로빈슨도 깊은 암흑 속에 묻혀 있었다.

일이 여기까지 온 이상 두 사람을 호텔로 데리고 간다는 것은 생각할 수도 없는 일이었다. 웨이터는 재빨리 트렁크를 어깨에 메었고 카를은 바구니를 든 채 그곳을 떠났다. 큰길로 빠져나오자 뭔가 깊은 생각에 잠겨 있던 카를은 갑자기 그 자리에 멈춰 선 채 어둠 속을 향해 소리를 질렀다.

"이봐. 당신네들이 지금이라도 사진을 돌려 줄 의사가 있다면 내 트렁크를 주겠다는 약속은 지키겠어. 그리고 경찰에 고발하지도 않을 거야." 그러나 대답다운 대답은 들리지 않았다. 다만 몇 마디 말소리만 짤막하게 들렸으나 이내 조용해졌다. 로빈슨이 뭔가 소리치려고 하는 것을 들라마르샤가 손으로 틀어막은 것 같았다. 혹시 비탈에 남아 있는 그들의 마음이 달라질지도 모른다는 생각에 카를은 그 자리에서 오랫동안 기다려 봤다. 그리고 두 차례나 "난 아직도 여기서 기다리고 있어." 하고 소리쳤지만 아무런 응답이 없었다. 다만 한 번, 우연이었는지 아니면 잘못 던진 것인지는 분명치 않았으나 돌 하나가 비탈에서 굴러 떨어졌을 뿐이었다.

# 옥시덴틀 호텔

호텔에 도착하자 카를은 사무실 비슷한 곳으로 안내되었다. 여 지배인이 수첩을 한 손에 들고 내용을 불러 주면서 나이 어린 타이피스트에게 받아 치도록 시키고 있었다. 매우 자세한 말소리였다. 숙련된 탄력적인 손이 빠르게 자판을 두드리는 소리가 계속 울렸기 때문에 가까운 벽에 걸린 괘종시계의 추 소리마저 간신히 들릴 정도였다. 괘종시계의 바늘은 벌써 밤 열한 시를 가리키고 있었다.

"이제 끝났네." 하고 말한 지배인은 수첩을 탁 덮었다. 타이피스트는 얼른 일어나서 나무상자로 된 덮개를 타자기 위에 씌웠다. 그녀는 이런 기계적인 작업을 계속하면서도 카를을 뚫어지게 바라보고 있었다. 그녀는 아직 학생으로 보였다. 앞치마 자락은 정성들여 다림질이 되어 있었고 특히 어깨 부분에는 주름 하나 없어 보였다. 머리는 높이 빗어 올렸다. 그녀의 모습을 세밀히 본 다음 그녀의 표정을 보고 카를은 다소 놀랐다. 그녀는 먼저 지배인에게 그리고 다음엔 카를에게 각각 머리를 숙여 인사를 하고는 바로 나갔다. 카를은 자신도 모르게 뭔가 알아내고 싶은 시선으로 지배인을 보았다.

아메리카

"이렇게 와 주셔서 정말 고마워요." 하고 지배인이 말했다.

"그런데 친구 분들은?" 하고 의아하다는 듯 물었다.

"데리고 오지 않았습니다." 하고 카를은 대답했다.

"그럼 그분들은 내일 아침 일찍 출발하겠군요."

하고 지배인이 그 이유를 자신에게 설명해 들려주는 것처럼 말했다.

'이 여자는 나도 그들과 함께 떠나는 것으로 알고 있는 건가.' 하고 생각한 카를은 그녀의 의혹을 풀어줄 셈으로 말을 꺼냈다.

"저희들은 의견 충돌이 생겨 헤어지기로 했습니다."

지배인은 이것을 좋은 소식으로 받아들이는 것 같았다. "그럼 당신은 혼자란 말이죠?" 하고 그녀는 다짐을 받으려는 듯이 물었다.

"그렇습니다. 혼잡니다." 하고 카를이 대답했다. 그러나 그에겐 이 말만큼 시시한 말을 없을 거라고 생각했다. 지배인은 "그러시다면 혹시 당신은 이 호텔에서 일해 보실 생각은 없나요?" 하고 물었다.

"저는 꼭 해 보고 싶어요." 카를이 대답했다. "하지만 저는 아는 것이 없어요. 제가 알고 있는 건 보잘것없어요. 더구나 타자를 칠 줄도 몰라요."

"그런 건 큰 문제가 안 돼요." 하고 그녀는 말했다.

179

"일을 하신다면 처음엔 보잘것없는 일부터 시작해야 되거든요. 그러면서 열심히 일하고 정신만 바짝 차리면 차차 높은 자리로 올라가게 되는 거죠. 어쨌든 정처 없이 방황하는 것보단 어디든 정착해서 착실히 일하는 게 당신에게 도움이 될 듯해서 드리는 말씀입니다."

'외삼촌도 그렇게 하는 게 좋다고 대찬성하실 거야.'라고 생각한 카를은 그녀의 말에 동의하는 뜻으로 고개를 끄덕였다. 그는 문득 이렇게 자기를 걱정해서 돌봐 주려는 사람에게 자신을 소개하지 않은 것이 생각났다.

"용서하세요." 그는 말을 이었다. "아직도 제 소개를 하지 못했군요. 저는 카를 로스만입니다."

"독일사람 같군요."

"그렇습니다." 카를이 대답했다. "미국으로 건너온 지 얼마 되지 않습니다."

"출생지는 어디죠?"

"보헤미아의 프라하입니다."

"그래요?" 하고 지배인은 영어 발음이 강한 독일어로 묻고는 두 팔을 들어 반가워했다. "그럼 우리는 같은 나라에서 왔군요. 내 이름은 그레터 미첼바흐이고, 빈(Wien, 영어로 Vienna) 출신이에요. 그리고 난 프라하를 잘 알아요. 벤첼 광장에 있는 골데네 간스에서 반 년 남짓 근무한 적이 있거든요. 잘 생각해 보아요."

"그게 언제였습니까?" 하고 카를이 물었다.

"퍽 오래 전 이야기예요."

"말씀하신 그 골데네 간스는……. 2년 전에 헐렸어요." 카를이 말했다.

"물론 알고 있어요." 지배인은 지나간 추억에 잠기는 듯 말했다.

그녀는 다시 기운을 차린 듯 큰소리로 외치며 카를의 두 손을 움켜잡았다.

"당신과 내가 같은 고향 출신이라는 사실을 안 이상 당신은 이곳을 떠나서는 안 돼요. 당신이 훌쩍 떠나 버리고 나면 난 결국 안타까워할 테고……. 그래선 안 돼요. 어때요, 엘리베이터 보이라도 해 보고 싶은 생각은 없나요? 당신이 '예' 하고 대답하면 바로 결정되는 거예요. 만약 조금만 늦게 왔더라도 이 일자리를 얻기 어려웠을 거예요. 처음 시작하는 일은 여러 가지가 있지만 이런 일자리부터 시작하는 게 가장 좋은 방법이에요. 당신은 어떤 손님이든 만날 수 있고, 언제나 타인의 주목을 받고 있어요. 때로는 사소한 부탁을 받기도 하고……. 날이 갈수록 좋은 기회를 붙잡을 수 있는 가능성이 누구보다도 많지. 다른 것은 내게 모든 걸 맡겨 줘요. 알아서 잘 처리할 테니……."

"엘리베이터 보이라면 기꺼이 맡아 하겠습니다." 카를은 잠시 여유를 둔 다음 말을 이었다. 오 년간 받은 고등학교 과정의 교육 정도를 가지고 엘리베이터 보이가 되는 것을 주저한다는 건 무의미하고 어리석기 짝이 없는 짓임에 틀림없다. 오히려 이 미국에서는 자신이 독일 고등학교 과정을 이수했다는 것이 부끄러운 이유가 충분히 있는 것 같기도 했다. 그건 그렇다 치고 카를은 평소에 엘리베이터 보이란 직업에 매력을 느끼고 있었다. 그에게는 엘리베이터 보이가 호텔의 상징처럼 보였던 것이다.

"어학 실력이 필요하겠죠?" 하고 카를은 만약을 위해 물어보았다.

"당신은 독일어도 하고 또 영어도 유창하던데요. 그것으로 충분해요."

"영어는 미국으로 건너와서 겨우 두 달 반 동안 배운 겁니다." 카를이 말했다. 그는 자신의 유일한 장점을 숨겨둘 필요는 없다고 생각했다.

"당신은 그만큼 유리한 거예요." 지배인이 말했다. "난 영어를 못해 어찌나 고생을 했는지 말도 못할 지경이었어요. 그때 일을 생각하면 지금도 몸이 오싹해요. 그 고생은 지금도 계속되고 있답니다. 난 어제도 이 말을 했어요. 어제는 내 쉰 번째 생일이었거든요." 그녀는 미소를 지어 보이면서 카를의 표정에서 오십이란 나이의 위엄이 그에게 어떤 인상을 주었는지 읽어 내려 했다.

"진심으로 축하합니다." 하고 카를은 독일어로 말했다.

"그 말은 어디서나 쓸 수 있어요."

그녀는 이렇게 말하면서 카를과 악수했다. 카를이 독일어로 계속 축하 인사를 하자 그녀는 문득 고국에서 들어오던 귀에 익숙한 옛 어투가 기억에 되살아난 듯했다. 잊을 수 없는 고국에의 향수 때문인지 그녀는 또다시 슬픈 표정을 지었다.

"어쨌든 나는 당신을 이곳에 붙잡아 두어야겠어요." 그녀는 힘주어 말했다. 그리고 말을 이었다. "많이 피곤하겠죠? 그리고 의논은 낮에 하는 편이 낫겠어요. 고국 사람을 만난 기쁨에 정신을 잃고 있었군요. 어서 와요. 내가 방으로 안내할게요."

"부탁이 있습니다." 카를은 책상 위의 전화기를 바라보면서 말했다. "내일 새벽, 아니면 그보다 더 이른 시각에 동료들이 제게 꼭 필요한 사진을 가지고 올지도 몰라요. 죄송하지만 수위가 그 동료를 제게 보내 주든지 아니면 누군가를 제게 보내 기별해 주도록 전화를 걸어 주실 수 없을까요?"

"해 줄게요." 지배인이 말했다. "그렇지만 현관 수위가 그 사진을 받아두기만 하면 되지 않을까요? 그리고 실례지만 무슨 사진인데요?"

"제 부모님 사진입니다." 카를이 대답했다.

"그리고 사진을 가지고 온 자와 해야 할 이야기가 있습니다."

지배인은 그 이상은 묻지 않았다. 수위실에 전화를 걸어 부탁을 전했다. 그리고 그녀는 카를의 방이 536호실이라고 말했다.

그리고 두 사람은 입구 맞은편에 있는 문을 열고 좁은 복도로 나왔다. 그곳에는 엘리베이터의 손잡이 난간에 기대선 채 졸고 있는 나이 어린 엘리베이터 보이가 있었다. "우리가 직접 버튼을 누릅시다." 그녀는 소리를 낮춰 말하고 카를을 엘리베이터 안으로 불러들였다.

"열 시간 내지 열두 시간의 노동은 아무래도 어린 소년에겐 무리예요." 그녀는 위층으로 오르는 엘리베이터 안에서 이렇게 말했다. "그러나 이 점이 미국의 특징이기도 해요. 바로 저 소년은 반 년 전에 부모를 따라 미국으로 건너왔어요. 이탈리아인이고요. 지금은 이런 힘든 일을 감당해 낼 수 없을 것으로 보이고 살도 빠져 앙상해 보이지요. 그런데 아주 착실해서 열심히 일하는 소년이에요. 하지만 때때로 근무 중에 졸 때가 있어요. 그러나 앞으로 반 년가량만 여기에서든 아니면 다른 곳에서든 일을 배우고 나면 그땐 미국 어느 곳에 가서 일을 하더라도 잘 견딜 수 있게 될 거예요. 그리고 오 년만 더 지나면 믿음직스런 남자가 되는 거죠. 이런 예는 많아요. 그래서 나는 당신을 조금도 걱정하지 않는 거예요. 당신 역시 강한 소년이니까요. 열일곱 살이죠?"

"한 달 후에 열여섯 살이 됩니다."

"그래요? 이제 겨우 열여섯 살밖에 안 되나요?" 지배인은 조금은 놀란 듯 말했다. "그렇다면 더욱 힘내서 열심히 해 보세요."

맨 위층에 오르자 그녀는 카를을 방으로 안내했다. 다락방이라서 한쪽 벽이 경사져 있었고, 두 개의 백열등이 환히 빛나고 있었다. 아주 아늑한 방 같았다.

"이 방 가구들을 보고 놀라지 말아요." 지배인이 말했다. "이 방은 호텔의 객실이 아녜요. 여긴 내 거처예요. 방이 세 개 있으니까 이 방을 쓴다고 해도 내겐 아무런 지장도 없어요. 당신이 마음 편하게 지낼 수 있도록 내 방과 이 방 사이의 문을 잠가 둘게요. 내일부터는 당신도 이 호텔의 새 종업원으로서 방을 배당받을 거예요. 나는 당신이 동료들과 함께 올 경우를 생각하고 호텔의 공용 침실에 당신 일행들 침대를 마련하려고 생각했었는데, 당신 혼자가 왔기에 이 방으로 안내한 거예요. 오늘 밤은 침대가 아닌 소파 위에서 주무셔야겠지만 그래도 이 방이 당신께 더 편할 거라 생각해요. 그럼 내일을 위해 어서

자도록 해요. 내일의 근무는 그리 힘든 일은 아닐 거예요."

"친절하신 배려에 거듭 감사드립니다."

"잠깐!" 그녀는 엘리베이터 앞에서 발을 멈추고 말했다. "이대로 그냥 두었다가는 쉴 틈도 없이 잠을 깰지도 모르니까." 라고 말하고는 바로 옆문으로 다가가 노크를 하고 큰소리로 말했다.

"테레사!"

"예, 지배인님!" 하고 그 어린 타이피스트의 목소리가 들렸다.

아메리카

"아침에 나를 깨우러 올 때는 복도로 오도록 해. 이 방에선 손님이 쉬고 계시니까······. 이 손님은 너무 지쳐 있으니 주의하고." 그녀는 말을 하면서 카를에게 미소를 지어보였다.

"알았지?"

"예, 지배인님."

"그럼 잘 자."

"안녕히 주무세요."

지배인은 설명을 시작했다.

"사실 나는······. 몇 년 전부터 불면증을 앓아 왔어요. 지금은 그래도 이 자리에 만족하고 있고 큰 걱정거리도 없지만, 옛날 고생하던 시절의 쓰라렸던 추억들이 불면증의 원인이 된 것 같아요. 새벽 세 시에 잠이 드는 것도 아주 잘 자는 편에 속해요. 그러나 다섯 시에는, 아니 늦어도 다섯 시 반까지는 모든 준비를 갖춰 두지 않으면 안 되거든요. 그래서 누군가에게 깨워 달라고 일러두는데, 내가 더 신경질적이 되지 않도록 특별히 조심해야 되지요. 그런데 바로 저 테레사가 나를

185

깨워 주고 있어요. 자, 내가 하고 싶은 이야기는 모두 했어요. 너무 늦었군요. 어서 쉬어요."

그러고는 그녀는 우람한 몸집에 어울리지 않게 마치 다람쥐처럼 재빨리 나갔다.

카를은 잠을 자게 된 것이 정말 기뻤다. 너무나 지쳐 있었기 때문이다. 오래도록 편하게 잠을 자는 곳으로 여기보다 더 이상 쾌적한 환경은 없을 것이라고 생각했다. 이 방은 침실용으로 꾸몄다기보다는 차라리 거실, 더 정확하게 말하자면 그 지배인의 응접실이라고 부르는 편이 맞을 것 같았다. 세면대는 카를을 위해 특별히 마련된 것이었다. 그래도 카를은 자신이 불시에 찾아든 침입자처럼 생각되지는 않았다. 도리어 자신이 특별한 대접을 받고 있다는 걸 느낄 수 있었다.

그의 트렁크는 어느새 방 안에 옮겨져 있었다. 이 트렁크가 이렇게 안전하게 보관된 적은 거의 없었다. 서랍이 달린 낮은 선반에는 얼기설기 짠 덮개를 씌어 놓았고 그 위엔 사진이 들어 있는 유리 액자들이 많이 놓여 있었다. 카를은 방 안을 둘러보고 액자 앞에 서서 사진들을 천천히 구경했다. 대부분이 오래된 사진이었다. 소녀들의 사진이 있는데, 거북스러운 구식 옷차림에다 높은 모자를 비스듬히 올려 쓴 채 오른손에는 양산을 들고 있었다. 얼굴은 정면을 보고 있었으나 시선은 옆을 보고 있었다. 남자들 사진도 있었는데, 그중에서 카를의 주의를 끈 것은 어떤 군인의 모습이었다. 군모를 작은 탁자 위에 벗어 놓고 검고 덥수룩한 검은 머리에 자랑스럽게, 그러나 웃음을 애써 참으면서 부동자세로 서 있는 젊은 군인의 사진이었다. 그 군복의 단추는 나중에 사진에 색칠을 했는지 금빛으로 칠해져 있었다. 그 사진들은 모두 유럽에서 가지고 온 것 같았다. 카를은 사진 뒷면을 보면 바로 알 수 있을 것이라고 생각했으나 사진을 집어 들지는 않았다. 다만 이 방에 사진이 진열되어 있는 것처럼 자기도 부모님의 사진을 언젠가는 자기 방에 진열해야겠다고 생각했다.

그가 옆방의 소녀에게 방해가 되지 않도록 조심스럽게 목욕을 끝내고 잠들기 직전의 감미로운 기분에 잠겨 막 소파에 길게 누우려는 순간이었다. 어렴풋하게 노크하는 소리를 들은 것 같았다.

어떤 문인지 바로 알 수가 없었다. 혹시 소리를 잘못 들었는지도 몰랐다. 그러나 그 소리는 다시 반복되지 않았다. 카를이 거의 잠이 들어 의식이 희미해졌을 무렵 또다시 그 소리가 들리는 것이었다. 분명한 노크 소리였다. 틀림없이 타이피스트 방에서 나는 소리였다. 의심의 여지가 없었다. 카를은 발소리를 죽여 문에 다가섰다. 사방은 고요하기만 했다. 그는 남이 듣기라도 할까봐 낮은 목소리로 물었다.

"왜 그러십니까? 혹 무슨 볼일이라도?"

바로 똑같이 낮은 음성의 응답이 되돌아왔다.

"문을 좀 열어 주세요. 그쪽 방문이 잠겨 있어요."

"잠깐 기다려요." 카를이 대답했다. "우선 옷을 입어야겠어요." 잠시 사이를 두고 또 말소리가 들려왔다.

"그럴 필요 없어요. 문을 열고 바로 침대로 들어가세요. 제가 잠시 기다리겠어요."

"좋습니다." 카를은 그녀의 말대로 했다. 그리고는 전등을 켰을 뿐이었다.

"이제 됐습니다." 그는 약간 소리를 높여 말했다. 말이 떨어지자마자 어두운 방에서 타이피스트가 나왔다. 사무실에 있을 때와 똑같은 옷차림을 하고 있었다. 아마 그 후 잠자리에 들려고 하지 않았던 것이리라.

"정말 미안해요." 그녀는 몸을 앞으로 굽힌 자세로 카를의 머리맡에 섰다.

"부탁이 있어요. 제발 저를 실망시키지 말아 주세요. 오래 있지 않을 거예요. 당신이 몹시 지쳐 있다는 것을 알고 있거든요."

"괜찮습니다. 전 그다지 피곤하지 않으니 염려 마세요." 카를이 대꾸했다. 그리고 말을 이었다. "역시 옷을 입을 걸 그랬어요." 그는 몸을 쭉 뻗고 누운 채 목까지 홑이불을 끄집어 올렸다. 잠옷이 없었기 때문이다.

"그럼 잠시만 폐를 끼치겠어요." 하고 말한 그녀는 의자를 당겼다. "그 소파 곁에 앉아도 괜찮겠죠?"

카를은 고개만 끄덕였다. 그녀가 소파에 달라붙듯이 가까이 자리 잡았기 때문에 카를이 그녀의 얼굴을 보려면 벽 쪽으로 몸을 움직이지 않으면 안 되었다. 그녀의 얼굴은 둥글고 균형 잡힌 예쁜 얼굴이었다. 이마가 특히 넓었다. 그러나 그녀에게 어울리지 않는 머리 모양 때문인 듯도 했다. 옷은 깨끗했으며 빈틈없이 손질이 잘 되어 있었다. 손에는 손수건을 쥐고 있었다.

"이곳에서 자리를 잡을 생각이에요?" 하고 그녀가 물었다.

"아직 결정되진 않았지만……. 이곳에 눌러앉을 생각입니다." 하고 카를이 말을 계속했다.

"그래요? 그렇게 해 주셨으면 좋겠어요." 그녀는 손수건으로 얼굴을 문질렀다. "저는 여기선 외로운 몸이에요."

"이상하군요." 카를이 말했다. "그럼 지배인님이 당신의 친척이 아니신가요? 당신한테 퍽 친절히 대해 주시던데……. 제가 보기엔 전혀 남과 같지 않던데요? 전 틀림없이 친척일 거라고 생각하고 있었습니다."

아메리카

"아니에요. 완전한 남이에요." 그녀는 말을 이었다.

"제 이름은 테레사 베르히톨트이고 포메른 지방 출신이에요."

카를도 자신을 소개했다. 그녀는 카를의 이름을 듣더니 갑자기 그가 자신과는 관계가 먼 사람처럼 생각됐는지 비로소 정면에서 그의 얼굴을 뚫어지게 바라보았다. 두 사람은 한동안 말없이 서로 얼굴을 바라보기만 했다. 이윽고 그녀가 먼저 입을 열었다.

"저를 배은망덕한 사람이라고 생각하지는 마세요. 저는 지배인님께서 돌봐 주시지 않았더라면 매우 처량한 신세가 되었을 거라고 생각하고 있어요. 전 원래 이 호텔의 주방 보조였는데 사소한 일로 하마터면 쫓겨날 뻔했었어요. 전 고된 일을 못하거든요. 이 호텔에서는 고용인한테 요구하는 것이 많아요. 한 달 전에도 주방 보조하나가 과로 때문에 쓰러져서 이 주일 동안이나 입원했던 일도 있었어요. 전 몸이 약하거든요. 어렸을 때는 많이 앓았어요. 그래서 발육이 늦었죠. 어때요, 제가 열여덟으로 보이진 않죠? 그래도 요즈음 튼튼해진 편이에요. 날이 갈수록 건강해지는 것 같아요."

"이곳 일이 고될 거라고 생각합니다. 방금도 엘리베이터 보이가 졸고 있는 것을 보았거든요." 카를이 말했다.

"그렇지만 엘리베이터 보이는 편한 편이에요." 그녀는 말을 계속했다. "그래도 그 애는 손님들한테서 팁을 많이 받거든요. 그래서 돈도 꽤 모았어요. 그리고 그 일이 아무리 고되다고 해도 주방에서 일하는 사람들과는 비교할 수는 없어요. 격이 다르거든요. 그렇지만 저는 운이 좋았어요. 어느 땐가 지배인님께서 하녀 하나가 필요했던 적이 있었어요. 그때 주방장 일을 거들게 됐어요. 이 호텔에는 저와 같은 여종업원이 오십여 명이나 있어요. 그런데 우연히 제가 그 일을 맡게 되었던 거예요. 제가 냅킨 준비를 잘 했기에 지배인님은 몹시 만족하셨던 것 같았어요. 전 원래 냅킨을 접는 데는 자신이 있었거든요. 지금은 그분 비서 일을 보고 있어요. 전 그간 많은 것을 공부했답니다."

"여기에서 편지를 쓰는 일이 그렇게 많은가요?" 하고 카를이 물었다.

"예, 꽤 많아요." 그녀가 대답했다. "얼마나 많은지 당신은 상상도 못할 거예요. 당신은 사무실에서 제가 밤 열한 시 반까지 일하고 있는 것을 보셨지요? 오늘은 특별한 날이 아닌데도 그토록 바쁜 거예요. 물론 편지만 쓰는 게 아니에요. 시내에 나갈 일도 많아요."

"시내라니, 그게 어딥니까?" 하고 카를이 물었다.

"모르셨군요." 그녀가 말했다. "램시스예요."

"큰 도시인가요?" 하고 카를이 또 물었다.

"그럼요. 굉장히 큰 도시예요." 그녀는 말을 이었다. "그런데 전 방에 돌아가고 싶지 않군요. 당신은 이제 주무셔야 하겠죠?"

"괜찮습니다." 카를이 말을 이었다. "그런데 저는 당신이 무슨 일로 제 방을 방문하셨는지 모르겠습니다."

"말동무가 없었기 때문이에요. 저는 수다스런 여자는 아녜요. 하지만 말동무가 한 사람도 없다고 생각해 보세요. 결국 누구든 자기 이야기를 들어 주는 상대가 생겼을 때 그것을 행복으로 생각하지 않을까요? 전 당신이 아래층 식당에 계실 때부터 보고 있었어요. 제가 마침 지배인님을 모시러 거기에 갔을 때 그분이 당신을 저장실로 데리고 가시던 때였어요."

"그 식당은 굉장하더군요."

"전 이제 대수롭게 생각하지 않아요. 제가 이야기하고 싶은 것은 다른 것이 아니라 지배인님께서 저를 어머니처럼 친절을 다해 보살펴 주신다는 거예요. 그렇지만 그분과 저의 지위는 너무 큰 차이가 있어요. 저는 그분과 자유롭게 이야기를 나눌 그런 신분이 아니거든요. 옛날에는 주방 하녀들 중에도 좋은 친구가 있었지요. 그런데 그들은 모두 이미 호텔을 그만두고 떠나 버렸어요. 새로 들어온 사람들과는 별로 어울린 적이 없어요. 가끔 저는 지금 하고 있는 일이 전에 하던 주방 일보다 더 어렵지 않은가, 주방 일을 할 때만큼 지금의 일을 잘 할 수 있는 능력이 없는 게 아닐까, 지배인님께서는 나를 가엾

191

게 여기서서 이 지위에 두시는 게 아닐까라는 생각을 할 때가 종종 있어요. 말하자면 훌륭한 비서가 되기 위해서는 더 많은 교육을 받았어야 하는 게 아닐까 하고 말이에요. 부탁이에요." 하고 그녀는 갑자기 말을 빨리 하며 카를의 어깨를 살며시 잡았다. "제가 지금 한 이야기는 지배인님께 절대로 해서는 안 돼요. 그렇지 않으면 제 입장이 난처해져요. 그분은 업무 때문에 걱정이 많으신데 이런 일로 그분에게 더 걱정을 끼치는 것은 그야말로 어리석기 짝이 없는 일이거든요."

"물론 그런 이야기는 절대로 하지 않겠습니다."

"그럼 됐어요." 하고 그녀가 말했다. "언제까지든 여기서 함께 일해요. 당신이 여기 계셔 주면 정말 기쁠 거예요. 당신만 좋으시다면 우리는 서로 의지하고 힘을 합칠 수 있을 것 같아요. 당신을 처음 봤을 때 전 첫눈에 믿음직한 사람으로 보였어요. 그렇지만, 정말 전 비뚤어진 사람이에요. 지배인님께서 당신을 저 대신 비서로 앉히고 저는 해고하지 않을까, 하고 불안했거든요. 당신이 아래층 사무실에 계시는 동안 저는 줄곧 제 방에서 홀로 우두커니 앉아 있다가 문득 당신이 제일을 맡아 한다면 저보다 일을 잘 처리할 수 있을 거라는 생각이 들었어요. 그리고 차라리 그렇게 되는 게 좋겠다고 생각하고 있었어요. 그리고 혹 당신이 시내에 나가는 일을 원치 않으신다면 그 일은 제가 계속 맡아 할 수도 있다고 생각했답니다. 그러나 한편으론 차라리 이 자리를 내주고 다시 주방에서 일하는 게 저로선 훨씬 낫지 않을까, 하는 생각도 했었지요. 이젠 건강도 회복되었으니 말이에요."

"그 이야기는 이미 결정됐습니다." 라고 카를은 분명히 말했다.

"저는 엘리베이터 보이 일을 맡기로 했어요. 그러니 당신은 비서 일을 그대로 계속하게 될 겁니다. 그러나 만약 당신이 지금의 그 계획을 지배인님께 조금이라도 비치는 일이 있을 경우엔 저는 유감스럽지만 당신이 지금 제게 말한 것을 남김없이 폭로하겠습니다."

그의 엄격한 어조에 테레사는 흥분하여 침대 곁에 엎드려 울면서 얼굴을 침구에 묻었다.

아 메 리 카

"전 절대로 말하지 않겠으니……." 카를이 거듭 말했다.

"당신도 어떤 말이든 해선 안 됩니다."

일이 여기까지 이르자 카를도 홑이불 밑에 그대로 뻣뻣이 누워 있기가 민망하게 되었다. 손을 뻗쳐 살며시 그녀의 팔을 쓸어 주었으나 뭐라고 위로의 말을 해야 좋을지 적당한 말이 떠오르지 않았다. 불쌍한 인생이라고 생각했을 뿐이었다.

이윽고 그녀는 자신이 눈물을 보인 것을 부끄럽게 생각할 수 있을 만큼 기분이 진정되었다. 그녀는 감사의 정이 듬뿍 담긴 눈으로 카를을 바라보면서 내일은 종일 편히 쉬라고 말하고 틈을 내어 여덟 시경에 올라와 카를을 깨워 주겠다고 약속했다.

"당신에겐 잠을 깨우는 특별한 재능이라도 있나요?"

"예, 그래요. 저에게도 한 가지 재주는 있답니다." 그녀는 이렇게 말하고 작별의 표시로 한 손으로 그의 홑이불을 가볍게 쓸고는 그녀 방으로 총총히 사라졌다.

이튿날 지배인이 하루 동안 램시스 거리를 구경하라고 시간을 내주었으나 카를은 당장 일을 시작하겠다고 고집을 부렸다. 그는 시내를 구경할 기회는 앞으로도 있을 것이므로 그때 하기로 하고 현재 자신에게 가장 중요한 것은 자기가 맡을 일을 잘하는 것뿐이라고 생각했던 것이다. 그리고 다른 목적으로 유럽에서 일자리를 얻어 일을 해본 적도 있었으나 장래성 측면에서 전망이 어두웠기 때문에 중도에 포기한 경험도 있었다. 적어도 유능한 소년이라면 지금쯤은 높은 지위에서 일을 할 나이인데도 자신은 이제야 엘리베이터 보이로 첫 출발을 하려는 것이다. 물론 자신이 보잘것없는 엘리베이터 보이부터 시작하는 것은 당연한 일이긴 하지만 이런 처지에서 시내 구경을 나간다 해도 조금도 즐겁지 않을 거라고 생각했다. 카를은 테레사가 권한 것처럼 지름길로 가려고도 생각하지 않았다. 그리고 자신이 미친 듯이 일하지 않더라도 적어도 들라마르샤나 로빈슨 이상의 신분은 될 수 있을 것이라는 자신감이 항상 있었던 것이다.

　호텔의 양복점에서 카를이 입을 엘리베이터 보이 제복을 입어 보던 날이었다. 그 제복은 겉보기엔 금단추와 금수실로 화려하게 장식되어 있었다. 그러나 입어 보니 참을성 많은 카를도 몸이 오싹할 만큼 기분이 언짢아졌다. 그 짤막한 윗저고리의 겨드랑이 근처가 차가운 데다 딱딱했으며, 더구나 전에 이 옷을 입은 사람들의 땀이 마르지 않은 채 흥건히 젖어 있었기 때문이다. 그리고 가봉을 위해 입어 본 제복의 품은 카를의 가슴 폭에 맞게 넓혀야 했다. 그곳에 널려 있는 열 벌 남짓한 제복들은 어느 것이고 카를의 몸에 맞는 것이 없었다. 카를이 팔도 넣을 수 없을 정도였기에 부득이 고쳐 입기로 했다.

　재봉사는 겉보기엔 꽤 꼼꼼한 사람으로 보였는데도 불구하고 엉성하기만 했고—그 증거로 손질을 마친 제복을 카를에게 건네주었으나 맞지 않아 두 번이나 카를이 재봉사 손에 다시 넘겨줘야 했을 정도였다—모든 손질이 오 분도 걸리지 않고 끝났다. 카를은 이 딱 달라붙은 바지와 가슴이 답답할 만큼 품이 작은 윗옷을 걸치고 엘리베이터 보이가 되어 양복점 문을 나섰다. 답답하리만큼 꽉 끼는 윗옷 때문에 숨을 계속 쉴 수 있는지 시험 삼아 심호흡을 해 보고 싶은 충동을 느끼면서…….

카를은 자신이 앞으로 명령을 받기로 되어 있는 웨이터장 앞으로 가서 인사를 했다. 웨이터장은 코가 크고 키가 훤칠한 미남이었으며 나이는 사십대 안팎으로 보였다. 그는 카를과 이야기를 나눌 틈도 없을 만큼 바빴다. 방울을 울려 엘리베이터 보이를 전화로 불러대는 것이 고작이었다.

방울 소리에 달려온 사람은 어젯밤 엘리베이터 안에서 졸고 있던 바로 그 소년이었다. 웨이터장은 소년을 자코모라는 세례명으로 불렀다. 이건 나중에 안 일이지만 영어로 성(姓)만 불러서는 누가 누군지 가릴 수 없었기 때문이다. 자코모는 엘리베이터 보이가 해야 할 근무사항을 카를에게 가르치라는 명령을 받았다. 그러나 그는 너무 내성적인 데다 서두르는 바람에 카를이 그에게서 배운 것이라곤 몇 가지뿐이었다. 그것도 태반은 그가 아닌 다른 사람한테서 배웠을 정도였다. 자코모는 카를에게 엘리베이터 보이 자리를 빼앗기고 객실 담당의 하녀 심부름꾼으로 쫓겨났기 때문에 분명히 불만을 품고 있었던 것이다. 그가 맡게 된 하녀의 심부름꾼 자리란 자신의 경험에 비추어(물론 그는 자신의 경험을 숨기고 있었지만) 불명예스러운 것이라고 느꼈다. 카를이 자기 일에 다소 실망을 느낀 것은 엘리베이터 보이는 단순히 스위치 눌러 엘리베이터를 조작할 뿐이고 이 기계장치의 수리는 호텔의 기계 담당자가 전담하고 있다는 점이었다. 결국 자코모는 반 년 동안이나 엘리베이터 보이로 근무했으나 지하실의 동력장치는 물론 엘리베이터 내부의 기계장치조차도 직접 본 적이 없으며, 그런 것들을 수리할 수만 있다면 얼마나 좋겠느냐고 스스로 말만 하고 있었던 것이다.

어쨌든 단조로운 일임에 틀림이 없었다. 더욱이 낮과 밤에 교대하는 열두 시간의 노동 때문에 자코모의 주장에 따르면 단 몇 분 동안이라도 서서 졸기라도 해야 겨우 버틸 수 있는 고된 근무라는 것이다. 카를은 그의 이런 주장에 아무 말도 하지는 않았으나 자코모가 이 자리를 잃은 것은 결국 그가 이런 요령을 피웠기 때문이라는 것을 충분히 알 수 있었다.

카를이 매우 다행으로 생각한 것은 그가 맡기로 된 엘리베이터는 맨 위층 전용이라서 까다로운 부유층 사람들을 상대하지 않아도 된다는 점이었다. 물론 그는 아직 여러 가지 일들을 속속들이 알 수는 없었지만 그저 첫 출발이 좋았다는 점에 만족하고 있었다.

처음 일주일을 넘기자 카를은 자신이 현재의 근무에 충분히 적응하고 견딜 수 있다는 자신을 얻었다. 그는 그가 담당한 엘리베이터의 놋쇠를 정성껏 닦아 번쩍번쩍 빛나게 만들었다. 그의 엘리베이터는 다른 서른 대의 엘리베이터와는 비교할 수 없을 만큼 깨끗했다. 만약 카를과 교대로 근무하고 있는 동료가 카를을 본받아 열심히 일했더라면, 또 그의 게으름을 카를의 성실함으로 때우려고 하지만 않았더라면 카를의 엘리베이터 놋쇠는 훨씬 더 빛났을 것임에 틀림없었다.

그 소년은 레넬이란 토박이 미국인으로 검은 눈동자와 매끄러운 볼에 예쁜 보조개를 지닌, 멋을 부리는 소년이었다. 그는 사치스러운 사복 한 벌을 가지고 있었다. 비번인 날 밤에는 그 옷으로 갈아입고 향수를 뿌리고 시내로 나갔다. 때로는 집안 형편으로 부득이 외출하지 않으면 안 된다는 말로 카를에게 밤 근무를 부탁하기도 했다. 그의 옷차림이 그의 말과는 맞지 않다는 것을 뻔히 알면서도 카를은 전혀 개의치 않았다. 그런데도 불구하고 카를은 그가 마음에 들었다. 밤 외출을 나가기 전에 사복 차림으로 갈아입은 레넬이 아래층으로 내려와 엘리베이터 곁에 서 있는 그에게 다가서서 장갑 낀 손을 흔들어대며 거듭 변명과 사죄를 늘어놓고 복도를 걸어가는 모습을 보아도 그다지 언짢아하지 않았던 것이다. 어쨌든 카를은 이렇게라도 해서 그의 호감을 사고 싶었다. 고참 동료에 대해선 처음엔 이렇게 대하는 것이 당연하다고 생각은 했으나 그렇다고 이런 대리 근무를 습관처럼 해 주지는 않겠다고 생각했다. 장기간 엘리베이터를 타는 것만으로도 몹시 피곤했으며, 특히 밤에는 오르내리는 손님들이 끊이지 않았기 때문이기도 했다.

어느덧 카를은 엘리베이터 보이의 일반적인 근무 규칙인 짧은 인사법의 요령도 터득했다. 또 손님들이 주는 팁을 재빨리 받아 넣을 줄도 알게 됐다. 눈 깜짝할 사이에 팁을 조끼주머니 속으로 넣었기 때문에 큰돈인지 아니면 잔돈인지를 그의 표정만 보고서는 아무도 알 수 없었다.

여자 손님에겐 특별히 친절히 대했다. 여자들은 대개는 치맛자락, 모자, 장신구 등에 신경을 쓰느라고 남자들보단 느릿느릿 엘리베이터 안으로 들어서기가 일쑤였다. 그녀들의 뒤를 따라 천천히 그러나 가볍게 올라타면 되는 것이었다. 운전 중에는 눈에 띄지 않도록 등을 돌린 채 출입문에 바싹 붙어 섰다. 도착하는 순간 잽싸게 그리고 손님의 기분이 불쾌해지지 않게 문을 옆으로 젖힐 수 있도록 항상 엘리베이터의 문 손잡이에서 손을 떼지 않고 있었다. 그리고 운전 중에 흔치는 않았지만 무언가 묻고 싶은 것이 있어 그의 어깨를 가볍게 치는 손님이 있었다. 이런 경우 그는 마치 기다리고나 있었다는 듯이 잽싸게 몸을 돌려 큰소리로 대답을 했다.

그리고 이 호텔에는 엘리베이터가 많이 있으나, 극장이 끝났을 때나 역에 특급열차가 도착했을 경우는 위층에 손님을 내려놓자마자 숨 돌릴 틈도 없이 내려와서 아래층 손님을 태우지 않으면 안 될 만큼 분주했다. 이럴 때는 엘리베이터 안에 연결되어 있는 철사줄을 당겨 속도를 높일 수도 있었다. 물론 이것은 엘리베이터 보이들에게는 금지사항이었으며 실제로 위험하기도 했다. 카를은 승객이 있을 때는 절대하지 않았으나 위층에 손님을 올려 보내고 난 다음 아래층에서 다른 손님들이 대기하고 있을 경우엔 위험을 무릅쓰고 숙련된 선원처럼 구령에 맞춰 힘껏 줄을 당기곤 했다. 그는 다른 엘리베이터 보이들도 이 편법을 쓰고 있는 것을 알고 있었으며 동료들한테 자기 손님을 빼앗기고 싶지 않았던 것이다.

호텔의 장기 투숙객 가운데는—이 호텔엔 장기 투숙객이 많았다—이따금 미소를 띠며 카를을 자기네 엘리베이터 보이로 인정하고 있음을 보여 주었고, 카를 역시 이런 친근감에는 진지하게 그리고 기꺼이 응대했다. 때로는 손님들의 왕래가 뜸할 때 마침 투숙객이 방안에 잊고 온 소지품을 가지러 가는 것을 귀찮게 생각하고 주저하는 경우에는 그것을 대신 갖다 주기도 했다. 이런 경우 그는 혼자 엘리베이터를 타고 위층으로 올라갔다. 여태껏 한 번도 구경한 적이 없는, 진귀한 물건들로 꽉 들어찬 낯선 방안에 발을 들이고 듣지도 보지도 못한 화장비누, 향수, 치약의 독특한 향내를 맡으면서, 대개는 찾아 올 물건에 대해 애매한 설명만 들었을 뿐인데도 잽싸게 찾아 들고 서둘러 나오는 것이었다.

제법 큰 심부름을 부탁하는 경우도 있었다. 그런 심부름은 특정 하인이나 심부름을 전담하는 소년이 있어서 자전거나 오토바이로 그 업무를 처리하도록 되어 있기 때문에 자신은 맡을 수 없노라고 정중하게 거절하는 수밖에 없었지만, 다만 객실에서 식당이나 오락실로 가는 정도의 심부름은 형편이 허락하는 범위에서 몸을 아끼지 않고 성실히 일했다.

그는 하루에 열두 시간을 일했다. 사흘 동안은 오후 여섯 시에 그리고 다음 사흘 동안은 오전 여섯 시에 근무를 마쳤다. 일을 끝낼 때는 완전히 지쳐 있었기 때문에 다른 일을 생각할 겨를도 없이 곧장 침실로 향했다. 그의 침대는 엘리베이터 보이 공동 침실 안에 있었다. 지

아메리카

배인의 힘은 첫날밤에 카를이 생각했던 것처럼 절대적인 것은 아닌 것 같았다. 어쨌든 그녀는 카를을 위해 독방을 마련해 주려고 애써 주었는데, 그 결과 거의 그렇게 될 수도 있었다. 그러나 카를은 이 일 때문에 복잡한 상황이 자꾸 생김을 알게 됐다. 지배인이 이 일로 카를의 고참인, 매우 바쁜 웨이터장에게 전화를 걸어 이러쿵저러쿵 말하는 것을 보고는 단념했다. 그래서 그는 본래 자기는 그냥 획득한 특권을 누려서 다른 엘리베이터 보이들의 반감을 사고 싶진 않다고 말하고 자신의 이 생각이 진심임을 지배인이 알아듣도록 설득했다.

물론 공동 침실은 마음 편히 잘 수 있는 곳은 아니었다. 제각기 열두 시간을 근무한 후 휴식 시간을 식사, 수면, 오락, 부업 등에 할당하고 있었기 때문에 넓은 침실은 언제나 혼란 속에 있었다. 두서너 사람은 시끄러운 소리를 듣지 않으려고 귀밑까지 이불을 뒤집어쓰고 자고 있었다. 그러다가 주위의 소동에 잠이 깨고 화가 치밀어 고함을 치면 곤히 자던 다른 사람도 잠을 깨고 마는 것이었다. 그리고 이 방을 쓰는 사람 거의 전원이 담배를 피웠다. 그들은 모두 파이프를 갖고 있었다. 이것은 일종의 사치를 하는 것이리라. 카를도 하나 샀다. 처음엔 그리 탐탁스럽지 않으나 차차 이것을 좋아하게 되었다. 그러나 근무 중엔 절대로 금연이었기 때문에 누구나 침실에 와서야 담배를 피우는 게 당연한 일이었다. 결국 침대란 침대는 모조리 담배 연기에 싸여 있었을 뿐 아니라 심할 때는 모든 침대가 자욱한 연기로 덮여 있기도 했다.

그리고 대다수가 찬성하여 결정한 것으로 밤에는 침실의 한쪽 모서리에만 불을 켜기로 했던 당초의 결의는 도저히 실행 불가능이었다. 가령 이 결의가 그대로 실행되었다면 잠을 자려는 사람은 전체 침실의 반 이상을 차지하게 될 어둠 속에서—이 침실은 40개의 침대가 들어 있는 큰 방이었다—마음 놓고 수면을 취할 수가 있었을 것이다. 그렇지 않은 사람들은 밝은 곳에서 다이스나 카드놀이를 할 수도 있고 그 밖에 불빛이 필요한 일들을 처리할 수도 있었으리라. 또한 자고 싶은데 자신의 침대가 불빛이 비치는 곳에 있으면 어둠 속에 있는 빈 침대를 찾아 몸을 뉘었을 것이다. 빈 침대는 언제나 남아돌았으며 자기 침대를 남이 잠깐 썼다고 해서 불평하는 사람은 아무도 없었기 때문이다.

　그러나 이 결의가 제대로 지켜진 날은 한 번도 없었다. 이를테면 어둠을 이용해서 잠을 자다가도 문득 옆자리에 있는 사람과 침대 사이에 판자를 걸쳐 놓고 카드놀이를 하고 싶어 하는 사람이 많았다. 이런 경우 그들은 전등을 켰다. 옆에서 자던 사람들은 전등 불빛에 놀라 잠을 깨지 않을 수 없는 것이다. 일단 잠이 깨면 다시 잠을 청하려고 한동안 뒤척이다가 도저히 잠들 수 없겠다고 생각되면 마찬가지로 잠이 깬 옆자리의 소년과 뭐든 장난을 치기 시작하기 일쑤였다. 이렇게 되면 곳곳에서 파이프의 담배 연기가 뭉게뭉게 피어오른다. 물론 그들 중에도 이런 것엔 아랑곳없이 잠을 청하려고 노력하는 사람들이 몇 명 있었다. 카를도 대개의 경우 이 중의 한명이었다—이들은 머리를 베개 위에 얹는 것이 아니라 머리를 베개로 가리거나 베개 밑에 묻을 수밖에 없다—그러나 이것도 잠시였다. 옆자리에서 자던 사람이 근무를 하기 전에 시내에 나가 좀 즐기다 오고 싶은 생각에, 한밤중에 일어나 머리맡에 있는 세숫대야에 얼굴을 처박고 물방울을 튀기며 요란하게 세수를 할 때가 있다. 또 장화를 탁탁 차면서 신거나 발을 굴려 고쳐 신으며—거의 모든 사람이 미국식인데도 지나치게 볼이 좁은 장화를 신고 있었다—막상 출발할 때가 다 되어서 몸치장이 부족하다고 느끼고는 자고 있는 사람의 베개를 사정없이 들추어 보기도 하니, 이런 난장판에서 어느 누가 편안하게 잠을 잘 수 있겠는가. 이럴 경우 베개를 뒤집어쓰고 있던 사람은 눈을 뻔히 뜬 채 상대에게 달려들 틈을 노리고 있을 수밖에 없었던 것이다.

그런데 이 방의 소년들은 모두 스포츠맨이기도 했다. 젊고 튼튼했으며 운동할 기회만 있으면 결코 놓치지 않고 했다. 한밤중에 요란한 소동이 벌어져 눈을 번쩍 떠 보면 으레 침대 옆 마루에서 두 레슬러가 격투를 하고 있는 게 보통이었다. 눈을 떠 보면 전등 불빛 아래서 응원을 하느라고 저마다 침대에서 내의와 팬티 차림으로 일어나 관전에 열중하고 있는 것이었다. 언제였던가, 역시 심야의 복싱 경기를 하다가 한사람이 잠자고 있는 카를 위에 덮친 적이 있었다. 카를이 저도 모르게 눈을 뜨고 본 것은 소년의 코에서 흐르는 코피였다. 지혈할 틈도 없었다. 코피는 침구를 사정없이 물들였다.

카를은 다른 동료들과 어울리고 싶은 유혹과도 싸워야 했다. 두서너 시간만이라도 눈을 붙여 보려다 열두 시간을 그대로 낭비하고 마는 때도 더러 있었다. 어쨌든 그는 다른 동료들 모두가 인생에서 자기보다 앞선 만큼 오직 근면과 어느 정도의 금욕, 자제로 이것을 따라

가지 않으면 안 된다는 생각만이 기회 있을 때마다 다짐했다. 때문에 근무에 충실하기 위해선 충분한 수면이 무엇보다 필요한데도 지배인에게는 물론 테레사에게조차도 침실의 상황에 대해 불만을 말한 적이 없었다. 그것은 첫째는 동료 전원이 함께 괴로워하고 있지만 정식으로 항의하는 사람이 없었기 때문이며, 둘째는 침실에서의 고통은 그가 지배인한테서 감지덕지하고 맡은 엘리베이터 보이로서 필수적으로 겪어야 할 하나의 과정에 불과했기 때문이다.

아메리카

일주일에 한 번 교대가 있었다. 스물네 시간의 휴식을 얻을 수 있었다. 이때 카를은 그 여가의 일부를 쪼개어 지배인을 한두 차례 방문하기도 했으며 테레사와 구석진 의자나 복도, 혹은 가끔 그녀의 방안에서 짤막한 이야기를 나누기도 했다. 때로는 시내에 일을 보러 가는 그녀와 동행할 때도 있었다. 그녀가 맡은 일은 서둘러 마쳐야 하는 것들이 대부분이었기 때문에 카를은 그녀의 가방을 챙겨 들고 가까운 전철 정거장까지 함께 달리는 것이 보통이었다. 전철에 올라타면 기차는 아무런 저항도 하지 않는 생물처럼 달리다가 순식간에 목적지에 도착했다.

전철에서 내린 두 사람에게는 느릿느릿 움직이는 엘리베이터를 기다리는 시간마저 안타까웠다. 그래서 계단을 달려 올라가기도 했다. 그러면 별 모양으로 사방으로 뻗쳐 있는 도로와 그 도로가 모이는 광장이 나타났다. 이곳에선 온갖 방향에서 달려온 갖가지 차량들이 모여 있었고 저마다 사람들을 싣고 있었다.

카를은 테레사와 함께 서로 몸을 바짝 붙이고 사무소, 세탁소, 창고, 가게 등을 차례로 바쁘게 돌았다. 간단히 전화로 처리할 수 없는 일, 다시 말해서 그다지 까다롭지 않아도 되는 물품을 주문하거나 맘에 들지 않는 일에 대해 불만을 전하기 위해서였다. 이럴 때 테레사는 카를의 조력이 무시할 수 없을 만큼 중요하다는 걸 깨달았다. 그녀는 이제 카를 덕분에 지금까지 그랬던 것처럼 눈코 뜰 새 없이 바빠 정신을 차리지 못하는 장사꾼이 그녀의 말에 귀를 기울여 줄 때까지 안타깝게 기다리지 않아도 되었다. 카를은 으레 책상 옆으로 다가가 상대가 눈을 돌려 줄 때까지 손가락으로 책상을 계속 두들겼다. 그는 또 독특한 악센트로 쉽게 알아들을 수 있는 영어로 약간 높게 외치듯이 용건을 말하기도 했다. 또 어느 땐가는 오만한 상대를 겁내지 않고 널찍한 상점 깊숙한 곳까지 당당히 들어가 상대와 담판을 짓기도 했다. 그가 특별히 거만하거나 불손해서 그렇게 행동한 것은 아니었다. 어떤 저항에 부딪히는 경우라도 감수하며 상대를 존중했다. 그러나 그는 자신이 그렇게 하는 것을 상대가 시인하지 않을 수 없을 만큼 확고한 지위라는 것도 자각하고 있었다. 호텔 옥시덴틀은 그들이 가볍게 볼 수 없는 단골 거래처였기 때문이다. 테레사는 비록 거래한 경험은 많았지만 이런 도움이 필요했다.

"이럴 줄 알았으면 진작부터 함께 와 주었더라면 좋았을 텐데요." 그녀는 여러 차례 일이 손쉽게 풀리자 행복하게 웃으며 이렇게 말했다.

카를이 한 달 반 남짓 램시스에 머물고 있던 동안 테레사의 방에서 있었던 것은 겨우 세 번뿐이었다. 그녀의 방은 어느 방보다도 좁았으며 몇 안 되는 가구도 창가에 놓여 있을 뿐이었다. 그러나 카를은 그 공동 침실에서 겪은 체험 때문에 자신만의 조용한 방이 얼마나 가치가 있는지 잘 알고 있었다. 카를은 이런 생각을 테레사에게 이야기한 적은 없었으나 테레사는 카를이 자기 방을 매우 좋아한다는 것을 눈치 채고 있었다. 그녀는 그 앞에서 모든 것을 털어놓았다. 처음 카를이 방문했던 날 밤 이후 그녀는 뭐든 그에게 숨긴다는 것이 불가능했다.

아
메
리
카

그녀는 사생아였고, 아버지는 목수였다. 아버지가 먼저 가족들보다 한 발 앞서 미국으로 건너온 후 포메른에 있는 아내와 딸을 불러들였다. 그러나 그것으로 자기 의무를 다했다고 생각했는지, 아니면 부두에서 만난 말라빠진 마누라와 약한 딸에 대해 기대가 어긋났는지 이렇다 할 의논도 없이 캐나다로 훌쩍 떠나 버렸다. 남겨진 두 사람은 그 이후 편지는 고사하고 소식도 듣지 못했다. 하기야 이건 그다지 놀랄 만한 일도 아니었다. 모녀는 뉴욕 동부 지구의 빈민굴에서 숨어 사는 신세가 되어 찾을 수도 없었을 테니까.

언제였던가 카를이 그녀와 함께 창가에 서서 거리를 내려다보고 있을 때였다. 테레사는 자기 어머니의 죽음에 대해 이야기해 주었다. "어느 겨울 밤, 어머니와 저는, 당시 저는 다섯 살 정도였을 거예요. 각각 손에 보따리를 든 채 잠자리를 찾기 위해 거리를 급히 걸어가고 있었어요. 어머니는 처음엔 제 손을 꼭 잡고 끌어 주었어요. 그러나 때마침 몰아치는 눈보라 때문에 앞으로 걸어가는 것조차 쉽지 않았어요. 그러다가 어머니가 손의 감각을 잃어 제 손을 놓쳐 버렸어요.

저는 있는 힘을 다해 어머니 치마에 매달리지 않으면 안 되었어요. 저는 몇 번인가 쓰러졌으나 어머니는 걸음을 멈추지 않았어요. 마치 미친 사람처럼 말이에요. 뉴욕의 곧고 긴 거리의 처마 사이를 휩쓰는 눈보라가 어찌나 무서웠던지…… 카를은 아직 한 번도 뉴욕의 겨울을 겪어 보지 못했으니 잘 모를 거예요. 바람을 안고 거슬러 올라가면 몸이 날아갈 것 같았어요. 바람이 소용돌이치기도 하고 눈은 잠시도 뜰 수가 없어요. 숨 쉴 틈도 주지 않고 얼굴에 불어대는 매서운 바람 때문에 발을 내딛으려 해도 앞으로 나갈 수 없을 정도로 절망적이었어요. 이런 경우 어른보다는 어린아이가 유리해요. 어린애는 바람 밑을 빠져나가면서 다소나마 즐거워하기도 하는 법이거든요. 제가 그날 밤 어머니의 마음을 잘 알고 좀 더 현명하게 굴었더라면─당시 저는 너무나 어렸거든요─어머니가 그렇게 비참한 죽음을 당하지 않았을 것이라고 지금도 확신하고 있을 정도예요. 어머니는 그 무렵 이틀 동안이나 일자리를 얻지 못해서 수중엔 돈이 한 푼도 없었어요. 그날은 온종일 빵 한 조각도 먹지 못한 채 길거리에서 하루를 보냈어요. 우리 둘이 보자기에 싸서 들고 다니던, 아무짝에도 쓸모없는 누더기 보따리를, 미신 때문이었는지 어머니는 감히 버리지 못했어요. 어머니는 다음 날 어느 공사장에서 일을 맡을 예정이었어요. 그러나 그날 종일 어머니가 어떻게든 제가 알아들을 수 있도록 자꾸 말한 것을 종합해 보면 그 좋은 기회마저 놓치게 될 것이라고 괴로워했던 것 같아요. 왜냐하면 어머니는 거의 정신을 잃을 만큼 지쳐 있었고 그날 아침에도 길거리에서 많은 피를 토해 길 가는 사람들을 놀라게 했거든요. 어머니가 바랐던 단 하나의 애절한 소망은 어디든 따뜻한 곳을 찾아 몸을 쉬는 것뿐이었어요. 그러나 때마침 눈보라가 몰아치는 밤이어서 그런 장소를 찾는 것은 불가능했었죠. 어쨌든 급한 대로 아무 현관에라도 찾아 들어갔더라면 그 무서운 눈보라를 피할 순 있었어요. 그런대로 좀 쉴 수도 있었을 텐데……. 우리 모녀는 어느 현관에선가 문지기가 내쫓지 않는 것을 다행으로 여기고, 마치 얼음처럼 냉기가 감도는 좁은 복도를 지나 계단을 올라갔어요. 좁은 테라스를 빙 돌아 닥치는 대로 문을 노크했지요. 그런데도 처음에는 막상 상대가 얼굴을 내밀면 감히 부탁할 용기마저 잃고 마는 것이었어요. 그러다가 나중에는 상대가 문을 여는 순간 마구잡이로 부탁하기에 이르렀어요. 그 사이에도 어머니는 한 번인가 두 번 숨을 헐떡이면서 조용한 계단에 쥐 죽은 듯이 웅크리고 앉아서 저를 꽉 껴안은 채 끌어당겨서 제 입술에 피가 맺히도록 입을 맞추었어요. 그게 마지막 키스였다는 것을 나중에야 깨달은 저는 아무리 인간이 쓸모없는 벌레 같은 존재라곤 하지만 왜 그것을 알아차리지 못했을까, 하고 이해할 수 없었어요. 우리 모녀가 거쳐 온 몇몇 집에서 훈훈하지만 탁한 공기를 내보내기 위해 방문을 열어 놓고 있었어요. 무심코 안을 살펴보면 마치 불이 난 것처럼 연기와 입김이 가득했고, 그 속에서 누군가가 모습을 드러내거나 문턱에 나타나는 것이었어요. 그들은 우리 모녀를 보곤 뭐라고 한마디 무뚝뚝하게 내뱉거나 아니면 꿀 먹은 벙어리처럼 노려보기만 할 뿐이었어요. 우리는 그 시선 하나만으로도 그 집에선 그날 밤 잘 가망이 없다는 것을 알아차릴 수 있었답니다. 지금 생각해 보면 어머니가 기를 쓰고 쉴 곳을 찾아 헤맨 것은 두서너 시간뿐이었던 것 같아요. 물론 그날 밤 어머니는 때때로 발을 멈추고 숨을 돌리기 위해 쉬기도 했지만 날이 밝을 때까지 이리저리 헤매는 것을 멈추지 않았어요. 그러나 건물의 대문이나 현관문이 열려 있어 활기가 넘쳐흘렀고 도처에서 사람을 만날 기회가 있었는데도 자정이 지난 무렵부터 어머니는 아무에게도 말을 걸지 않았어요. 우리 모녀가 빠른 걸음으로 다닐 수 있었던 것은 우리가 그럴 만한 기운이 있어서가 아니었어요. 그야말로 온몸의 기운이란 기운은 다 냈기 때문이었어요. 우리는 달리고 있다고 생각했지만 실은 그저 느릿느릿 기어 다녔는지도 몰라요. 그날 밤 자정부터 새벽 다섯 시까지 우리 모녀가 더듬고 헤맸던 집이 스무 집이었는지, 겨우 두 집이었는지, 아니면 단 한 채뿐이었는지 그것도 저는 모르겠어요. 건물의 복도는 어떤 공간이든 유용해야 한다는 원칙으로 빈틈없이 설계되어 있어서 방향을 찾기가 쉽건 어렵건 이런 점과는 상관없이 만들어져 있거든요. 아마 우리는 밤새껏 같은 복도를 빙빙 맴돌고 있었던 것 같기도 해요. 지금도 희미하게 기억나는 것은 우리가 어떤 건물을 구석구석 돌아다녔었는데, 다시 그 문으로 다시 들어간 것 같기도 해요. 때로는 어머니 손에 붙잡혔고, 때로는 어머니 옷자락을 움켜쥐고 매달리면서도 아무런 위안의 말도 들을 수 없었다는 것이 그 당시 철없는 어린아이로선 도무지 납득할 수 없는 괴로움이기도 했어요. 철없는 저로서는 아무런 분별이 없이 그저 어머니가 저를 떼어놓고서 달아나려고 하는 거라고 판단할 수밖에 없었지요. 그래서 저는 어머니가 제 손을 잡고 있을 때도 더욱 억세게 어머니에게 매달렸고, 안전해지고 싶어서 다른 손으로는 어머니 치맛자락을 움켜쥔 채 이따금 울음을 터뜨리곤 했어요. 그 당시 어렸던 저는, 모습은 보이지 않았지만 우리 모녀를 뒤쫓아 저쪽 계단 모서리를 돌고 있던 사람들, 계단을 쿵쿵거리며 달려 올라가던 사람들, 방문 앞 복도에서 싸움을 벌이며 상대를 방 안으로 밀어 넣으려고 아우성치던 사람들, 그런 사람들 틈바구니에 홀로 남겨지는 것이 두려웠던 거예요. 그때 술 취한 사람들도 알아들을 수 없는 노래를 흥얼대며 건물 안을 헤매고 있었어요. 어머니는 제 팔을 끌고 그런 무리들이 막 한 덩어리로 엉키려는 사이를 뚫고 용케 빠져 나갔어요. 밤이 깊어지면 사람들의 경계심도 한결 풀어지고 자신의 권리를 낮처럼 무조건 고집하지 않기 때문에 그때 우리 모녀가 혹 고용인들이 세 들어 사는 공동 침실 가운데 어느 하나에 기어들 수도 있었지 않았을까, 하고 생각할 때가 있어요. 그러나 당시에 저는 아무 생각이 없었고 어머니는 휴식처를 구할 기력마저 잃고 있었던 거예요. 이튿날 아침 활짝 갠 맑은 햇살이 온 누리를 비칠 무렵 우리 모녀는 어떤 건물의 벽에 몸을 기대고 있었어요. 어쩌면 우리는 그 자리에서 눈을 뜬 채 자고 있었는지도 몰라요. 우리가 정신을 차렸을 때 어머니는 제가 보따리를 잃어버린 것을 알았어요. 어머니는 제 부주의를 벌하려고 절 때리려 했어요. 그러나 저는 때리는 소리도 듣지 못했고 맞았다는 감각도 느끼지 못했어요. 그러고 나서 어머니는 벽을 더듬으면서 차차 사람이 많이 다니기 시작한 골목길을 빠져나가 철교를 건넜어요. 어머니는 그때 다리의 난간에 내린 서리를 손으로

아
메
리
카

쓸다시피 했어요. 마침내 우리가 도착한 곳은 당시 저는 당연한 일로 받아들였는데 지금 생각해 보면 아무래도 이해가 가지 않아요. 다른 곳이 아니라 어머니한테 그날 아침에 오라고 말했다던 그 공사 현장이었던 거예요. 어머니는 제게 기다리라고도 떠나라고도 하지 않더군요. 저는 그것을 기다리라는 뜻으로 받아들였지요. 그래서 저는 벽돌 더미에 앉아서 어머니가 보따리를 풀어 얼룩덜룩한 누더기 조각을 꺼내 밤새 머리에 감고 있던 두건에다 두르는 것을 지켜보고 있었어요. 저는 너무나 지쳐 있어서 어머니를 도울 엄두도 내지 못했어요. 다른 때라면 현장 사무실에 들러 신고를 하고 일을 시작하는 것이 순서였지만 어머니는 그런 절차도 밟지 않고 누구에게 묻지도 않은 채 자기가 해야 할 일을 잘 알고 있는 것처럼 사다리를 타고 올라갔어요. 저는 공사장의 여자 인부는 으레 아래에서 석회를 물로 개거나 벽돌을 나르는, 간단한 일만 하는 줄 알고 있었기에 어머니의 행동을 보고 깜짝 놀랐어요. 그러나 저는 어머니가 오늘은 임금이 많은 일을 하려는가 보다 생각했죠. 잔뜩 졸린 눈으로 어머니를 바라보며 미소를 보내고 있었어요. 건물은 아직 높이 올라가지 않았고 겨우 일 층만이 완공 단계에 있었죠. 그래도 앞으로의 작업에 대비해서 발판을 짜는 높은 지주가 아직 널빤지는 걸치지 않은 채 하늘 높이 솟아 있었어요. 위로 올라간 어머니는 벽돌을 쌓고 있는 미장이 옆을 교묘하게 빠져나갔어요. 그때 왜 미장이들이 어머니에게 이곳에서 뭐하는 거냐고 묻지 않았는지 지금도 모르겠어요. 어머니는 조심스럽게 우아한 손놀림으로 난간 대용으로 쓰이는 널빤지를 붙잡았어요. 저

210

는 아래에서 졸린 눈이긴 했지만 어머니의 그 능숙한 솜씨를 넋을 잃고 올려다보고 있었어요. 어머니도 제게 인자한 눈길을 보내고 있는 것 같았어요. 어머니는 그대로 앞으로 걸어가 벽돌 더미로 다가갔어요. 그러나 바로 그 벽돌 더미에서 난간은 끝이 나 있었고, 아마 발판도 거기에서 끝이었을 거예요. 그러나 어머니는 아랑곳하지 않고 난간에 의지할 것도 없이 벽돌 더미를 향해 전진했어요. 어머니의 능숙한 솜씨도 아마 거기서 끝났던 것 같아요. 어머니는 벽돌 더미를 무너뜨리면서 앞으로 넘어져 높은 발판 위에서 그대로 땅으로 떨어져버렸어요. 어머니에 대한 마지막 기억은 어머니가 포메른에서 갖고 온 바둑판 무늬의 치마 차림으로 두 다리를 벌린 채 쓰러져 있던 모습이에요. 또 그 위에 결이 거친 판자가 덮쳤고, 그러자 사방팔방에서 사람들이 달려왔고, 건물 위에선 누군가 격앙된 목소리로 아래를 향해 소리를 지르던 광경이에요."

아
메
리
카

테레사가 이 이야기를 마쳤을 때는 이미 밤이었다. 그녀는 평소의 그녀답지 않게 자세하게 이야기했다. 특히 그녀는 하늘을 찌를 듯 솟아 있던 발판의 지주를 묘사할 땐 그게 직접적으로 어머니의 죽음과 관계가 없었는데도 눈에 눈물을 글썽이면서 한동안 말을 잇지 못하는 것이었다. 그녀는 십 년 후인 지금까지도 당시의 사건을 하나도 빼놓지 않고 정확히 기억하고 있었다. 그리고 완공되지 않았던 이층 건물 위에 서 있던 어머니의 모습이 생존 시의 마지막 모습이었지만, 카를한테 생생하게 전할 수 없었기 때문에 이야기를 마친 그녀는 또 한 번 그 대목으로 되돌아가려 했다. 그러나 목이 메어 말도 못하고 두 손으로 얼굴을 가린 채 눈물만 흘렸다.

반면 테레사의 방에서 즐거운 시간을 보낸 적도 있었다. 카를이 처음으로 그녀의 방을 방문했을 때 그는 그녀의 책상에 상업통신 교본(敎本)이 놓여 있는 것을 보고 그녀의 양해를 얻어 빌려 왔다. 그때 카를이 교본의 연습문제를 풀어 테레사에게 보여 주면 이미 교본을 가지고 자신의 업무를 처리하는 데 필요한 공부를 마친 테레사가 해답을 검토해 준다는 약속도 되어 있었다. 그래서 카를은 밤새 솜으로 귀를 틀어막고 자기 침대에 누워 교본을 펴고 연습문제의 해답을 만년필로 수첩에 적어 나갔다. 그 만년필은 지배인이 재고품 정리를 했을 때 선물로 준 것이었다.

그는 다른 동료가 방해를 할 때면 도리어 그들에게 계속 영어로 질문을 해서 그들이 이 질문 공세에 손을 들고 방해하지 않게 될 때까지 만드는 방법을 써서 그들의 방해를 자기에게 유리하게 전환시킬 수 있었다. 그는 다른 동료들이 자신들의 현재 위치에 만족해서 그들 자신의 인격이 미완성이고 지위도 일시적이라는 것을 — 엘리베이터 보이는 스무 살까지로 제한되어 있었다 — 조금도 자각하지 못하고 있다는 사실, 그리고 장래의 직업을 선택할 필요성조차도 느끼지 못할뿐더러 겨우 읽는다는 것이 침대에서 침대로 건네지는 더럽고 다 떨어진 탐정소설 따위가 고작이라는 사실을 보고 아연해질 수밖에 없었다.

둘이 한자리에 앉아 답안지를 검토할 때면 테레사는 놀랄 만큼 자세하게 정정해 주었다. 두 사람의 견해에 차이가 있는 경우는 카를은 뉴욕의 그 위대한 교수의 의견을 증거로 내세웠다. 그러나 테레사에게는 교수의 의견도 마치 다른 동료 엘리베이터 보이들의 문법적 의견처럼 거의 무시되었다.

그녀는 카를의 손에서 만년필을 빼앗다시피 가로챈 다음 자신이 오답이라고 확신하고 있는 부분에 굵직하게 줄을 그어 버림으로써 테레사보다 더 권위 있는 스승에게 문제가 되는 부분을 보일 기회를 없애 버렸다. 가끔 지배인이 와서 납득이 갈 만한 논거도 제시하지 않고 무조건 테레사에게 유리한 판정을 내리는 것이 고작이었다. 물론 테레사가 그녀의 비서였기 때문이다. 그러나 그와 동시에 지배인은 둘 사이를 화해시켜 주려고 마음을 쓰기도 했다. 그녀가 자리를 마련하거나 차를 끓이기도 하고, 때로는 유럽의 비스킷을 주기도 했다. 이렇게 되면 카를은 유럽 이야기를 하지 않을 수 없었다. 그의 이야기는 물론 몇 번이고 지배인의 질문과 감탄 탓에 중단되었다. 그러나 지배인의 질문에 대답하면서 카를은 유럽에서 비교적 짧은 기간에 얼마나 많은 것이 근본적으로 변했는지, 또한 그가 유럽을 떠난 후 오늘까지 얼마나 많은 것들이 바뀌었으며 또 지금도 쉬지 않고 바뀌고 있을 것인가를 새삼스레 깨달을 수 있었다.

카를이 램시스에 자리를 잡은 지 한 달 남짓 됐을 무렵이었다. 어느 날 밤 레넬이 하는 말이 호텔 앞에서 들라마르샤란 사내가 카를 이야기를 묻더라는 것이었다. 그래서 레넬로서는 특별히 비밀로 할 것도 없다고 생각해서 카를이 현재는 비록 호텔의 엘리베이터 보이로 있긴 하지만 언젠가는 지배인의 도움으로 더 좋은 자리를 구할 수 있을

아메리카

213

것이라고 숨김없이 말했다는 것이다. 카를은 들라마르샤가 그날 밤 레넬을 저녁식사에 초대한 걸 보고 그를 매수할 일을 꾸미고 있다는 것을 알아차렸다.

"난 이제 들라마르샤와 아무런 관계가 없어." 카를이 말했다. "그리고 자네도 그 남자를 조심해야 할 거야."

"나 말이야?" 하고 레넬은 두 팔을 벌리고 어깨를 추켜세워 보이더니 서둘러 자리를 피해 버렸다. 그는 호텔에서 제일 잘 생긴 소년이었다. 누가 발설했는지 알 수 없지만 동료들 사이에서는 그가 이 호텔에 장기 투숙하고 있는 어느 귀부인으로부터 엘리베이터 안에서 열렬한 키스 세례를 받았다는 소문이 떠돌고 있었다. 겉보기엔 점잖아서 그런 짓을 할 것 같지 않은 이 자존심 강한 귀부인이 얇은 베일을 몸에 두르고 허리는 코르셋으로 날씬하게 죄어 매고 침착하게 곁을 스치고 지나가는 모습은 이 소문을 알고 있는 사람들에겐 커다란 매력이었다.

그녀는 이층에 묵고 있었다. 레넬의 엘리베이터는 그녀가 이용하는 엘리베이터가 아니었다. 그러나 한 엘리베이터가 만원일 경우 손님이 다른 엘리베이터를 타는 것을 거절할 수 없었다. 그래서 그 귀부인은 이따금 카를과 레넬이 담당하는 엘리베이터에 타는 일이 있었는데, 따지고 보면 귀부인이 이 엘리베이터를 타는 것은 레넬이 근무할 때만 있었다. 우연이었을지도 모르지만 아무도 그렇게 믿지 않았다. 혹 엘리베이터가 단 두 사람만을 태우고 올라갈 때는 이를 지켜보는 동료들 사이에는 누를 길 없는 마음의 동요가 일어나 근무에 지장이 생길 정도였다. 웨이터장이 이를 진정시키기 위해 달려가야 했던 일도 있었다. 그 귀부인의 행동이 원인이 됐든 아니면 뜬소문이 원인이 됐든 간에 어쨌든 레넬이 갑자기 달라진 것만은 사실이었다. 레넬은 전보다 훨씬 자부심이 강해졌으며, 엘리베이터를 청소하고 닦는 일은 카를에게 맡겨 버렸고 침실에선 전혀 그의 모습을 찾을 수 없게까지 되었다. 카를은 이 문제로 철저한 단판을 벌여야겠다고 벼르고 있었다. 엘리베이터 보이치고 레넬처럼 공동 생활에서 완전히 이탈한 자는 여태껏 없었다. 대개의 경우 엘리베이터 보이들은 근무상의 문제에 관해 모두 단결해서 잘 처리해 나가고 있었으며, 호텔 간부가 인정하는 자체 조직을 갖고 있었던 것이다.

일이 이렇게 된 경위를 곰곰이 생각해 보니 카를은 역시 들라마르 샤를 떠올릴 수밖에 없었다. 어쨌든 근무만은 평소와 다름없이 수행하고 있었다. 그러던 중 전에도 종종 대수로운 건 아니지만 간단한 선물을 가지고 불쑥 나타나 그를 놀라게 하던 테레사가 이번엔 큼직한 사과 하나와 널찍한 초콜릿을 들고 찾아왔기 때문에 기분이 매우 좋아졌다. 두 사람은 엘리베이터 운전 때문에 대화가 끊기는 것도 아랑곳하지 않고 한동안 즐겁게 이야기를 나누었다. 들라마르샤도 화제가 되었다. 카를은 자기가 최근 들라마르샤를 위험 인물로 보게 된 것은 테레사의 영향이라는 것을 깨달았다. 카를의 이야기를 들은 테레사가 들라마르샤를 나쁜 인간으로 보게 되었음은 당연했다. 하지만 카를은 들라마르샤를 불우한 환경 때문에 신세를 망치긴 했으나 다루기 쉬운 부랑자 정도로만 생각하고 있었다.

그러나 테레사는 카를의 이런 견해를 강하게 반박하면서 들라마르샤와는 결코 말도 하지 않겠다는 약속을 하라고 나섰다. 카를은 그런 약속은 하지 않고 시간이 벌써 자정을 넘었으니 어서 자러 가라고 재촉했다. 그래도 그녀가 거부하자 그는 근무 장소를 이탈하고서라도 침실까지 그녀를 데려다 주겠다는 말로 위협했다. 결국 그녀가 자리를 뜨려고 했을 때 그는 말했다. "테레사, 어째서 그런 하찮은 일에 마음을 쓰는 거요. 만약 테레사가 내 말 한마디로 편히 잘 수 있다면 기꺼이 약속하겠어요. 부득이한 경우 외에는 들라마르샤와 말을 하지 않겠다고 말이에요."

그때부터 엘리베이터가 바빠졌다. 옆 엘리베이터를 담당하던 소년이 다른 용무로 자리를 비웠기 때문에 카를이 두 엘리베이터를 맡아야 했던 것이다. 혼잡해지자 짜증을 내고 불만을 터뜨리는 손님도 있었다. 부인을 동반한 어떤 신사는 재촉하느라고 단장을 들어 카를을 가볍게 밀기까지 했다. 손님들은 그쪽 엘리베이터에 담당 소년이 없는 것을 알면 이쪽으로 와 주었으면 좋으련만 그렇게 하지 않았다. 담당 소년이 있든 없든 아랑곳없이 그 엘리베이터로 다가가 손잡이를 잡고 서 있거나 또는 멋대로 엘리베이터 문을 열고 안으로 들어서기도 하는 것이었다. 이 행위는 근무 중 가장 엄격한 규정 위반으로 엘리베이터 보이가 적극적으로 막고 나서야만 했다. 이 같은 혼란으로 카를은 몹시 고되고 신경을 써야 하는 상황에서 근무를 계속했다. 그는 자신이 스스로의 의무를 어김없이 수행하고 있는지도 알 수 없을 정도였다. 이런 북새통에 새벽 세 시가 되었다. 그때 좀 알고 지내던 나이 많은 짐꾼이 도와달라고 부탁해 왔다. 그러나 카를은 그의 부탁을 받아들일 여지가 전혀 없었다. 마침 두 개의 엘리베이터 앞에 손님들이 기다리고 있었기 때문이었다. 그는 자기를 기다리는 손님들을 위해 짐꾼의 청을 거절했다.

짐꾼의 곁을 떠나는 데는 용기와 침착성이 필요했다. 그래서 그때 그 엘리베이터 담당 소년이 다시 나타난 것은 카를에겐 여간 다행한 일이 아니었다. 카를은 상대 소년에게 아무런 이유 없이 오래 자리를 비운 것을 나무라는 두서너 마디의 말을 던졌다.

새벽 네 시가 지나자 좀 한가해졌다. 카를에겐 휴식이 절대적으로 필요했다. 그는 엘리베이터의 옆 난간에 나른한 몸을 기댄 채 천천히 사과를 씹었다. 크게 한 입 물자 강한 사과 향기가 물씬 풍겼다. 통풍구를 통해 아래를 내려다보자 식료품 저장실의 커다란 창문이 눈에 띄었다. 그 창 건너편의 어둑한 구석으로 탐스러운 바나나 송이들이 희미하게 보였다.

# 로빈슨 사건

바로 그때 누군가가 그의 어깨를 툭 쳤다. 카를은 틀림없이 손님일 거라고 생각하고 얼른 사과를 호주머니 속에 쑤셔 넣었다. 그러고 나서 상대를 돌아보지도 않고 허겁지겁 엘리베이터로 달려갔다.

그때 "안녕, 로스만." 하고 그 상대가 말했다. "나야, 로빈슨이야."

"많이 변했군!" 하고 말한 카를은 머리를 흔들었다.

"그야 물론일세. 만사가 잘 되니 그럴 수밖에." 하고 말한 로빈슨은 자기 몸차림을 훑어보았다. 그의 양복은 꽤 고급 옷감으로 만들기는 했으나 이것저것 뒤섞인 옷감으로 만들어진 언뜻 보아도 천박한 느낌이었다. 그의 차림 가운데에서 유별나게 눈을 끄는 것은 분명히 오늘 처음 입은 것 같은, 가는 검정 테두리가 있는 하얀 조끼였다. 로빈슨은 부자연스럽게 가슴을 펴고 상대의 관심을 끌려 했다.

"꽤 고급 양복을 입고 있군." 카를은 이렇게 말하면서 문득 자신의 그 멋진 양복을 생각해 보았다. 그 양복은 입는다면 레넬과 비교해도 조금도 손색이 없을 텐데 나쁜 두 사람이 팔아먹지 않았던가.

"암." 로빈슨이 말했다. "거의 날마다 이것저것 사 모으고 있거든. 어때 이 조끼, 괜찮지?"

"정말, 좋은데." 하고 카를은 대꾸했다.

"실은 말이네, 이건 호주머니가 아닐세. 테를 둘러 호주머니처럼 보이게 만들었을 뿐이라네." 로빈슨은 확인이라도 하라는 듯 카를의 손목을 잡아끌었다. 그러나 카를은 뒷걸음질쳤다. 로빈슨의 입에서 견딜 수 없는 강한 브랜디 냄새가 뿜어 나왔기 때문이었다.

"역시 잔뜩 퍼 마셨군." 하고 카를은 말하면서 되돌아와 난간에 기댔다.

"아니야. 그렇지 않아." 로빈슨이 말했다.

그러고는 조금 전의 의기양양하던 모습과는 달리 이렇게 덧붙였다.

"하지만 이 세상에서 술을 빼면 무슨 재미가 있겠나."

카를은 손님이 있어 엘리베이터를 운전해야 했기 때문에 잠시 대화가 중단되었다. 그리고 카를이 다시 맨 아래층으로 내려오자 그에게 전화가 걸려 왔다. 칠층에 투숙 중인 어떤 부인이 실신했으니 호텔 전속 의사를 모시고 오라는 전갈이었다. 카를은 의사를 모시러 가면서 로빈슨이 그 사이에 떠나 주었으면 하고 마음속으로 기대했다. 로빈슨 같은 위인과 한자리에 서 있는 모습을 남에게 보이고 싶지 않았기 때문이다. 아울러 테레사의 충고도 생각났고 들라마르샤 소식을 듣고 싶지 않았다. 그러나 그의 기대와는 달리 로빈슨은 술꾼 특유의 거만한 자세로 그를 기다리고 있었다. 때마침 검정 프록코트와 실크해트 차림의 간부 한 사람이 지나갔으나 다행히 로빈슨을 보지 못한 것 같았다.

"어때, 로스만 군, 우리들과 함께 일하고 싶지 않나? 우리는 지금 멋진 생활을 하고 있어." 로빈슨은 이렇게 말하며 유혹하는 눈으로 카를을 바라보았다.

"나를 초청하는 게 당신이야, 아니면 들라마르샤야. 어느 쪽이야?" 하고 카를이 물었다.

"나와 들라마르샤 두 사람이야. 그 점에 관해선 우리 둘의 의견이 일치하고 있지."

"그럼 당신에게 분명히 말하겠어. 그리고 들라마르샤에겐 내 말을 그대로 전해 주면 좋겠어. 우리가 헤어진 건 그 자체가 분명하지 못한 점이 없진 않지만 완전히 결별한 거야. 당신들 두 사람은 내게 지나친 고통을 주었거든. 설마 당신들이 이제부터 나를 도와주려고 생각하고 있다는 말은 아니겠지? 그렇지?"

"우리는 동료가 아닌가." 로빈슨이 말했다. 주정뱅이의 역겨운 눈물을 흘리면서 그는 말을 이었다. "들라마르샤가 자네에게 잘못을 보상하고 싶다는 말을 전해 달라고 했어. 우리는 지금 브루넬다란 여자와 같이 살고 있어. 정말 멋진 가수야."

그리고 그는 그 말끝을 이어 큰소리로 노래를 부르려 했다.

카를은 틈을 주지 않고 쉿! 하고 제지했다. "조용히 해. 잠깐만, 당신은 때와 장소를 분별 못하는군."

"로스만." 로빈슨은 목청을 돋우어 한 곡조 뽑으려다 호된 질책을 받자 몹시 당황하면서 말했다. "자네가 뭐라고 하든 자네는 내 친구야. 그건 그렇고, 자넨 여기서 꽤 높은 지위에 있나 본데 내게 돈 좀 빌려줄 수 없겠어?"

"당신은 빌린 돈으로 술을 마시려는 거겠지. 당신 생각은 술뿐이니까." 카를은 이렇게 말하고 다시 말을 이었다.

"지금도 당신 호주머니에는 브랜디 병이 고개를 내밀고 있어. 틀림없이 당신은 내가 자리를 떴을 때 그 사이를 참지 못하고 마셨을 거야. 왜냐하면 당신을 처음 봤을 땐 그래도 정신이 말짱한 편이었는데……."

"그야, 내 버릇이 그런 걸 어떻게 하란 말인가. 난 어느 경우이건 그렇게 해서 기운을 차릴 뿐이야." 로빈슨은 변명에 가까운 말을 했다.

"난 당신한테 손들었어." 하고 카를이 대답했다.

"그건 그렇다 치고 돈은 어떻게 하겠나?" 로빈슨은 눈을 부릅뜨고 말했다.

"당신은 틀림없이 들라마르샤한테서 돈을 얻어 오라는 부탁을 받았을 거야. 좋아, 돈은 주지. 그러나 한 가지 조건이 있어. 바로 여기에서 나가 줘. 그리고 두 번 다시 찾아오지 마. 나한테 전하고 싶은 이야기가 있으면 편지로 해. '호텔 옥시덴틀 내 엘리베이터 담당 카를 로스만 앞' 이렇게 쓰면 돼. 거듭 말하지만 두 번 다시 나를 찾아오지 마. 난 여기 종업원이야. 그러니 방문객을 만날 여가도 없어.

어때, 내가 제시한 조건을 수락하고 돈을 받겠어?" 카를은 다짐하고 조끼 호주머니에 손을 넣었다. 오늘 밤 벌어들인 팁을 다 줄 각오였던 것이다.

로빈슨은 그의 다짐에 고개만 끄덕였을 뿐 숨을 몰아쉬고 있었다.

카를은 그의 이런 거동을 속임수로 알고 거듭 다짐을 받았다.

"좋아, 아니야, 분명히 말해."

그러자 로빈슨은 대답 대신 카를더러 가까이 오라는 손짓을 하면서 헛구역질을 계속하며 말했다.

"로스만, 왠지 속이 몹시 좋지 않아."

"제기랄!" 카를은 저도 모르게 소리치곤 두 팔로 로빈슨은 난간으로 끌고 갔다. 그 순간 로빈슨의 입에서 토해 나온 오물이 통기구 바닥으로 떨어졌다. 로빈슨은 어찌할 바를 모르면서 토하는 틈틈이 마치 장님이나 된 사람처럼 카를에게 비틀비틀 쓰러지면서 "넌 좋은 소년이야, 정말 좋은 애야." 라든가, 아직 전혀 괜찮아 보이지 않는데도 "이제 됐네. 이제 괜찮아." 또는 "제기랄, 그 녀석은 나빠. 술집에서 내게 독주를 마시게 했어."라면서 넋두리를 퍼붓고 있었다.

카를은 불안과 역겨움으로 더는 그의 곁에 서 있을 수가 없어 왔다 갔다 하기 시작했다. 다행히도 그곳은 엘리베이터 옆의 구석진 곳이어서 로빈슨의 그런 추태가 사람들 눈에 띄지는 않았다. 그러나 만약 손님 가운데 누구든, 예를 들어 카를을 찾는 호텔의 간부든, 시비를 걸려고 벼르며 기회만을 노리고 있는 저 신경질 많고 돈 많은 손님이든 이 장면을 목격한다면 그땐 어떤 일이 벌어질 것인지…… 정말

아찔한 순간이었다. 틀림없이 호텔의 간부는 손님의 불평을 듣고 화가 나서 호텔의 모든 종업원한테 분풀이를 할 것이다. 그리고 혹 호텔 안의 정탐꾼이 이 광경을 볼지도 모른다. 정탐꾼은 자꾸 교체되기 때문에 호텔의 간부 외엔 어느 누구도 그 정체를 알 수 없었다. 그러니 만약 상대가 근시라서 두리번거리며 살피고 있다면 일단은 그를 정탐꾼으로 생각하는 게 상책이었다. 그리고 식당이 새벽까지 계속 야간 영업을 하기 때문에 누군가가 식료품 저장실에 들어갈 것은 뻔한 일이었다. 그럴 경우 통기구에 쌓인 오물을 발견하고 도대체 그 위에서 무슨 일이 벌어졌는가, 하고 전화 문의가 올 것은 분명하지 않은가. 그렇게 되었을 때 자기는 로빈슨을 모르는 사람이라고 잡아뗄 수가 있을까?

아메리카

설사 내가 부인한다 치더라도 우둔한 로빈슨은 사과하기는커녕 시종 나를 앞세울 것은 뻔하지 않은가. 어쨌든 엘리베이터 보이는 이 호텔의 많은 종업원의 서열로 따져 볼 때 최하위이다. 그런 지위에 있는 하찮은 자가 자기 친구라는 사람을 불러들여 호텔을 더럽힌 데다 투숙객을 놀라게 만들고 급기야는 호텔에서 나가게 만들었다는 것은 전대미문의 대사건일 것이다. 즉각 해고당할지도 모른다. 그런 친구를 사귀고 근무 시간에 방문하는 것을 태연히 허용하는 엘리베이터 보이를 과연 어느 누가 봐 줄 것인가?

그런 친구와 어울린 자기마저 주정뱅이가 아니면 아주 질이 나쁜 사람으로 취급할 것이다. 그뿐이랴. 이런 경우, 지금까지 호텔 식료품 저장실에서 남몰래 식료품을 훔쳐 친구들을 배 터지게 먹이고 끝내는 그 친구가 대담하게 호텔에 숨어들어와 로빈슨처럼 아무 데나 토하게 된 것이 아닌가, 하고 추측하는 것도 무리가 아닐 것이다. 더욱이 부주의한 것으로 보면 호텔 투숙객처럼 부주의한 사람도 없다. 투숙객이 다 그렇다는 것은 누구나 익히 알고 있지 않은가. 방안의 서랍을 열어 놓거나 탁자 위에 귀중품을 그냥 두기가 일쑤이다. 열쇠는 아무 곳이나 함부로 팽개쳐 놓는가 하면 보석 상자도 열어젖힌 채 두었다. 훔치려고 마음을 먹자면 얼마든지 가능성이 있는 것이다. 그렇다면 어느 누구도 식료품만 훔쳤다고는 생각하지 않을 것이다.

바로 이때 지하 바에서 쇼가 끝났는지 저쪽 계단에서 올라오는 손님들이 눈에 띄었다. 그는 재빨리 엘리베이터로 돌아와 로빈슨 쪽을 돌아보지 않았다. 어떤 모습을 하고 있을지 쳐다보기도 두려웠다. 그런데 기이한 것은 말소리는커녕 숨소리마저 들리지 않았다는 사실이었다. 그는 불안해지기 시작했다. 손님을 모시고 오르락내리락하면서 그는 안절부절못하였다. 그리고 아래로 내려갈 때마다 이번에야말로 난처한 상황을 만나는 게 아닐까, 하고 조마조마해 하며 마음을 졸이곤 했다.

그러다가 겨우 로빈슨을 돌아볼 틈이 생겼다. 로빈슨은 구석에 웅크리고 앉아 무릎에 얼굴을 대고 있었다. 딱딱하고 둥근 모자가 뒤통수로 넘어간 채 씌어져 있었다.

"이제 그만하고 빨리 돌아가. 이게 요구한 돈이야. 서두르겠다면 가까운 지름길을 가르쳐 줄 수도 있어." 카를은 낮고 단호한 어조로 말했다.

"가고 싶지만 옴짝도 못하겠으니 어쩌지?" 로빈슨은 이렇게 내뱉고는 조그마한 손수건으로 이마를 훔쳤다.

"아무래도 나는 여기서 죽을 것 같아. 자넨 상상할 수 없겠지만 난 지금 못 견디게 괴로워. 들라마르샤가 나를 이곳저곳 멋진 술집으로 끌고 다닌 것까진 좋았지만 나는 그 고급 술과 맞지 않거든. 나는 들라마르샤한테 거의 매일 이 말을 하지만 그는 막무가내야."

"어쨌든 당신은 여기에 있으면 안 돼." 카를이 말했다.

"여기가 어딘지 잘 생각해 봐. 만약 당신이 여기에 있는 것이 발각되면 당신은 벌을 받을 거고 나는 당장 해고될 거야. 그래도 좋단 말이야?"

"하지만 움직일 수 없는데 어떻게 해?" 로빈슨이 말했다.

"차라리 여기서 그냥 뛰어내리고 싶은 심정이야."

말을 마친 그는 난간의 지주로 빙 둘러싸인 채광 겸 통풍구를 가리켰다. "여기 이렇게 웅크리고 있으면 어떻게 견딜 수 있을 것 같은데, 도저히 일어서지는 못하겠어. 자네가 없는 동안에 나도 그만한 노력은 시도해 보았다고."

"그럼 내가 차를 불러줄 테니 병원으로 가." 카를은 완전히 실신 상태에 빠져드는 것 같은 로빈슨의 두 다리를 조금 흔들었다. 그러나 병원 소리를 듣는 순간 그 어떤 끔찍한 상상이라도 떠올랐는지 로빈슨은 엉엉 울면서 애원하듯 두 팔을 카를 앞으로 내밀었다.

"조용히 해!" 카를은 로빈슨의 두 팔을 세게 쳐 내고, 자정 즈음에 자신이 근무를 대신해 주었던 옆 엘리베이터 보이한테로 달려갔다.

그러고는 조금 전 자신이 대신 근무해 준 것에 대한 보답으로 생각해서 잠깐만 엘리베이터 운전을 맡아 달라고 부탁하고는 다시 로빈슨한테로 돌아왔다.

카를은 아직도 흐느끼고 있는 로빈슨의 몸을 힘을 다해 일으켜 세우면서 그의 귓가에 속삭였다.

"로빈슨, 내 도움을 받고 싶으면 제발 정신 바짝 차리고 얼마 되지 않는 거리니까 몸을 잘 가누고 걸어. 내 침대로 데려다 줄게. 거기라면 기분이 가라앉을 때까지 마음 놓고 쉴 수 있을 거야. 회복될 게 틀림없어. 그러려면 이제부터 정신을 가다듬고 분별 있게 행동하지 않으면 곤란해. 복도에는 도처에 사람들이 있고 내 침대는 공동 침실 안에 있기 때문이야. 당신이 조금이라도 사람들의 이목을 끄는 행동을 한다면 난 당신을 도울 수가 없게 돼. 이봐! 눈을 똑바로 떠! 아사 직전의 환자처럼 늘어져 있으면 데리고 갈 수 없단 말이야."

"좋아, 자네가 요구하는 대로 다 하겠어." 로빈슨이 말했다. "그렇지만 자네 혼자 힘으로 나를 데려갈 순 없어. 레넬을 불러 도움을 청할 수 없을까?"

"레넬은 여기 없어."

"아차, 내 정신 좀 봐." 로빈슨이 말했다. "레넬은 지금 들라마르샤와 함께 있어. 난 두 사람의 부탁으로 자넬 부르러 여기 온 거였어. 난 지금 제정신이 아니야."

카를은 그가 영문 모를 말을 중언부언 되풀이하는 틈을 이용해서 모서리까지 떠밀고 갔다. 여기부터 엘리베이터 보이의 공용 침실까지 흐릿한 전등불이 켜져 있는 복도가 곧게 뻗어 있었다. 마침 이때 맞은편 복도에서 엘리베이터 보이 하나가 정신없이 달려오더니 두 사람 옆을 지나갔다. 다행히도 지금까진 만난다 해도 크게 걱정할 것 없는 사람들만 만났다. 이때쯤, 네 시에서 다섯 시 사이는 하루 중에서 가장 왕래가 적고 조용한 시간이었다. 로빈슨을 처리하지 못하면 곧 날이 밝아 사람들이 많이 다니게 되면서 뜻하지 않은 큰 문제가 닥칠 수도 있음을 카를은 잘 알고 있다.

침실에 들어서자 안에서는 때마침 싸움이 벌어져 있거나 시합이 진행 중인 모양이었다. 손뼉을 치면서 장단을 맞추기도 하고 열광한 나머지 발을 구르며 스포츠 경기에 성원을 보내는 듯한 소란을 피우고 있었다. 침실 입구에 있는 침대에서도 곱게 자고 있는 사람은 별로 없었다. 그들 대부분은 침대에 벌렁 누운 채 눈을 말똥말똥 뜨고 허공을 응시하고 있었다. 개중에는 옷을 입었든 벗었든 아랑곳없이 그대로 침대를 박차고 저쪽의 소란을 확인하러 달려가는 사람도 있었다. 이런 소란이 있는 통에 카를은 로빈슨을 남의 눈에 띄지 않게 레넬의 침대 속에 밀어 넣을 수 있었다. 다행히도 레넬의 침대가 입구 가까이에 있고 비어 있기까지 했다. 그리고 멀리서 보니 카를의 침대엔 누군지 알 수 없는 소년이 자고 있었다. 로빈슨은 침대에 눕혀졌다고 느낀 순간 다리 하나를 침대 밖으로 축 늘어뜨린 채 바로 잠들어 버렸다.

카를은 로빈슨의 얼굴이 완전히 가려지도록 이불을 끌어올려 덮어 주곤 이젠 당분간은 별일 없으려니 생각했다. 그는 아침 여섯 시 이

전에 잠을 깰 리가 없었기 때문이다. 그때쯤엔 여기에 돌아와 있을 테니 그때쯤 레넬이 돌아와 준다면 함께 로빈슨을 여기에서 감쪽같이 내보낼 방도를 짜면 된다. 호텔의 고위 간부들이 침실을 검사하는 일은 특별한 경우를 빼면 거의 없었다. 이전의 관례였던 일제 검사는 이미 수년 전 엘리베이터 보이들의 주장으로 폐지됐다. 따라서 그런 검사에 대한 걱정은 할 필요가 없었다.

카를이 다시 담당 엘리베이터로 돌아와 보니 때마침 자기의 엘리베이터와 옆 엘리베이터가 모두 올라가고 있는 중이었다. 카를은 깜짝 놀라 초조한 마음으로 어떻게 된 것인지 궁금해서 엘리베이터가 내려오기만을 기다렸다. 마침내 그의 엘리베이터가 먼저 내려왔다. 그 안에서 조금 전 복도를 달려갔던 그 소년이 나왔다.

"아니, 로스만, 어디 갔었지?" 그 소년이 물었다.

"왜 근무처를 이탈했나? 아무 신고도 없이 말이야."

"난 저 애한테 잠깐 동안만 이 자리를 보아 달라고 부탁했었어." 하고 말한 카를은 마침 가까이 다가오는 옆 엘리베이터 담당 보이를 가리켰다. "난 두 시간 동안이나 한창 바쁜 때 저 애 일을 보아 주었거든."

"그건 물론 잘한 일이야. 그러나 그것으론 부족해. 근무 중엔 아무리 짧은 시간이라도 자리를 비우려면 웨이터장한테 신고해야 한다는 걸 너는 모르니? 그런 경우에 대비해서 여기 전화까지 있잖아. 나로선 네 일을 맡아 주고 싶은 생각이 굴뚝같았지만 그게 쉽게 뜻대로 되지 않는다는 걸 너도 잘 알거야. 공교롭게도 두 엘리베이터 앞에 네

시 삼십 분에 도착한 급행열차 손님들이 몰려왔거든. 그런데 네 엘리베이터를 운전하느라고 내 엘리베이터를 쉬게 할 순 없었어. 그래서 우선 내 엘리베이터를 운전하여 올라갔지."

"그러면……?" 하고 카를은 두 소년이 모두 입을 다물자 물었다.

"그러던 차에……." 하고 옆 엘리베이터 보이가 말을 가로챘다. "때마침 웨이터장이 이 앞을 지나가다 자네 엘리베이터 앞에 손님들이 몰려 있는 것을 발견하고 화가 난 거야. 그는 내게 달려와서 네 행방을 묻더라. 네가 내게 어디 가는지 말해 주지 않았으니 네 행방을 알 턱이 없었지. 그러자 웨이터장은 누구든 나와서 일을 맡으라고 침실에 전화를 한 거였어."

"난 너를 복도에서 만났지." 하고 카를을 대신해 근무해 준 소년이 말했다. 카를은 고개를 끄덕였다.

"물론……." 하고 옆 엘리베이터 소년이 말했다. "난 네가 나한테 대리 근무를 부탁하고 갔다고 바로 말했어. 그러나 그런 변명을 받아 줄 사람이라고 생각해? 넌 아직 그 사람을 잘 모르는 것 같군. 어쨌든 널 만나는 즉시 사무실로 오도록 전하라는 명령이 있었어. 그러니 우두커니 서 있지 말고 바로 달려가 보는 게 좋겠어. 지금이라면 용서받을 수도 있으니까. 사실 자네는 불과 이 분이 채 될까 말까한 짧은 시간만 자리를 비웠을 뿐이니 말이야. 그리고 될 수 있는 한 내게 부탁했었다는 것을 강력히 주장해 봐. 그렇지만 자네가 내 대리를 맡아 주었었다는 이야기는 하지 않는 게 좋겠어. 내 충고대로 해 봐. 난 괜찮을 거야. 허가를 받았으니 말이야. 그렇다고 그 일을 말해서 아무

관계도 없는 그 사건을 끄집어내어 혼동을 줄 필요는 없지."

"내가 근무처를 이탈한 것은 오늘이 처음이야." 하고 카를이 말했다.

"세상일이란 다 그런 거야. 세상이 진심을 받아들이지 않는 것이지." 이렇게 말한 옆 보이는 손님이 다가왔기 때문에 자신의 엘리베이터로 달려갔다.

카를은 대신해 주었던 소년은 카를을 동정해 주면서 말했다.

"이번 일이 문제는 됐지만 이전에 이런 일들이 용서받은 경우도 많았어. 흔히 다른 일자리로 옮겨지는 정도로 끝나는 게 보통이야. 이런 문제로 해고당한 사람은 내가 아는 한 단 한 명뿐이야. 뭐든 그럴듯한 구실을 생각해 두도록 해. 그러나 한 가지 주의할 점은 절대로 갑자기 몸이 나빠졌다고 말해선 안 돼. 그 변명은 통하지 않아. 아마 비웃고 말 거야. 그런 변명보다는 어떤 손님의 부탁으로 누군가를 찾으러 갔다고 말하는 게 제일 좋아. 그리고 부탁한 손님이나 찾아야 할 손님이나 모두 누군지 모르겠고 찾지도 못했다고 하는 거지."

"염려 말아." 카를이 말했다. 그리고 말을 이었다.

"설마 큰일이 벌어지진 않겠지."

그러나 카를이 이제까지 들은 이야기를 종합해 보면 결코 좋은 결과가 있으리라곤 기대할 수 없었다. 설령 지금 문제가 된 근무 이탈 건은 용서받는다 치더라도 공동 침실에선 로빈슨이 자고 있다. 그는 내 잘못을 입증할 증거인 셈이다. 웨이터장의 성격으로 보건대 결코 표면적인 조사로 만족하지 못하고 결국 끝까지 추궁하여 로빈슨을 발견해 낼 것 같았다. 이 판단은 거의 틀림없을 거라고 생각했다. 외부 사람을 침실로 들어오게 하면 안 된다는 명문화된 규정은 없다. 그러나 누구나 스스로 판단할 수 있는 그런 사항을 특별히 금지 사항으로 명시할 필요는 없는 것이다.

카를이 웨이터장 사무실에 들어섰을 때 웨이터장은 막 의자에 앉아 아침 커피를 마시려는 참이었다. 그는 한 모금 마시곤 옆에 서 있는 호텔 수위장이 건네준 명세서를 훑어보고 있었다. 수위장은 우람한 몸집의 남자로, 금빛 찬란한 호화로운 제복을 입고 있었는데―겨드랑이에서 팔까지 금빛 술과 리본으로 둘둘 감겨져 있었다―어깨의 폭이 실제보다 더 넓어 보였다. 헝가리인 특유의 위엄 있는 검은 콧수염이 양쪽으로 쭉 뻗쳐 있었고 그 끝은 날카롭게 치켜 올라가 있었으며, 머리를 돌려도 조금도 흔들리지 않았다. 그리고 그는 제복 무게에 짓눌려 몸놀림이 둔했고 꼿꼿이 서 있어도 몸의 균형을 잡기 위해서 두 다리를 좌우로 벌리고 서 있지 않으면 안 되었다.

카를은 이 호텔에 온 이후 생긴 버릇대로 빠른 걸음으로 뚜벅뚜벅 걸어 들어갔다. 일반 사람들은 유연하고 신중하게 행동하는 것이 예의 바른 것이지만 엘리베이터 보이는 게으른 것처럼 보이게 마련이기 때문이었다. 그리고 방 안에 들어서면서부터 잘못을 의식하고 있는 것처럼 보이고 싶지 않았기 때문이다. 웨이터장은 문이 열리자 힐끔 바라보고는 다시 커피를 마시면서 명세서를 살펴볼 뿐이었다. 카를의 존재를 전혀 의식하지 않는 것 같았다.

그러나 수위장은 카를이 그의 일을 방해한다고 생각했는지, 아니면 보고나 요구를 비밀스럽게 말할 것이 있는지 머리를 오만하게 기울인 채 화가 난 시선으로 카를을 노려보고 있었다. 그러다가 그의 시선이 카를의 시선과 마주치자 꼴좋다는 듯이 다시 웨이터장 쪽으로 얼굴을 휙 돌리는 것이었다. 카를의 입장에서는 여기까지 온 이상 웨이터장의 명령도 받지 못하고 이대로 사무실에서 나간다면 그야말로 보기 좋은 모양새가 아니라고 생각했다. 그러나 당자인 웨이터장은 여전히 명세서만 계속 주시하고 있을 뿐이었고 때때로 막 생각났다는 듯이 큼직한 과자를 입에 집어넣기도 하며 흘린 설탕 가루를 손으로 털어 내고 있었다. 그러다가 명세서 한 장이 날려 마루에 떨어졌다. 수위장은 그것을 주우려고 하지 않았다. 사실 그의 몸집으로선 그것을 줍는다는 것이 무리였으며 그럴 필요도 없었던 것이 카를이 재빨리 달려가 그 종이쪽지를 주워 웨이터장에게 내밀었기 때문이다.

그러자 웨이터장은 아무 말 없이 손을 뻗어 마치 그 종이쪽지가 마루에서 저절로 날아오기나 한 것처럼 카를의 손에서 낚아챘을 뿐이다. 카를의 이런 조심스럽고 자상한 마음 씀씀이도 아무 소용이 없었던 것이다. 수위장은 여전히 화가 잔뜩 난 시선으로 카를을 쳐다보고 있었다.

그런데도 카를은 차차 침착해졌다. 얼른 보기에 자신의 과오는 웨이터장에겐 그리 중대사가 아닌 것 같았다. 이것만으로도 길조가 아닌가 싶었다. 생각해 보면 당연한 일인지도 모른다. 엘리베이터 보이는 참으로 하찮은 존재가 아닌가. 그러기에 무엇 하나 마음대로 행동할 수도 없고 더구나 터무니없는 행동을 할 힘도 없는 존재인 것이다. 사실 웨이터장도 엘리베이터 보이 출신이었으며—이는 이 호텔 엘리베이터 보이들의 긍지이기도 했다—이 호텔의 엘리베이터 보이 조직을 정비한 것도 그였다. 아마 그도 신고하지 않고 자기 근무처를 이탈했던 경험이 많을 것이다. 물론 지금은 그의 그런 과거를 회상시키는 사람이 없으며, 자신도 과거에는 엘리베이터 보이였으므로 때로는 가차 없이 그리고 엄격하게 엘리베이터 보이들의 질서를 유지하는 것만이 자신의 의무라고 생각하고 있으리라는 것을 염두에 두지 않으면 안 된다.

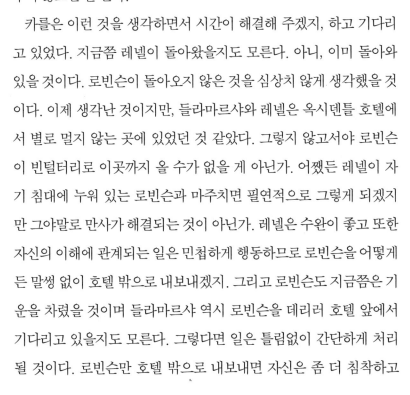

카를은 이런 것을 생각하면서 시간이 해결해 주겠지, 하고 기다리고 있었다. 지금쯤 레넬이 돌아왔을지도 모른다. 아니, 이미 돌아와 있을 것이다. 로빈슨이 돌아오지 않은 것을 심상치 않게 생각했을 것이다. 이제 생각난 것이지만, 들라마르샤와 레넬은 옥시덴틀 호텔에서 별로 멀지 않은 곳에 있었던 것 같았다. 그렇지 않고서야 로빈슨이 빈털터리로 이곳까지 올 수가 없을 게 아닌가. 어쨌든 레넬이 자기 침대에 누워 있는 로빈슨과 마주치면 필연적으로 그렇게 되겠지만 그야말로 만사가 해결되는 것이 아닌가. 레넬은 수완이 좋고 또한 자신의 이해에 관계되는 일은 민첩하게 행동하므로 로빈슨을 어떻게든 말썽 없이 호텔 밖으로 내보내겠지. 그리고 로빈슨도 지금쯤은 기운을 차렸을 것이며 들라마르샤 역시 로빈슨을 데리러 호텔 앞에서 기다리고 있을지도 모른다. 그렇다면 일은 틀림없이 간단하게 처리될 것이다. 로빈슨만 호텔 밖으로 내보내면 자신은 좀 더 침착하고 대담하게 웨이터장과 맞설 수 있을 것이다. 결국은 아무리 심해도 경고 처분 정도로 끝날 테고, 사건이 마무리된 다음 지배인에게 진상을 밝힐 것인지 어떨지에 대해선 자신에겐 어느 쪽이든 상관이 없지만 테레사와 의논해서 결정하면 되겠지. 자신의 생각대로만 된다면 이 사건은 별다른 피해 없이 결말이 날 것 같기도 했다.

카를은 이런 궁리에 골몰했기 때문에 마음이 다소 안정되었다. 어젯밤 받은 팁의 액수를 속으로 대강 세어 보기 시작했다. 특별히 많은 것 같았기 때문이었다.

바로 그때였다. 웨이터장이 "페오도르, 잠깐 기다려요."라고 말하며 손에 들었던 명세서를 책상 위에 놓고는 고무공이 튀듯이 벌떡 일어나면서 카를을 큰소리로 불렀다. 이 불호령 때문에 카를은 깜짝 놀라 넋을 잃고 어리벙벙한 표정으로 웨이터장의 시커먼 입만 바라보고 있었다.

"너는 허가 없이 근무처를 이탈했어! 그게 무엇을 의미하는지 알고 있나? 당장 해고야! 변명은 일체 듣고 싶지 않아. 네가 지껄이고 싶은 거짓말 같은 건 들을 필요도 없어. 나에겐 네가 근무처에 있지 않았다는 사실만으로 충분해. 만약 내가 너의 무단이탈을 관대히 봐준다고 가정해 보자. 틀림없이 엘리베이터 보이들이 모두 근무 중에 무단이탈을 할 거란 말이야. 그렇게 되면 호텔에 몰려드는 오천 명의 손님을 나 혼자 도맡아야 돼."

카를은 입을 열지 않았다. 수위장이 다가와 카를의 윗도리 주름을 매만져 바로잡아 주었다. 사소한 허점인 카를의 구겨진 옷차림도 웨이터장이 특별히 보도록 했던 것이다.

"갑자기 몸이 아팠던 거겠지?"

경험이 풍부한 웨이터장이 노련한 태도로 물었다.

"아닙니다."

"몸이 아팠던 게 아니란 말이지?" 웨이터장은 다짐하듯 한층 소리 높여 말했다. "그럼 자넨 뭔가 더 멋진 거짓말을 꾸며 놓았군 그래. 어떤 변명인지 들어 볼까. 어서 말해 봐."

"저는 전화로 미리 허가를 받아야 한다는 규칙을 몰랐습니다." 카를은 이렇게 말했다.

"그것 참 멋진 변명이군." 웨이터장은 순간 느닷없이 카를의 멱살을 잡아 거의 공중에 들어올리다시피 끌면서 못으로 벽에 박아 놓은 엘리베이터 근무 규정 앞으로 갔다. 수위장도 두 사람을 따라 벽으로 다가왔다. "어서 읽어!" 웨이터장이 말하며 한 대목을 가리켰다.

카를은 속으로 읽으라는 것으로 해석했다. 그러나 웨이터장은 또 불호령을 내렸다. "큰소리로 읽어!"

소리 높여 읽는 대신 카를은 이렇게 하면 웨이터장의 기분을 돌릴 수 있으리라고 기대하고 말했다.

"그 조항이라면 잘 알고 있습니다. 저는 정독했습니다. 하지만 일상 쓰이지 않는 조항은 누구나 쉽게 잊어버립니다. 저는 근무한 지 겨우 두 달밖엔 되지 않지만 한 번도 근무처를 이탈한 적이 없습니다."

"그런가, 그렇다면 이제 그 자리에서 떠나면 돼." 웨이터장은 책상으로 되돌아가서 계속해서 읽으려는지 다시 명세서를 집어 들었으나 바로 휴지조각처럼 책상 위에 힘껏 내던지고는 이마와 볼이 붉어진 채 방안을 서성대기 시작했다. "이 녀석 같은 풋내기 때문에 이런 규정이 필요한 거야. 야근 중에 소란을 일으키기나 하고 말이야." 그는 몇 번이고 되풀이했다.

"이 녀석이 이탈했을 때 그 엘리베이터 앞에서 기다리던 분이 누구였는지 자넨 알고 있나?" 그는 그 사람의 이름을 댔다. 투숙객의 이름뿐만 아니라 신분, 지위를 모조리 외다시피 한 수위장은 그 이름을 듣자 몸을 떨면서 카를을 바라보았다. 마치 카를이, 그 손님이 잠시 일망정 담당 보이가 없는 엘리베이터 앞에서 기다려야만 했던 원인이었다고 말하고 싶은 태도였다.

"이거 큰일이군요." 수위장은 이렇게 말하고 몹시 불안해하며 카를에게 고개를 절레절레 흔들었다. 카를은 그런 수위장의 거동을 가여운 눈으로 바라보면서 일이 이렇게 되었으니 이젠 이 사내의 어리석음까지도 도맡아 벌을 받아야겠구나, 하고 생각했다.

"난 네 근성을 잘 알아." 수위장은 굵고 커다란 볼품없는 집게손가락으로 그를 가리키며 말했다. "너는 내게 인사하지 않기로 작정한 유일한 애송이야. 도대체 넌 뭘 믿고 그러는 거냐? 누구든 수위실 앞을 지나갈 때는 내게 인사를 해야 돼. 다른 수위들한테는 좋을 대로 해도 좋지만 나한테는 인사를 해야 한단 말이야. 물론 나도 때로는 못 본 체할 때가 있긴 하지. 그렇다고 해서 네 녀석까지 그런 태도를 보여선 안 돼. 나는 누가 나한테 인사를 했고 누가 하지 않았는지 훤히 알고 있어. 이 골빈 녀석아!"

말을 마친 수위장은 카를에게서 얼굴을 돌리고 부동자세로 웨이터장 쪽으로 돌아 꼿꼿한 자세로 걸어갔다. 웨이터장은 수위장과의 문제에 대해선 아무 말도 하지 않고 천천히 아침식사를 마쳤다. 그러고는 하인 하나가 금방 들고 온 조간신문을 펼쳐 들었다.

"수위장님." 카를은 웨이터장의 관심이 다른 데 쏠린 틈을 이용해서 적어도 수위장과의 문제를 처리하고 싶어 말했다. 지금 자신에게 해를 입히는 것은 수위장의 비난이 아니라 적개심일 거라고 깨달았기 때문이었다.

"저는 분명히 당신한테 인사를 해 왔어요. 저는 미국으로 건너온 지 얼마 되지 않습니다. 유럽 출신입니다. 잘 아시는 바와 같이 유럽 사람들은 필요 이상으로 인사를 합니다. 저도 그 버릇을 완전히 떨쳐 버리지 못했습니다. 두 달 전 제가 뉴욕에 있을 때 우연히 상류층 사람들과 어울려 교제한 일이 있습니다. 그때 주위 사람들은 도에 넘치는 예절은 삼가야 한다는 충고를 해 주었을 정도입니다. 그런 제가 다른 분도 아닌 당신한테 무례하게 굴 수 있겠습니까. 저는 매일 몇 번씩 당신한테 인사를 했습니다. 물론 하루에 수백 번 당신 앞을 지나다녀야 했기 때문에 그때마다 빠짐없이 했다고는 할 수 없지만 말이죠."

"너는 내게 반드시 인사를 해야 해. 빠짐없이……. 예외가 있을 수 없어. 그리고 내게 말을 할 때도 '수위장님' 하고 불러야 돼. '당신'이라고 해선 안 된단 말이야. 알겠나? 꼭 그렇게 해야 해!"

237

"꼭 그렇게 해야 합니까?" 하고 카를은 미심쩍다는 듯이 나지막하게 상대의 말을 되뇌었다. 그때 문득 그는 자기가 이 호텔에서 일하는 동안 수위장이 늘 사납고 비난이 가득 찬 눈으로 자기를 주시하고 있었다는 사실을 기억했다. 그것은 첫날 자기가 이 수위장에게 혹시 두 남자가 찾아와 사진을 전해 달라고 부탁하지 않더냐고 지나치게 따졌을 때부터였다. 그 당시 자신은 직무에 익숙하지 못했고 또 이곳의 분위기를 제대로 파악하지 못했기 때문에 자신의 태도에 다소 건방진 점이 있었던 것은 부인하지 못한다.

"그런 건방진 태도로 달려든 결과가 어떤 것인가를 이젠 겨우 알았겠지." 하고 다시 다가온 수위장은 마치 자신의 복수를 대신해 줄 사람이 저기 있다고 말하고 싶은 표정으로 신문을 뚫어지게 읽고 있는 웨이터장을 가리켰다.

"이만했으면 네 녀석은 다음에 얻을 직장에서는 수위장한테 인사를 잘 해야겠다는 걸 깨달았겠지. 하기야 내가 보기엔 너는 싸구려 여관이 어울려. 어쨌든 그런 곳에 직장을 구하는 게 고작일 거야."

카를은 이 말을 듣는 순간 자신이 실직한 몸이란 걸 뚜렷이 의식했다. 웨이터장의 말을 수위장이 정해진 사실로 다시 되풀이했기 때문이다. 엘리베이터 보이를 해고하는 일 정도는 호텔 간부가 확인할 필요가 없는 것일지도 모른다. 이 일은 카를의 생각보다 빨리 결정되었다. 아마 두 달 동안 온 정성을 다 쏟아 근무에 열중했고 어느 동료에게도 지지 않을 만큼 열심히 했기 때문이었다. 그러나 이런 점들은 마지막 순간엔 전혀 고려의 대상이 되지 않는다는 사실이 유럽, 미국

238

을 가릴 것 없이 세계 어느 곳에서나 일어나고 있는 것이 사실이다. 누구든 그럴 만한 지위에 있는 사람이 홧김에 판결을 내리면 사건은 그것으로 종결을 보는 게 보통인 것이다.

일이 여기에 이른 이상 즉시 작별 인사를 하고 떠나는 게 상책일지도 모른다. 지배인과 테레사는 아직 자고 있을 것이므로 편지를 써두고 가기로 하자. 그들이 자신의 행동에 실망하여 비난할지라도 섣불리 직접 만나서 작별하는 것보단 낫겠지. 우선 트렁크에 짐을 쑤셔 넣고 남모르게 조용히 나가는 게 나을 것이다. 물론 현재로선 어디든 누워서 한잠 자고 싶은 생각만이 간절했다. 그렇다고 여기에서 하루를 더 묵는다면 자기에게 어떤 일이 닥칠 것인가는 뻔하지 않은가. 자기가 범한 이 사소한 실수는 날개를 달고 널리 퍼져서 터무니없는 소문으로 조작될 테고 끝내 사방팔방에서 날아오는 무서운 비난을 뒤집어쓰게 될 것이다. 혹 지배인과 테레사마저 카를 앞에서 차마 눈 뜨고 볼 수 없게 눈물을 흘릴지도 모른다. 그리고 끝내는 어떤 처벌이든 감수해야 할지도 모른다.

아 메 리 카

이런 생각을 하고 있는 카를이 가장 난처하게 느끼는 것은 지금 마주하고 있는 두 명의 적을 어떻게 다룰 것인가 하는 문제였다. 지금 자기가 뭐든 의견을 말하면 즉각 두 사람 중의 누군가는 말꼬리를 잡거나 트집을 잡아 악의로 해석할 것이 뻔한 노릇이다. 이렇게 판단한 카를은 입을 다문 채 방안의 고요함을 잠시 동안 음미하고 있었다. 웨이터장은 여전히 신문을 읽었고 수위장은 책상 위에 널려 있는 명세서를 순서대로 정리하고 있었으나 근시인 그에겐 퍽 힘든 일인 것 같았다.

드디어 웨이터장은 하품을 하면서 신문을 내려놓고 카를을 힐끔 훑어봤다. 카를이 아직 그 자리에 서 있는 것을 보더니 전화의 손잡이를 돌리기 시작했다. 그리곤 "여보세요." 하고 불렀으나 아무런 응답이 없는 것 같았다.

"아무도 전화를 받지 않는군." 그는 수위장에게 말했다. 그러자 카를이 그렇게 생각했기 때문이었는지도 모르지만 전화에 관심을 갖고 지켜보던 것 같은 수위장이 틈을 주지 않고 말했다.

"벌써 여섯 시 십오 분 전입니다. 틀림없이 지배인은 일어났을 겁니다. 한 번 더 힘껏 손잡이를 돌려 보시지요."

말이 채 끝나기도 전에 이쪽에서 재촉도 하지 않았는데 응답 신호가 왔다. "안녕하십니까. 지배인님, 혹시 제가 잠을 방해한 건 아닙니까? 그래요? 그럼 죄송하게 됐군요. 예예, 벌써 다섯 시 사십오 분입니다. 어쨌든 놀라게 해 드려서 죄송합니다. 주무시는 동안은 전화를 내려놓으실 걸 그랬군요. 아닙니다. 정말입니다. 제게 사과하실 건 없습니다. 그리고 의논하고 싶은 용건도 따지고 보면 아주 사소한 것이라서 더 죄송하군요. 예, 예, 저는 지금 한가합니다. 예, 그럼요. 지장 없으시다면 제가 전화 곁에서 기다리고 있겠습니다."

"잠옷 바람으로 전화를 받으러 나온 게 틀림없어." 웨이터장은 긴장된 얼굴로 더욱 전화에 몸을 굽히고는 어쩐지 편치 않은 표정으로 웃으면서 말했다.

"틀림없이 내 전화 소리에 잠이 깬 거야. 보통 때는 비서 일을 보고

240

있는 그 소녀가 깨우거든. 그런데 오늘은 그 소녀가 게을렀던 것이 틀림없어. 어쨌든 그녀를 깨운 건 유감이야. 그녀는 몹시 신경질적이거든."

"그런데 왜 그녀는 이야기를 계속하지 않고 전화를 끊은 거죠?"

"잠깐, 웨이터장님." 카를은 이때 이미 이 호텔에 널리 퍼진 것으로 생각되는 큰 오해의 진상을 알자, 오히려 안심하고 말했다. 그런 종류의 오해라면 도리어 손쉽게 빨리 만사가 호전될 것 같기도 했기 때문이었다.

"아마 여기엔 무슨 큰 오해가 있는 것 같습니다. 수위장님이 당신께 제가 매일 밤 외출한다고 말씀드린 것 같습니다만 그건 터무니없는 거짓말입니다. 저는 외출은커녕 밤마다 틀림없이 제 침대에서 잤습니다. 그리고 이 사실을 엘리베이터 보이 전부가 증명할 수 있습니다. 저는 잠을 자지 않는 시간엔 상업통신 공부를 하고 있으며 단 하룻밤도 침실에서 떠난 적이 없습니다. 이 정도의 일이라면 쉽게 입증할 수 있습니다. 분명히 수위장께서도 저와 다른 사람을 혼동하고 있는 겁니다. 수위장님이 왜 저더러 인사를 하지 않느냐고 꾸중하신 이유도 이제야 알겠습니다."

"쓸데없는 말은 당장 집어치워!" 하고 수위장이 외쳤다. 여느 때라면 집게손가락만 움직이는 것으로 끝냈을 그가 주먹을 불끈 쥐고 흔들어 댔다. "아니, 내가 네 녀석하고 다른 사람을 혼동했다고? 좋아, 사람을 잘못 볼 정도가 됐다면 그것으로 수위장 자격은 없는 겁니다. 아시겠습니까? 이스바리 씨, 저는 이제 수위장 자격이 없는 게 되었습니다. 그렇고말고요, 사람을 잘못 볼 정도가 되면 별 수 없지요. 전 삼십 년 수위 생활을 하면서 한 번도 사람을 잘못 본 일이 없습니다. 이 사실은 수백 명에 달하는 역대 웨이터장들이 증명해 줄 겁니다. 그런데도 이 미천한 애송이 녀석이 처음으로 내가 사람을 잘못 보았다고 말하기 시작했단 말입니다. 묘하게 생겨 먹었지만 얼굴만은 미끈하게 생긴 요 녀석이 최초란 말입니다. 그러나저러나 내가 잘못 보다니 무엇을? 과연 그럴 수 있을까? 그야 네 녀석은 밤마다 내 눈을 피해서 몰래 살짝 시내로 나갔을지도 모르지. 나는 네 얼굴만 보고도 네 녀석이 빈틈없이 교활한 자란 것을 미루어 짐작할 수 있었던 거야.”

“그만! 페오도르!” 하고 웨이터장이 소리쳤다. 아마 지배인과의 통화가 단절된 것 같았다.

“사태는 지극히 명료해. 우선 문제되는 것은 이 녀석의 밤의 행적 같은 게 아니야. 이 녀석은 혹 여기를 떠나기 전에 자기 근무 동태에 대해 자세한 조사가 시작되도록 꾸미고 있는지도 모른단 말이야. 이것이 제대로 성공하는 날엔 이 녀석이 잘됐군, 잘됐어, 하고 쾌재를 부르며 기뻐하리란 것쯤은 나도 충분히 상상할 수 있다고. 말하자면 사십 명의 엘리베이터 보이 전원을 소환해서 증인으로서 심문을 요구하고 나설 거란 말일세. 그렇게 되면 물론 사십 명 역시 그 자와 다른 자를 혼동하게 되거든. 그러면 이젠 더 일이 커져서 호텔에 있는 전 종업원이 증인으로 소환되겠지, 하고 음모를 꾸미고 있는 거야. 그렇게 되면 호텔의 영업은 물론 당분간 휴업할 수밖에. 사태가 이렇게 되면 결과적으로 저 녀석이 쫓겨나긴 하겠지만 저 녀석으로선 적어도 즐길 만큼은 실컷 즐기는 결과가 되는 거야. 그러니 우리는 사태가 그렇게 되는 것을 피하는 게 좋네. 어쨌든 그 사람 좋은 지배인님을 우롱한 것만으로도 이유는 충분하단 말이야. 나는 더 듣고 싶지 않아. 넌 직무 태만죄로 즉각 해고된 거야. 그럼 오늘까지의 근무에 대한 임금을 받을 수 있게 회계 앞으로 지불 위탁증을 써 주겠어. 네가 그렇게 몹쓸 짓을 했는데도 여기에서만의 이야기지만 실은 지배인님의 체면을 생각해서 내가 네게 주는 이별의 표시로 생각하면 돼."

웨이터장이 손을 들어 지불 위탁증에 서명하려 했을 때 그것을 막기라도 하듯 전화벨이 울렸다.

"어쨌든 오늘은 엘리베이터 보이 녀석들이 꽤 속을 썩이는 날이군." 웨이터장은 전화로 두서너 마디 이야기를 듣더니 소리쳤다. "그건 언어도단이야!" 하고 한참 후에 또 고함을 쳤다. 그리고는 전화기에서 수위장에게로 몸을 돌리면서 말했다. "여보게 페오도르, 이 녀석을 꽉 붙들고 있어 주게나. 이 녀석하고 해야 할 이야기가 또 있는 것 같군." 그리고 그는 전화기에 대고 명령을 내렸다. "바로 끌고 와!"

이렇게 됐으니 수위장은 입으론 어쩌할 수 없던 원한을 적어도 풀수 있게 된 셈이었다. 그는 카를의 양팔을 붙잡고 있었으나 그저 쥐고 있었던 것이 아니다. 그 정도라면 카를도 어떻게든 견딜 수 있었을 것이나 수위장은 이따금 쥐고 있던 손을 살며시 늦추었다간 바로

243

그때마다 더 한층 힘을 가해 단단히 움켜쥐었던 것이다. 수위장의 거대한 체구를 감안하면 언제 이 고문이 끝날지 추측할 수도 없었다. 카를은 눈앞이 캄캄해질 정도였다. 더욱이 그는 카를을 곱게 붙들고 있는 것만도 아니었다. 카를의 몸을 잡아 늘리라는 명령이라도 받은 양 때때로 카를을 공중으로 끌어올리고 좌우로 흔들면서 웨이터장을 향해 반은 질문하는 투로 소리친 것이었다. "내가 이 녀석을 잘못 봤다니! 내가 이 녀석을 잘못 봤다니!"

바로 이때 엘리베이터 보이의 선임자인 베스라는 뚱뚱한 소년이 방 안으로 들어섰는데, 카를에겐 구원의 손길같이 생각되었다. 수위장의 주의가 잠시 그 소년에게 쏠렸기 때문에 소년의 등 뒤로 흐트러진 옷차림에 푸수수한 머리를 아무렇게나 묶어 올린 테레사가 따라 들어오는 것을 보고도 눈짓조차 할 수 없을 정도였다. 그녀는 잽싸게 몸을 놀려 카를에게 달려와 속삭였다.

"이 일을 지배인님도 알고 계세요?"

"웨이터장이 조금 전에 전화로 말했어." 하고 카를이 대답했다.

"그럼 됐어. 이제 걱정할 것 없어." 그녀는 눈을 바싹 대며 재빨리 말했다.

"아니야, 그렇지 않아." 카를은 말했다. "테레사는 이해할 수 없을 거야. 그들이 내게 얼마나 화를 내고 있는지를 말이야. 나는 여기서 떠나지 않으면 안 돼. 지배인님도 이 일에 동의하셨어. 제발 부탁이야. 어서 이 자리에서 떠나 줘. 방으로 돌아가 줘. 후에 내가 작별인사는 하러 가겠으니 어서."

"로스만, 무슨 그런 터무니없는 생각을 하고 있어요. 당신은 마음만 내키면 언제까지든 안심하고 우리와 함께 있을 수 있어요. 웨이터장은 지배인님이 원하는 일이라면 뭐든지 들어 줄 거예요. 지배인님을 짝사랑하고 있거든요. 전 얼마 전에 이 사실을 알았어요. 그러니 안심해요."

"제발 부탁이야. 테레사, 어서 지금 바로 나가 줘. 테레사가 이 자리에 있으면 내 결백을 주장하기가 좀 어려워진단 말이야. 그렇다고 내게 불리한 갖가지 거짓말이 떠돌고 있는 이상 나로서는 내 결백을 강력하게 주장하고 입증하지 않을 수가 없어. 어쨌든 내가 조심해서 용케 내 결백을 입증할 수 있으면 내가 여기 남을 가능성은 증가하는 거야. 그럼 테레사⋯⋯." 비록 이렇게 큰소리를 치긴 했으나 그는 유감스럽게도 갑자기 밀어닥친 고통을 견뎌 내지 못하고 자신도 모르게 낮은 소리로 이렇게 덧붙이지 않을 수 없었다. "이 수위장이 손 좀 풀어 주었으면 좋겠는데. 설마 이 사람이 내 적이라곤 꿈에도 생각지 못했거든. 그러나저러나 도대체 이 사람은 어째서 나를 계속해서 움켜잡고 매달아 올리며 못살게 구는 걸까." 그는 그렇게 말하면서도 '어째서 나는 이런 형편없는 말밖엔 할 수 없을까. 이런 말은 어떤 여자라도 관심 밖일 테고 듣지도 않을 텐데 말이야.' 하고 속으로 생각했다. 실제로 그의 생각 그대로였다.

카를이 아직은 자유로운 한 손으로 그녀를 만류할 틈도 없이 테레사가 갑자기 수위장을 향해 애원하기 시작한 것이다.

"수위장님, 부탁이에요. 제발 로스만을 풀어 주세요. 몹시 아파하

아메리카

고 있잖아요. 어서요. 지배인님께서 곧 오실 거예요. 그렇게 되면 이 분이 부당한 취급을 받고 있음을 책망하실 거예요. 어서 이분을 놓아 주세요. 이분을 괴롭혀서 당신이 좋을 일이 뭐예요."

이렇게까지 말하고 그녀는 수위장의 손에 매달리려고 했다.

"이건 명령입니다, 아가씨. 명령입니다." 수위장은 비어 있는 손으 로 다정한 듯 테레사를 끌어당기면서 한 손으로 카를의 팔을 더욱 억 세게 죄는 것이었다. 그는 그저 카를을 괴롭히는 것만이 목적이 아닌 것 같기도 했다.

수위장은 자기 손아귀에 있는 이 팔을 이용해서 여태껏 달성치 못 했던 어떤 특별한 목적을 달성하려고 하는 것 같았다.

한편 수위장의 포옹을 피해 몸을 빼내는 데 시간을 허비한 테레사 가 이번엔 요령 없는 화술로 말하는 베스의 보고에 아직도 귀를 기울 이고 있는 웨이터장에게 카를의 변호를 시작하려고 했다. 바로 그때 였다. 지배인이 바쁜 걸음으로 들어섰다.

"아아, 다행이야." 하고 테레사가 소리쳤다. 방안에는 순간 그 외침 밖에는 아무 소리도 없었다. 웨이터장은 벌떡 일어나 베스를 한구석 으로 밀어붙였다.

"드디어 직접 오셨군요, 지배인님. 이런 사소한 건으로 말입니다. 조금 전 전화 통화를 하고 오시지 않을까 하고 생각은 했지만 설마하 고 있었습니다. 그런데 당신의 피보호자 건 말입니다만 사태가 더욱 악화되기만 하는군요. 사실은 해고가 문제가 아니라 경찰에 의뢰해 서 구금하지 않으면 안 될 것 같아 걱정하고 있던 중이었습니다. 직접 물어봐 주십시오."

그는 이렇게 말하고 베스를 손짓으로 불렀다.

"아닙니다. 전 우선 로스만하고 잠깐 이야기하고 싶어요." 지배인
은 이렇게 말하고 웨이터장의 강권에 못 이겨 안락의자에 앉았다.

"카를, 이리 와 봐." 그녀가 말했다.

카를은 그녀의 말에 따랐다. 아니, 따랐다기보단 수위장에게 끌려
갔다고 말하는 게 옳은 표현이었다.

"놓아 주어요." 하고 지배인이 말했다. "이 애는 살인강도가 아녜
요." 수위장은 손을 풀었다. 그러나 손을 풀기 전에 또 한 차례 힘을
주어 꽉 쥐었기 때문에 긴장한 나머지 수위장 자신도 눈물이 찔끔 났
을 정도였다.

"카를." 지배인은 카를을 불러 세운 후 두 손을 무릎 사이에 놓고
고개를 갸우뚱한 채 그를 바라보았다. 결코 심문 같은 느낌은 들지
않았다.

"내가 우선 말해 두고 싶은 것은 나는 아직도 카를을 전폭적으로
신뢰하고 있다는 거야. 그리고 웨이터장 역시 올바른 사람이야. 이건
내가 보증해. 그리고 나와 그의 진심은 카를을 여기에 두고 싶은 거
야." 그녀는 이렇게 말을 하면서 이야기를 중단시키지 말아 달라고
부탁이라도 하는 양 웨이터장을 힐끔 바라보았다. 그러나 그녀의 그
런 생각은 기우에 지나지 않았다.

"그러니 여기에서 모두가 말한 이야기들은 모조리 잊어. 특히 수위
장이 뭐라고 했는지 모르지만 그리 대수롭게 생각하지 마. 하기야 수

위장은 격하기 쉬운 성질이긴 하지만 그건 직책 수행 상 하나도 이상할 게 없어. 그리고 이분에게도 처자가 있어. 그러니 자기만을 믿고 의지하는 갈 곳 없는 소년을 아무 소득도 없는데 고통을 줄 필요는 없다는 것쯤은 잘 알고 있을 거야. 뿐만 아니라 그런 짓을 하면 다른 사람들로부터 보복을 받고도 남는다는 것을 잘 알고 있을 거야."

방안은 조용했다. 수위장은 설명을 구하듯 웨이터장에게로 시선을 돌렸다.

웨이터장은 지배인을 응시하면서 머리를 흔들었다. 엘리베이터 보이인 베스는 웨이터장 등 뒤에 숨어서 그저 능글맞게 웃고 있었다. 테레사는 기쁨과 괴로움을 견디지 못한 채 소리 죽여 흐느껴 울면서 울음소리가 들리지 않도록 무진 애를 쓰고 있었다.

카를은 지배인이 자기 시선을 기다리고 있음에 틀림없는데도, 나쁜 표시로밖엔 받아들여지지 않으리란 것을 잘 알면서도 시선을 지배인한테로 돌리지 않고 바로 앞 마룻바닥을 내려다보고만 있었다. 팔에는 격심한 통증이 사방팔방으로 경련처럼 번져 가고 셔츠는 지렁이처럼 붙잡혔던 팔에 눌어붙었다. 여느 때 같으면 상의를 벗고 상처를 확인했겠지만 지금은 그것도 할 수가 없었다. 지배인의 말은 모두 극진한 친절과 호의에서 우러난 것임에 틀림없다. 그러나 불행히도 그에겐 지금 보여 준 지배인의 태도에서 두 달 동안이나 아무 생각 없이 그녀의 친절에 의지해 온 이상 수위장한테 당한 고통은 당연한 것이 아니겠느냐는 인과응보 비슷한 생각만이 들 뿐이었다.

"내가 이런 말을 하는 것도……." 지배인은 말을 이었다. "나는 네

인품을 잘 알고 있어. 또한 네가 평상시와 다름없이 근무에 충실했으리라고 생각하지만 그래도 지금 이 자리에서 그 문제에 대한 답을 분명히 해 주었으면 하고 바라는 거야."

"말씀 도중에 죄송합니다만 의사를 부르는 게 어떨지요? 저 사람이 출혈이 심해 목숨을 잃을 것 같습니다." 하고 별안간 엘리베이터 보이인 베스가 정중하긴 하나 지배인의 이야기를 가로막듯이 끼어들었다.

"좋아, 가게." 웨이터장이 베스에게 말했다. 그리고 "사건의 진상은 이렇습니다." 하고 웨이터장은 지배인을 향해 말을 붙였다. "저 수위장이 저 애를 장난삼아 붙들고 있는 게 아닙니다. 무슨 일이냐 하면 맨 아래층에 있는 엘리베이터 보이 침실의 어느 침대에서 만취한 낯선 남자가 조심스럽게 홑이불로 얼굴을 가린 채 자고 있어요. 물론 엘리베이터 보이들이 일제히 달려들어 그 사내를 깨웠고 그를 내쫓으려 하자 그 사내가 난동을 부리기 시작했던 겁니다. 이 침실은 카를 로스만 것이고 자기는 로스만의 손님이라면서 그가 이 침실로 데리고 왔으니 누구든 자신에게 손가락 하나라도 댔다가는 로스만이 그대로 있지 않을 거라고 아우성을 쳤습니다. 그뿐만 아니라 로스만이 자신에게 돈을 주겠다고 약속하고 지금 그 돈을 가지러 갔으니 자신은 돈을 받기 위해서라도 로스만이 돌아올 때까진 기다려야 한다고 되뇌고 있다는 겁니다. 아셨습니까? 지배인님, 돈을 주기로 약속하고 그 돈을 가지러 갔다고 하는 바로 이 대목에 주의하셔야 합니다. 그리고 로스만, 너도 이 점을 명심해."

웨이터장은 마침내 카를에게도 말했다. 이때 카를은 테레사 쪽을 돌아보고 있었다. 테레사는 마치 마법에 묶여 있는 양 웨이터장을 응시하고 있었으며, 이마로 흘러내려오는 몇 가닥의 머리카락을 쓸어 올리거나 매만지는 행동을 되풀이하고 있었다.

"그렇다면 너한테는 그 사내에게 무엇을 약속했던가를 상기시켜 주는 게 좋겠지. 그 사내가 이런 말을 되풀이하더라는 거야. 네가 돌아오면 둘이서 누구라든가 이름은 잘 모르겠지만 어떤 여자 가수한테 놀러 가기로 돼 있다는 거야. 그 가수 이름은 아무도 알아들질 못했어. 그 사내가 노래를 부르면서 말했거든."

여기서 웨이터장은 말을 끊었다. 눈에 띄게 창백해진 지배인이 의자에서 벌떡 일어나면서 그 의자를 뒤로 사납게 밀어 버렸기 때문이다.

"당신이 힘든 것 같으니 이만 해 둡시다." 웨이터장이 말했다.

"괜찮아요. 어서 계속하세요." 지배인은 이렇게 대답하고 웨이터장의 손을 잡았다. "염려 말고 더 계속하세요. 모두 듣고 싶어요. 그러려고 여기까지 왔으니까요."

이때 수위장이 걸어 나오더니 자신이야말로 처음부터 모든 것을 남김없이 꿰뚫어 보았다는 표시로 자기 가슴팍을 쿵 두들겼다. 그러자 웨이터장이 황급히 "자네 말이 옳았네. 모든 것이 자네 말 그대로였어. 페오도르." 하는 말로 진정시키면서 원래 자리로 물러서게 했다.

"이제 거의 끝났어요." 웨이터장은 말을 이었다. "소년들은 일제히 달려들어 처음엔 그 사내를 비웃고 놀리고 욕했으나 그것이 지나쳐 드디어 싸움으로 발전했던 겁니다. 이렇게 되면 일은 재미있게 되는 거죠. 거기엔 언제나 훌륭한 권투 선수들이 손을 걷어붙이고 있습니다. 결국 그는 완전히 쓰러지고 말았답니다. 현재 그 사내는 얼마나 큰 상처를 입었는지, 그리고 얼마나 피를 흘렸는지 저는 아예 묻지도 않았습니다. 어쨌든 우리 애들은 모두 무서운 선수들이니 말입니다. 주정뱅이 하나 때려눕히는 것쯤은 그들에겐 식은 죽 먹기입니다."

아메리카

"그랬군요." 지배인이 이렇게 말하고는 안락의자의 등받이를 붙잡고 자기가 방금 일어난 자리를 물끄러미 바라보는 것이었다. 이윽고 그녀가 입을 열었다.

"그럼, 로스만, 뭔가 할 말이 있으면 해 봐."

테레사는 이미 자리를 박차고 지배인 앞으로 가서는 매달리듯 지배인의 팔을 껴안고 서 있었다. 카를은 여태껏 그녀의 그런 거동을 본 적이 없었다. 웨이터장은 지배인의 등에 들러붙듯 붙어 서서 지배인의 접힌 레이스 부분을 차분한 손길로 매만져 주고 있었다.

"어때, 할 말 있어?" 하고 수위장이 말을 던졌는데, 카를의 등을 찌른 것을 방 안의 사람들이 눈치 채지 못하게 하기 위해서였다.

"제가 그 사내를 침실로 데리고 간 건……." 카를은 방금 등 뒤에 받은 일격을 스스로 생각해 봐도 한심스러울 만큼 불안한 심정으로 말했다. "……사실입니다."

"좋아, 우리는 그것만 알면 되는 거야." 수위장은 일동을 대표해서 말했다. 지배인은 묵묵히 웨이터장을 바라보다가 이윽고 테레사에게로 눈을 돌렸다.

"저는 어떻게 할 도리가 없었습니다." 카를은 말을 계속했다. "그 사낸 옛날 제 동료였습니다. 요 두 달 동안 만나지 못했는데 그 사내가 갑자기 저를 찾아왔던 거예요. 그때 그는 도저히 혼자선 돌아갈 수 없을 만큼 취해 있었습니다."

웨이터장이 지배인 옆에서 절반은 상대가 바라는 투로 혼잣말로 중얼댔다.

"그럼 그 사내가 찾아왔다, 그리곤 돌아갈 수 없을 만큼 취해서 곤드레가 됐다. 이 말이군."

이때 지배인이 어깨 너머로 웨이터장에게 뭐라 속삭이자 그는 분명히 이 사건과는 무관한 것 같은 미소를 보이면서 열심히 변명하는 것 같았다.

테레사는—카를은 그녀만을 뚫어지게 바라보고 있었다—완전히 절망했는지 얼굴을 지배인한테 밀어붙인 채 아무것도 보지 않으려는 듯 눈을 가리고 있었다. 카를의 설명에 완전히 만족하고 있는 것은 수위장뿐이었다.

"이것으로 사건은 분명히 밝혀졌군요. 이제 남은 일은 이 녀석의 동료인 주정뱅이를 도와주는 일뿐이군." 하고 그는 몇 번이고 되풀이하면서 눈짓 손짓을 다해 가며 이 자리에 있는 사람들의 마음속에 빠짐없이 이 설명을 각인시키려고 애쓰고 있었다.

"그럼 모두 제가 잘못한 겁니까?" 카를은 자기를 재판하는 사람들의 입에서 뭐든 부드러운 동정의 한마디를 기다리기라도 하는 양 이야기를 중단했다. 그 한마디를 들으면 자기를 계속 변호할 수 있는 용기가 솟아날 것 같았기 때문이었다.

"제가 아일랜드에서 온 로빈슨이라는 사내를 침실까지 데려간 것은 분명히 저의 잘못입니다. 그러나 그밖에 그가 말한 모든 것들은 취중에 한 말로 모두 진실이 아닙니다."

"그럼 돈 약속은 하지 않았단 말이지?" 웨이터장이 다그쳐 물었다.

"아니요." 카를이 대꾸했다. 그리고 그는 그 사실을 잊고 있었던 점을 몹시 후회했다.

생각이 얕았든지 아니면 방심했든지 그는 자신의 결백을 입증하기에는 너무나도 무기력하고 애매한 말만 하고 있었던 것이다.

"돈을 주겠다는 약속은 분명히 했습니다. 그러나 돈을 가지러 갈 생각은 없었습니다. 어젯밤 팁을 모두 털어서 줄 작정이었습니다." 그는 말을 마치고 그 증거로 호주머니에 든 돈을 꺼내 손바닥 위에 올려놓았다. 몇 푼 안 되는 동전이었다.

"네 입장은 더욱 난처해졌어. 이젠 진퇴양난이란 말이다." 웨이터장이 말했다. "네 말을 믿으려면 방금 한 네 말을 모두 잊어야 하지 않느냐 말이다. 네 말대로 그 사내 이름이 로빈슨이란 것과 아일랜드인이란 것을 어떻게 믿지? 그리고 도대체가 아일랜드 역사가 생긴 이래 그들은 절대로 자기가 아일랜드인임을 밝힌 전례가 없단 말이야. 어쨌든 네 말 그대로라면 최초에 그 사내를 침실로 데리고 갔을 뿐이라고 했지? 말이 났으니 말이지, 그 일 하나만으로도 해고의 이유가 충분한 거야. 그런데 너는 처음 그 사내에게 돈을 주겠다는 약속은 하지 않았노라고 했었거든. 다시 내가 다그쳐 묻자, 이번엔 약속했노라고 말했어. 지금 너와 퀴즈 게임을 하려는 게 아니야. 우리가 너한테서 듣고 싶은 건 해명이야. 그리고 처음엔 돈을 가지러 갈 생각은 없었고 어젯밤의 팁을 모두 주려 했다고 말했지만 아직도 그 팁을 고스란히 가지고 있잖아. 결국 이것으로 팁 아닌 다른 돈을 가지러 가려고 했던 것이 명백한 사실이 됐어. 네가 오랫동안 자리를 비웠다는 사실이 이것을 뒷받침하는 거야. 마지막으로 네가 그 사내에게 줄 돈을 네 트렁크에서 꺼내려 했다고 말했다면 그건 조금도 이상한 일이 아니야. 그런데 이상하게도 온 힘을 다해 부인하고 있단 말이야. 어때, 이상하지 않아? 네가 그 사내를 호텔에 끌고 들어와 술을 잔뜩 먹여 취하게 만들었다는 사실을 시종 말하지 않는 것과 더불어 말이야. 되풀이할 것도 없이 이것 역시 의심의 여지가 손끝만큼도 없는 명백한 사실이야. 너도 한 번 생각해 봐. 자, 너 자신이 그 사내가 올 땐 혼자였는데 갈 땐 혼자 돌아갈 수 없었다고 고백했고, 또 그 사내 자신도 침실에서 네 손님이라고 소란을 피웠잖아? 이렇게 되면 결국 두 가지 사실만이 미결인 셈이야. 사건을 간단히 끝내고 싶거든 네 입으로 순순히 부는 게 좋을 거야. 물론 우리는 네 도움 없이도 네 범행을 확증하기는 식은 죽 먹기야. 어서 말해! 첫째는 넌 식품 저장실에 어떻게 출입할 수 있었는가, 둘째는 그 사내에게 줄 돈을 어떤 방법으로 모았는가 하는 거야."

'상대방에게 선의가 없을 땐 변호는 불가능하다.' 카를은 이렇게 속으로 생각하고 웨이터장의 질문에 대꾸하지 않았다. 이것이 테레사에게 큰 충격을 준 것 같았다. 카를은 자기가 무슨 변명을 한다 해도 자신의 본의와는 영 거리가 멀어지고 있으며, 선과 악 역시 받아들이는 쪽의 주관에 따라 달라진다는 것을 절실하게 깨닫게 되었다.

"왜 대답을 안 하지?" 하고 지배인이 말했다.

"침묵이야말로 이 녀석으로선 가장 현명한 방법이에요." 웨이터장이 말을 받았다.

"두고 보세요. 곧 멋진 변명을 생각해 낼 겁니다." 수위장은 조금 전에 그토록 잔인했던 손으로 수염을 공들여 매만졌다.

"조용히 해!" 지배인은 곁에서 드디어 울음을 터뜨린 테레사에게 소리쳤다.

"봐라, 카를은 아무 대답도 못하는구나. 이렇게 되면 내가 카를을 위해 전혀 손을 쓸 수 없어. 결국 웨이터장에게 진 건 바로 나야. 얘, 테레사, 어서 말해 봐. 네 생각에 내가 카를을 위해 할 일이 뭐가 있는지를 말이야."

테레사가 어찌 이런 것을 알 수 있으랴. 또한 지배인이 두 사람 앞에서 이 철없는 소녀에게 던진, 질문도 아니고 애원도 아닌 말로 해서 스스로의 권위를 실추시켰음을 깨달았다손 치더라도 그게 이제 무슨 소용이 있겠는가.

"지배인님." 카를이 마음을 고쳐먹고 말했다. 그건 테레사가 대답을 하지 않게 하려는 목적에서였다.

"저는 결코 당신을 욕되게 했다곤 생각하지 않습니다. 좀 더 자세하고 정확한 조사를 해 보시면 다른 사람 모두가 제 말을 믿게 될 것입니다."

"다른 사람 모두라고?" 수위장은 이렇게 말하고 웨이터장을 가리켰다. 그리고 말을 이었다.

"이거야말로 당신을 빈정대는 말입니다. 이스바리 씨."

"그런데 지배인님." 웨이터장이 말했다. "지금 시각은 여섯 시 반입니다. 이제 지체할 시간도 없습니다. 이젠 그토록 끈기 있게 참아 오신 사건에 대해 결론을 내리실 때도 됐다고 생각합니다만."

마침 이때 자코모가 들어왔다. 그는 카를한테 다가가려 하다가 방 안을 짓누르고 있는 정적에 깜짝 놀랐는지 주춤하고 멈춰 섰다. 그리고 기다렸다.

지배인은 카를이 마지막으로 말을 한 후로 그에게서 눈을 떼지 않았다. 그녀가 웨이터장의 의견을 귀담아들은 기색은 조금도 찾아볼 수 없었다. 그녀는 눈을 크게 뜨고 카를을 바라보고 있었다. 그녀의 눈동자는 크고 푸른빛이었으나 고생을 해서인지 다소 흐려 있었다. 그녀는 이런 표정으로 그녀 앞에 놓인 안락의자를 힘없이 앞뒤로 흔들어대고 있었는데, 그 모습은 지금이라도 다음과 같은 말을 하지 않을까 하는 기대를 주기에 충분했다. '카를, 네 말을 듣고 잘 생각해 보니 아직 사건은 결말이 난 게 아니구나. 그리고 네 말이 옳은 것 같아. 더 정확하고 자세한 조사가 필요하다는 네 말에 동감이야. 그러니 다른 사람들이 동의하든 말든 우리끼리 그것을 즉각 실행으로 옮기자꾸나. 세상만사엔 공정하이 첫째니까 말이야.'

그러나 그 기대는 잘못이었다. 아무도 입을 열려 하지 않았기 때문

256

에 한동안 침묵이 계속된 후 다만 웨이터장의 말을 뒷받침하듯 시계가 여섯 시 반을 알리는 종을 쳤다. 그러자 동시에 누구나 알다시피 호텔안의 시계란 시계는 일제히 종을 울렸다. 그 종소리의 울림은 귓전에 여운을 남기면서 마음속의 예감을 깨우는 듯 거대하고도 초조한 경련이 자꾸 엄습해 오는 것 같았다. 지배인이 다음과 같이 말했기 때문이다.

"안 돼, 카를. 안 돼, 안 돼. 우리는 그렇게 믿고 싶지 않아. 올바른 일이란 언제나 평범하게 보이지 않아. 어딘가 특별한 점이 있긴 하지. 그나저나 나는 이제 모두 고백하지만 네 사건은 그렇지 않은 것 같단 말이야. 이 말만은 나로서 꼭 해 두고 싶고, 또 말하지 않곤 지나칠 수 없어 솔직하게 말하는 거야. 생각해 봐. 너를 위해 애써 보려고 호의적인 선입견을 갖고 여기에 나타난 것은 바로 나야. 봐, 테레사도 입을 다물고 있잖아?"

그러나 사실상 테레사는 입을 다물고 있었던 게 아니다. 울고 있었던 것이다.

지배인은 갑자기 떠오른 어떤 결심 때문인지 말을 끊었으나 이윽고 입을 열었다.

"카를, 이리 좀 와 봐." 카를이 그녀 곁으로 다가가자 바로 웨이터장과 수위장이 그의 등 뒤에 모여서 뭔가 열심히 대화를 나누기 시작했다. 그녀는 카를을 한 팔로 껴안고 카를 뒤로 무의식적으로 따라온 테레사를 데리고 방 안으로 자리를 옮겼다. 그녀는 이리저리 왔다 갔다 하며 말했다.

"물론 네가 주장하듯 조사가 진행되면 자세한 점이 밝혀져 네가 옳았다는 것이 인정될지도 몰라. 너도 그걸 확신하는 것 같아. 그렇지? 만약 그렇지 못하다면 나도 너를 이해한다고 말할 수 없게 돼. 그런데 왜 조사를 하지 않느냐가 문제거든. 저 수위장에 대한 인사 건 역시 아마 모두 네 주장이 옳을 거라고 생각해. 난 그걸 확신하고 있어. 그리고 수위장의 인간 됨됨이를 어떻게 평가해야 하느냐 하는 점 역시 나대로의 주관이 있어. 알겠어? 난 이렇게 모든 것을 솔직하게 숨기지 않고 이야기하는 거야. 그런데 말야. 네 주장대로 혹 자잘한 두 가지 점에서 네가 옳다는 것이 입증된다고 치더라도 그것은 네게 아무런 도움이 되지 못해. 저 웨이터장이 너의 죄를 분명히 선고했기 때문이야. 나는 그와 오랫동안 사귀어 왔기 때문에 그가 사람 보는 눈이 정확하다는 것을 알고 있어. 또 내가 아는 사람 가운데 가장 신뢰할 수 있는 인물이기도 하거든. 네 잘못은 이제 반박의 여지가 없다고 나는 생각해. 아마 너는 아무 생각 없이 경솔한 행동을 했을 거야. 그때의 너는 내가 평소 생각하던 네가 아니었을 거야. 난 이렇게 말을 하곤 있지만 그래도⋯⋯." 하고 그녀는 여기서 자제하기 위해 말을 끊고 두 사내를 힐끔 뒤돌아보았다. 그리고 말을 이었다. "너는 천성이 정직하고 착실한 소년이라는 내 생각은 그대로야."

"지배인님, 지배인님." 하고 그녀의 시선을 의식한 웨이터장이 주의를 촉구했다.

"곧 끝나요." 지배인은 이렇게 말하곤 한층 빠른 어조로 훈계를 계속했다.

"알겠어, 카를? 나는 이 사건을 넓은 관점에서 보고 있어. 그래서 웨이터장이 대대적인 조사에 착수하려 하지 않는 것은 도리어 다행이라고 생각해. 만약 저 사람이 조사를 하려 한다면 너를 위해 내가 나서서 막아야 하기 때문이야. 현재 누구에게도 알려서는 안 될 일은 네 친구라는 그 사내한테 무엇을 어떻게 대접했느냐 하는 점이야. 어쨌든 그 사내는 네가 어떻게 주장한다 해도 너의 옛 동료잖아? 그건 네가 그들과 헤어질 때 큰 싸움을 벌였고 그래서 그들 중 누가 찾아온다 해도 결코 상대하지 않기로 결심했기 때문이야. 그러니 저 사내는 내가 보기엔 네가 술집에서 경솔하게 사귄 그런 사이일 뿐이야. 카를, 넌 어쩌면 이런 일을 내게 숨겨 왔니? 네가 공동 침실에 있기가 싫다는 단순한 이유 때문에 밤나들이를 즐기게 됐다면 왜 그 이야기를 내게 한마디도 해 주지 않은 거지? 나는 네게 독실을 마련해 주려 했었지만 너는 받아들이지 않았잖아. 이제 생각해 보니 독실보단 공동 침실 쪽이 아무런 방해 없이 놀 수 있기 때문이었군. 너는 갖고 있던 돈을 모두 내게 맡겨 두었고, 손님들이 주는 팁은 매주 꼬박꼬박 모아서 나한테 가지고 왔었어. 그렇다면 어서 말해 봐. 부탁이야. 네가 유흥비로 탕진한 돈은 어디서 난 거지? 그리고 그 사내한테 줄 돈은 어디서 가져올 생각이었지? 물론 네가 한 말은 당분간 아니 적어도 이 자리에서만큼은 저 웨이터장한테 비치지도 않겠어. 만약 내가 이것을 그들에게 이야기한다면 조사가 불가피해질 것은 틀림없어. 이런 사정으로 봐서 너는 이 호텔을 떠나지 않으면 안 돼. 그것도 될 수 있는 대로 빨리 말이야. 곧장 브레나 여관으로 가도록 해. 거기는 테레사

아
메
리
카

와 같이 간 적이 여러 번 있지? 이 소개장을 가지고 가면 무료로 숙박 시켜 줄 거야."

지배인은 블라우스 속에서 노란 색연필을 꺼내 명함 뒤에 두서너 줄 적으면서 계속 이야기를 했다. "네 트렁크는 바로 그리로 보낼게. 테레사, 넌 바로 엘리베이터 보이 전용 탈의실로 가서 카를의 트렁크를 챙기도록 해라."

그러나 테레사는 움직이려 하지 않았다. 모든 슬픔을 견디고 참아 낸 이상 지배인의 친절 덕분에 겨우 호전된 카를 사건의 결과를 마지막까지 확인하고 싶은 것 같았다.

누군가가 얼굴은 들이밀지 않고 문을 살며시 열었다가 바로 닫았다. 분명히 자코모인 것 같았다. 그것은 자코모가 한 발 나서서 입을 연 것으로 알 수 있었다.

"로스만, 너에게 전하지 않으면 안 될 일이 있는데."

"지금 바로 가야 해." 지배인은 이렇게 말하고, 고개를 축 늘어뜨린 채 귀를 기울이고 있는 카를의 호주머니 속에 명함을 찔러 넣었다.

"네가 맡긴 돈은 당분간 내가 맡아 두겠어. 너도 나라면 안심하고 맡길 수 있겠지. 오늘은 숙소에 틀어박혀 앉아서 이번 사건을 잘 검토해 보도록 해. 나는 오늘은 바빠서 틈이 없어. 그리고 이 방에서 너무 많은 시간을 보냈으니 내일 내가 브레나로 너를 찾아갈게. 그때 네 앞날에 대한 것도 함께 차분히 검토하기로 하자. 나는 어떤 일이 있어도 널 버리지 않아. 이건 너도 오늘의 이 사건으로 충분히 알았을 거야. 넌 앞으로의 일로 크게 근심할 건 없어. 네가 걱정할 일이 있다면 장래가 아니라 이미 지난 과거일 거야." 이렇게 말하며 그녀는 가볍게 카를의 어깨를 툭 치고 웨이터장에게 걸어갔다.

카를은 머리를 쳐들었다. 그러고는 침착하게 뚜벅뚜벅 걸어서 자기로부터 멀어져 가는 거구의 지배인의 뒷모습을 눈으로 전송했다.

"만사가 이토록 좋게 해결되었는데도……." 그의 곁에 남아 있던 테레사가 말했다. "당신은 조금도 기쁘지 않나요?"

"아니야, 천만에. 그럴 리가 있나?" 카를은 그녀를 향해 웃어 보였다. 그러나 그는 도둑 취급을 받고 쫓겨나는 자기가 왜 기뻐하지 않으면 안 되는지 그 이유를 알 수가 없었다. 그러나 테레사의 눈은 순수한 기쁨으로 빛나고 있었다. 설사 누명을 뒤집어썼든 영예로운 찬사를 받았든 간에 테레사로서는 조속 방면(放免)만 된다면 카를의 범죄의 진위나 카를에 대한 선고의 옳고 그름은 전혀 문제되지 않는 것 같았다. 지금까지 살아오는 동안 자신의 문제로 그토록 괴로움을 받아 왔으며, 지배인의 애매한 말 한마디에도 몇 주일 동안이나 머리를 썩이고 검토를 거듭하던 그녀가 지금은 이렇게 단순하게 생각하고 있는 것이다. 그래서 카를이 일부러 물었다.

"테레사, 내 트렁크를 챙겨서 내 숙소로 가져다주기로 돼 있지 않니?"

그러자 테레사는 카를이 깜짝 놀라 머리를 살래살래 흔들지 않을 수 없었을 만큼 날쎄게 몸을 돌려 그의 물음에 즉각 반응을 보였다. 트렁크 속에 비밀로 해 두어야 할 어떤 물건이 들어 있을 것이라고 확신했는지 카를 쪽을 바라보지도 않고 손도 내밀지 않은 채 "물론 그렇고말고요. 카를, 난 지금 바로 가서 트렁크를 챙기겠어요." 하고 속삭이듯 말하고는 그대로 달려 나갔다.

한편 더 이상 참을 수 없었던 자코모는 몹시 화가 난 듯 큰소리로 고함쳤다.

"이봐, 로스만. 그 사내가 말이야. 복도에서 뒹굴고 있어. 우리가 데리고 나가려 해도 막무가내란 말일세. 실은 병원으로 운반하려 했거든. 그런데 그는 저항하면서 말하기를 자기를 병원으로 떠메고 가는 것을 자네가 묵과하지 않을 거라고 버티고 있어. 그래서 우리는 자동차를 불러서 집으로 태워 보내기로 했네. 그런데 그 자동차 요금은 자네가 치르겠지? 어때?"

"그 사내는 널 신뢰하고 있는 거야." 하고 웨이터장이 말했다. 카를은 어깨를 한 번 추켜 보이고 자코모의 손에 돈을 세어서 건네주었다.

"마침 돈 가진 게 이것뿐이야."

"네가 함께 가겠는지 그것도 알아 오라 하더군." 자코모는 돈을 찰랑찰랑 흔들어 소리를 내면서 거듭 말했다.

"카를은 그와 같이 가지 않을 거야." 하고 지배인이 말했다.

"그럼, 로스만." 하고 웨이터장이 재빨리 말했다. 그는 자코모가 방을 빠져 나갈 때까지 기다리지 않았다.

"넌 즉각 해고야."

수위장은 마치 웨이터장이 자기가 한 말을 흉내 내는 데 불과하다는 것처럼 몇 번이고 머리를 끄덕였다.

"널 해고하는 이유는 큰소리로 말하기가 거북해. 만약 내가 큰소리로 하면 자네를 구속해야 할 경우가 생길지도 모르기 때문이야."

수위장은 쏘는 듯한 날카로운 눈빛으로 지배인을 바라보았다. 이 너무나도 관대한 처사가 그녀 때문임을 분명히 깨달았기 때문이었다.

"바로 베스한테 가서 옷을 갈아입고 베스에게 지금 입고 있는 제복을 돌려준 후 여기서 떠나도록 해. 알겠나, 지금 바로야."

지배인은 눈을 감았다. 이렇게라도 해 보여서 카를의 마음을 진정시키고 싶었던 것이리라. 카를이 작별 인사를 할 때 웨이터장이 지배인의 손을 남모르게 살며시 쥐고 어루만지면서 그 감촉을 즐기고 있는 것이 힐끔 눈에 띄었다. 수위장이 느릿느릿한 걸음으로 카를을 문까지 전송하고선 카를이 문을 닫지 못하도록 열어 놓은 채 카를의 등 뒤에 대고 퍼붓듯 소리쳤다.

"잘 들어, 넌 15초 후에 현관에 앉아 있는 내 앞을 지나가게 될 거야. 알겠나. 명심해!"

카를은 현관에서 언짢은 일이 벌어지는 것을 피하고 싶은 생각에 가능한 한 서둘렀다. 그러나 사사건건 생각하지 않은 데서 시간이 지체되었다. 우선 베스가 보이지 않았다. 마침 아침식사 시간이어서 어디를 가나 사람들로 혼잡했다. 다음은 동료 엘리베이터 보이 하나가 카를의 헌 바지를 빌려간 사실을 알게 되었다. 카를은 거의 침대 전부를 돌아다니며 옷걸이를 이 잡듯 뒤지지 않으면 안 되었다. 이런 일 저런 일로 그가 현관에 도착하는 데는 5분이 걸렸다. 마침 그때 그의 앞으로 숙녀 하나가 네 신사 한가운데 서서 나란히 걷고 있었다.

그들은 기다리고 있는 대형 자동차를 향해 걸어갔다. 자동차 곁엔 제복을 입은 하인이 이미 차의 문을 열고 서서 쉬고 있는 왼팔을 옆으로 올려 수평으로 뻗고 있었다. 매우 장엄한 광경이었다.

카를은 그 신사들 일행에 섞이듯 뒤를 따라 남모르게 빠져나갈 수 있으리라 생각했으나 그건 실패였다. 별안간 수위장이 그의 팔을 움켜잡았다. 그리고 두 신사에게 용서를 구하면서도 손을 늦추지 않고 신사들 속에서 숨아 내듯 그를 자기 곁으로 끌어당겼다.

"약속은 15초였었다." 수위장은 이렇게 말하고 고장 난 시계를 살펴보듯 카를을 옆에서 노려보았다. 그리곤 "이리 와!" 하고 카를을 널찍한 수위실로 끌고 갔다.

그 수위실은 카를이 오래 전에 한 번 구경했으면, 하고 원하던 곳이었으나 지금은 수위장의 주먹에 쥐어 박히면서 공포에 떨며 끌려 들어갈 도리밖에 없었다. 그는 몸을 돌려 수위장을 밀어 버리고 도망치려고 시도했으나 수위장은 한 발 앞서 문을 가로막고 서 있었다.

"안 돼. 어서 들어가." 수위장은 카를을 반대 방향으로 돌려 세웠다.

"난 이미 해고된 사람입니다." 하고 카를은 자신은 이제 이 호텔의 어느 누구로부터 명령받을 몸이 아님을 은연중에 비쳤다.

"내가 붙들고 있는 이상 넌 아직 해고된 게 아니야." 하고 수위장이 말했다. 물론 수위장의 주장에도 일리는 있었다.

카를은 자신이 무엇 때문에 끝내 수위장과 맞서지 않으면 안 되는지 그 이유를 알 수가 없었다. 어쨌든 큰 피해를 입을 일이야 없으려니, 하고 생각했다. 더욱이 대기실은 유리창 너머로 현관을 출입하는 사람들의 왕래가 뚜렷하게 보여서 마치 자기도 그 왕래 속에 함께 끼어 있는 것 같은 착각을 일으킬 정도였다. 분명히 이 수위실에는 사람들의 눈을 피할 수 있는 은신처는 어느 구석에도 없다고 생각했다. 밖을 지나는 사람들은 얼굴을 숙이고 한 팔을 앞으로 뻗거나 날카로운 눈으로 사방을 훑어보거나 손에 든 짐을 높이 쳐들기도 하는 등 갖가지 자세로 인파 사이를 누비면서 몹시 바쁜 듯이 걷고 있었으나 그래도 수위실을 훑어보지 않고 지나가는 사람은 거의 없었다. 수위실의 거대한 판유리 안쪽에는 투숙객은 물론 종업원에게도 중요한 통지라든가 고지사항 등이 게시되기 때문이었다. 그리고 수위실과 현관 사이에도 많은 인파가 오가고 있었다. 커다란 미닫이 유리 창가엔 두 명의 보조 수위가 앉아 손님들의 온갖 요구에 응대하느라 쩔쩔매고 있기 때문이기도 했다.

아메리카

그들은 분명히 과중한 일을 하고 있었다. 수위장은 카를에게 자신도 과거에 이와 똑같은 직무에 매달려 고생한 경력을 다져 이 자리에 있는 것이라고 말해 주고 싶었다.

그 두 명의 수위는 바깥의 사람들은 설마 그렇게까지 하랴, 하고 생각했겠지만 언제나 창문을 열어 놓은 채 적어도 동시에 열 명 이상을 상대하고 있었다. 끊임없이 얼굴이 바뀌는 열 명의 질문자는 제각기 다른 나라에서 온 것처럼 언어의 혼란이 야기되는 일이 이따금 있었다.

언제나 두서너 명의 손님이 동시에 질문을 던질 뿐 아니라 손님들끼리도 대화를 주고받고 있었다. 또 수위실에서 뭔가 찾아가거나 맡기는 손님들이 태반이었다. 때문에 기다리다 지쳐 사람들 속에서 손을 높이 쳐들고 조급하게 휘두르는 손님들의 광경도 볼 수 있었다. 그들 중 한 손님이 신문을 건네받으려다 신문지가 머리 위에서 활짝 펼쳐지는 바람에 그곳에 늘어선 손님들의 얼굴을 모조리 덮어 버리기도 했다.

이처럼 눈코 뜰 새 없이 바쁜 일을 두 수위는 견뎌 내야만 하는 것이다. 보통의 대화법으론 그들은 맡은 바 직책을 십 분 이상 감당해 낼 수 없는 것이다. 두 보조 수위는 그야말로 총알 같은 속도로 말을 내보내고 있었다. 특히 이쪽에 앉은 사내는 얼굴 전체가 검정 수염으로 덮여 음산한 표정이었는데, 전혀 숨 돌릴 틈도 없이 안내를 계속하고 있었다. 그는 쉴 새 없이 책상 위로 손을 내밀고 악수를 되풀이하면서도 책상을 바라보지도 않았으며, 뒤이어 질문을 던지는 투숙객의 얼굴을 보지도 않은 채 앞만 똑바로 노려보고 있었다. 그것은 분명히 힘을 아껴 알맞게 배분하려는 의도에서인 것 같았다. 어쨌든 그의 수염 때문에 다소 그의 말을 알아듣기가 어려웠다.

카를은 아주 짧은 시간 거기에 멈춰 있었기 때문이었는지 아니면 그때 마침 그가 쓰고 있던 언어가 발음은 영어 비슷했으나 실은 외국어였기 때문이었는지는 모르지만 그의 말은 거의 알아들을 수가 없었다. 그리고 질문을 던진 손님을 당황케 만든 것은 이전의 안내가 채 끝나기도 전에 다음 안내를 계속해야 했기 때문에 두 안내의 차이를 구별할 수 없다는 점이었다. 때문에 한 질문자가 자기 질문에 대한 설명으로 여기고 긴장된 표정으로 귀를 기울이고 있다가 한참 후에야 자기 질문에 대한 설명은 이미 끝났음을 깨닫게 되는 경우도 허다했다. 그리고 보조 수위는 결코 같은 질문을 되풀이해 달라고 요구하는 경우가 없다는 사실에 질문자는 익숙해져야 했다.

질문의 요지가 거의 명료한 경우일지라도 어디든 조금이라도 애매한 점이 있는 경우엔 보조 수위도 거의 눈에 띄지 않을 만큼 살짝 머리를 가로젓는 것으로 그 질문에 답할 의사가 없음을 표시하는 것이었다. 질문자는 질문을 보다 간결하고 명확하게 표현해야 했다. 애매모호한 질문 때문에 많은 사람들이 창구 앞에서 꽤 오랜 시간을 허비하지 않으면 안 되었기 때문이었다. 보조 수위를 돕기 위해 보조 수위 한 명에 사환 소년 한 명씩 딸려 있었다. 그 소년들의 역할은 서가(書架)를 비롯한 갖가지 상자에서 보조 수위가 그때마다 요구하는 것들을 즉시 가져오는 것이었다. 이 일은 아직 어린 소년들에게 마땅한 일거리 가운데 가장 힘든 것이긴 했으나 그와 비례해서 급료 수준은 최상인 직종이었다. 그래도 역시 소년들은 어느 의미에서는 보조 수위 이상 힘들기도 했다.

수위들은 그저 입만 놀리고 있으면 되었으나 소년들은 생각하면서 뛰지 않으면 안 되었기 때문이다. 수위가 요구한 물건과 다른 것을 소년들이 가져왔더라도 수위는 너무 바쁘기 때문에 그들을 붙들고 길게 따질 여유가 없었다. 그럴 경우 보조 수위는 소년이 책상 위에 갖다 놓은 것을 무작정 손으로 내던져서 마루로 날려 버리는 것이었다.

꽤 흥미 있었던 것은 카를이 수위실에 들어간 바로 그때 펼쳐진 보조 수위의 근무 교대 광경이었다. 이런 교대는 하루에 적어도 몇 번인가 되풀이됐다.

한 시간 이상을 안내 창구에서 견딜 만한 장사는 거의 없었기 때문이었다.

교대 시간이 되면 벨이 울린다. 동시에 옆문이 열리고 차례가 된 두 보조 수위가 각각 사환 소년을 거느리고 나타난다. 교대할 보조 수위는 한동안은 아무것도 하지 않고 창구 곁에 서서 창밖의 사람들을 관찰한다. 이것은 눈앞에서 진행되고 있는 문답이 현재 어느 단계까지 이르렀는지를 확인하는 과정이다. 그들은 드디어 자기가 일을 시작할 적당한 기회가 되었다고 판단하는 순간에 재빨리 교대할 보조 수위의 어깨를 슬쩍 친다. 그러면 교대할 보조 수위는 지금까지 자기 등 뒤에서 무슨 일이 있었는지 전혀 무관심하긴 했지만 즉각 사태를 알아차리고 자리에서 일어선다. 더욱이 이런 모든 것이 아주 재빨리 진행되기 때문에 밖에 서 있는 질문자는 새로 등장한 낯선 얼굴에 깜짝 놀라 겁을 집어먹는 경우도 있었다. 교대하고 물러난 두 보조 수위는 기지개를 켜고 준비되어 있는 세숫대야에 뜨거워진 머리를 처박고 그 위에 물을 퍼붓는다. 그러나 교대한 사환 소년들은 아직 기지개를 켤 수 없었다. 근무 중에 마루에 내던져진 갖가지 물건들을 주워 원래 위치로 가져다 놓아야 했다.

이런 교대 광경을 카를은 긴장된 짧은 시간에 주의 깊게 파악했다. 그리곤 가벼운 두통을 느끼면서 어디까지 끌려가는 건지 예측하지 못한 채 수위장의 뒤를 따라갔다. 수위장도 이 안내 업무가 카를에게 큰 감명을 주었음을 알아차렸는지 갑자기 카를의 손을 잡아끌면서 말했다.

"알겠나? 여기선 저렇게 일을 하고 있는 거야."

물론 카를은 이 호텔에서 일하는 동안 한가하게 태만을 부린 적은 한 번도 없었지만 이런 일이 있으리라곤 꿈에도 모르고 있었다. 그는 수위장이 자기의 적(敵)임을 거의 잊고 묵묵히 수긍하면서 머리를 끄덕였다. 그런데 이것이 도리어 수위장의 감정을 자극한 것 같았다. 그는 카를의 보조 수위에 대한 과대평가를 자신에 대한 모욕으로 받아들인 것 같았다. 그 증거로 카를을 자신의 위안물로나 삼으려는 양사람들이 듣는 것도 아랑곳하지 않고 다음과 같이 소리친 것이다.

"물론 여기서 하고 있는 일은 이 호텔에서 가장 시시한 일이야. 한 시간쯤만 듣고 나면 손님이 던지는 질문에 막힘없이 대답할 수 있게 돼. 모르는 건 대답을 안 하면 되는 거야. 혹 네 녀석이 뻔뻔스럽고 무례하지 않았더라면, 그리고 거짓말을 하지 않고 방탕하지 않고 술주정과 도둑질을 하지 않았더라면 저 창구에서 일하도록 해 줬을지도 모르지. 저 일은 너 같은 멍청이에겐 적격이거든."

아
메
리
카

카를은 자기에게 던져지는 욕설을 모두 귓가로 흘려버릴 수 있었다. 그러나 보조 수위들의 진지하고 고된 업무가 인정받기는커녕 비웃음의 대상이 되고 있다는 것을 듣고 더욱이 모욕을 한 주인공이 모욕을 할 자격이 없는 사내였다는 것에 그는 무척 화가 치밀었다. 수위장이야말로 한 번 저 창구에 앉아 봐야 하는 거다. 그는 잠시의 틈도 주지 않고 몰려드는 질문자들을 견디지 못하고 도망칠 것이 분명하다.

"저를 보내 주세요." 카를이 말했다. 수위실에 대한 그의 호기심은 과도할 만큼 충족되었다.

"이제 당신과 상대하고 싶지 않아요."

"그것만으론 네 녀석이 여기를 빠져나갈 구실이 못 돼."

수위장은 이렇게 내뱉고 카를의 두 팔을 옴짝달싹 못하게 움켜잡으면서 수위실 구석으로 끌고 갔다.

'손님들 눈엔 수위장의 이 폭력 행위가 보이지 않는 걸까? 만약 본 사람이 있다면 왜 그는 이 행위를 비난하지 않는 걸까? 비난까진 못하더라도 창문이라도 두들기며 수위장한테 네 행동을 보는 사람이 있다. 나를 학대해서는 안 된다, 하고 알려 주는 사람이 없을까? 그렇다면 사람들은 수위장의 이 폭력 행위를 어떻게 해석하고 있는 걸까?'

마침내 현관에서 구원자가 나타나 줄 희망마저 없어졌다. 수위장이 늘어진 끈 한 가닥을 잡아당기자 수위실의 반쪽을 차지하고 있는 판유리 전면이 위에서 아래까지 빈틈없이 검은 커튼으로 가려졌기 때문이다. 물론 수위실의 가려지지 않은 부분에 사람들이 없는 건 아니었으나 모두 자기 일에 정신을 쏟고 있기 때문에 자기와 관계없는 일은 듣지도 보지도 못하는 형편이었다. 더욱이 그들은 수위장에게 완전히 의존하는 신분이라서 카를을 돕기는커녕 수위장이 하는 것이 설사 잘못된 일이라 할지라도 사람들 눈에 뜨지 않게 가리려고 협력했을 것이다.

이곳에는 여섯 대의 전화에 여섯 명의 보조 수위가 매달려 있었다.

그들이 하는 일의 분담은 바로 알아차릴 수 있다. 한 명이 통화를 전담하고 그 옆자리 보조 수위는 통화한 내용에 따라 전달된 사항을 다시 전화로 각처에 알리고 있었다. 이 시설은 전화실이 따로 필요 없는 최신식 전화장치였다. 벨소리는 가늘게 찍찍거리는 벌레 소리보다도 작았고, 속삭이듯 말해도 그 작은 말소리가 특별한 증폭장치를 통해 천둥소리 같은 음성으로 전달되는 것이었다. 때문에 이들 셋이 전화기 앞에서 중얼대듯 하는 말소리는 거의 다른 사람에겐 들리지 않을 정도였다. 이런 사정을 잘 모르는 사람에겐 그들이 뭐라고 중얼거리면서 수화기 속에서 일어나고 있는 일을 관찰하고 있는 것으로 생각하리라.

그에 반해 나머지 세 사람은 자기들에게 밀어닥치는, 그러나 주변의 다른 사람에겐 들리지 않는 소음 때문에 마치 실신한 사람처럼 머리를 책상 위의 종이에 처박고 있었다. 그 종이에 통신 내용을 기록하는 것이 그들의 임무였다. 여기에서도 역시 세 통신사에겐 각각 조수인 소년이 곁에 붙어 서 있었다. 이 세 소년의 임무는 자기 상관 앞으로 목을 쑥 늘이고 섰다가 마치 정신 나간 사람처럼 바삐 노랗고 두툼한 전화번호부에서—두터운 책장을 넘기는 소리가 전화 소리보다 훨씬 컸다—전화번호 찾기를 되풀이하고 있었다.

카를은 의자에 걸터앉은 수위장의 두 팔 사이에 끼여 꼼짝 못하고 서 있긴 했지만 이 같은 상황을 다소 빠짐없이 관찰할 수 있었다.

"알겠어?" 수위장은 카를의 얼굴을 자기 쪽으로 돌리려고나 하려는 듯 카를의 몸을 흔들었다. "웨이터장이 어떤 이유에서든 실수를 했을 경우 적어도 호텔 간부의 이름으로 다소나마 그 실수를 보완하는 것이 내 의무란 말이다. 이 호텔에서는 언제나 누군가가 다른 사람의 대리를 맡아보는 것이 관례란 말이다. 이런 제도 없이는 이 방대한 규모의 호텔 경영은 불가능해. 네 녀석은 아마 내가 네 직접 상관이 아니지 않느냐고 항의하고 싶겠지. 그런데 말이야. 그런 만큼 내가 나서지 않고서는 흐지부지되고 말 이 사건을 대신 떠맡는 게 기분이 좋단 말이다. 어쨌든 나는 수위장이란 직책상 어떤 의미에선 다른 사람보단 우위에 있는 거야. 너도 생각해 보아라. 헤아릴 수 없이 많은 작은 출입문과 문이 없는 출입구는 말할 것도 없고 호텔의 출입구란 출입구는 모두, 예를 들면 이 현관, 그리고 세 개의 중앙 출입문, 또 열 개의 옆문이 모두 내 관할이거든. 그리고 이 호텔의 모든 종업원들은 내게 절대 복종해야 되는 거야. 이렇게 큰 명예가 내게 부여된 만큼 나는 조금이라도 수상쩍은 자는 밖으로 내보내선 안 된다는 의무를 갖고 있어. 그런데 마침 네 녀석이 내겐 몹시 수상쩍게 보인단 말이야. 이게 내가 원하던 거야."

그는 자기의 바람이 이루어진 것을 기뻐하는 나머지 두 팔을 번쩍 쳐들더니 다시 쳐들었던 팔을 뒤로 돌려 철썩 하고 손바닥이 아플 만큼 손뼉을 쳤다.

"다른 출입구였다면……." 하고 그는 더욱 즐거운 표정이 되어 지껄여댔다. "혹 네 녀석이 슬쩍 나갔을지도 모르지. 물론 네 탈출을 방지하기 위해 특별히 지시를 내릴 만큼 너는 중요 인물은 아니니까 말이야. 그러나 네 녀석은 탈출에 실패했어. 그래서 일단 여기에 끌려

온 이상 나는 네 녀석이 어떤 녀석인지 단단히 맛을 보이고 싶단 말이다. 사실 나는 너와 현관에서 만나기로 한 약속을 틀림없이 지킬 거라고 믿어 의심치 않았단 말이다. 그건 아무리 뻔뻔스럽고 온순하지 않은 녀석이라도 자기 입장이 불리한 때와 장소에서만큼은 근성인 의리 없는 행동을 삼가는 게 상례이기 때문이지. 네 녀석은 앞으로 이 점에 대해 네 자신을 관찰하는 기회가 꼭 있을 것이다."

"그런 터무니없는 생각은 마세요." 하고 말한 카를은 이때 비로소 수위장 몸에서 나는 퀴퀴한 냄새를 맡았다. 그는 여기에 끌려와 수위장 바로 곁에 장시간 서 있었기 때문에 이 냄새를 완전히 알아차리게 된 것이다.

"터무니없는 생각일랑 버리세요." 하고 카를은 되풀이했다. 그리고 말을 이었다. "난 완전히 당신의 손아귀에 들어간 게 아닙니다. 난 할 생각만 있다면 고함칠 수도 있어요."

"그럼 난 네 녀석의 입을 틀어막으면 돼." 수위장은 만약의 경우 이렇게 할 셈인지 태연하게 빠른 말로 지껄였다. "그리고 또 하나. 혹 네가 고함을 쳐서 누군가가 도우러 달려왔다고 가정하자. 그럼 구원자인 그가 수위장인 내게 정면으로 네 녀석이 정당하다고 반박할 수 있으리라고 생각해? 어때, 이만하면 모든 희망이 무의미하다고 단념하고 각오하는 게 좋겠어. 그리고 네 녀석이 그래도 제복을 입고 있는 동안은 꽤 멋쟁이로 보였지만, 아무래도 지금 그런 복장으론 좀 안됐단 말이다. 그런데 이 양복은 유럽에서나 볼 수 있는 물건이군……"

그는 이렇게 말하면서 양복 여기저기를 잡아당겼다.

이 양복은 분명히 5개월 전만 하더라도 거의 새 상품이었으나 이젠 낡을 대로 낡아서 쪼글쪼글할 뿐 아니라 치명적인 것은 얼룩투성이라는 것이었다. 옷이 이렇게 된 원인은 주로 엘리베이터 보이들의 무신경한 장난에 있었다. 그들은 매일 명령에 따라 침실 마루를 티끌 하나 없게 반짝반짝 윤을 내야 했으나 게을렀기 때문에 청소다운 청소를 한 적이 한 번도 없었으며, 그저 눈가림으로 이름 모를 기름을 마루에 뿌리는 것뿐이었다. 그럴 때면 옷걸이에 걸려 있는 양복에 기름을 튀기기 일쑤였다. 물론 자기 옷을 각자가 소중하게 관리한다면 별문제가 없겠으나 자기 옷을 입으려다 보이지 않으면 타인의 옷을 용케 찾아내 허락도 받지 않고 빌려 입는 자가 있었다. 때문에 혹 그런 자들 가운데 하나가 침실 청소 당번이 되면 양복에 기름방울을 튀기는 정도가 아니라, 머리에서 발끝까지 완전히 기름 범벅으로 만들어 놓기가 일쑤였다. 다만 레넬만은 예외로 그의 귀중한 양복을 어딘가에 숨겨 두고 있었다.

그러나 그들은 악의나 인색해서 타인의 양복을 입는 것이 아니었다. 다만 당장 급하거나 성격이 꼼꼼하지 못해서 아무 옷이나 눈에 띄는 것을 빌려 가는 것뿐이었다. 때문에 레넬의 양복만은 숨겨 둔 장소에서 나오는 일이 없었던 것이다. 그러나 레넬의 양복에도 등 한복판에는 붉은 기름얼룩이 져 있었다. 그가 시내에서 아무리 고상한 젊은이 행세를 한다 해도 내용을 잘 아는 사람이 그 둥근 얼룩을 보면 그것으로 즉각 그가 호텔의 엘리베이터 보이임을 단정할 수 있을 것이다.

카를은 이런 일들을 회상하면서 모처럼 엘리베이터 보이가 되어 이제까지 많은 고초를 겪으면서도 견뎌 왔으나 이젠 모두 허사로 끝났구나, 하고 스스로를 타이르고 있었다. 그러나 이 엘리베이터 보이 자리는 그가 처음 기대한 것처럼 더 좋은 지위로 오를 수 있는 발판은 결코 아니었다.

하기야 지금은 이전보다 더 못한 천한 신분으로 전락해서 감옥 비슷한 장소에까지 끌려와 있는 것이다. 때문에 이처럼 수위장에게 구류를 당하는 수모를 겪어야 하는 게 아닌가. 한편 수위장은 카를을 어떤 방법으로 괴롭힐까에 대해서만 궁리하고 있는 것 같았다. 카를은 수위장이 결코 타인의 설득이나 충고를 받아들일 인간이 아님을 완전히 잊어버리고 어쩌다가 자유스러워진 한 손으로 자기 이마를 몇 번이고 치면서 소리를 질렀다.

"설사 내가 당신한테 인사를 게을리 했다고 칩시다. 그러나 명색이 어른인 당신이 인사를 하지 않았다는 이유 하나로 이토록 복수를 한다는 건 잘못된 게 아닙니까?"

"나는 복수를 하고 있는 게 아니야." 수위장이 말했다. "나는 네 녀석 호주머니 속을 샅샅이 뒤지고 싶은 것뿐이야. 물론 그 속에서 아무것도 나오지 않으리라는 건 알고 하는 일이지. 네 녀석은 빈틈없는 녀석인 데다 동료들로 하여금 매일 조금씩 빼내게 해서 이젠 하나도 남기지 않고 빼돌렸을 것임에 틀림없겠지만 말이다. 어쨌든 네 녀석은 일단 호주머니 검사를 받아야만 돼." 하고 말하자마자 그는 카를의 윗옷 호주머니 속에 겨드랑이 솔기가 찢어질 만큼 난폭하게 손을 쑤셔 넣었다.

"역시 그렇군. 예상한 그대로야."

그는 호주머니 속에 들었던 물건들을 모조리 꺼내 손바닥에 올려 놓고 가려보기 시작했다. 그것은 호텔 광고용 달력과 상업통신 교본의 연습문제를 옮겨 쓴 종이쪽지, 윗옷과 바지에 달렸던 단추 두서너 개와 지배인이 준 명함, 언젠가 손님이 트렁크에 짐을 챙겨 넣으면서 그에게 던져 준 손톱 깎기, 레넬이 근무와 교대를 열 번쯤 대신해 준 것에 고마워서 준 헌 손거울과 그 밖에 하찮은 물건들이었다.

"역시 없군." 수위장은 되풀이하면서 카를의 소지품은 도둑질한 물건이 아닌 이상 그 의자 밑에 두는 게 마땅하다고나 생각하고 있는 양손에 들었던 것을 모조리 의자 밑에 내던져 버렸다.

'이건 너무하는데.' 하고 카를은 속으로 말했다. 분개한 것이다. 수위장이 욕심 때문에 방심한 채 두 번째 호주머니 수색을 하고 있을 때 바로 그 순간 카를은 잽싸게 윗옷 소매에서 두 팔을 빼내고 별안간 성난 말처럼 뛰어올라 보조 수위 하나를 전화통 쪽으로 밀어 쓰러뜨리고 숨 막힐 듯한 탁한 공기 속을 지나 문을 향해 달렸다. 실상 조급한 마음에 비해 발은 더디었으나 그래도 그는 무거운 망토를 걸친 수위장이 자리에서 일어나기도 전에 수위실 밖으로 빠져나올 수 있었다. 경비 근무의 체제가 그리 모범적이 아니었던 것 같았다.

이윽고 두서너 곳에서 비상벨이 울리긴 했으나 그 벨이 무슨 목적으로 울리는 것인지 알고 있는 사람은 아무도 없었다. 물론 꽤 많은 호텔 종업원들이 정문으로 가는 통로에서 서성대고 있긴 했다. 그들의 우왕좌왕하는 모습이 그다지 큰 의미가 없어 보였다.

어쨌든 카를은 얼마 후에 호텔 밖에 나와 있었다. 다만 이제는 호텔의 보도(步道)를 따라 걸어가는 일만 남아 있을 뿐이었다. 끊임없는 자동차의 행렬이 호텔 현관 근처에서 잠시 멈췄다가 다시 흐르고 있었다. 자동차의 행렬은 어떻게든 남보다 앞서 빠져나가려고 서로 뒤엉켜 혼잡을 이루고 있었다. 어떤 차건 뒤따르는 차 때문에 앞으로 밀려가지 않을 수가 없었다. 급히 차도로 가야 하는 보행자들은 여기저기에 멈춰선 자동차의 틈을 비집고 마치 그곳이 공공 통로인 양 빠져나가고 있었다. 자동차에 운전사나 하인만 타고 있건 아니면 지체가 높은 사람들이 타고 있건 그들은 아랑곳하지 않았다. 그러나 카를은 그런 행동이 지나치다고 생각했다. 이런 담대한 행동을 취하려면 그에 앞서 상대방의 사정을 알고 양해를 구해야 하지 않을까.

아메리카

이런 경우에 흔히 있는 일이지만 만약 자기가 저런 방법으로 길을 횡단한다면 차에 타고 있는 사람이 이것을 악의로 해석하고 자기를 쓰러뜨리고는 나쁜 소문을 낼 수도 있을 것이다. 하기야 자기는 이처럼 와이셔츠만 입은 채 도망친 호텔 종업원이니 이제 무엇을 두려워하겠는가. 이런 카를의 생각과는 달리 자동차의 행렬이 계속 혼잡한 건 아니었다. 그리고 카를 역시 호텔에 바싹 붙어 걸어가는 동안은 결코 수상쩍은 사람으로 보이지 않았다.

드디어 카를은 아무 탈 없이 아직도 자동차의 행렬이 혼잡을 이루고 있는 길을 횡단하고 공공 통로 쪽으로 꺾어 돌아 차의 행렬이 느슨해진 지점으로 빠져나올 수 있었다. 그가 막 자기보다 더 수상하게 보이는 사람들이 자유롭게 서성거리고 있는 큰길의 인파 속에 휩싸여 들어가려는 참이었다. 바로 그때 가까이에서 그의 이름을 부르는 소리가 들렸다. 그가 돌아보니 그와 친숙한 사이였던 두 엘리베이터 보이가 지하 납골당(納骨堂)처럼 보이는 낮고 좁은 문에서 몹시 힘들어하면서 들것을 끌어내는 중이었다. 카를은 그 들것 위에 로빈슨이 얼굴과 머리, 그리고 팔에 붕대를 잔뜩 감고 누워 있는 것을 보았다. 로빈슨이 고통을 못 참아서였는지 아니면 다른 괴로움이 있어서인지, 그것도 아니면 카를과의 재회를 기뻐해서였는지 모르나 눈물을 흘리면서 그 눈물을 붕대가 감긴 손으로 닦으려는 모습은 참으로 눈 뜨고 바로 보기 역겨울 만큼 흉측해 보였다.

"로스만." 그는 힐책하듯 불렀다. "자넨 어째서 나를 이렇게 오랫동안 기다리게 하는 건가. 자네가 오기 전에 여기를 떠나서는 안 되겠기에 저항하느라고 한 시간이나 고생을 했다네. 이 녀석들은……." 하고 말하면서 자신은 이제 부상을 입어 붕대로 감겨져 있는 이상 더 얻어맞을 염려는 없다고 생각했는지 엘리베이터 보이의 머리를 주먹으로 한 대 때렸다.

"정말로 몹쓸 녀석이네. 오오, 로스만, 난 자넬 만나러 와서 이런 가혹한 대접을 받았네."

"도대체 어찌 된 영문인가?" 카를은 이렇게 묻곤 들것 곁으로 다가갔다. 엘리베이터 보이들은 손도 쉴 겸 웃으면서 들것을 내려놓았다.

"아직 모르나?" 로빈슨은 한숨을 쉬었다. "이 꼴을 보고도 모르겠어? 난 일평생을 불구자로 지내야 할지도 몰라. 여기부터 여기까지—이렇게 말하면서 그는 먼저 머리를 그리고 다음엔 발을 가리켰다—지독하게 아프단 말이야. 내가 얼마나 코피를 쏟았는지 자네에게 보이고 싶었을 정도였으니까. 내 조끼는 영 못쓰게 돼 버려서 그곳에 버리고 왔지. 바지도 갈기갈기 찢어졌어. 난 지금 팬티 한 장뿐이야." 하고 말한 그는 홑이불을 살짝 들어 올려 카를더러 그 속을 살펴보라고 성화를 부렸다.

"앞으로 난 어떻게 되는 걸까? 적어도 두서너 달은 누워 있어야만 하겠지. 난 이 자리에서 분명히 말해 두지만 현재 나를 간호해 줄 사람은 넓은 천지에 오직 자네 하나뿐이네. 들라마르샤는 너무 성급해서 틀렸어. 로스만, 여보게, 로스만." 말을 마친 그는 뒷걸음질치고 있는 카를에게 손을 내밀었다. 손을 잡고 어루만지면서 카를에게 의지하려는 것이리라.

"내가 어째서 널 방문해야 했을까?" 그는 그의 불행에 카를에게도 책임이 있음을 카를로 하여금 상기시키려고 몇 번이나 되풀이했다. 그런데 카를은 로빈슨의 하소연이 상처 때문이 아니라 미친 듯이 퍼마신 술 때문에 일어난 숙취가 원인임을 즉각 간파했다. 로빈슨은 진탕 취해 쓰러져 잠들었다가 별안간 피투성이가 되도록 맞고 어찌된 일인지도 모른 채 인사불성에 빠져 있었던 것이다. 상처가 대수롭지 않다는 것은 보기 흉하게 헌 누더기를 찢어 붕대 대신 상처를 동여맨 것으로 보아 충분히 알 수 있었다.

그 붕대는 엘리베이터 보이들이 장난삼아 마구 감았던 것임에 틀림없었다. 지금 들것 양쪽에 서 있는 두 엘리베이터 보이도 때때로

배를 움켜쥐고 웃고 있지 않은가. 어쨌든 이 장소는 로빈슨의 정신을 제자리로 돌리기엔 부적당했다. 오가는 사람들이 들것에 매달린 일행엔 아랑곳하지 않고 스치고 밀치며 바쁜 걸음으로 지나가고 있었다. 그중에는 체조 선수처럼 로빈슨의 몸을 훌쩍 뛰어넘는 자도 있었다. 카를이 내준 돈을 받은 운전사가 소리쳤다.

"빨리 갑시다, 어서!" 두 엘리베이터 보이는 마지막 힘을 쥐어짜 들것을 들어올렸다. 로빈슨은 카를의 손을 잡고 콧소리로 얼러댔다. "어서 가자. 카를, 같이 가 주겠지? 이봐."

자기도 이런 복장을 하고 있어 어둑한 자동차 안이 좋겠다고 생각한 카를은 로빈슨과 나란히 자리를 잡았다. 로빈슨은 즉시 머리를 카를 어깨에 얹고 기대려 했다. 뒤에 남은 두 동료들은 쿠페 형(型) 자동차 창밖에서 진심을 다해 손을 흔들었다. 자동차는 급선회하여 차도 쪽으로 방향을 잡았다. 마치 큰 사고가 일어날 것 같았으나 모든 것을 남김없이 포용하는 큰길은 이 자동차의 돌진마저도 아무 일 없이 태연히 받아들였다.

# 은신처

아
메
리
카

　자동차가 멈춘 곳은 도심에서 멀리 떨어진 교외임에 틀림없었다. 정적이 주위를 지배하고 있었다. 길가에선 아이들이 웅크리고 앉아 놀고 있었다. 헌옷을 어깨에 잔뜩 멘 사내 하나가 여기저기 두리번거리며 집집의 창에 대고 무언가를 외치고 있었다. 몹시 피곤했던 탓일까? 자동차에서 내려 밝은 아침 햇빛을 받아 열기가 오른 아스팔트 길 위에 올라섰을 때 카를은 기분이 몹시 불쾌했다.

　"이런 곳에 살고 있었어?" 그는 차 안에 대고 말했다.

　차가 달리고 있는 동안 말썽 부리지 않고 줄곧 눈을 감고 있던 로빈슨은 분명치는 않았으나 이 질문에 대해 긍정하는 듯한 말을 중얼거렸다. 그는 카를이 자기를 밖으로 데리고 나가 주길 기다리고 있는 것 같았다.

"그럼 난 이만 가겠어. 여기에 볼일이 없으니까, 안녕." 하고 말하며 카를은 내리막 고갯길 아래로 가려고 했다.

"이봐, 카를, 쓸데없는 짓은 그만둬."

로빈슨은 소리치곤 카를을 놓칠까 싶어 걱정되어서인지 무릎이 다소 떨리긴 했으나 차 안에서 꽤 꼿꼿이 일어섰다.

"난 가야 할 곳이 있어." 로빈슨의 신속한 회복을 지켜보고 있던 카를이 말했다.

"그런 셔츠 바람으로 말이야?" 하고 로빈슨이 물었다. "윗옷을 사입을 만한 돈은 곧 벌겠지." 카를은 대꾸하고 자신에 넘치는 표정으로 로빈슨을 향해 손을 들어 작별 인사를 했다.

"여보시오, 잠깐만." 하고 운전사가 그때 부르지 않았더라면 그대로 떠났을 것이었다.

불쾌하겠지만 운전사는 추가 요금을 달라고 했다. 호텔 앞에서 기다린 시간에 대한 요금은 계산하지 않았다는 것이었다.

"그건 운전사 말이 옳아." 자동차 안에서 로빈슨이 운전사의 요구가 정당함을 보증하고 나섰다. "거기서 꽤 오래 기다렸어. 운전사에게 얼마 더 치러야 해."

"예, 옳은 말씀이오." 운전사도 맞장구를 쳤다.

"좋소, 그럼 돈이 있으면 치르겠소만." 카를은 헛수고임을 알면서도 바지 호주머니에 손을 쑤셔 넣었다.

"당신한테 매달릴 수밖엔 도리가 없어요." 운전사는 두 다리를 딱 벌리며 버티고 일어섰다. "저 환자한테 청구할 순 없으니 말이오."

282

문 쪽에서 코가 찌그러진 젊은이 하나가 다가와 두서너 걸음 떨어진 곳에 서서 열심히 귀를 기울이고 있었다. 마침 이때 경찰 한 명이 눈을 밑으로 내리깔고 거리를 순찰하다가 셔츠 바람의 카를 모습을 보자 발을 멈췄다.

이때 역시 경찰을 발견한 로빈슨이 경찰 같은 건 파리 쫓듯이 털어버릴 수 있다고 생각했는지 반대편 창에서 경찰을 향해 소리쳤다.

"아무 일도 아니오. 아무 일도 없소."

그는 바보 같은 짓을 해 버렸다.

이때까지 경찰을 지켜보고 있던 아이들은 경찰이 멈춰 섰기 때문에 카를과 운전사에게도 호기심이 끌리던 참이라 우르르 몰려왔다. 맞은편 문에서는 노파 하나가 서서 이쪽을 뚫어지게 바라보고 있었다.

이때 "로스만." 하고 머리 위에서 부르는 소리가 들려왔다. 맨 위층의 발코니에서 소리친 것은 다름 아닌 바로 들라마르샤였다. 그의 용모와 옷차림은 흰빛으로 바뀌어 가는 하늘을 배경으로 하고 있어 잘 알아볼 수는 없었으나 잠옷을 걸치고 있는 것만은 분명했다.

그는 오페라글라스로 거리를 살피고 있었던 것 같았다. 그의 곁엔 붉은 파라솔이 펼쳐져 있고 그 밑에 여자 하나가 앉아 있는 것 같았다. "이봐." 그는 자기 말이 잘 들리도록 하려고 힘껏 목청을 돋워 소리쳤다. "로빈슨도 거기 있나!"

"그래, 여기 있어." 카를이 대답했다. 로빈슨은 차 안에서 더 큰소리로 "여기 있네."라고 외쳐서 카를의 대답을 증명해 주었다.

"이봐." 외침이 바로 되돌아왔다. 그리고 바로 또 "곧 내려가겠네." 라고 이어졌다.

로빈슨이 차창으로 목을 내밀고 말했다.

"저 자는 굉장한 인물이야."

이 들라마르샤에 대한 칭찬은 카를을 비롯한 운전사, 경찰, 그리고 이 말이 들리는 범위 안에 있는 모든 사람들이 듣도록 한 것이었다. 저 높은 발코니에서 이미 들라마르샤는 자취를 감췄으나 그가 없는 발코니를 올려다보니 파라솔 그늘 아래에는 허리띠 없는 붉은 옷차림의 뚱뚱한 여자가 자리에서 일어나 난간에 기대선 채 오페라글라스로 이쪽 사람들을 살펴보고 있었다. 때문에 길에서는 그녀를 바라보던 시선을 돌리지 않을 수 없었다.

카를은 들라마르샤가 나타나기를 기다리면서 그 집 바깥문 너머 안으로 눈을 돌려 뜰 가운데를 바라보았다. 그 뜰에는 작은, 그러나 몹시 무겁게 보이는 상자 하나씩을 메고 가로질러 가는 인부들의 행렬이 계속 이어지고 있었다. 운전사는 다시 차에 다가서더니 잠시 틈을 이용해서 걸레를 들고 헤드라이트를 닦기 시작했다. 로빈슨은 붕대로 감긴 손과 발을 만져 보고는 아무리 만져 보아도 전혀 통증을 느끼지 않는 것에 놀라는 표정으로 머리를 낮게 숙인 채 발에 감긴 붕대를 풀기 시작했다. 경찰은 검정 경찰봉을 비스듬히 가눈 채 평상 근무 때나 비상 잠복 근무 때를 막론하고 경찰이라면 꼭 갖추어야 할 끈질긴 참을성을 그대로 드러내며 조용히 사태를 지켜보고 있었다. 코가 찌그러진 젊은이는 문 앞의 돌을 깔고 앉아서 두 다리를 쭉 뻗고 있었다. 아이들은 종종걸음으로 카를에게 다가왔다. 카를은 아이들에게 관심을 갖지 않았으나 아이들은 카를이 짙은 푸른색 셔츠를 입고 있었기 때문에 이 일행 가운데 가장 중요한 인물로 판단하고 있는 듯했다.

들라마르샤가 현장에 도착하기까지 시간이 많이 걸린 점으로 미루어 건물이 꽤 높음을 추측할 수 있었다. 들라마르샤는 그런 대로 제 딴에는 가운 앞자락만을 여미고 서둘러 내려온 것이다.

"오, 다행이다." 그는 기쁨 반 힐책 반의 어조로 말했다. 그가 성큼성큼 발을 옮길 때마다 가운 속의 화려한 색상의 내의가 힐끔거렸다. 카를은 왜 들라마르샤가 이 교외의 거대한 임대 아파트와 길거리를 마치 제 별장 안을 거닐 듯 저런 간편하고 흐트러진 차림으로 활개치고 다니는지 영문을 알 수 없었다.

아<br/>메<br/>리<br/>카

들라마르샤 역시 예전과 많이 달라져 있었다. 그의 거무스름한 얼굴은 면도를 해서 산뜻해 보였으며, 억세고 탄탄한 그의 풍모는 한결 당당했다. 보는 사람으로 하여금 두려움과 존경심마저 불러일으킬 만했다. 그의 가늘게 째진 눈에서 나오는 날카로운 눈빛은 상대의 허점을 찌르기에 충분했다. 그가 입은 보랏빛 가운은 낡고 얼룩이 져 있었다. 그의 체격보다 다소 커 보이는 가운이었으나 눈에 거슬리는 옷매무새의 벌어진 깃 사이로 묵직한 비단으로 만든 짙은 색의 커다란 넥타이 같은 것이 부풀어 보였다.

"무슨 일이야." 하고 그는 몰려 있는 사람들을 둘러보면서 물었다. 경찰이 한 발 더 다가와 보닛에 몸을 기댔다. 카를이 간단하게 설명을 했다.

"로빈슨이 다소 녹초가 되긴 했지만 잘하면 계단쯤은 오를 수 있을 거야. 이 운전사는 내가 운임을 지불했는데도 추가 요금을 달라고 했어. 그럼 난 이만 돌아가겠어. 안녕."

"가선 안 돼." 들라마르샤가 말했다.

"나도 분명히 그렇게 말했었어." 하고 로빈슨도 차 안에서 거들었다.

"어쨌든 나는 가겠어." 카를은 이렇게 말하고 두서너 걸음 발을 옮겼다. 그러나 들라마르샤가 바로 뒤에 따라와 카를을 억지로 끌어당겼다.

"내가 여기 있으라고 했잖아." 그가 소리쳤다.

"싫어, 어서 놔." 하고 말한 카를은 어쩔 수 없는 경우엔 주먹을 휘둘러서라도 자유로워질 준비를 갖추었으나 들라마르샤 같은 거구를 상대로 해선 별로 성공할 것 같지 않았다. 그러나 여기엔 마침 경찰도 있고 운전사도 있었다. 그리고 저쪽엔 노동자들이 떼를 지어 평소 고요하기만 한 이 거리를 쉴 새 없이 오가고 있다. 만약 들라마르샤로가 부당한 짓을 하면 그들이 과연 보고만 있진 않겠지. 방 안에 들어가서 들라마르샤와 일대일로 맞설 생각은 없다. 그러나 여기라면 안전하겠지.

지금 들라마르샤는 태연한 태도로 운전사에게 돈을 건네주고 있었다. 운전사는 몇 번이고 머리를 조아리면서 분에 넘치는 큰 돈을 받아 호주머니에 넣고 감격한 나머지 로빈슨에게까지 다가가서 이야기를 나누고 있었다. 어떻게 하면 로빈슨을 안전하게 차에서 내려 줄 수 있을지를 의논하고 있음이 분명했다. 지금은 아무도 나를 보고 있는 사람이 없다. 혹 들라마르샤도 아무 소리 안하고 물러서면 별다른 시비 없이 이곳을 빠져나갈 수 있을는지도 모른다. 충돌을 피할 수 있다면 그것보다 좋은 것은 없다. 이렇게 생각한 카를은 잽싸게 도망치기 위해 갑자기 몸을 날려 차도로 뛰어들었다. 아이들이 일제히 들라마르샤한테 달려가 카를이 도망친 곳을 가르쳐 주었다. 그러나 굳이 그가 나설 필요가 없었다. 경찰이 경찰봉을 앞으로 내밀고 "정지." 하고 호령했기 때문이다.

"이름은?" 경찰은 경찰봉을 옆구리에 끼더니 천천히 수첩을 꺼냈다. 카를은 비로소 경찰을 자세히 살펴보았다. 건장한 체구였다. 그러나 머리카를은 거의 백발이었다.

"카를 로스만."

"로스만." 하고 경찰이 되뇌었다. 그가 되뇐 것은 원래 천성이 온건하고 성실했기 때문이었는지 모른다. 그러나 카를로서는 미국 관리를 상대하는 것이 처음이었다. 따라서 이름을 되뇐 것을 성급하게도 어떤 혐의의 표현으로 받아들이지 않을 수 없었다. 그리고 사실상 사태는 결코 좋게 풀릴 것 같지도 않았다. 로빈슨은 말도 못하고 손짓으로 들라마르샤한테 카를을 도와주라고 부탁하고 있었다. 그러나 들라마르샤는 고개를 살래살래 흔들면서 로빈슨의 부탁을 거절하고 두 손을 어울리지 않게 커다란 호주머니에 찌른 채 방관하고 있었다. 문 앞의 돌에 앉았던 젊은이는 방금 나온 부인에게 자초지종을 낱낱이 설명하고 있었다. 아이들은 카를 뒤에 반원으로 둘러서서 경찰의

287

얼굴을 바라보고 있었다.

"자네 신분증명서를 보여 주게나." 하고 경찰이 말했다. 이것은 단순한 형식적인 심문에 지나지 않는 것 같았다. 윗옷을 입고 있지 않는 경우 흔히 신분증명서를 소지하지 않기 때문이었다. 이렇게 생각한 카를은 오히려 다음에 있을 심문에 자세히 대답하여서 자신이 신분증명서를 갖고 있지 않음을 이해가 가도록 해명하려고 대답하지 않았다.

다음 심문은 이러했다.

"신분증명서가 없단 말이야?"

카를은 할 수 없이 "지금은 가지고 있지 않아요."라고 대답했다.

"그건 곤란한데." 경찰은 난처한 듯 둘레를 한 번 살펴보고 두 손가락으로 수첩 표지를 툭툭 쳤다. 그리고 말을 이었다.

"고정수입은 있나?"

"엘리베이터 보이였어요."

"엘리베이터 보이였다고? 그럼 지금은 그렇지 않단 말인가? 그렇다면 무엇으로 살아가나?"

"이제부터 새로운 일자리를 구할 겁니다."

"그럼 해고당했단 말이지?"

"예, 한 시간 전에."

"갑자기?"

"예." 카를은 용서를 빈다는 듯이 한 손을 치켜들었다. 그는 이런 장소에서 해고 사건의 자초지종을 이야기하고 싶지 않았기 때문이었다. 설사 그가 모든 것을 이야기한다 해도 지금까지 받아온 부당함이 앞으로 닥쳐올 부당함을 방지할 수 있는 가능성이 전혀 보이지 않았기 때문이기도 했다. 그리고 호의로 대해 준 지배인을 비롯해서 견식 높은 웨이터장에게서마저 정당성을 인정받지 못했는데, 그것을 이 길거리에 있는 사람들에게 기대한다는 것은 분명 무리한 것이었다.

"그럼 윗옷도 없이 쫓겨난 게로군."

경찰은 재차 물었다.

"그렇습니다."

미국에서는 눈으로 보고 알 수 있는 것도 묻는 것이 미국 관리의 심문 방법이군, 하고 생각했다(아버지도 신분증을 입수하기 전까지는 관리의 바보스런 심문에 몹시 화를 내셨지). 카를은 여기서 한시라도 빨리 도망쳐 어디든 몸을 숨기고 이런 심문 따위를 받지 않았으면 좋겠다는 생각만 강하게 들었다. 그러나 경찰은 그의 이런 심정에 아랑곳없이 카를이 가장 두려워하던 질문을 하는 것이었다. 카를이 이 심문 도중 만약 침착하지 못한 거동을 보였다면 그것은 이마 이 질문이 나올까 두려워했기 때문이었으리라.

"그럼 자네가 일하던 호텔은 어디였나?"

그는 고개를 푹 숙인 채 대꾸하지 않았다. 이 질문엔 결코 대답하지 않으리라고 결심했다. 이 경찰과 동행해서 또다시 옥시덴틀 호텔로 돌아갈 순 없다고 생각했기 때문이었다. 만약 그가 경찰과 동행해서 호텔에 간다면 호텔에서 재심문을 받을 것은 틀림없었다. 그렇게 되면 자기 편과 적들이 소환될 것이며 지배인은 브레나 여관에 있을 것으로 생각하던 자기가 경찰에게 체포되어 셔츠 바람으로, 그것도 명함도 갖지 않은 채 돌아온 것을 본다면 그렇지 않아도 엷어져 가고 있는 호의를 완전히 버릴 것임에 틀림없을 것이다. 웨이터장은 그저 의미심장하게 머리만 끄덕일 테지만 수위장은 불량배를 잡아 주시고 자신의 눈이 틀림없을 입증해 주신 신의 은총에 대해 일장 연설을 토할 것이다.

"옥시덴틀 호텔에서 근무했었죠."

들라마르샤가 갑자기 말하고 경찰 앞으로 다가갔다.

"아녜요." 카를은 소리치면서 발을 동동 굴렀다. "그건 거짓말예요."

들라마르샤는 그밖에 다른 것도 폭로할 수 있다는 양 입을 삐쭉거리며 카를을 바라보았다. 카를의 과장된 행동은 아이들에게 뜻하지 않은 흥분을 불러일으켜 아이들은 들라마르샤 곁으로 몰려갔다. 물론 거기서 카를을 더 자세히 관찰하기 위해서였다. 로빈슨은 차창 밖으로 목을 완전히 내밀고, 숨을 죽인 채 사태를 관망하고 있었다. 이따금 눈을 깜박거리는 것만이 그의 동작의 전부였다. 문 앞의 젊은이가 손뼉을 치며 좋아하자 곁에 섰던 부인이 팔꿈치를 들어 조용히 하라고 쳤다. 인부들은 때마침 식사 후의 휴식시간이 되자 각각 크림을 넣지 않은 커피 잔을 가늘고 긴 빵으로 저으며 몰려 나왔다. 개중에는 길가에 주저앉은 자도 있었다. 그들은 하나같이 커다란 소리를 내며 커피를 홀짝거리고 있었다.

"당신은 이 소년을 알고 있소?"

경찰이 들라마르샤한테 물었다.

"알다뿐입니까. 모든 것을 속속들이 알아요." 들라마르샤가 대답했다.

"내가 옛날에 친절을 다해 돌봐 주었는데 그는 은혜를 원수로 갚으려 했죠. 그 점은 짤막한 심문만으로 충분히 짐작하실 수 있을 겁니다."

"과연."

경찰이 맞장구를 쳤다.

"어쩐지 완고한 녀석 같더라니."

"잘 보셨소." 들라마르샤가 또 말을 이었다. "그러나 그건 이 녀석의 못된 성질 중 그래도 좋은 편에 드는 겁니다."

"정말이오?" 경찰은 깜짝 놀라 말했다.

"그럼요." 들라마르샤는 말을 계속하면서 동시에 호주머니에 찔렀던 손을 빼내어 가운 전체를 쥐고 흔들어댔다.

"이 녀석은 참으로 빈틈이 없어요. 저와 저 차 안에 있는 친구가 우연한 기회에 비참한 처지에 빠져 있던 이 녀석을 구해 주었거든요. 당시 이 녀석은 미국 사정은 아무것도 모르는 먹통이었어요. 유럽에서 막 건너왔었거든요. 아마 유럽에서 쓸모가 없는 녀석이라 쫓겨났던 거겠죠. 우리는 짐스러운 이 녀석을 데리고 다니면서 함께 먹고 자고 했죠. 그리고 모르는 것은 무엇이든 친절히 가르쳐 주었을 뿐 아니라 장차 일자리도 구해 주려 했어요. 그 당시 몇 가지 우리 기대를 부정하는 징후를 보이긴 했지만 그래도 잘 하면 쓸모 있는 인간으로 만들 수 있으리라고 생각했었거든요. 그러던 차에 이 녀석은 어느 날 밤 자취를 감췄고 그 후 이 녀석 꼴을 볼 수 없게 되었던 겁니다. 더욱이 여기서 밝히기엔 거북한 모종의 사건도 있었습니다. 이봐, 그렇지? 틀림없지?" 말을 마친 들라마르샤는 다짐을 받으려고 반문하면서 카를의 셔츠 소맷자락을 잡고 끌어당겼다.

"애들은 저리 비켜, 어서 비켜." 경찰이 소리쳤다. 아이들이 너무 바짝 몰려들어 들라마르샤가 하마터면 아이 하나의 몸에 걸려 쓰러질 뻔했기 때문이었다. 조금 전까지도 노상 심문을 대수롭지 않게 생각하고 관심을 쏟지 않던 인부들마저도 차츰 관심을 갖게 됐는지 카를 뒤에 바짝 붙어 둥글게 원을 만들며 모여들었다. 이렇게 되자 카를은 한 걸음도 물러설 수 없게 되었다. 설상가상으로 전혀 알아들을 수 없는, 아마 슬라브어 섞인 영어 같기도 한 말로, 이야기한다기보단 차라리 외친다고 하는 게 좋을 성싶은 큰소리로 떠들고 있는 인부들의 말소리가 줄곧 그의 귀를 괴롭히는 것이었다.

"도와주어 고맙소." 라고 경찰은 말하고 들라마르샤에게 경례를 했다. "그럼 이 애는 호텔 옥시덴틀로 돌려보내도록 하겠소."

그러자 들라마르샤가 말했다.

"별다른 지장이 없다면 이 녀석을 우리에게 맡겨 주실 수 없을까요? 이 녀석하고 두서너 가지 해결하지 않으면 안 될 일이 있어 그러는 겁니다. 그 일이 끝나는 즉시 제가 책임지고 이 녀석을 호텔로 돌려보내겠습니다."

"그건 곤란하오." 경찰이 말했다.

"이게 내 명함이오." 하고 들라마르샤는 조그마한 명함 한 장을 꺼내 경찰한테 내밀었다.

경찰은 인정하는 듯하면서 그것을 읽었으나 아첨하는 웃음을 보이면서 말했다.

"그렇지만 명함은 필요 없소."

카를은 이제까지 들라마르샤를 몹시 경계하고 있었으나 지금은 그만이 유일한 구원자로 보였다. 물론 경찰에게 자기를 인도해 줄 것을 청하는 들라마르샤의 속셈이 수상쩍었으나 경찰의 마음을 돌려 자기를 끌고 가지 않도록 만드는 데는 자기보다 들라마르샤 쪽이 훨씬 유리할 것임에 틀림없었다. 그리고 최악의 경우 들라마르샤가 자기를 호텔로 끌고 간다고 해도 그것은 경찰에게 연행돼 가는 것보단 나을 것이 아닌가. 어쨌든 우선은 자기가 들라마르샤한테 가고 싶어 하는 기색을 보여서는 안 된다고 생각했다. 만약 그들이 이 기색을 알아차리게 되면 끝장이다. 이런 생각 때문에 불안에 쫓기면서 카를은 자기를 붙잡기 위해 언제 뻗쳐들지 예측할 수 없는 경찰의 손을 바라보고 있었다.

"나로서는 최소한 이 소년이 갑자기 해고당한 이유가 무엇인가를 조사하지 않으면 안 돼요." 하고 경찰이 말했다. 들라마르샤는 몹시 화가 난 표정으로 외면한 채 손가락 끝으로 쥐고 있던 명함을 짓이겨 구기고 있었다.

"여보시오, 경찰나리. 사실은 저 애는 해고된 게 아녜요." 로빈슨이 일동에게 뜻밖의 말을 했다. 운전사 어깨에 매달린 채 될 수 있는 대로 상반신을 밖으로 내밀려고 애쓰면서 말했다. "저 애는 말입니다,

293

그 호텔에서 매우 좋은 지위를 차지하고 있었습니다. 공동 침실에서는 가장 상석이었고 누구든지 자기가 원하는 사람을 자기 맘대로 재울 수도 있는 신분이었습니다. 단지 흠이라면 저 앤 눈코 뜰 새 없이 바쁘거든요. 그래서 저 애한테서 뭐든 얻고 싶은 것이 있다 해도 오래 기다리지 않으면 안 된다는 것뿐입니다. 이 앤 언제나 쉴 새 없이 지배인 방과 웨이터장 방을 출입합니다. 말하자면 심복이죠. 이 애가 해고당했다니 그건 터무니없는 말입니다. 전 왜 그 애가 그런 말을 하고 있는지 도무지 영문을 모르겠습니다. 해고당할 이유가 없을 거예요. 제가 호텔에서 중상을 입었기에 이 애가 저를 집에까지 데려다주라는 명령을 받은 겁니다. 마침 윗옷 차림만으로 저와 동승했을 뿐입니다. 윗옷을 입으러 다녀올 동안을 제가 기다릴 수 없었기 때문이었죠."

"그럼 어떻게 되는 겁니까?"

들라마르샤는 마치 경찰을 힐책하는 것 같은 어조로 말했다. 그의 이 말은 로빈슨의 발언의 애매한 점을 일소하고 반박할 여지없는 명확성을 부여하는 데 충분했다.

"그 말이 정말이오?" 경찰은 얼마간 자신을 잃은 약한 소리로 말했다. "만약 그 진술이 정확한 것이라면 어째서 이 애가 해고당했다고 말하는 겁니까?"

"자네가 직접 해명해." 들라마르샤가 말했다.

카를은 이젠 자신의 이익밖엔 모르는 미지의 사람들 사이에서 어떻게 해결을 짓지 않으면 안 될 곤경에 빠진 경찰을 뚫어지게 바라보았다. 경찰들이 당하는 일반적인 고심이라는 것을 카를은 어느 정도 이해할 수 있을 것 같았다. 그는 거짓말을 하고 싶진 않았다. 두 팔을 뒤로 돌려 꽉 잡은 채 서 있었다.

문 안에서 감독으로 보이는 사내가 나오더니 작업 개시의 신호로 손뼉을 쳤다. 인부들은 커피 잔 바닥에 남은 찌꺼기를 땅바닥에 버리고 휘청거리는 발걸음으로 건물 안으로 들어갔다.

"이대로는 끝이 없겠소." 하고 말한 경찰은 카를의 팔을 붙잡으려 했다. 카를은 저도 모르게 뒷걸음질쳤다.

이때 문득 자기 등 뒤에 몰려 있던 인부들이 자리를 떠서 빈 공간이 있다는 생각이 들자 그는 몸을 휙 돌렸다. 우선 탄력을 얻기 위해 가랑이를 크게 벌려 두서너 번 훌쩍 뛴 다음 그대로 도망치기 시작했다. 아이들은 일제히 함성을 지르고 작은 팔을 흔들면서 두서너 걸음 그의 뒤를 따랐다.

"저 놈 잡아라!" 경찰은 인기척 없는 기다란 골목길을 굽어보면서 소리쳤다. 그러고 나서 이 고함을 적당한 간격으로 되풀이하면서 뛰어난 체력과 능숙한 기능을 자랑하듯이 발자국 소리도 내지 않고 전속력으로 카를의 뒤를 쫓았다. 이 추적이 노동자의 거리에서 벌어진 것은 카를에겐 다시없는 행운이었다. 원래 노동자는 관리와 잘 맞지 않는 법이다. 카를은 차도의 복판을 달리고 있었다.

그곳은 장애물이 거의 없기 때문이었다. 곳곳에 노동자들이 발걸음을 멈추고 서 있긴 했으나 경찰이 그들을 향해 "저놈 잡아라!" 하고 소리치며 달리면서—경찰은 현명하게도 평평한 보도를 달리고 있었다―쉴 새 없이 경찰봉을 카를에게 겨냥하고 있었으나 그들은 그저 물끄러미 그 광경을 구경하고 있을 뿐이었다.

카를은 탈출할 가능성이 없다고 생각하고 있었다. 옆 골목으로 꺾어 들어가는 교차점에 이르렀을 때 갑자기 경찰이 귀가 멍해지도록 요란하게 호루라기를 불자 그는 거의 절망했다. 옆 골목에는 경찰 기동 순찰대가 대기하고 있음에 틀림없었기 때문이었다. 현재 상황에서 카를에게 유리한 것이 있다면 그가 간편한 복장으로 도망치고 있다는 것뿐이었다. 그는 차츰 내리막이 된 길을 곧장 달려갔다기보다는 차라리 구르듯이 내려갔다. 수면 부족 탓이었는지 이따금 쓸데없이 발을 너무 높이 들어 올리고 훌쩍훌쩍 뛰고 있었다. 이건 시간 낭비에 지나지 않았다. 한편 경찰은 계속 눈앞에 목표물이 있었으므로 별 생각 없이 무심코 달리기만 하면 되었다. 이에 반해 카를에겐 달리는 것은 이차적인 문제였다. 그는 궁리하면서 달려야 했고 갖가지 방법과 방향을 선택해야 했으며 쉴 새 없이 새로이 결심하지 않으면 안 되었던 것이다.

그가 궁리한 방법은 다소 무모하게 생각되기도 했지만 우선 옆 골목으로 들어가는 것을 피하는 것뿐이었다. 그 옆 골목엔 누군가가 잠복하여 그를 기다리고 있을지 모르기 때문에 섣불리 뛰어들 수 없었다. 그는 가능한 한 전방까지 시야가 훤히 트인 이 거리에서 떠나지 않으리라 결심했다. 내리막길 끝부분엔 다리가 있으나 다리는 첫 부분만이 어렴풋이 보일 뿐 건너편은 안개인지 노을인지 분간할 수 없는 자욱한 수증기 속에 묻혀 있었다.

결심을 굳힌 카를은 처음 만난 교차로를 잽싸게 빠져나가려고 전력을 다해 날듯이 달리고 있었다. 바로 그때였다. 그리 멀지 않은 전방에서 그늘진 건물의 벽에 몸을 찰싹 붙이고 적당한 기회를 잡아 카를에게 덮치려고 몸을 가누고 있는 경찰의 모습이 눈에 띄었다. 사태가 이렇게 된 이상 옆 골목밖엔 살 길이 없었다. 바로 그 옆 골목에서 악의 없는 소리로 누군가 자기 이름을 부르는 것이 들렸으나—처음에 그는 착각이라고 생각했다. 그는 도망치기 시작한 바로 그때부터 몹시 귀가 울리고 있었기 때문이었다—주저할 순 없었다. 그는 경찰을 깜짝 놀라게 해 주려고 한 발로 토끼뜀을 해 보이면서 옆 골목을 직각으로 꺾어 들어갔다.

카를이 옆 골목으로 뛰어들어 아직 두 걸음도 뛰지 않았는데—그는 조금 전에 자기 이름을 부르던 소리를 완전히 잊고 있었다. 두 번째 경찰이 호루라기를 불었다. 이 경찰은 언뜻 보기에 기운이 팔팔했다. 이 옆 골목을 걷고 있던 사람들도 갑자기 발걸음을 빨리하기 시작한 것처럼 보였다—어떤 작은 집 출입구에서 갑자기 팔 하나가 카를 앞으로 쑥 뻗어 나오더니 "조용!" 하면서 그를 어둑한 현관으로 끌어당겼다. 들라마르샤였다. 그는 숨을 헐떡이고 있었으며 얼굴은 홍당무처럼 상기되었고 땀이 흥건한 목둘레에 머리카락이 붙어 있었다.

그는 가운을 벗어 옆구리에 끼고 있었다. 입고 있는 것이라곤 셔츠와 팬티뿐이었다. 들라마르샤는 현관이 아닌 샛문으로 쓰이는, 별로 눈에 띄지 않는 작은 문을 재빨리 닫고서 빗장을 질렀다.

"잠깐 기다려." 하고 말하고 그는 머리를 쳐들어 벽에 기대고 거친 숨을 내뱉고 있었다. 카를은 하마터면 쓰러질 뻔했으나 그의 팔에 간신히 매달려 몸을 세우고 있었다. 그러나 거의 의식을 잃은 채 그의 가슴에 얼굴을 묻고 있었다.

"저것 좀 봐, 그들이 달려가고 있어." 들라마르샤가 말하더니 귀를 쫑긋 세우고 집게손가락을 뻗어 샛문을 가리켰다. 분명히 두 경찰이 그 앞을 달려가고 있었다. 그들의 발자국 소리는 인기척 없는 골목 안에서 강철이 돌에 부딪치는 소리처럼 울려 퍼졌다.

"자넨 녹초가 됐군 그래." 들라마르샤가 카를에게 말했다. 카를은 아직도 숨이 막혀 말을 할 수가 없었다. 들라마르샤는 조심스럽게 그의 몸을 바닥에 내려놓고 그 곁에 무릎을 짚고 앉아 몇 번이고 이마를 손으로 쓸면서 그를 지켜보고 있었다.

"이젠 괜찮아." 카를은 간신히 일어섰다.

"그럼 가지." 옆에 끼고 있던 가운을 다시 입은 들라마르샤가 이렇게 말하고 아직도 몸이 회복되지 않아 기운을 되찾지 못한 채 고개를 푹 숙이고 있는 카를을 앞세워 뒤에서 등을 밀며 걸었다. 이따금 그는 카를의 정신을 깨우쳐 주려는 듯이 그의 몸을 거칠게 흔들었다.

"자네는 몹시 지쳤다고 말하고 싶겠지."

들라마르샤가 말했다.

"그래도 자넨 바깥 거리를 말처럼 달리기만 하면 그만이었지만 나는 이 지긋지긋한 골목과 남의 집 뜰을 몰래 슬쩍 지나가야 했어. 다행히 내가 달리기를 잘하니 망정이지." 그는 자랑스럽게 팔을 뒤로 크게 빼더니 카를의 등에 강한 일격을 가했다. 그리고 말을 이었다. "어쨌든 경우에 따라선 경찰과 이런 경주를 하는 것도 좋은 훈련이 되거든."

"난 도망치기 시작할 때부터 몹시 지쳐 있었어." 하고 카를이 말했다.

"서툰 달음박질을 치고서 이제 변명을 하는 녀석이 어디에 있어." 들라마르샤가 말했다. "내가 아니었다면 넌 벌써 잡혔을 거야."

"나도 그렇게 생각해." 카를이 말했다. "정말 고마워."

"뭐 그리 대단한 건 아니야." 들라마르샤는 대수롭지 않게 대답했다.

두 사람은 거무스름하고 매끈한 돌로 포장된 길고 좁은 통로를 빠져나갔다. 이곳저곳의 계단으로 나 있는 출입구가 열려 있기도 했고 아이들만 휑뎅그렁한 계단 위에서 놀고 있을 뿐이었다. 어떤 난간 옆에선 조그만 여자 아이가 서서 울고 있었다.

그 애의 얼굴은 범벅이 된 눈물 때문에 얼굴 전체가 반짝반짝 빛나 보였다. 그 아이는 들라마르샤의 얼굴을 보자마자 기겁을 하고 계단을 달려 올라갔다. 위층 계단에 이르자 몇 번이고 뒤돌아보며 자기 뒤를 쫓는 사람이 없는 것을 확인하고 겨우 마음을 놓는 것 같았다.

"내가 조금 전에 저 애를 쓰러뜨리고 달렸지." 들라마르샤가 주먹을 쥐고 흔들며 그 애를 위협했다. 그러자 그 여자 아이는 숨이 끊어질 듯한 비명을 지르면서 계단 위로 달려 올라갔다.

두 사람이 가로질러간 몇몇 정원에도 인기척은 없었다. 때때로 인부가 바퀴가 두 개인 손수레를 밀고 지나가거나 여인이 펌프를 눌러 물동이에 물을 담고 있었다. 또 이따금 우편배달부가 느릿느릿 뜰을 가로질러 갈 뿐이었다. 흰 턱수염을 탐스럽게 기른 노인 하나가 현관 유리창 앞에 발을 포개고 앉아 천천히 파이프를 빨고 있었다. 어떤 운송점 앞에서는 짐을 부리고 난 말이 한가롭게 머리를 쳐들어 돌리고 있었다. 작업복을 입은 사내 하나가 종이 한 장을 들고 그 작업 전체를 감독하고 있었다. 사무실 창문이 열려 있었고 책상에 앉아 있는 종업원이 책상 위의 서류에서 눈을 돌려 뭔가 골똘한 생각에 잠긴 듯한 표정으로 마침 그곳을 지나가는 창밖의 카를과 들라마르샤의 모습을 물끄러미 바라보고 있었다.

"더 바랄 것 없이 조용한 곳이야." 들라마르샤가 입을 열었다. "밤엔 두서너 시간 동안은 다소 떠들썩하지만 낮 동안은 조용한 곳의 표본 같아."

카를도 동감이란 듯이 고개를 끄덕였다. 사실 카를은 불안감을 느낄 만큼 조용하다고 생각했기 때문이었다.

"난 이곳을 떠나선 살 수 없을 것 같애." 하고 들라마르샤가 또 말했다. "브루넬다는 시끄러운 걸 못 참거든. 이봐, 너 브루넬다를 알아? 모르겠지. 곧 만날 거야. 어쨌든 너한테 미리 말해 두는데 될 수 있는 대로 조용히 해 줘."

두 사람이 들라마르샤가 살고 있는 집으로 통하는 현관 앞까지 왔을 때 자동차는 이미 그곳을 떠나고 보이지 않았다. 코가 찌그러진 그 젊은이는 카를이 다시 나타난 것을 보고도 놀란 기색이 없이 로빈

슨을 계단 위로 올려 보냈다고 알려 주었다. 들라마르샤는 해야 할
의무를 마땅히 해 낸 자기 하인을 대하듯 그 젊은이한테 고개만 끄덕
여 보였다. 그러고는 주저하는 시선으로 햇빛이 비치는 길만 바라보
고 있는 카를을 잡아끌며 계단 위로 올라갔다.

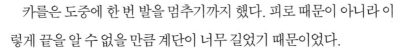

"이제 다 온 거야." 하고 들라마르샤는 계단을 올라가면서 두서너
번 말했으나 그의 예고는 쉽사리 실현될 것 같지 않았다. 다음에서
또 다음으로 거의 방향을 가늠하지 못할 만큼 새로운 계단이 잇달아
나타났다.

카를은 도중에 한 번 발을 멈추기까지 했다. 피로 때문이 아니라 이
렇게 끝을 알 수 없을 만큼 계단이 너무 길었기 때문이었다.

"물론 내 거처가 높은 곳에 있긴 하지만." 들라마르샤가 잠시 멈췄
던 발을 옮겨 다시 걷기 시작했을 때 말했다. 그리고 말을 이었다.
"그러나 높은 만큼 이점도 많아. 외출은 좀처럼 하지 않고 온종일 가
운 한 장으로 아주 편하게 지낼 수 있거든. 물론 이렇게 높은 곳까진
방문객도 올라오지 않아."

'찾아올 사람도 없는 주제에.' 하고 카를은 속으로 생각했다.

드디어 층계가 막바지에 이르렀다. 닫힌 문 앞에 로빈슨의 모습이
보였다. 이제 겨우 다 온 것이다. 그러나 계단은 거기에서 끝나지 않
고 또 어둑한 속으로 이어져 있었다. 이 층계가 끝날 것 같은 징후는
아무 곳에서도 찾아볼 수 없었다.

"난 틀림없이 이렇게 되리라고 믿었지."

로빈슨은 아직도 통증을 느끼는지 말소리를 죽여 속삭이듯 말했

다. "들라마르샤가 데리고 올 것이라고 말이야. 로스만, 넌 들라마르샤가 아니었다면 어떤 봉변을 당했을지 몰라."

로빈슨은 내의 바람인 몸을 호텔 옥시덴틀에서 걸쳐 준 조그마한 담요로 어떻게든 가려 보려고 고심하고 있었다. 이 계단 근처로 간혹 지나는 사람들의 웃음거리가 될 텐데 왜 그가 방 안으로 들어가지 않았는지 카를은 납득이 가지 않았다.

"그녀는 자고 있어?" 들라마르샤가 물었다.

"그렇지 않을 거라고 생각하네만." 로빈슨이 대답했다. "어쨌든 자네가 돌아올 때까지 기다리는 게 좋을 거라고 생각하고 있었어."

"우선 자고 있는지 어떤지 확인해야겠어." 들라마르샤가 말하고 열쇠 구멍에 눈을 대려고 상반신을 굽혔다. 그는 그 자세로 이리저리 머리를 틀면서 한참 동안을 엿보더니 몸을 펴며 말했다. "아무리 해도 잘 보이지 않는데 블라인드가 내려져 있기 때문인 것 같아. 소파에 앉아 있긴 한데 잘 모르겠어. 아마 자고 있을 거야."

"몸이 아픈 게 아닐까?" 카를이 물었다. 들라마르샤가 조언을 구하는 듯한 모습으로 서 있었기 때문이다.

그러나 들라마르샤는 이 말을 듣자 날카로운 어조로 되물었다.

"뭐야, 병이라고?"

"이 녀석은 그녀를 모르지 않나. 그래서 실언한 걸세." 로빈슨이 변호하듯 말했다.

때마침 두서너 개의 문을 지난 건너편 복도에서 두 여자가 앞치마에 손을 닦으면서 들라마르샤와 로빈슨을 연신 흘깃대며 무엇인가를 노닥거리고 있었다. 그리고 여자 아이가 튀어나와 두 여자 사이에 끼어들었다. 그리고는 팔을 끼면서 마치 귀여움을 떨듯 매달렸다.

"기분 나쁜 여자들이야." 들라마르샤가 낮게 속삭였다. 이건 분명히 자고 있을 브루넬다에 대한 배려에서 나온 말 같았다. "어떻게 하든 가까운 시일 내에 저 여자들을 경찰에 고발해 버려야겠어. 몇 년간이라도 좋으니 저 계집들 때문에 신경 쓰지 않게 되도록 말이야. 이봐, 저쪽을 보지 마."

아
메
리
카

그는 카를이 그 쪽을 보지 못하도록 제지했다. 카를은 이렇게 복도에 선 채 브루넬다가 잠을 깨기만을 기다리고 있을 바에야 차라리 저 여자들을 보는 게 나을 거라고 생각했다. 갑자기 화가 치민 그가 들라마르샤의 경고를 받아들여야 할 이유가 없다는 듯 머리를 흔들면서, 그리고 자신의 이 견해를 직접 태도로 과시하기 위해 고의로 여자들을 향해 몸을 돌렸다.

"로스만, 그만둬!" 하고 그때 로빈슨이 날카롭게 소리치면서 카를의 옷소매를 잡고 만류했다. 그렇지 않아도 카를의 태도가 못마땅해서 화가 잔뜩 치밀어 있던 들라마르샤는 소녀의 날카로운 웃음소리에 드디어 울화통을 터뜨리고 별안간 맹렬한 기세로 팔을 흔들어 대면서 발을 구르며 여자들을 향해 돌진해 갔다. 이 모습을 발견한 여자들은 혼비백산하여 저마다 문을 밀고 자취를 감추어 버렸다.

"여기 이렇게 서 있는 동안엔 몇 번이고 이렇게 복도를 청소해야 하거든." 들라마르샤는 태연하게 되돌아와선 이렇게 말했다. 그리고 문득 카를의 반항적 태도가 생각나자 또 말을 이었다.

"어쨌든 네가 태도를 고쳐 주기를 바라. 만약 그렇지 않으면 나한 테서 씁쓸한 맛을 보게 될 거야."

이때였다. 방안에서 부드럽고 나른한 어조로 의아하다는 듯이 묻는 소리가 흘러나왔다.

"들라마르샤예요?"

"그렇소." 들라마르샤가 자못 반갑다는 투로 문 쪽을 바라보며 말했다.

"들어가도 좋을까?"

"물론이에요."라는 대답이 또다시 흘러나왔다. 들라마르샤는 등 뒤의 두 사람을 힐끔 돌아보고 천천히 문을 열었다.

방안은 어두컴컴했다. 발코니로 통하는 출입구엔 커튼이 마루까지 드리워져 있어 거의 빛이 들어오지 않았다. 창문은 없었다. 더욱이 방안엔 각종 가구들이 비좁을 만큼 들어차 있고 벽 둘레엔 옷이 걸려 있어 방 안을 더욱 어둡게 했다. 공기는 가슴이 답답할 만큼 탁했고 퀴퀴한 냄새가 풍겼다. 어느 누구의 손도 방 구석구석까지 미칠 수 없을 것 같았다.

방 구석구석에는 먼지가 수북이 쌓여 있음이 분명했다.

카를이 방 안에 들어서서 처음 본 것은 빈틈없이 앞뒤로 나란히 놓아 둔 세 개의 상자였다.

침대에는 아까 전 발코니에서 밑을 내려다보던 여자가 누워 있었다. 그녀의 붉은 옷자락은 끝 부분이 흐트러진 채 큼직한 세모꼴로 늘어져 마루에 닿아 있었다. 그리고 두 다리는 무릎까지 거의 드러나 있었고 두터운 하얀 털양말을 신고 있었는데 신발은 신지 않았다.

"열이 있어요, 들라마르샤." 그녀는 얼굴을 벽에서 이쪽으로 돌리고 팔을 힘없이 들라마르샤 앞으로 내밀었다. 들라마르샤는 그 팔을 잡고 입을 맞추었다. 카를은 얼굴을 돌리는 데 따라 파도치듯 따라 도는 그녀의 이중 턱을 열심히 바라보았다.

"커튼을 걸을까?" 들라마르샤가 그녀한테 물었다.

"그건 이해해 주세요." 그녀는 눈을 감고 마치 절망에 빠진 어조로 말했다.

"커튼을 걸으면 열이 더 심해질 거예요."

카를은 자세히 관찰하기 위해 여자 쪽으로 다가갔다. 그는 그녀가 불평하는 모습을 의아하게 바라보았다. 아무리 보아도 열은 대단치 않은 것 같았기 때문이었다.

"기다려. 곧 편하게 해줄 테니."

들라마르샤는 근심스레 말하고 그녀의 목덜미의 단추 두서너 개를 풀어 앞자락을 헤쳤다. 목과 젖가슴 위쪽이 드러나면서 슈미즈의 엷은 노란색 레이스 자락이 드러났다.

"저 사람은 누구예요?" 여자는 별안간 소리치고 손가락을 뻗쳐 카를을 가리켰다. "어째서 나를 그렇게 바라보는 거예요, 왜 그러죠?"

"너한테는 차차 많은 일을 부탁할 거야." 들라마르샤는 이렇게 말하곤 카를을 한구석으로 밀어내면서 "이 녀석은 내가 당신의 심부름꾼으로 삼으려고 데리고 왔어. 아직 애송이야." 하고 부인을 진정시켰다.

아메리카

305

"아녜요, 전 사람을 두고서 부리고 싶진 않아요." 여자가 소리쳤다. "어째서 낯선 사람들을 집에까지 데리고 오는 거예요?"

"당신은 하인이 필요하다고 했잖아?" 들라마르샤는 이렇게 말하면서 무릎을 꿇었다. 브루넬다 옆에는 걸터앉을 공간마저 전혀 없었던 것이다.

"오오, 들라마르샤." 그녀는 또 소리쳤다.

"당신은 제 기분을 전혀 모르는군요. 당신은 역시 제 마음을 모르는 거예요."

"이렇게 되니 이젠 정말로 당신 기분을 알 수 없군." 들라마르샤는 이렇게 말하면서 그녀의 얼굴을 두 팔로 꼭 껴안았다. "하지만 아직은 아무것도 결정되지 않은 상태이고 또 당신이 원한다면 저 녀석을 당장 쫓아낼 수도 있어."

"어쨌든 여기까지 데리고 온 이상 그냥 두기로 해요." 하고 그녀가 틈을 주지 않고 말했다. 카를은 너무 피로해 있었기 때문에 결코 호의에서 나온 말이 아님을 알면서도 그녀의 말이 몹시 고마웠다. 그는 혹 경우에 따라서 다시 내려가야 할지도 모를 그 지리하고 끝없는 계단을 머릿속에 떠올렸다. 카를은 홑이불을 덮고 어느새 태평스레 잠에 빠져 있는 로빈슨을 넘어갔다. 그러고는 들라마르샤가 화가 잔뜩 나서 두 팔을 거세게 휘두르는데도 아랑곳없이 말했다.

"저로선 당분간 여기에 머물도록 허락해 주신 데 대해서 감사드립니다. 실은 지난 24시간 동안 한잠도 눈을 붙이지 못했어요. 그 사이 쉴 새 없이 일을 했고, 또한 몹시 신경이 쓰이는 갖가지 사건에 말려

들어 있었기 때문에 너무 지쳤습니다. 저는 제 자신이 현재 무엇을 하고 있는지조차 분별하지 못할 형편입니다. 그러니 두서너 시간만 재워 주십시오. 그 후에 얼마든지 쫓아내셔도 좋습니다. 저는 기꺼이 나가겠습니다.”

“어쨌든 우선은 여기에 머물도록 해.” 여자는 이렇게 말하곤 비웃 듯이 덧붙였다. “보면 알겠지만 장소도 이만큼 넉넉하니 말이야.”

“너는 그만 가 봐!” 들라마르샤가 말했다.

“널 여기서 부릴 필요가 없으니 말이야.”

“잠자코 있어요. 이분이 여기에 머물도록 해요.” 여자는 다시 한 번 단호한 어조로 말했다. 여자의 말이 떨어지자 들라마르샤는 여자의 요구를 실행에 옮기도록 카를에게 소리쳤다. “할 수 없지. 그럼 어디 든 멋대로 누워 잠이나 자라.”

“커튼 위에 잠자리를 마련해 줘요. 하지만 커튼이 찢어지지 않게 신발은 벗겨요.”

들라마르샤는 여자가 지정한 장소를 카를에게 가르쳐 주었다. 출입구와 세 개의 찬장 사이에 각양각색의 커튼이 산더미처럼 무더기로 쌓여 있었다. 만약 이 커튼 전부를 반듯하게 접어 무거운 것은 밑에 두고 부드러운 것을 차곡차곡 쌓아올린 다음 마지막으로 커튼 무더기 사이에 꽂혀 있는 널빤지와 둥근 나무 고리를 빼내기만 한다면 그리 나쁘지 않은 침대로 쓸 수 있을 것이다. 그러나 지금 상태로는 흔들리고 미끄러져 내리는 커다란 헝겊 더미에 불과했다.

그러나 카를은 이런 것에 개의치 않고 바로 그 헝겊 덩어리 위에 몸을 눕혔다. 특별히 잠자리를 정돈하기엔 너무나 지쳐 있었다. 또 이 방 주인에 대한 예의로써 거창하게 구는 것은 삼가는 게 좋을 거라고도 생각했기 때문이었다. 그가 거의 완전히 깊은 잠에 빠졌을 때였다. 그는 커다란 교성(嬌聲)에 깜짝 놀라 잠을 깨고 몸을 일으켰다가 못 볼 것을 보고 말았다.

브루넬다가 침대 위에 꼿꼿이 앉은 채 두 팔을 활짝 벌려 자기 앞에 무릎 꿇고 있는 들라마르샤를 힘껏 끌어안은 장면을 본 것이다. 그 장면을 보고 있기가 거북해진 카를은 다시 몸을 눕히고 잠을 자려고 커튼 속에 몸을 숨겼다. 여기선 이틀 이상 이들과 지낼 수 없을 것이란 것을 그는 직감했다. 그런 만큼 그에게 더욱 필요한 건 충분하게 잠을 자 두는 일뿐이었다. 충분한 수면 후엔 사려를 분별할 수 있는 정신이 살아나 자신의 처신 문제를 빠르고 정확하게 결정할 수 있기 때문이다.

그러나 불행히도 피로 때문에 크게 떴던 카를의 눈을 브루넬다가 재빨리 발견하곤 소리쳤다.

"들라마르샤! 난 더워서 못 견디겠어요. 불이 붙은 것 같아요. 난 옷을 벗어야 해요. 물을 끼얹어야 한단 말이에요. 저 두 사람을 어서 방에서 내쫓아 줘요. 복도도 좋고 발코니도 좋아요. 내 눈에 띄지 않는 곳으로 내몰아 줘요. 내 집에 살면서 방해를 받아야 하다니. 들라마르샤, 당신과 단 둘이서만 있고 싶어. 아아, 지겨워. 아직도 저 사람들이 저기 있잖아요. 저 뻔뻔스런 로빈슨 녀석 좀 봐요. 숙녀 앞에서 속옷 바람으로 대자로 누워서 잠을 자고 있잖아요. 그리고 저 애송이는 또 뭐예요. 조금 전에도 무서운 눈으로 나를 노려봤단 말이에요. 지금은 자는 척하고 있는 거예요. 저건 나를 속이려는 수작이에요. 어서 저 둘을 처치해 줘요. 저 둘은 내겐 지나친 짐이에요. 가슴을 짓누르는 것 같아요. 아아, 답답해. 만약 내가 지금 죽는다면 그건 저 둘 때문이에요."

"곧 저 녀석들을 내쫓을 테니 어서 옷을 벗어요." 들라마르샤는 로빈슨한테 다가가 그의 가슴팍에 발을 대고 흔들기 시작했다. 그와 동시에 카를을 향해서도 소리쳤다.

"로스만, 어서 일어나! 너희 둘은 발코니로 나가. 알겠어, 내가 부르기 전에 방에 들어와선 안 돼. 만약 그랬다간 따끔한 맛을 보여줄 테니 그리 알아. 어서 빨리, 빨리 나가. 이봐, 로빈슨!" 이렇게 말하면서 그는 더욱 거칠게 로빈슨을 흔들어 댔다.

"그리고 로스만, 너도 나한테 얻어맞지 않도록 빨리 나가!" 그는 이렇게 말하면서 두 번 크게 손뼉을 쳤다.

"왜 그리 꾸물거려요!" 브루넬다가 침대에 앉은 채 또 소리쳤다. 그녀는 앉아 있었으나 너무 살이 쪄서 뚱뚱한 몸을 될 수 있는 대로 편하게 하기 위해 두 다리를 좌우로 활짝 벌려야 했다. 그녀는 몇 번이고 숨을 돌리며 신고 있는 양말 끝을 잡고 그것을 조금씩 아래로 끌어내리려고 노력했다. 그러나 허리를 굽힐 수가 없었다. 때문에 그녀는 스스로 자기 옷을 완전히 벗을 수가 없었다. 이 수고를 들라마르샤가 도맡아 해야만 했다. 그래서 그녀는 초조하고 안타깝게 들라마르샤를 기다리고 있는 것이다.

피로 탓으로 의식이 몽롱해진 카를은 커튼 더미에서 내려와 천천히 발코니로 빠지는 문을 향해 걸었다. 한쪽 발목엔 커튼이 감겨 버렸다. 그는 신경 쓰지 못한 채 그것을 질질 끌고 걸었다. 이렇게 얼빠진 상태에 있으면서도 그는 브루넬다 옆을 지날 땐 "편히 쉬세요." 하고 인사를 잊지 않았다. 그리곤 발코니 출입문에 드리워진 커튼을 살짝 한쪽으로 걷어쥐고 서 있는 들라마르샤의 옆을 빠져 발코니로 나갔다.

카를의 바로 뒤를 따라 로빈슨이 나왔다. 그도 잠이 설 깬 모양이었다.

"학대가 지나치단 말씀이야. 브루넬다가 같이 가지 않으면 결코 발코니에 나가지 않겠어." 하고 로빈슨은 큰소리를 쳤다. 그러나 큰소리와는 달리 그는 아무런 저항도 하지 않고 순순히 발코니로 나갔다. 카를이 먼저 나와 안락의자를 점령하고 몸을 깊숙이 묻고 있었기에 그는 바로 차가운 돌바닥에 누웠다.

카를이 잠을 깼을 때는 이미 캄캄한 밤이었다. 하늘엔 별이 총총했으며 길의 맞은편에 보이는 높은 집들의 누각 사이로 달이 솟아오르고 있었다. 이 낯선 거리를 두서너 번 둘러보며 시원하고 상쾌한 대기 속에서 심호흡을 되풀이하고서야 카를은 겨우 현재 자기가 어디에 있는가를 깨달았다. 아아! 얼마나 경솔했었던가. 지배인의 조언, 테레사의 충고, 그리고 자신이 품었던 의구심 등을 완전히 무시하고 내가 이렇게 안일하게 들라마르샤의 발코니에 앉아 있다니. 더욱이 저 커튼 건너편에는 자신의 원수인 들라마르샤가 있다는 것마저 잊고 반나절이나 잠을 잤다니. 이렇게 생각하고 정신을 번쩍 차린 그는 게으르고 어리석은 로빈슨이 돌바닥에서 몸을 꿈틀대면서 자기의 발목을 잡아당기고 있는 것을 봤다. 그가 이렇게 해서 카를을 깨운 것 같았다.

"잘 자더군, 로스만. 그래서 아무 근심 걱정 없는 소년시절이라고 하는 모양이지. 도대체 넌 언제까지 자려는 거야? 나는 널 더 재워 주고 싶은 생각이 간절하지만 첫째, 이런 돌바닥에 누워 있기가 따분해. 그리고 둘째, 몹시 배가 고프단 말이야. 그래서 부탁하는 건데 잠깐 일어나 봐. 거기, 바로 그 안락의자 안쪽에 먹을 것을 넣어 두었거든. 난 그걸 꺼내 먹고 싶어. 물론 너한테도 조금은 나눠 줄게." 하고 그는 말했다.

카를이 일어서자 로빈슨은 서지도 못한 채 배로 기어서 다가왔다. 그리곤 두 손을 뻗어 안락의자 밑에서 은으로 도금한 접시를 꺼냈다. 흔히 명함 보관함으로 쓰이는 그 접시엔 새까만 소시지 반 토막과 속이 빠져 납작해진 담배 두서너 개비, 뚜껑이 따져 있어 기름이 넘쳐흐르는 정어리 통조림 한 개, 거의 녹아서 덩어리가 되다시피 한 캔디가 담겨 있었다. 그리고 큰 빵 덩이리 한 개와 향수병 비슷한 것이 나왔다. 병 속에는 분명히 향수가 아닌 다른 물건이 들어 있는 것 같았다.

로빈슨이 유독 만족스런 표정을 지었다. 그 병을 가리킨 채 카를을 올려다보면서 입맛을 다셨기 때문에 바로 알아차릴 수 있었다.

"이것 봐, 로스만." 하고 말하면서 로빈슨은 숨도 돌리지 않고 정어리를 허기진 사람처럼 정신없이 먹다가 이따금 브루넬다가 발코니에 잊고 둔 것으로 보이는 모포에 손을 문질러서 손에 묻은 기름을 닦고 있었다.

"알겠어, 로스만. 너도 굶어 죽지 않으려거든 나처럼 이렇게 식량을 비축해 두지 않으면 안 된단 말이야. 난 네가 보다시피 이 집에서 완전히 밀려나 푸대접을 받게 되면 나도 모르는 사이에 자신을 생각하게 되는 거지. 로스만, 네가 거기에 그렇게 있어 주는 게 나로선 정말 고맙다. 적어도 말동무가 생겼으니 말이야. 이 건물 안에 사는 사람들은 아무도 나와는 이야기를 나누려 하지 않거든. 말하자면 난 미움받는 존재야. 아무튼 이렇게 된 건 모두 브루넬다 때문이었어. 그나저나 그녀는 정말 멋진 여자야. 알겠나. 이봐." 하고 말한 그는 카를에게 귓속말을 하기 위해 카를을 손짓으로 불렀다. "난 말이야, 그녀가 벌거벗고 있는 것을 한 번 보았거든. 아아!" 그는 당시의 황홀감을 되새기듯 카를의 다리를 끌어안고 미친 듯이 몸부림치며 손바닥으로 어루만지기 시작했다.

"로빈슨, 너 지금 미친 거 아냐?" 하고 카를은 참다못해 소리치고 로빈슨을 떼놓지 않을 수 없었다.

"넌 아직 어려서 몰라." 로빈슨은 이렇게 말하곤 목걸이 줄에 매달고 다니는 단도를 셔츠 속에서 꺼내들고 딱딱한 소시지를 자르기 시작했다. 그리고 말을 이었다.

"넌 아직도 배워 둘 게 많단 말이야. 그런 공부는 우리가 있는 이곳에서 하는 게 제일 좋을 거야. 우선 앉아. 너도 뭐든 먹어야 할 게 아냐. 우선 내가 먹는 걸 구경하다 보면 식욕이 생길 거야. 이봐, 마실 것도 싫은가? 음, 그렇다면 전혀 구미가 당기지 않는단 말이지. 그리고 넌 원래 말수가 적은 편이지. 아무튼 누군가가 내 옆에 있어 주기만 하면 돼. 누구하고 같이 발코니에 있느냐 하는 따윈 문제가 아니야. 왜냐고? 난 발코니에서 지내는 시간이 많기 때문이야. 저 브루넬다는 나를 발코니로 내쫓는 것을 재미로 알고 있거든. 춥다든가, 덥다든가, 잠이 온다든가, 머리에 빗질을 해야겠다든가, 코르셋을 떼야 한다든가, 코르셋을 끼운다든가……, 뭐든 그녀가 생각해 내는 일이 있을 때마다 나는 발코니로 쫓겨나는 거야. 그녀는 자기가 말한 대로 할 때도 있긴 있지만 대개의 경우는 말뿐이고 그저 침대에 꼼짝 않고 누워만 있지. 얼마 전까지는 난 곧잘 커튼을 슬쩍 걷고 방안을 엿보았거든. 그런데 언젠가 그렇게 엿보다가 들라마르샤한테서—물론 그가 본의 아니게 브루넬다의 강요에 못 이겨 그랬으리란 것을 나는 잘 아네만—채찍으로 두서너 번 호되게 얻어맞고 난 후부터—너, 이 상처가 보이지?—다신 엿볼 용기를 잃었지. 그 후론 난 이렇게 발코니에 누워서 지내야 하는 신세가 되었어. 내게 낙이 있다면 그저 먹는 것밖에 더 있겠니? 그저께 밤에도 난 이 자리에 이렇게 혼자 누워 있었지. 그땐 유감스럽게도 호텔에서 잃어버린 그 멋진 양복을 입고 있었지만 그 못된 녀석들, 내 몸에서 그 값진 양복을 벗기다니. 이렇게 혼자 누워서 난간 틈으로 내려다보고 있다가 왠지 나도 모르게 내 신세가 처량해서 엉엉 소리 내어 울기 시작했어. 그런데 우연히, 난 그걸 우연이라고 생각 못했지만 브루넬다가 그 붉은 옷을 입고—그 옷이 그녀의 옷들 중에서 가장 어울리거든—내 곁에 서 있지 않겠

아메리카

니? 그녀는 한동안 내 모습을 살펴보더니 드디어 입을 열고 "로빈슨, 왜 울어?" 하고 묻는 거야. 그리곤 그 옷자락을 들어 내 눈물을 닦아 주더란 말이지. 그때 들라마르샤가 그녀를 부르지 않았더라면 그녀는 그리 쉽게 방으로 들어가지 않았을 것이고 그렇게 됐더라면 그녀가 내게 무슨 짓을 했을지 짐작할 수 있겠니? 그때 난 이렇게 생각했어. 드디어 내 차례가 돌아왔구나, 하고 말이야. 그래서 난 커튼 밖에서 이제 방에 들어가도 괜찮으냐고 물었어. 이때 브루넬다가 뭐라고 말했는지 알아? "안 돼." 하더군. 그리고 "미쳤니?" 하더라고."

"그런 대우를 받으면서 왜 여기에 머물러 있니?" 하고 카를이 물었다.

"미안하지만 로스만, 그건 현명한 질문이 아니야." 로빈슨이 대답했다.

"너도 말이야. 곧 알게 되겠지만 나보다 더한 대우를 받더라도 여기를 떠나지 않으려 할 거다."

"그럴 리 없어." 카를이 말했다. "난 떠날 거야. 할 수만 있다면 오늘 밤 안으로라도 떠나겠어. 난 너희들 거처에서 함께 지내고 싶지 않아."

"그럼 네 말마따나 오늘 밤 떠난다고 치자. 그런데 넌 어떻게 나갈 생각이야?" 로빈슨은 부드러운 빵을 뜯어 정어리 통조림의 기름에 담가 골고루 묻히면서 물었다.

"밤에 들어갈 수 없는데 어떻게 나간단 말이야?"

"어째서 우리는 방에 들어가선 안 된단 말이야?"

"그건 벨이 울리기 전엔 우리는 결코 방에 들어가선 안 되기 때문이야." 하고 로빈슨이 말했다.

그는 기름에 흥건히 젖은 빵 조각을 입에 몰아넣고 우물거리면서 빵에서 흘러 떨어지는 기름을 한 손바닥으로 받고는 나머지 빵을 손바닥에 묻은 기름에 적시고 있었다. 그는 말을 이었다.

"요즈음엔 점점 더 엄해져서 꼼짝할 수 없어. 처음엔 저 문에 엷은 커튼만 드리워져 있었어. 그래서 밤이면 그 안의 동정쯤은 충분히 엿볼 수 있었지. 그런데 이것 때문에 브루넬다가 불쾌했던 모양이야. 그녀는 즉각 무대용 외투를 커튼으로 만들더니 내게 낡은 커튼과 바꿔 달라고 시키더군. 결국 이렇게 돼서 이젠 도무지 방안을 엿볼 수 없게 됐어. 그리고 전엔 난 방안의 동정이나 그녀의 기분을 별로 신경 쓰지 않고 들어가도 좋으냐고 자주 물었거든. 그러면 방 안에선 그때 상황에 따라 좋다든가 더 기다리라든가 하고 대답을 했어. 그런데 그녀가 잔소리를 하지 않는 바람에 내가 너무 자주 물었던 것 같아. 브루넬다가 드디어 화가 난 거야. 그녀는 영 견딜 수 없었던 거지. 그녀는 몸집은 저렇게 살이 찌고 크지만 체질이 몹시 약해. 두통을 자주 앓고 거기다가 사시사철 다리의 관절염 때문에 골치를 앓고 있거든. 그래서 그 후론 이쪽에선 절대로 먼저 물어서는 안 되고 들어와도 좋을 땐 벨을 누른다는 식으로 결정된 거야. 물론 자고 있는 나를 깨우려고 초인종을 울리는 경우도 있긴 하지만 말이야. 난 언젠가 너무 적적해서 위안 삼아 고양이 한 마리를 여기서 기른 적이 있었어. 그런데 그 고양이가 말이야, 벨 소리에 놀라 도망쳐 버렸지 뭐야.

그 후론 다시 돌아오지 않았어. 어쨌든 오늘은 한 번도 초인종이 울리지 않았어. 말하자면 초인종이 울리면 들어가도 좋은 게 아니라, 들어가야만 해. 이렇게 오랫동안 초인종이 울리지 않는 것을 보니 아마 오늘은 이 상태가 오래 계속될지도 모르지."

"이제 알겠어." 카를이 말했다. "그러나 너에겐 적용되지만 내겐 적용되지 않는 거지. 그런 약속은 그것을 감수하는 자에게만 적용되는 것이거든."

"잠깐, 어째서?" 로빈슨이 소리쳤다. "어째서 너에겐 적용되지 않는다고 단언하는 거야? 이건 틀림없어, 그 약속은 너에게도 적용돼. 그러니 차분히 앉아서 초인종이 울릴 때까지 나와 함께 여기서 기다리는 게 좋아. 네가 이 집을 빠져나갈 수 있을지 없을지는 그때 가서 시험해 보면 될 테니."

"도대체 넌 왜 여기서 나가지 못하니? 들라마르샤가 네 동료라는 것, 아니 더 적절히 말해서 옛 동료였다는 이유 때문이겠지? 이런 생활을 착실한 생활이라 할 수 있을까? 처음 목표로 삼았던 버터포드에 가서 일자리를 얻은 편이 더 낫지 않았을까? 만약 그렇지 못하다면 네 친구가 있다는 캘리포니아도 괜찮을 텐데 말이야."

"그건 그래." 로빈슨이 말했다. "내겐 앞을 보는 눈이 없었던 거야." 그리고 그는 이야기를 더 계속하기에 앞서 "네 건강을 위해, 로스만." 하고 말하곤 향수병을 들어 숨도 쉬지 않고 들이켰다. "네가 우리를 비겁하게 버리고 달아났을 때 우리는 완전히 빈털터리였어. 물론 그 후에도 한참 동안 일자리도 얻지 못했어. 더욱이 들라마르샤는 일자리를 찾아 착실히 일할 생각은 조금도 없었어. 그 녀석이라면 솜씨가 있는 만큼 쉽사리 일자리를 구할 수 있으련만 꼼짝도 하지 않고 나만 들볶아 일자리를 찾아 나서게 했어.

난 운이 없는 사람이야. 그는 매일 빈둥빈둥하고 있을 뿐이었어. 어느 날 거의 해가 질 무렵 그 녀석이 여자 지갑을 들고 왔어. 진주가 박힌 예쁘고 값진 물건이었지. 지금은 그걸 브루넬다가 갖고 있어. 그 지갑은 속이 텅 비어 있었어. 그날 그는 이제 별 도리가 없으니 둘이서 집집을 돌며 구걸해서 빌어먹자고 말하더군. 그러다가 혹 좋은 기회를 잡을 수도 있고 값진 물건을 손에 넣을 수도 있을 거라고도 했어. 그래서 우리는 거지가 됐던 거야. 그래도 좀 더 잘하기 위해 내가 대문 밖에서 노래를 부르고 말이야. 그런데 들라마르샤는 분명히 운이 좋은 녀석이야. 우리가 첫날 두 번째 집 대문에 섰는데, 그 집은 굉장했어. 일층에 있는 호화 주택이었거든. 부엌 심부름꾼들과 하인들을 상대로 막 한 곡조 뽑았을까 말까 했을 때 그 주택의 주인이 현관 층계를 올라오지 뭐야. 그 주인이 바로 저 브루넬다였어. 그런데 그녀는 아마도 코르셋으로 몸을 지나치게 죄었던 모양이야. 두서너 계단도 오르지 못하는 거야. 로스만, 그때 그녀의 아름다운 모습은 정말 잊을 수 없어. 그녀는 눈처럼 하얀 옷을 입고 빨간 양산을 들고 있었어. 정말이지 깨물고 싶도록 예뻐 보였거든. 생각 같아선 꿀꺽 삼키고 싶었다네. 오오, 그녀의 아름답던 그 모습! 난 그런 미녀를 일찍이 본 적이 없어. 이건 정말이야. 넌 이런 걸 잘 모를 테지만 그런 여인을 바로 절세의 미녀라고 부르는 거야. 물론 하녀와 종들이 달려

나와 그녀를 거의 들다시피 해서 계단 위로 올라가더군. 우리 둘은 문 양쪽에 서서 경례를 했어. 이 지방에선 그렇게 해 주는 게 예의야. 그녀는 숨도 제대로 쉬지 못하고 한동안 문턱에 서 있었네. 바로 그때, 나도 어째서 그렇게 된 건지 지금도 분명하진 않지만 아마 배가 고팠기 때문에 제정신이 아니었나 싶어. 더욱이 그녀를 바로 눈앞에서 보니 먼발치에서 보던 것과는 딴판으로 더 아름다워 보이고 가슴이 얼마나 넓게 보이던지 황홀할 지경이었지. 더군다나 특제 코르셋을 입었기 때문인지—그 코르셋은 지금도 저 상자 속에 있으니 언제든 기회가 있으면 구경시켜 줄 수도 있어—온몸의 살이 탄력 있어 보이더란 말이야.

난 나도 모르게 그녀 뒤에서 그녀 몸에 손을 대고 말았네. 손을 댔다곤 하지만 살짝, 알겠나? 그저 이렇게 댔을 뿐이었어. 그러나 거지 주제에 귀부인 몸에 손을 대다니, 이건 도저히 용서받을 수 없는 행동이었어. 그때 난 손을 댔을까 말까 했지만 그래도 그건 손을 댄 것과 같은 거였어. 들라마르샤가 내 행동을 보고 바로 내 뺨을 갈기지 않았더라면 어떤 큰일이 벌어졌을지 몰라. 그런데 어찌나 심하게 때렸는지 난 두 손으로 뺨을 감싸지 않을 수 없었을 정도였어."

"너희들 하는 짓은 정말 어이가 없어." 카를은 로빈슨의 이야기에 빨려들어 저도 모르게 다시 의자에 앉았다.

"결국 그 여자가 바로 저 브루넬다였단 말이야?"

"그래." 로빈슨이 말했다. "그녀가 바로 브루넬다였어."

"자넨 그녀가 가수라고 말했잖아?"

"물론 그녀는 가수임이 분명해. 그것도 보통 가수가 아니야, 굉장한 가수야."

그는 큼직한 캔디 덩어리를 입속에 넣고 굴리다가 이따금 입 밖으로 삐져나온 것을 손가락으로 밀어 넣고 있었다. 그러면서 말을 이었다. "우리도 그땐 전혀 그 사실을 몰랐어. 그저 돈 많고 점잖은 부인이라고만 알고 있었어. 아무튼 그녀는 아무 일도 없었다는 듯이 행동했어. 아니면 실제로 그녀는 아무것도 느끼지 못했는지도 모르지. 난 손가락 끝으로 슬쩍 그녀 몸을 건드렸을 뿐이니까. 그녀는 태연하게 서서 들라마르샤의 얼굴을 바라보았어. 들라마르샤 역시—정말이지 그 녀석은 운이 좋아—그녀 눈을 똑바로 보고 있더란 말이야. 그러더니 이윽고 그녀가 "잠깐 안으로 들어오세요." 하고 말하곤 들라마르샤더러 앞장서 들어가라는 듯이 양산 끝으로 현관을 가리켰어. 그러더니 두 사람은 현관 안으로 들어가더군. 그러자 하인 녀석이 현관문을 닫아 버리지 않겠나. 나를 밖에 남겨둔 채 말이야. 난 오래 걸리진 않겠지, 하고 계단에 앉아서 들라마르샤를 기다리기로 작정했지. 이윽고 문을 열고 나온 건 들라마르샤가 아닌 하인이었어. 그는 접시에 수프를 가득 담아 들고 나오더군. '이건 틀림없이 들라마르샤의 배려일 거야.' 하고 생각하며 먹었네. 하인은 내가 먹는 동안 줄곧 내 곁에서 서서 브루넬다에 대해 몇 가지 말해 주었어. 그래서 난 그녀의 저택을 방문한 것이 우리에게 어떤 의미를 갖는 일인지 깨닫게 되었네. 그의 말에 따르면 그녀는 이혼녀로 막대한 재산의 소유자이자 완전한 홀몸이라는 거야. 그녀의 전남편은 코코아 공장 경영주

아
메
리
카

인데 지금도 그녀를 사랑하고 있으나 그녀가 도무지 상대의 청을 받아들이려 하지 않는다는 거야. 그런데도 그는 번번이 찾아온대. 언제나 당장 결혼식장에 들어가는 새 신랑처럼 멋쟁이 새 옷으로 단장하고서 말이야—내 말에는 일언반구의 거짓도 없어. 난 그 남자를 잘 아니까 말이야—그런데 말이야. 그 전남편이 하인 녀석에게 뇌물을 듬뿍 주면서 그녀에게 자기를 만나 줄 것인지 물어보라고 했지만 그 하인 녀석은 아예 그가 찾아온 것도 전하지 않는 거야. 왜냐고 물었더니 전에 두서너 번 물어 본 적이 있었는데 그때마다 그녀는 손에 잡히는 대로 아무 물건이나 하인의 얼굴을 향해 집어던졌다는 거야. 한번은 끓는 물이 가득 담긴 물통을 집어던져서 정통으로 얼굴에 맞아 앞니가 부러진 적도 있었대. 어때, 로스만. 놀랐지?"

"그런데 넌 그 전남편을 어떻게 알고 있지?"

"그야 간단하지. 여기에도 가끔 나타나거든."

"여기까지 찾아온다고?" 카를은 어이가 없어 돌바닥을 가볍게 손바닥으로 쳤다.

"어이가 없다고 생각하는 게 당연해." 하고 로빈슨이 말을 계속했다. "물론 나도 하인이 그 이야기를 들려 줬을 때 어이없다고 생각했던 건 사실이야. 너도 생각해 보렴. 브루넬다가 집을 비운 사이 전남편은 하인의 안내로 그녀 방에 들어가 대수롭지 않은 그녀의 소지품을 기념물로 들고 가는 대신 값진 물건을 남겨놓고 가면서도 하인들에겐 누가 보낸 선물인지 절대로 말하지 말라고 단단히 입을 막았다더군. 그러다가 한 번은 그 전남편이 뭔가—이것도 하인한테서 들은 이야기지만 틀림없으리라 믿고 있네—돈을 주고도 살 수 없는 희귀한 도자기를 놓고 갔을 땐 브루넬다도 눈치를 챘던가 봐. 무턱대고 그 도자기를 집어들더니 방바닥에 집어던지곤 발로 실컷 짓이겨서 가루를 만든 거야. 그 위에 침을 뱉었을 뿐만 아니라 더 심한 짓도 했대. 하인이 그 뒤처리를 하는 데 비위가 상해 괴로웠다는 거야.”

“그 자는 그녀에게 무슨 잘못을 저질렀기에 그러는 걸까?” 카를이 또 물었다.

“사실은 나도 거기까진 모르지만.” 로빈슨이 대답했다. “설마 특별한 잘못은 아니겠지. 적어도 그 남자는 자기가 무슨 잘못을 했는지 모르는 것 같았어. 그 남자 매일 저 거리 모퉁이에서 나를 기다리고 있거든. 내가 가면 새로운 정보는 없냐고 어찌나 들볶는지……. 내가 못 나가는 날엔 그 사내는 삼십 분이나 기다렸다가 터벅터벅 돌아가기가 일쑤야. 내겐 임시 수입원이지. 그 남자가 내 정보에 대해 듬뿍 사례금을 주니까 말일세. 그런데 들라마르샤가 어떻게 이 사실을 알았는지 그 후부터 난 내가 받은 사례금을 송두리째 바쳐야만 했어. 그래서 난 요즈음 좀처럼 거리 모퉁이 밀회 장소에 나가지 못하고 있단 말이야.”

“그건 그렇고, 도대체 그 전남편은 무엇을 요구하는 걸까?” 카를이 물었다.

“도대체 무엇을 바라고 그러는 거야? 자기로서도 그녀가 자기를 원하지 않는다는 것을 잘 알 텐데 말이야.”

“그건 그래, 옳은 이야기야.” 로빈슨은 한숨을 쉬면서 말하곤 담배에 불을 붙이더니 제법 그럴싸하게 손을 빙글 크게 돌려 담배를 입에 갖다 댔다. 입을 오므리고 빨면서 후우 연기를 높이 내뿜기도 했다. 그리고 결심을 굳혔다는 듯이 다시 말을 이었다.

"그런 건 내겐 흥미 없는 일이야. 단지 내가 지금 분명히 알고 있는 것은 그 남자를 적당히 속여 이 발코니에서 우리와 함께 잠을 자게 해 주면 그 남자가 사례금을 듬뿍 내놓을 것이라는 것뿐이야."

카를은 자리에서 일어났다. 난간에 기대서서 큰길을 내려다보았다. 달은 높이 떠올라 집들의 그늘을 벗어나 있었으나 그 빛은 아직은 골목 깊숙이 미치지 못하고 있었다. 낮 동안 덩그러니 비어 있던 골목 구석구석, 특히 집집의 대문 근처는 인파로 덮여 있었다. 모두 한결같이 느릿느릿한 걸음으로 지친 듯 움직이고 있었다. 사내들의 와이셔츠 소맷자락과 여인들의 밝은 옷 색깔이 어둠 속에서 어렴풋이나마 보였다. 모두가 모자를 쓰지 않은 차림이었다. 그리고 근처 집들의 수많은 발코니에도 사람들이 가득 차 있었다. 밝은 전등불 밑에서 발코니의 넓이에 알맞은 크기의 탁자 주위를 둘러싸거나 아니면 한 줄로 안락의자를 늘어놓고 가족들이 함께 앉아 있었다.

발코니에 나오지 않고 창문으로 머리만 내밀고 있는 사람들도 적지 않았다. 발코니의 사내들은 두 다리를 넓게 벌리거나 쭉 뻗은 채 발목을 난간 사이로 내밀고 신문을 거의 돌바닥에 닿게 펼쳐 들고 읽고 있었다. 개중에는 뾰로통한 표정으로 말없이 탁자를 손바닥으로 치면서 카드놀이에 열중인 무리들도 있었다. 여인들은 무릎 가득히 바느질감을 얹어 놓고 이따금 짧은 틈도 시간이 아까운 것처럼 둘레

322

를 힐끔 살펴보곤 다시 바느질에 골몰했다. 바로 옆 발코니에서는 몸이 가냘픈 금발 부인이 몇 번이고 되풀이해서 하품을 하며 눈을 부릅뜨고, 그때마다 들고 있는 바느질감 가운데 내의를 들어 입을 틀어막고 있었다.

어떤 작은 발코니에서는 아이들이 잡기 놀이를 하며 뛰어다녔는데, 이건 부모를 아주 괴롭히는 일이었다. 노래와 관현악 연주 소리가 창밖으로 흘러나오고 있었다. 그런데도 어느 누구도 그 음악 소리에 주의를 기울이는 사람은 없었다. 그저 때때로 가장(家長)이 턱으로 신호를 하면 그중의 누군가가 방으로 달려 들어가 새 음반으로 올려놓곤 했다. 그리고 어떤 창가에는 몸을 붙인 채 움직이지 않는 연인들의 모습도 보였다. 카를이 서 있는 맞은편 창가에서도 그런 한 쌍이 꼿꼿이 선 채 젊은 사내가 여자 허리에 팔을 돌려 꼭 껴안고 있었다. 손은 그녀의 가슴을 꼭 누른 채…….

"이 근처에 혹 아는 사람이라도 있니?" 하고 카를이 로빈슨한테 물었다. 로빈슨은 이때 서 있었으나 한기가 들었는지 자기 홑이불 위에 브루넬다의 모포까지 겹쳐 두르고 있었다.

"없어. 아무도 없어. 사실 그게 내 입장을 곤란하게 만드는 유일한 점이야."

로빈슨은 또다시 귓속말을 하려고 카를을 자기 곁으로 바싹 잡아끌었다.

"사실을 털어놓자면, 그것만 해결된다면 우선 당분간은 별다른 불만이 없어. 브루넬다는 들라마르샤를 위해 소유물을 모조리 처분하고 전 재산을 송두리째 꾸려 이 교외로 거처를 옮겼거든. 어느 누구의 방해도 받지 않고 들라마르샤에게 몸을 바치기 위해서 말이야. 물론 이건 들라마르샤가 원한 것이기도 하지만."

"그럼 부리던 하인들은 모두 해고했겠군?"

"제대로 맞혔어. 이 집엔 하인들을 재울 장소가 없거든. 그리고 하인들이란 언제나 귀찮고 말썽이 많아서 탈이야. 언제던가 들라마르샤가 브루넬다 집에서 지내고 있을 때의 일인데 그가 그런 하인 하나에게 따귀를 갈기곤 방에서 내쫓은 적이 있었지. 물론 방 밖에까지 따라 나가 계속 따귀를 갈겼지. 따귀를 맞으면서 그 하인은 결국 집 밖으로 쫓겨났거든. 그러자 다른 하인들이 그 하인과 한통속이 되어 삽시간에 떼를 지어 문간에 모여들더니 소란을 피우는 거야. 그 자리에 들라마르샤가 나타나(당시 나는 그 집 하인이 아니었지. 그저 그 집에 출입하는 손님 입장이었는데 때마침 그들과 어울려 있었을 뿐이었으니까) "자네들 할 말이 있나?" 하고 묻더군. 그러자 가장 연장자인 이지드아라든가 하는 하인이 일동을 대신하고 나서서 "당신이 도대체 뭔데 우리들 일에 콩 놔라, 팥 놔라 하는 거요. 우리 주인은 어디까지나 마님이오." 하고 반박했어. 이 정도면 짐작하겠지만 하인들은 브루넬다를 꽤 존경하고 있었던 거야. 그런데 정작 브루넬다는 하인들의 하소연엔 아랑곳없이 들라마르샤에게 달려들어(당시 그녀는 지금처럼 몸이 둔하진 않았었거든) 모두 보는 앞에서 그를 껴안고 입을 맞출 뿐만 아니라 "오오, 내 사랑 들라마르샤." 하고 부르짖는 거야. 그리고 마지막에 "저 원숭이들을 빨리 내쫓아 버려요. 어서요!" 하고 말하지 않겠나.

놀라지 말게. 원숭이들이라고 하더란 말이야. 하인들을 원숭이라고 하다니, 이윽고 브루넬다는 들라마르샤의 손을 잡아 허리춤에 차고 있던 지갑으로 끌고 가더란 말이야. 들라마르샤는 두말없이 지갑 속에 손을 쑤셔 넣어 돈을 꺼내더니 하인들에게 밀린 급료를 치러 주기 시작했어. 브루넬다는 그저 우두커니 서서 지갑을 벌리고 있을 뿐이었어. 모든 것을 들라마르샤의 처분에 맡기고 말이야. 들라마르샤는 자세히 따지지도 않고 돈을 제대로 세지도 않고 마구잡이로 꺼내 주고 있었기 때문에 몇 번이고 지갑 속에 손을 넣을 수밖에 없었지. 겨우 지불이 끝나자 들라마르샤가 그들한테 말했네. "너희들이 내게 할 말이 없다면 내가 너희들에게 브루넬다를 대신해서 할 말이 있다. 꺼져 버려! 어서 꺼져 버려!" 하고 말이야. 이것으로 일동은 깨끗이 쫓겨나고 만 거야. 그 뒤에 두서너 번 자잘한 소송이 있었어. 한 번은 들라마르샤가 직접 재판소에 출두한 적도 있었는데 자세한 내용은 나도 몰라. 단지 들라마르샤가 하인들을 모두 내쫓은 뒤에 브루넬다에게 "이제 하인이 하나도 없는데 그래도 괜찮겠소?" 하고 묻더군. 브루넬다의 대답이 "아니에요. 아직 남았어요. 로빈슨이 있잖아요." 하더란 말이야. 이 말을 듣고 들라마르샤 녀석은 내 어깨를 토닥거리면서 지껄이더군. "좋아, 그럼 자네가 이제부터 우리 하인이야." 하고 말이야. 그러자 브루넬다가 내게 다가와 내 어깨를 가볍게 토닥거리지 않겠나. 로스만, 기회가 있으면 그녀의 손에 입술을 대 보게나. 그 기분이라니……. 너도 아마 눈도 제대로 못 뜰 걸……." 하고 로빈슨이 말했다.

아메리카

325

"그럼 결국 넌 현재 들라마르샤의 하인이 됐단 말이군." 하고 카를은 로빈슨의 긴 이야기를 듣고 결론적으로 물었다.

로빈슨은 그 말에서 자기를 가엾게 생각한다고 느꼈는지 대답했다.

"그래 맞아, 난 하인이야. 그렇지만 이 사실을 눈치 채고 있는 사람은 극히 소수에 불과해. 너만 해도 그렇지 않니? 너는 여기에 온 지 꽤 오래되지만 그건 몰랐잖아. 너는 내가 호텔을 방문했을 때 어떤 복장을 하고 있었던가를 설마 잊지는 않았겠지. 그때 난 내 옷 중에서 최고급품으로 골라 입고 있었던 거야. 어느 하인이 그런 옷차림으로 나들이하는 걸 본 적 있어? 있으면 있다고 말해 봐, 다만 문제가 있다면 잦은 외출은 금지돼 있다는 것뿐이야. 난 언제나 그들 곁에 대령하고 있지 않으면 안 된단 말이야. 처리해야 할 집안일로 늘 손을 비울 수 없기 때문이야. 일이 많아 혼자로는 힘에 겨워 고생하고 있어. 너도 얼마간 눈치는 챘겠지만 방 안 여기저기 빈틈없이 많은 물건이 놓여 있거든. 큰 저택을 처분하고 이사할 때 미처 팔지 못한 물건들을 가지고 온 거야. 물론 가난한 사람들에게 선심을 써도 좋으련만 브루넬다가 그걸 싫어하더란 말이야. 너도 생각해 보렴. 그 많은 살림살이를 계단으로 운반해 올리는 데 얼마나 힘들었겠는가 말이야. 그야말로 중노동이지."

"그럼 로빈슨, 넌 혼자서 그걸 모두 올렸단 말이냐?"

"나 말고 누가 있겠니? 하기야 내 조수가 하나 있긴 하지만 정말 쓸모없는 게으름뱅이 녀석이거든. 그래서 나 혼자서 하지 않을 수 없었지. 브루넬다는 짐수레 곁에 붙어 서 있었고 들라마르샤는 이 물건들을 놓을 자리를 지시하고 있었으니 말이야. 결국 나 혼자서 쉴 새 없이 오르락내리락 뛰어다닐 수밖엔 없었어. 이틀 동안이나 이사를 했어. 정말 많은 시간이 걸렸지. 말로 하긴 쉽지만 넌 저 방에 얼마나 많은 물건들이 쌓여 있는지 어림도 못해. 상자마다 그득그득 물건이 들어 있고 상자 뒤에도 옆에도, 그리고 천장까지 갖가지 물건들이 빈틈없이 쌓여 있어. 물론 임시로 운반 인부를 두서너 명만 고용했더라도 만사가 손쉽게 빨리 끝났을 텐데 브루넬다는 한사코 나 하나에게만 일을 맡기려 했어. 그건 분명히 나로선 영광스런 일이긴 했지만 덕분에 건강을 아주 망치고 말았어.

건강이 내 유일한 재산인데 말이야. 그 후부턴 조금만 무리를 해도 여기 이 근처가 몹시 아파. 내가 옛날처럼 건강했더라면 그 호텔의 풋내기들한테, 그 개구리 같은 녀석들한테—정말이야. 이건—내가 그리 쉽게 뻗진 않았을 거야. 그러나 난 아무리 내 건강에 무리가 간다고 해도 들라마르샤와 브루넬다한테 한마디도 불만을 말하고 싶은 생각은 전혀 없어. 그저 내 몸이 말을 들을 때까지 일할 뿐이야. 그러다가 영 일을 할 수 없게 되면 그땐 침대에 누워서 죽기만 기다리는 거지. 그때서야 두 사람은 늦긴 했지만 내가 병중인데도 불구하고 날이면 날마다 저희들을 위해 쉬지 않고 일해 온 결과 몸을 망쳐 죽게되었다는 걸 깨닫겠지. 아아, 로스만……."

그는 이렇게 말하곤 카를의 와이셔츠 소맷자락을 끌어당겨 흐르는 눈물을 닦았다. 그리고 한동안 잠자코 있다가 다시 말을 이었다. "넌 와이셔츠 바람으로 서 있는데 춥지 않니?"

"로빈슨, 바보짓은 그만둬." 카를이 말했다.

"넌 울고 있잖아? 내가 보기엔 넌 네가 생각하는 만큼 환자가 아니야. 넌 건강해. 아무리 보아도 이건 틀림없어. 넌 이런 발코니 바닥에서 혼자 누워 있기 때문에 그런 마음 약한 잡념이 생기는 거야. 하기야 이따금 가슴을 도려내는 듯한 쓰라린 생각에 몸부림칠 때가 있겠지만 그건 나도 마찬가지야. 누구나 다 그러는 거야. 그런데 그런 사소한 일로 너처럼 울려고 한다면 그야말로 이 많은 발코니는 우는 사람으로 가득 찰 거야. 그렇지 않니?"

"그것쯤은 내가 너보다 더 잘 알고 있어." 하고 로빈슨은 이번엔 홑이불자락으로 눈물을 닦았다. "요리를 맡아 해 주는 옆집 하숙생이 며칠 전에 내가 그릇을 돌려주러 갔을 때 "로빈슨 씨, 당신 몸이 아픈 거 아니에요?" 하고 내게 말하더군. 난 이웃 사람들과는 말을 해선 안 된다는 명령을 받았기 때문에 그저 입을 다문 채 대꾸도 못하고 돌아오려 했지. 그러자 그 학생이 내 곁으로 다가오더니 "로빈슨 씨, 당신은 과로해선 안 돼요. 환자니까요." 하고 말하는 거야. 그래서 "알았어요. 그럼 나더러 어떻게 하란 말이요?" 하고 물었거든. 그러자 그 학생 녀석 하는 소리가 "그건 당신이 알아서 할 문제에요."라고 말을 던지곤 등을 돌려 외면하더라고. 그러자 근처에서 식사 중이던 무리들이 우리의 대화를 듣고 폭소를 터뜨리더군. 우리 주변에는 도처에 적이 있을 뿐이야. 그래서 난 잠자코 돌아왔지만 말이야." 하고 말을 끝냈다.

"그럼 넌 너를 놀림감으로 삼는 사람의 말은 믿고 너한테 호의를 가진 사람의 말은 믿지 않는구나."

"그렇지만 내가 내 몸의 건강은 알아야 하지." 하고 로빈슨은 꽤 흥분했으나 곧 또다시 눈물을 흘리기 시작했다.

"넌 네 자신의 건강을 잘 모르고 있어. 내가 보기엔 어디가 아픈지조차 모르고 있는 거야. 아무튼 이제부턴 들라마르샤의 하인 같은 건 집어치우고 네 적성에 맞는 일을 찾도록 해. 네 말과 내가 보고 들은 것을 종합해서 판단해 보면 네 처지는 고용에 따른 게 아니라 노예야. 이 노예 상태를 견뎌 낼 자가 없는 건 당연해. 적어도 이 점만큼은 네 주장이 옳다고 믿는다. 넌 들라마르샤가 네 친구이기 때문에 그를 혼자 떼어 놓고 떠날 수 없다고 생각하지만 그건 큰 잘못이야. 네가 얼마나 고달프고 비참한 처지에 있는가를 그가 몰라 주는데 네가 굳이 그를 위해 의리를 지킬 필요는 없는 거야."

아메리카

"그럼 로스만, 넌 내가 여기를 떠나 이 짓을 그만두면 내 건강이 회복된다고 생각한단 말이냐?"

"물론이지."

"틀림없어?" 하고 로빈슨은 미심쩍어 하면서 되풀이해서 다짐받으려 했다.

"틀림없어, 내가 보증하고 말고."

카를은 미소를 보이면서 말했다.

"그렇다면 이제부터 슬슬 건강을 회복해 볼까."

"어떤 방법으로?"

"그야 간단하지. 네가 내 대신 이 일을 맡아 주면 되는 거야."

"그렇게 하겠다고 누가 말했니?"

"잘 들어, 이건 오래 전부터의 계획이었어. 이 문제에 대해선 며칠 전부터 논의됐던 거야. 내가 집안 청소를 구석구석까지 깨끗하게 하지 못하자 브루넬다가 내게 화를 내고 욕설을 퍼부었을 때부터 문제가 시작된 거야. 물론 그때 난 앞으론 깨끗하게 해 놓겠습니다, 하고 약속하긴 했지만 사실 막상 하려면 그게 정말 어렵거든. 예를 들어 내 이런 몸으로 먼지를 닦으려고 아무 구석이나 기어 들어가기 곤란하단 말이야. 또 방 한복판을 청소하는데 영 몸이 말을 듣지 않는 걸 어떻게 해. 내일 저 가구와 물건들 사이를 잘 봐 둬. 그 좁은 틈으로 내가 어떻게 들어갈 수 있겠는가를 말이야. 방안을 말끔히 치우려면 적어도 모든 가구의 자리를 옮기지 않으면 안 돼. 그런 일을 나 혼자서 어떻게 할 수 있겠니? 게다가 소리 하나 내지 말고 하라는 판인데 말이야. 브루넬다가 온종일 꼼짝 않고 방안에 도사리고 앉아 있기 때문이지. 그녀 기분을 조금이라도 건드려선 안 돼. 그래서 난 앞으론 깨끗이 청소하겠습니다, 하고 약속은 했지만 오늘날까지 그렇게 하지 않았어. 그러자 브루넬다가 이걸 알아차렸단 말이야. 그녀가 이런 식으로 더 계속할 순 없으니 다른 사람을 고용하는 게 어떻겠느냐고 들라마르샤에게 말하더군. "들라마르샤, 전 당신한테서 집안 살림을 잘 못한다는 책망을 듣고 싶지 않아요. 그렇다고 내가 나서서 할 순 없다는 걸 당신도 잘 알죠? 로빈슨은 아무 쓸모가 없으니 어떻게 하죠? 그도 처음엔 팔팔해서 구석구석까지 관심을 갖고 잘해 오더니 이젠 완전히 지쳐 버렸어요. 요즈음엔 그저 어딘가 구석 자리에 앉아 있기만 하거든요. 우리 집처럼 살림이 많으면 아무리 깨끗이 치웠다고 해도 고작 이틀도 못 가는 법이에요." 하더란 말이야. 이 말을 들은 들라마르샤는 한동안 잠자코 생각에 잠기더군. "우리 집은 아무나 사람을 쓸 수 없어. 설사 시험 삼아서라도 말이야. 곳곳에 우리를 주시하는 눈이 번득이고 있기 때문이야. 그때 나는 네가 우리와는 친숙한 사이인 데다 호텔에서 몹시 혹사당하고 있다는 것을 레넬한테 들어서 알고 있었기 때문에 널 추천했지. 들라마르샤는 네가 우리와 작별하던 날 그에게 그토록 건방지게 굴었는데도 그걸 양해하고 바로 동의했어. 물론 나는 너에게 도움을 줄 수 있게 된 것을 기쁘게 생각했지. 너에겐 이 자리가 아주 적격이야. 넌 아직도 어리고 건강하고 영리하거든. 거기에 비하면 나는 영 쓸모없는 쓰레기야. 그런데 분명히 말해 두지만 넌 아직 채용이 확정된 게 아니야. 브루넬다 마음에 들지 않으면 우리들로서도 채용할 수 없는 거야. 그러니 어쨌든 넌 그녀 마음에 들도록 노력하지 않으면 안 돼. 그 나머지 일은 우리가 책임지고 주선하겠어."

"그럼 묻겠는데 내가 네 대신 하인 일을 맡는다면 넌 어떻게 할 거야?" 하고 카를이 물었다. 이제 카를도 크게 놀라지 않았다. 로빈슨이 털어놓은 이야기가 처음에 그에게 준 충격은 이제 사라지고 없었다. 로빈슨의 이야기로 짐작컨대 들라마르샤는 자기를 하인으로 부릴 생각 외에 나쁜 저의는 없는 것 같았다. 만약 있다면 주책바가지인 로빈슨이 벌써 말했을 것이다. 아무튼 이런 상태라면 오늘 밤 안으로 기필코 여길 떠나야겠다. 의사는 묻지도 않고 일자리를 강요하다니 말도 안 되는 일이다. 카를은 이렇게 생각한 것이다. 카를은 호텔에서 쫓겨났으니 하루 속히 굶주리지 않을 적당한, 그러나 가능하면 체면도 상하지 않을 만한 마땅한 일자리가 있을 것인가, 하고 조금 전까지도 걱정하고 있었다. 그러나 지금 이 일자리에 비하면 아무리 하찮은 자리라도 여기보단 나을 것이라고 생각했다. 여기보다 겁나는 곳은 없으리라. 여기서 일하기보단 차라리 무직자로 어렵게 사는 게 나을 것이라고 생각하기도 했다. 그러나 그는 이러한 자기 생각을 굳이 로빈슨에게 납득시키려 하진 않았다. 더욱이 앞뒤 상황을 판단해 보건대 로빈슨은 카를에게 모든 무거운 짐을 벗어 두고 편하게 지낼 수 있게 됐다는 희망에 사로잡혀 있는데, 그런 그에게 무슨 말을 한들 소용이 있으랴.

"그럼 우선……." 로빈슨은 이렇게 말하곤 몹시 기분이 좋은지 손을 흔들어 대며 말을 이었다. 팔은 난간에 얹고 있었다. "대충 상황을 설명해 줄게. 우선 보관품목을 가르쳐 주지. 넌 공부를 했으니 글씨도 예쁘게 쓸 줄 알겠지. 그러니 우리가 소장하고 있는 물건 전체의 목록쯤은 바로 작성할 수 있을 거야. 실은 이 목록 작성은 브루넬다가 정말 원했던 일이야. 내일 오전 중에 날씨가 맑거든 브루넬다를 이 발코니로 모셔 오기로 하자. 그렇게 하면 우리도 그 사이에 그녀 기분을 건드리지 않고서도 일을 할 수 있거든. 알겠니? 거듭 당부하지만 그녀 신경을 건드리지 않아야 된다는 점을 명심해 둬. 어쨌든 무슨 일이 있어도 브루넬다의 기분을 상하게 해선 안 된단 말이야.

그녀는 귀가 어찌나 예민한지 조그만 소리라도 다 듣거든. 아마 가수
였기에 귀가 날카로워진 것이겠지. 예를 들어 네가 상자 위에서 브랜
디 통을 굴려 온다고 가정하자. 그런데 그 술통은 여간 무거운 게 아
니거든. 거기에다 주변에 잡다한 물건들이 널려 있기 때문에 단번에
굴려 올 순 없단 말이야. 결국 소음을 내지 않을 수 없어. 그때 브루넬
다는 조용히 침대에 누워서 파리채로 파리를 잡고 있었다고 치자. 그
녀한테 파리만큼 성가신 것은 없어. 그 모습을 보고 그녀가 너에게
무관심하다고 생각하고 통 굴리기를 계속하겠지. 그래도 그녀는 여
전히 가만히 누워 있어. 그런데 말이야. 네가 전혀 생각하지도 못했
을 때, 말하자면 네가 전혀 굴리는 소리를 내지 않고 있을 때 갑자기
그녀는 몸을 꼿꼿이 세우고 앉아서 그 순간 솟아오르는 먼지에 가려
모습이 보이지 않을 만큼 두 손으로 소파를 마구 치기 시작하는 거
야—우리가 이 집으로 이사 온 이래 난 한 번도 침대 먼지를 털지 못
했거든. 물론 그건 내 잘못이 아냐. 그녀가 늘 그 위에 누워 있으니 도
리가 없었어—동시에 무섭게 욕설을 퍼붓기 시작할 거야. 이렇게 일
이 벌어지면 그땐 마지막이야. 몇 시간이고 그 발작이 계속돼. 노래
를 부르는 건 이웃 사람들이 못하게 했지만 욕설을 퍼붓는 것은 어느
누구도 막지 못하거든. 그녀는 욕설을 퍼붓지 않고는 견딜 수가 없는
거야. 하긴 요즈음에는 그 발작이 뜸해졌지만……. 나는 물론 들라
마르샤도 아무 조심스럽게 행동하기 때문이야. 그 발작은 그녀 건강
을 몹시 해치니 말이야. 언젠가는 발작 끝에 그대로 기절해 버린 적
도 있었어. 난 때마침 들라마르샤는 외출 중이었기에 옆집 학생을 부

333

르지 않을 수 없었지. 그 학생 녀석, 큼직한 병에 든 물약을 그녀 몸에 뿌리더군. 약효는 기가 막히더라. 그런데 그 물약의 구린 냄새라니…… 정말 지독하더군. 지금도 그 침대에 코를 가까이 갖다 대면 그 냄새를 맡을 수가 있어. 그러나 그 학생 녀석도 여기 사는 모두와 다름없는 적이야. 너도 근처 사람들을 특별히 조심해야 해. 어느 누구와도 사귀지 말란 말이야."

"잠깐, 로빈슨." 하고 카를이 말했다. "들으면 들을수록 여기 근무는 어렵겠어. 넌 이런 직장에 나를 잘도 추천했군 그래."

"염려 마." 로빈슨은 눈을 감고 카를의 마음속에 깃든 온갖 근심을 털어 주듯 고개를 흔들었다. "그런 것만도 아냐. 이 직장에는 다른 직장에선 바랄 수 없는 좋은 일도 있어. 생각해 봐, 브루넬다 같은 미녀 곁에 항상 붙어 있을 수 있고 때론 그녀와 한방에서 잠을 잘 수도 있지 않은가. 어때, 그 장면을 상상해 봐. 정말 재미있는 일이 많아. 그런데다 급료를 듬뿍 받을 수 있거든. 돈은 썩어날 만큼 무진장 있어. 물론 나야 들라마르샤의 친구였다는 입장에서 급료를 받진 않았지만 말이야. 그렇지만 내가 외출을 할 땐 언제나 부르넬다가 두둑하게 집어 주더군. 너는 나와는 달라. 다른 곳 하인처럼 급료를 받을 수 있을 거야. 왜냐고? 넌 진짜 하인임에 틀림없기 때문이지. 그리고 네가 여기서 일할 때 잊어선 안 될 것은 내가 있으니까 너는 매우 수월하게 일할 수 있다는 점이야. 물론 당분간 내가 건강을 회복할 때까진 아무것도 도와줄 수 없지만, 일단 건강을 회복하게 되면 그땐 넌 나만 의지하면 되는 거야. 그렇지만 브루넬다에 대한 시중만큼은 내가 맡도록 하겠어. 쉽게 말해서 그녀의 머리를 손질한다든가 옷을 입혀 주는 것 등 들라마르샤가 하지 않는 그녀 시중을 드는 일 말이지. 넌 방 청소, 장보기, 그리고 좀 까다롭긴 하지만 집안일 전반에 힘쓰면 되는 거야."

"그렇게 할 순 없어. 로빈슨." 카를이 말했다. "그런 감언이설로 나를 아무리 홀리려 해도 난 유혹당하지 않아."

"농담하는 게 아니야, 로스만." 하고 로빈슨은 얼굴을 카를 가까이 바짝 대고 말을 계속했다. "이 좋은 기회를 아깝게 놓치면 어떻게 하려는 거야. 도대체 네 처지에 어디 가서 일자리를 구한단 말이야. 누가 널 도와주겠니. 그리고 네가 도움을 청할 만한 사람이 어디에 있어. 우리처럼 세상 물정도 잘 알고 경험도 많은 의젓한 사람도 여러 주일 동안이나 헤매도 일자리를 구하지 못하는 판국에. 일자리 구하기가 그렇게 쉬운 게 아니란 말이야."

카를은 고개를 끄덕이면서도 로빈슨이 평소 그답지 않게 조리 있게 말하는 것을 기이하게 생각했다. 물론 그의 이 같은 충고도 여기에 남아서는 안 된다고 결심하고 있는 카를에겐 아무런 효력이 없었다. 대도시에 나가 찾아보면 자기 몸 하나 의지할 만한 자리쯤은 쉽사리 찾을 수 있으리라 생각했다. 음식점마다 밤새 초만원을 이루고 손님 접대를 맡을 종업원을 구하고 있는 것쯤은 카를도 잘 알고 있었다. 그리고 자신은 손님을 접대하는 일에 이미 경험이 있어서 어디에서든 고생하지 않고 쉽게 구할 수 있을 거라고 생각하고 있었다.

이 발코니 맞은편 건물은 1층에는 작은 음식점이 세를 내고 영업하고 있었다. 그곳에선 흥겨운 가락이 흘러나왔다. 입구엔 큼직한 노란 커튼이 드리워져 있었다. 그 커튼은 이따금 불어오는 세찬 바람 때문에 길거리에까지 자락이 나부꼈다. 그 집을 빼면 다른 거리는 몹시 조용했다. 대개의 발코니는 불이 꺼져 어둠에 묻혔고 멀리 몇 군데 점점이 불이 켜져 있을 뿐이었다. 그 불빛을 한동안 주시하고 있노라니 발코니에서도 사람들은 하나 둘 자리를 떠서 집안으로 들어가고 있었다. 그리고 발코니에 마지막으로 남은 남자 하나가 전등에 손을 뻗은 채 큰길 위를 힐끔 보더니 스위치를 돌려 불을 끄는 것이 보였다.

'벌써 밤이 꽤 깊었구나.' 카를은 속으로 생각했다.

'계속 여기에 눌러 있다간 난 틀림없이 이 일당에게 끌려들고 말 거야.' 그는 방으로 통하는 문 앞에 드리워진 커튼을 걷기 위해 몸을 돌렸다. "왜 그래? 뭣 때문에 그러는 거야?" 로빈슨이 카를과 커튼 사이를 가로막았다.

"난 가겠어." 카를이 말했다. "어서 비켜, 어서."

"그녀를 불쾌하게 하면 안 돼. 내가 그렇게 하도록 내버려두지 않겠어." 로빈슨은 소리쳤다.

"쓸데없는 생각하지 마." 그는 카를의 목을 두 팔로 휘감고 전신의 힘을 다해 매달리면서 카를의 다리에 자기의 발을 감아 무턱대고 쓰러뜨리려 했다. 그러나 일은 그리 쉽지 않았다. 카를은 엘리베이터 보이들과 어울리면서 싸움 요령을 어느 정도 배웠다. 카를은 로빈슨의 턱 밑을 알맞게 주먹으로 가볍게 한 대 쳤다. 그러자 로빈슨은 조금도 사정을 봐 주지 않고 날쌔게 카를의 배를 무릎으로 힘껏 걷어차고 두 손으로 턱을 감싼 채 큰소리로 울부짖기 시작했다. 이 소동 때문에 바로 옆 발코니에 있던 한 사내가 손뼉을 치며 "조용히 해!" 하고 소리쳤을 정도였다.

카를은 바닥에 쓰러진 채 아픔을 참느라고 한동안 꼼짝 않고 있었다. 얼굴을 커튼 쪽으로 돌려 바라보니 커튼은 변함없이 묵직하게 늘어져 있었으며 방 안은 불빛 하나 없이 깜깜했다. 방 안엔 아무도 없는 것 같았다. 들라마르샤가 부르네르다를 데리고 외출했는지도 모른다. 아직은 나는 자유의 몸이다. 충실한 개처럼 행세하던 로빈슨도 지금은 결정적으로 쓰러져 있지 않은가.

이렇게 생각하고 있는데 거리 저 멀리에서 끊일 듯 말 듯 트럼펫과 드럼 소리가 들려왔다. 카를이 머리를 들고 둘러보니 인기척이 없던 발코니들이 다시 활기를 띠기 시작하는 것 같았다. 그는 천천히 몸을 일으켰으나 꼿꼿이 설 수가 없어 난간에 힘없이 기대섰다. 길거리에서 젊은이들이 팔을 쭉 뻗고 차양 없는 모자를 벗어 손에 든 채 휘두르면서, 고개를 뒤로 돌리며 성큼성큼 활기차게 행진하고 있었다. 차도는 아직 비어 있었다. 개중에는 긴 장대 끝에 등을 달아 휘두르는 사람도 두서넛 보였는데 등은 노란색 연기로 둘러싸여 있었다. 북치는 사람과 트럼펫 연주자들이 폭넓은 대열을 이루며 밝은 불빛 속에 모습을 드러냈다.

카를이 길거리의 많은 사람들을 보고 깜짝 놀랐을 때였다. 갑자기 뒤에서 말소리가 들렸다. 그가 뒤돌아보니 들라마르샤가 무거운 커

아
메
리
카

튼을 들어 올리고 있었다. 어두운 방 안에서 브루넬다가 막 발코니로 걸어 나오는 참이었다. 브루넬다는 붉은 옷차림이었으며 어깨엔 레이스가 달린 겉옷을 걸치고 짙은 보랏빛 모자를 쓰고 있었다. 머리는 빗질도 안 한 채 아무렇게나 틀어 묶은 것 같았다. 머리 끝부분이 풀려 모자 밑으로 여기저기 삐져나와 있었다. 그녀는 손에 자그마한 부채를 펼쳐 들고 있었으나 부채질은 하지 않고 그저 몸에 대고만 있었다.

카를은 두 사람에게 자리를 양보하기 위해 난간을 따라 몸을 옆으로 옮겼다. 아마도 나를 억지로 여기에 붙들어 두려 하진 않겠지. 설령 들라마르샤가 붙들어 두려 한다 치더라도 브루넬다가 내 요구를 받아들여 즉시 여기서 떠나게 해 줄 것이다. 그녀는 내게 호감도 없고 내 눈을 보고 놀라기까지 했지 않았는가. 카를이 이런 생각을 하면서 문을 향해 한걸음 발을 내딛었을 때 브루넬다가 카를의 그런 기미를 알아차리고 말했다.

"이봐, 꼬마 아저씨, 어딜 가려고 그러지?" 카를은 브루넬다의 험악한 눈을 보자 오금이 떨어지지 않았다. 브루넬다가 그를 잡아끌었다. "저 아래의 행진을 구경하기 싫단 말이야?"

그녀는 그를 바로 눈앞의 난간으로 밀어붙였다. "웬 소동인지 넌 알고 있니?" 하고 그녀는 카를의 등 뒤에서 질문을 던졌다. 그는 그녀가 몸 전체로 눌러대는 압박에서 벗어나기 위해 거의 무의식중에 몸을 꿈틀거렸으나 아무 소용이 없었다. 그는 서글픈 심정으로 거리를 내려다보고 있을 수밖에 도리가 없었다. 마치 자기 심정을 서글프게 만든 원인이 거리 때문이라는 듯이.

들라마르샤는 처음엔 팔짱을 낀 채 브루넬다의 등 뒤에 서 있었는데 이내 방으로 달려 들어가 브루넬다에게 오페라글라스를 가져다주었다. 거리에서는 악대의 뒤를 이어 행진의 본 대열이 모습을 보이고 있었다. 웬 신사 하나가 큰 체구의 남자 어깨를 타고 앉아 있었다. 카를이 서 있는 높이에선 그 신사의 모습도 단지 희미한 빛이 비치는 대머리만 보일 뿐이었다. 그 신사는 대머리 높이보다 더 높이 실크 모자를 벗어 들고 흔들면서 주위의 군중들에게 인사를 보내고 있었다. 신사의 주변에 분명히 플래카드가 있으나 발코니에서 내려다보니 하얗게만 보일 뿐이었다. 그리고 수많은 플래카드가 사방팔방에서 중앙에 높이 솟아오른 신사를 에워싸듯 늘어서 있었다. 대열이 움직이고 있었기 때문에 그 플래카드의 울타리도 무너졌다가 다시 제 모습으로 되돌아오곤 했다. 그리고 신사를 중심으로 크게 원을 그리며 따르는 대열의 길이는 그다지 긴 건 아니었으나 신사를 지지하는 군중들로 빈틈없이 메워져 있었다. 그들은 일제히 손뼉을 치며—아마 신사의 이름이라 짧았으나 알아듣기 어려운 이름을 목청껏 노래 부르듯 외쳐 댔다. 군중 틈 사이의 적소에 배치된 두서너 명의 사람들이 강렬한 빛을 내쏘는 자동차의 헤드라이트를 들고 거리 양쪽의 집들을 향해 천천히 상하로 불빛을 비추고 있었다. 카를이 서 있는 높이에선 불빛이 방해되지 않았으나 아래쪽 발코니에 서 있는 구경꾼들은 빛이 비치는 순간 깜짝 놀라 손바닥으로 눈을 가렸다.

들라마르샤는 브루넬다의 부탁을 받고 이 행렬이 어떤 행렬인지

339

알기 위해 옆 발코니에 나와 있는 사람들에게 물었다. 카를은 과연 그들이 대답해 줄 것인지, 그리고 대답해 준다면 어떻게 해 줄 것인지 호기심을 가지고 지켜보았다. 아니나 다를까, 들라마르샤가 세 번 같은 질문을 던졌으나 아무런 대답을 듣지 못했다. 그는 초조한 나머지 위험할 정도로 몸을 난간 밖으로 내밀었다.

브루넬다는 대답이 없는 이웃 발코니 사람들에게 화를 내며 분을 못 이겨 발을 동동 구르고 있었다. 카를의 몸에 그녀의 무릎이 닿았다. 마침내 뭐라고 대답을 보내왔으나 그와 동시에 사람으로 가득한 그 발코니에서 모두가 일제히 소리 높여 웃기 시작했다. 그러자 들라마르샤가 그쪽으로 고함을 질렀다. 만약 거리가 소음으로 떠들썩하지 않았더라면 인근의 모든 사람들이 놀라 자빠질 만큼 고함 소리는 높고 컸다. 아무튼 들라마르샤가 지른 고함 때문에 옆 발코니의 웃음소리가 겨우 멈추었다.

"내일 우리 선거구의 판사 선거가 있어. 지금 저 목마를 타고 있는 분이 바로 후보자 중 한 사람이야." 하고 완전히 진정된 들라마르샤가 브루넬다 곁으로 다가서며 말했다. 그리곤 애무하는 것처럼 브루넬다의 어깨를 가볍게 쳤다.

"내가 이렇게 세상 돌아가는 일을 모르고 살다니." 하고 말한 브루넬다는 옆 발코니 사람들의 태도를 문제 삼았다. "들라마르샤. 이렇게 심적 고통을 받지 않을 수 있다면 지금 당장이라도 이사하고 싶은 생각이 태산 같아요. 하지만 유감스럽게도 지금은 무리겠지요."

그녀는 이렇게 말하곤 한숨을 크게 내쉬면서 아무 생각이 없는 사람처럼 카를의 와이셔츠를 만지기 시작했다. 카를은 눈에 띄지 않게 조심하면서 몇 번이고 그녀의 조그맣고 통통한 손을 살며시 옆으로 밀어냈다. 이 동작은 카를에겐 그리 어렵지 않았다. 브루넬다는 카를을 생각하고 있는 게 아니라 전혀 딴 생각에 골몰하고 있었기 때문이었다.

이윽고 카를 역시 브루넬다에게 신경을 쓰지 않게 됐으며 그녀의 팔에서 전해지는 묵직한 감촉을 그대로 감수하고 있었다. 거리에서 벌어진 사건에 정신을 온통 빼앗기게 됐기 때문이었다.

후보자 바로 앞에는 한 무리의 사내들이 손짓 발짓을 해 가며 행진하고 있었다. 그들이 떠들썩하게 지껄이는 것은 뭔가 특별한 의미를 지니고 있음에 틀림없었다. 그것은 사방팔방에서 귀를 기울이고 있는 관중들의 얼굴이 한결같이 그들에게 쏠린 것으로 보아 알 수 있었다. 그 무리의 지휘에 따라 대열은 갑자기 음식점 앞에서 멈춰 섰다. 그러자 그 권위 있는 무리들 속에서 한 사내가 손을 번쩍 들어올리며 군중과 후보자에게 똑같이 통하는 신호를 보냈다. 군중은 잠잠해졌다. 후보자는 자기를 목마 태운 사내의 어깨에서 일어서려다가 다시 주저앉았다. 그리고는 실크 모자를 눈에 띄지 않을 만큼 빨리 휘두르면서 짧은 연설을 시작했다. 이런 그의 모습을 똑똑히 바라볼 수 있었던 것은 그가 연설을 하고 있는 동안 모든 헤드라이트가 그를 향해 비추어 그가 밝은 별 모양의 광선 중앙에 있는 것처럼 되었기 때문이었다.

이쯤 되고 보니 거리의 전 주민들이 이 문제에 쏟고 있는 관심이 어느 정도인가를 분명히 알 수 있었다. 입후보자의 지지자들이 차지한 발코니에서는 소리를 맞춰 그의 이름을 노래 부르듯 외치고 있었으며 손뼉을 치기도 했다. 다른 발코니에서는 이에 대항이라도 하는 듯 노래를 부르고 있었다. 이쪽은 수적으론 한결 우세해 보였으나 통일된 효과는 적었다. 지지하는 대상이 제각기 달랐기 때문이었다. 그러다가 별안간 형세가 역전되어 눈앞의 후보자를 배척하는 세력이 일치단결해서 일제히 야유의 휘파람을 불기 시작했을 뿐만 아니라 축음기를 틀어 놓기까지 했다.

각각의 발코니에선 정치적 논쟁이 시작됐으며, 이 논쟁은 밤이기에 더욱 격해진 흥분을 그대로 드러내며 격론으로 바뀌어 가고 있었다. 그들의 대부분은 이미 잠옷을 입고 있었고 그 위에 외투를 걸치고 있었다. 여자들은 커다랗고 짙은 색상의 숄로 몸을 감싸고 있었다. 관심 밖으로 쫓겨난 어린이들은 불안한 표정으로 발코니의 울타리 위를 이리저리 기어오르고 있었다. 잠이 깨어 어두운 방에서 빠져나온 아이들의 수는 점점 불어가기만 했다. 여기저기 흥분한 무리들이 이성을 잃고 뭔지 모를 물건을 반대자들이 모여 있는 방향으로 집어던지기도 했다. 이 물건들은 간혹 목표한 대상에 닿기도 했으나 대부분은 거리에 떨어져 군중들이 화를 내며 소리를 질러댔다.

이 소동이 되풀이되자 드디어 대열을 지휘하던 사내가 참을 수 없었던지 고수와 트럼펫 주자들을 향해 연주를 하라고 명령했다. 그러자 악대는 전력을 다해 연주를 시작했다. 언제 끝날지 헤아릴 수조차 없는 각종 신호가 공기를 찢고 옥상 높은 곳까지 울려 퍼지면서 군중들의 아우성 소리를 묻어버렸다. 그러다가 뜻밖에도 거짓말처럼 믿어지지 않는 이야기지만 군중들의 아우성이 뚝 끊겨 잠잠해지기도 했다. 이 순간을 놓칠세라 오늘을 위해 연습을 거듭해 온 것이 분명한 것으로 보이는 거리의 군중들이 이 고요를 깨뜨리고 일제히 그들의 당가(黨歌)를 소리 높여 부르는 것이었다. 헤드라이트 불빛에 각자가 입을 크게 벌리는 것까지 똑똑히 보였다. 그러면 한동안 잠잠하던 반대자들이 정신을 차리고 발코니와 집집의 창문에서 조금 전보다 열 배 이상이나 커진 함성으로 응수하여서, 순간의 승리를 한 거리의 무리들이 지르는 환호성을 적어도 카를이 서 있는 높이에선 들리지 않게 짓눌러 버린 것이었다.

"이봐, 꼬마 양반, 마음에 들었나?"

카를의 등 뒤에서 브루넬다가 오페라글라스로 이 광경 전체를 빠뜨리지 않고 구경하려는지 얼굴을 이리저리 돌리면서 물었다. 카를은 대답 대신 고개를 끄덕여 보였다. 이때 우연히 로빈슨이 들라마르샤에게 카를의 행동에 대한 보고를 하고 있는 것이 눈에 띄었다. 그러나 들라마르샤는 로빈슨의 열띤 보고를 그다지 중요하게 생각하지 않는 것같이 보였다. 그는 오른손으로 브루넬다를 껴안고 있어서 나머지 왼손으로는 다가서려는 로빈슨을 줄곧 옆으로 밀어내고 있었기 때문이었다.

"오페라글라스로 구경하지 않겠어?"

브루넬다가 이렇게 물으며 카를의 가슴팍을 가볍게 토닥거렸다. 그에게 질문하고 있음을 나타내는 행동인 듯했다.

"괜찮아요. 눈으로도 잘 보입니다." 하고 카를이 대답했다.

"어서 이것으로 봐. 아주 잘 보여."

"저는 눈이 좋은 편입니다." 카를이 대답했다.

"모든 것이 잘 보인다니까요."

그는 그녀가 오페라글라스를 그의 눈에 들이미는 것을 친절보다는 방해로 받아들였다. 사실 그때 그녀는 "어서." 하고 단 한마디, 마치 노래 부르듯 그러나 다분히 위압감을 주는 말을 했을 뿐이었다. 그 순간 어느새 카를의 눈을 오페라글라스가 가리고 있었다. 그러나 카를의 눈엔 아무것도 보이지 않았다.

"보이지 않아요." 그는 오페라글라스를 눈에서 떼려고 했으나 그녀는 막무가내로 오페라글라스를 그의 눈에 밀어붙이는 것이었다. 그는 그녀 가슴에 깊숙이 묻혀 버린 머리를 뒤로 젖힐 수도 옆으로 뺄 수도 없었다.

"이제 보이지?" 그녀는 오페라글라스의 나사를 조정했다.

"마찬가진데요. 아무것도 보이지 않아요." 카를은 이렇게 대답하면서 현재 자신의 의지와는 상관없이 로빈슨의 부담을 가볍게 덜어 주고 있음을 깨달았다. 브루넬다의 터무니없는 변덕이 지금 자신한테 퍼부어지고 있기 때문이었다.

"어떻게 조정해야 보이게 되지?" 그녀는 이렇게 말하며 조정나사를 또 돌려댔다. 카를은 얼굴 전체에 그녀의 헐떡이는 숨결을 받고 있었다. "이젠 어때?" 하고 그녀가 또 물었다.

"역시 아무것도 보이지 않습니다." 사실 카를은 어렴풋이나마 사물을 구별할 수 있을 만큼 보이는데도 이렇게 말했다. 바로 이때 브루넬다가 들라마르샤와 다시 이야기를 시작하면서 카를의 눈에 짓눌러 대던 오페라글라스가 느슨해지자 이 틈을 타서 카를은 그녀가 알아차리지 못하게 살그머니 오페라글라스 밑으로 눈을 빼내어 거리를 바라볼 수 있었다. 이윽고 그녀도 고집을 버리고 오페라글라스를 자신이 계속 사용했다.

맞은편 건물 아래층 음식점에서 보이 하나가 나타나 문턱 근처를 이리저리 뛰어다니며 행렬을 이끄는 남자들의 주문을 받고 있었다. 그 보이가 가게 안을 향해 될 수 있는 대로 많은 동료들을 불러내려고 발돋움하고 있는 모습도 똑똑히 보였다. 분명히 대대적인 선심 공세로 술을 내려는 준비가 진행되는 동안에도 후보자는 연설을 계속하고 있었다. 그를 목마 태우고 있는 큰 체구의 남자는 그의 연설이 군중에게 고루 들리게 하려고 그러는지 후보가 두서너 마디 연설을 할 때마다 조금씩 방향을 바꾸고 있었다. 후보자는 이젠 거의 앞으로 몸을 굽힌 자세에서 이따금 생각난 듯 실크 모자를 든 손과 다른 손을 들어 휘두르면서 자신의 연설을 최대로 강조하려고 애쓰고 있었다. 그런데 그는 때때로, 아니 거의 규칙적인 간격을 두고 그렇게 해야겠다고 느끼고 있었다. 그는 두 팔을 넓게 벌리고 얼굴을 꼿꼿이 세운 채 열변을 토하고 있었으나 상대는 작은 하나의 집단이 아닌 전체 주민이었다. 집집의 맨 위층에 이르기까지의 전 거주자를 향해 호소하고 있었던 것이다. 그러나 그의 연설은 이제 건물의 맨 아래층에 살고 있는 사람에게는 들리지 않게 됐다. 하기야 들린다 치더라도 누구한 사람 그 말에 귀를 기울이려 들지 않으리라. 창문과 발코니는 각각 저마다 절규하는 연설자들이 점령하고 있었기 때문이었다.

이런저런 사이에 서너 명의 보이들이 음식점 안에서 당구대 크기의 널찍한 탁상을 들고 나왔다. 탁상 위엔 빈 자리가 없을 만큼 술이 가득 담긴 잔이 즐비하게 놓여 있었으며 그 잔들은 불빛을 받아 빛나고 있었다. 행렬을 이끄는 남자들이 분배 방법을 결정했다. 음식점의 출입구 앞을 행진할 때 나눠 주기로 했다. 탁상 위의 술잔은 비는 즉시 채워지긴 했으나 그것으로선 도저히 군중들의 수를 쫓을 수 없었다. 결국은 그 음식점 보이들 전원이 다 나와서, 두 줄로 탁상의 우측과 좌측에 날쌔게 달라붙더니 군중에게 술을 주기 시작했다. 물론 후보자도 이때만은 연설을 중지하고 휴식시간을 이용해서 기운을 회복하고 있었다. 그를 목마 태운 남자는 군중과 눈이 부신 불빛에서 나와 오락가락하고 있었다. 후보자와 가장 친근한 측근자인 몇몇 당원만이 그 곁에 달라붙어 뭔가 그에게 이야기를 건네고 있었다.

"이 꼬마 아저씨 꼴 좀 봐." 브루넬다가 말했다.

"자기가 지금 어디에 있는 줄도 잊어버리고 정신없이 구경만 하고 있네." 그녀는 별안간 카를의 허점을 노린 양 두 손으로 카를의 얼굴을 자기 쪽으로 돌렸다. 그래서 카를은 그녀와 눈길이 마주쳤다. 그러나 이것은 순간에 지나지 않았다. 카를이 즉각 그녀의 손을 뿌리쳤던 것이다.

그는 잠시도 그녀가 자기를 가만히 내버려 두지 않고 성가시게 구는 것에 화가 치밀었다. 동시에 거리로 뛰어나가 가까이에서 모든 것을 자세히 구경하고 싶었다. 그는 브루넬다의 압박에서 벗어나려고 노력하며 말했다.

"나를 놓아 주세요. 부탁입니다."

"넌 여기에 있어야만 돼." 들라마르샤가 거리의 소동에서 눈을 떼지 않고 말하며 카를이 도망칠까 봐 한 팔을 쭉 뻗었다.

"치워요." 하고 브루넬다는 들라마르샤의 손을 툭 쳤다. "도망가지 않을 거에요." 하고 달래며 그녀는 더욱 세차게 카를을 난간에 짓누르기 시작했다. 이런 사태에서 그녀의 압박을 벗어나려면 그녀와 싸움이라도 벌여야 할 것 같았다.

그러나 설사 내가 싸워서 그녀를 물리칠 수 있다 하더라도 그게 과연 무슨 소용이란 말인가. 그는 생각을 바꿨다. 현재 내 왼편엔 들라마르샤가 버티고 있고 오른편엔 로빈슨이 있지 않은가. 그는 완전히 독 안에 든 쥐였다.

"쫓겨나지 않는 것만도 고맙게 생각해야 해." 로빈슨은 브루넬다의 팔 밑에 뻗었던 손으로 카를을 쥐어박았다.

"내쫓는다고?" 들라마르샤가 로빈슨의 말을 받아 말했다. "도주 중인 도적을 내쫓는 것으로 끝낼 수야 없지. 이 녀석은 경찰에 넘기면 그뿐이야. 순순히 우리 말을 듣지 않으면 내일 아침 바로 경찰에 넘겨 버리면 되는 거야."

이 말을 들은 순간부터 카를은 거리에서 벌어지고 있는 구경거리에 흥미가 쏠리지 않았다. 브루넬다의 몸무게를 이겨내기 힘들어서 그저 몸을 난간 밖으로 내밀고 있을 뿐이었다. 그는 자기 신상에 닥

347

쳐온 갖가지 근심에 마음을 빼앗긴 채 아무런 생각 없이 거리의 군중들을 바라보고 있었다. 그들은 스무 명 정도가 한 조가 되어 음식점 입구까지 와선 술잔을 들고 일제히 몸을 돌렸다. 지금은 자신의 원기 회복에 몰두하고 있는 후보자를 향해 술잔을 높이 쳐들면서 당의 공식적인 구호를 외치곤 쭉 들이켰다. 카를이 서 있는 높이까진 들리지 않았지만 분명히 무엇인가 함성을 지르며 술잔을 탁상 위에 놓고 침을 삼키면서 기다린 다음 행렬에 자리를 양보하고 있었다.

행렬을 이끄는 남자들의 요구로 음식점 안에서 연주를 하고 있던 악사들이 거리로 나와 연주를 계속하고 있었다. 그들의 커다란 취주악기(吹奏樂器)가 어둑한 인파 속에서 빛나고 있었으나 연주 소리는 거의 거리의 소음에 흡수되어 사라졌다. 이젠 거리의 음식점 주변은 인파로 완전히 뒤덮여 버렸다. 카를이 아침에 자동차로 왔던 시가 쪽은 물론 아랫녘에서도 사람들이 물결을 이루어 몰려들었다. 이 근처 건물에 사는 사람들도 이 소동과 접대에 끼어들고 싶은 충동을 더 억제할 수 없었던지 발코니와 창가에 남아 있는 건 여자들 아니면 아이들뿐이었고 사내들은 맨 아래층 출입구로 나와 앞을 다투어 거리로 뛰쳐나가고 있었다. 이렇게 된 이상 음악과 접대의 목적은 충분히 달성된 것이다.

모여든 청중은 지나칠 만큼 많았다. 좌우 두 헤드라이트 불빛의 호위를 받은 인솔자 한 사람이 손짓으로 음악을 중단시키고 호루라기를 큰소리로 불었다. 그러자 이 호루라기 소리에 맞추어 후보자를 목마 태울 사내가 당원들의 안내를 받으며 군중 사이를 헤치고 서둘러 걸어오는 것이 보였다.

음식점 입구 가까이에 이르자마자 후보자는 둘레에 둥근 진을 치고 있는 헤드라이트의 빛을 전신에 받으면서 연설을 시작했다. 그러나 모든 건 아까보다도 더 어려웠다. 후보자를 목마 태울 사내도 너무나 혼잡해서 마음대로 움직일 수가 없었다. 아까는 온갖 방법을 동원해서 후보자의 연설 효과를 올리려고 날뛰던 측근의 당원들도 이젠 그저 후보자 곁에 붙어 있는 것이 고작이었다. 거의 스무 명 가까운 사람들의 손이 목마 태울 사내의 몸에 매달려 있었다. 때문에 건장한 이 사내마저 한 발도 떼놓을 수 없는 상황이었던 것이다. 일정 방향으로 전환을 하거나 적당한 전진과 후퇴로 군중에게 조금이라도 영향을 많이 주려는 동작 같은 건 아예 생각할 수 없게 됐다. 군중은 해일처럼 밀려들고 있었다. 사람들은 서로 밀리고 밀며 어느 누구도 똑바로 몸을 펴고 서 있을 수 없는 형편이었다. 반대 세력들과 새로이 가담한 민중들 때문에 그 수가 무섭게 불어났다.

목마를 태웠던 사내는 꽤 오랫동안 음식점 출입구 근처에서 꼼짝 못하고 서 있었으나 마침내 겉으로 보기엔 아무런 저항도 하지 못한 채 인파에 휩쓸려 거리를 이리저리 밀려다니기 시작했다. 후보자는 쉴 새 없이 소리치고 있었으나 그가 자기 정견을 설명하고 있는 건지 아니면 구원을 청하고 있는 건지 알아차릴 수가 없었다. 이 입후보자의 상대 입후보자도 한 명 아니, 서너 명이 이곳에 와 있는 것 같았다. 군중 속에서 갑자기 밝게 비쳐진 불빛을 온몸에 받으면서 파리한 안색의 사내가 높이 쳐들려졌다. 그는 주먹을 불끈 쥐고 다수의 환호성에 싸여 연설을 하고 있었다.

"저건 또 뭐지?" 카를은 숨도 제대로 쉴 수 없을 만큼 당황하면서 그의 감시자들을 돌아보았다.

"꼬마 아저씨가 완전히 흥분하고 있네." 브루넬다가 들라마르샤한테 이렇게 말하며 카를의 턱을 잡아 그의 머리를 자기 앞으로 끌어당기려 했다. 그러나 카를은 끌려가지 않으려고 힘껏 뿌리쳤기 때문에 브루넬다는 그를 놓쳤을 뿐만 아니라 뒤로 비틀거리기까지 했다. 때문에 그녀는 카를을 자유롭게 놓아 주고 말했다.

"이젠 그만하면 실컷 구경했겠지." 그녀는 분명히 카를의 태도에 발끈하면서 말했다. "어서 방으로 들어가 언제든지 잠을 잘 수 있게 잠자리를 준비해." 그녀는 한 팔을 들어 방을 가리켰다. 이건 분명히 카를이 서너 시간 전부터 노리고 있던 방향이었다. 그는 대꾸하려 하지 않았다. 그때 별안간 거리에서 유리가 산산이 깨지는 소리가 들려왔다. 카를은 참을 수 없어 잠깐이라도 그 광경을 보고 싶어 잽싸게 난간에 매달렸다. 반대자들의 계획이 물론 결사적인 탓도 있었겠지만 보기 좋게 성공을 거둔 셈이었다. 여태까지 강렬한 불빛을 이용해서 적어도 오늘 밤의 주요한 경과를 낱낱이 군중들 앞에 공개하고 또한 그것으로 군중들을 통제하고 있었는데, 헤드라이트가 하나도 남지 않고 모두 꺼져 버린 것이다.

이젠 후보자와 그를 목마 태운 자를 비치고 있는 것은 주변에 퍼져 있는 희미한 조명뿐이었다. 그 불빛이 갑자기 어두워진 거리 전체에 퍼지자 도리어 빛을 잃고 깜깜한 암흑 같은 느낌을 줄 뿐이었다. 이렇게 된 이상 후보들이 어느 구석에 박혀 있는지를 아무도 알 수 없게 되었다. 사람들을 짓누르는 암흑의 위력은 때마침 아랫녘 다리 근처에서 시작되어 차츰 커지고 있던 통일된 노랫소리로 인해서 더욱 증대해 가기만 했다.

"어서, 내가 일러둔 일을 잊으면 안 돼." 브루넬다가 소리쳤다. "빨리 해. 난 피곤해 죽을 지경이니까." 그녀가 이렇게 말하고 두 팔을 높이 쳐들자 그녀 가슴은 어느 때보다 더 크게 부풀어 올랐다. 그녀를 한시도 놓지 않고 껴안고 있던 들라마르샤가 그녀를 발코니 구석으로 끌고 갔다. 그러자 로빈슨은 아직도 안락의자에 어지러이 널려 있는 음식물 찌꺼기를 치우려고 황급히 그들 뒤를 따랐다.

이 좋은 기회를 놓쳐선 안 된다. 이젠 넋을 잃고 거리를 내려다보고 있을 때가 아니다. 거리는 아래로 빠져나가서도 구경할 수 있을 뿐만 아니라 여기서보다 더 잘 볼 수 있다.

이렇게 생각한 카를은 껑충 뛰어 단 두 걸음에 붉은 등이 켜진 방을 가로질러 출입문을 열었다. 그러나 문에는 자물쇠가 채워져 있었다. 열쇠는 없었다. 일단 열쇠를 찾아야 한다. 하지만 이 난잡한 방 안에서 과연 어느 누가 열쇠를 찾아낼 수 있단 말인가. 더욱이 자신에게 허용된 귀중한 자유 시간은 아주 짧은 것이다. 계획대로 하면 지금 이 시간만이 계단을 달려 내려갈 수 있을 절호의 기회인데 말이다. 이렇게 된 이상 배짱을 갖고 열쇠를 찾아내고야 말겠다는 결심이 섰다. 그는 손에 닿는 대로 무턱대고 서랍 속을 뒤졌다. 식기와 냅킨, 갓 시작한 자수물들이 어지러이 흩어져 있는 식탁 위를 마구 더듬어 보

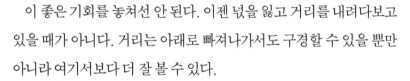

고 헌옷들이 뒤엉켜 쌓인 안락의자의 옷 틈바구니에도 손을 넣어 보았다. 거기에도 열쇠는 없었다. 마지막으로 로빈슨의 말대로 악취를 내뿜고 있는 침대 위에까지 뛰어올라가 주름 잡힌 이불 사이까지 훑었으나 허사였다.

그는 일단 수색을 중단하고 방 한복판에 우뚝 섰다. 열쇠는 틀림없이 브루넬다가 손수 자기 허리띠에 매어 달고 다닐 것이다. 그녀 허리띠엔 갖가지 물건들이 매달려 있는 것 같았다. 여기서 아무리 찾는다고 해도 그건 모두 허사일 것이라고 그는 스스로 타일렀다.

카를은 더 생각할 것 없이 무턱대고 나이프 두 개를 집어 들었다. 그것을 문틈에 두 군데, 서로 다른 작용점을 만들기 위해 한 자루는 위쪽에, 또 한 자루는 문 아래 부분에 쑤셔 넣었다. 그는 쑤셔 넣은 나이프를 옆으로 힘껏 젖혀 나이프를 둘로 부러뜨렸다. 그의 의도는 다른 것이 아니었다. 나이프의 손잡이 부분은 더 깊숙히 쑤셔 넣을 수 있을 뿐만 아니라 그만큼 내구력이 있을 것이라고 생각했던 것이다. 그는 두 팔과 두 다리를 넓게 벌려 버티고 선 채, 신음소리가 날 만큼 혼신의 힘을 다해 카를자루를 젖혔다. 문은 얼마 견디지 못할 것 같았다. 소리를 들을 수 있을 만큼 빗장이 헐거워진 것으로 미루어 알 수 있었다.

그는 기뻤다. 천천히 할수록 일은 순조롭게 그리고 정확히 진행되는 것이다. 자물쇠가 튕기면서 소리를 낸다면 큰일이다. 만약 소리가 나면 발코니 쪽에서 알아차리고 말 것이리라. 자물쇠는 서서히 풀리도록 하지 않으면 안 된다. 이렇게 생각하고 카를은 더 신중하게 행동했다. 그리고 눈을 자물통에 바싹 갖다 대고 작업을 계속했다.

"저 꼴 좀 봐." 갑자기 들라마르샤의 목소리가 들렸다. 세 사람 모두 방안에 들어와 있었다. 커튼은 그의 뒤에 이미 묵직하게 드리워진 후였다. 카를은 일에 열중한 나머지 그들이 들어서는 소리를 듣지 못한 것이다. 카를은 나이프를 한 번 힐끗 바라보았다. 그의 손이 힘없이 늘어졌다. 그러나 설명이나 변명을 하고 있을 틈이 없었다. 들라마르샤가 이것을 계기로 여태껏 참고 있던 화를 터뜨리면서 카를을 향해—그의 풀어헤친 가운의 허리끈이 허공에서 크게 포물선을 그렸을 만큼—맹렬한 기세로 달려들었기 때문이었다. 카를은 간신히 몸을 돌려 첫 공격을 피했다. 그는 문에서 나이프를 빼들고 방어할 수도 있었으나 그렇게 하진 않았다. 도리어 그는 공격으로 나가 몸을 움츠리고 홀쩍 뛰어오르면서 들라마르샤의 넓은 가운 깃을 틀어잡고 치켜 쥐었다. 가운은 분명히 들라마르샤의 몸엔 어울리지 않게 컸다. 카를은 들라마르샤의 목덜미를 잡아 누를 수 있었다. 들라마르샤는 의외의 역전에 깜짝 놀라 처음엔 눈도 제대로 뜨지 못한 채 팔만을 휘둘렀으나 이윽고 안면을 보호하기 위해 자기 가슴을 짓누르고 있다가 카를의 등을 주먹으로 갈기기 시작했다.

그러나 그 정도론 효과가 없었다. 카를은 아픔에 몸을 비틀면서도 주먹질을 견뎌냈다. 그 주먹질은 더욱 맹렬해졌으나 카를로서는 지금 이 판국에 주먹질 따위에 질 수 있겠는가, 하고 스스로를 달랬다. 승리는 그의 목전에 있었던 것이다. 카를은 들라마르샤의 목덜미를 두 손으로 짓누르며 엄지손가락을 들라마르샤의 눈에 대고 가구들이 잡다하게 들어선 구석으로 밀고 갔다. 뿐만 아니라 가운의 허리끈이 엉키게 만들어 들라마르샤를 쓰러뜨리려 했다.

그러나 카를은 들라마르샤에게서 더욱 강력한 힘이 나오고 있었기 때문에 들라마르샤만 집중했었을 뿐 적이 들라마르샤 하나가 아님을 잊고 있었다. 그리고 이 사실은 금방 알게 되었다. 로빈슨이 카를의 등 뒤 바닥에 엎드려 그의 발을 잡고 있었다. 또 찢어져라 하고 그의 가랑이를 벌렸기 때문에 카를은 순식간에 발을 움직일 수 없도록 잡히고 말았다. 카를은 신음소리를 내면서 들라마르샤의 멱살을 풀지 않을 수 없었다.

들라마르샤는 한 발 뒤로 물러섰다. 브루넬다는 두 다리를 벌리고 무릎을 굽힌 채 방 한복판에 벌렁 누워 싸움을 지켜보고 있었다. 그녀는 자신도 이 격투에 참여하고 있는 것처럼 숨을 거칠게 몰아쉬며 느릿느릿하게 주먹을 내흔들고 있었다. 들라마르샤는 옷깃을 내리고 눈의 자유를 되찾았다. 이렇게 된 이상 싸움은 없었다. 남은 건 처벌뿐이었다. 들라마르샤가 카를의 가슴팍을 움켜잡는 순간 카를의 몸뚱이는 발이 허공에 뜰 만큼 들렸다.

그는 카를의 얼굴을 바라보려고 하지 않고 두서너 걸음 떨어진 찬장을 향해 힘껏 내던졌다. 카를은 찬장에 부딪히며 등과 머리에 찌르는 듯한 상처의 아픔을 느꼈으나 이 아픔이 들라마르샤의 주먹 때문인 것으로 착각했을 정도였다. 카를은 "이 건달 녀석아!"라고 외치는 들라마르샤의 불호령을 들었으나 눈이 경련을 일으켜 앞을 볼 수가 없었다.

그는 상자 바로 앞에 쓰러진 채 정신을 잃었다. 그러는 중에도 "두고 보자."는 소리가 희미하게 귓전에 남아 있었다.

그가 정신을 차렸을 때 둘레는 칠흑같이 어두웠다. 아직도 한밤중인 것 같았다. 발코니의 두터운 커튼 밑으로 부드러운 달빛이 방안으로 스며들고 있었다. 잠자는 세 사람의 태평한 숨소리가 들려왔다. 특별히 요란한 것은 브루넬다의 숨소리였다. 그녀는 잠결에도 깨어 있을 때처럼 숨을 헐떡이고 있었다. 그러나 숨소리만 가지곤 그들이 방 어디에서 각각 자고 있는지 분별할 수가 없었다. 방안은 온통 그들의 숨소리로 가득 차 있었기 때문이었다.

그는 한동안 둘레를 살펴보고 나서야 비로소 자신이 겪은 일이 생각났다. 그리곤 깜짝 놀랐다. 아픔 때문에 온몸이 뒤틀리고 굳어져 있었다. 피투성이의 중상을 입은 것 같지는 않았다. 그러나 머리는 큰 물건이 덮어 누르고 있는 것처럼 무거웠다. 얼굴도 목도 그리고 와이셔츠 밑 가슴도 피를 흘린 것처럼 흥건히 젖어 있었다. 몸 상태를 알아보려면 무엇보다도 먼저 밝은 곳으로 가지 않으면 안 된다. 혹 불구자가 되었을지도 모른다. 그렇다면 들라마르샤는 기꺼이 나를 보내 주겠지. 그러나 나는 어찌하란 말인가. 불구자인 내가 무엇을 할 수 있단 말인가.

이런 생각이 들자 그는 정신이 아찔하고 아무것도 보이지 않았다. 그는 문득 입구에서 본 코가 찌그러진 그 젊은이를 생각했다. 카를은 한동안 두 팔에 얼굴을 묻고 앉아 있었다. 이윽고 카를은 할 수 없이 문을 향해 네 발로 기었다. 손으로 더듬으며 앞으로 나갔다. 손끝에 신발이 닿았다. 그리고 다음엔 발이 만져졌다. 로빈슨임에 틀림없었다. 셋 중에 신발을 신고 자는 사람은 로빈슨뿐이기 때문이다. 카를이 도망치는 것을 막으려고 문간에 붙어 자라는 명령을 받았을 것임에 틀림없었다. 그러나저러나 이 세 사람 가운데 카를의 부상 정도를 아는 자는 없을까? 그는 우선 도망칠 생각은 없었다. 그저 밝은 곳을 찾고 싶은 일념뿐이었다. 그는 문이 막혔음을 알자 발코니로 나갈 수밖엔 도리가 없었다.

식탁은 초저녁에 본 위치와는 전혀 다른 장소에 놓여 있었다. 조심스럽게 다가서 보니 침대는 뜻밖에 텅 비어 있었다. 그는 방 한가운데에 꽉 눌리긴 했으나 그래도 꽤 높이 쌓여 있는 옷, 홑이불, 커튼, 베개, 융단 더미 등에 부딪혔다. 그는 처음엔 초저녁에 봤던 안락의자 위에 있던, 마루에까지 흩어져 있던 그 무더기 정도의 크기와 높이로 생각했으나 더듬거리며 기어가는 동안 그 물건들이 차로 한 대 정도 되는 양이라는 것을 알고 깜짝 놀랐다.

아마 상자 속에 넣어 두었던 것을 밤에 꺼내 쌓은 것 같았다. 그는 그 산더미 같은 둘레를 기어가는 도중에 그 모두가 침대 구실을 하고 있는 것을 깨달았다. 그가 손으로 조심스럽게 더듬어 올라가자 아니나 다를까 그 꼭대기에서 들라마르샤와 브루넬다가 자고 있었다.

이제 세 사람이 자고 있는 위치는 확인한 셈이다. 그는 서둘러 발코니로 나가기로 했다. 커튼을 걷고 밖으로 빠져나가 재빨리 허리를 폈다. 거기에는 완전히 다른 세계가 펼쳐져 있었다. 그는 상쾌한 밤의 대기 속에서 달빛을 흠뻑 받으며 발코니를 두서너 번 오락가락해 봤다. 거리는 죽은 듯이 고요했다. 음식점에서는 아직도 음악 소리가 흘러나오고 있었으나 그 울림은 약했다. 입구 앞 보도를 한 남자가 비로 쓸고 있었다. 같은 거리인데도 초저녁의 그토록 걷잡을 수 없었던 소음과 후보자의 연설, 몇 천인지 헤아릴 수 없던 군중의 소리와는 무관한 채 지금은 보도를 스치는 빗자루 소리까지 똑똑히 들리는 것이었다.

옆 발코니에서 갑자기 책상을 움직이는 소리가 그의 주의를 끌었다. 그곳엔 누군가가 앉아서 공부를 하고 있었다. 까슬까슬한 수염이 더부룩하게 자란 젊은이가 책을 읽느라 입술을 바삐 움직이며 손으로 수염을 쓸고 있었다. 그는 카를이 서 있는 쪽으로 시선을 던진 채 전등을 벽에서 내려 두 권의 두툼한 책 사이에 끼워 놓고 있었다. 그리고 눈부신 불빛을 정면으로 받고 있었다.

"안녕하세요?" 카를은 그 젊은이가 이쪽으로 시선을 돌린 것으로 생각했기 때문에 말을 걸었다.

그러나 이것은 카를의 착각이었다. 왜냐하면 그 젊은이는 아직도 카를의 존재를 확인하지 못했는지 한 손을 이마에 대고 불빛을 가리면서 누가 갑자기 인사를 했는지 확인하려 했다. 그래도 뜻대로 되지 않아 이번에 전등을 높이 쳐들고 그 불빛으로 옆 발코니를 밝게 비쳐 보려 했다.

"안녕하세요." 드디어 카를을 발견한 그는 이렇게 말하고 날카로운 눈으로 이쪽을 쏘아보며 말을 이었다.

"무슨 볼일이라도?"

357

"방해가 됐나요?"

"그렇소." 이렇게 대답한 그 젊은이는 다시 전등을 처음 위치에 놓았다.

무뚝뚝한 대답에 하소연할 곳을 잃고 말았으나 카를은 그래도 젊은 사람 옆에 있기 위해서인지 발코니 구석에서 떠나려 하지 않았다. 카를은 말 없이 서서 그 젊은이가 책장을 넘기며 책을 읽어가는 모습을 지켜봤다. 그는 이따금 전광석화처럼 날쌔게 손을 놀려 다른 책을 펼쳐 보면서 그때마다 얼굴을 노트에 처박다시피 숙이고 메모를 하기도 했다.

학생일까? 아무리 보아도 공부를 하고 있음에 틀림없었다. 자기가 고향집에서 이제 생각하면 아득한 옛날 일 같지만 부모님의 책상에 앉아 숙제를 풀던 그때 모습과 별 차이가 없었다. 그때 아버지는 내 곁에서 신문을 읽으시기도 하고 때로는 회계장부를 정리하거나 협회에 보낼 통신문을 적기도 했다. 어머니는 바느질감을 만지거나 바늘을 높이 빼 올리기도 하셨다. 난 그때 아버지를 방해하지 않으려고 필요한 책을 옆의 안락의자 위에 반듯하게 쌓아 놓거나 노트와 필통만을 책상 위에 올려놓곤 했지. 그 방의 조용함을 어찌 말로 표현하랴. 손님이 그 방에 들어오는 일은 거의 없었어. 난 어렸을 적부터 어머니가 초저녁이면 출입문에 자물쇠를 채우는 것을 즐겁게 바라보았다. 아아! 어머니! 어머니는 내가 남의 집 문을 나이프로 젖혀 열어야 하는 신세가 되었으리라고는 꿈에도 생각하지 못하시리라.

그런데 난 당시에 무엇을 위해 공부를 했었을까? 이젠 머릿속에는 아무것도 남은 것이 없지 않은가. 만약 내가 이 땅에서 공부를 계속하지 않으면 안 될 처지가 되었더라면 굉장한 고생을 했으리라. 카를은 고향에 있을 때 한 달 정도 병을 앓았던 일을 회상했다. 그 한 달동안 중단했던 공부를 다시 시작하는데 얼마나 고생했던가. 그런데지금은 호텔에서 읽은 영어로 된 상업통신 교본을 빼면 단 한 권의 책도 읽은 적이 없지 않은가.

"여보세요. 그쪽의 젊으신 분." 이때 카를은 자기를 부르는 소리를들었다. "어디든 딴 장소로 가 주실 수 없겠어요? 당신이 이쪽을 바라보고 있기 때문에 매우 방해가 돼요. 새벽 두 시쯤 됐으니 아무리발코니라 할지라도 다른 사람을 방해하는 것을 삼가해 달라는 부탁을 해도 괜찮다고 생각합니다. 혹 내게 무슨 용무라도 있습니까?"

"공부 중이시군요." 카를이 물었다.

"그렇습니다만." 하고 대답한 상대는 공부의 방해가 된 이 틈을 이용해서 흩어진 책을 정돈했다.

"그렇다면 당신 공부를 방해할 순 없죠." 카를이 말했다. "방으로돌아가겠습니다. 그럼 안녕."

상대는 대꾸도 하지 않았다. 그는 방해꾼이 없어졌기 때문에 다시결심을 고쳐 공부를 시작했다. 이마가 무거운 듯 오른손으로 받치고있었다. 카를은 커튼 바로 앞에까지 와서 자신이 무엇 때문에 발코니에 나갔던가를 생각해 보았다. 몸의 상처가 어느 정도인지 그로선 전혀 알 길이 없었다. 그런데 머리가 짓눌리고 있는 것처럼 무거운 것은 무엇 때문일까? 무엇이 내 머리를 짓누르고 있는 것일까? 그는 머리를 손으로 만져 보고 깜짝 놀랐다. 그가 실내의 어둠 속에서 염려한 피투성이의 상처는 없었으나 머리에 붕대가 터번처럼 칭칭 감겨져 있었고 또 축축하게 젖어 있기까지 했다. 그 붕대는 머리 여기저기에 늘어져 있는 레이스 조각으로 미루어 브루넬다의 헌 속옷을 찢어 감은 것이 분명했다. 로빈슨이 응급처치로 카를의 머리에 동여맨 게 틀림없었다. 그것을 푸는 것을 로빈슨이 잊었으리라. 카를이 정신을 잃은 동안 물을 많이 얼굴에 퍼부어서 와이셔츠 밑에까지 배어들어 카를을 그토록 공포에 떨게 했던 것이다.

"아직도 거기 있어요?" 하고 그 젊은이가 이쪽을 바라보며 물었다.

"실은 난 지금 방으로 들어가려던 참이에요." 카를이 말했다. "방안이 어찌나 깜깜한지 밝은 발코니에서 좀 살펴볼 것이 있었던 겁니다."

"도대체 당신은 누구시오?" 사내는 책상에 펼쳐 놓은 책갈피에 만년필을 끼우고 이쪽 발코니 난간으로 다가왔다. "당신은 뭐요, 그리고 어째서 저 무리 속에 끌려왔죠? 여기 온 지 오래됐소? 당신이 살펴보려 한 건 뭡니까? 당신 얼굴이 보이도록 그쪽 전등을 좀 켜 주시오."

카를은 그 사내가 지시하는 대로 했다. 그러나 대답하기 전에 실내에서 자고 있는 패거리들이 눈치 채지 않게 출입구의 커튼을 빈틈없이 드리웠다. 그리고 그는 속삭이듯 말했다. "소리를 낮춰 말하겠습니다. 용서하십시오. 방 안 사람들이 들으면 시끄러워지기 때문입니다."

"역시 그렇군요."

"그렇습니다." 카를이 말했다. "바로 어제 저녁에 그들과 대판 싸움을 했습니다. 아직도 이 근처에 혹이 있을 겁니다." 카를은 이렇게 말하고 후두부를 만져 보았다.

"왜 싸웠죠?" 하고 사내가 물었으나 카를이 대꾸를 하지 않자 말을 이었다. "내겐 당신이 저 무리들한테 품고 있는 생각을 안심하고 털어 놓아도 됩니다. 난 저 세 사람을 증오합니다. 그 중에서도 여자를 가장 미워하죠. 나로선 그들이 당신으로 하여금 나와 싸우도록 당신에게 내 욕을 하지 않는 것이 의아할 정돕니다. 내 이름은 요제프 멘델, 학생입니다."

"그렇군요." 카를이 대꾸했다. "당신 이름은 소문을 들어 알고 있습니다. 브루넬다 부인을 치료하신 적이 있다던데, 그렇습니까?"

"그런 적이 있었죠." 학생은 웃으며 대답했다. "아직도 침대에서 냄새가 납니까?"

"물론입니다."

"그건 참 유쾌한 이야기요." 학생은 머리를 손으로 긁어 올리며 말했다. "그런데 그 혹은 왜 생겼죠?"

"싸움을 했어요." 카를은 자초지종을 어떻게 설명해야 할까 궁리하면서 대답했다. 그러나 카를은 일단 설명을 끊고 되물었다. "방해가 되지 않을까요?"

"첫째로……. 당신은 이미 내 공부를 방해했습니다. 난 유감스럽게도 신경질적인 성격이라서 처음 상태로 되돌아가 공부에 다시 열

361

중하려면 긴 시간이 필요한 사람입니다. 때문에 당신이 발코니에 나와 산책을 시작한 바로 그 시각부터 난 공부에 열중할 수 없었습니다. 둘째로 난 세 시가 되면 잠깐 쉽니다. 그러니 이제 그 점은 상관하지 말고 이야기해 보세요. 내게도 흥미가 가는 이야기일 테니 말입니다." 하고 학생은 말했다.

"말을 하자면 이야기는 지극히 간단합니다." 카를은 설명을 시작했다.

"들라마르샤가 나를 붙들어 놓고 자기네 하인으로 만들려고 합니다. 나는 싫거든요. 나는 초저녁에 여기를 빠져나가려고 했어요. 그러나 들라마르샤는 나를 놓아 주지 않으려고 합니다. 그는 문에 자물쇠를 걸어 내가 나가지 못하게 했어요. 내가 그걸 알고 나이프로 비틀어 열려다가 결국 싸움까지 벌어진 겁니다. 결국 난 불행하게도 아직 여기에 이렇게 붙들려 있는 겁니다."

"직업은 없나요?"

"없습니다. 하지만 그런 건 문제가 안 돼요. 여기서 빠져나가기만 하면 되니까."

"잠깐." 학생이 말했다. "정말로 문제가 안 될까요." 두 사람 사이엔 한동안 침묵이 흘렀다.

"당신은 어째서 저들과 머물고 싶지 않다는 거죠?" 하고 물었다.

"들라마르샤는 악인입니다." 카를이 말했다. "나는 예전부터 그 사내를 알고 있었습니다. 난 전에 그 자와 하루 동안 도보 여행을 한 적이 있어요. 내가 그 자와 헤어졌을 때 얼마나 속이 시원했는지 몰라요. 그런 내가 어떻게 그 자의 하인 노릇을 할 수 있단 말입니까?"

"세상의 어느 집 하인이 당신처럼 주인을 고를 수 있을까요?" 학생은 쓸쓸히 웃고 있는 것 같았다. 그는 말을 이었다. "잘 들어 보세요. 난 낮엔 판매원으로 일합니다. 말이 판매원이지 최하급 판매원입니다. 아니, 판매원이라기보단 차라리 몬토리오 백화점의 심부름꾼에 지나지 않습니다. 몬토리오란 인물은 어느 모로 보나 진짜 악당이지만 그런 건 내겐 문제가 되지 않아요. 그저 급료가 너무 적은 것은 불만이지만…… 이런 점은 나를 본보기로 하면 어떨까요?"

"아니, 그럼 당신은 낮엔 판매원으로 일하고 밤에 공부를 한단 말예요?" 카를이 놀랍다는 듯이 말했다.

"그렇습니다." 학생이 대답했다. "달리 도리가 없더군요. 난 지금까지 여러 가지 일을 해 보았어요. 그러나 이 방법이 제일 좋아요. 수년 전까지도 난 분명히 학생이었죠. 낮에도 밤에도 말입니다. 그러다 보니 굶어 죽을 지경에 이르더군요. 더럽고 지저분한 집에서 잠을 자야 했고 입은 옷은 어찌나 남루하던지 그걸 입고는 부끄러워서 학교에도 나가지 못했을 정도였죠. 하지만 이젠 그런 고생의 시절은 끝났습니다."

"그럼 잠은 언제 잡니까?" 이렇게 물은 카를은 의아해 하며 학생을 바라보았다.

"잠자는 것 말입니까?" 학생은 말했다. "물론 공부가 끝나면 잠을 잡니다. 그러나 그때까진 커피를 블랙으로 퍼 마시죠." 그는 등을 돌려 책상 밑에서 커다란 병을 꺼냈다. 그러고는 밀크가 들지 않은 커피를 잔에 따라서 단숨에 꿀꺽 들이마셨다. 그의 그런 행동은 마치 입에 쓴 약을 털어 넣고 꿀꺽 삼켜 약의 쓴맛을 입속에 남기지 않으려는 것 같았다.

"블랙커피 맛은 기가 막힙니다. 너무 멀어 한 잔 드리지 못하는 것이 유감이군요." 학생이 말했다.

"밀크가 들지 않은 커피는 좋아하지 않아요."

"사실은 나도 그렇습니다." 하고 학생은 웃었다. 그리고 말을 이었다. "하지만 만약 이게 없었더라면 몬토리오 씨는 나를 한시도 고용해 주지 않았을 겁니다. 말하자면 이것이 없다면 난 아무것도 할 수가 없고, 하고 싶은 의욕도 없어지고 말았을 겁니다. 내가 말끝마다 몬토리오 씨 이름을 앞세우긴 합니다만 상대는 나란 인간이 이 세상에 존재한다는 것조차 모를 겁니다. 사실 사무실 내 책상 밑에 꼭 이만한 크기의 병이 준비되어 있지 않다면 어떻게 일할 수 있을지 모르겠어요. 왜냐고요? 그건 이제까지 커피를 마시지 않을 경우 나는 즉시 사무실 책상에 누워 잠들어 버릴 것만은 확실하죠. 난처하게도, 사무실 사람들도 이걸 눈치 챈 것 같아요. 그들은 내게 '블랙커피'라는 별명을 붙였답니다. 엉터리 같은 이야기가 아닙니까. 결국 이런 일들은 내 승진을 막고 있는 요인임에 틀림없죠."

"그럼 공부는 언제쯤 끝납니까?" 하고 카를이 또 물었다.

"그게 참 몹시 더뎌서 말입니다." 하고 학생은 고개를 푹 숙였다. 그는 난간에서 떨어져 다시 책상 앞에 앉았다. 두 팔꿈치를 책 위에 얹고 손으로 머리를 긁으면서 말을 이었다. "아직도 1, 2년은 더 해야 될 것 같아요."

"실은 나도 공부를 하고 싶습니다." 하고 카를이 말했다. 마치 이런 말은 지금 묵묵히 책상머리에 앉아 있는 학생이 조금 전 자기에게 보여 준 신뢰감보다 더 큰 신뢰감을 학생에게 주기라도 하는 듯한 어조였다.

"정말이에요?" 학생이 되물었다. 그가 다시 책을 읽기 시작한 것인지 아니면 그저 막연히 책을 펼쳐 놓고 앉아 있는 건지 그 점을 확실히 알 수가 없었다. "당신은 학업을 포기한 걸 기뻐하세요. 나는 최근 수년간 통신교육만 받고 있을 뿐인데 한 번도 만족한 적이 없어요. 더욱이 장래에 대한 밝은 전망도 전혀 없는 상태거든요. 어느 곳이건 희망을 걸 곳이 없어요. 지금 우리 미국 땅은 박사들로 가득 찼거든요."

"난 기사가 되려 했지요." 카를은 이미 완전히 무관심한 태도를 보이고 있는 학생을 향해 이렇게 말했다.

"그러던 당신이 지금은 저 무리들의 하인 노릇을 하게 됐단 말이군요." 학생은 눈을 들어 카를을 바라보았다. "그렇다면 당신이 괴로워하는 건 당연합니다."

학생이 내린 이 결론은 분명히 오해이긴 했으나 카를에겐 좋은 계기가 됐다. 그래서 그에게 물었다. "혹 그 백화점에 제가 일할 만한 자리는 없을까요?"

이 질문에 학생의 주의는 완전히 책을 떠났다. 자기가 카를의 취직을 도울 수 있으리라는 자신은 전혀 없었다.

"노력은 해 보지요." 그는 말했다. "아니요, 포기하는 게 나을지도 모르겠습니다. 어쨌든 내가 몬토리오 백화점에 직장을 얻었다는 사실은 내 인생에서 최대의 성공이었어요. 만약 공부와 지금의 직장을 놓고 선택해야 하는 입장이라면 난 직장을 선택할 겁니다. 이런 선택을 해야 할 일이 생기지 않도록 최선을 다하고 있는 겁니다."

"결국 당신 백화점에 일자리를 구하긴 어렵단 말이군요." 카를은 그에게라기보다는 자기 스스로를 타이르듯 말했다.

"잠깐, 뭔가 오해하고 있군요." 학생은 황급히 말했다.

"몬토리오 백화점의 현관 수위 자리에 앉기보다는 이 지구의 판사가 되는 편이 오히려 쉬울 정돕니다."

카를은 잠자코 있었다. 자기보다는 세상 물정도 잘 알고 있으며 무슨 이유에서인지 모르나 들라마르샤를 증오하고 있는 저 학생이 내겐 아무런 유감이나 나를 해칠 의사가 없을 텐데, 왜 그는 내게 들라마르샤와 헤어지라는 격려를 해 주지 않을까? 더욱이 저 학생은 내가 경찰의 수배를 받고 있는 몸이며, 내가 들라마르샤 밑에 붙어 있어야 안전하다는 것을 알 까닭이 없는데도 왜 그럴까?

"아마 당신도 어젯밤의 거리 데모를 구경하셨겠죠? 그 후보자는 롭터란 사람입니다. 당신은 이곳 사정을 잘 모르기 때문에 아마 그 후보자가 가망이 있다든가 아니면 다소 물망에라도 오르겠다고 하고 생각해 보셨을 겁니다. 그렇지요?"

"난 정치에 관한 것은 전혀 모릅니다."

"그건 당신의 결점이에요." 학생은 말을 이었다. "아무튼 당신도 눈과 귀가 있지 않습니까? 그 후보자에게도 분명히 자기편도 있을 테고 적도 있을 겁니다. 그런데 말입니다. 내가 생각하기론 그 자는 가망이 없는 것 같아요. 당선 가능성은 손톱의 때만큼도 없어요. 난 우연히도 그 사내를 잘 아는 사람과 이웃에서 산 적이 있어 그 자를 잘 아는 편이죠. 그는 결코 무능한 인간은 아닙니다. 그의 정치적 식견과 정치적 경력으로 보아 이 지구가 필요로 하는 판사는 그 사람뿐인지도 모릅니다. 그러나 그가 당선되리라고 기대하는 사람은 아무도 없어요. 그 자는 다른 어느 곳에서도 유례가 없을 만큼 화려하게 낙선될 겁니다. 왜냐고요? 선거운동에 달러를 뿌리지 않고서야 어디 될 법이나 할 말입니까?"

아메리카

카를과 학생은 입을 다문 채 한동안 서로를 바라보고 있었다. 이윽고 학생은 빙그레 웃곤 손으로 피곤에 지친 눈을 눌렀다.

"그런데 이렇게 늦도록 잠을 자지 않아도 됩니까?" 하고 학생이 입을 열었다. 그리고 말을 이었다. "나는 또 공부를 시작해야 합니다. 보십시오. 조사해야 할 것들이 이렇게 많이 남았어요." 이렇게 말한 그는 앞으로 공부하지 않으면 안 될 공부에 관해 카를의 양해를 구하기 위해 책 한 권을 들어 반을 넘겨 보였다.

"그럼 이만." 카를은 이렇게 말하고 가볍게 고개를 숙여 보였다.

"한 번 놀러 오세요." 이미 책상을 향해 앉은 학생이 카를에게 말했다.

"마음이 내키면 말입니다. 그리고 여기엔 상대할 만한 친구가 많아요. 밤 아홉 시에서 열 시 사이라면 나도 당신과 어울릴 수 있습니다."

"그럼 당신은 나더러 들라마르샤 밑에 붙어 있으라고 권고하는 건가요?"

"그렇습니다. 무슨 일이 있더라도 말예요."

학생은 이젠 완전히 책에 얼굴을 돌리고 있었다. 그 한마디는 왠지 그가 한 말이 아닌 것처럼 느껴졌다. 학생의 음성이 아닌 다른 사람의 소리처럼 그 말은 그의 귓속에서 사라지지 않았다.

카를은 천천히 발을 옮겨 커튼 앞까지 왔다. 광대한 어둠 속에 둘러싸인 채 유일한 불빛 밑에서 부동자세로 앉아 있는 학생을 다시 한 번 돌아보곤 곧바로 방안으로 들어섰다. 잠을 자는 세 사람의 숨결 소리가 다시 들렸다. 그는 벽을 따라 더듬어 가며 침대를 찾아냈다. 그곳이 자기 침대인 것처럼 몸을 뉘고 전신을 쭉 뻗었다. 들라마르샤의 인간성과 이 인근의 형편까지 잘 알 뿐만 아니라 교양과 학식을 겸비한 학생이 여기에 머물기를 권한 이상 이젠 아무런 근심도 없지 않은가. 카를에겐 그 학생이 품은 것 같은 목표가 없었다. 본국에서조차도 학업을 순조롭게 마칠 수 있었을지 모를 일이다. 본국에서 이루지 못한 불가능한 일을 이 이국땅에서 성취하길 요구할 자는 없으리라.

아무튼 우선은 들라마르샤 밑에서 하인으로 일하면서 신변이 안전해진 다음에 더 유리한 기회를 기다리면서 무언가 할 수 있는 일을 한 후 그 일의 결과를 인정해 주는 일자리를 구할 수도 있으리라. 보기에 이 거리에는 중소 규모의 사무실이 많은 것 같았다. 그런 사무실이라면 종업원을 채용할 때 그리 까다로운 조건을 제시하지 않을지도 모른다. 어쩔 수 없는 경우 점원으로 일할 수도 있겠지만 가능하면 사무실의 사무원으로 채용될 수 있다는 희망을 포기할 것까진 없지 않은가.

만약 내 소원이 이루어져 사무원이 됐다 치자, 그러면 나도 사무실 책상에 앉아 오늘 아침 뜰을 가로지르며 보았던 그 사무원처럼 때때로 아무 걱정 없이 열린 창문 너머로 밖을 내다볼 수 있을 게 아닌가.

카를은 눈을 감았다. 그리고 아직도 자신은 젊다고 생각하며 언젠가는 들라마르샤도 나를 풀어 주겠거니, 하고 마음을 놓았다. 이 집 살림도 이 상태로는 오래가지 못할 것이 분명했다. 어쨌든 내가 훗날 사무원 자리를 얻어 일하게 된다면 맡은 일에만 전념하기로 하자. 그 학생처럼 힘을 낭비하지 말아야지. 부득이한 경우 밤을 새우며 사무실 일에 매달릴 수도 있다. 자신처럼 상업적 준비 교육이 부족한 자에겐 그런 요구가 있을지도 모른다.

아무튼 나는 내가 헌신하지 않으면 안 될 내 업무와 사무실의 이익만을 염두에 두고 어떤 요구에도 복종하리라. 다른 동료 사무원들이 자기가 맡을 일이 아니라고 기피하는 일일지라도 나는 기꺼이 맡아 처리하기로 하자.

카를의 머릿속에는 갖가지 계획들이 가득 떠올랐다. 마치 미래의 사무실 소장이 이 침대 맡에 서서 자기의 이런 계획을 살펴보고 있는 착각까지 들었다.

이런 생각을 하던 카를은 저도 모르는 사이에 깊은 잠에 빠졌으나, 천 더미 위의 침상에서 몸을 뒤치고 있는 브루넬다의 거칠게 몰아쉬는 한숨 소리 때문에 수면에 방해를 받기도 했다. 그녀는 잠을 자면서 악몽에 시달리고 있는 듯이 보였다.

# 로빈슨과 함께

"일어나! 일어나라고!" 하며 로빈슨이 질러대는 소리에 카를은 일찍 눈을 떴다. 문의 커튼은 아직 걷히지 않고 있었다. 하지만 틈새로 들어오는 일정한 햇빛을 보고 오전 몇 시쯤인지 알 수 있었다. 로빈슨은 걱정스런 시선으로 이리저리 안절부절못하고 있었다. 그는 때로는 수건과 대야를 들고, 때로는 속옷과 겉옷들을 들고 왔다 갔다 하고 있었다. 그는 카를 옆을 지날 때마다 고개를 끄덕여 카를이 비키도록 했다. 그리고 그는 손에 든 것들을 높이 흔들어 보이며, 그가 오늘 마지막으로 카를을 위해 애쓴다는 것을 강조했다.

물론 카를은 하인으로서 첫날 아침에 해야 할 일들을 세세하게 모르고 있었다. 그러나 카를은 금방 로빈슨이 누구의 시중을 들고 있는지를 알게 되었는데, 두 개의 상자로 칸을 세운, 카를이 지금까지 보지 못한 공간으로 나머지 방들과 구분되어 있고, 누군가 목욕을 하고 있었다―브루넬다의 머리, 드러난 목, 머리카락이 얼굴을 가리고 있었다―그리고 상자 위로 그녀의 목덜미가 보였고, 때때로 보이는 들라마르샤의 손에는 목욕용 스펀지가 들려 사방으로 물을 뿌려대며 브루넬다를 씻겨주고 있었다. 들라마르샤가 짧게 로빈슨에게 지시를 하는 소리가 들렸다. 그 공간으로 통하던 출입구가 가로막혀서 그곳으로 물품을 건네줄 수 없었으며, 상자와 병풍 사이를 따라 나 있는 작은 공간을 이용해야만 했다. 그러면서도 물품을 건넬 때마다 얼굴을 돌려고 팔만 뻗쳐 전달해야만 했다.

아메리카

"수건! 수건을 줘!"하고 들라마르샤가 소리쳤다. 로빈슨은 그때 책상 밑에서 다른 것을 찾고 있다가 그 소리에 놀라 허겁지겁 머리를 끄집어냈다.

"물, 물이 어디 있어? 제기랄!"하며 소리쳤다. 상자 위로 들어 올린 들라마르샤의 화난 얼굴이 보였는데, 카를 생각에는 평소에 사람들이 목욕을 하고 옷을 입을 때까지 잠깐이면 끝날 것이, 지금 눈앞에는 별의별 순서들이 요구되었고 또 그렇게 행해졌다. 로빈슨은 모로 서서 좁은 공간 사이로 계속 무거운 짐을 들고 세면장으로 날라야 했고, 작은 전기 오븐 위의 대야에는 계속 물이 끓고 있었다. 이렇게 일은 너무 많았고, 그가 항상 정확하게 지시를 이행할 수 없는 것도 어쩔 수가 없는 상황으로 보였다.

로빈슨은 또다시 수건을 가져오라고 하자 방 한가운데에 있는 넓은 침대 위의 셔츠 하나를 집어 들고 상자 너머로 집어던졌다. 그러나 들라마르샤도 몹시 힘들었고, 로빈슨에게 그렇게 짜증을 내는 것은 아마 그 자신이 하는 것에 브루넬다가 만족하지 않았기 때문일 것이다—그는 화가 난 상태였는데 카를은 보지도 못했다—"앗" 하는 그녀의 소리가 들렸다. 별로 개의치 않던 카를조차도 움찔 놀랄 지경이었다.

"아니, 왜 이렇게 아프게 하지! 이렇게 아프다면 차라리 혼자가 낫겠어! 지금 나는 팔을 올릴 수도 없는데, 이런 식으로 문지르면 아주 불쾌해. 등에는 완전히 멍투성이겠어. 하기야, 당신은 그런 말을 하지 않겠지. 잠깐, 나는 로빈슨과 카를에게 내 등을 좀 보라고 해야겠어. 아니, 아니야. 그건 싫지? 하지만 더 살살 문질러. 들라마르샤, 신경을 쓰라고. 내가 매일 아침 되풀이하는 말이잖아. 너무 무신경하다고. 로빈슨!" 하고 갑자기 소리를 지르며 머리 위로 레이스 달린 팬티를 흔들며 로빈슨을 불렀다. "이리 와서 도와줘. 내가 얼마나 고통을 당하고 있는지 봐. 들라마르샤는 목욕이 아니라 고문을 하고 있어. 로빈슨, 로빈슨, 어디 있지? 너는 귀 구멍도 없어?"

카를은 말없이 로빈슨에게 가라고 손가락질을 했다. 그러나 사정을 잘 알고 있는 로빈슨은 땅바닥을 보며 머리를 흔들었다. "왜냐고? 그 말은 그런 뜻이 아니거든." 하며 로빈슨이 몸을 굽혀 카를의 귀에 속삭였다. "내가 한 번 들어갔었는데, 그러고는 다시는 안 가. 그들은 나를 묶어 욕조에 처넣었어. 거의 익사할 뻔했지. 브루넬다는 며칠 동안 내가 파렴치한 놈이라고 비난했어. 항상 그녀는 '너는 오랫동안 내 목욕탕에 들어왔어.'라고 말하거나 또는 '너는 언제 목욕탕에 있는 나를 구경하러 올래?'라고 말했어. 내가 여러 번 무릎을 꿇고 사죄한 후에야 그 비난은 멈추었어. 나는 그 일을 잊으면 안 돼." 로빈슨이 이 이야기를 하는 동안에도 브루넬다는 여전히 소리 질렀다.

"로빈슨! 로빈슨! 도대체 어디 있지!"

대답도 없었고 아무도 그녀를 도와주지 않았지만 들라마르샤에게 브루넬다는 큰소리로 계속 불평을 해댔다―둘은 말없이 상자 쪽을 바라보았고, 로빈슨이 카를 쪽으로 다가가 앉았다. 상자 위로 브루넬다와 들라마르샤의 머리가 가끔 보이기도 했다. "왜 이래? 들라마르샤!" 그녀가 외쳤다. "스펀지가 어딨지? 지금 나를 씻겨주는 느낌이 없어. 꼭 좀 쥐어! 내가 등을 굽힐 수 있고, 움직일 수만 있다면, 어떻게 씻는지 내가 당신에게 시범을 보일 텐데. 나의 처녀 시절은 어디로 가버렸지? 그때 나는 저 건너편 부모님의 농장에 있는 콜로라도에서 매일 아침 수영을 했지. 내가 내 친구들 중에서 가장 빨랐지. 아이고, 지금은 이게 뭐야? 당신은 언제쯤 나를 씻기는 법을 터득하지? 들라마르샤, 당신은 이리저리 애를 쓰기는 하지만 내 맘에 안 들어. 당신이 나를 씻기면서 나에게 상처를 내지 말라고 하는 것은, 그건 감기가 들 때까지 내가 여기에 서 있겠다는 것이 아니라 이대로 욕조에서 뛰쳐나가겠다는 말이야."

하지만 그녀는 위협뿐이었다. 그녀는 전혀 그렇게 할 수 없었다. 들라마르샤는 그녀의 감기를 걱정하며 그녀를 욕조 안에 밀어 넣는 것 같았다. 왜냐하면 물속에서 철썩이는 소리가 엄청나게 들렸다.

"들라마르샤 당신, 아첨을 떠는군. 무슨 잘못을 하면 항상 아첨을 떨지."라고 브루넬다가 약간 낮은 목소리로 말했다. 그러고 나서 한참 동안 조용했다. "지금 그가 그녀에게 키스해."라고 로빈슨이 말하고 눈썹을 치켜 올렸다.

"이번에는 무슨 일을 해야 하지?"라고 카를이 물었다. 로빈슨은 대답하지 않았고, 카를은 그를 혼자 긴 소파에 그냥 두고 일어났다. 여기에 있기로 결심하면서 바로 자신의 일을 시작하고 싶다고 생각했기 때문이었다. 그리고 그는 긴 시간 두 사람들의 무게로 아직도 눌려 있는 넓은 침상을 분리하고 몇 주 동안 하지 않았던 것으로 보이는 이 침상에 널브러져 있는 이불을 가지런히 개었다.

"들라마르샤, 저것 좀 봐."라고 브루넬다가 말했다.

"아마도 우리 침대를 던져 부수는 것 같아. 안심하지 말고 모든 경우에 대비해야 해. 당신은 저들에게 더 혼을 내야만 해. 그렇지 않으면 제멋대로 하겠지."

"제기랄, 일을 열심히 하려는 빌어먹을 그 애송이가 한 짓이야."라고 들라마르샤가 소리 지르며 세면장에서 뛰쳐나오고 있었다. 카를은 이미 손에서 모든 것을 놓았다. 그리고 다행히 브루넬다가 이렇게 말했다.

"가지 마, 들라마르샤. 앗, 물이 너무 뜨거워! 나른해. 내 곁에 있어. 들라마르샤." 그때 카를은 상자 뒤에서 수증기가 계속 올라오는 것을 보고 있었다.

로빈슨은 마치 카를이 못할 일을 한 것처럼 깜짝 놀라서 손을 뺨에 대었다.

"모두 제자리에 놓아둬." 들라마르샤가 소리쳤다.

"목욕을 하면 브루넬다는 항상 한 시간 정도 휴식을 취해. 너희들도 잘 알잖아? 너희는 내가 손 좀 봐줘야겠어. 집안 살림이 엉망이군! 로빈슨, 꿈이라도 꾼 거냐! 지금 일어난 모든 일에 책임을 묻겠어. 너는 이 애송이를 길을 들여봐야지. 여기서는 그의 마음대로 집안 살림을 할 수는 없다고. 아무것도 할 필요가 없을 때는 열심이고, 우리가 필요로로 할 땐 아무 쓸모가 없단 말이야! 어디든지 기어들어가서 우리가 너희들을 부를 때까지 기다려."

그러나 금방 분주한 일이 일어났다. 왜냐하면 브루넬다가 뜨거운 물에 잠겨 아주 피곤한 듯 향수를 찾았기 때문이었다. "향수! 향수는 어디 있어!" 하자 "향수! 향수를 찾아와!"하고 들라마르샤가 소리를 질렀다. "찾아봐! 그런데 향수가 어디 있었지?" 카를과 로빈슨은 서로를 바라보았다. 로빈슨은 향수가 어디 있는지 몰랐고, 카를은 혼자서 향수를 찾아야만 했다. 로빈슨은 바닥에 엎드려 여기저기 두 팔로 긴 소파 밑을 휘저었다. 그러나 거기에는 먼지 뭉치와 머리카락 이외에는 아무것도 없었다. 카를은 서둘러 바로 문 근처에 있는 화장대로 갔다. 그 서랍에는 영어로 된 낡은 소설, 잡지, 악보들만이 발견되었다. 모든 서랍들은 넘칠 지경으로 서랍을 한 번 열었다 하면 닫을 수가 없었다.

그 사이에도 브루넬다는 "향수, 향수."라고 말하며 한숨을 쉬었다. "뭐하는 거야! 오늘 중으로 향수를 가져올지 모르겠군!" 브루넬다의 들살 때문에 카를은 더 향수를 찾을 수 없었다. 그는 피상적인 기억에 의존할 수밖에 없었다. 세면도구 상자에는 향수병이 없었고, 약과 연고가 들어 있는 낡은 병들만 있었다. 다른 것들은 벌써 세면장으로 모두 가져갔다. 아마도 그 향수병은 식탁 서랍에 있을지 모른다. 그러면서 식탁으로 가는 도중에—카를은 향수 이외에는 다른 아무것도 생각하지 않았다—그는 로빈슨과 심하게 부딪혔다. 로빈슨 역시 긴 소파 밑에서 찾기를 포기하고 향수가 있는 위치를 예상하면서 장님처럼 카를 쪽으로 달려왔던 것이다. 로빈슨은 멈추지 않고 달려가면서 통증 때문에 계속해서 큰 소리를 질러댔다. 카를은 말없이 서 있었다.

"향수병을 찾지 않고 싸우고 있어."라고 브루넬다가 말했다. "들라마르샤, 나는 이런 데까지 신경 쓰다가는 병이 날 것 같아. 분명히 당신의 품에 안겨 죽게 될 거야. 나는 향수가 필요 해. 무조건 향수를 가져와. 향수를 가져오기 전에는, 욕실에서 나가지 않고 저녁까지 이러고 있겠어." 그녀는 역정으로 소리를 지르며 욕조의 물을 내리쳤다. 물이 튀어 오르는 소리가 들렸다.

그러나 향수는 식탁의 서랍에도 없었다. 거기에는 분첩, 분통, 드라이기, 고대기, 엉겨 붙고 달라붙은 잡동사니 같은 브루넬다의 화장품들만 가득했다. 로빈슨은 소리를 지르며 거기 쌓여 있는 거의 백 개나 되는 작은 상자와 통들을 한쪽 구석에서 샅샅이 뒤지고 있었다. 그런데 그것은 대개 바느질 도구와 우편물이었고, 모두 바닥에 떨어져 뒹굴었다. 이따금 로빈슨이 카를에게 고개를 흔들고 어깨를 움찔하는 것으로 봐서 로빈슨도 아무것도 찾질 못한 듯했다.

들라마르샤가 그때 속옷 바람으로 튀어나왔는데, 그 사이에 브루
넬다의 발작적인 울음소리가 들렸다. 카를과 로빈슨은 찾는 것을 중
지하고 폭삭 젖어 얼굴과 머리에서 물이 흘러내리는 들라마르샤를
쳐다보았다.

그는 "빨리 좀 찾아라!" 하고 외쳤다. "여기!" 하며 그는 먼저 카를
에게 명령했다. 그리고 "저기!" 하며 로빈슨에게도 명령했다. 카를은
샅샅이 찾았고, 로빈슨이 명령받은 장소도 샅샅이 찾았다. 하지만 로
빈슨과 마찬가지로 향수를 발견하지 못했다. 로빈슨은 찾는 것보다
들라마르샤를 곁눈질하기에 더 열심이었고, 들라마르샤는 공간이 허
락하는 한 발을 구르며 이리저리 다녔다. 그는 카를과 로빈슨을 두들
겨 패고 싶었다.

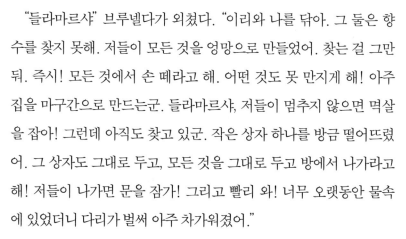

"들라마르샤" 브루넬다가 외쳤다. "이리와 나를 닦아. 그 둘은 향
수를 찾지 못해. 저들이 모든 것을 엉망으로 만들었어. 찾는 걸 그만
둬. 즉시! 모든 것에서 손 떼라고 해. 어떤 것도 못 만지게 해! 아주
집을 마구간으로 만드는군. 들라마르샤, 저들이 멈추지 않으면 멱살
을 잡아! 그런데 아직도 찾고 있군. 작은 상자 하나를 방금 떨어뜨렸
어. 그 상자도 그대로 두고, 모든 것을 그대로 두고 방에서 나가라고
해! 저들이 나가면 문을 잠가! 그리고 빨리 와! 너무 오랫동안 물속
에 있었더니 다리가 벌써 아주 차가워졌어."

"알았어, 곧 갈게." 들라마르샤가 외치면서 카를과 로빈슨을 문 쪽
으로 서둘러 몰아붙이고, 그들을 내보내면서 아침 식사를 가져오도
록 명령했다. 또 어디서든지 브루넬다에게 줄 좋은 향수를 빌려오도

록 명령했다.

"집이 엉망진창이야. 아침 식사를 마치고 즉시 정리를 해야겠어." 카를이 복도에 나오자 말했다.

"내가 아프지 않다면! 이런 대우를 받다니!" 하고 로빈슨이 말했다. 여러 달 동안 시중을 들었는데 브루넬다가 겨우 어제 온 카를과 똑같이 자신을 대한다는 것에 로빈슨은 확실히 기분이 언짢았지만 그는 그럴 자격도 없었다.

"너는 정신 좀 차려야 해!" 카를이 말했다. 그러나 그가 실망하지 않도록 카를은 덧붙였다. "이건 단지 한 번만 정리하면 되잖아. 내가 상자 뒤에 너의 잠자리를 만들어 줄게. 모든 것이 정리되면 너는 신경 쓰지 않고 하루 종일 거기 누워 있을 수도 있어. 그러면 금방 건강해지겠지."

"너는 내가 얼마나 아픈지 알 거다." 하며 로빈슨은 자신의 고통을 참으려는 듯 얼굴을 돌렸다. "하지만 저들이 내가 조용히 누워 있도록 할까?"

"네가 원한다면 내가 들라마르샤와 브루넬다에게 의논해 볼게."

"브루넬다가 알아줄까?" 로빈슨은 카를에게 외치며 예고도 없이 그들 앞의 문을 주먹으로 쳐서 열고 들어갔다. 수리가 필요한 부엌의 화덕에서는 검은 연기들이 솟아올랐다. 카를이 어제 복도에서 보았던 여자 한 명이 무릎을 끓고서 석탄들을 화덕의 불 속에 넣고 불을 이리저리 살펴봤다. 그때 노파는 무릎을 끓고 불편해서 한숨을 쉬었다.

"물론, 또 성가시게 하겠지." 하며 그녀는 로빈슨을 보았다. 그때 그녀는 손으로 석탄 상자를 잡고 힘들게 일어서서 화덕 문을 닫고 손잡이를 앞치마로 감았다.

"지금이 오후 네 시야, 너희들은 이제 아침 식사를 하려는 게야? 이런 악당들!"—카를은 놀라서 부엌 시계를 쳐다보았다.

"앉아! 내가 너희들을 위해 시간을 낼 때까지!" 그녀는 말했다.

로빈슨이 카를을 문 근처에 있는 작은 벤치에 앉히고 그에게 속삭였다. "그녀의 말대로 해. 우리는 그녀에게 의존할 수밖에 없어. 우리는 그녀에게 방을 세를 놓았고, 그녀는 우리를 언제라도 쫓아낼 수도 있어. 우리는 집을 바꿀 수가 없잖아. 우리가 그 많은 모든 물건들을 다시 운반할 수 있겠어? 특히 브루넬다를 운반할 수는 없을 거야."

"이 복도 끝에 있는 다른 방을 구할 수는 없어?"라고 카를이 물었다.

"구할 수 없을 거야. 이 집 전체에서 아무도 우리를 받아주지 않아."라고 로빈슨이 대답했다.

그들은 조용히 작은 벤치에 앉아서 기다리는 동안, 그녀는 두 개의 테이블, 빨래통, 화덕 사이를 쉴 새 없이 뛰어다녔다. 그녀의 넋두리로 미루어 보면, 그녀의 딸이 아파 혼자서 모든 일을 처리하는데, 그 모든 일이란 삼십 명의 세입자들의 식사 준비와 시중을 드는 일이었다. 게다가 오븐까지 고장이 나서 식사 준비는 매우 어려웠다. 그녀는 자주 두 개의 커다란 솥에 있는 걸쭉한 수프가 다 끓었는지를 국자로 확인하곤 했지만 수프가 될 것 같지도 않았다. 그래서 그녀는 부지깽이를 들고 석탄을 이리저리 휘저었고  불은 잘 타지 않았다. 부엌은 연기로 가득 찼고 그녀는 기침을 했다. 그 기침이 심할 때는 몇

분 동안 의자를 붙잡고 기침을 해댔다. 그녀는 오늘 아침은 없다, 그럴 시간도 그럴 마음도 없다는 것이다. 카를과 로빈슨은 주인은 아침 식사를 가져오라고 지시했고, 또 노파에게서는 아침 식사를 받을 가능성이 없었기 때문에 대꾸하지 않고 조용히 앉아 있었다.

거기에는 안락의자, 여기저기 테이블 아래·위, 바닥 구석까지 세입자들의 아침 식사용 식기가 어지럽게 쌓여 있었다. 커피와 우유가 조금씩 들어 있는 작은 찻주전자도 있고, 접시 곳곳에는 버터가 발려 있었다. 캔에는 비스킷이 쏟아져 있었다. 이 정도라면 아침 식사를 준비할 수 있었다. 브루넬다가 어떻게 아침 식사를 마련했는지 안다면 하찮은 불평도 할 수 없을 것이다. 카를은 그렇게 생각하며 시계를 보았는데 그들은 벌써 반시간을 기다렸고, 화가 난 브루넬다는 들라마르샤에게 하인들을 다그치도록 부추겼을 것이다. 그때 노파는 카를을 쳐다보며 기침을 했다 ―그동안 그녀는 카를을 지켜보고 있었다― "너희들이 여기 앉아 있어도 아침 식사는 없어. 하지만 두 시간 후에 저녁 식사를 받을 수는 있지."

"이리 와봐, 로빈슨. 우리가 직접 식사를 마련하자." 카를이 말했다.

"뭐라고?" 하고 노파가 고개를 숙인 채 소리쳤다.

"이성적으로 생각해 봐요! 왜 당신은 우리에게 아침 식사를 주지 않죠? 우리는 벌써 반시간을 기다렸고 충분히 긴 시간이었어요. 당신은 돈을 받고, 우리는 다른 사람들보다 많이 지불하구요. 이렇게 늦게 아침 식사를 하는 것이 성가신 일이긴 합니다만, 우리는 당신의 세입자예요. 우리는 늦게 아침을 먹는 습관이 있고, 당신도 조금은

우리에게 적용해야죠. 따님이 아파서 아주 힘드시겠지만, 우리에게
신선한 음식을 주지 못한다면 남은 음식을 가지고 아침 식사를 마련
하겠어요." 카를이 말했다.

그녀는 대화의 필요성을 느끼지 못했을 뿐만 아니라 남은 음식 찌
꺼기조차도 이들에게는 과분하다고 여겼다. 그러면서도 그녀는 접
시 하나를 집어 로빈슨의 몸을 찌르듯이 내밀었다. 로빈슨은 비로소
엄살떠는 표정으로 그녀가 부어주는 음식을 그 접시에 받으라는 뜻
임을 알게 되었다. 그녀는 이 접시에 아주 성급히 많은 음식을 쏟아
부었다. 그러나 그것은 더러운 식기에 붙어 있는 한 무더기의 음식
쓰레기지, 금방 제공된 아침 식사는 아니었다. 그녀는 그들을 밀어냈
고, 그들은 욕설을 듣거나 한방 얻어맞을까 두려워하는 듯 몸을 굽혀
문 쪽으로 급히 나왔다. 카를은 그 사이에 로빈슨의 손에서는 그것이
안전하지 못하다고 느껴 그 접시를 로빈슨에게서 넘겨받았다.

카를은 노파의 문에서 멀리 나온 후에 복도에서 접시를 바닥에 놓
고 앉아서 우선 접시 하나를 깨끗이 하고, 서로 같은 종류대로 모았
다. 우유는 우유대로, 여러 버터 부스러기는 한 접시에 긁어 놓았다.
그리고 나서 먹다 남은 표시를 닦았다. 말하자면 나이프와 숟가락을
닦고, 입 자국이 있는 빵은 반듯하게 잘랐다. 그래서 그는 아침 식사
를 보기 좋게 만들었는데, 로빈슨은 불필요한 것으로 여겼다. 전에는
아침 식사가 훨씬 더 나쁠 때도 종종 있었다고 말했다. 그러나 카를
은 그의 말에 귀 기울이지 않았으며 로빈슨이 더러운 손가락으로 건
드리지 않는 것이 기뻤다. 로빈슨이 입을 다물도록 카를은 그에게 비

아
메
리
카

스킷 몇 개와 초콜릿 침전물이 담긴 초콜릿 통을 건네주었다.

그들이 집 앞에 와서 로빈슨이 문을 열려고 하자 카를이 그를 저지했다. 왜냐하면 그들이 들어가도 되는지 확인할 수가 없었기 때문이었다.

"아마도 지금 그녀의 머리를 빗고 있을 거야." 하고 로빈슨이 말했다. 그때 브루넬다는 환기가 안 된 커튼이 쳐진 방에서 다리를 넓게 벌리고 안락의자에 앉아 있었고, 들라마르샤는 얼굴을 푹 숙이고 그녀의 뒤쪽에서 헝클어진 짧은 머리를 빗고 있었다. 브루넬다는 연한 장미색의 아주 느슨한 옷을 입고 있었다. 아마 이 옷이 어제 옷보다 약간 더 짧은 것인지 거의 무릎까지 올라온 다리와 굵고 흰 스타킹이 보였다. 브루넬다는 두껍고 붉은 혀를 입술 사이에서 이리저리 움직이고 있었는데 빗질하는 시간이 오래 걸리자 참기가 어려웠던 것이다. 그녀는 때때로 "들라마르샤!"라고 외치며 들라마르샤를 밀쳤다. 그러나 그는 그녀가 머리를 다시 제자리로 할 때까지 빗을 높이 들고 조용히 기다렸다.

"오래 걸렸군."라고 브루넬다가 모두에게 말했다. 그녀는 특히 카를에게 이렇게 말했다.

"사람들이 너에게 만족스럽게 하려면 너는 더 빨리 움직여야 해. 게으르고 닥치는 대로 먹는 로빈슨을 닮아서는 안 돼. 너희들은 벌써 아침을 먹었을 거야. 너희들에게 다짐하는데 다음엔 절대로 참지 않겠어."

정말 당치도 않은 말이다. 로빈슨은 머리를 흔들며 소리는 내지 않고 입술을 씰룩댔다. 그러나 카를은 의심할 여지없이 정확해야만 주인이 감동한다는 것을 알게 되었다. 그래서 그는 낮은 일본식 책상 한 구석을 천으로 덮고, 그 위에 가져온 음식을 올려놓았다. 아침 식사가 준비된 것을 본 사람은 이것에 만족할 것이다. 그러나 그렇지 않다면 카를이 스스로 인정하는 것처럼 그 아침 식사에는 흠잡을 것이 많았다.

그러나 다행히 카를이 모든 것을 준비하는 동안 그녀는 기분 좋게 카를에게 고개를 끄덕였고, 무엇보다 브루넬다는 배가 고팠다. 그녀는 연하고 통통한 손으로 종종 참을성 없이 당장에 모든 것을 짓눌러서 으깨어 음식을 집어먹으면서 그가 준비하는 것을 방해하곤 했다.

"그가 아주 잘 했어." 하며 그녀는 입을 짭짭거렸다. 그러면서 마침 뒷손질을 하려고 빗을 들고 그녀 옆에 있던 들라마르샤를 자기 옆 안락의자로 잡아당겨 앉혔다. 두 사람은 몹시 배가 고팠고, 그들은 이리저리 식탁 위로 바삐 손을 움직였으며, 들라마르샤도 음식을 보고 아주 흡족해 했다. 카를은 그들이 만족하도록 항상 음식을 많이 가져와야 한다는 것도 알게 되었는데, 먹을 수 있는 음식을 부엌에 그냥 두고 온 것을 생각했다.

"처음이라 어떻게 준비되는지 모든 것을 몰랐어요. 다음에는 잘할 수 있을 거예요."라고 말을 했다. 하지만 이야기하는 동안 그는 누구에게 말하고 있는지를 생각해야 했다. 그는 일 자체에 너무 사로잡혀 있었다. 브루넬다가 만족하여 들라마르샤에게 고개를 끄덕이자, 카를에게 그 대가로 한 줌의 비스킷을 건네주는 것이었다.

# 브루넬다의 이사

　카를과 브루넬다는 거리 사람들의 관심을 끌지 않도록 밤에 이사를 하기로 했다. 카를은 그날 이른 아침에 브루넬다가 탄 환자 운반용 수레를 대문 밖으로 밀고 나왔다. 그러나 그의 기대대로 그리 일찍 나온 것도 아니었다.

　낮에 이사를 하면 브루넬다의 몸을 큰 회색 천으로 아무리 적당하게 몸을 덮는다고 해도 거리 사람들의 관심을 끌 수밖에 없다. 옆집 대학생이 기꺼이 도와주었지만 계단으로 브루넬다를 아래층까지 옮기는 일은 오랜 시간이 걸렸다. 브루넬다를 옮기는 동안 카를이 대학생보다 훨씬 힘이 세다는 것도 알았다. 브루넬다는 아주 씩씩하게 한숨도 쉬지 않고, 카를과 대학생이 쉽게 옮기도록 여러 가지로 협조해 주었다.

아침 날씨는 서늘했고 복도는 지하실처럼 공기가 차가왔지만, 그들은 물론 브루넬다도 쉴 수 있도록 다섯 계단마다 브루넬다를 내려놓아야만 했다. 그럼에도 불구하고 땀으로 뒤범벅이 되었으며, 휴식을 취하는 동안 브루넬다는 자신이 덮고 있던 천의 한쪽 귀퉁이를 친절하게도 카를과 대학생에게 건네주었다. 그들은 이것으로 얼굴의 땀을 닦아가며, 아래층까지 내려왔을 때는 두 시간이나 걸렸다. 거기에는 벌써 저녁부터 환자 운반용 수레가 서 있었는데, 브루넬다를 이 수레에 들어 올리는 것도 무척이나 힘든 일이었다. 그다음 일은 수레를 미는 것이었지만 이 일은 수레바퀴가 커서 별로 어렵지 않을 것이다. 이리하여 이사의 모든 일처리가 잘된 것으로 여겨졌다.

단지 브루넬다의 하중에 눌린 수레가 부서질 수도 있다는 우려는 있었지만 이런 위험은 감수해야만 했다. 대학생이 예비 마차를 구해 끌고 가겠다고 농담조로 자청했으나 예비 마차를 끌고 갈 수는 없었으며, 대학생과의 이별의 시간이 다가왔고 브루넬다와 대학생 사이에 있었던 언짢은 일들은 잊어버린 듯 이별은 아주 슬펐다. 더욱이 대학생은 예전에 브루넬다가 쓰러졌을 때 브루넬다를 모욕했던 것을 사과했다. 그러나 브루넬다는 모든 것을 잊었고, 보상받은 것 이상이라고 말했으며, 그녀는 마침내 여러 겹으로 겹쳐 입은 치마 속에서 간신히 일 달러짜리 동전을 찾아냈다. 그리고는 자신과 만난 기념으로 이 동전을 제발 받아달라고 대학생에게 청했다. 그 철저한 브루넬다의 인색함에 비추어 이 선물은 대단한 것이었다. 대학생은 이 선물에 너무 기쁜 나머지 동전을 공중으로 높이 던졌는데, 물론 그는 동전을

아메리카

385

땅바닥에서 찾아야 했고 카를이 도와주어야 했다. 마침내 카를이 브루넬다가 타고 있는 수레 밑에서 그 동전을 발견했다. 카를과 대학생의 이별은 훨씬 더 간단했다. 그들은 악수를 하면서 다시 한 번 만날 것이고, 유감스럽게도 지금까지는 그렇지 않았지만 적어도 둘 중의 한 명은 자랑할 만한 무엇인가를 이룰 것이라고—대학생은 카를이, 카를은 대학생이 그럴 거라고—확신에 차서 말했다. 그리고 카를은 기분 좋게 손잡이를 잡고 수레를 대문 밖으로 밀었다. 대학생은 그들의 수레가 보이지 않을 때까지 수건을 흔들고 있었다. 카를은 가끔 고개를 돌려 고개를 끄덕여 인사를 했다. 브루넬다도 몸을 돌려 뒤를 보고 싶었지만 그것은 그녀에게는 너무 힘든 일이었다. 카를은 브루넬다가 마지막 작별 인사를 할 수 있도록 길모퉁이 지점에서 수레를 한 바퀴 돌렸다. 그래서 브루넬다도 대학생을 볼 수 있었고, 대학생은 이 기회에 더 크게 수건을 흔들어 보였다.

하지만 카를은 더 이상 지체할 수 없이 갈 길은 멀고 계획보다 훨씬 늦은 출발이었다. 실제로 벌써 여기저기에 수레들이 보였고, 아주 드물기는 하지만 일터로 가는 사람들도 보였다. 카를의 말은 사실을 말한 것이었지만, 브루넬다는 마음이 여려 그의 말을 달리 해석하고, 자신의 몸을 회색 천으로 덮어 감추었다. 카를은 브루넬다의 그런 행동에 대해 이의를 제기하지 않았다. 회색 천으로 덮인 손수레는 쉽게 눈에 띄었지만 브루넬다가 노출된 것보다는 그편이 나았다. 카를은 아주 조심하여 수레를 밀었는데 모퉁이를 돌기 전에 미리 다음 길을 살펴보았고, 더욱이 필요하다면 수레를 세워 두고 혼자서 몇 발짝 걸어가 보기도 했다. 유쾌하지 못한 만남이 예상되면 그는 기다려서 그런 만남을 피하거나 완전히 다른 길을 택했다. 그렇지만 그가 사전에 모든 가능한 길을 정확하게 조사해두었으므로 많이 우회할 위험은 없었다. 물론 항상 방해물이 나타날 수 있는 걱정은 있었지만 그런 것까지 미리 알 수는 없었다. 갑자기 훤히 트인 낮은 오르막길이 나타나서 멀리까지 보였고 다행히도 아무것도 거칠 것이 없었으므로 카를은 재빨리 지나갈 기회라고 생각하고 서둘렀는데, 경찰관 하나가 어느 대문 구석에서 나타나 천으로 그렇게 꼼꼼하게 덮은 수레는 무엇을 운반하는지를 물었다. 그리고 그가 카를을 엄한 눈초리로 바라보다가 천을 쳐들어 불안에 떠는 브루넬다의 상기된 얼굴을 보고는 웃지 않을 수 없었다.

"어떻게 된 건가? 여기에 감자 열 부대를 실었을 거라고 생각했는데. 계집 하나만 있잖아? 어디로 가는 건가? 자네들은 누군가?"라고 경찰관이 말했다.

카를은 경찰관들을 다루는 데에는 이미 충분한 경험이 있었고 전반적으로 이 사태가 그리 위험하지는 않다고 생각했다. 그러나 브루넬다는 경찰관을 쳐다보지도 못하고 카를만을 쳐다보면서 그도 자기를 구할 수 없을 지도 모른다는 의심에 사로잡혔다. "부인, 당신의 증명서를 보여주시오!" 경찰관이 말했다. "예, 보여드리지요." 하며 브루넬다가 말하면서 정말로 수상해 보일 만큼 절망적인 표정으로 찾기 시작했다.

"이분은 증명서를 못 찾을걸." 하고 경찰관이 비꼬아 말했다. "아,

예! 이분은 분명히 증명서를 갖고 있습니다. 어디에 두었는지 잊어버렸어요."라고 카를이 조용하게 말했다. 그리고 카를이 직접 찾기 시작해서 브루넬다의 등 뒤에서 증명서를 찾아냈다. 경찰관은 그 증명서를 슬쩍 보기만 했다. "이게 증명서로군. 이 분이 이런 사람이군? 젊은이, 자네가 알선과 운반을 맡은 건가? 더 나은 일을 할 수는 없겠나?" 경찰관이 미소를 지어보였다. 카를은 어깨를 으쓱했다. 경찰의 이런 참견은 너무나 흔한 일 아닌가. 경찰관은 카를의 대답이 없자 말했다. "자, 여행 잘 하시오!" 경찰관의 이 말은 분명 멸시하는 것이었으며 카를도 인사할 것 없이 수레를 밀었다.

경찰관의 멸시는 주의를 기울이는 것보다는 더 나은 것이다. 이 일이 있은 직후 카를은 더 곤란한 일에 직면했다. 그것은 사나이 하나가 카를에게 다가오고 있었는데, 그는 큰 우유 통을 실은 수레를 밀고 있었으며, 그는 카를의 수레에 덮인 회색 천속을 궁금해 했다.

그는 카를과 같은 길을 가지 않는 것이 분명함에도 카를이 갑작스럽게 방향 바꾸었음에도 불구하고 카를을 계속 따라왔다. 처음에 그는 "무거운 짐인 거 같은데." 또는 "짐이 잘못 실렸어. 위의 짐이 떨어지겠어. 그 속에 뭘 실었지. 뭐야?" 하며 큰 소리로 떠들어댔다. "네가 무슨 상관이야?" 카를이 대답했다. 그러나 이런 말이 그 사나이에게 더욱더 호기심을 유발했기 때문에 카를은 결국 '사과'라고 말했다. 그 사나이는 놀란 표정으로 웬 사과가 그렇게 많냐고 되물었다. 그런데 그는 똑같은 말을 되풀이하여 내뱉으면서 "이건 일 년 수확량이구면."이라고 말했다. 카를은 "그럼." 하고 말했다. 그러나 그 사나이는 카를의 말을 믿지 않았거나 카를을 화나게 할 속셈인지 수레를 밀면서 장난스럽게 천 쪽으로 손을 뻗어 천을 잡아당기려 했다. 카를은 브루넬다가 시달릴 것을 생각하여 그 사나이와 싸우고 싶지 않았다. 그래서 그는 가장 가까이에 열려 있는 대문이 목적지인 것처럼 쑥 들어갔다.

"동행해줘서 고마워. 여기까지." 카를이 말했다. 그 사나이는 놀란 표정으로 대문 앞에서 카를의 뒤를 쳐다보고 서 있었으므로 카를이 할 수 없이 처음 마주치는 마당을 조용히 가로질러 가기 시작하자, 그 사나이는 더 이상 의심할 여지가 없었지만, 마지막으로 짓궂은 장난을 하기 위해 자신의 수레를 세워두고 카를 쪽으로 살금살금 다가가서 브루넬다의 얼굴이 거의 드러날 정도로 천을 잡아당겼다. "네 사과가 숨을 쉬게 해주려고 말이야." 그가 말하면서 자기 수레 쪽으로 돌아갔다. 카를은 그 사나이의 행동을 그대로 두어야 사나이로부터 자유로울 수가 있기 때문에 그의 이런 짓도 꾹 참았다. 그리고 그는 커다란 빈 상자 몇 개가 쌓여 있는 마당 한쪽 구석으로 수레를 밀고 가서 천속에 숨은 브루넬다가 잠깐 마음을 가라앉히도록 해줄 생각이었는데, 오히려 그는 오랫동안 브루넬다를 달래야만 했다. 왜냐하면 그녀는 완전히 눈물범벅이 되어 카를에게 여기 숨어 있다가 밤이 되면 가자고 간절히 부탁했던 것이었다. 그는 그녀의 말이 얼마나 불합리한가를, 아마도 혼자서는 설득할 수 없었을 것이다. 그러나 빈 상자 건너편에서 누군가 상자 하나를 바닥에 던져 엄청난 소리가 났는데 그녀는 놀라 더 이상 말도 못하고 천을 덮었기 때문이었다. 카를이 지체 없이 출발했을 때는 오히려 기뻐했을 것이다.

거리는 점점 더 혼잡하고 분주해졌다. 그러나 카를이 우려했던 것만큼 수레가 눈길을 끌지는 않았지만 이런 식으로 운반을 다시 한다면 카를은 아마도 다른 시간대, 즉 점심때쯤을 택해 운반하는 것이 현명했을 것으로 생각했다. 그는 더 이상의 방해 없이 마침내 좁고 어두운 골목으로 들어왔다. 그 골목에 제25번 사업장이 있었는데, 관리인이 시계를 손에 들고 문 앞에서 노려보았다.

"이렇게 항상 시간을 어기나?" 하며 그가 물었다. "몇 가지 장애물의 방해를 받았어요." 카를이 대답했다. "그런 장애물은 항상 있지. 하지만 이 집에서는 장애물 따위 핑계는 필요 없어. 명심하게!" 관리인이 말했다.

누구나 자신의 사소한 권력마저 이용했고 자기보다 낮은 사람을 모욕했으며, 그러므로 카를은 이런 이야기에는 귀를 기울이지 않았다. 이런 것은 일단 익숙해지면 규칙적으로 치는 시계 소리 같은 것이다. 그보다 카를이 놀란 것은 수레를 현관에 댔을 때 그곳의 지저분함이었다. 물론 카를도 예상을 못한 것은 아니었으나, 좀 더 가까이서 보면 그것은 쉽게 설명될 수도 없는 지독한 것이었다. 현관의 돌바닥은 청소하여 거의 깨끗했고, 벽의 그림은 오래된 것도 아니었고, 그 곁의 인조 야자는 먼지가 약간 묻은 정도였으나, 그럼에도 불구하고 모든 것이 기름때로 찌들어 아주 역겨웠다. 모든 것은 처음부터 잘못되어 있고, 어떤 청결함도 이런 상황을 개선할 수는 없었다.

카를은 이런 곳에서나마 무엇이라도 더 나아질 수 있을까, 그리고

일을 시작하면 그 일이 끝없는 것일망정 즉각 일을 시작한다는 것이
얼마나 즐거운 일인가에 대해 기꺼이 생각했다. 하지만 카를은 지금
여기에서 무엇을 해야 할지를 몰랐다. 그는 천천히 수레의 브루넬다
가 쓰고 있는 천을 벗겨내었다.

　"부인, 환영합니다." 관리인은 어색하게 꾸민 말투로 말했다. 카를
이 흡족해하면서 지켜보았는데 브루넬다가 관리인에게 좋은 인상을
주고 있었다. 그것은 의심의 여지가 없는 사실이었다. 브루넬다는 이
런 사실을 곧 알아차렸으며 곧장 그것을 이용할 줄을 알고 있었다.
지난 몇 시간 동안의 모든 불안은 사라진 것이다.

아
메
리
카

# 오클라호마의 야외극장

카를은 어느 모퉁이에서 문구(文句)가 애매한 다음과 같은 벽보를 읽었다. '클레이튼 경마장에서 오클라호마 극장의 연기자를 채용함, 시간은 오늘 아침 여섯 시부터 자정까지. 오클라호마 대극장이 여러 분을 환영. 채용은 오늘 하루뿐. 천재일우의 호기를 놓치지 마시라! 장래의 성공을 꿈꾸는 자, 모름지기 우리에게로 오라! 인원 제한은 없음. 누구나 환영함. 예술가로 입신하길 꿈꾸는 자여, 어서 지원하라! 많은 인원을 적재적소에 채용하는 건 오직 우리 극장뿐임. 우리 극장의 일원이 되려는 자들에게 미리 축하를 보내노라. 자정까지 면접에 늦지 않도록……. 자정엔 문이 모조리 닫힐 것이며 한번 닫힌 문은 다시 열리지 않으리니. 우리를 믿지 않는 자들에게 저주가 있으라. 여러분들이여, 어서 클레이튼으로!'

벽보 앞엔 많은 사람들이 모여 있었으나 환영을 받지는 못하는 것 같았다. 벽보는 그 밖에도 많았으나 어느 누구도 그걸 믿으려 들지 않았다. 분명히 이 벽보는 다른 벽보에 비해 사기성이 농후해 보였다. 첫째로 중대한 결점은 보수에 대한 구절이 한 줄도 없다는 점이었다. 공개해도 좋을 만한 보수라면 벽보에 써서 대대적으로 과시했을 게 아닌가. 사람들의 가장 큰 관심사인 보수 건을 누락시킬 까닭은 없지 않은가. 예술가가 되겠다는 생각은 없더라도 자기 노동에 대한 보수는 받기 원하기 때문이다.

아 메 리 카

그런데 그 벽보 내용 속에 몹시 마음 끄는 조항이 있었다. '누구나 환영함'이란 대목이었다. 누구나라면 그 속엔 자신도 포함된다. 자신이 오늘날까지 한 일은 세상사람 모두가 잊고 있는 것이다. 이제 어느 누구도 자신의 과거를 두고 책망하거나 비난할 수는 없다.

그는 이젠 불명예스런 인간이 아니다. 아니, 도리어 공개적인 구인 광고에 당당하게 응모해도 아무 지장이 없다. 그리고 이 벽보엔 자기를 채용해 주겠노라는 공언까지 들어 있지 않은가.

그는 큰 것을 요구하지 않는다. 그가 요구하는 것은 오로지 착실하고 정직하게 살아갈 수 있는 생활 수단뿐이다. 어쩌면 여기에서 그것을 얻게 될지도 모른다. 벽보의 그럴 듯한 문구는 모두 거짓말이고 오클라호마 대극장이 실은 보잘것없는 유랑 극단일지라도 사람을 채용하겠다는 공언은 그 정도면 충분하다. 카를은 그 벽보를 또 읽지는 않았으나 '누구나 환영함'이란 문구는 다시 한 번 찾아 확인했다. 그는 처음엔 클레이튼까지 도보로 가려고 생각했으나 거기까진 아무리 서둘러 걷는다 해도 세 시간은 족히 걸릴 것이다. 고생을 하며 세 시간 안에 도착하더라도 빈자리가 하나도 없을지도 모른다. 물론 벽보 내용엔 채용 인원이 무제한이라고 했지만 구인 광고란 으레 그렇게 쓰는 법이니까.

카를은 취직을 단념하거나 아니면 차를 타고 갈 수밖에 없다고 생각했다. 가진 돈을 모두 털어 계산해 봤다. 지금 차를 타지 않는다면 일주일 생활비는 넉넉하게 될 것 같았다. 그는 돈을 손바닥에 올려놓고 이리저리 굴리고 있었다. 바로 이때 카를의 거동을 눈여겨보고 있던 신사 하나가 카를의 어깨를 툭 치면서 말했다. "클레이튼까지의 여행이 무사하길⋯⋯."

카를은 대꾸도 하지 않고 묵묵히 셈을 계속했다. 이윽고 그는 결심이 서자 필요한 여비만을 따로 들고 지하철을 향해 달리기 시작했다.

클레이튼 역에 내리는 순간 수많은 트럼펫 소리가 요란하게 들려왔다. 그것은 혼잡스런 소음이었다. 트럼펫 소리도 제각기였으며 그저 무턱대고 불고 있는 것에 불과했다. 그러나 이 소음이 카를의 기분을 결코 나쁘게 하거나 결심을 꺾지는 않았다. 도리어 오클라호마 극장이 대기업이라고 보증해 주는 듯했다. 그러나 그가 역사를 빠져나와 눈앞에 펼쳐진 극장 시설을 목격했을 때, 막연하게 상상하고 있던 것보다 규모가 엄청나게 크다는 것을 알았다. 그는 소위 유수한 기업이라고 불리는 사업체가 종업원을 채용할 목적으로 그 같은 낭비를 해야 하는 까닭을 알 수 없었다.

경마장으로 통하는 입구에는 가로로 길게 나지막한 무대가 가설되

어 있었다. 그 무대 위에는 수백 명의 여자들이 등에 커다란 날개 돋
친 백의를 걸쳐서 천사 차림으로 분장한 채 노랗게 빛나는 긴 트럼펫
을 불고 있었다. 그들이 모두 무대 위에 발을 딛고 서 있는 건 아니었
다. 제각기 받침대 위에 서 있는 것이었다. 그러나 그녀들이 밟고 서
있는 받침대는 보이지 않았다. 천사의 옷자락이 산들바람에 나부끼
면서 그 받침대들을 완전히 가리고 있었기 때문이었다. 받침대는 거
의 2미터 가까이 높은 것이어서 여자들은 거대해 보였다. 다만 여자
들의 작은 얼굴은 거대한 모습에 비해 다소 왜소해 보였으며 풀어헤
친 머리가 몹시 짧은 데다 커다란 날개 사이로 빠져나와 옆구리에 걸
쳐 늘어져 있어 웃음이 나올 만큼 꼴불견이었다. 받침대는 단조로움
을 피하기 위한 듯 다양한 높이로 되어 있었기 때문에 형편없이 낮은
여자가 있는가 하면 돌풍이 불면 위험할 만큼 높이 올라선 여자도 있
었다. 이런 여자들이 각자 혼신의 힘을 다해 나팔을 마구 불고 있는
것이었다.

청중은 그리 많지 않았다. 무대의 여자들에 비해 몹시 작아 보이는
열 명 정도의 젊은이들이 무대 앞을 오락가락하며 여자들을 올려다
보고 있었다. 그들은 무대의 여자들을 향해 손가락질을 하기도 하고
뭔가 떠들기도 했으나 그 안으로 들어가 일자리를 달라고 부탁하고
싶어 하는 것 같진 않았다.

그 가운데 중년 남자 하나가 눈을 끌었다. 그는 그들과 조금 떨어져
서 있었다. 그는 부인과 유모차에 태운 젖먹이를 데리고 있었다. 그
의 부인은 한 손으론 유모차를 잡고 또 한 손은 남편 어깨에 얹고 몸

을 내맡기다시피 기대서 있었다. 그들은 눈앞의 광경에 경탄하기는
했으나 실망을 느끼고 있는 듯했다. 일자리를 얻을 수 있을까 하는
기대 속에서 찾아왔으나 이 트럼펫 연주에 정신이 혼미한 것 같기도
했다. 카를도 그들과 같은 상태였다. 카를은 그 중년 남자 곁으로 다
가섰다. 잠시 트럼펫 연주 소리에 귀를 기울이곤 그에게 물었다.

"오클라호마 극장의 종업원 채용 장소가 여깁니까?"

"나도 그렇게 알고 있습니다만." 하고 남자가 말했다.

"나는 벌써 여기서 한 시간이나 기다렸지만 들리는 건 그저 트럼펫
소리뿐 벽보도 없고 안내자도 나타나지 않는군요. 안내자 비슷한 사
람도 얼씬하지 않는단 말입니다."

카를은 말했다. "혹 더 많은 인원이 모일 때까지 기다리는 게 아닐
까요? 현재는 사람들이 별로 모이지 않았으니 말입니다."

"혹 그럴지도 모르겠군요." 하고 사내가 말했다. 둘은 입을 다물었
다. 이 트럼펫의 소음 속에서 이야기를 알아듣기란 어려운 일이었다.
그때 그 남자의 부인이 남편에게 무엇인가 속삭였다. 남편이 고개를
끄덕거려 보이자 그녀는 카를을 불렀다.

"이러면 어떨까요. 경마장 안에 들어가서 종업원 채용 장소가 어
딘지 알아 와 주실 수 없을까요?"

"좋습니다." 카를이 기세 좋게 대답했다. "그러나 무대 위로 올라
가 천사들 사이를 빠져나가지 않으면 안 되겠군요."

"그것은 어렵겠군요." 하고 그녀가 말했다.

카를이라면 별 탈 없이 갈 수 있으리라고 생각하면서 남편을 보내

고 싶진 않았던 것이다.

"아니오. 가 보겠습니다. 다녀오겠습니다." 카를이 말했다.

"정말 친절하신 분이군요." 부부가 카를의 손을 잡았다.

카를이 무대 위로 오르자 무대 앞을 서성거리던 젊은이들의 일행이 카를을 가까이에서 보려고 우르르 달려왔다. 여자들이 한결 소리 높이 연주하는 것으로 보아 최초의 구직자를 환영하는 것처럼 들렸다. 카를이 차례차례 받침대 사이를 누비고 들어서자 그 길목에 있는 여자들은 트럼펫을 입에서 떼고 몸을 옆으로 돌리면서까지 그의 모습을 눈으로 쫓기도 했다. 카를은 무대 건너편 끝에서 서성거리고 있는 남자를 발견했다.

아메리카

그는 분명 필요한 정보를 전해 주려고 구직자들이 나타나기를 기다리고 있는 것 같았다. 카를이 그에게 다가서려 했을 때 머리 위에서 자기 이름을 부르는 소리가 들려왔다.

"카를." 웬 천사가 부르고 있었다. 카를은 눈을 들어 바라보다가 놀라움과 반가움에 웃음을 터뜨리고 말았다. 그녀는 파니였다.

"파니!" 그는 손을 들어 보였다.

"이쪽으로 와." 파니가 소리쳤다. "내 옆을 모른 체하고 지나가기야?" 하고 말한 그녀가 하얀 천사 옷을 펼쳤기 때문에 받침대와 그 위로 뻗은 폭 좁은 계단이 드러나 보였다.

"올라가도 괜찮아?" 하고 카를이 물었다.

"우리가 악수하면 안 되는 법이라도 있어?" 하고 말한 그녀는 누군가 두 사람이 악수하지 못하게 하려고 달려오기라도 하는 듯 긴장된 표정으로 사방을 둘러보았다. 이때 카를은 이미 받침대 위에 뻗은 계단으로 뛰어 오르고 있었다.

"천천히 올라와." 파니가 소리쳤다.

"받침대와 함께 우리 둘이 모두 떨어지고 말 거야."

그러나 다행히 아무 일도 일어나지 않았다. 카를은 탈 없이 받침대 위까지 올라갔다.

"어때?" 인사가 끝나자 그녀가 말했다.

"이젠 내가 어떤 직장에서 일하고 있는지 알았지?"

"정말 멋지군." 카를은 말하고 주위를 둘러보았다. 근처 여자들은 모두 카를을 바라보면서 피식피식 웃었다. "네가 제일 높구나." 이렇게 말한 카를은 다른 여자들의 높이를 재려고 팔을 쑥 뻗쳤다.

"네가 역에서 나오는 순간 바로 너란 걸 알았어." 하고 파니가 말했다. "그런데 내가 이렇게 맨 뒷줄에 있으니까 넌 나를 보지 못하더라. 난 소리칠 수도 없었어. 그래서 아주 세게 힘을 들여 나팔을 불었지만 넌 전혀 알아차리지 못하고."

"모두 서툴기 짝이 없는 연주야." 카를이 말했다.

"내가 한번 불어 볼까?"

"좋아." 파니는 그에게 트럼펫을 건네주었다.

"하지만 우리들의 합주를 엉망으로 만들어서는 안 돼. 알겠어? 그런 짓을 하면 난 해고야."

카를은 트럼펫을 불기 시작했다. 그는 처음엔 단순한 소리만 나는 값싼 트럼펫으로 생각했으나 불어보고 나서는 어떤 미묘한 음색도 표현할 수 있는 꽤 쓸 만한 악기임을 알았다. 여자들이 들고 있는 악기가 모두 같은 것이라면 이거야말로 아까운 일이구나, 하고 생각했다. 카를은 주위의 소음은 신경 쓰지 않고 어딘가 술집에서 들은 적이 있는 가곡을 소리 높이 불렀다. 그는 이 장소에서 옛 여자 친구를 만났을 뿐만 아니라 구직자 중 누구보다 먼저 트럼펫을 불었다는 생각이 들자 곧 좋은 일자리를 얻을 수 있을 것만 같아 기쁘기 짝이 없었다.

여자들은 대부분 연주를 멈추고 카를의 트럼펫 소리를 듣고 있었다. 그가 갑자기 연주를 중지했을 땐 반이 조금 넘는 여자들만이 소리를 내고 있을 뿐이었다. 이윽고 제정신을 찾은 듯 다시 처음 소음이 되살아나기 시작했다.

"넌 틀림없는 예술가야." 파니는 카를한테서 트럼펫을 돌려받으며 말했다. "트럼펫 주자로 채용해 달라고 해."

"남자도 채용할까?"

"그럼." 파니가 말을 계속했다.

"우리는 두 시간 동안 불어. 그 후엔 악마 복장의 남자들과 교대하거든. 그들 가운데 반은 트럼펫이고 나머지는 드럼이야. 무대 장치는 많은 돈을 들여 꾸몄기 때문에 무척 아름다워. 우리 의상도 예쁘지? 그리고 이 날개는 어때?" 그녀는 자기 옷을 내려다보았다.

"이봐, 파니." 카를이 물었다. "나 같은 사람도 여기서 채용해 줄까?"

"그건 틀림없어." 하고 파니는 말했다. 그리고 말을 이었다.

"여긴 세계 최대의 극단이야. 우리가 서로 다시 만나다니 운이 좋군. 물론 네가 어떤 일자리를 얻게 될지 그게 문제이긴 하지만 말이야. 이렇게 큰 곳은 같은 직장에 있으면서도 서로 만나지 못하는 경우도 있거든."

"정말 그렇게 규모가 크니?"

"세계에서 제일 큰 극장이야." 하고 파니는 되풀이했다. "내 눈으로 직접 보진 못했지만 여기서 일한 적이 있는 친구들이 말해 주었어. 끝이 없다고 말이야."

"그건 그렇지만 지원자 수가 너무 적은 것 같아." 하고 카를은 젊은 이들과 중년 남자의 가족을 가리켰다.

"정말 그렇군." 하고 파니가 말했다. "하지만 우리 여자 악대 인원은 여러 도시에서 채용하고 있어. 모집 담당원이 쉴 새 없이 여행을 계속하면서 채용한다고 들었어. 그리고 그런 모집 담당원은 하나 둘도 아니고 많대."

"극장은 아직 문을 안 열었니?"

"그렇지 않아." 하고 파니가 말했다. "오래된 전통 있는 극단인데 나날이 규모가 커져 가고 있어."

"그런데……." 하고 카를이 말했다. "도무지 응모자들이 모이지 않는 건 무슨 까닭이지? 이상하지 않니?"

"그러고 보니……." 하고 파니가 말했다. "좀 이상하군."

"혹시 천사니 악마니 하고 호화판으로 돈을 낭비하는 것에 응모자들이 마음이 끌리기는커녕 도리어 두려움을 느끼는 게 아닐까?"

"어머, 너는 역시 관점이 다르구나. 하지만 그렇다는 것을 어떻게 확실히 알 수 있겠어?" 하고 파니가 말했다. "어쩌면 그 말이 맞는지도 몰라. 단장을 만나 그 의견을 말해 봐. 혹 네 충고가 단장에게 도움이 될지도 모르니까."

"단장은 어디에 있지?"

"경마장 안쪽 심판대에 있을 거야."

"그리고 또 하나 이해할 수 없는 점이 있어. 왜 경마장에서 종업원을 채용하는 걸까?"

"그건……, 우리는 어디를 가든 많은 사람들이 몰려들 것에 대비해서 최대한 준비를 하고 있어. 경마장은 넓어서 이런 일을 하기엔 안성맞춤이거든. 그리고 마권을 파는 거의 모든 부스에 채용 사무소가 설치되어 있어. 내가 알기론 이런 사무소가 이백 개가 넘는다고 알고 있어."

"아무튼 오클라호마 극장이 그 많은 사무소를 유지할 수 있을 만한 거액의 수입이 있는 걸까?"

"그런 점은 내가 알 바 아냐." 하고 파니가 말했다.

"그건 그렇고, 어서 서둘러. 카를, 무슨 일이 있어도 기회를 놓쳐선 안 돼. 난 다시 불어야 해. 무슨 수를 써서라도 나와 같은 자리에서 일할 수 있도록 노력해 봐. 그리고 결정되면 즉시 나한테 알려 줘. 불안해하며 소식을 기다릴 내 기분도 생각해서 말이야."

그녀는 손을 내밀어 악수를 했다. 그러고는 받침대에서 내려갈 때 조심하라고 이르고는 다시 트럼펫을 입에 댔으나 카를이 무사히 무대에 내려서는 것을 확인할 때까진 불지 않았다.

카를은 무대에 내려서서 파니의 하얀 옷자락을 다시 계단 위에 펼쳐 놓아 주었다. 파니가 감사의 표시로 끄덕이는 것을 보고 그 자리를 떠나면서 그는 방금 들은 이야기의 내용을 여러 방면으로 검토했다. 그가 앞서 본 남자를 향해 걸어가자 그 남자는 카를이 파니의 받침대에 올라섰을 때부터 보고 있었던지 이미 받침대 가까이까지 다가와서 그를 기다리고 있었다.

"입단을 원하십니까?" 하고 물었다.

"나는 이 팀의 인사부장입니다. 잘 오셨습니다." 남자는 예의상 그러는 것이겠지만 몇 번이고 몸을 굽히며 공손한 자세로 서서 그 자리를 떠나지 않았다. 춤추듯 음악에 발을 맞춰 흔들며 시곗줄을 만지작거렸다.

"감사합니다." 하고 카를이 말했다.

"벽보를 보고 찾아왔어요. 벽보 문구대로 지원합니다."

"정말 훌륭하십니다." 그 사내는 칭찬하는 어투로 말을 계속했다. "유감스럽게도 이 지방 사람들은 당신처럼 훌륭한 태도로 응해 주지 않는군요."

카를은 선전이 지나치게 대규모여서 도리어 허황된 느낌을 주기 때문이 아니냐고 충고하고 싶었으나 그만두기로 했다. 이 남자가 단장이 아니기 때문이었다. 그리고 아직 채용 여부가 결정되지도 않은 처지에 너무 성급하다고 생각했기 때문이기도 했다. 그래서 이런 말을 하는 것으로 끝맺었다.

"저 무대 밖에 또 한 사람 지원자가 기다리고 있습니다. 저는 그분의 부탁으로 한 발 앞서 온 것뿐입니다. 그분을 모셔 올까요?"

"좋습니다." 하고 그 사내가 대꾸했다. "어쨌든 많이만 데리고 와 주십시오. 많으면 많을수록 더 좋습니다."

"그런데 그분은 부인과 아기를 데리고 있는데 그들 모두를 데리고 와도 괜찮겠습니까?"

"물론입니다." 하고 말한 남자는 카를이 미심쩍어 하는 것을 비웃는 것 같았다.

"우리는 누구든 가리지 않고 채용합니다."

"그럼 곧 돌아오겠습니다." 하는 말을 남기고 카를은 곧 무대 끝으로 달려갔다. 그리곤 부부를 손짓으로 불러 빨리 오라고 소리쳤다. 그들이 달려오는 것을 기다려 유모차를 무대 위로 끌어올리는 것을 도와줬다. 일동은 나란히 안으로 들어갔다. 이 광경을 보고 있던 젊은이들이 무엇인가 서로 의논을 주고받더니 천천히 손을 호주머니에 찌른 채, 끝까지 주저하는 빛을 보이면서 마음 내키지 않는다는 듯 무대 위로 올라왔다. 일단 올라서자 바로 카를과 중년 남자 가족의 뒤를 따르기 시작했다. 마침 이 무렵 지하철역에 새로 열차가 도착한 듯, 역시 밖으로 걸어 나온 승객들이 천사가 줄지어 늘어선 무대를 보고 경탄한 나머지 팔을 높이 들고 있었다. 아무튼 이때부터 구직자들이 속속 몰려들기 시작하는 것 같았다.

카를은 맨 먼저 달려온 것이 매우 기뻤다. 부부는 지레 겁을 먹은 듯 카를에게 이것저것 묻는 것이었다. 카를 자신도 확실한 것을 알 수는 없으나 누구든 예외 없이 채용할 것 같은 인상을 받은 것만은 분명하니 안심해도 좋을 것이라고 말했다.

인사부장이 마중 나와 있었다. 그는 많은 사람들이 몰려온 것을 보더니 몹시 만족스러운 듯 기뻐했다. 손을 비비며 한 사람 한 사람에게 일일이 고개를 숙여 보이곤 한 줄로 서게 했다. 선두는 카를이었고 그 뒤로 부부가 섰으며 젊은이들은 그 뒤에 줄을 지어 섰다. 일동이 정렬을 마치자 젊은이들이 서로 앞에 서려고 혼잡을 일으키고 있었기에 그것이 진정되기까지는 꽤 시간이 걸렸다. 인사부장이 트럼펫 소리가 끊긴 틈을 타서 말했다. "오클라호마 극장의 이름으로 여러분을 환영합니다. 더구나 일찍 오신 여러분에게 더욱 감사를 드립니다." 말은 일찍이라고 했으나 실은 거의 정오에 가까웠다. "아직은 혼잡하지 않기 때문에 여러분의 채용 수속은 간단히 끝날 것입니다. 여러분은 모두 신분증명서를 가지고 계시겠죠?"

젊은이들은 곧 호주머니에서 서류를 꺼내들고 인사부장에게 흔들어 보였다.

이 부부는 남편이 부인을 손가락으로 찌르자 부인이 유모차의 깃털이불 밑에서 서류 뭉치를 꺼냈다. 카를로 말하자면 아무런 서류 부스러기마저 있을 까닭이 없었다. 혹 이것이 채용에 지장을 주는 것은 아닐까?

그러나 카를은 곧 그런 규정은 적당히 둘러서 쉽게 벗어날 수 있다는 것을 경험으로 알고 있었기에 마음을 놓았다. 카를의 이런 생각은 다르지 않았다. 인사부장은 줄지어 서 있는 사람들을 죽 훑어보곤 모두 서류를 지니고 있는 것으로 처리해 버렸기 때문이다. 카를 역시 비록 서류는 없었으니 빈손을 들고 있었기 때문에 인사부장은 카를의 손에도 서류가 들려 있는 것으로 믿었던 것이다.

"좋습니다." 인사부장은 이렇게 말하곤 자기 서류를 어서 봐 달라고 재촉하는 젊은이들을 손짓으로 제지했다. "이제 됐습니다. 서류는 이제부터 채용 사무소에서 직접 자세히 검토할 겁니다. 이미 벽보에서 읽으신 것처럼 우리는 누구든 빠짐없이 채용합니다. 그러나 여러분이 자신의 지식을 충분히 활용할 수 있도록, 그리고 적재적소에 배치하기 위해 여러분이 전에 어떤 직업에 종사하셨는지를 알아야 합니다."

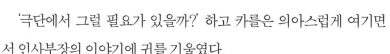

아메리카

'극단에서 그럴 필요가 있을까?' 하고 카를은 의아스럽게 여기면서 인사부장의 이야기에 귀를 기울였다.

"그러기 위해 우리는……." 하고 인사부장은 말을 계속했다. "마권 매표소에 채용 사무소를 설치했습니다. 각각 직업별로 사무소가 따로 설치돼 있습니다. 우선 각자의 직업을 말해 주십시오. 가족 되시는 분은 대개의 경우 가장인 분을 따라 채용 사무소에 같이 가시도록 돼 있습니다. 그럼 제가 여러분을 각각 해당 사무소로 안내하겠습니다. 그곳에 가셔서 여러분이 소지하신 서류와 전문지식을 검사받으시면 되는 겁니다. 극히 간단한 검사이므로 그리 염려하실 것은 없습니다. 검사가 끝나는 즉시 여러분은 채용됩니다. 그리고 근무에 대한 상세한 지시를 받게 될 겁니다. 그럼 시작할까요? 저기 보이는 첫 번째 사무소는 표지판에 써져 있는 거처럼 엔지니어를 채용하는 곳입니다. 여러분 중에 엔지니어는 안 계십니까?"

카를이 손들고 나섰다. 그는 서류가 없는 이상 모든 수속을 재빨리 마치는 것이 상책이라고 생각했기 때문이었다. 자신이 기사임을 주장하고 나설 자격이 전혀 없는 것은 아니었다. 그는 기사가 되려고 결심한 적이 있었기 때문이다. 카를이 앞장서서 나서자 다른 젊은이들도 시기심에서인지 우르르 앞으로 나섰다.

인사부장은 발돋움을 하고 젊은이들을 바라보곤 말했다. "당신들 모두가 엔지니어란 말입니까?"

그러자 손을 들었던 젊은이들이 천천히 손을 내렸다. 그들과는 달리 카를은 엔지니어라는 최초의 주장을 끝까지 굽히지 않았다. 인사부장의 눈엔 카를이 엔지니어라고 하기엔 너무나 옷차림이 초라하고 또 어려 보였으므로, 미심쩍은 눈으로 한동안 바라보았으나 그것뿐 별다른 말을 하지 않았다. 혹 감사의 표시인지도 모른다고 카를은 생각했다. 적어도 카를의 생각으로는 응모자들을 인솔해 왔기 때문이라고 생각한 것이다. 인사부장은 호의적인 미소를 보내면서 첫 사무소를 가리켰다. 카를이 그리로 걸어가자 인사부장은 다시 나머지 사람들을 향해 서 있었다.

기사를 접수하는 사무소에는 네모난 책상에 직각으로 마주앉은 두 사내가 책상 위에 있는 두 권의 두툼한 명부를 대조하고 있었다. 한 사내가 이름을 부르면 다른 사내는 호명된 자 이름 밑에 줄을 긋고 있었다. 카를이 인사를 하기 위해서 두 사람 앞으로 다가가자 그들은 즉각 대조 작업을 중지하고 명부를 한편으로 밀어붙인 후 다른 장부를 꺼내 폈다.

한 사내 분명히 서기로 보이는 자가 말했다. "신분증명서를 보여 주실까요?"

"없는데 어떻게 할까요."

"없다고 하는군." 하고 서기는 다른 사내에게 말하곤 카를의 대답을 장부에 기록했다.

"당신이 엔지니어입니까?" 하고 그 사무국의 주임으로 보이는 사내가 물었다.

"아직 엔지니어가 되진 못했습니다." 카를이 빠른 말로 대답했다. "그렇지만……."

"그만, 됐습니다." 상대는 카를보다도 더 빠른 말로 말했다. "그렇다면 당신은 우리 담당이 아닙니다. 밖의 안내문을 잘 읽어 주시지요." 카를은 이를 악물었다. 상대는 카를의 이 행동을 알아차렸는지 "낙심할 건 없습니다. 우리는 누구든 모두 채용하니까요." 하고 말했다. 그리고 주임은 할 일 없이 울타리 사이를 서성거리고 있는 사환 하나를 손짓으로 불렀다.

"이분을 기술자들만 취급하는 사무소로 안내해."라고 명령했다.

사환은 그 명령을 충실히 받아들이는 듯 카를의 손을 잡았다. 두 사람은 마권 매표소를 여러 군데 지나갔다. 어느 매표소에서 채용이 결정된 젊은이 하나가 그곳 관계 직원들의 손을 잡고 감사해 하고 있는 장면도 보였다. 카를이 이번에 찾아간 사무소 역시 예상대로 수속절차는 처음 사무소와 비슷했다. 여기선 카를이 중학교를 졸업했다고 밝혔기 때문에 다시 중학교 출신자를 취급하는 사무소로 가라는 안

아
메
리
카

내를 들었을 뿐이었다. 그러나 새로 찾아간 그곳에서도 유럽에서 중학교를 나왔다고 대답하자 역시 소관 밖이라고 하는 것이었다. 카를은 다시 유럽 중학교 출신자 취급 사무소로 안내되었다. 이 사무소는 수많은 매표소 중에서도 맨 끝에 자리 잡고 있었으며 어느 매표소보다 협소하고 낮기까지 했다. 그를 여기까지 안내해 준 사환은 안내하느라 너무 많은 시간을 허비한 데다 가는 곳마다 번번이 거절당했기 때문에 화를 내고 있었다. 사환 입장에서 생각해 보면 결과가 이렇게 된 원인은 모두 카를에게 있음에 틀림없었다. 사환은 문답이 채 끝나기도 전에 화를 내며 총총히 사라졌다. 이 사무소야말로 카를에겐 마지막 피난처였는지도 모른다.

카를은 이 사무소의 주임을 보고 하마터면 뒤로 넘어질 뻔했다. 본국의 기술학교에서 교편을 잡고 있던 교수와 모습이 너무나도 흡사했기 때문이었다. 물론 바로 알게 되었지만 두 사람이 흡사한 것은 몇 가지 점뿐이었다. 아무튼 안경을 주먹코 위에 걸친 점, 뺨과 턱까지 자란 금발의 수염을 진열품처럼 정성들여 손질한 점 등이 어느 정도 굽어보이는 점, 음성이 터무니없이 높은 점에 이르기까지 닮은 부분이 너무나도 많았다. 다행히도 여기에선 그리 크게 조심할 필요는 없었다. 다른 사무소보다는 간단하게 일이 진행되었기 때문이었다.

물론 여기에서도 신분증명서 불소지자는 체크 대상이 되었다. 조심성이 없다고 주임으로부터 이해할 수 없는 꾸지람을 듣긴 했으나 여기에선 사무 전반을 담당한 서기가 대수롭지 않게 넘겨 버리고 주임이 두서너 가지 간단한 질문만을 던졌다. 바야흐로 본격적인 질문

을 시작하려는 순간 서기가 카를에게 채용 확정을 선언했다. 주임은
어이가 없는지 입을 딱 벌리고 서기를 돌아보았으나 서기는 문답 종
료를 손짓으로 해 보이고 "채용."이라고 말하더니 이 결정 사항을 장
부에 기록했다. 서기는 유럽의 중학교를 졸업했다는 사실 자체가 불
명예스런 일인 이상 본인에게 더 물을 것도 없이 불명예스런 사항을
솔직히 밝히고 있는 응모자의 주장을 그대로 받아들이는 것이 좋을
거라고 생각하고 있는 것 같았다. 카를로서는 서기의 그런 의견에 특
별히 항변하고 싶지는 않았다.

아
메
리
카

그는 서기에게 다가가 감사하다는 표시를 하려 했다. 그때 그가 이
름을 물었다. 카를은 당황했다. 바로 대답할 수가 없었다. 본명이 기
록에 남는 것에 공포 비슷한 생각을 가졌기 때문이었다. 여기에선 아
무리 하찮은 자리라도 괜찮으니 일자리를 얻어 만족스럽게 직책을
수행한 다음에 자신의 이름을 밝히는 것이 좋겠다고 생각했다. 지금
은 말할 수 없다고 생각하고 꽤 오랫동안 입을 열지 않았다. 일이 이
렇게 되고 보니 이젠 본명을 밝히려 해도 밝힐 수 없게 되고 말았다.
그는 갑자기 딴 이름이 생각나지 않기에 최근의 직장에서 불리던 이
름을 쓰기로 했다.

"니그로라 합니다."

"아니, 니그로라니?" 주임은 카를을 돌아보곤 인상을 찌푸렸다.
카를이 수상하기 짝이 없다고 말하고 싶은 그런 태도였다. 서기도 이
젠 카를을 미심쩍은 눈길로 바라보기 시작했다. 그러나 한동안 그렇
게 바라보더니 이윽고 "니그로." 하고 또 한 번 중얼거리곤 장부에 그

대로 기입했다.

"자네, 설마 니그로라고 기입하진 않았겠지?" 주임이 서기한테 고함쳤다.

"아닙니다. 니그로로 기입했습니다." 하고 서기는 침착하게 말하며 주임에게 다음 절차를 재촉하듯 손짓을 했다. 그러자 주임도 겨우 기분을 돌리곤 일어서서 말했다. "즉 당신은 오클라호마 극장의……." 그러나 이 이상의 말을 하지 않았다. 그는 자기 양심을 속일 수는 없다고 생각했으리라. 그는 다시 앉았다. 그리고 말했다. "이 자 이름은 니그로가 아냐!"

서기는 눈썹을 치켜세우곤 이번엔 자기가 직접 일어나 말했다. "그럼 주임 대신 내가 말하겠소. 당신은 이 오클라호마 극장의 직원으로 채용됐소. 지금부터 우리의 단장을 소개하겠소."

또다시 사환이 불려 오고 카를은 사환의 안내로 심판석으로 갔다. 아까 그 중년 남자와 부인이 계단을 내려오고 있었다. 부인은 팔에 아기를 안고 있었다.

"채용됐소?" 하고 남자가 카를에게 물었다. 그는 앞서보다 활기차 보였다. 그 부인 역시 남편 어깨 너머로 웃으며 이쪽을 바라보고 있었다. 카를은 방금 채용이 결정되어 단장에게 인사하러 가는 길이라고 말해 주었다. 그러자 남편은 "축하합니다. 우리도 채용이 결정됐어요. 꽤 규모가 큰 기업 같아요. 물론 처음 얼마간은 모든 게 낯설어 고생하겠지만 그거야 어디를 가나 마찬가지거든요." 하고 말했다. 서로에게 "안녕히 가세요." 하면서 카를은 심판대 쪽으로 발을 옮겼다.

그는 천천히 올라갔다. 층계가 끝나는 좁은 공간엔 사람들이 북적거리고 있었다. 그는 그 무리들 속에 억지로 끼어들고 싶지 않았다. 그는 한동안 발을 멈추고 사방으로 널찍한 경마장을 둘러보았다. 경마장은 저 멀리 숲에까지 잇닿아 있었다. 문득 그는 경마 구경을 했으면 하는 생각이 들었다. 그는 미국으로 건너온 이후 아직까지 그런 기회를 갖지 못했었다. 유럽에선 어렸을 때 꼭 한 번 경마 구경을 한 적이 있었으나 지금은 어머니 손에 끌려 길을 양보하지 않던 군중 틈을 빠져나가던 것밖엔 기억에 남지 않았다. 그래서 아직까지 경마는 한 번도 구경하지 못한 셈이다.

이런 생각에 잠겨 있는데 갑자기 등 뒤에서 기계가 움직이는 소리가 들렸다. 그는 뒤돌아봤다. 경마가 있을 경우 우승마의 이름이 게시되는 장치에 방금 다음과 같은 문구가 표시되고 있었다. '처자 동반, 영업직 카를라' 즉 채용자의 이름이 각 사무소 창구로 전달되고 있는 것이었다.

마침 이때 서너 명의 사내들이 연필과 메모지를 들고 웃고 떠들며 계단을 내려오고 있었다. 카를은 난간에 몸을 붙여 그들에게 길을 내주고 난 뒤 계단을 오르기 시작했다. 나무 난간을 둘러친 높은 단(壇)은 전체가 평평하고 가늘고 긴 지붕처럼 보였다. 그곳에 남자 한 사람이 등을 난간에 기댄 채 양팔을 쭉 뻗고 앉아 있었다. '오클라호마 극장 제10선전팀 채용단장'이라고 쓴 폭넓은 하얀 명주 띠가 그 사내의 가슴팍에 비스듬히 둘러져 있었다. 바로 옆의 책상에는 경마할 때 사용되는 것으로 보이는 전화가 놓여 있었다. 단장은 이 전화를 통해 접견 전에 개개의 응모자에 관한 자료를 검토하고 있는 것 같았다. 왜냐하면 단장이 카를한테 질문을 시작하기 전에 단장 옆에서 발을 꼬고 앉아 팔로 턱을 괴고 있는 남자에게 "니그로, 유럽에서 중학교 졸업." 하고 말했기 때문이었다.

단장은 이것으로 깊숙이 머리를 숙이고 있는 카를에 대해 자기가 해야 할 일은 끝났다는 듯이 카를의 뒤를 따라 올라오는 자를 접견하기 위해 계단을 내려다보았다. 그러나 아무도 뒤따라 올라오는 자가 없음을 알자 그는 다른 또 한 사람의 남자와 카를이 주고받는 대화에 귀를 기울이는 듯했다. 그러나 태반은 경마장 쪽에 시선을 고정시킨 채 손가락 끝으로 난간을 톡톡 튕기고 있었다. 카를은 질문과 대답에 정신을 빼앗기고 있긴 했으나 단장의 날렵하게 움직이는 손가락을 자꾸 바라보고 있었다.

"당신은 실업자였군요." 하고 상대가 물었다. 그가 던진 여러 질문은 모두가 간단하고 전혀 악의가 없는 것들이었다. 더욱이 카를의 대답을 다시 확인하지도 않았다. 그런데 그 사내는 눈을 부릅뜨고 질문을 계속했다. 상반신을 앞으로 굽히고 그 질문의 효과를 관찰하는 듯했다. 거의 가슴에 묻힐 만큼 머리를 숙이고 있는 카를의 대답을 듣기도 하고 때로는 한층 소리 높여 카를의 대답을 받아 되풀이하기도 했다. 한마디로 자신의 질문에 특별한 의미를 부여하는 요령을 알고 있었다.

그의 이런 질문이 이따금 어떤 의미를 갖는지 분명하지 않을 때도 있었다. 그러나 어떤 의미가 내포되어 있다고 예감하는 것만으로도 대답하는 쪽은 조심스러워지고 기가 꺾이지 않을 수가 없었다. 때문에 카를 역시 이미 해 버린 대답을 취소하고 좀 더 그의 마음에 들도록 대답을 고쳐 했으면 하는 충동을 느낀 것이 한두 번이 아니었다. 그럴 때마다 그는 최대한으로 자제했다. 이런 경우 마음의 동요가 상대에게 어떤 좋지 못한 인상을 주게 될 것인지, 그리고 대답의 효과를 얼마나 심각하고 바람직하지 못한 것으로 만들 것인지를 그는 잘 알고 있었기 때문이었다. 그리고 채용이 거의 확정적일 것이라는 생각이 그를 한결 상냥하고 조심스럽게 만드는 원인이었음은 말할 나위도 없었다.

아메리카

그는 실업자였느냐는 질문에 "예." 하고 간단히 대답했다.

그러자 상대가 또 물었다.

"최근에는 어느 직장에서 일을 했죠?"

카를이 막 대답을 하려고 하는 순간 상대는 집게손가락을 들고 또 한 번 물었다.

"최근 말입니다."

카를도 방금 그 질문의 의미 정도는 잘 알고 있었다. 그래서 상대가 뒤에 덧붙인 말은 쓸데없는 질문이라는 듯이 저도 모르게 머리를 흔들어 묵살하고선 대답했다.

"사무소였습니다."

여기까진 진실이었다. 그러나 만약 여기서 상대가 그 사무소의 성격에 대한 자세한 설명을 요구한다면 카를로선 거짓말을 할 수밖에 없었다. 그러나 상대는 요구하지 않았다. 뿐만 아니라 도리어 모든 것을 사실 그대로 솔직하게 대답할 수 있는 질문을 했다.

"그 직장에서는 불만 없이 일했습니까?"

"아닙니다." 하고 카를은 거의 상대의 말을 가로막듯이 말했다. 카를은 힐끔 곁눈질로 대장의 표정을 살폈다. 그는 냉소하고 있었다. 카를은 조금 전 자신의 대답이 경솔했다고 생각하며 후회했다. 그러나 실제로 그는 불만투성이였다고 소리치고 싶은 충동을 억제할 수 없었던 것이다. 그곳에 일하는 동안 그는 누구든 다른 직장의 경영자가 나타나서 자기에게 이 질문을 던져 주길 목이 타게 바라고 있었기 때문이었다. 아무튼 자신의 이 대답은 경우에 따라선 뜻하지 않은 불리한 결과를 초래하게 될지도 모른다. 상대가 이 대답을 듣고 어떤 점이 불만이었느냐고 물을 수도 있기 때문이었다.

그러나 다행히도 상대는 이 질문은 하지 않았다. 그리고 다음과 같이 물었다.

"자신은 어떤 일에 적성이 맞는다고 생각합니까?"

이 질문엔 뜻하지 않은 함정이 숨어 있을지도 모른다. 이미 자신을 연기자로 채용했다면 굳이 이런 질문을 할 필요가 없잖은가. 카를은 자신의 적성이 무엇인가쯤은 잘 알고 있는 터였다. 어쨌든 자기가 특히 연기자로서 자질이 뛰어나다고 뻔뻔스럽게 대답할 순 없다고 생각했다. 때문에 그는 이 질문에 정면으로 대답하는 것을 피하고 반항적이라고 보일 수도 있는 위험을 무릅쓰고 되물었다.

"저는 시내에서 벽보를 읽었습니다. 거기엔 누구나 채용하겠다고 씌어 있었습니다. 그래서 지원한 거죠."

"그건 잘 알고 있소." 하고 대답한 상대는 입을 다물었다. 이것은 그가 조금 전의 질문을 고집하겠다는 의사 표시 이외엔 아무것도 아니었다.

"저를 연기자로 채용하셨겠죠?" 카를은 그 질문이 자신에겐 얼마나 큰 문제인가를 상대에게 깨닫게 하기 위해 주저하듯 말했다.

"그렇소." 이렇게 대답한 상대는 또다시 입을 봉했다.

"그러나 잘된 것인지는 모르겠습니다. 저는 저 자신이 연기자로서 적합한지 어떤지 전혀 모릅니다. 그러나 어떤 일을 맡겨 주시든지 일단 맡은 일은 이를 악물고 해낼 생각입니다." 하고 카를이 말했다. 일자리를 얻었다는 확신이 송두리째 흔들리기 시작했다.

그 남자는 단장을 바라보았다. 둘은 서로 고개를 끄덕였다. 자기 대답이 그들의 마음에 들었다는 생각을 하면서 기운을 되찾고 다음 질문을 기다렸다. 몸을 꼿꼿이 세웠다. 다음 질문이 계속됐다.

"원래 무슨 공부를 할 셈이었죠?"

이 질문의 정확성을 더하기 위해 그는―그는 정확성을 몹시 존중하는 듯했다―덧붙였다.

"유럽에서 말예요." 이렇게 말한 그는 턱을 괴고 있던 손을 풀고 힘없이 흔들었다. 그 행동으로 유럽이 얼마나 먼 곳이며 유럽에서 품었던 계획이 얼마나 무의미한 것이었던가를 동시에 암시하려는 것 같았다.

카를은 이렇게 대답했다.

"저는 엔지니어가 되려고 했어요."

이 대답은 그의 마음에 들지 않았다. 미국에서 오늘날까지의 경력을 다 알고 있는 이 마당에 옛날에 엔지니어가 되고 싶었다는 묵은 추억을 되살리다니 어리석기 짝이 없지 않은가—그리고 내가 유럽에 있었다고 하더라도 과연 엔지니어가 됐을 것이라고 단언할 수 없는 일이 아닌가—이렇게 생각은 했으나 이 마당에 갑자기 좋은 대답이 생각나지 않기에 그런 어리석은 대답을 하고 말았던 것이다.

그러자 상대는 지금까지의 대답을 모두 성실하게 받아 주었듯이 이번에도 마찬가지로 받아 주었다.

"지금 당장 엔지니어가 될 수는 없는 것이고 우선은 뭐든 수준이 낮은 초보적인 기술직에 종사해 보는 것이 당신에겐 어울릴 것 같소."

"물론입니다." 카를이 대답했다. 그는 만족스러웠다. 상대의 제안을 수락하는 경우 연기자 대열에선 제외되어 기술노동자로 전락할 것은 뻔한 일이었으나 그런 일에서 자신의 진가를 발휘할 수 있을 것이라고 그는 굳게 믿었기 때문이다. 아무튼 그는 이 사실을 몇 번이고 되풀이해서 자신에게 타일렀다. 어떤 일을 하느냐는 그리 큰 문제가 아니다. 중요한 것은 어디든 한 번 시작한 일에 전력을 다하는 것이다.

"중노동을 견딜 수 있을 만큼 몸은 튼튼하오?"

"물론입니다." 이 대답을 듣자 사내는 카를을 가까이 불러 세우곤 카를의 팔을 만져 보았다.

그리고 카를의 팔을 대장 앞으로 끌면서 말했다.

"꽤 튼튼한 소년이군." 대장은 미소를 지으며 끄덕였다.

그는 편하게 앉은 채로 팔만 카를에게 뻗으면서 말했다. "그럼 이걸로 결정합시다. 오클라호마에서 다시 신체검사가 있을 것이오. 우리 채용팀의 명예를 빛내 주시오."

카를은 작별의 표시로 가볍게 고개를 숙였다. 그리고 또 다른 남자에게도 인사를 하려고 바라보자 상대는 이미 자기 일은 완전히 끝났다는 듯 허공을 쳐다보며 단 위를 오락가락하고 있었다. 카를이 계단을 내려오며 계단 곁의 게시판으로 시선을 던졌을 때 그곳엔 다음과 같은 글귀가 게시되어 있었다. '니그로, 기술노동자.'

아메리카

만사가 순조롭게 진행된 셈이다. 그 게시판에 자기 본명이 게시되었다 치더라도 카를로서는 본명을 밝힌 것을 후회하지 않았으리라. 전체적으로 절차도 매우 면밀하게 진행되었다. 카를이 계단을 내려서자 그곳엔 이미 사환 하나가 기다리고 있었다. 사환은 카를의 팔에 완장을 둘러 주었다. 뭐라고 씌어 있을까. 궁금히 여기며 팔을 들어 읽어 봤다. 그곳엔 뚜렷하고 정확한 인쇄체로 '기술노동자'라고 씌어 있었다.

앞으로 어느 곳으로 가든 카를은 우선 파니에게 매사가 순조롭게 진행됐음을 알리고 싶었다. 그러나 유감스럽게도 사환의 말을 들어 보면 천사와 악마 일행은 다음 목적지에 먼저 가서 응모자 채용팀의 도착을 예고하기 위해 떠난 지 이미 오래됐다는 것이었다.

"안타깝군." 하고 카를이 말했다. 이것은 그가 이 기업체에 몸을 담고서 처음 맛본 실망이었다.

"천사 중에 아는 사람이 하나 있었는데."

417

"오클라호마에 가면 만날 수 있어요, 어쨌든 어서 갑시다. 당신이 마지막입니다."

사환은 조금 전 천사들이 서 있던 무대 안쪽을 따라 카를을 안내했다. 무대 위엔 썰렁하니 받침대만 남아 있을 뿐이었다. 카를은 천사의 음악이 없어지면 응모자가 더 많을 것이라는 자신의 추측이 틀렸음을 깨달았다. 무대 앞에는 어른이라곤 그림자도 보이지 않았다. 두서너 명의 아이들이 천사의 날개에서 빠진 듯한 길고 흰 깃털을 서로 차지하려고 다투고 있을 뿐이었다. 한 소년이 깃털을 빼앗기지 않으려고 높이 치켜들면 다른 소년들은 우르르 달려들어 한 팔로는 소년의 머리를 짓누르고 다른 손으론 그것을 빼앗으려 덤비고 있었다.

카를은 사환에게 소년들을 가리켰다. 그러나 사환은 그쪽엔 눈도 돌리지 않고 말했다.

"빨리빨리 오세요. 당신 채용 수속에 시간이 너무 많이 걸렸어요. 의심받으면 어쩌려고 그러는 겁니까?"

"내 정신 좀 봐. 그걸 생각하지 못했군요." 하고 말은 했지만 설마 그럴 리야, 하고 생각했다. 사실이 아무리 명확한 상황이라도 자기 이웃을 불안케 만들고 싶어 하는 자는 어디를 가나 있게 마련이다. 두 사람은 경마장 관람석까지 왔다. 이곳 광경을 본 카를은 사환의 의견 따위 완전히 잊어버리고 말았다. 관람석에는 기다란 벤치 하나에 눈처럼 흰 식탁보가 씌워져 있었다. 채용자 전원이 하나도 빠짐없이 경마장을 등진 채 낮은 벤치에 걸터앉아 잔치를 벌이고 있었기 때문이었다.

모두들 무엇이 그리 즐거운지 왁자지껄하고 있었다. 카를이 뒤늦게야 벤치에 살며시 앉았을 때 많은 채용자들이 술잔을 높이 들고 일어났다. 그중 한 사람이 제10선전팀 채용단장의 건강을 빌며 단장을 '구직자의 아버지'라고 부르는 등 건배사(乾杯辭)를 되뇌고 있었다. 그러자 그중의 하나가 단장이 저기 있다고 귀띔했다. 여기서 그리 멀지 않은 심판대 위에 서 있는 두 사람의 모습이 보였다. 일동은 일제히 그 방향으로 손에 든 술잔을 내밀고 휘둘렀다. 카를도 바로 앞 술잔을 들어 올렸다.

하지만 이쪽에서 큰소리로 주의를 끌기 위해 소리를 질러도 그들은 이쪽의 환영에 주의를 돌리기는커녕 돌릴 기색도 보이지 않았다. 단장은 아까와 마찬가지로 구석에 기대어 서 있었다. 다른 한 사람은 턱을 손으로 쓸면서 대장 곁에 서 있었다. 일동은 실망하고 다시 자리에 앉았다. 그러나 그중 몇몇은 아직도 미련이 남았는지 심판대를 뒤돌아보고 있었다. 이윽고 일동은 이런 것을 모두 잊고 호화판 식사에 정신이 팔렸다. 난생처음 보는 알맞게 구워진 새고기와 포크가 여러 개 꽂힌 접시가 돌려지고 사환들은 포도주를 계속 갖다 주었다. 아무도 그것을 의식하지 못할 정도였다. 자기 앞에 놓인 식탁을 바라보고 있노라면 술잔 속에 붉은 포도주가 채워지는 것이었다. 그리고 대화에 끼어들고 싶지 않은 사람은 오클라호마 극장의 경관(景觀)을 담은 그림을 구경해도 좋았다. 그 경관을 담은 그림은 식탁 한 모퉁이에 수북이 쌓여 있었으며 차례로 옆 좌석으로 돌리도록 되어 있었다. 그러나 이들은 그런 그림 따위엔 관심을 갖지 않았다. 때문에 늦게 식탁 맨 끝자리를 차지한 카를에게까지 돌아온 그림은 단 한 장뿐이었다. 이 한 장의 그림으로 미루어 보면 다른 그림 모두가 볼 만한 가치가 있음에 틀림없을 것 같았다.

카를이 본 그림엔 대통령 전용 특별 좌석이 그려져 있었다. 얼른 보기엔 그건 관람석이라기보다는 무대로 보였다. 그만큼 활처럼 휜 긴 난간이 공간으로 튀어나와 있었다. 더욱이 그 난간은 자잘한 부분까지 찬란한 금빛을 띠고 있었다. 예리한 가위로 오려낸 것 같은 원주(圓柱)와 원주 사이엔 양각(陽刻)으로 된 역대 대통령의 원형상(像)이 두루 새겨져 있었으며, 그 중 하나는 유별나게 콧대가 곧고 입술이 뒤집히고 활처럼 휜 눈꺼풀 밑으로 눈동자를 내리깔고 있었다. 특별 좌석의 옆과 위에서는 물론 부근 일대에서 광선이 비쳐들어 좌석 전면을 뚜렷이 부각시키고 있었다. 색도(色度)가 다른 갖가지 붉은 빛깔로 된 벨벳 휘장이 천장에서 주름 잡혀 드리워져 있었고 그 중간은 끈으로 묶여 있었다. 휘장 저 깊숙한 곳은 붉은빛이 감도는 허공처럼 보였다. 이 특별 좌석에 앉아 있는 사람은 상상도 하지 못할 만큼 좌석 전체가 엄숙해 보였으며, 이 비장미는 자리를 차지한 인물의 권위에 상관없이 그 나름의 권위를 자랑하고 있는 것 같았다. 카를은 먹는 것을 잊진 않았으나 그래도 요리 접시 곁에 둔 이 그림을 홀린 듯 몇 번이고 들여다보았다.

그는 그 많은 그림 가운데 한 장만이라도 더 구경하고 싶은 생각이 간절했으나 마음대로 들고 올 수가 없었다. 사환 하나가 그림 위에 손을 얹고 있었기 때문이었다. 아마 그림의 차례가 뒤섞이는 것을 막

420

으려는 듯했다. 때문에 카를은 식탁을 죽 훑어보았다. 한 장의 그림이라도 돌고 있는지를 살펴보기 위해서였다. 그러다가 카를은 깜짝놀랐다―처음엔 자기 눈을 의심했다―요리 접시에 머리를 처박고열심히 먹어대고 있는 사람들 가운데서 낯익은 얼굴을 발견했기 때문이었다. 자코모였다. 카를은 지체 없이 자리를 박차고 달려가며"자코모!" 하고 소리쳤다.

자코모는 갑작스런 소리를 듣고 요리 접시에서 머리를 쳐들고 벤치와 벤치 사이의 좁은 틈바구니 속에서 겨우 몸을 돌렸다. 그러고는늘 깜짝 놀랐을 때면 하던 버릇대로 입을 손으로 쓱 문지르곤 카를이자기 앞에 서 있는 것을 보자 훌쩍 뛰어오르며 기뻐했다. 그리고 카를에게 자기 곁에 앉을 것인지 아니면 자기가 카를 자리로 옮기는 것이 좋을지 물었다. 카를은 다른 사람들에게 폐를 끼치고 싶지 않았다. 우선 당장은 각자의 자리를 지키다가 식사가 끝난 후 꼭 떨어지지 말고 함께 행동하자고 했다.

카를은 한동안 그 자리를 떠나지 못한 채 자코모를 바라보고 서 있었다. 흘러간 온갖 추억이 되살아났다. 그 지배인은 지금쯤 어느 곳에 있을까? 그리고 테레사는 무엇을 하고 있을까? 자코모는 겉으로보기엔 조금도 변한 것이 없었다. 반 년 후면 틀림없이 기개(氣槪) 있고 씩씩한 미국 청년이 될 것이라던 지배인의 예언은 결코 들어맞지않았다. 그는 예전과 다름없이 연약했으며 뺨엔 살이 없었다. 한참바라보고 있으면 볼이 불룩해지며 둥글게 보일 때도 있었으나 그건입에 큰 고깃덩어리를 물고 있었기 때문이었다. 그는 입에서 뼈다귀를 한 개 한 개 가려내어 접시 위에 던졌다. 카를은 그가 두른 완장을 보고는 그가 연기자로서가 아니라 엘리베이터 보이로 채용되었음을 알았다. 오클라호마 극장은 분명히 각 분야에 걸쳐 많은 사람을 채용할 수 있는 규모인 것 같았다.

자코모에게 정신을 팔고 있느라 카를은 꽤 오랫동안 자기 자리를 떠나 있었다. 그가 자기 자리를 찾아가려던 순간 인사부장이 벤치 위에 나타나 조금 높은 소리로 일장 연설을 했다. 그가 연설을 하고 있는 동안 대부분은 일어서서 경청하고 있었다. 요리 접시에 미련이 남아 자리에 붙어 있던 사람들도 다른 동료들이 쥐어박자 그제야 마음이 내키지 않는 듯 느릿느릿 일어섰다.

"여러분, 저희들이 베푼 환영 잔치에 만족하실 줄 믿습니다." 하고 인사부장은 서두를 꺼냈다. 카를은 이 틈을 이용해서 발소리를 죽이며 살금살금 제자리로 돌아왔다.

"어디를 가든 우리의 환영 잔치는 호평을 받아 왔습니다. 유감스럽게도 오늘의 환영 잔치를 여기서 중단하지 않을 수 없게 되었습니다. 그것은 여러분을 오클라호마까지 모시고 갈 열차가 5분 후에 출발하기 때문입니다. 긴 여행은 아닙니다만, 그러나 도착할 때까지 여러분에 대한 안내와 접대는 여러분이 만족스럽게 여길 만큼 준비가 돼 있습니다. 그럼 여러분의 여행을 담당할 분을 소개해 드리죠. 여러분은 이 인솔자의 지휘에 따라 주셔야 합니다."

깡마르고 몸집이 작은 사내가 벤치에 올라섰다. 그는 일행의 집합과 정렬 방법, 그리고 행진 요령을 지휘하기 시작했다. 그러나 아무도 그의 지시에 따르지 않았다. 일행 가운데 앞서 연설을 한 적이 있던 남자 하나가 걸어 나와 식탁을 손으로 힘 있게 치면서—카를은 이것 때문에 몹시 조바심이 났다—감사의 연설을 시작했기 때문이다. 인사부장은 이 연설을 전혀 귀담아듣지 않고 인솔대장에게 여러 가지 지시를 내리고 있을 뿐이었으나 그는 이에 아랑곳없이 거창한 연설을 계속해 갔다. 그는 대접받은 요리의 가짓수를 낱낱이 들어 발표하고 요리에 대해 품평도 했다.

끝으로 "존경하는 여러분, 우리 모두 이 같은 온정에 심심한 감사를 드리는 바입니다." 하고 끝을 맺었다. 두 역원(役員)을 제외한 모든 사람들이 일제히 웃음을 터뜨렸다.

이 연설 덕분에 모두가 역까지 뛰어가야만 했다. 그러나 이것은 그다지 힘든 게 아니었다. 그것은—카를은 이제야 겨우 눈치 챘지만—어느 누구도 짐을 들고 있지 않았기 때문이었다.

오직 유모차만이 짐이었다. 유모차는 끊임없이 튀어 오르면서 위태롭게 굴러가고 있었다. 아무튼 여기 모인 일행은 어쩌면 하나같이 빈털터리의 수상쩍은 사람들뿐일까? 그런데도 이들은 이처럼 한결같은 우대와 보호를 받고 있는 것이다. 카를에겐 이 모든 것들이 잘 납득이 가지 않았다. 인솔대장은 일행의 안전과 배려에만 정신이 팔려서 다른 생각을 할 여유가 없는 것 같았다. 그는 이따금 손수 유모차를 잡고 밀거나 다른 손을 들어 대원을 격려하기도 하고, 때로는 대열 뒤로 돌아 후방에서 재촉하기도 했다. 때로는 옆에 서서 일행과 나란히 달리거나 처지는 자에게 달리기 시범을 보이는 등 실지 교육

아
메
리
카

에 전력을 다하고 있었다.

일행이 역에 도착하자 열차는 이미 출발 준비를 완료하고 대기 중이었다. 역사에 모여 있던 사람들은 일행을 손가락질하면서 이야기를 주고받았다. "저 일행 모두가 오클라호마 극장의 종업원들이래." 이런 소리가 곳곳에서 들렸다.

오클라호마 극장은 카를이 상상하고 있는 것보다 훨씬 유명한 것 같았다. 그러나 카를은 연극이야 어떻든 그런 것엔 추호도 관심이 없었다. 객차 한 칸 전부가 일행을 위해 특별히 준비돼 있었다. 인솔대장은 차장보다 더 일행의 승차를 재촉했다. 그는 좌석을 하나하나 들여다보면서 이것저것 지휘와 정리를 마친 후 올라탔다. 카를은 용케 창문가에 좌석을 잡았다. 그는 자코모를 자기 옆 자리로 데려왔다. 두 사람은 몹시 옹색하긴 했으나 그런대로 마음 편한 여행을 즐긴다는 기대에 부풀어 있었다. 두 사람은 여태껏 미국 내를 이토록 마음 편하게 여행해 본 적이 없었던 것이다.

기차가 움직이기 시작하자 두 사람은 차창 밖으로 손을 내밀고 흔들었다. 이 두 사람과 마주앉은 젊은이들은 저희들끼리 낄낄 웃으며 두 사람의 행동을 보며 재미있어 했다.

여행은 이틀 낮과 밤 동안 계속됐다. 카를은 비로소 미국 땅의 광대함을 깨달았다. 그는 싫증내는 일 없이 차창 밖으로 흐르는 경치를 바라보았다. 자코모 역시 차창에 몸을 붙인 채 떨어질 줄 몰랐다. 한동안 카드놀이에 열중하던 젊은 패거리들이 자진해서 자코모에게 창가 자리를 양보해 주었다. 카를은 그들에게 감사 인사를 했다—자코모의 영어는 아직도 서툴러서 사람에 따라서는 통하지 않을 때가 많았다—이렇게 시간이 흐르는 동안 사람들 사이에 친밀감이 생겼다.

그러나 이런 친밀감은 이따금 괴로운 경우도 있는 법이다. 예를 들어 젊은이들이 가지고 놀던 카드가 마루에 떨어질 때마다 그들은 허리를 굽혀 주웠는데 그럴 때마다 카를이나 자코모의 다리를 힘껏 꼬집는 것이었다. 이때 자코모는 깜짝 놀라 비명을 지르며 발을 허공으로 들어 올렸다.

그러나 카를은 그들이 하는 대로 그냥 두고 있었다. 창문을 열어젖혔는데도 차 안은 담배 연기로 숨이 막힐 듯했다. 그러나 좁은 찻간 속의 어수선함도 차창 밖의 경치를 바라보노라면 말끔히 잊히는 것이었다. 첫날은 온종일 험준한 산맥 속을 달렸다.

카를과 자코모는 이따금 차창 밖으로 몸을 내밀며 산의 정상을 가늠하려 했으나 이런 가늠은 거의 불가능했다. 캄캄하고 폭이 좁은, 마치 찢어서 갈라놓은 듯한 골짜기가 입을 벌리고 나타나기도 했다. 집게손가락을 뻗쳐 그 끝을 찾고 있노라면 어느새 골짜기는 자취를 감추고 폭넓은 계곡으로 바뀌었다. 기복이 심한 계곡을 크게 출렁이며 흐르던 물줄기는 바위에 부딪쳐 몇 천인지 헤아릴 길 없는 큰 물결을 만들고 있었다. 물줄기는 다시 철교 밑으로 떨어져 작은 물방울의 심한 물결로 거품을 일으키고, 다리 위로 쏟아졌다. 열차가 철교 위를 지날 때 그런 계곡의 갑작스런 물줄기의 냉기 때문에 카를은 자신도 모르게 얼굴이 덜덜 떨렸을 만큼 계곡은 가까이에 있었다.

425

# 독후감 길라잡이

《아메리카》의 제 1장은 주인공인 16세 카를 로스만이 낯선 나라, 미국 입국을 앞두고 뉴욕 항에 도착하기 직전에 그가 타고 온 배에서 이미 오래 전부터 관찰해왔던 자유의 여신상을 올려다보는 장면에서 시작됩니다.

그를 태운 배가 속도를 늦추고 뉴욕 항에 천천히 들어갔을 때 그가 오랫동안 쳐다보고 있었던 자유의 여신상이 마치 강해진 햇빛 속에서 떠오르는 것 같았다. 그 여신상은 카를을 잡을 팔을 높이 쳐들고 있었고 입상의 주변에 시원한 바람이 불고 있었다.

이 소년은 하녀에게 유혹을 당해 아기를 가지게 했다는 이유로 부모에게서 쫓겨나 미국으로 추방당하게 된 것입니다. 카를은 상륙하려는 찰나 잊어버린 우산을 찾으러 갔다가 길을 잃고 우연히 화부를 만나는데, 그에게서 동료로서의 친밀감뿐만 아니라 부친에게서 느끼지 못한 정을 느끼게 됩니다. 선상에서 외국인 상사로부터 화부가 갖은 모욕을 당하는 장면은 카를이 고향을 떠나야만 했던 사실과 일련의 평행을 이루고 있다고도 볼 수 있습니다.

카를은 화부인 헤이저와 선장의 도움으로 어두운 선박 내부로부터 밝은 선박 외부로 탈출했었다가 외삼촌을 만나게 됩니다. 외삼촌을 만난 이후 미국 생활의 첫 출발은 안정과 풍요로 시작됩니다. 외삼촌은 미국의 상원의원이었으며 재벌이었기 때문입니다. 외삼촌은 카를에게 영어, 피아노, 승마 등의 미국 상류계층의 자녀로서 현대식 문화생활에 적합하도록 하기 위해 필요한 교육을 체득시키고자 합니다.

그러던 어느 날 카를은 외삼촌의 말을 어기고, 외삼촌의 사업상의 친구인 은행가 폴룬더의 초대를 받아 뉴욕 교외에 있는 별장으로 가게 됩니다. 여기서 카를은 폴룬더의 모략에 의해 폴룬더의 딸 클라라와 사소한 일로 언쟁을 벌이다 싸우게 되는데, 이로 인해 외삼촌에게 오해를 받게 되고, 결국 외삼촌은 카를을 한 통의 절교 편지로 무자비하게 쫓아냅니다. 별장에서 만난 또 다른 외삼촌의 친구인 그린은 카를에게 외숙을 만나지 않았다고 생각하고 밑바닥부터 다시 출발할 것을 충고합니다.

정처 없이 발길 닿는 대로 걷던 카를은 여인숙에서 실업자인 로빈슨과 들라마르샤와 사귀게 됩니다. 두 불량배와 함께 행동하면서 그들에 의해 수시로 착취를 당하기도 하는 관계로 형성하게 된 것입니다. 소지품을 몽땅 빼앗긴 어느 날, 카를은 호텔 옥시덴탈에 숙식을 구하러 갔다가 구제되어 엘리베이터 보이로 취직하게 됩니다.

그가 맡은 엘리베이터만은 언제나 깨끗하게 정리되어 있었고, 다른 동료들의 난잡한 생활과 달리 악습에 물들지 않는 정돈된 삶을 살던 카를이 겨우 12시 문 교체의 근무에 익숙해질 무렵, 로빈슨이 술에 취해 호텔로 찾아와 소동을 벌이는 일이 발생합니다. 카를은 상황을 정리하기 위해 로빈슨을 데리고 숙소로 돌아오는데, 이는 사전에 알리지 않고 근무지를 이탈했다는 이유로 호텔에서 무자비하게 해고 당하게 됩니다.

그러나 카를은 과거에 외숙에게 오해를 받았을 때와 마찬가지로 이번에도 스스로 결백하다고 해명하지 못합니다. 그리고 쫓겨나듯이 로빈슨과 함께 차를 타고 들라마르샤가 브루넬다라는 여인과 동거 생활을 하고 있는 교외의 고급아파트로 가게 됩니다. 브루넬다는 왕년의 미모와 인기를 회상하며 사는 중년여인입니다.

들라마르샤가 방안에서 그녀의 뚱뚱한 몸뚱이를 씻기고 있는 동안에 카를과 로빈슨은 발코니에 나가서 잘 수 있었는데, 들라마르샤가 브루넬다와 동거하게 된 경위를 로빈슨에게 들은 카를은 그들의 하인이 되는 것이 두려워 도망칠 계획을 세우게 됩니다. 하지만 곧 이웃집 발코니에서 낮에는 일을 하고 밤에는 공부를 하는 고학생을 만나 직업에 귀천을 가리지 말라는 충고를 받고, 일을 구할 때까지 하인으로 일할 결심을 하게 됩니다. 순진하고 맑은 소년 카를이 주변 사람들에 의해 한 발자국씩 세상에서 밀려날 때마다 그에게 다가오는 충고가 있었던 셈입니다.

이 작품은 여기서 이야기가 끊어지고, 마지막에 갑자기 그를 구제해 주는 오클라호마의 야외극장으로 비약합니다. 아마도 중간에 다른 내용이 있었을 것으로 보이지만 손실된 듯합니다.

카를은 어느 거리의 모퉁이에서 극장의 모집 광고를 보고, 가지고 있던 돈을 몽땅 털어 차표를 삽니다. 그는 모집회장의 입구에서 천사복을 입고 나팔을 불고 있는 여자의 무리를 보는데, 그 속에서 옛날에 사귀었던 파니를 발견합니다. 또한 엘리베이터 보이 시절에 알았던 동료를 만나 극장에 채용이 된 후 함께 오클라호마로 가는 열차에 몸을 싣게 됩니다. 오클라호마 극장은 모든 중개적인 것이 지양되고, 오로지 직접적인 인간의 접촉만이 문제가 되는 곳입니다. 작품은 카를이 이 극장에 기술노동자로 채용되는 대목에서 끝이 납니다.

## ❷ 작품 분석하기

《아메리카》는 장으로 나뉘어져 각 장마다 제목이 붙어 있는 구성으로 이루어져 있습니다. 각 장은 순서대로 나열되어 있지만, 그것은 어디까지나 형식에 따른 것이지 인과성이나 통일성, 일관성 등에 의해 순서화된 것은 아닙니다. 이러한 점에서 《아메리카》의 구성은 단편적인 작품을 통해 보다 고차적인 개념에 도달하려는 귀납적인 구성으로 이루어져 있다고 볼 수도 있을 것입니다. 제6장까지의 제목은 작가인 카프카에 의해서 부여되었으나, 제7장과 마지막 장의 두 이야기는 그의 친구이자 작품을 발표한 브로트가 부여한 제목입니다.

작품을 좀 더 구체적으로 살펴볼까요?

### ▌작품의 주제 ▌

카프카에 대한 권위 있는 연구가인 엠리히는 '이 소설은 세계 문학사에서 가장 선명히 현대의 산업 사회를 드러낸 작품'이라고 말하고

431

있습니다. 버림받은 외로운 한 소년이 삶을 찾아 미국을 헤매는 동안, 이 현대의 산업 사회가 그에게는 얼마나 비정한가를 잘 나타내 주고 있다는 것입니다. 이러한 작품의 주제는 다양한 장면에서 다양한 방법으로 나타납니다.

먼저, 작가인 카프카는 주인공 카를이 뉴욕에 들어 오는 배에서 자유의 여신상을 쳐다보는 작품의 시작 부분에서, 일부러 자유의 여신상이 치켜든 횃불을 카를로 바꿈으로써 일찌감치 작품의 근본 주제를 암시해 주고 있습니다. 횃불 대신 치켜든 카를이 향하는 것은 다의적으로 해석될 수 있는데, 크게 두 가지로 볼 수 있습니다. 첫 번째로, 카를은 주인공인 '카를'의 양심을 향하고 있습니다. 카를은 정의의 상징이기 때문입니다. 자유의 나라에 건너간 소년이 밟는 기구한 운명은 정의의 재판, 바로 그것이라고도 볼 수 있습니다. 이러한 의미로 보면 이 작품은 일종의 교육 소설이라고도 볼 수 있을 것입니다. 두 번째로, 작가가 거두어들인 카를은 미국 사회를 향하고 있습니다. 마치 정글의 규율로 지배되어 온 미국 사회를 비판하고 있는 것입니다. 그러나 작가가 미국이라는 특정한 나라에 대한 비판을 의도해서 이 소설을 썼다고 볼 수는 없습니다. 기계 문명, 물질문명이 낳은 20세기 현대 산업 사회의 비정함을 미국으로 형상화하여 그리려고 했다고 합니다.

다음으로, 이 작품은 쉴 새 없는 현대사회의 일면을 잘 나타내고 있습니다. 뉴욕항의 배들이 왕래하는 모습은 '끝없는 움직임' 그 자체입니다. 외삼촌의 사무실에서 본 수신기를 귀에 댄 통신원의 모습 또

한 끝없는 작업의 상징입니다. 그곳에서는 최소한의 인간적 예의인 인사조차도 주고받지 못합니다. 미국의 거리를 질주하는 자동차의 행렬 또한 끝이 없습니다. 호텔 옥시덴탈의 수주부의 작업 역시 '조금도 중단됨이 없이' 계속되고 있습니다. 이 끝없는 작업을 강요하는 현대의 산업 사회를 보고 카프카는 모든 인간적인 것이 말살되는 것이라고 인식하는 것입니다. 이 비정하고 냉혹하고 비인간적인 사회에서는 모든 사람이 알 수 없는 어떤 줄에 얽매어 있기 때문에 그 누구도 자율적이고 독립적인 행동을 할 수 없습니다. 이 사회의 최상류층이라고 할 수 있는 카를의 외삼촌까지도 '일의 원칙'에 의해 지배되는 것에서 확인됩니다.

여기서는 아무도 동정을 바라서는 안 됩니다. 여기서는 단지 버림받은 주변의 얼굴들 사이에서 그들의 행복을 누릴 수 있었습니다. 이 비정의 세계에서 순진한 카를은 설 땅을 찾지 못합니다. 인간 생활에서 밀려나 발붙일 땅이 없는 카를은, '실종자'로서 사라져 버릴 운명이 아닐까요?

카를이 마지막에 도착한 곳은 오클라호마의 대극장이었습니다. 이 작품에서 오클라호마의 대극장이 천국을 의미한다고 해석하는 경우가 많습니다. 클레이튼(Clayton)으로 향하는 지하철 여행은 벌써 죽음의 여행이라는 것입니다. 왜냐하면 클레이튼은 '흙의 도시'를 의미하기 때문이지요. '모든 사람을 환영'하고, '모든 사람을 필요로'하고 '모든 사람에게 자리를 줄 수 있는 끝없이 큰 극장'이란 사실 천국을 의미할 수밖에 없을 지도 모릅니다. 그렇다면 이 오클라호마의 대극장은 비정한 세계에서 밀려나 죽음에 이를 수밖에 없는 카를의 운명일 수도, 비정과 비인간화가 사라진 카프카가 지향하는 이상향일 수도 있을 것입니다.

## ┃ 작품의 표현 ┃

카프카는 평생 동안 프라하를 떠나 다른 곳에 가서 살아보고자 시도했지만 언제나 되돌아오게 되었고, 끝내 이 도시를 떠나지 못합니다. 티베르거의 회상에 의하면, 그가 카프카를 방문했을 때 창문으로 광장을 내려다보며 "여기 보이는 이 건물이 내가 다니던 김나지움이었고, 그 맞은편 건물이 내가 다닌 대학이고, 왼쪽으로 조금 떨어진 곳에 나의 사무실이 있지요." 하며 손가락으로 조그만 원을 그렸다고 합니다. "이 조그만 원형권 내에서 나는 일생을 보낸 셈입니다." 라는 카프카의 말을 통해 그의 생애가 많은 다른 작가들과 견주어 볼때 얼마나 지방적 폐쇄성을 가지고 있는지를 알 수 있는 일화입니다.

당시의 독일계 작가들은 그들이 살고 있는 프라하의 현실을 외면하고 고립된 영역 안에서 본토와 단절된 독일어로 글을 썼습니다. 원래 프라하 독일어는 체코어 가운데에 따로 떨어져 있었기 때문에 표준 독일어와는 전혀 다른, 표현이 빈약하고 무미건조한 방언이었습니다. 프라하의 독일계 작가들은 이에 대한 반발로 바로크식 형용사와 과장된 표현을 통해 장황한 작품을 창작했던 것입니다. 그러나 이들과는 대조적으로 카프카는 간결하고 차갑고 중립적이며 어휘가 빈약한 언어로 작품을 창작했습니다. 카프카의 언어는 당시의 주변에서 쓰이는 프라하 독일어를 순수하게 받아들인 결과였다고 볼 수 있습니다. 그러므로 카프카의 작품은 당시 프라하에 사는 독일인의 고립된 생활 상황을 잘 보여 주고 있습니다.

카프카의 작품 속에서 사물에 대한 낯섦이 느껴지는 것도 바로 이러한 언어적 표현에서 부분적으로 비롯된 것이라고 볼 수 있습니다. 프라하 독일어에는 그 자체가 친숙한 사물을 그대로 표현할 언어적 기능이 부족했기 때문에 사물을 묘사했을 때 언어와 사물 사이의 거리감이 저절로 생겼고, 낯선 느낌을 가져오게 된 것입니다. 《아메리카》가 독자에게 풍부한 상상을 하도록 요구하고, 해설을 하도록 만드는 매력을 가지고 있는 것은 카프카가 아무런 비판이나 해설을 하지 않고 사물을 처음 보듯이 낯선 시선으로 묘사하고 있기 때문인지도 모릅니다.

프라하는 카프카가 지극히 혐오 도시였음에도 불구하고 카프카 문학의 주제와 형식에 결정적인 영향을 미쳤던 셈입니다.

마치 '꿈속의 세계를 헤매는 것 같은 착각'을 갖게 하는 카프카의 문학세계는 경험적이고 일상적인 생각에 의해서는 이해될 수 없는 카프카 특유의 세계입니다. 그러나 그 상황을 드러내는 서술 방식의 냉정함, 그리고 세밀하고 구체적인 표현을 등이 작품의 구조와 서로 합쳐져서 하나의 선명한 상을 부각시키게 되는 것입니다. 카프카는 화자의 서술을 주인공의 체험과 의식에 철저하게 제한시키고 있습니다. 주인공인 카를 로스만의 눈과 귀를 통해 보고 들은 것과 그의 의식에 떠오르는 것만을 기술하는 초점화된 전지적 작가 시점을 택했습니다. 따라서 다른 인물들이 무엇을 보고 듣고 느끼는지를 알지 못하기 때문에 사건과 서술 사이의 거리가 나타나지 않게 되고, 독자는 화자의 존재를 거의 의식하지 못하면서 세계와 직접 대면하게 되는 것입니다. 신세계인 미국에 첫발을 딛는 경험이 부족한 16세의 카를이 의식하는 것은 언제나 객관적인 현실의 단편들뿐입니다. 카를의 시선을 따라가고 있는 독자 또한 실제로 일어나고 있는 사건의 일부만을, 어린 소년의 판단에 따라 인식할 수 있을 뿐입니다.

19세기의 작가들이 모든 갈등을 심리적인 측면에서 해결하고자 노력한 것과 달리 카프카는 가능한 한 눈으로 볼 수 있는 외부세계를 명확하게 묘사하여 꿈과 같은 내면세계에 간접적으로 접근하고자 하였기 때문에 우리는 《아메리카》에서 카를 로스만과 함께 산업사회 속에서 낯섦과 두려움을 느끼게 되는 것입니다.

### ❸ 등장인물 알기

┃ **카를 로스만** ┃ 카를 로스만은 작품의 주인공이자 작품 속의 사건을 바라보고 전달하는 인물입니다. 도덕적 양심을 가진, 순진하면서도 조금은 단순한 소년으로 그려지고 있습니다. 작품은 카를 로스만의 행로에 따라 이야기가 진행되는데, 그의 부모에게 쫓겨나 미국에 도착하는 순간부터 반복되는 추방의 과정이라고 할 수 있습니다. 카를의 순진함은 그가 어디에서나 이용당하게 하는 역할을 하기 때문입니다. 그러나 한편으로는 거대한 자본의 체계가 모든 것을 결정하

는 '낯선 곳'에서 자유와 독립성을 갈망하는 인물의 역할을 하도록 하기도 합니다.

카를은 계속되는 추방을 통해서 아메리카라는 신세계가 구세계인 유럽의 낡은 법의 굴레를 벗어나 자유와 희망을 실현할 수 있는 약속한 땅이 아니라는 것을 보여 주는 인물이라고 할 수 있습니다.

**┃ 야곱 ┃** 야곱은 카를의 외삼촌입니다. 외삼촌은 중개업과 운송업으로 전체 사업장을 둘러보려면 며칠은 걸릴 만큼 큰 성공을 거둔 인물입니다. 그는 자신의 성공이 엄격한 원칙주의와 쉬는 것을 모르는 근면함을 통해서 얻은 것이라고 굳게 믿고 있습니다. 그래서 카를이 발코니에서 거리를 내려다보며 고향 생각을 하는 것을 보고 빈둥댄다는 이유로 몹시도 싫어하고, 회사에서 업무에 방해된다는 이유로 직원들끼리 서로 인사하는 것까지 금지하는 원칙을 만들지요. 이런 생각을 가진 야곱 외삼촌은 칼을 집에 데리고 가서 영어와 승마를 배우게 하고, 하루 빨리 미국인다운 미국인이 되게 하려고 애를 씁니다. 그러나 카를이 자신의 뜻대로 움직이지 않자 마침내 그는 한 통의 편지로 카를을 쫓아냅니다. 자신의 뜻을 거스르는 것은 곧 원칙을 짓밟는 것이며, 자신의 질서체계에 도전하는 것을 의미하기 때문입니다.

외삼촌은 원칙과 질서는 힘에서 생기며, 힘은 '자본'에서 생기는 것임을 가장 잘 보여 주는 인물이라고 할 수 있습니다.

**▌대학생▐** 카를이 일정한 주거지 없이 떠돌며 생활하는 도중에 만난 인물입니다. 그는 낮에는 백화점에서 일하고, 밤에는 공부를 합니다.

그는 카를이 자신을 부러워하면서 혹시 백화점 일자리를 알아봐줄 수 있느냐고 묻자, 지역 판사로 선출되는 것보다 백화점에 취직하기가 더 힘들다는 현실의 '진실'을 털어 놓습니다. 그리고 로스만에게 근거 없이 미래를 희망적으로 생각하는 것보다는 차라리 브루넬다의 시중을 드는 것이 더 좋을 것이라고 충고합니다.

그러나 대학생 자신은 백화점 직원으로 일생을 보내고 싶지 않아서 대학생 신분을 포기하지 못합니다. 비록 그가 할 수 있는 일이 잠을 자지 않고 공부하기 위해서 끊임없이 블랙커피를 마시는 것뿐일지라도 말입니다. 이 작품에서 성공한 외삼촌과 대척점에 있는 인물이라고도 할 수 있습니다.

**▌로빈슨과 들라마르샤▐** 로빈슨과 들라마르샤는 카를이 외삼촌의 집에서 쫓겨나 헤매다가 우연히 만나 동행하게 된 동료입니다. 카를은 그들에게 이용당하면서도 동료 의식과 책임감을 버리지 못하는 데 반해, 로빈슨과 들라마르샤는 카를의 옷을 팔거나, 그의 살라미를 한 조각도 남기지 않고 당연하다는 듯이 먹어치워 버리는 등의 이기적인 행동을 하는 사기꾼입니다. 결국에는 카를이 취직한 호텔에서 쫓겨나도록 하고 브루넬다의 하인으로 쓰려고 작당합니다.

세상의 비정함을 대변하면서도 바닥을 치는 인생을 적나라하게 보여 주는 인물이라고 할 수 있습니다.

## ❹ 작가 들여다보기

카프카는 1883년 7월 3일 프라하에서 태어나서 1924년 6월 3일 빈 교외 키를링 요양소에서 일생을 마쳤습니다. 유태계 상인 헤르만과 그의 부인 율리에 사이에서 장남으로 태어났으며, 그는 독일계 김나 지움을 졸업한 후 프라하 대학에서 법률학을 전공했습니다.

1906년 법학박사 학위를 취득하고는 노동자재해보험국에 관리로 취직하여, 1922년 폐결핵 발병으로 퇴직할 때까지 근무했습니다. 그는 세 차례 약혼하고서 모두 파혼했는데, 이러한 연애 사건을 제외한다면 카프카의 삶은 외면상 아무런 파란이 없는 매우 평범한 일생이었다고 말할 수 있습니다.

그러나 카프카의 내면을 살펴보면, 그의 생애는 불행한 고뇌의 41년이었다고 말할 수 있습니다. 그의 고뇌는 탄생과 동시에 시작됩니다. 그는 유태인으로 태어났으나, 이른바 민족으로서의 강인한 존재를 의연히 이어온 동방 유태인, 즉 전통 유태인이 아닌 유럽화한 서방 유태인에 속했습니다. 독일인으로부터는 유태인이라는 이유로 배척을 당하고, 체코인으로부터는 독일인이라는 이유로 기피되었던 독일어계 유태인에 속합니다. 또한 그는 노동자 재해보험국의 관리로 일반 서민 계급은 아니었으며, 공장주의 가문에서 태어나서 노동자 계급도 아니었습니다. 그는 스스로를 작가로 자처했음으로 철저한 관리도 아니었으며, 자신의 힘을 아버지가 관리하는 가정에 쏟았으니 완전한 의미에서의 작가도 아니었던 셈입니다. 그는 많은 세계에 조금씩 속하면서 그 어느 것에도 완전히 속하지 않는, 태어나면서부터 '이방인'이었습니다.

존재한다는 것은 어느 한 세계에 속하는 것을 의미합니다. 그러한 의미에서 본다면 어떠한 세계에도 속하지 않는 것은 존재가 아니라고도 할 수 있습니다. '세계'라고 하는 좌표에 속하고 있는 한에 있어서 비로소 존재가 되는 것입니다. 존재를 상실한 이방인이라는 원죄를 걸머지고 태어난 카프카가 그의 전 생애 동안 가졌던 고뇌와 노력은, 어떻게 하면 세계 안으로 들어갈 수 있으며 세계에 속할 것인가, 즉 어떻게 하면 존재의 수치를 얻을 것인가 하는 점에 쏠려 있었습니다.

독일인, 유태인, 체코인, 오스트리아 귀족의 갖가지 대립이 있어 왔던 옛 도읍 프라하는 이미 세기가 바뀔 무렵부터 프라하의 독일어는 도시의 대부분이 사용하는 체코어의 영향을 받아 발달이 저지되기 시작했습니다. 그래서 프라하에 사는 젊은 독일어계 유태인 작가들은 글을 쓰고자 하는 강렬한 충동에 사로잡히면서도 독일어로 써야 하는 부자유함과 독일어 이외로는 글을 쓸 수 없다는 부자유스러움이라는 이중고와 싸워야만 했습니다. 그들 중의 대부분은 허식과 과장의 허황한 문체로 기울어졌지만, 카프카는 이 이중고를 끝내 숙명으로서 엄숙히 받아들여 스스로를 속이는 일이 없이 죽도록 글을 써야 한다는 고초를 이겨 나갔습니다. 그리고 마침내 수적으로 적은 어휘를 써서 눈에 선하고 생생하게 작품을 표현된 그의 작품은 명쾌하고 직설적이며, 때로는 공문서를 연상케 할 정도로 딱딱하지만, 프라하 출생의 작가로서 독일어의 특성을 간직한 독자적인 문체를 창조했다는 칭송을 받게 되는 것입니다.

| | |
|---|---|
| 1883년 | 7월 3일 프라하에서 헤르만 카프카와 율리에 사이에 태어남. |
| 1889~1893년 | 플라이쉬마르크트 초등학교 입학. |
| 1893~1901년 | 알트시타트 김나지움에 다니며 오스카 폴라크와 교우. |
| 1901~1906년 | 프라하 독일대학에 진학하여 2학기 동안 독문학 강의를 듣고 법학 전공 선택. |
| 1902년 | 막스 브로트와 만남. 철학을 연구하는 루브러 모임에 나감. |
| 1904~1905년 | 〈어떤 투쟁의 묘사〉 집필. 막스브로트, 오스카 바움, 펠릭스 벨취 등과 정기적으로 만남. |
| 1906년 | 법학박사 학위 취득. 1년간 법원에서 실무 견습생으로 일함. |
| 1907년 | 〈시골에서의 혼례 준비〉 집필. 일반보험회사 입사. |
| 1908년 | 노동자 상해 보험공사로 이직한 후 1922년에 퇴직할 때까지 14년간 근무. |

| | |
|---|---|
| 1910년 | 일기를 쓰기 시작함. 유태인 극단과 접촉 |
| 1912년 | 《아메리카》 구상하고 1~7장 집필. 〈선고〉, 〈변신〉 집필. 펠리체와의 편지 교환 시작. |
| 1913년 | 《관찰》, 《화부》 출판. |
| 1914년 | 〈유형지에서〉 및 《아메리카》의 마지막 장 집필. 펠리체와의 약혼과 파혼. |
| 1915년 | 펠리체와의 재회. |
| 1916년 | 《선고》 출판, 〈시골의사〉 집필. |
| 1917년 | 〈만리장성의 축조〉 집필. 펠리체와 두 번째 약혼과 파혼. 폐결핵 발병. |
| 1919년 | 〈아버지께 드리는 편지〉 집필, 《시골의사》 출판. 율리에와의 약혼. |
| 1920년 | 〈그〉 집필. 밀레나와의 편지 교환. 마틀리아리 요양원에 체류. |
| 1921년 | 프라하로 돌아옴. 〈첫 번째 고통〉 집필. |
| 1922년 | 〈성〉, 〈굶는 광대〉, 〈어느 개의 연구〉 집필 |
| 1923년 | 〈작은 여자〉, 〈건물〉 집필. 북해 연안의 뮈리쯔에 체류하며 도라 디아만트와의 만남과 동거. |
| 1924년 | 프라하에 돌아와 〈여가수 요제피네〉 집필. 6월 3일 죽음. |

당시의 미국은 유럽인에게 새로운 세계를 열망하던 대륙으로 소개되었습니다. 봉건과 보수, 인습과 전통이 절대적으로 지배하는 유럽과 달리, 미국은 복지사회이며 노력하면 입신출세할 수 있는 곳으로 이해되었기 때문입니다.

그러나 정의의 속박에서 신세계에의 자유를 찾은 카를에게는 도착하기도 전에 분노의 무기가 나타납니다. 카를 로스만에게는 자유의 여신상의 횃불이 카를로 보였던 것입니다. 정의의 상징인 횃불이 카를로 비쳤다는 것은 미국이 더 이상 약속받은 땅이 아니라 천국의 여신이 입구에서부터 분노의 무기를 휘두르는 실낙원으로 전락했다는 것을 의미하기도 합니다. 낡은 전통의 유럽이 그에게 거부한 관용의 빛을 자유의 땅인 미국의 여신상의 횃불 속에서 찾고자 했으나 그에게 비친 미국의 모습은 조직으로 가득 찬 사회구조입니다. 미국은 중개의 원리가 지배하는 사회구조체입니다. 카를이 포로 상태에서 목격하게 되는 선거운동도 이와 같습니다. 대중은 이해도 못하는 자기 정당의 구호를 외치고 후보자를 선전하고 박수를 보냅니다. 후보자들 또한 그들이 동원했던 대중에 의해 행동의 자유도 가질 수 없게 됩니다.

카를의 외삼촌의 사업도 일종의 위탁 중개와 운송업입니다. 본질은 중간거래였으나 상품을 생산자에게서 소비자나 상인에게 중개하는 것이 아니라 모든 상품과 물자를 큰 공장 연합을 위하여 조달해 주는 사업이기 때문입니다. 그러므로 이 거대한 중개의 조직에서 원초

443

적인 생산과 소비는 이미 그 의미를 잃었다고 볼 수 있습니다. 이러한 조직의 횡포 속에서는 직접적이고 주체적인 독립된 행동이 허락되지 않습니다. 그래서 현대인은 탈 인격화되어 주체성을 잃게 됩니다. 거대한 현실의 힘 앞에서 마치 하나의 먼지 알맹이처럼 무기력해지는 것입니다.

《아메리카》 속에서 우리는 순진한 카를 로스만의 의식과 전통적인 정의를 위해 투쟁하는 그의 행동을 통해 산업사회에 내팽겨진 현대사회의 비인간화를 살필 수 있습니다. 그리고 현대인은 어느 곳에서도 완전하게 소속되지 못하는 소외된 카프카와 같이 태어날 때부터 삶의 부조리, 소외의식, 불안, 공포, 초조함 등을 느끼게 되는 것입니다.

## ❻ 작품 토론하기

부모로부터 쫓겨나 미국으로 온 카를은 외삼촌을 만나 풍족한 생활을 하게 되지만 곧 쫓겨나게 되고, 우연히 만난 로빈슨과 들라마르샤와 함께 다니며 착취를 당합니다. 또한 호텔 엘리베이터 보이에 취직하지만 로빈슨의 횡포로 곧 쫓겨납니다. 이를 통해 보면, 미국에서의 카를의 삶은 우연한 만남과 쫓겨남의 반복된 구조로 이루어져 있음을 알 수 있습니다.

이러한 카를의 삶의 방식에 대해 서로 토론해봅시다.

▶**학생 1 :** 소설의 주제 의식과 관련한다면, 카를의 삶은 그 자체로서도 충분히 긍정되어야 할 이유가 있다고 생각합니다. 카를이 삶을 살아내려는 시도를 계속하지만 주변 인물들에 의해 계속해서 좌절하는 모습은 미국으로 대표되는 거대한 산업사회가 순수한 소년에게는 얼마나 비정하고 가혹한지를 잘 보여 주고 있습니다. 즉, 카를의 계속된 좌절과 실패에는 개인의 힘으로는 어찌할 수 없는 대상에 의한 것입니다. 그렇기 때문에 카를 로스만이라는 개인의 삶의 방식의 옳고 그름을 논하기보다는 그가 버텨온 '만남과 쫓겨남의 반복된 삶'이 가진 거시적인 의미를 찾는 데에 초점을 두어야 한다고 생각합니다.

▷**학생 2 :** 저는 미국에서 카를의 삶의 방식은 주체적이지 못하고 소극적이라는 점에서 부정적이라고 생각합니다. 풍요로웠던 미국에서의 삶과 안정된 직장을 잃고 밑바닥으로 떨어지게 된 것은 학생 1이 말한 것처럼 거시적으로는 다른 사람들로 형상화된 사회라는 거대한 힘에 의한 것이지만, 미시적으로 보면 카를 개인의 탓이라고도 볼 수 있습니다. 카를은 외삼촌의 오해를 사고 쫓겨나는 때에도, 엘리베이터 보이라는 일자리에서 해고를 당할 때에도 스스로 결백하다고 해명하지 못합니다. 또한 로빈슨, 들라마르샤 두 불량배와 어울리며 착취를 당하면서도 그들과의 관계를 깨끗하게 정리하지 못하고 끌려 다닙니다. 쫓겨남으로 반복되는 카를의 삶은 사회라는 거시적인 힘뿐만 아니라 카를 로스만이라는 개인의 소극적 행동의 결합으로 형성된 것이라고 볼 수 있습니다.

▼**학생 3** : 저는 카를이 계속되는 시련과 좌절에도 결코 삶을 포기하고 도망치고자 하지 않는다는 점에서, 긍정적으로 카를의 삶을 바라보아야 한다고 생각합니다. 카를은 16세의 나이로 낯선 미국에 홀로 와서 계속되는 추방으로 인해 결국에는 인간 사회에서 밀려나는 모습을 보여 주는 인물입니다. 자신의 잘못이 아니라 주변인이나 사회의 보이지 않는 힘에 의해 소외되어 가는 카를의 모습은 산업사회를 살아가는 대부분의 사람들의 삶의 모습을 대표하고 있기 때문에 공감과 연민을 불러일으킵니다. 카를이 만난 화부, 외삼촌, 불량배, 고학생, 엘리베이터 보이 등은 각기 다르지만 산업사회의 일면을 대표하고 있다고 볼 수 있습니다. 이러한 다양한 인물들의 삶과 비교해 보았을 때 카를은 밑바닥을 치는 삶 속에서도 계속해서 삶을 살아나가기 위해 시도한다는 점에서, 그것이 비록 우연적인 측면이 많다고 할지라도 긍정해 주어야 한다고 생각합니다.

▽**학생 4** : 저는 카를의 삶은 부정적으로 판단된다고 생각합니다. 카를의 삶은 방황하고 좌절하다가 결과적으로 실패했다고 생각하기 때문입니다. 카를이 마지막에 오클라호마 대극장의 기술노동자로 고용되는 것은 카를의 삶이 결국에는 죽음 또는 실종에 이른다는 것을 의미한다고 생각합니다. 그러므로 우리는 카를의 삶을 보면서 이름을 버리지 않고 주체적으로 살기 위해 노력해야 한다고 생각합니다.

## ❼ 독후감 예시하기

### ▷▶독후감 1 : 카프카와 가상 인터뷰 형식의 독후감

┃**기자**┃　요즘《아메리카》가 독자들에게 자신의 삶과 세계에 대한 사색을 요구하는 책으로서 인기가 있습니다. 그래서 오늘은《아메리카》의 작가 프란츠 카프카와 함께 이야기를 나눠보도록 하겠습니다.

안녕하세요? 이 작품을 통해 독자들에게 하고자 했던 말이 무엇인지 궁금합니다.

┃**카프카**┃　독자에게 하고자 하는 말은 어느 하나로 명확히 정리되기에는 어려울 것 같습니다. 어떤 독자는 많은 사람들이 말하는 것처럼 산업사회의 부조리, 비정함 등을 발견할 수도 있고, 어떤 독자는 인간존재에 대한 질문을 찾을 수도 있으며, 또는 단순히 '나는 잘 살고 있는가'라는 물음을 발견할 수도 있을 것입니다. 저는 정해진 어느 한 주제를 독자에게 강요하고자 하지 않았습니다. 다만, 여러 장면들을 통해 독자에게 질문을 던지고, 한번쯤 생각해보도록 하고 싶었습니다.

┃**기자**┃　네, 대답 감사합니다. 그래서 이 책이 다양한 논란을 가지면서도 인기를 얻게 된 것이라는 생각이 드네요. 그렇다면, 하필 작품의 배경을 '아메리카'로 선정한 데에는 특별한 이유가 있나요?

**▮카프카▮** 단순히 미국이라는 나라 자체를 비판의 대상으로 삼고자 의도한 것은 아니었습니다. 당시 유럽에서는 미국에만 가면 성공할 수 있다는 신대륙에 대한 막연한 환상과 희망을 가지고 있었습니다. 그러나 미국 또한 사람이 살아가는 현실의 공간이고, 유럽과 마찬가지로 거대한 힘에 의해 사람들은 끊임없이 좌절하며 삶을 개척해 나갈 수밖에 없는 공간입니다. 즉, 현실에 존재한다고 생각하는 미국이라는 유토피아는 우리의 환상입니다. 그래서 희망의 나라라고 생각되는 낯선 나라 미국에 순수한 소년을 떨어뜨려 인생, 사회, 나아가 세계에 대해 생각할 기회를 마련해 보고자 했습니다.

**▮기자▮** '카를 로스만'이라는 주인공의 모습에 작가인 카프카의 인생이 많이 반영되어 있다고 말하는 독자들이 많이 있습니다. 이 점에 대해서는 어떻게 생각하시나요?

**▮카프카▮** 아닌 게 아니라 저는 주인공 '카를 로스만'에게 특별한 애정을 가지고 있습니다. 그의 삶은 어느 한곳에 속하고자 하는 시도의 반복입니다. 그렇지만 끝내 어느 한곳에도 속하지 못하고 점차 세계의 밖으로 밀려나 버립니다. 세상을 원망하거나 좌절하지 않고 묵묵히 주어진 삶을 살아냅니다. 이러한 삶의 모습이 어쩌면 제일생과 닮았기 때문에 애착이 가는지도 모르겠습니다. 그러나 생각해 보면 현대인들 중에 '속하고자 하는 마음, 존재의 이유를 찾고자 하는 마음'을 가지지 않은 이가 있을까요?

**┃기자┃** 네. 작가님의 말씀대로 어쩌면 우리는 주인공 '카를 로스만'에게서 자기의 모습을 발견했기 때문에, 작품에서 던질 질문에 대한 답을 찾고자 부지런히 노력하고 있는 것인지도 모르겠습니다. 마지막으로, '오클라호마 대극장'에 대한 질문을 드리겠습니다. 이곳은 주인공이 도착한 천국인가요?

**┃카프카┃** 글쎄요. 뭐라고 명확하게 대답하기 어려운 질문이군요. 그런데 만약 카를이 마지막에 도착한 오클라호마 극장이 천국이라면 이 작품을 미완의 작품이라고 말할 수 있을까요? 다만, 제가 말하고 싶은 것은 카를 로스만은 이름을 숨긴 채 오클라호마 극장의 기술 노동자로 고용되었고, 끝내 이름을 찾지 못한 채 작품이 끝났다는 것입니다.

**┃기자┃** 더 많은 질문을 받고, 더 많은 생각 거리를 얻은 인터뷰가 된 것 같네요. 저도 독자들도 다시 한 번 작품을 보고 사색해볼 기회가 된 것 같습니다. 좋은 말씀 감사합니다.

#### ▷▶독후감 2

많은 사람들이 카프카를 '모든 곳에 속한 것 같으면서도 어느 한 곳에 속하지 못한 사람'이라고 정의한다. 나는 이러한 정의가 내려진 삶을 살아온 작가 자체에 마음을 빼앗겼고, 이러한 삶을 살았던 작가의 작품은 어떤 모습으로 나타나 있을지에 대해 궁금증을 가지게 되었다.

대체로 카프카의 문학은 난해하고 다의적인 성격을 지닌 것이 많기 때문에 다양한 해석이 가능하다. 그런데 이러한 작품들 중에서도 《아메리카》는 가장 작가의 불 안정된 삶이 잘 반영되어 있는 작품이라고 한다. 그래서 나는 《아메리카》를 통해 작가를 이해하고, 나를 이해하는 경험을 기대하며 책장을 펼쳤다.

《아메리카》는 '실종자'라는 또 다른 제목에서 알 수 있듯이 주인공인 카를 로스만이 미국에 와서 실종되는 기나긴 미완의 과정을 담고 있다. 사실 처음에는 이 작품이 끝을 맺지 않은 미완의 작품이기 때문에 끝까지 읽더라도 다 읽지 않은 것 같은 느낌이 들 것 같아 망설였는데, 막상 마지막 책장을 펴고 보니, 미완성이라는 것이 답을 찾지 못하는 현대인들의 불안과 실존, 어둠과 같은 현실 세계의 막막함 등에 대해 질문을 던지는 것 같아 좋았다.

하녀를 임신하게 했다는 죄로 미국으로 추방당한 소년인 카를 로스만은 순수함을 지니고 있는 인물이다. 그래서 외삼촌에게서 쫓겨나고, 불량배에게 갈취를 당하고, 엘리베이터 보이를 하다가 해고를 당하는 등의 미국에서의 삶은 마치 이 소년의 악몽을 보고 있는 것 같은 느낌이 들었다. 그리고 자꾸만 더 깊은 늪으로 빠지는 듯한 답답함과 불안을 느끼게 되었다.

나는 이 악몽과도 같은 카를의 삶을 통해 한편으로는 아메리카 드림을 찾아 미국으로 왔다가 절망을 발견한 수많은 이민자들의 고통스런 삶의 모습을 발견할 수 있었다. 또한 다른 한편으로는 나 자신의 모습과 내가 사는 세계에 대한 생각을 해보게 되었다. 산업사회는 사람들이 주체적이고 독립적인 존재인 개인이 아니라 개인을 버리고 거대한 사회의 일부가 되어 존재하기를 바란다. 그런데 카를은 자신 그 자체로 있고자 한다. 즉, 카를은 미국으로 상징되는 거대한 현실에서 요구하는 인간상이 아닌 것이다. 어쩌면 카를이 실종되는 것은 필연적인 것일 수도 있을 것이라는 생각이 들었다. 마지막에 이름을 숨기고 극장에 기술노동자로 채용되는 마지막 장면은 카를의 실종을 의미하는 것이 아닐까. 그리고 우리는 더 이상 아메리카에서 카를 로스만을 찾을 수 없게 된 것이 아닐까.

이러한 카를의 모습을 보면서 나는 '나'와 '내가 살고 있는 세계'에 대해 생각해 보게 되었다. '나는 내가 헌신하지 않으면 안 될 내 업무와 사무실의 이기만을 염두에 두고 어떤 요구에도 복종하리라'고 말하며 주체적인 계획 없이 그저 눈앞에 닥치는 대로 삶을 살아내는 카를의 모습을 보면서, 오히려 나는 '내가 사는 곳이 어떤 곳인지를 아느냐?'라는 실존적인 문제를 생각해 보게 되었다. 그리고 '나는 카를과 같이 살고 있는가? 부조리한 삶의 부조리함을 인식하고 살고 있는가?' 생각해 보게 되었고, 나는 그러한 것을 생각하고 살지 못했다는 것을 자각하고 반성하게 되었다. 그리고 지극히 당연하다고 여겼던 지금까지의 '일상적 삶'을 돌아보는 계기가 되었다.

# 독후감 제대로 쓰기

# ❶ 책을 읽기 전에

우리는 책을 통해서 지식을 쌓고 학문을 연마하게 됩니다. 또한 교양을 얻고 수양을 쌓게 되지요. 그리하여 즐겁고 보람 있는 생활을 할 수 있는 것입니다. 이러한 습관이 지속된다면 이것이 곧 나의 생활 자체가 되고, 책을 읽는 시간이 얼마나 가치 있고 즐거운 시간인지 깨닫게 될 것입니다.

독후감을 쓰기 위해서는 책을 읽어야 함은 말할 것도 없습니다. 그러나 아무 책이나 읽는다고 다 좋은 것은 아닙니다. 특히 중학생은 아직 양서를 구별할 만한 충분한 지식을 갖추지 못했기 때문에 선생님 혹은 부모님, 그리고 선배들이 권하는 책이나, 이미 국내적으로나 세계적으로 잘 알려진 명작이나 명저를 찾아 읽는 것이 바른 방법이라고 볼 수 있습니다. 예컨대 사회적으로 존경받을 만한 사람들의 일대기를 그린 위인전이나 자서전 같은 것은 읽을 가치가 있으며, 명시 모음집이나 명작 소설, 특정한 분야의 관찰기, 평론집 같은 것도 좋은 읽을거리가 될 수 있습니다.

그럼 효율적인 독서를 위해서 유의해야 할 점을 알아볼까요?

첫째, 본문을 읽기 전에 책의 앞부분에 있는 머리말이나 해설하는 글을 먼저 정독합니다. 그러면 책을 쓰게 된 동기나 평가 등에 대하여 잘 알 수 있게 되죠.

둘째, 목차를 잘 살펴봅니다. 목차에서 그 책의 내용이 어떻게 전개될 것인가에 대해 미리 파악할 수 있기 때문입니다.

셋째, 본문을 읽기 시작하면, 그 중에 잘 모르는 단어나 문구가 나오기 마련입니다. 그런 것은 곧 사전을 찾아 뜻을 알아두어야 합니다. 그런 것을 무시했다가는 자칫 전체를 이해하지 못하는 오류를 범할 수 있거든요.

넷째, 각 문단별로 소주제가 무엇인지를 파악하고, 그 줄거리를 요약하는 습관을 길러야 합니다. 특히 필자가 표현하려는 것과 그 뒷받침되는 내용이 무엇인지 알아내는 것이 필수겠지요.

다섯째, 글의 배경은 무엇인지, 앞뒤 맥락이 어떻게 이어지고 있는지를 잘 생각하면서 읽어야 합니다. 그리고 소설일 경우에는 주인공과 등장인물들의 성격이나 특성을 파악해야 하지요.

여섯째, 다 읽은 다음에는 줄거리를 만들어 보고, 전체적인 주제가 무엇인지 정리하는 작업도 필요합니다.

독후감 제대로 쓰기

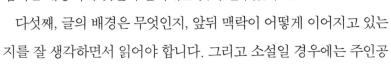

## ❷ 책을 감상하는 방법

책을 읽을 때는 내용을 진지하게 파고들어 가며 읽어야 합니다. 즉 자기의 현재 생활과 비교해 가며 생각의 폭과 사고를 넓히는 것이 중요하답니다. 그리고 작품의 문체·제목·주제·논제 등도 염두에 두고 읽으면 독후감을 쓰기가 좀더 수월해집니다.

그리고 저자가 강조하고 있는 내용과 사건들이 현재 우리 사회에 어떤 의미를 가지고 있으며 어떻게 발전시켜 나가야 할 것인가를 생각하며 읽습니다. 더불어 저자가 작품에서 강조하려고 하는 것이 무엇인가를 파악하며 읽을 필요가 있습니다. 그렇다고 굉장한 부담을 느끼면서 책을 읽을 필요는 없습니다. 책 읽는 것 자체를 즐긴다면 그리 깊게 생각하지 않아도 작가가 말하려는 바를 깨닫게 될 테니까요.

그렇다면 각 문학 장르에 따라 어떤 점에 유념하여 책을 읽어야 하는지 알아볼까요?

**┃소설┃** 작품의 주제를 파악하고 작중 인물의 성격과 배경을 생각하며 주인공이 어떻게 변화되어 가고 있는가를 염두에 두고 읽습니다. 자신의 생각이나 현실과 결부시켜 보는 것도 재미를 배가시켜 줄 거예요.

**┃시┃** 선입견 없이 그대로 느낌을 받아들이며 읽습니다.

**┃희곡┃** 무대 상연을 전제로 하여 쓰여진 것이기 때문에 시간적·공간적 제약을 받는다는 것을 염두에 두어야 합니다.

**┃역사 소설┃** 인물·사건 등을 작가가 상상력에 의존하여 구성한 글로서, 항상 계몽사상이나 민족의식 고취 등 어떤 목적이 들어 있는지를 파악하며 읽어야 합니다.

**┃역사┃** 역사는 역사 소설과는 구분지어야 합니다. 이것은 정확한 기록으로 글쓴이의 주관적 해석이 들어 있을 수 없으며, 시간의 흐름에 따라 사건을 나열한 것임을 생각해야 합니다.

**┃수필┃** 지은이의 인생관이 들어 있습니다. 심리적 부담감이 적으므로 편안한 마음으로 읽을 수 있습니다.

**┃전기문┃** 인물의 정신, 자취, 시대적 배경과 사회적 환경을 먼저

파악해야 합니다.

**┃과학 도서┃** 미지의 세계에 대한 탐구심, 합리적 사고력 배양, 지식과 정보의 입수, 창의력을 기르는 데 도움이 되므로 평소 이에 대한 흥미를 갖는 것이 중요합니다.

## ❸ 독후감이란 무엇인가?

독후감은 말 그대로 어떤 글이나 책을 읽고, 그에 대한 느낌이나 생각을 쓰는 것입니다. 좋은 책을 읽고 그것을 정리해 두지 않는다면 곧 그 내용을 잊어버려, 독서를 한 만큼의 가치를 얻지 못할 수도 있으니까요. 그러므로 한 권의 책을 읽으면 곧 그 책의 내용을 정리하고, 느낌이나 생각을 적어 두는 것이 좋습니다.

독후감은 느낌이나 생각을 거짓 없이 써야 하나, 그렇다고 아무렇게나 써도 되는 것은 아닙니다. 즉 독후감도 글이므로 수필의 형식으로 쓰든, 논술의 형식으로 쓰든, 정확하게 읽고 주제와 내용에 맞게 써야 함은 물론이죠. 아무리 좋은 글이나 책이라도, 잘못 읽어 실제와 맞지 않는 생각이나 느낌을 쓰면 좋은 독후감이라고 할 수 없거든요. 그러므로 좋은 독후감을 쓰려면 독서를 잘해야 한다는 것이 전제됩니다. 독서를 잘하는 방법은 따로 있는 게 아니라, 그저 많이 읽다 보면 요령이 생기고, 이해도 쉽게 되며, 능률도 오르게 되는 것입니다.

## ❹ 독후감은 왜 쓰는가?

　독후감을 쓰는 목적은 독후감을 작성함으로써 독서하는 능력이 향상되고 글 쓰는 훈련을 할 수 있기 때문입니다. 그러므로 독후감을 쓰기 위해 책을 읽으면 보다 깊은 생각을 하면서 책을 읽게 됩니다. 또한 책을 통해 생활을 반성하며, 책에서 얻은 지식과 감명을 음미하여 자기 생활에 적용시킬 수 있습니다. 문장력과 논리적 사고가 향상되는 것은 물론이고요! 그럼 독후감을 왜 쓰는지 다음과 같이 정리해 볼까요?

1 읽은 책의 내용을 되살려 다시 음미해 볼 수 있습니다.

2 감동을 간직하고 책 읽는 보람을 얻을 수 있습니다.

3 책을 통해 지식을 심화시킬 수 있습니다.

4 책을 통해 자신의 문제를 연관지어 볼 수 있습니다.

5 글을 써 봄으로 해서 생각을 깊이 있게 할 수 있습니다.

6 독서 목표를 확실히 할 수 있습니다.

7 작품에 대한 비판력과 변별력을 기를 수 있습니다.

8 생각을 조리 있게 쓸 수 있는 작문력을 향상시켜 줍니다.

9 사고력과 논리력, 추리력을 기를 수 있습니다.

10 바르게 책을 읽는 습관을 형성할 수 있습니다.

## ❺ 독후감을 쓰기 전에 생각하기

독후감은 수필의 형식이든 논술의 형식으로든 쓸 수 있다고 했는데, 사실 이 둘의 차이는 모호합니다. 다만, 수필이 자유롭게 붓 가는 대로 쓰는 것이라면 논술은 논리 정연하게 쓴다는 점이 다르다고 할 수 있습니다.

붓 가는 대로 자유롭게 수필의 형식으로 쓰는 독후감이라도 글의 앞뒤가 맞지 않는다든지, 주제가 통일되지 않으면 좋은 평가를 받을 수 없습니다. 논리 정연하게 쓰는 독후감이라면, 서론·본론·결론으로 나누어 서술해야 함은 물론이구요.

서론에 해당되는 부분에서는 그 책에 대한 소개나 쓴 사람의 생애, 또는 특기할 만한 일화 같은 것을 적는 것이 일반적입니다.

본론에 해당하는 부분에서는 그 책을 읽고 특별히 다루려는 내용을 체계적이고 구체적으로 써야 합니다.

결론에서는 본론에서 다룬 내용을 요약하거나, 자신이 읽은 후의 감상, 그 책의 좋은 점, 나쁜 점 등을 들어서 마무리를 해야 합니다.

독후감은 짧게 쓰는 것이 상례이므로, 작품 전체를 거론하기보다는 특정한 주제를 잡아서 쓰는 것이 좋습니다. 보편적으로 다룰 수 있는 몇 가지 주제를 제시해 보면 다음과 같습니다.

첫째, 작가의 의식이나 주인공의 언행, 성격과 연관지어 주제를 구현시키는 방법입니다. 문학 작품이라면 주제가 애정이나 애국, 의리나 배반일 수 있으므로 이러한 점에 초점을 두고 써야겠지요. 또한 과학에 관계된 것이라면, 그 발명의 의의나 연구자의 노력과 관련시켜 서술해야 하겠지요.

둘째, 저자의 이념이나 생애, 업적에 관심을 두고 쓰는 방법입니다.

그 작품을 통하여 알 수 있는 저자의 철학이나 사상 또는 저자가 그 작품을 남기기까지의 역경이나 작품을 쓰게 된 동기, 작품의 가치나 다른 작품에 미친 영향 등 작품과 연관시켜 쓰는 것이지요.

셋째, 작품의 내용을 중심으로 기술합니다

예컨대, 작품 속 주인공의 성격을 분석하거나 다른 사람과 비교해 볼 수도 있고, 그 작품의 사건이나 시대적 배경을 논의하거나, 작품의 구성 같은 것에 초점을 두고 이야기할 수도 있습니다.

이와 같이 작품을 읽기 전에 먼저 어떤 점에 중점을 두고 독후감을 쓸 것인가를 염두에 둔다면, 그렇지 않은 경우보다 훨씬 이해가 쉽고, 나중에 독후감을 쓰는 데도 도움이 될 것입니다.

### ❻ 독후감의 여러 가지 유형

1. 처음에 결론부터 쓴 다음 왜 그러한 결론이 도출되었는지 감상을 자세하게 쓰거나, 감상을 먼저 쓰고 결론을 씁니다.

2. 책을 읽게 된 동기부터 설명하고 글 중간에 자기의 감상을 씁니다.

3. 저자나 친구에 대한 편지 형식으로 감상을 쓰거나 주인공에게 대화 형식으로 씁니다.

4. 시(詩)의 형태로 감상문을 씁니다.

5. 대화문(對話文) 형식으로 씁니다.

6. 줄거리부터 요약한 다음 자기의 느낌이나 생각을 씁니다.

## ❼ 독후감을 구체적으로 쓰는 방법

어렵게 쓰겠다는 생각은 하지 말고 쉽게 써야겠다는 마음가짐을 가져야 좋은 글이 나올 수 있습니다. 그리고 무엇보다 감상문을 쓰기 전에 무엇을 어떻게 쓸까 조목별로 골자를 먼저 쓰고, 이 골자에 살을 붙이는 방법으로 쓰려고 노력해야 합니다. 이때 의도적으로 아름답게 잘 쓰려고 하지 않는 것이 좋습니다. 자, 그럼 더 자세하게 알아볼까요?

1. 먼저 제목을 붙입니다.

2. 처음 부분(머리글)을 씁니다.

   ◦➤ 책을 읽게 된 이유나 책을 대했을 때의 느낌을 씁니다.

   ◦➤ 자신의 생활 경험과 관련지어 써 봅니다.

   ◦➤ 제일 감동받은 부분을 씁니다.

   ◦➤ 지은이나 주인공을 소개하는 글을 씁니다.

3. 가운데 부분을 씁니다.

   ◦➤ 자기의 생활과 견주어 씁니다.

   ◦➤ 주인공과 나의 경우를 비교해서 씁니다.

◉》 시시비비를 분명히 가려야 합니다.

◉》 가장 극적이었던 부분을 소개합니다.

4. 끝부분을 씁니다.

◉》 자신의 느낌을 정리합니다.

◉》 자신의 각오를 씁니다.

독후감을 쓴 다음에는 다음과 같은 추고의 과정이 필요합니다.

첫째, 쓴 글을 다시 한 번 읽으면서 맞춤법이나 표준어 규정에 어긋나는 것은 없는지 살펴봐야 합니다.

둘째, 문장이 잘 구성되어 있는지, 또 문단이 잘 짜여져 있는지 알아보아야 합니다. 한 문단에는 소주제문과 보조문들이 있어야 하는데, 그런 점이 잘 지켜져 있는지 유의해야 합니다.

셋째, 글 전체의 구성이 잘 이루어졌는지 살펴봅니다. 예를 들어 서론에 해당하는 부분이 지나치게 길다든지, 결론에 해당하는 부분이 너무 짧다든지, 전체적인 구성이 균형을 잃고 있다면 다시 고쳐 써야 하겠지요.

우리가 시간을 들여 열심히 책을 읽고 난 후 독후감을 잘 쓰기 위해서는 책을 읽고 있는 동안의 느낌을 잊지 않고 글로써 표현할 줄 알아야 하며, 책을 읽고 가장 감명받은 부분을 기억하고 있어야 합니다. 또한 다른 사람들은 어떻게 독후감을 썼는지 남의 것을 읽어 보고, 자신의 것과 비교해 보며 자주 글을 써 보는 것이 중요합니다. 그렇게 하다 보면 자신만의 개성 있는 필치로 독특한 감상문을 쓸 수 있게 되지요. 학교에서 아무리 독후감 숙제를 내주어도 부담없이 즐거운 기분으로 끝낼 수 있을 겁니다!

## ❽ 그 밖에 알아두면 유익한 것들

**┃독후감 쓰기 10대 원칙┃**

1. 자신의 수준에 맞는 책을 선택합시다.

2. 독후감 쓰는 형식이 있기는 하지만 너무 거기에 구애받을 필요는 없습니다.

3. 자신이 작가라면 어떻게 글을 이끌어갈지를 생각하며 읽어 봅시다.

4. 평소 음악 평론이나 영화 평론을 많이 읽어 봅시다.

5. 읽으면서 마음에 와닿는 것이 있다면 따로 적어 둡시다.

6. 현대 사회의 문제점과 비교하면서 읽어 봅시다.

7. 모르는 것이 있으면 적어 두는 습관을 기릅시다.

8. 신문 사설이나 칼럼을 스크랩해서 필요할 때 사용합시다.

9. 요약하는 데에만 집착하지 말고 제대로 책을 읽읍시다.

10. 읽은 후에는 꼭 독후감을 직접 써 봅시다.


**┃책을 읽는 10가지 방법┃**

1. 아주 어릴 때부터 책과 친하게 지내는 습관을 기릅시다.

2. 너무 속독하려 하지 말고 담겨진 내용을 충실히 읽는 습관을 기

릅시다.

3. 항상 작품이 나와 어떠한 상관 관계가 있는지 체크를 해 가며 읽읍시다.

4. 무조건 책장을 넘길 것이 아니라 시시비비를 가려 가면서 읽읍시다.

5. 매일매일 조금씩이라도 책을 읽는 습관을 들입시다.

6. 책 속에 담긴 뜻을 음미하고 되새기면서 읽읍시다.

7. 너무 자신의 취향에 맞는 책만 읽지 말고 다양한 장르의 책을 골고루 읽도록 합시다.

8. 책 속에 담겨진 교훈을 깊이 생각하고 생활에 적용시킵시다.

9. 책에 따라 읽는 방법을 달리하는 습관을 들입시다. 모든 책이 만화책은 아니기 때문이죠.

10. 바른 자세로 앉아 눈과의 거리를 30cm 두고 밝은 곳에서 읽읍시다.

## ❾ 원고지 제대로 사용하기

**┃ 제목 및 첫 장 쓰기 ┃**

1. 제목은 석 줄을 잡아 둘째 줄 가운데에 씁니다.

2. 1행 2칸부터 글의 종별을 표시합니다. 가령 수필이면 '수필'이라고 씁니다. 간혹 글의 종별을 비워 두는 경우가 많은데 이는 적는 것을 잊었거나, 원고지 사용법에 무관심하기 때문입니다.

3. 제목을 쓸 때에는 마침표를 찍지 않고, 물음표와 느낌표는 붙이지 않는 것이 좋습니다.

4. 제목에 줄임표는 사용하지 않는 것이 상례입니다.

5. 이름은 넷째 줄 끝에 두 칸 정도를 남기고 씁니다. 특별한 경우에는 서너 칸을 남겨도 됩니다.

6. 성과 이름은 붙여 씁니다. 다만, 성과 이름을 분명히 구별할 필요가 있을 경우에는 띄어 쓸 수 있습니다.

   예) 임채후 (O), 남궁석 (O), 남궁 석 (O)

7. 본문은 여섯째 줄부터 쓰는 것이 좋습니다. 단, 특수한 작문인 경우는 넷째 줄부터 본문을 시작해도 상관없습니다.

8. 학교 이름이나 주소가 길 경우에는 세 줄로 쓸 수 있습니다.

9. 주소는 보통 표제지에 기재하고 원고지 첫 장에는 제목과 성명만 간단하게 적는 것이 상례입니다.

10. 성명의 각 글자는 시각적 효과를 위해 널찍하게 한두 칸씩 비워 써도 무방합니다.

11. 학교 앞에 지명을 기입할 때는 학교명을 모두 붙여 써서 지명과 학교명의 구분을 명확히 해 주는 것이 좋습니다.

독후감 제대로 쓰기

## ▌첫 칸 비우기▐

1. 각 문단이 시작될 때는 첫 칸을 비우고 씁니다.

2. 대화체의 경우는 첫 칸을 비우고 씁니다.

3. 인용문이 길 때는 행을 따로 잡아 쓰되, 인용 부분 전체를 한 칸

들여서 씁니다.

4. 첫째, 둘째, 셋째 등으로 이야기를 전개해야 할 때는 시작할 때마다 첫 칸을 비울 수 있습니다. 단, 그 길이가 길거나 제시된 내용을 선명하게 하고자 할 때 비워 둡니다.

5. 시는 처음 두 칸 정도 줄마다 비우고 씁니다.


## ▌줄 바꾸기▐

1. 문단이 바뀔 때는 줄을 바꾸어 씁니다.

2. 대화는 줄을 새로 잡아 씁니다.

3. 인용문을 시작할 때는 줄을 바꾸어 씁니다. 단, 그 길이가 길 때 한해서입니다.

4. 대화나 인용문 뒤에 이어지는 지문은 글이 다시 시작되는 것이므로 한 칸을 들여 씁니다. 단, 이어 받는 말로 시작되는 지문은 첫 칸부터 씁니다.


## ▌문장 부호 및 아라비아 숫자, 영문자▐

1. 문장 부호는 한 칸에 하나씩 넣는 것이 원칙입니다.

2. 아라비아 숫자는 한 칸에 두 자씩 넣습니다.

3. 한자(漢字)로 쓸 때는 띄어 쓰지 않습니다. 그러나 한자와 한글이 함께 쓰이면 띄어 쓰기를 합니다.

4. 마침표(.)와 쉼표(,) 다음에는 통례상 한 칸을 비우지 않으며, 느낌표(!), 물음표(?) 다음에는 통례상 한 칸을 비웁니다.

5. 행의 첫 칸에는 문장 부호를 쓰지 않습니다. 첫 칸에 문장 부호를 써야 할 경우는 그 바로 윗줄의 마지막 칸에 글자와 함께 씁니다.

6. 영문자의 경우, 대문자는 한 칸에 한 글자, 소문자는 한 칸에 두 글자씩 넣습니다.

## ❿ 문장 부호 바로 알고 쓰기

1. 마침표 : 문장을 끝마치고 찍는 문장 부호로 온점(.), 물음표(?), 느낌표(!)를 이르는 말입니다.

2. 쉼표 : 문장 중간에 찍는 반점(,) 가운뎃점( · ) 쌍점(:) 빗금(/)을 이르는 말입니다.

3. 따옴표 : 대화, 인용, 특별어구를 나타낼 때 쓰는 문장 부호로 큰따옴표("")와 작은따옴표( ' ')를 씁니다.

4. 그 밖의 문장 부호 : 물결표(~)는 '내지(얼마에서 얼마까지)'라는 뜻에 씁니다. 줄임표(……)는 할말을 줄였을 때와 말이 없음을 나타낼 때 씁니다.

## ⓫ 마치며

초등학교나 중학교에서는 독후감이라는 말을 사용하지만 고등학교에 가게 되면 독후감이라는 말보다는 아마 논술이라는 말을 더 많이 쓰고 더 많이 듣게 될 것입니다. 논술이란 말 그대로 어떠한 논제를 가지고 논리적으로 서술하는 것을 말하는데, 이는 하루아침에 이루어지지 않습니다. 다양한 분야의 많은 것을 폭넓고 깊이 있게 알고, 주관을 뚜렷이 할 때만이 논술을 잘 쓰게 되는 것이지요. 그러기 위해서는 중학교 시절부터 많은 책을 읽어 보고 스스로 글을 써 보는 훈련을 하는 것이 중요합니다.

실제로 고등학교에 가면 교과목 공부에도 시간이 모자라 제대로 책을 읽을 시간이 없거든요. 무엇을 알아야 글을 쓸 것이고, 자신의 주장을 피력할 것 아니겠어요? 그러니 중학생 시절부터 좋은 책을 많이 읽어 보고, 생각해 보며, 글을 써 보는 노력을 하는 것이 여러분의 미래를 더욱 밝게 해줄 것입니다. 아마 그렇게 한 사람은 그렇지 않은 사람보다 10리쯤 앞서 나가지 않을까 생각되는데 여러분 생각은 어떠세요?

┃성 낙 수┃
한국교원대학교 교수, 연세대학교 졸업, 동 대학원에서 석사·박사 학위 받음
┃오 은 주┃
서울여고 교사, 현재 한국교원대학교 대학원 재학, 국민대학교 졸업
┃김 선 화┃
홍천여고 교사, 현재 한국교원대학교 대학원 재학, 강원대학교 졸업

중학생이 보는
아메리카

초판1쇄 인쇄  2014년 2월 20일
초판1쇄 발행  2014년 2월 28일

엮 은 이  성낙수 · 오은주 · 김선화
지 은 이  프란츠 카프카
옮 긴 이  곽복록
펴 낸 이  신원영
펴 낸 곳  (주)신원문화사

주    소  서울시 영등포구 당산동 121-245 신원빌딩 3층
전    화  3664—2131~4
팩    스  3664—2130

출판등록  1976년 9월 16일 제5 – 68호

＊ 잘못된 책은 바꾸어 드립니다.

ISBN  978 – 89 – 359 – 1658 – 0   44800
ISBN  978 – 89 – 359 – 1626 – 9 (세트)